ASLAK NORE nació y creció en Oslo. Estudió en la Universidad de Oslo y en la New School for Social Research de Nueva York. Participó en la guerra de Bosnia con el Batallón Telemark, una unidad de élite del ejército noruego. Aslak Nore ha vivido en América Latina y ha trabajado como periodista en Oriente Próximo y en Afganistán. Es autor de varias obras de no ficción y tres novelas, una de las cuales recibió el Premio Riverton a la mejor novela criminal de Noruega en 2018. *El cementerio del mar* se convirtió en un gran éxito internacional antes de su publicación con la venta a 17 países y ha sido finalista del Gran Prix Elle en Francia. Vive en Provenza.

Papel certificado por el Forest Stewardship Council®

Título original: *Havets kirkegård*

Primera edición en B de Bolsillo: septiembre de 2024

© 2023, Aslak Nore
Publicado por primera vez en Noruega por H. Aschehoug & Co. Publicado por acuerdo
con Winje Agency y Casanovas & Lynch Literary Agency.
© 2023, 2024, Penguin Random House Grupo Editorial, S. A. U.
Travessera de Gràcia, 47-49. 08021 Barcelona
© 2023, Martin Simonson, por la traducción
Diseño de la cubierta: Penguin Random House Grupo Editorial / Marina Martínez Oriol
Imagen de la cubierta: © Christophe Dessaigne / Trevillion

Printed in Spain – Impreso en España

ISBN: 978-84-1314-748-2
Depósito legal: B-11.273-2024

Compuesto en Llibresimes
Impreso en Novoprint
Sant Andreu de la Barca (Barcelona)

BB 4 7 4 8 2

El cementerio del mar

ASLAK NORE

Traducción de Martin Simonson

Nota del autor

Esto es una novela. Tanto los lugares como los personajes y los sucesos reflejados en ella son totalmente ficticios, con algunas excepciones importantes que se señalan en el apartado de los agradecimientos. Toda la información sobre los acontecimientos externos acontecidos en torno al naufragio de la nave DS Prinsesse Ragnhild, que ocurrió el día 23 de octubre de 1940, está basada en fuentes documentadas.

Entre otros documentos consultados, cabe destacar los planos de la nave, que llegaron a mis manos a través de una persona voluntariosa del Museo del Hurtigruten de Stokmarknes. Además, la exposición de los hechos está fundamentada en la declaración jurada de la Audiencia Provincial de Salten, y sobre todo en el testimonio del capitán Knut Indergård de Batnfjordsøra, que hasta este momento no se habían hecho oficiales. Sus explicaciones me fueron facilitadas por Nordmøre, la Sociedad de Historia Naval de Noruega, y proporcionan una nueva versión de lo que ocurrió.

Indergård junto con la tripulación —el primer oficial Petter Søholt de Molde, el maquinista Johan Brevik de Smøla, el asistente de maquinista Hans Lie de Kristiansund y el camarero Oskar Mortensen— realizaron una de las más importantes operaciones de rescate singulares llevadas a cabo durante la Segunda Guerra Mundial, sin obtener por ello ningún tipo de reconocimiento.

Este libro está dedicado a la heroica tripulación del buque de carga MK Batnfjord, que rescató a más de ciento cuarenta noruegos y soldados alemanes del océano Ártico aquel día, así como a todos los que no consiguió rescatar, que encontraron su tumba en *El cementerio del mar*.

Prólogo

DN, 4 de agosto, 2006

El médico personal

Hans Falck ha salvado miles de vidas humanas.
El precio es que a menudo se ha olvidado
de los cumpleaños de sus hijos.

John O. Berg

Líbano, septiembre, 1982. Un joven médico camina apresuradamente por el ensombrecido campo de refugiados de Shatila, en Beirut. En una mano sujeta un voluminoso bolso rojo de primeros auxilios. Del otro brazo le cuelga un bebé envuelto en una manta.

Hans Falck nota el olor a restos de pólvora y excrementos, un hedor que volverá a encontrar muchas veces a lo largo de las siguientes décadas, y que siempre le recordará aquella noche en Shatila. Ese mismo anochecer, una unidad de la milicia de los falangistas cristianos ha entrado en el campamento con la excusa de buscar a los palestinos militantes que se esconden allí. Comienza la matanza y los falangistas no perdonan a nadie. Hans oye muchas voces, gritos y ráfagas de armas automáticas.

Una bengala parte el cielo en dos y, al momento, los edificios quedan iluminados por un filtro de luz plateada e irreal. Hans se detiene. Entre los montones de basura, raciones de combate y botellas de aguardiente están los muertos: hombres jóvenes con genitales mutilados, mujeres embarazadas con las tripas rajadas y niños, niños pequeños. En la parte izquierda de su campo de visión, a unos veinte metros de distancia, ve a un grupo de mujeres que cubren a sus niños con sus cuerpos, hombres abrazados, todos con agujeros de bala en la frente. Han sido ejecutados con disparos desde una distancia corta.

La bengala se desvanece y la luz se extingue como si alguien la hubiese apagado con un interruptor. En la salida sur del campamento, Hans puede reconocer las siluetas de los edificios bajos reventados por explosiones; detrás de los cimientos espera una fila cerrada de soldados de la milicia.

Entonces oye el llanto bajo y penetrante del bebé. Hans busca protección detrás de una bolsa de basura y se arrodilla en el suelo mientras trata de mecer al recién nacido.

¿Lo podrán ver? No, está escondido.

Algo debe hacer, porque si no, le quitarán al bebé. Hans abre la cremallera del bolso de primeros auxilios. Saca rápidamente las botellas de plástico con suero fisiológico y alcohol, y también una camilla plegable que está al fondo. Junto con los catéteres, estetoscopios y tensiómetros ocupan demasiado espacio. Los aparatos tienen bordes afilados que podrían dañar la cabeza del bebé.

En un bolsillo lateral encuentra una botella de whisky de la marca Johnnie Walker, Black Label. Es un regalo de los jefes de la milicia palestina con los que se ha reunido. Lo sabe, sin tener que saberlo a ciencia cierta: todos ellos están muertos ya.

Hans abre la botella y mete la punta de un dedo. Luego deja que el bebé inspire el fuerte olor a whisky; a continuación, introduce el dedo en la pequeña boca. El bebé chupa la punta del dedo con la inexplicable fuerza del recién nacido. Gime en voz baja antes de quedarse quieto. Hans prepara con cuidado un lecho en el fondo del bolso con mantas y trapos, antes de levantar el liviano cuerpo y depositarlo en el interior del bolso, tapándolo con compresas y gasas finas. Después cierra la cremallera del bolso.

Hans Falck coge el bolso en una mano y comienza a caminar hacia los soldados de la milicia. Ya en esta época, Hans es conocido por su encanto personal. En palabras de un compañero, es capaz de «seducir a cualquiera, desde el inspector de Hacienda hasta los políticos más importantes y a mujeres en nicab». Esta terrible noche de 1982, el doctor Falck se encuentra ante su mayor reto. Debe tratar de sacar a un recién nacido de una masacre que aún no ha terminado.

Líbano, verano de 2006. Han pasado casi veinticinco años desde que las masacres en los campamentos de refugiados palestinos sacudieron el mundo entero. Muchas cosas han sucedido desde entonces, pero algo sigue siendo lo mismo: el Líbano está en guerra. Hans Falck tiene la misma piel morena natural y lisa, el mismo caminar ligero, y el mismo maldito encanto juvenil que en los difíciles años setenta, cuando el hijo del dueño de la naviera de Bergen, voluntariamente reconvertido en albañil del proletariado, ligaba con mujeres afirmando que iba a colectivizar las navieras de su padre por la fuerza después de la revolución.

—Pero se nos adelantaron los tribunales antes de que nos diera tiempo a hacerlo nosotros —dice Falck, mientras manda un piropo a una conocida actriz palestina con la que se encuentra en el bar del Mayflower, el legendario hotel donde suele alojarse cuando viene a Beirut.

—Nosotros lo llamamos Hans Saqr a secas —dice la joven palestina, ruborizándose—. Significa halcón en árabe.*

Naturalmente, Hans pide dos Johnnie Walker, sin hielo, diciendo que «hay que tomar el whisky de la OLP».

—Salud —continúa, levantando el vaso de cristal—. Un brindis por los vivos, los muertos y los oprimidos.

Nadie puede decir que Hans pertenece a esa clase social. Pertenece a la poderosa familia de los Falck, que han desempeñado

---

* El apellido noruego Falck significa halcón. (*N. del T.*).

un papel fundamental en la sociedad noruega, a lo largo de todo el siglo XX, como navieros, filántropos y políticos. Su abuelo, Thor el Grande Falck, fue un armador importante que falleció durante un naufragio en la guerra, y al que condecoraron póstumamente con la Cruz de Guerra con espada, por sus esfuerzos en la organización de la resistencia en la costa.

Desde entonces, la familia Falck está dividida en dos ramas diferentes. Los Falck de Bergen, a los que Hans pertenece, residen en un lugar al sur de Fana. Las malas lenguas siempre han dicho que la falange de Bergen fue injustamente tratada cuando se repartieron los bienes de la familia. ¿Podemos esperar un futuro pleito sobre la herencia entre los Falck de Oslo y los de Bergen?

—¡De ninguna manera, te prometo que no! —exclama Hans—. Como comunista, estoy totalmente en contra de la herencia regulada. No hay nada que fomente la desigualdad tanto como las herencias. Además —añade con una sonrisa—, el hecho de que perdiésemos todos nuestros bienes es una ventaja. Es nuestra suerte. El problema de los ricos es que se pasan toda la vida temiendo que se les prive de todo algún día. Porque tarde o temprano se verán privados de todo lo que pueden perder. Solo eres libre cuando lo has perdido todo.

No se puede decir lo mismo de la otra rama, conocida como la falange de Oslo del imperio de los Falck. El tío de Hans se llama Olav Falck y fue ministro de Defensa y líder del influyente grupo SAGA, con sede en Rederhaugen en las afueras de la capital. Es una persona discreta, que huye de los medios de comunicación, quien según fuentes fiables dispone de una fortuna de diez billones de coronas y arroja una influencia que no puede pagarse con dinero.

¿Se atisba un eco del clásico cisma en la historia de Noruega entre la cultura fundacional de la costa y la élite administrativa de Oslo?

—A los que somos de Bergen no nos importa mucho la capital —dice Hans con una sonrisa—. Por decirlo de otro modo: cuando vuelo al continente o a Oriente Medio, nunca hago escala en Oslo, a no ser que sea absolutamente necesario.

Patriota de Bergen, radical idealista, pijo de izquierdas. Se le puede llamar muchas cosas a Hans Falck. Independientemente del tema de conversación, casi siempre tiene una respuesta aguda, acompañada de una sonrisa pícara. Pero según los que lo conocen, Hans es como una muñeca rusa: por cada capa que se quita, aparece una nueva versión. Conoce a la mitad de Oriente Medio, a los políticos del más alto nivel y a los conductores de taxi de Hamra Street, pero es un enigma para las personas más cercanas a él. El hombre de la risa contagiosa que resuena en el vestíbulo ha visto más sufrimiento que ningún otro noruego de su generación, pero eso no parece haberle afectado, lo cual llama la atención. A este médico, famoso mucho más allá de su círculo profesional por haber salvado la vida a miles de personas indefensas en los lugares más peligrosos del mundo, se le ha olvidado más de una vez el cumpleaños de sus hijos. El feminista que va en primera fila de las manifestaciones del 8 de marzo no ha tenido reparos en ponerles los cuernos a todas sus parejas. Pero Hans Falck también tiene una respuesta a esto: «Por parafrasear a Hemingway: me gustan los comunistas cuando son médicos, pero los odio cuando son curas. No soy más que una persona imperfecta, como todas las demás».

¿No hay nada que lo saque de sus casillas? Sí, una cosa: la pregunta de si Hans Falck ha amado alguna vez a alguien que no sea de los oprimidos del mundo o su propia cara en el espejo. Por primera vez desvía la mirada y se retuerce en la silla. No contesta directamente, pero puede que esto en sí sea una respuesta.

Líbano, septiembre, 1982. Los soldados de la milicia apestan a alcohol desde varios metros de distancia. Mejor eso que el olor a muerte, piensa Hans. Los jóvenes hombres tienen la mirada vidriosa, pañuelos tapando la nariz y dirigen los cañones de sus rifles hacia él. Detrás del médico se oyen varias secuencias de disparos, gritos dispersos, y después silencio.

—Estamos llevando a cabo una operación contra terroristas palestinos —dice un teniente—. Como extranjero, has tenido la oportunidad de abandonar el campamento antes del inicio de la operación.

El falangista enciende un cigarrillo.

—El hecho de que no hayas aprovechado esa oportunidad nos indica que tú mismo perteneces a los grupos militantes.

Algunos de los soldados más jóvenes, que no serán más que unos adolescentes, amartillan sus armas y dan un paso amenazador al frente.

—He asistido a un parto —contesta Hans.

—Los bebés de hoy son los terroristas de mañana —espeta el teniente—. ¿Dónde está el crío?

Hans se da cuenta de que las manos le sudan tanto que el bolso está a punto de caer al suelo. Un ruido del niño, o un registro del bolso, y los dos están muertos.

—No lo sé —contesta Hans—. Han atacado el paritorio, es lo último que he visto.

—¿De qué país eres?

—Noru... Un país cristiano... Amigo de Israel... Lazos estrechos.

El teniente hace una mueca e intercambia unas palabras con el hombre de al lado. Después hace un gesto de cabeza hacia Hans.

—Puedes irte.

Hans suspira de alivio.

—Después de echar un vistazo a este bolso.

¿Ahora qué debe hacer? Hans coloca el bolso en el suelo. Abre la cremallera con cuidado. Los soldados de la milicia se inclinan sobre él. La cara del bebé está oculta, pero Hans se da cuenta de que la sábana se mueve ligeramente; es por el aliento del bebé. ¿Los otros pueden verlo?

Hans saca la botella de Johnnie Walker y se la ofrece al teniente.

—Vosotros necesitáis el whisky más que yo —dice.

El libanés escruta la etiqueta. Afortunadamente, nadie sospecha del bolso. El oficial le arrebata la botella.

—Lárgate —dice.

Las manos de Hans tiemblan tanto que no consigue cerrar la cremallera. Está flotando en el aire y entumecido mientras camina hacia la libertad entre las filas de falangistas libaneses, que le abren un pasillo, y se consuela diciéndose que si los soldados disparasen ahora, se matarían los unos a los otros. Hans Falck vuelve al hotel, el mismo hotel donde veinticinco años más tarde está sentado, tan seguro de sí mismo, en un sofá Chesterfield de color marrón prieto, con una sombra oscura que se proyecta sobre su cara.

—¿Qué pasó con el niño?

—Lo dejé en manos de otros para que lo cuidasen. Prometí a la madre que nunca revelaría su identidad, y es una promesa que quiero mantener. Pero espero que el niño tuviera una mejor vida que ella.

PARTE I

El Precipicio

1

Un halcón listo para volar

La abuela llevaba tiempo vaticinando que la fortuna familiar desaparecería antes que ella. Nadie sabía muy bien si con ello se declaraba inmortal o si lanzaba una maldición sobre los descendientes. No en vano, Vera Lind era escritora, pero de todos los relatos que contó, era el que más asustaba a Sasha.

En realidad, su nombre era Alexandra Falck; era la abuela la que había insistido en llamarla Sasha, o Sashenka —la pequeña Sasha— cuando era pequeña, por el abuelo ruso que nadie había visto, ni siquiera en fotos.

Martirizada por el insomnio, se había levantado pronto, poniéndose un jersey de cuello alto azul marino y una americana de tweed. En ocasiones desagradables, era importante vestir formal. El día antes, había descubierto que uno de los becarios vinculados al archivo que ella dirigía se había metido en las carpetas que contenían las cuentas de 1970. Con ello, el becario había infringido la promesa de discreción que había firmado, y este tipo de errores no era algo que ella tomara a la ligera.

El espionaje del becario era desagradable ya de por sí, pero sobre todo era un síntoma. Ella podía sentirlo, como una corriente de aire cuando una estación sucede a otra; historias que llevaban tiempo escondidas estaban a punto de salir a la superficie.

¿Qué había querido decir la abuela con que la verdad y la lealtad hacia la familia estaban reñidas?

Sasha cerró con llave la puerta de la vacía vivienda del conserje en la que residía con su familia. Las chicas estaban en el campo con un par de amigas. Mads se encontraba en un viaje de trabajo en Asia. Poco después de casarse, él había insinuado que en el futuro quizá resultaría un poco agobiante vivir en una propiedad que hacía las veces tanto de sede de la empresa familiar como de residencia para varios de los miembros de la familia. Sasha se había enfurecido, del modo en que cualquiera se enfurece cuando alguien señala una verdad evidente sobre algo muy querido.

La idea de mudarse no estaba sobre la mesa.

La finca de Rederhaugen se hallaba a una distancia corta en lancha al oeste de la capital. Ahora, Sasha continuaba por el paseo bordeado de arces hasta la plaza donde los coches daban la vuelta. Durante la noche, la escarcha había pintado el paisaje con pálidos trazos de escarcha. Un viento helado chocaba contra su cara y atravesaba la chaqueta. Tembló contra su voluntad.

Llevaba toda la vida viviendo allí, pero a veces le sobrecogían el afecto y el amor que sentía por el lugar. Era su mundo. La propiedad y la familia eran una sola cosa, una extensión de ella; las suaves pendientes rocosas a orillas del mar en el lado oeste, donde se había zambullido de niña, los embarcaderos de madera y los cobertizos para botes en la punta sur, las extensiones bien planificadas de césped que se volvían de color esmeralda en verano y quedaban relevadas del espeso y susurrante pinar que terminaba en un acantilado vertical en el lado este, donde estaba la cabaña para escribir de Vera.

Desde la fuente de la plaza, que no tenía agua, siguió por un camino de grava hasta un edificio de piedra, de color blanco hueso y de tres plantas, que se asomaba sobre la finca en una loma cubierta de hierba, con un paseo de arcos, anexos, balcones con barandillas de hierro forjado de diseño entrelazado, y una torre parecida a la de un castillo, coronada de almenas.

Era conservadora por naturaleza. Los cambios le daban miedo y le inspiraban rechazo. Durante una discusión, Mads había señalado que a una persona como ella —un día, Sasha y sus dos hermanos iban a heredar la propiedad privada posiblemente más extravagante del país, una empresa que facturaba miles de millones y una fundación humanitaria— no le convenían los grandes cambios revolucionarios. Eso era cierto, pero su conservadurismo era más profundo: en última instancia, solo la familia valía algo.

Para Sasha, la lealtad a ellos era lo más importante, y cuando las figuras más poderosas de la familia estaban en conflicto —por ejemplo, la abuela y el dominante padre habían vivido en la misma propiedad durante medio siglo sin apenas hablarse—, era su trabajo encontrar el equilibrio entre ambos extremos.

Abrió la puerta trasera del edificio principal con la llave. De allí siguió hasta la biblioteca, donde estaba su oficina. En su buzón había una postal en la que ponía «FINSE 1222: no te olvides de la excursión por Hardangerjøkulen. Te quiero. M».

Este tipo de sorpresas eran típicas de Mads. El hecho de que hubiese conseguido una postal de Finse y se hubiese molestado en enviársela antes de partir, le inspiraba ternura. Cuando era más joven, seguramente habría pensado que se trataba de un intento cínico de impresionarla. Ahora pensaba que era amor.

Se acomodó en la silla Eames de color marrón.

Como directora de la fundación SAGA, se responsabilizaba de los empleados permanentes y de los doctorandos becados asociados. Abrió la agenda. «Reunión: 08.00-08.10». Sasha miró el reloj. Faltaba un cuarto de hora. No tenía ni media gana.

El último año había encabezado los preparativos para una ambiciosa colaboración con el Archivo Federal de Friburgo, Departamento Militar. Cuando hablaba con terceros sobre el proyecto, a menudo desviaban la mirada. Los archivos no eran una cosa muy sexy, pero eso a Sasha no podía importarle menos. Para ella, era la propia historia la que se manifestaba a través de cartas y telegramas escuetos. Era un trabajo de investigación que le venía como anillo al dedo. La abuela solía afirmar, acertadamente, que la disciplina de la historia era tan poco objetiva como una novela, pero no era más que otra de sus muchas exageraciones.

La colaboración con los archivos alemanes tenía como objetivo reunir información en torno a los cientos de miles de soldados germanos que fueron estacionados en tierras noruegas durante la guerra. Con el sistema electrónico, los parientes, historiadores y otros interesados podían buscar nombres, números de registro de fallecimiento y cosas parecidas, y sacar la información existente. Los esfuerzos logísticos eran grandes, pero la loable idea de su padre era hacer que la fundación fuera más conocida en Alemania.

Llamaron a la puerta, varias veces, pero solo cuando su reloj marcaba las ocho de la mañana contestó.

—¿Sí?

El becario Sindre Tollefsen entró cautelosamente. Tenía la ropa desgastada y las entradas le habían trepado por el cuero cabelludo hasta encontrarse y rodear una mata de pelo despeinado. La miró con una expresión de inseguridad en la cara y unos ojos desabridos, ligeramente sumisos. Podría tener la misma edad que ella.

—Siéntese —dijo, y el becario obedeció. Sasha pensó en toda la gente que su padre tuvo que haber despedido de forma prematura.

¿Cómo podía hacerlo, cuando a ella le resultaba tan desagradable?

—Como ya sabe —empezó sin apenas convicción, aclarándose la voz—, la fundación SAGA lleva mucho tiempo colaborando con la universidad, ofreciendo becas a doctorandos que quieran consultar nuestros archivos. Es una colaboración fundamentada en una confianza mutua. Usted ha aportado documentos importantes sobre la historia de la guerra y ha desempeñado una función importante en nuestro proyecto de colaboración con los alemanes.

El becario tragó saliva, y el afilado bocado de Adán se movió en su garganta. A Sasha le había encantado el proyecto de tesis de Tollefsen. Investigaba la historia de la resistencia antinazi interna de las fuerzas armadas del Tercer Reich en territorio noruego. Era una historia completamente desconocida que giraba en torno a dos suboficiales alemanes, que fueron ejecutados en Kristiansand hacia el final de la guerra. El proyecto tenía potencial para cambiar por completo el rumbo de la investigación en este campo.

—Sin embargo, una condición importante —continuó Sasha—, que usted se comprometió a respetar por escrito cuando le dimos acceso a los archivos, es la discreción, tanto en lo referente a los soldados alemanes como a los acontecimientos que tienen que ver con SAGA y otros asuntos de la familia.

Solo ahora pareció que el becario comenzaba a comprender la gravedad del asunto.

—¿Cómo puede saber que...?

—No puedo explicarle nuestros procedimientos internos de seguridad —contestó.

En realidad, era un procedimiento que el jefe de seguridad de Rederhaugen había elaborado a partir del sistema de los historiales médicos de los servicios de salud, mediante el cual se podía ver quién entraba en los archivos y qué había consultado. El día antes, después de la desagradable conversación con Vera, Sasha había revisado algunos documentos digitalizados, y en el histórico de consultas había descubierto el nombre de usuario del becario. No le gustaba que la gente de fuera hurgara bajo la piel de la familia de este modo. En esto era igual que su padre.

—Se ha metido en las actas del consejo de administración de SAGA de los años 1969 y 1970 —dijo—. Esa información es interna, sin ningún tipo de relevancia para su investigación ni para la sociedad.

—¡Sin relevancia para la sociedad! —dijo el becario, levantando la voz ahora.

—En efecto —replicó Sasha—. Quizá esté al tanto de que esta familia es muy restrictiva con respecto a las comunicaciones con la prensa. Nunca ha habido reportajes fotográficos con escenas domésticas, ni los va a haber. La lealtad y la discreción son las principales marcas de la casa.

Dio unos golpecitos con un bolígrafo contra el vade de cuero del escritorio.

—Ha abusado de la confianza que le hemos mostrado, por

lo que pierde su beca y el acceso a los archivos con efecto inmediato.

El labio inferior le temblaba.

—¿Me está despidiendo?

Sasha asintió con la cabeza.

—Lo lamento.

A diferencia de lo que había pensado, no se levantó, sino que se quedó sentado con una sonrisa torcida.

—¿Sabe por qué leí los dos informes anuales?

—No, y tampoco me interesa.

—Porque la historia de Vera Lind también tiene que ver con mi tema de investigación. Se trata de la historia falsa que ustedes siempre han contado sobre sí mismos.

Mantuvo la respiración y resistió la tentación de contestar del mismo modo.

—Se ha acabado el tiempo —dijo lacónicamente, con un gesto de cabeza hacia la puerta.

El becario se dio media vuelta y se marchó, pero se detuvo en la puerta y se giró hacia ella.

—Pensaba que usted tal vez fuera diferente de los demás, Sasha Falck. Pero es igual de cobarde. O peor, si cabe. No quiero trabajar para una fundación que tiene la verdad como lema, pero que representa lo contrario. Pregunte a su abuela lo que realmente pasó en la fundación SAGA en 1970.

La puerta se cerró detrás de él.

Sasha se quedó mirando el techo. Vera, otra vez. ¿Verdad o lealtad? ¿1970? En consonancia con su carácter —respetuoso y diplomático, según ella misma; autodestructivo y huidizo, según los hermanos—, Sasha siempre visitaba a su abuela en la cabaña de escritura del Precipicio una vez por semana.

Había estado allí el día antes. Como siempre, Sasha le había llevado unos pastelitos dulces recién hechos y, como siempre, su abuela la había invitado a tomar una copa de vino tinto y un cigarrillo, mientras Sasha leía en voz alta un capítulo de una de las novelas favoritas de Vera. Hasta entonces, todo transcurría igual que siempre, pero luego la conversación había tomado un nuevo rumbo.

—Este año la familia va a acudir a la celebración del 75 aniversario del naufragio —le había dicho Sasha a su abuela con precaución—. Hemos alquilado un hurtigruten* para ir al cementerio del mar donde ocurrió.

Su abuela se giró lentamente hacia ella.

—Necesito otro cigarrillo, Sashenka.

—Pienso que estaría bien que vinieras —había continuado Sasha—. Y tal vez contar lo que realmente pasó.

—¿Contarlo?

—Nunca has hablado de ello.

Tal vez fuera típico de la generación de su abuela el no hablar de los traumas. El accidente había costado la vida de su marido y casi también la de su hijo recién nacido.

—Seguramente me convendría —dijo Vera—, pero no estoy segura de que queráis saber lo que tengo que contar.

—Por supuesto que queremos. La guerra terminó hace mucho tiempo. Aguantaremos la verdad.

La abuela la había escrutado durante mucho tiempo a través del humo.

—Aguantaremos —dijo, negando con la cabeza—. Siempre has sido leal a la familia, Sashenka. Eso es bueno. Pero algunas veces, la lealtad y la búsqueda de la verdad están reñidas. Lo que sí es seguro es que no tomaré ninguna embarcación rápida alquilada. ¿Quieres saber lo que tengo que decir?

Sasha había asentido con la cabeza.

—En tal caso tienes que estar preparada para la eventualidad de que todo se derrumbe.

—Entonces yo también necesitaré un cigarrillo.

Vera se había quedado callada, pero cuando Sasha estaba a

---

* *Hurtigruten*, «la ruta rápida» en noruego, es el nombre general del servicio de transporte marítimo por la costa de Noruega, y se usa también en referencia a los barcos concretos que recorren dicha ruta. *(N. del T.).*

punto de salir, la abuela le había pedido que pidiera un taxi y la acompañase hasta la parada delante de la casa a través del bosque.

—Pero tú nunca sales, abuela —le había dicho.

—Bueno, ahora sí, querida Sashenka —replicó la abuela con un tono cortante—. ¡Todavía soy mayor de edad, narices!

Había tenido que tragar saliva, no estaba acostumbrada a que Vera la reprendiera de ese modo. No había dejado de pensar en ello durante el paseo por el bosque y el resto del día.

No sabía dónde se había ido Vera después de la conversación de ayer, pero ya era hora de averiguarlo.

Fuera del anexo estaba Jazz, el perro guardián. Cuando descubrió a Sasha, se levantó y se puso a dos patas para saludarla.

—¿Qué ocurre? —murmuró Sasha, rascando al perro tras las orejas.

Jazz gimió, impaciente. Era un pastor belga de la raza *malinois*, con un morro alargado negro y capa de color café como un pastor alemán, pero con menos pelo, el cuerpo más ligero y el lomo menos curvo que su pariente germánico. Jazz era amoroso como un cachorro y con el pelo de un lobo. Se le podía entrenar para hacer cualquier cosa y se subía a los árboles como un gato. Cuando alguien trataba de tirotear a un presidente o había que atrapar a unos terroristas, siempre había un *malinois* en primera fila.

Sasha siguió al perro con pasos apresurados por la maleza. Conocía cada raíz y losa del sendero, tenía toda la geografía de la propiedad metida en el cuerpo: primero una senda oscura y blanda, cubierta de pinochas, que atravesaba una arboleda de abetos; a continuación, subía por una pequeña cuesta que se volvía resbaladiza cuando llovía; después continuaba por encima de unas raíces pulidas como huesos alrededor de un pequeño estanque con nenúfares, entre dos penachos con forma de hoja de hacha que bordeaban una hendidura en el terreno. Cuando eran niños, naturalmente les tenían prohibido adentrarse en el Bosque de los Diablos.

De repente, el paisaje se abrió y la vegetación terminó de una manera abrupta en un muro natural de roca, con la cabaña de la abuela a unos pocos metros a la izquierda.

Sintió una pequeña ráfaga de aire y notó cómo el miedo a las alturas le asestaba un ligero golpe en el pecho. Jazz subió a saltos hasta el camino empedrado delante de la puerta de entrada, se subió sobre las patas traseras y ladró.

Sasha llamó a la puerta, dando unos toques con la herradura. Nadie contestó.

—¿Abuela?

Abrió la puerta; chirrió un poco.

—Vera, ¿estás aquí?

Una corriente de aire atrapada la impactó. Sasha echó un ojo a las baldas sobrecargadas de libros, sin fijarse en los títulos de los lomos. La tarima del suelo se hundía levemente bajo sus pies cuando se dirigió al dormitorio. Abrió la puerta. La cama estaba recién hecha, con una colcha blanca de punto sobre el nórdico. Encima de ella colgaba una fotografía de Vera y del padre de Alexandra cuando este era un recién nacido. Siempre la conmovía, le transmitía una sensación de que el mundo y el tiempo estaban unidos.

Cuando era más joven, a veces ocurría que los más mayores se echaban a llorar solo con verla, tanto se parecía a su abuela. También ella lo veía. El labio superior le colgaba muy levemente a la altura de las comisuras de labios, lo cual dotaba a las dos de un rasgo melancólico y aristocrático que muchos interpretaban como arrogancia. La piel blanca como el nácar, inmaculada, contrastaba con el pelo, que, al igual que el de la abuela, era de color caoba. Los ojos también eran los mismos; rodeados de pómulos puntiagudos y cejas oscuras y pobladas, los ojos estaban levemente inclinados desde la base de la nariz. En ellos centelleaban dos puntos de un azul intenso, como un arcoíris líquido. Tenía treinta y pocos años, «el momento de mayor belleza de la mujer», por citar al doctor Hans Falck. Se podría decir muchas cosas sobre su tío, el seductor machista de Bergen, pero sabía bastante de estas cosas.

Cerró la puerta de la habitación con cuidado y se dirigió a la cocina. Todo se encontraba limpio y recién fregado. En el frigorífico estaban las cosas que ella misma había comprado el día antes. Sasha abrió un armario por encima de la encimera.

Estaba a punto de cerrarlo cuando advirtió cómo la luz atravesaba una fila de copas colocadas en la balda superior. Tres de ellas estaban húmedas. Sasha bajó una y la tocó con la punta del dedo. Todavía colgaban unas gotas del cristal, y el borde se encontraba mojado, como si la acabasen de fregar. Jazz gimoteó y apretó el fuerte cuello contra su cadera.

Sasha salió. El perro fue dando saltos hacia el Precipicio, antes de parar en seco, y después dio medio paso con el morro pegado al suelo, como si quisiera marcar algo.

Puesto que el Precipicio se asomaba proyectando el promontorio hacia delante, y estaba parcialmente cubierto de enebros y otros arbustos, era difícil ver claramente qué se escondía al pie de este. A unos diez metros por debajo de ellos había un pequeño islote, unido a tierra firme mediante una fina banda de arena, grava y juncos que permitía llegar hasta él sin mojarse los pies, cuando la marea estaba baja, y que canalizaba el agua a una pequeña bahía de poca profundidad, llena de algas, conchas y fango.

Sasha se asomó sobre el borde para ver mejor. Se puso de rodillas, con el brazo alrededor del cuello de Jazz. El sol bajo hacía que le escocieran los ojos; se hundió de rodillas, buscando con las manos a tientas sobre la irregular roca del promontorio. Las pinochas le pinchaban las palmas de las manos, el viento arrugaba la superficie de la mar.

La abuela estaba con la cabeza bajo el agua, el cuerpo meciéndose levemente en la superficie, como una boya, como un juguete de plástico olvidado medio hundido en el agua; la ropa empapada, de un tono más oscuro. Un rayo de sol oblicuo cayó sobre la figura e hizo destellar el agua. Se hallaba rodeada de un ramo de medusas rojas —vómito de dragón, tal y como la abuela las solía llamar—. El chaleco de plumas verde tenía el emblema de SAGA en la espalda, un halcón echándose a volar, con el lema de la familia por debajo, y a través de la inquieta superficie del mar parecía que las alas extendidas se movían.

2

Cómo vas a enseñar a tu padre a...

Olav Falck dejó la bata de baño sobre un banco y bajó desnudo por el embarcadero. Hacía mucho frío para la estación. Las tablas cubiertas de escarcha se hallaban resbaladizas bajo las plantas de los pies. Estaban a siete grados bajo cero; en el agua dos, tal vez tres grados. El embarcadero se encontraba en una bahía bordeada de peñascos bajos con forma de hoja de hacha en ambos lados, justo al lado de un cobertizo para botes pintado de rojo. Como siempre, se aseguró de que no hubiera medusas cerca. A continuación, se zambulló en el agua.

Las venas se le encogieron para proteger los órganos vitales del cuerpo. Flotó boca arriba, con el pito arrugado y encogido penetrando la superficie del agua, hasta que recobró el control de la respiración y pudo mirar el cielo azul claro. Olav se bañaba en el mar todo el año, lo había hecho siempre, mucho antes de que se pusiera de moda. El hecho de que los bebés aguantasen la respiración automáticamente bajo el agua era de sobra conocido, pero también resultaba algo heroico que encajaba bien con la historia que le gustaba contar sobre sí mismo. Para Olav Falck, la vida era una competición incesante. Naturalmente, había empezado sus días luchando por sobrevivir.

La vida lo había tratado bien. A sus setenta y cuatro años seguía sin necesitar ningún tipo de medicamentos. El cardiólogo le había prohibido bañarse en agua fría estando solo. Pasaba completamente de esa recomendación, porque si iba a morir, iba a ser en el agua. Los baños en agua helada era su única adicción. Había problemas, como quién iba a asumir el mando de la empresa una vez que él ya no estuviera. Pero a grandes rasgos, pasaba lo mismo con la empresa familiar que con el país en el que vivían. Ya no se trataba de construir, sino de administrar.

Solo después de un buen rato subió los peldaños de la escalera y sintió el leve cosquilleo cuando la sangre retornaba a los dedos de pies y manos, como el calor de una estufa que se extendía por una fría habitación en invierno.

Una vez subido al embarcadero, Olav se puso a practicar el boxeo de sombra con movimientos rítmicos. Le gustaban los deportes clásicos. Durante los juegos olímpicos o en los campeonatos del mundo de atletismo podía cancelar reuniones para ver las cosas más importantes. Lo que más le gustaba era el boxeo. Tenía 19 años cuando Ingemar Johansson ganó a Floyd Patterson en 1959; siguió la época dorada de las décadas de los sesenta y setenta con mucha atención, y había visto combates por los títulos en directo en Las Vegas.

Pocas cosas lo irritaban más que la prohibición del boxeo profesional y otros abusos de poder de las autoridades noruegas. Cierto, había un elemento de riesgo, pero ¿qué quedaba de la vida si eliminabas los riesgos? La vida era buena porque dolía. Sin dolor no podía haber alegría.

Bajó por el sendero apresuradamente, atravesando la arboleda cubierta de escarcha que separaba el agua del jardín, y siguió por el césped hacia el busto de su padre, realizado con una aleación de cobre y estaño, y levantado sobre un pedestal de granito crudo, por uno de los escultores más prominentes del país. La frente brillaba a la luz del sol y en el pedestal había un epigrama grabado: SEGUIR VIVO EN LOS CORAZONES QUE DEJAMOS ATRÁS ES NO MORIR. THOR S. FALCK 03-11-1903/23-10-1940. Olav había perdido a su padre poco después de nacer y no tenía recuerdos de él, pero la línea de sangre a la que pertenecía lo llenaba de humildad.

Entró por la puerta cubierta de la parte trasera de la torre de la roseta. Tras una ducha de agua ardiente en el vestuario, subió por las escaleras de caracol de la torre, se encerró en su despacho y miró su agenda. No tenía reuniones en lo que quedaba del día, y eso le venía bien, así podía redactar la ponencia. Llevaba tiempo pensando en ella. Iba a tomar a su padre como punto de partida y tenía el título de «Los pioneros de la resistencia». Como director de una importante naviera de Bergen, el Gran Thor había organizado el espionaje contra los alemanes, había enviado pesqueros por el mar del Norte y habían vuelto con radios.

La ponencia también iba a tocar la siembra de minas de los británicos en la costa noruega. El hecho de que su padre hubiese perdido la vida como consecuencia de una mina marina británica, y no por armas alemanas, resultaba bastante paradójico.

Olav había empezado a formular algunas frases cuando alguien llamó a la puerta.

—¿Sverre? —dijo Olav—. ¿Qué haces aquí?

El hijo mayor de Olav estaba aproximándose a los cuarenta, y con el paso de los años era cada vez más difícil negar que su hijo se le pareciera físicamente. Al igual que Olav, el hijo era alto y atlético. La cara alargada y bronceada, con unos ojos estrechos y contemplativos, estaba dominada por una nariz ligeramente aguileña, que las malas lenguas calificaban de «pico de halcón».

Para la ocasión, el hijo había guardado sus conservadoras americanas de tweed de Savile Row y se había puesto una camisa negra con un extravagante diseño floral bordado. La expresión sumisa en su cara estaba mezclada con cierta alegría, motivada por su visita.

—Me gustaría charlar un poco contigo —dijo Sverre.

—Prefiero no hacer reuniones espontáneas hoy, iba a disfrutar de la vista del fiordo y de la agenda vacía durante este día para redactar la ponencia sobre mi padre.

—Va sobre la expedición de buceo para explorar el naufragio, que tendrá lugar durante la conferencia —continuó Sverre—. He traído a alguien que me gustaría que conocieras.

Sverre era el jefe del proyecto SAGA Arctic Challenge, que se llevaría a cabo un poco más adelante, y había hecho un buen trabajo preparando la conferencia. Fletar un hurtigruten y llenarlo de pensadores internacionales para navegar por la zona del accidente de 1940, atravesando Lofoten y Vesterålen, representaba todo lo que la fundación SAGA quería proyectar al exterior. Era una cosa archinoruega a la vez que sugerente para los extranjeros.

—Ah —suspiró—. Será mejor que entréis.

El compañero de Sverre llevaba una americana de terciopelo rojo de doble botonadura, que dominaba el campo de visión de Olav como un trapo rojo.

—¿Qué pasa?, ¿ya toca celebrar la fiesta de cumpleaños de los niños de Stordalen?* —dijo.

Naturalmente, reconocía al acompañante. Olav no desdeñaba a los nuevos ricos que habían llegado a ocupar las primeras posiciones de los más influyentes del país en los últimos años, sino al revés; en el fondo, le gustaba ver la incomodidad causada por su desfachatez entre los otros empresarios tradicionales. Y nadie tenía peor gusto que Ralph Rafaelsen.

Olav pidió que les sirviesen café mientras trataba de evaluar la relación de fuerzas entre su hijo y Rafaelsen. En los últimos años, los medios de comunicación a menudo habían retratado a Rafaelsen como un tipo emprendedor que no huía de los riesgos. Había creado un enorme capital basado en el negocio de las piscifactorías para el mercado doméstico y después había expandido sus actividades.

—¿De modo que queréis hablar de exploración de naufragios? —dijo Olav, mirando primero a uno y después al otro—. ¿Eres tú el del traje de buceo?

La idea era que, cuando el hurtigruten llegase al lugar del naufragio, un buceador bajaría hasta el pecio, a trescientos metros de profundidad, con un traje de buceo especialmente diseñado para la ocasión, transmitiendo en directo la exploración al resto de los participantes en la conferencia.

* Alusión a Petter Stordalen, multimillonario noruego conocido por sus extravagantes celebraciones familiares. *(N. del T.)*.

—Correcto. —Rafaelsen le clavó la mirada—. Ahora, llamarlo traje de buceo es como comparar un avión de ruta con una nave espacial.

—O exactamente lo mismo que comercializar tus productos piscícolas como salmón salvaje del Atlántico —contestó Olav—. Tus debiluchas creaciones tienen tanto que ver con el orgulloso salmón atlántico como un caniche con un lobo.

Rafaelsen murmuró algo.

—El exotraje es una revolución. Es atmosférico, por lo que obviamos los problemas de síndrome de descompresión en grandes profundidades. El piloto, porque esto en realidad es un submarino de una persona, evita la presión. Solo existe un ejemplar en todo el país, y es el mío. Usarlo en el evento añadiría prestigio a la conferencia.

Rafaelsen continuó exponiendo los detalles técnicos del monstruo, sin que Olav lo escuchase con demasiadas ganas. Era un generalista. Nunca había entendido la maniaca obsesión de los cerebritos por los detalles.

Para su gran irritación, Sverre se comportaba de un modo sumiso ante Rafaelsen, a pesar de sacarle por lo menos diez años, riéndose de las gracias del norteño y asintiendo ante todo lo que decía con demasiado entusiasmo.

Los problemas de Sverre eran la principal razón por la que Olav, en su septuagésimo quinto año, seguía siendo el director general del grupo empresarial SAGA, que la revista *Kapital* había valorado en doce mil millones de coronas. A pesar de que los beneficios derivados de las empresas del grupo y la inversión de capitales constituían el flujo de caja de la familia, Olav solo sentía desprecio por los mercantilistas, los negociantes y los comerciantes menores. En cambio, siempre prefería hablar de la fundación SAGA, que él mismo presidía. El dinero tenía que llegar de manera regular, sí, pero el credo de SAGA era otro. SAGA iba a contar la historia del país. Algunos tenían miles de millones en la cartera, otros tenían capital cultural. Solo SAGA tenía ambas cosas.

Al mismo tiempo, Olav no habría tenido la paciencia de permanecer como presidente de la fundación hasta mucho más allá de la edad de la jubilación si SAGA se hubiera contentado con organizar conferencias y repartir becas, como hacía la mayoría de las fundaciones dedicadas al bien común de este tipo. Desde los primeros años de la posguerra, las empresas de la familia habían operado junto con los servicios secretos del país, primero como la organización anticomunista que llevaba el nombre de Stay Behind, y después en calidad de... No, esa era una historia larga y compleja. Estos arreglos no aportaban dinero ni prestigio reconocido oficialmente. De hecho, podrían lastrar las otras actividades. Pero aportaban algo más importante a Olav, una sensación de relevancia. Y antes de poder pensar en la jubilación, debía iniciar al posible relevo, que según las estipulaciones era uno de los hijos, en los pormenores de esta compleja red de actividades.

Tenía buenas razones para seguir al mando de la nave.

—Suena muy interesante. —Olav lo interrumpió en medio de una argumentación a favor de la cámara subacuática diseñada exprofeso para la expedición—. Quedamos así.

—Hay otra cosa —dijo Sverre, y pareció que estaba cogiendo aire.

—No tengo prisa —sonrió Olav.

—Como quizá sepas —comenzó Sverre, y Olav notó que vacilaba—, habrá muchos participantes de gran relevancia en la conferencia. Todos han aceptado la invitación, todos quieren ir a Lofoten. Seguimos teniendo poder de convocatoria. Algunos tienen miles de millones en la cartera, otros tienen capital cult...

—Al grano —dijo Olav.

—Me acaban de confirmar que la familia real de Arabia Saudí tendrá representación —dijo Sverre—. Posiblemente, el propio heredero de la corona se dé una vuelta por aquí en su jet privado.

—Bodø tiene la pista de aterrizaje más larga del país —añadió Rafaelsen—. El Lockheed U2 aterrizó allí en 1960, por lo que un avión privado no tendrá problemas.

El hijo miró a su compañero.

—Nosotros hemos hablado un poco de asignar unos gastos

de representación añadidos a los vips más jóvenes. Ralph tiene buenos contactos entre los escuadrones de helicópteros del Ejército de Aire y puede fletar algunos de ellos. Aterrizamos en el hurtigruten por la tarde, llevamos a la gente por encima de Lofoten hasta la propiedad de Ralph en Vesterålen, y la devolvemos a la nave al día siguiente por la mañana.

—Como una especie de actividad auxiliar, por decirlo de algún modo —dijo Rafaelsen.

La familia real de Arabia Saudí, helicópteros fletados a título privado, la propiedad de Rafaelsen... Las palabras se juntaron en la cabeza de Olav como las pesadillas que a veces se habían apoderado de él cuando era niño.

Se quedó callado durante un largo rato, ladeando la cabeza, antes de abrir la boca.

—¿Puedo decir una cosa?

—Por eso estamos aquí —dijo Sverre.

Olav se aclaró la garganta.

—La última vez que estuve en el hotel Dorchester en Londres, estuve hablando un rato con el portero. Me preguntó si no quería alojarme en la suite, como solían hacer «the Falcks».

Al pronunciar el nombre del hotel, se dio cuenta de que el hijo se mordió el labio inferior, como si fuera consciente de lo que venía. Olav sonrió y continuó:

—Oh, le dije al portero, yo prefiero las habitaciones normales con tal de que las vistas sean buenas, aunque sea...

Hizo una pausa, como si estuviera buscando las palabras.

—... un hombre rico. «Pero su hijo siempre se aloja en la suite», replicó el portero. «Sí —le contesté—, porque él es el hijo de un hombre rico».

Durante un buen rato mantuvo la mirada fija en el hijo, quien estaba con la boca abierta y una expresión avergonzada en la cara. Ralph Rafaelsen soltó una risita cautelosa.

—Noruega es un buen país para disfrutar de una fortuna. La mayoría de los noruegos no ponen objeciones a la gente con dinero, al revés, el noruego admira a la gente valiente y emprendedora. Nuestras leyes también protegen nuestros intereses. Pero es un equilibrio frágil. Admiramos el celo y la disciplina, pero odiamos la decadencia y la corrupción. Apenas ha habido una aristocracia en este país, y desde la ley de la nobleza de 1821, cuando se abolieron los títulos y los privilegios, no existe. Para administrar el bienestar en Noruega, al menos si tienes ambiciones más elevadas que la inversión financiera, si quieres contribuir a levantar esta sociedad, no hay que luchar contra los sindicatos, ni contratar a polacos mal pagados para construir nuestras casas con dinero negro.

Olav miró a Ralph, que parecía un escolar pillado con las manos en la masa en la tienda de chuches. Se había escrito mucho en la prensa sobre las condiciones laborales cuando construyó su enorme chalet en Vesterålen.

—Para administrar el bienestar en Noruega hace falta entender el modelo noruego —prosiguió Olav—. Hace falta entender la colaboración entre tres entidades, hace falta entender las ventajas de la compresión de la estructura de salarios, implica emborracharse con nuestros representantes políticos elegidos y los líderes de la Federación Unida de Sindicatos. Porque en esto consiste el modelo noruego. Nos ocupamos de que la gente normal y honrada pueda tener una buena vida, les pagamos sueldos para que puedan viajar al sur, comprarse un coche nuevo, pedir un crédito para adquirir una casa propia. A cambio, tenemos a un pueblo que nos respeta, que no fomenta la rebelión ni ataca nuestras propiedades. Y todo lo que me habéis contado en torno al viaje con el hurtigruten, de los malditos saudíes, los helicópteros y las veladas en tu propiedad supone quebrar esta confianza.

—Cómo vas a enseñar a tu padre a... —exclamó Rafaelsen.

Lo interrumpió alguien que llamó a la puerta.

—¡Ocupados! —dijo Olav.

Aun así, la secretaria metió la cabeza.

—¿No has oído lo que te he dicho? —dijo este con irritación.

—Lo siento mucho, pero es importante.

—Espero que lo sea.

Estaba a punto de agarrar la taza del café, pero la mirada de la secretaria cuando entró por la puerta, con los ojos desorbitados pero muertos al mismo tiempo, le hizo pararse.

—La reunión ha terminado —dijo a Sverre y Rafaelsen, que se miraron confusos por la repentina interrupción cuando se levantaron para salir.

—¿De qué se trata? —preguntó Olav una vez que estuvo solo con la secretaria. Pero en el fondo ya conocía la respuesta.

3

Tierra de nadie

*Centro de interrogatorios norteamericano, lugar desconocido
en Oriente Medio*

Cuando condujeron a Johnny Berg a una habitación iluminada
entre dos guardias, se acordó de las palabras que su mentor, el
viejo oficial conocido simplemente como H. K., una vez le había
dedicado: «La tortura no es en primer lugar el dolor en sí, es sobre todo la expectativa de lo que supone».

No sabía dónde estaba. Las semanas y meses desde que la milicia kurda lo había detenido estaban borrosos como las vistas en
las tierras altas en medio de una tormenta de nieve, donde se con-
funden la tierra y el cielo, donde los minutos son como horas y
viceversa. Lo habían trasladado de un campamento de prisioneros
a otro antes de que los americanos se hicieran cargo de él.

Los guardias le habían quitado el pasamontañas antes de in-
troducirlo en la habitación, para que pudiera ver lo que le esperaba. La luz de los tubos fluorescentes del techo le pinchaba los
ojos. De los altavoces salía una canción de heavy metal a todo
volumen.

En medio de la habitación había un banco colocado con una
ligera inclinación, provisto de bandas de cuero en ambos extremos, un gorro negro de lana y unas esposas abiertas de par en

par. Dentro de la habitación aguardaban dos hombres con pasamontañas, forros polares y botas militares de camuflaje. Junto a la pared había dos regaderas.

La música calló.

«No —pensó Johnny mientras el corazón le martilleaba el pecho—, dime que esto no es más que un ejercicio, un sueño, cualquier cosa, pero déjame salir de aquí; esto es peor que la muerte».

—¿Yahya Sayyid al Jabal? —dijo uno de ellos con marcado acento norteamericano—. ¿Es así como te llamas?

Johnny no contestó.

—Te he hecho una pregunta —dijo el hombre, elevando un poco el tono de voz.

—No, señor —contestó Johnny—, mi nombre es John Omar Berg.

—¿Nacionalidad?

—Noruega.

—De acuerdo —dijo el hombre a través del pasamontañas, todavía sin agresividad en la voz—. Necesitamos que contestes a algunas preguntas.

El otro hombre, también enmascarado, pero con una constitución más fuerte, tomó la palabra. Habló con un tono normal, como si estuviera comentando la reparación de una lavadora, con el acento cantarín típico de los estados del sur.

—Tenemos dos maneras de hacer esto. Preferirás la primera.

Johnny miró la pared de cemento irregular gris.

—Has entrado en Irak y Siria bajo el nombre de Al Jabal —dijo el tipo más fornido de los dos—. Según el régimen autónomo kurdo, cruzaste la frontera en Erbil el 12 de septiembre del año pasado. ¿Y ahora dices que Al Jabal no es tu auténtico nombre?

Johnny cerró los ojos otra vez, inclinó la cabeza hacia atrás y puso las manos sobre la cara.

—No puedo entrar en los detalles de mi misión —dijo—, pero mis superiores os lo podrán confirmar.

Los americanos lo presionaron.

—¿Qué te ha traído aquí?

¿Qué valor tenía el voto de silencio ahora? Nada.

—Iba a, eh, sacar a un soldado noruego.

—¿Cómo se llamaba?

—Su nombre era Abu Fellah, y las autoridades noruegas pueden confirmar lo que estoy diciendo.

El último año, los musulmanes occidentales habían entrado a raudales en la región para construir el recién instaurado «califato». La alarma había sonado entre los servicios de inteligencia de los países del oeste, que temían que estas personas con experiencia de guerra y ganas de luchar, volviesen a sus países de origen.

La figura negó con la cabeza con lentitud. Sus facciones destacaban levemente bajo el pasamontañas.

—Nos hemos enterado. Ni Noruega ni otros países aliados pueden confirmar esta historia creativa tuya.

Johnny sintió que se le cerraba la garganta, como si no pudiera respirar. Todo tiene un fin, también la suerte que lo había mantenido con vida. Llevaba diez años trabajando para el servicio de inteligencia en las ciudades más peligrosas del mundo, en Afganistán, Libia e Irak. Había recibido muchas distinciones. Había estado cerca del desastre muchas veces, pero Dios es noruego, ¿no era eso lo que se decía?

Ahora todo se había ido a la mierda.

—Te lo volveré a preguntar —continuó el jefe del interrogatorio—. ¿Qué ibas a hacer?

Después de tantos años de servicio, estaba quemado y desilusionado. Oriente Medio se iba al garete en cualquier caso, con o sin la intervención de Occidente. Los esfuerzos eran inútiles o solo empeoraban las cosas.

Hacía casi un año, un oficial se había puesto en contacto con él para llevar a cabo una misión fuera de los canales habituales; una misión de máxima relevancia nacional para la que faltaba voluntad política en la pacífica nación de Noruega. El trabajo consistía en viajar a Kurdistán, recoger un arma norteamericana comprada en el bazar de armas de la capital, reunirse con un soldado de las fuerzas especiales de Estados Unidos que había luchado contra el Estado Islámico allí, y atravesar la tierra de nadie que constituía el frente del pueblo controlado por el EI, donde se encontraba el noruego Fellah. Nadie le había mencionado que viajaba sin el beneplácito de la nación.

Los recuerdos de lo que había pasado se materializaron en su mente como atisbos de momentos de sudor, pulsaciones aceleradas y breves destellos en la retina: la casa baja, de color verde debido a la visión nocturna, las habitaciones frías, las alfombras polvorientas, los disparos amortiguados, la mirada del pequeño niño en el pasillo.

No, Johnny no fue capaz de hacer frente a esa imagen, paró el flujo de recuerdos.

Fueron descubiertos justo antes de alcanzar la zona de hierba alta que crecía en la tierra de nadie. La misión estaba cumplida, pero al americano lo tirotearon y murió. Aunque Johnny había escapado, al regresar al lado kurdo, la milicia kurda lo detuvo. Era imposible decir lo que había pasado exactamente, pero supuso que el EI había plantado rumores de que había desaparecido uno de los suyos —para vengarse de lo que había hecho y por haberse escapado—. En el frente, se sabía que ambas partes escuchaban las comunicaciones de sus adversarios.

Los kurdos lo condujeron a un campamento que hacía las veces de prisión para terroristas, antes de dejar que los americanos se hicieran cargo de él. Por eso estaba aquí, en una habitación sin ventanas, en un lugar donde no creían su historia.

Se dio cuenta de lo desesperada que era la situación. La misión no había sido oficial, se negaba la existencia de esta, y aquellos de Noruega que pudieran haberlo defendido, no lo habían hecho. Al revés, era un noruego de pelo negro con piel dorada y raíces árabes, y había pruebas de que había perdido la fe en las acciones militares de Occidente.

Las autoridades noruegas podrían darle medallas por su coraje. Podía estrechar la mano a generales, ministros y miembros de la casa real. Pero en el fondo sabía que siempre sería un extranjero a sus ojos. Todos los noruegos de color lo sabían. Cuando mostrabas coraje en la guerra, o marcabas un gol para la selección, eras noruego al cien por cien. Pero cuando las cosas se iban a la mierda no eras más que un pequeño marroquí, el moro, el musulmán, el extranjero, el niño de catorce años que tenía que huir de los neonazis y esconderse en un seto con los dientes castañeteando. A los noruegos les encantaban los extranjeros que adoptasen las costumbres noruegas de esquiar en invierno, ponerse el traje tradicional el 17 de mayo y tomar panceta de cerdo en Nochebuena, pero también les gustaba confirmar sus prejuicios: «Deberíamos habernos dado cuenta de que no era de fiar».

Era un cabeza de turco perfecto.

Los americanos le pusieron el gorro ajustado negro en la cabeza y lo trasladaron al banco inclinado. Lo colocaron boca arriba, y uno de ellos ató las bandas sobre las tres cicatrices diagonales de su pecho, para que no pudiera moverse.

Aparte del chapoteo de las regaderas cuando las levantaron del suelo, todo estaba en silencio. Todo estaba oscuro. Sintió el impacto del agua tibia contra la cara, corrió atravesando el gorro negro hasta llenar sus fosas nasales despacio. Se oyó un chapoteo mientras lo empapaba.

Aguantó la respiración durante tanto tiempo que los pulmones protestaron gritando y los intestinos se retorcieron de dolor. Al final perdió el conocimiento.

Pensó en Ingrid. Después de ser padre, la idea de su hija siempre lo había mantenido con vida en los peores momentos. Algunas veces estaba tan cerca de él que podía tocarle el pelo moreno, que le llegaba hasta los hombros. Estaba a su lado entre los prisioneros con sus petos de color naranja, sentada en el borde de la estructura metálica de la cama, con las pequeñas piernas colgando, con costras en las rodillas y las uñas de los pies sucias, o colocaba sus muñecas en intrincadas filas contra la pared de la celda mientras las peinaba o las arreglaba. Estaba tan cerca, cuando se aproximaba con pasos ligeros de niña al lavabo para lavarse los dientes con la pasta de dientes rosa, hasta que desapareció, como un espejismo en una carretera de un desierto, que se desvanece poco a poco. Ella era su sangre, con sus rasgos, la mezcla entre lo noruego y algo extranjero cuyo origen él no sabía.

El instinto de las personas de no inspirar agua es tan fuerte que supera el miedo de quedarse sin oxígeno. Cuando finalmente cedió, no sabía si exhalaba o inspiraba, solo que las vías respiratorias se llenaron de agua y que él mismo se ahogaba, indefenso como una persona atrapada en el fondo de una nave que se hundía. El instinto de no respirar bajo el agua era tan fuerte que podría hacerle decir cualquier cosa, lo que fuera, para no verse forzado a hacerlo.

Nadie lo resistía.

¿Quién era el responsable de que estuviera aquí? El hecho de que la misión hubiese descarrilado era una cosa, pero que los que se la habían encomendado no moviesen un dedo, eso era imperdonable. Si alguna vez daba con los responsables, dedicaría el resto de su vida a procurar que les pasara lo mismo, que ellos se viesen obligados a estar así, sobre un banco de madera en un sótano oscuro, sintiendo cómo el agua entraba en las vías respiratorias.

—Me llamo... Me llamo...

Dos hombres lo levantaron hasta colocarlo en una postura sentada. Johnny inspiró y gritó de miedo y de dolor.

—Me llamo John Omar Berg y fui soldado de la infantería de Marina y espía para los servicios de la inteligencia. Bajo el... nombre... de Yahya al Jabal... viajé para unirme al Estado Islámico.

—Estupendo. Llevadlo de vuelta con los kurdos —dijo el americano.

4

¿Qué clase de prosa es esta?

Olav estaba desnudo, con una pierna apoyada en el banco del vestuario, echándose Spenol en el interior de los muslos, cuando entró su hijo.

La mañana que recibió la noticia del fallecimiento había entendido lo que había pasado de inmediato. En el fondo siempre había sabido que su madre se quitaría la vida. Llevaba setenta y cinco años sabiéndolo, aguardando. Había oído sus gritos por la noche cuando era pequeño. Esperando que sucediese. Su madre había puesto fin a su vida en el agua, al igual que su padre.

Solo quedaban cuatro días para el funeral y había que organizar muchas cosas. Debía seguir al mando, mantener el *statu quo*. Fue Vera quien había establecido la finca de Rederhaugen y sentado las bases para la posición de SAGA. La muerte podría desencadenar nuevas preguntas que podrían conducir a los años oscuros, que a su vez podrían volver a abrir el abismo de la guerra.

«No». Inspiró. «Las cosas, de una en una», pensó Olav. Debía trabajar con las preguntas en torno a la muerte de la madre del mismo modo en que siempre resolvía problemas, con calma y sistemáticamente.

Había proporcionado un poder legal a Siri Greve, la abogada de la familia, para recoger el testamento de Vera en la notaría.

Esperaban su llegada en cualquier momento, y Olav temía lo que pudiera contener.

En los últimos años, solo hablaba con su madre una vez al año; en su cumpleaños, a finales de julio, y entonces Vera siempre lloraba.

Según Olav, había una causa evidente para el conflicto con su madre. Para él, la familia era lo más importante, pero ella siempre se había colocado un peldaño por encima de la familia.

Perdió el hilo de los pensamientos de manera abrupta cuando oyó un movimiento en la puerta tras él. Reconoció a Sverre en el espejo húmedo. Cuanto más mayor se hacía Sverre, más se parecía a las viejas fotografía de él mismo, pero había algo débil y evasivo en su personalidad que una fotografía no podía revelar, como la diferencia entre un Rolex auténtico y una buena copia.

—¿Tú, aquí? —dijo, y continuó untándose la piel con la crema. A menudo había pensado que el Ejército haría espabilar al hijo y prepararlo para las tareas que lo esperaban en SAGA. Eso no había sucedido: Sverre había regresado de su servicio en el extranjero pálido y tembloroso.

El hijo asintió con la cabeza, parecía sorprenderlo ver a su padre desnudo.

—La pastora me envió un email anoche con un borrador de los discursos que se darán en la iglesia. Lo he imprimido.

Olav se ató una toalla alrededor de la cintura, cogió la impresión y comenzó a leer.

—Vera Lind ha pasado a mejor vida —leyó—. ¿Sverre? —dijo, agitando los folios—. ¿Qué coño es esto?

El hijo miró al húmedo suelo.

—Por fin ha colgado las botas de monte... ¿Qué clase de prosa es esta? ¡Esto no es más que palabrería, Sverre! Mamá era escritora. La lengua era su herramienta. Habría preferido cortarse las manos a expresarse de esa forma.

—Bueno, escritora... —replicó Sverre—. Hace casi cincuenta años que no publica nada. Y son las palabras de la pastora, no las mías.

—Me importan una mierda las pastoras noruegas, son una

panda de socialistas lesbianas sin religión. Tu trabajo consistía en proporcionar unos datos clave sobre Vera, que ni siquiera una pastora pudiera malinterpretar. Esto es una basura.

Olav estrujó las hojas hasta convertirlas en una bola, que arrojó a la papelera.

—Le diré a Alexandra que vaya a hablar con la pastora otra vez, para darle la información necesaria. Si la pastora no nos sirve, tendremos que cambiarla por otra. Posiblemente habría que dejar que la propia Alexandra redactase los discursos.

—Me lo pediste a mí, no a Sasha —dijo Sverre, dolido.

Olav echó una nubecilla de *eau de cologne* a la base del cuello.

—Los daneses exportan carne de cerdo; los franceses, vino; los noruegos, petróleo y salmón. ¿Sabes a qué me refiero? Si nuestro cometido fuera ir a la guerra y matar a un líder talibán con un rifle de francotirador desde mil metros, naturalmente te preguntaría a ti. Respeto mucho lo que hiciste en Afganistán, Sverre.

El hijo no contestó.

—Los humanos tenemos diferentes talentos naturales. El difunto Adam Smith lo llamaría «división del trabajo». Para empezar, me equivoqué al pedírtelo. —Sonrió—. *Mea culpa*.

Sverre lo miró con ojos oscuros. A Olav lo irritaba sobremanera que el hijo nunca se defendiese. Ahora estaba visiblemente ofendido, a pesar de que Olav no hubiera hecho más que decir la verdad. En última instancia hay que hacerlo.

Desde que Sverre era pequeño, Olav lo había educado para que fuera un número uno. A menudo arrojaba al crío aterrado al agua fría, gritaba y se movía como un pez asustado. Le había costado varios años acostumbrarse a ese tratamiento tan duro, pero Olav había dado por hecho que terminaría dándose cuenta del valor de la «terapia de agua» cuando fuera más mayor. No había sido así.

Cuando era más joven, Olav siempre pensó que dejaría el cargo de director de SAGA y presidente de la fundación cuando le llegase la edad normal de jubilación, pero pasó el tiempo sin que encontrase un momento oportuno, ni un sucesor digno. Por tanto, los setenta se convirtió en la nueva edad de jubilación, eso fue lo que había comunicado a sus hijos y colegas. Pero durante la ostentosa fiesta de cumpleaños, a la que asistieron el rey y el primer ministro, había pronunciado un discurso declarando que había tomado la decisión de «prolongar su cometido».

Tanto formal como jurídicamente, tenía el derecho de su lado. Como fundador, las estipulaciones de la fundación SAGA le garantizaban la facultad de prolongar sus tareas sin limitaciones en el tiempo. Y sin él, la familia no sería más que una de las estirpes antiguas y crónicamente acaudaladas con grandes propiedades y cero flujo de caja.

—Era un intento de decir algo sobre una persona que nos importaba —dijo Sverre—. No es el discurso de Año Nuevo del primer ministro.

Olav puso un brazo alrededor del hombro de su hijo.

—Los discursos de Año Nuevo son pésimos; los discursos de los políticos noruegos son tan aburridos como las investigaciones públicas.

—No tengo pensado convertirme en político.

—Me alegro —dijo Olav—. Los políticos son elegidos por unos años, prueban un poco el sabor afrodisiaco del poder, y luego desaparecen entre las brumas del olvido. Mira la lista de la gente con la que estuve en el gobierno. Olvidados, con unas pocas excepciones. Un expolítico es casi algo tan triste como un famoso de la televisión fracasado o un deportista convertido en drogadicto. Eres un superviviente, Sverre, un boxeador que soporta cualquier golpe. Si algún día quieres hacerte cargo de esto, tendrás que aguantar comentarios mucho peores que este. Cuando yo fui ministro de Defensa, los buitres andaban al acecho día y noche. La vida es una lucha, Sverre, la vida es un chapuzón en agua helada, donde o llegas a tierra firme o te ahogas. Venga, vamos.

Salieron al pasillo de las escaleras junto al vestuario. En un extremo, las escaleras de caracol subían a la torre de la roseta y llevaban a su propio despacho. En el extremo opuesto había una puerta doble que daba a la biblioteca, donde la familia se reunía para repasar todas las condiciones y tareas con relación al falleci-miento.

Siri Greve estaba apoyada contra la irregular pared de ladri-llo. Como siempre, vestía un traje ajustado que marcaba las pier-nas largas, y el color azul marino contrastaba con el voluminoso pelo rubio. Por la mirada que le echó, Olav se percató enseguida de que tenía algo importante que decir.

—Ve entrando, Sverre. Dame un momento con Greve —dijo con un gesto de la mano para que su hijo se marchase.

Sverre se fue sin mediar palabra, y Olav cruzó el suelo de granito. El rostro de Greve era impasible. Algo pasaba, eso esta-ba claro.

—Por la cara que tienes, entiendo que traes malas noticias.

—Me temo que será muy complicado —dijo Greve.

—El reparto de las herencias nunca es fácil —respondió, como si tratase de demorar las noticias desagradables. Ella se echó el pelo hacia atrás y dejó caer el golpe.

—El testamento ha desaparecido.

Olav se quedó con las manos en los bolsillos. El mal sabor de boca afloró desde la garganta, una sensación de haber perdi-do el control. Se había preparado mentalmente para sorpresas desagradables en el testamento, pero no para una eventual desa-parición.

—Un testamento no desaparece sin más —dijo—. Pensaba que estaba guardado definitivamente donde el notario.

—En efecto, Vera Lind lo mantuvo allí desde 1970 —contes-tó Greve.

—Entonces no haría falta más que pedírselo, entiendo.

—El notario me confirma por escrito que tu madre fue a bus-car el testamento —dijo Greve, blandiendo una hoja—. Vera fue a recogerlo el mismo día que se quitó la vida.

Olav pasó dos dedos sobre la punta de la nariz y la boca, an-tes de dejarlos bajo la barbilla.

—¿Mi madre recoge su testamento y poco después va y salta por el Precipicio?

—Es difícil hacerse a la idea —dijo la abogada—, pero sí.

Metió las manos en los bolsillos y se puso a pasear de un lado a otro junto a las escaleras.

—¿Cuál es la peor situación posible, Greve?

Así pensaba constantemente, era su secreto para los negocios: cuando los expertos en armas nucleares o el clima daban ponencias en SAGA, Olav siempre preguntaba qué era lo peor que podría pasar y, a partir de ahí, formulaba sus estrategias.

—Vera podría haber querido quitarse el testamento de encima, es una posibilidad. Pero lo peor sería que redactase un nuevo testamento, jurídicamente vinculante, que beneficiase a otras ramas de la familia.

—Hans y esa maldita gente de Bergen —murmuró Olav.

La rama de Oslo de Rederhaugen, primero bajo la dirección bohemia de Vera y después bajo su propia supervisión, había hecho una enorme fortuna gracias a los beneficios del grupo SAGA. Además, la fundación del mismo nombre les había otorgado algo incluso más importante: influencia. ¿Cuánto tiempo duraría?

—De modo que así están las cosas. —Greve hizo un gesto de cabeza hacia la biblioteca—. Ya es la hora. ¿Vamos?

5

Estamos hablando de cantidades importantes

—Por tanto, la pregunta es dónde vamos a dejar sus restos mortales.

Puesto que Sasha tenía una opinión cualificada acerca de este problema, levantó la mano obedientemente. El representante de la funeraria era un hombre corpulento de mediana edad con la cara roja. Habían pasado cuatro días desde que encontró a su abuela, pero la imagen de ella de aquella mañana —boca abajo, junto al islote, y el chaleco plumífero con el emblema de la familia teñido de verde oscuro por el agua— la había visitado día y noche desde entonces. Sasha nunca antes había descubierto a una persona muerta, apenas había visto un cadáver.

Pero ella se ocuparía sola de sus propios traumas. Mil veces peor era la sensación de culpabilidad que la inundaba. Vera se había comportado de un modo extraño ya cuando Sasha le formuló la inocente y estúpida pregunta de si estaba dispuesta a hablar sobre el naufragio. Y la misma noche había terminado con su vida.

—¿El memorial de Vår Frelser? —propuso Sverre.

—Ese sitio ha perdido el lustre —murmuró Olav—. O bien está lleno, o bien ya no está de moda entre los muertos.

—Papá —dijo Sasha con voz cortante—, no puedes hablar así.

—Mi padre está en el cementerio Vestre —continuó Olav—. Es un buen sitio. El panteón familiar de ese lugar sería lo más natural.

—No estoy de acuerdo —dijo Sasha.

Las miradas de los demás se dirigieron a ella. La reunión de planificación se desarrollaba en el atrio de la biblioteca, una sala circular luminosa con un atrio de unos cinco metros. La luz del día entraba por una estrecha ventana que recorría los trescientos sesenta grados de las paredes de la sala y cegaba los ojos a Sasha. El techo redondo estaba dominado por motivos del Libro de los Reyes de la Biblia. Bajo la ventana, las estanterías cubrían las paredes hasta el suelo de granito claro pulido, en cuyo centro había puestos de lectura con butacas profundas, donde la familia se había sentado.

—¿En qué no estás de acuerdo, concretamente? —dijo Olav.

—Propongo un arboreto conmemorativo junto al Precipicio —respondió la hija—. Deberíamos esparcir sus cenizas sobre las aguas del fiordo en ese punto.

La mirada del representante de la funeraria alternó con inseguridad entre los presentes mientras apuntaba.

—Sobre el fiordo, muy bien.

Olav miró por encima de él a la abogada.

—Greve, ¿qué dice la ley sobre este tipo de soluciones?

—Formalmente debería ser posible, siempre y cuando no se echen las cenizas en una zona urbanizada o en aguas con mucho tráfico de embarcaciones de ocio.

A partir de ese momento, el representante de la funeraria siguió explicando los pormenores prácticos del funeral: el ataúd de madera de cerezo con incrustaciones de caoba, qué fotografía de Vera se usaría en el programa del acto, y los músicos que tocarían en la iglesia y durante la comida posterior.

—¿No podríamos traer a los Sølvguttene? —preguntó Olav—. Me gustaría tenerlos en la iglesia.

El agente de la funeraria vaciló.

—Están muy solicitados, creo que será muy difícil traerlos con tan poca antelación.

—Vale —dijo Olav con irritación, y miró su Rolex Daytona, cuya pulsera de estilo deportivo combinaba el rojo, el blanco y el azul—. Entonces yo mismo hablaré con el director. Mi hijo llamará a tu funeraria si nos surgen más preguntas.

El hombre asintió con la cabeza y se apresuró a abandonar la sala.

Era típico de su padre intimidar a otros de esa manera, pero Sasha, que llevaba toda la vida presenciándolo, ya no se fijaba apenas. Aunque le sacase diez años, Siri la había introducido en su círculo de amigas, que se reunía en la piscina de mujeres bajo Rederhaugen, para resistir el dominio de los hombres de la familia.

Deberían haber metido también a la abuela en ese círculo, ella era la feminista original, pero nadie lo había propuesto. No es que la abuela hubiese aceptado, ni de lejos, y ahora ya era tarde en todo caso.

Olav se aclaró la garganta.

—El propósito de esta pequeña reunión, aparte de cerrar los asuntos prácticos del funeral, consiste en hablar de los pormenores jurídicos en torno a la herencia. Andrea sigue en Suecia, pero vendrá muy pronto.

Sverre lanzó una mirada resignada a Sasha, los hermanos nunca estaban tan unidos como cuando hablaban de la irresponsabilidad de su hermana pequeña. Andrea era el resultado de la breve relación que su padre había tenido en los años noventa con una mujer farandulera y alcoholizada de la baja nobleza.

—Alexandra, ¿va a volver Mads de Asia? —preguntó Olav. Sasha negó con la cabeza. Cuando le contó que la abuela había fallecido, su esposo le había dicho que podría tomar el primer vuelo de regreso a casa, pero ella lo había disuadido. Normalmente, Mads era su confidente más cercano, pero tras la muerte de Vera parecía que Sasha se había acercado más a la familia. Él solo había conocido a Vera de manera superficial. El suicidio era un asunto familiar íntimo que no le concernía.

—Le he convencido de la necesidad de quedarse. Vendrá para el funeral.

—Bien. Tiene unas reuniones importantes allí —dijo Olav, dejando la mirada vagar sobre el resto—. Por si alguien se lo preguntaba, hemos estado en contacto con la policía de un modo intenso tras la muerte. Han seguido el procedimiento habitual, analizando la escena del crimen, repasando la lista de llamadas y entrevistando a los que estábamos aquí. Han descartado la posibilidad de un crimen y han archivado la investigación. Era lo esperado, supongo, pero no deja de ser un alivio.

Esbozó una sonrisa cansada y miró a Siri Greve como si compartiesen un secreto. Vera quizá hubiera metido alguna bomba en su testamento.

—Quiero conocer los detalles del testamento —dijo Sverre.

Algunas veces, su hermano podía sacar un destello de claridad natural y confiado, pero para sorpresa de Sasha, tanto su padre como Greve reaccionaron con una inquietud desconcertante.

—Hay algunas complicaciones en torno al testamento de mamá —dijo Olav.

—¿Complicaciones? —dijeron Sasha y Sverre a la vez.

—Bueno... —dijo Siri Greve.

—No hemos localizado el testamento —se adelantó Olav—. Acabo de enterarme de que mamá fue a buscarlo a la notaría el mismo día que se quitó la vida.

Hubo un largo silencio en el atrio.

Para Sasha fue como si alguien le hubiese dado un martillazo en la cabeza. Se sintió mareada y aturdida. Joder, pensó Sasha, ¿esta nueva información la hacía más o menos culpable? Es decir, no culpable en el sentido jurídico, sino en un plano moral. Era imposible decirlo. Simplemente llamaba la atención. Dotar a alguien de una herencia, o privar a otros de la misma, era en todo una consecuencia lógica de amor y odio, pero ¿recoger el testamento para después quitarse la vida? No encajaba. Y no podía evitar pensar que esto tenía que ver con algo que había dicho ella.

—Pero ¿por qué? —dijo Sverre.

—No lo sé. Una hipótesis es que no haya querido dejar constancia escrita de la herencia en un testamento —dijo Olav—. ¿Por qué si no habría ido a recogerlo?

—¿Qué quiere decir esto, jurídicamente? —continuó el hijo.

Siri se levantó. Su familia había actuado como representante jurídico para los Falck durante varias generaciones. Olav se fiaba muy poco de gente fuera. Siri tenía el árbol genealógico en orden y además era una jurista prominente, que se había convertido en socia de una empresa líder antes de que Olav la incitase a unirse a SAGA.

—El derecho a la herencia corresponde a los herederos vivos, en este caso Olav, ya que la persona que deja la herencia no ha establecido un testamento oficialmente aprobado. De momento, nuestra hipótesis es que Vera quiso hacer un testamento para regular la herencia y que ese testamento no se ha encontrado. Para darnos cuenta de lo que está en juego, debemos hacernos una idea de las propiedades reales de Vera y lo que no tenía que ver con ella.

—¿Y qué ocurre con las empresas del grupo SAGA? —dijo Sverre.

—Vera no tenía acciones en SAGA. Los bienes relativos al grupo están regulados de forma separada, siguiendo el principio de una línea descendiente directa. Ya conocéis los detalles: Olav está al mando del grupo y cada uno de los tres hijos son dueños de una parte más pequeña. Pasa lo mismo con la familia de Bergen. Como ya sabéis, los accionistas de la familia se reservan el derecho de compra si se produjera una venta. De modo que no hay que preocuparse por el grupo SAGA.

—Mi padre entendía la importancia de que la familia pudiera mantener el control a largo plazo —añadió Olav, asintiendo con la cabeza.

Al igual que los patriarcas de los Falck antes que él, el padre de Sasha siempre había estado obsesionado con la idea del porvenir de la familia. Nada más convertirse en abuelo, cuando fue a verla al hospital tras el nacimiento de Camilla, había levantado a la pequeña en brazos diciendo: «La perpetuación indefinida de la familia. ¡No hay nada más bello!».

Siri miró a los otros.

—Por tanto, la herencia que Vera deje, independientemente de si se regula por ley o por testamento, estará vinculada sobre todo a fincas y bienes inmobiliarios; las propiedades más significativas de la familia: Hordnes en Bergen, la cabaña de caza en Ustaoset y también Rederhaugen, por supuesto. Estamos hablando de bienes de un considerable valor.

«De un considerable valor», eso era un juicio muy modesto. Tan modesto como la palabra *cabaña* de caza, que en realidad era una finca enorme.

—Simplemente por saber —dijo Sverre—, ¿qué valor pueden tener estas propiedades?

La abogada esbozó una sonrisa tensa. Sasha pudo ver lo irritante que su hermano le resultaba.

—Bueno. Es fácil estimar el precio de un piso de tres habitaciones o un chalet normal, porque el mercado es muy grande y estas cosas se venden todo el tiempo. ¿Pero la cabaña de caza, Hordnes y Rederhaugen? Cada una de estas propiedades es de lo más único que hay en el país, y tienen el valor de lo que un eventual comprador esté dispuesto a pagar. Y no hay muchos compradores de este tipo.

—¿Habéis hablado con la familia de Bergen? —Sverre se inclinó hacia delante en la silla.

—Me imagino que mendigaron descaradamente —dijo Olav.

Las cosas les habían ido tan mal a los familiares de Bergen que se vieron obligados a intentar vender la antigua y ostentosa finca de Hordnes, que miraba al fiordo de Fanafjorden. Vera había comprado la propiedad y les había dejado seguir viviendo allí a cambio de casi nada, pero según su padre, el flujo de capital era tan limitado que los berguenses apenas podían pagar la factura de la luz.

—¿Estáis temiendo que la abuela haya dejado en herencia una o varias de las propiedades a los berguenses? —dijo Sasha.

—Es una hipótesis posible —dijo Siri.

Olav se levantó y comenzó a caminar inquieto de un lado a otro por el atrio.

—Hans y los berguenses sabían que Vera seguía siendo propietaria de nuestras fincas. Hans es un donjuán y en esta ocasión ha intentado cortejar a una abuela excéntrica de noventa y cinco años. Es difícil caer más bajo.

Sasha sabía que en las mejores familias había gente que perdía el juicio cuando se trataba de herencias, pero había pensado que la suya iba a poder actuar con cierta dignidad. Había sido muy inocente. A veces resultaba muy cansado ser una Falck.

—Son acusaciones muy fuertes, papá —replicó—. No tenemos ni idea de lo que ha pasado. Son especulaciones e ideas un poco catastrofistas.

—Hans y los berguenses nos han tenido ganas desde antes de que tú nacieras, Sasha. Nunca se han sobrepuesto al hecho de haber jugado muy mal sus cartas en la década de los setenta.

—Aun así, no son más que especulaciones —dijo Sasha—. Tenemos unos días a nuestra disposición antes del funeral. Si Vera de verdad ha ido a por el testamento y lo ha guardado, debe de estar aquí.

—Muy bien, Alexandra. Quiero que revises sus cosas del Precipicio sistemáticamente.

Sasha asintió con la cabeza, obediente.

—¿Por qué es tan importante encontrarlo primero? —preguntó Sverre—. Un testamento seguirá siendo válido, pase lo que pase.

—Porque la información es poder —dijo Siri, y sonrió a Sasha por encima de la mesa.

Olav se giró de nuevo hacia su hija.

—En cuanto des con él, me avisas de inmediato.

—¿No podemos intentar hablar con Hans? —dijo Sasha—. Puede que sepa algo.

—Lo he intentado, pero mis llamadas acaban siempre en el contestador —dijo Olav—. Estará, como siempre, en algún lugar sin cobertura.

6

¿Tenemos un acuerdo?

El frente, Kurdistán iraquí

—Todavía estamos a tiempo de dar la vuelta —dijo el conductor en un inglés con fuerte acento y encendió un cigarrillo con los rescoldos del anterior—. Es demasiado peligroso.

—Sigamos —dijo Hans Falck y bajó la ventanilla de la vieja camioneta.

La carretera que llevaba a la cárcel zigzagueaba entre tetrápodos, bloques de hormigón, vehículos blindados y muros de sacos de arena. Las fuerzas especiales kurdas, con uniformes de camuflaje americanos, se ocupaban de la vigilancia y estaban moviendo los brazos para luchar contra el frío del viento del desierto.

El Land Rover de color gris sucio se acercaba lentamente al primer puesto de control. Un soldado con pasamontañas y casco de kevlar paró el coche bruscamente, otro repasó el maletero y la carrocería en busca de armas y bombas, y la parte inferior del chasis con un espejo. Luego hizo una señal al conductor para que siguiera por la polvorienta carretera.

En el siguiente puesto de control, a tan solo cien metros de distancia, mandaron salir a Hans del coche. Un espeso humo se escapaba de un oxidado barril de petróleo y se posaba como una alfombra sobre el puesto de control, mezclado con combustible y carne de cordero con especias. Era el olor a Oriente Medio.

Una soldado ordenó a Hans que se quitase las botas de monte, el chaleco y la cazadora, y después le pasó un detector de metales. Tenía la tez morena, ojos incandescentes y una cara fina que era demasiado asimétrica como para considerarse bella desde un punto de vista tradicional.

—¿Qué asunto le trae a la cárcel?

—Poder hablar con su superior —contestó Hans con una sonrisa.

La mujer no le devolvió la sonrisa, pero lo llevó a una garita.

Al final de una habitación desnuda, tras un escritorio de metal bajo la estrella roja kurda sobre fondo amarillo, había un oficial corpulento en un uniforme de una talla demasiado pequeña. Hans dejó su carnet de identificación, acreditación de médico y carta de recomendación sobre la mesa.

El director de la cárcel se tomó su tiempo mientras hojeaba los papeles. Se rascó el bigote.

—Vamos a ver... Afganistán en los ochenta, el Líbano, Gaza, Bosnia, Irak, Siria. Pero sobre todo Kurdistán. Es un amigo de nuestra causa desde hace muchos años, por lo que me dicen. Coautor de un manual de campo de anestesia, usado por médicos en zonas de guerra de todo el mundo. Tiene una carrera impresionante, señor Hans.

Este asintió con la cabeza sin entusiasmo.

—Pero nuestra cárcel ha sido inspeccionada por médicos de la Media Luna Roja en varias ocasiones —continuó el director—, sin que hayan encontrado nada criticable. Nosotros tratamos mejor a nuestros enemigos que lo que ellos nos tratan a nosotros. Somos personas civilizadas, no bestias. ¿Es usted consciente de los peligros de entrar? Si hubiera una revuelta, no podemos garantizar su seguridad.

—Es un riesgo que estoy dispuesto a asumir. —Se tomó un sorbo del té, dulce como un caramelo—. Tengo carta blanca de las autoridades noruegas para tratar a un prisionero noruego.

Todavía no era capaz de usar el nombre de Yahya al Jabal

cuando pensaba en Johnny Berg, el hombre al que llevaba varios meses buscando, desde que H. K. le había susurrado la noticia de la desaparición de Johnny en Siria.

—Un individuo extremadamente peligroso, sometido a las medidas de seguridad más estrictas —explicó el director—. Nos lo entregaron los americanos, que ya le habían dado un repaso sólido. Nuestros prisioneros de la Europa Occidental suelen ser hombres con poca formación y un historial de criminalidad menor. Gentuza, despojos, sádicos, criminales, sí, pero no gente realmente peligrosa. Al Jabal es diferente. Hasta donde sé, viene de los servicios especiales noruegos, habla tanto árabe como kurdo, y sabe lo suficiente de nuestra cultura como para pasar por simpatizante. ¿Puedo preguntar por el motivo concreto por el que Al Jabal necesita cuidados?

—Mi juramento hipocrático me obliga a tratar a todos los seres humanos, sean amigos o enemigos —contestó Hans tranquilamente y se tomó un sorbo del té—. Me preocupa su salud.

Se suponía que Berg estaba muerto, según las autoridades noruegas, pero su viejo amigo en el servicio había captado un rumor que decía que en realidad estaba pudriéndose como yihadista en una cárcel kurda. No le gustaba la situación. No sin cierta razón, los kurdos siempre se habían sentido traicionados por los aliados extranjeros, y la paranoia se había agravado en los últimos años, después de ocupar la línea del frente contra los islamistas casi en solitario.

El director de la cárcel se levantó y entró en una habitación contigua. Apestaba a sudor y el olor inundó toda la estancia. Después de una eternidad, regresó.

—Lo siento —dijo—. Lo he consultado y no puede ser.

Hans se reclinó en la silla, apoyando la cabeza en las manos. Un no en estas latitudes no era lo mismo que en Europa.

—Llame al ministro de Salud de Erbil y explíquele la situación —dijo Hans. Buscó el nombre y le pasó el móvil al director de la cárcel—. Es un buen amigo mío.

El hombre escrutó la pantalla durante un buen rato antes de devolverle el teléfono.

—Llame usted mismo.

Hans llamó, pero le saltó el contestador y juró entre dientes.

—Es imposible —repitió el director de la cárcel y dejó caer otro azucarillo en el té.

Hans inspiró hondo y decidió jugar la última carta.

—Llegué a las montañas Sinjar el verano pasado, justo después de las masacres y la limpieza étnica, como uno de los pocos médicos de Occidente. No sé si usted leyó la prensa internacional, pero si tiene dudas respecto de mi lealtad hacia los que luchan con valentía contra los yihadistas, me gustaría decir con toda humildad que he hecho más por la causa kurda que la mayoría de las personas. Si me concede un rato con este prisionero, tendrá un problema menos en su cárcel antes de que termine la tarde.

El director lo miró durante mucho tiempo.

—De acuerdo, míster Hans —dijo al final—. Le daré una hora.

El edificio de la cárcel estaba levantado en hormigón gris, con pequeñas barbacanas y aberturas en la parte alta.

Hacía solo unos días que Vera lo había llamado. Siempre le había caído bien a Hans. Sus estrechos lazos se remontaban a la primavera de 1970, cuando Hans era estudiante de bachillerato y Vera trabajaba en el manuscrito que la había llevado a la vieja finca familiar de los Falck, junto al fiordo de Fanafjorden. Un manuscrito que nunca se publicó.

Vera llamó dos días antes de suicidarse y Hans pensó más tarde que su voz había sonado ominosa y grave, como suenan las personas que están ante decisiones fundamentales.

Habían conversado durante casi diez minutos, pero le había dicho que no resultaba apropiado hablar de algunas cosas por teléfono.

Fue lo último que supo de ella.

Había algo que olía muy mal en todo el asunto y, para poder sacar algo en claro, resultaba fundamental hablar con Johnny Berg. Podría parecer extraño que un joven preso noruego, acusado de ser un combatiente terrorista extranjero, pudiera ser una pieza clave en una disputa por la herencia de una escritora de 95 años. Pero así era.

El guardia abrió una puerta de hierro manchada y la cerró tras él. Después de otras dos puertas, se encontró ante la entrada de la cárcel.

Lo llevaron por un pasillo. El hedor de las celdas, a sudor y excrementos y carne podrida, creció en intensidad. Podían ver a los prisioneros a través de las trampillas. Los hombres llevaban petos de preso de color naranja. La luz entraba desde una abertura en la parte alta de la pared. Unos barrotes hacían las veces de paredes de separación entre las estancias. Las paredes estaban pintadas de blanco y turquesa. Las celdas se encontraban llenas a rebosar, el aire estaba plagado de un hedor de infecciones no tratadas. Les faltaban medicamentos, algunos se movían aparatosamente con extremidades amputadas, otros estaban agonizando o parecían estarlo. Como médico, Hans había visto de todo, pero cuando el guardia abrió la trampilla de la puerta, tuvo que hacer de tripas corazón.

La celda en la que entró podría haber sido construida para una veintena de presos, pero las personas que se apretujaban ahí dentro debían de sumar varias veces ese número. Había ancianos desnutridos, con toda la caja torácica visible bajo la piel, jugando a las cartas con jóvenes a quienes les faltaban extremidades; un adolescente profería un lamento triste en algo que parecía flamenco; otros tosían y arreglaban sus heridas con torniquetes o vendas sucias. Un hombre con un parche ocular se desplazaba apoyado en unas muletas. Algunos de los presos buscaron su mirada al grito de *sahafi*, periodista, mientras otros con el dedo índice se cruzaban el cuello al verlo.

El olor era más intenso en el fondo de la habitación. Allí hedía a muerte. En las paredes que rodeaban el agujero en el suelo que servía de retrete, colgaban toallas y chaquetas.

—Allí —dijo el guardia, señalando con el dedo, y luego dio una patada a un hombre en la posición de loto—. Al Jabal, ¡levántate!

Johnny estaba sentado junto a una pared de cemento pintado de turquesa, con los ojos cerrados y las palmas vueltas hacia arriba, como si estuviera meditando. Llevaba el mismo peto de prisionero que el EI solía poner a sus rehenes antes de ajusticiarlos. Bien podría haber sido parte del botín tras un ataque perpetrado por los kurdos. La simétrica cara estaba gris y demacrada, pero era un chico guapo —hombre, más bien, Johnny ya tendría treinta y pico años—. Una nariz ligeramente aguileña terminaba encima de unos labios anchos. Los pómulos marcados destacaban sobre una barba muy poblada, y el grasiento pelo negro le llegaba hasta los hombros. Abrió los ojos. Johnny lo escrutó durante un buen rato, su mirada no revelaba nada de lo que pensaba.

Hans recordó muy bien la última vez que se habían visto. Berg lo había entrevistado durante el bombardeo israelí del Líbano en el 2006, actuando en aquella ocasión como periodista freelance. Fue una buena entrevista, una de las mejores. Por aquel entonces Hans no había sospechado que Berg trabajase para los servicios de inteligencia, pero ahora estaba seguro de ello.

—He venido para examinarte —dijo Hans—. Por cierto, gracias por la entrevista, fue una buena conversación.

Johnny mantuvo su mirada durante mucho tiempo, todavía sin decir nada. Después cerró los ojos de nuevo y respiró tranquilamente a través de la nariz.

El soldado kurdo miró a su alrededor con atención, habían empezado a despertar la curiosidad de los otros prisioneros.

Estaba flaco y desnutrido, pero se podía ver que antaño había estado en muy buena forma. Tres cicatrices le recorrían la espalda como rayas diagonales, y en la piel justo debajo del hombro se veían dos puntos de entrada de bala, de un color más oscuro.

Con el estetoscopio colgando alrededor del cuello, Hans le tomó el pulso, el ritmo cardiaco y la tensión arterial, antes de sacarle unas gotas de sangre de la punta del dedo índice.

—Ahora quiero que me escuches muy bien —dijo Hans, poniendo las manos sobre las suyas—. Cuando yo tenía tu edad, me apuntaba a todas las misiones en el extranjero que me daban. Ahora ya me estoy haciendo mayor. ¿Alguna vez has oído hablar de alguien que esté en su lecho de muerte lamentándose por no haber ganado más dinero o realizado más misiones encubiertas en Oriente Medio?

—¿Qué me quieres decir con eso? —dijo Johnny.

—Tienes una hija —respondió. Por fin Johnny levantó la mirada—. No cometas el mismo error que yo —continuó Hans—. Amparándome en la constitución, exigiré de parte de Noruega que te liberen, por motivos de salud. Lo conseguiré. Los kurdos tienen muchas ganas de quitarse de encima a combatientes terroristas extranjeros y portadores de enfermedades.

—¿Por qué me ayudas? —dijo Johnny después de una larga pausa.

—Mi juramento hipocrático...

—Mentira —lo interrumpió Johnny, negando con la cabeza.

—Has sido víctima de una grave injusticia.

—Cierto, pero no es por eso por lo que has venido.

—Johnny, Johnny, no paras. De acuerdo. Vas a hacerme un favor cuando llegues a Noruega —susurró Hans—. No voy a darte los detalles aquí, pero esa es mi oferta: la libertad a cambio de un favor.

El prisionero ladeó la cabeza, como si estuviera sopesando las palabras.

El médico prosiguió:

—Todavía hay gente en Noruega que te apoya, gente que pensaba que estabas muerto y que está escandalizada por el tratamiento que has recibido. Dos agentes de policía te van a escoltar a Noruega. Si haces lo que te digo, estarás en el espacio aéreo europeo antes de que caiga la noche.

—¿Cómo puedo saber que eres de fiar? —preguntó Johnny y lo observó con sus ojos de un color verde claro.

—No lo puedes saber —dijo su interlocutor—. Pero, tal y como yo lo veo, en la situación en la que te encuentras no tienes elección. ¿Hay acuerdo?

7

Brindemos por mamá

La noche anterior al funeral, Sasha oyó pasos que se acercaban a la cabaña de escritura del Precipicio. Al momento, alguien llamó a la gruesa puerta de madera, golpeándola con fuerza con la herradura, y antes de que tuviera tiempo para acercarse, la puerta se abrió y una figura entró en la penumbra.

Olav llevaba unas botas de goma que le llegaban hasta las rodillas, un forro polar y un pantalón de exterior con refuerzos de piel en las rodillas. Dio un paso y el suelo chirrió bajo su peso.

—Alexandra —dijo—, ¿encuentras algo que mamá haya dejado?

Desde que Sasha era pequeña, las visitas a la casa de su abuela habían tenido un toque de aventura. Sí, el mundo objetivo estaba allí, salvo para Vera, pero ese mundo era el de los ingenieros, los físicos y los médicos, y a ella le interesaba menos que nuestra descripción del mismo. Eran las historias que nos habíamos contado desde que nos sentábamos alrededor de la hoguera lo que nos convertía en humanos; historias que, con el tiempo, se convertían en libros, que a su vez encontraban su camino a las estanterías de Vera en el Precipicio. Era un mundo atemporal del que su padre acababa de sacarla.

Había pasado los últimos días en esta cabaña. Por la mañana salía con los niños de casa para ir al colegio y procuraba que una cuidadora se ocupase de ellos por la tarde. Ese mismo día, había dado una vuelta rápida por su propia casa para escoger la ropa apropiada para el funeral: vestidos de terciopelo y zapatos de charol para las niñas, traje oscuro con corbata a juego para Mads. Su avión iba a aterrizar tan solo unas horas antes de que comenzara el funeral; agradecería encontrar su ropa ya preparada y lista para ponérsela. A los dos les gustaba tener pequeños detalles de buena voluntad con el otro.

Pasaba el resto de su tiempo en el Precipicio.

Repasar todos y cada uno de los libros en una biblioteca grande suponía un trabajo considerable, y la colección de Vera era enorme. Las paredes de la pequeña cabaña de escritura del Precipicio estaban cubiertas de estanterías llenas de libros —según la estimación de Sasha, unos cien metros de libros—. Aparte de eso, estaban las bolsas de papel cerradas con celo en el sótano y todas las carpetas que contenían la correspondencia con la editorial.

La piel de las puntas de sus dedos había quedado pulida, como por papel de lijar, a causa de todos los libros que hojeaba. Algunas de las obras estaban firmadas para Vera por otros escritores más o menos famosos. Había una cantidad interminable de novelas, ensayos de historia, sociología, economía y textos de carácter más esotérico sobre los mitos y la astrología. De las páginas de los libros emanaban los recuerdos.

—Encuentro de todo —confesó Sasha—. De todo menos el testamento.

—Llamé al notario —dijo el padre— para comprobar que mamá realmente fue a buscar el testamento y verificar que Greve no nos ha engañado. Me dijo que era verdad, lo había recogido.

—¿No te fías de Siri? —preguntó Sasha.

El padre sonrió.

—Más que de la mayoría. Pero, al fin y al cabo, no es de la familia.

Había empezado a oscurecer, la superficie del fiordo tenía un color negro azulado, como el petróleo. Lejos, en el otro lado,

Sasha podía atisbar unas luces débiles en la loma que se elevaba desde el agua, y detrás de ella un cielo agrisado por el atardecer.

—¿Ya te has cansado, Alexandra?

El padre tenía esa expresión amable y abierta que le salía de vez en cuando, y que le recordaba a la sensación de la infancia de seguridad y atención, de cuando se sentaba sobre su regazo.

—Sí —contestó, y desvió la mirada—. Supongo que sí.

Ella siempre había sido la niña de los ojos de su abuela. Cuando era pequeña, Vera solía darle diez coronas de propina. Sverre tenía que conformarse con cinco, o nada, porque Sasha era la única en la familia que entendía de literatura e historias. Solo ella tenía la mirada afinada y la fuerza quieta que un escritor necesitaba tener. Sasha siempre se enorgullecía de ello y nunca había entendido por qué la abuela dejó de escribir.

Una vez, Vera le leyó. Sasha no podría haber tenido más que unos diez u once años, pero recordaba el momento a la perfección. Habían leído sobre la mitología griega, sobre la diosa Iris, la mensajera de los dioses, cuando la abuela agudizó los oídos. Fuera del Precipicio se produjo un ruido. El ruido se hizo más fuerte. Sonaba como el llanto de un niño, un gemido desgarrador. La abuela había empezado a llorar.

—¿Por qué lloras? —había preguntado—. No son más que gatos apareándose.

La abuela la había mirado.

—Para otros quizá lo sea, pero no para nosotros. Para un escritor, la verdad es la imagen que la realidad te crea en la cabeza. Si tú piensas en un gato, bueno, yo pienso en un bebé que lo está pasando mal. Y eso puede ser igual de verdadero.

Olav hojeó un álbum de recortes con viejos facsímiles de periódicos.

—Naturalmente, mamá guardaba todas las reseñas de sus libros —dijo con un tono agridulce, y leyó en voz alta—: «Un debut sobrio y con un estilo seguro»... «Un texto mórbido y bello de nuestra nueva cronista de la costa».

Las dos antologías de relatos que Vera Lind publicó en la década de los cincuenta fueron bien recibidas, pero no despertaron un interés muy grande. Solo fue más tarde, cuando dos de los relatos fueron usados por el Ministerio de Educación, cuando se convirtieron en pequeños clásicos de culto. En los años sesenta había escrito varias novelas de suspense oscuro —«La Daphne du Maurier del norte de Noruega»— que vendieron bien, pero se adelantaron un poco a su tiempo, hasta que su producción literaria llegó abruptamente a su fin en torno al año 1970.

—¿Hasta qué punto era conocida la abuela, en realidad?

—No tan conocida como a ella le hubiera gustado —murmuró Olav.

—Es raro que dejase de escribir —dijo Sasha.

Su padre no contestó. En lugar de ello, se acercó a la cocina, donde encontró una polvorienta botella de aguardiente, que sirvió en dos vasitos, y después tomó asiento en el extremo del escritorio, pasándole uno de los vasitos a su hija.

—¿Ya sabes que fueron los alemanes los que construyeron esta cabaña cuando expropiaron la finca de Rederhaugen?

Sasha se tomó un sorbo del aguardiente, que le produjo un escalofrío.

—Después de la guerra, Vera decidió convertirlo en una cabaña para escribir —continuó su padre, incansable—. La fachada delantera de troncos y las esquinas encastradas son resultado de esa actualización, pero todavía se puede ver el material original en la pared que da al bosque.

Señaló con el dedo, pero Sasha lo interrumpió.

—No sé casi nada de esa época. La abuela nunca me dijo nada y tú tampoco me has contado casi nada.

Olav se tomó un trago del licor y la miró con ojos tristes.

—Porque resultaba doloroso.

—¿Doloroso?

Estudió la cara curtida de su padre, donde se veía una arruga marcada entre las espesas cejas.

—¿Cómo podría expresarlo?

Lanzó una mirada inquieta por la ventana.

—Mamá no era madre de la misma manera en que lo eres tú. Estaba ausente. Su personalidad alternaba entre el frío y el calor.

Me cuidaba una institutriz cuando ella no estaba. Una vez se largó y pasó el invierno entero en el sur de Francia. Todo el invierno... Debía escribir, eso era lo que decía. Recuerdo cómo lloré el día que se marchó. Tenía nueve años, puedes imaginártelo. Estaba en el andén de la Estación Central, llorando.

De repente, Sasha se imaginó al pequeño Olav en un andén largo, mientras el tren salía lentamente de la estación. Puso una mano sobre la suya.

—Mamá gritaba por las noches —continuó—. Fue mucho antes de la reforma de Rederhaugen; por aquel entonces el edificio principal estaba vacío y hacía mucho frío, y se oía todo. Los gritos se multiplicaban en los pasillos y llegaban hasta la habitación donde yo dormía. Mamá gritaba, sin previo aviso, cada noche se incorporaba en la cama y gritaba.

—¿No tuvo ayuda?

—No quería ayuda, y los conocimientos sobre estas cosas no eran los mismos entonces que ahora. Una vez cuando tenía doce años, o quizá trece, ya no podía más. Me puse en la entreplanta del edificio principal con una cuerda alrededor del cuello. Pensé en la libertad que iba a conseguir si me lanzaba por encima de la barandilla. Que la muerte solo estaba a un paso. Que la muerte era negra, que era la nada.

—Oh, papá —dijo Sasha y le acarició el hombro.

—Las cosas mejoraron; siempre mejoran, Alexandra. Al día siguiente me desperté con una sensación extraña en el cuerpo. Sí, todavía tenía miedo de lo que a mamá se le pudiera ocurrir; nunca dejé de sentirlo. Pero estaba libre. Había algo en mí que había entendido que cada uno podemos dar forma a nuestra propia vida.

Había tantas cosas que quería preguntarle, pero se sintió abrumada por sus palabras.

—Solo cuando tú creciste, sentí el mismo miedo. Eras una copia de las fotos antiguas de mamá. No quería que tuvieras una vida como la de ella. Y no la tuviste, Alexandra. Posees la misma cualidad que destacaba en mis antepasados, sí, quizá algún día como la mía. Eres inteligente y visionaria, por supuesto, pero al mismo tiempo tienes otra cosa más importante. Tienes carácter. Valores. Lealtad a la familia. Llevas bien la presión. Piensas antes de hablar y dejas que la gente adivine lo que quieres decir.

Sasha sonrió a su padre. Resultaba casi patológico. Solo se veía a sí mismo a través de los ojos de los demás, imponía sus propios sentimientos sobre otros constantemente, el ambiente en cada habitación dependía de su humor. Y aun así lo quería, de un modo que no era comparable con el amor que sentía por otras personas. No por Mads, ni por sus hermanos. Ni siquiera el amor que sentía por sus hijos era el mismo; era mucho menos complejo.

—Encontré un libro sobre el naufragio —dijo y sacó *Un conjunto de textos en torno al naufragio del Prinsesse Ragnhild*—. Contiene, entre otras cosas, la declaración jurada de la Audiencia Provincial de Salten, realizada el día después del naufragio.

—Es una lectura conmovedora. —Olav lo hojeó, se puso las gafas de lectura que le colgaban alrededor del cuello, y leyó en alto—: «Cuando se produjo la explosión, la nave se levantó de tal modo que el capitán fue arrojado al aire y cayó de rodillas sobre la cubierta del puente. A continuación, la nave giró hacia un lado y acabó volcada hacia la izquierda. El capitán supone que la explosión se debe a una mina, pero añade que nunca antes ha presenciado la detonación de una mina. Sin embargo, sí ha visto impactos de torpedos en la anterior guerra, y esta explosión era de un tipo diferente. En concreto, fundamenta su opinión de que era una mina en el sonido apagado que...».

—Pero ¿sabemos a ciencia cierta que era una mina? —preguntó Sasha.

—Tan seguros como uno puede estar cuando se trata de hechos históricos —dijo Olav—. Cuantos han escrito sobre esto tienen la misma opinión. Y escucha lo que el capitán Brækhus afirma bajo juramento. —Leyó despacio—: «El capitán piensa que todo apunta a que la explosión fue causada por una mina marina. El lugar del accidente probablemente se encuentra en la zona donde los británicos sembraron minas el 8 de abril de 1940».

—Y pensar que los británicos fueron los responsables de la muerte del abuelo —dijo Sasha.

Su padre asintió con la cabeza y la miró con ternura.

—Eso es lo de menos. Pensar que mamá saltó al mar de hielo conmigo en brazos. Sin esa acción, yo no estaría aquí esta noche.

Sonrió, y los ojos recobraron la expresión cálida y bondadosa.

—Ni tú tampoco.

Sasha no se había sentido tan cerca de su padre en mucho tiempo, podía notar su olor.

—La última vez que nos vimos pregunté a la abuela si podía contarme algo sobre el naufragio.

Olav se sobresaltó, la mirada se volvió más dura.

—Mamá era una narradora, no documentalista.

—Tengo miedo de que pudiera haber sido esa pregunta la que hizo que saltara.

—No —dijo Olav, con compasión otra vez, y ahora fue él quien puso una mano sobre la de ella—. Un asesinato puede tener un móvil simple, amor u odio. Para el suicida, el móvil es la vida misma. Y la vida de mamá nunca fue tu responsabilidad, Alexandra.

—Hay tantas preguntas sin contestar en torno a la abuela —dijo Sasha—. Por un lado, dónde ha dejado el testamento, claro, pero también quién era ella en realidad, de dónde venía y por qué dejó de escribir.

Las facciones de su padre se volvieron rígidas.

—La vida de mamá es un laberinto. Si entras en él, nunca saldrás.

Mantuvo su mirada durante un buen rato, antes de sonreír.

—Un brindis, por mamá.

Después de un rato, Olav se levantó y puso los vasos de aguardiente sobre la encimera.

—¿Estás en forma para el discurso de mañana?

Sasha asintió con la cabeza.

—Creo que sí.

—Tengo ganas de que pase el funeral porque con él cerramos

un capítulo en la historia de esta familia. Por muy sugerentes que puedan parecer los secretos en la vida de Vera, para la mayoría de las personas mitómanas lo que atrae es solo la superficie. Y me tendrás que prometer una cosa, Alexandra.

Sasha sintió de repente frío.

—¿Y qué es?

—No mover esas piedras. Porque si lo haces, lo que hemos construido aquí podría desmoronarse.

8

La Cruz de Guerra con dos espadas

La acusación pidió que el encuentro sobre el encarcelamiento fuera a puerta cerrada, aludiendo a la seguridad del reino, argumento que se consideró válido.

El abogado Jan I. Rana se sentó junto al acusado. John Omar Berg, o Johnny Berg, que era el nombre con el que se había presentado, solo llevaba un par de días en el país después de que lo hubieran sacado de Kurdistán escoltado, y la cara seguía demacrada, con pómulos muy marcados. Recordaba a un lagarto, pero en esta ocasión el largo pelo negro al menos estaba recogido en una coleta que colgaba sobre el *lusekofta*.

Vestir a matones con jerséis tradicionales de tipo *lusekofta* o Marius podría parecer algo paródico, pero los clichés eran clichés precisamente porque funcionaban, decía Rana.

El juez era un tipo alto y flemático que llevaba un traje oscuro. Con un tono de voz que Rana atribuía a la confianza que daban catorce generaciones en casas con jardines en el acomodado oeste de Oslo, leyó las acusaciones. Pedían cuatro semanas de prisión preventiva sin la posibilidad de recibir correspondencia ni visitas, amparándose en el artículo ciento treinta y tres del código penal, sobre asociación con grupo terrorista, y el párrafo ciento treinta y seis sobre viajes con fines terroristas.

—¿El acusado John Omar Berg está conforme con la petición

de prisión preventiva o pide la puesta en libertad? —preguntó el juez, fingiendo indiferencia.

—Pide la puesta en libertad —dijo Jan I. Rana.

—Entonces primero daré la palabra a la abogada de la policía —dijo el juez.

Se levantó una mujer rubia de treinta y tantos años.

—El 12 de septiembre de 2014, John Omar Berg aterriza en la aldea kurda de Erbil. Esto lo sabemos. Sabemos también que a lo largo de los últimos años ha manifestado una actitud cada vez más extrema hacia el mundo, tal y como se muestra en un intercambio de correo electrónico con fecha de 23 de julio del mismo año, y cito: «El papel de Occidente en Oriente Medio me da tanto asco que me entran ganas de unirme al Dáesh. Por lo menos tienen cojones». Fin de la cita. Berg tiene un objetivo claro: quiere unirse a la organización terrorista.

Hizo una pausa, y Rana miró a Johnny, que estaba quieto como una figura de cera. Mostraba una calma que el abogado nunca antes había visto en una corte, como los monjes tibetanos que meditaban durante diez años seguidos.

—Por tanto, Berg tiene intenciones terroristas —continuó la abogada de la policía—. Este día cruza la frontera junto a la aldea kurda de Tel Skuf para encontrarse con otros noruegos de ideas parecidas, que viven en otra aldea en el campo controlada por el Estado Islámico, entre ellos el yihadista y combatiente terrorista extranjero Abu Fellah, un noruego buscado por la justicia. Nadie sabe lo que ocurre cuando John Berg se encuentra con Fellah. Pero lo que sí sabemos, gracias a la inteligencia extranjera, es que fue arrestado por la milicia kurda de los peshmerga a la mañana del día siguiente.

La abogada policial se giró hacia el juez.

—La razón por la que la acusación considera que la prisión preventiva es fundamental aquí tiene que ver con la gravedad de este caso, pero también tiene que ver con quién es John Omar Berg y su pasado.

Al juez, el discurso tan poco carismático de la abogada de la policía parecía aburrirlo. Hacía juego con el mobiliario minimalista de la sala, pensó Rana.

—Berg —continuó ella— es un marine de la infantería y lleva muchos años trabajando para Defensa, con acceso a información muy sensible. El hecho de que una persona con este pasado decida dar el paso y unirse a una organización terrorista, agrava considerablemente las circunstancias del viaje realizado por este combatiente terrorista extranjero. Tiene capacidad terrorista. Por tanto, hay varias razones para mantenerlo en prisión: sabemos, por otros países europeos, que a otros presos de la cárcel donde ha estado internado Berg los están investigando por planificar actividades terroristas. Por lo demás, la acusación estima que existe un alto riesgo de destrucción de pruebas en este caso. La puesta en libertad se vería como una ofensa contra el sentido de la justicia general.

Con estas palabras terminó su intervención. Cerró la carpeta con la documentación y se sentó con las manos recogidas sobre el regazo.

Jan I. Rana se ajustó la corbata y la americana oscura.

Su nombre original era Mohamed Iqbal Rana, un nombre que, por irritante que fuera, quedaba abreviado como Mo-I-Rana,* lo cual había sido motivo de frecuentes burlas en su infancia. Pero Mo-I-Rana no tardó en darse cuenta de que, si iba a llegar a algún sitio en esta vida, tenía que dejar de atracar a los pijos en el centro de Tåsen, y en lugar de ello unirse al equipo de los noruegos. En cualquier caso, la mitad de la ciudad no tardaría en llamarse Mohamed. Necesitaba un nombre noruego. Pensó en llamarse Tormod, y también Bjørn, pero eso sonaba falso; no era él. Hasta que se dio cuenta de que Jan era el nombre más común en Noruega. Y también era la palabra persa para decir «alma». Era el nombre perfecto.

Jan I. Rana se convirtió en un empollón. En la facultad de Derecho se mantuvo apartado de los demás. Para los paquistaníes arribistas que poco a poco fueron invadiendo la facultad, él resultaba sospechoso. Para los estudiantes de los barrios aco-

* En noruego, la pronunciación de este nombre podría entenderse con el significado de «tienes que robar». (N. del T.).

modados no era más que un extranjero normal de los bloques de cemento del este de la ciudad, un superviviente; nunca iba a ser uno de ellos. Bull, Stang, Smith, Lütken, Stoud, Platou, Collett, Falsen... Sus líneas genealógicas ascendentes se remontaban a los tiempos de la nobleza e incluían a participantes en la declaración de la independencia y funcionarios de la corte suprema. En cuanto a la suya, había miembros de los rajput indios, la casta guerrera, pero de eso los noruegos no tenían ni idea.

Comenzó pues a cultivar una imagen de un trabajador con largo arraigo en Noruega. En la cervecería, Jan I. Rana se jactaba ante las estudiantes de Derecho de pertenecer a la estirpe de aquellos que construyeron las vías del tren hasta Bergen. Decía que Rana era un nombre común entre los suecos y los finlandeses de los bosques. Sus sospechas no tardaron en ser confirmadas: la mayoría de los compañeros de clase eran vagos e ignorantes. Podías hacerles creer cualquier cosa con tal de que la historia fuera lo suficientemente detallada e interesante.

Con el tiempo se dio cuenta de que su pasado suponía una ventaja. Sus antiguos amigos necesitaban constantemente un abogado defensor, y llegaron nuevas generaciones. El califato se convirtió en una mina de oro, debería haber enviado una tarjeta navideña al califa desde el despacho. Ellos vivían de las perversas ideas del califa, y por eso había pospuesto todo lo que tenía entre manos cuando el famoso médico Hans Falck llamó al bufete de abogados Rana & Andenæs para que defendiese a un noruego «injustamente sospechoso» de haber sido combatiente terrorista extranjero.

«Ya, claro», había pensado Rana.

Con la mayoría de los combatientes terroristas extranjeros acusados de crímenes, no hacía falta más que volver a contar la misma historia de mentiras acerca de que el objetivo de su viaje era ayudar a mujeres y niños, y esperar simplemente que la acusación no tuviera demasiadas pruebas de lo contrario. A John Omar Berg, que era como se llamaba su cliente, no le interesaba eso. Había pasado una nota a Rana con las iniciales «H. K.» y un número de teléfono. El hombre tras las letras le había contado cosas tan provechosas que Rana tenía ganas de que comenzara su intervención.

—Le doy la razón a la abogada de la policía en varias cosas: John O. Berg completó su formación como marine de infantería, la unidad militar más exigente del Ejército. —Rana tuvo cuidado de no usar el nombre extranjero de Johnny—. Es cierto que ha trabajado para Defensa durante años, y que ha operado tras el frente contra el Estado Islámico. Sí, ha redactado correos electrónicos que pueden ser interpretados como de apoyo a la organización terrorista EI, y sí, ha estado prisionero en una cárcel vinculada a la planificación terrorista. Por tanto, ¿el caso está muy claro? ¿Hay que encarcelar a John O. Berg?

Rana miró a la abogada de la policía y después al juez. La pausa retórica que siguió fue larga y estaba pensada para despertar el interés del juez y del fiscal.

—Solo hay un problema con la historia que ha contado la abogada de la policía —continuó al fin—. Porque, ¿qué hizo Berg durante sus años en Defensa? Sí, trabajó para el servicio de inteligencia.

Continuó con una exposición de las hazañas de Berg durante el periodo de 2006 a 2010, cuando trabajó en Afganistán.

—Asumiendo enormes riesgos, reveló la existencia de una red que se dedicaba a fabricar bombas pensadas para matar a soldados noruegos. Berg es bueno. Es sobresaliente. Recibe distinciones por su coraje, la Cruz de Guerra con espada y la Cruz de Guerra con dos espadas.

Rana miró a sus interlocutores y volvió a empezar.

—Con dos espadas.

También esta pausa retórica fue larga.

—Solo Gunnar Sønsteby tuvo más. Berg salva vidas noruegas, defiende nuestros intereses. La responsabilidad es cada vez mayor. Consigue fuentes de información de la talla de ministros afganos, tránsfugos de la Guardia Revolucionaria de Irak y políticos rusos. En Libia «dirige el fuego», tal y como dicen en Defensa; es decir, está en el suelo y envía coordenadas para los bombardeos del Ejército del Aire, cazas noruegos y extranjeros.

Se tomó otra pausa para respirar.

—Y sí, con el tiempo, le entra cargo de conciencia al pensar que esta labor le ha costado la vida a civiles. ¿Y qué hace John O. Berg? ¿Se convierte en desertor? No, comunica estas dudas a sus superiores de manera leal. Sigue el protocolo de servicio, como dicen en Defensa. Es leal pero no obediente. Se retira del servicio activo durante varios años. Tiene una hija. Está quemado tras las duras pruebas sufridas. Un test realizado por el médico jefe de Defensa revela el inicio de secuelas. Este es el precio que Berg ha pagado por defender a Noruega. Entonces ¿qué pasa?

Rana se rascó el cuero cabelludo. Este era el punto decisivo de su defensa.

—Sí, ¿qué sucede? Sí, John O. Berg toma un vuelo y se desplaza a la aldea kurda de Erbil, un hecho del que ya nos ha informado la abogada de la policía. De lo que no nos ha hablado casi nada es de los motivos de Berg para realizar este viaje. Sí, ha encontrado un correo electrónico que incluye una referencia de jerga. Yo mismo he defendido, en varias ocasiones, a combatientes terroristas extranjeros acusados de crímenes, y conozco la extensión habitual de pruebas de parte de la acusación. Suele haber pruebas de radicalización en la red, de contacto con islamistas conocidos tanto en Noruega como en el extranjero, de cuestiones logísticas relacionadas con viajes y estancias. ¿Qué ocurre en el caso de John O. Berg? No hay nada. Nada de nada.

Para su satisfacción, Rana se dio cuenta de que el juez se había inclinado ligeramente hacia delante, como si estuviera escuchando con atención.

—Si yo fuera la acusación, con unas pruebas tan débiles probablemente habría alegado que esto es una señal de lo sofisticado y profesional que es el «yihadista» Berg. Quizá hizo lo que ningún otro combatiente terrorista extranjero ha conseguido hacer, tal vez su salida del país a los servicios de inteligencia les pasó por completo desapercibida. Bien, aunque fuera el caso, por improbable que parezca, habría sido posible encarcelarlo. La realidad es que no hay prueba alguna de que tuviera intenciones de unirse a una organización terrorista. Podemos decir, acertadamente, que la decisión de viajar a un país incluido en la lista negra del Ministerio de Asuntos Exteriores es inocente, teniendo en cuenta que Berg también ha trabajado como periodista y puede haber ido al país para escribir un reportaje. No lo sabemos, y esa es la cuestión. Por último, quiero recordarles que las condiciones de prisión preventiva dicen, de forma explícita, que la probabilidad de que el acusado haya hecho aquello de lo que se le acusa debe ser mayor que la probabilidad de que no lo haya hecho, señor juez. No hay nada en lo expuesto por la acusación que lo indique. Permítame, por tanto, arrojar un poco de luz sobre este asunto y sugerir lo que Berg realmente hizo.

La abogada de la policía levantó la mirada.

—Berg ha trabajado para los servicios de inteligencia —dijo Rana. La abogada lo observó con escepticismo—. Berg es negable. ¿Qué se esconde tras esta expresión? Bien, el espionaje entre naciones normalmente está regulado por la Convención de Viena. En resumidas cuentas, esa convención dice que si descubrimos que un país extranjero utiliza miembros del cuerpo diplomático para espiarnos, no castigamos a estos diplomáticos. Los expulsamos. Pero aquellos que trabajan de modo *negable*, no gozan de este privilegio.

Se tomó una breve pausa.

—Yahya al Jabal es el nombre en clave de Berg en los servicios de inteligencia. Cuando Berg cruza la línea del frente y entra en una zona controlada por el EI, naturalmente no lo hace para unirse a una organización terrorista. Al contrario, es con la intención de hacer lo que John O. Berg ha hecho de un modo tan brillante durante tantos años; el servicio que le ha otorgado varias condecoraciones por su valor. Es para proteger a Noruega, para procurar que personas como nosotros, gente que cumple la ley y paga sus impuestos, podamos dormir tranquilos por la noche.

Cómo le gustaba esto, cuando las palabras se unían en frases bien hechas y convincentes, que a su vez se convertían en un golpe técnico decisivo.

—Y permítame un consejo: si yo fuera la acusación, no quisiera enseñar a la sociedad los trapos sucios relativos a una eventual exposición del papel de Berg como agente secreto.

—¿Ha terminado? —dijo el juez.

—Una última cosa —contestó Rana—. John O. Berg no solo es inocente de lo que se le acusa. Además, es un héroe. Un héroe noruego. En su trabajo para Noruega, ha sido abandonado en uno de los peores lugares de este mundo, una cárcel para terroristas, criminales de guerra y yihadistas en Siria, y todo ello sin que las autoridades oficiales noruegas hayan movido un dedo para ayudarlo. Y este, señor juez, es el único crimen real en esta historia.

La abogada de la policía pidió la palabra y añadió un breve comentario.

—En cuanto a la Cruz de Guerra con espada, es una condecoración que puede ser retirada si el receptor resulta ser indigno de llevarla. Hemos comunicado al Consejo del Estado la propuesta de retirar la Cruz de Guerra a Berg, pero es una decisión que solo puede tomar el rey junto con dicho Consejo.

Por primera vez en toda la sesión, Rana notó una reacción en Johnny. Cuando se mencionó la Cruz de Guerra y al rey se sobresaltó, y sus labios palidecieron; parecía a punto de gritar algo, pero se reprimió.

—¿Ya han concluido? —dijo el juez, que bostezó mientras miraba el reloj y se rascaba el cuero cabelludo.

Salió de la sala. Rana echó una mirada a Johnny Berg, que seguía inmóvil, con las manos sobre el regazo y una expresión introvertida en la cara.

Después todo sucedió muy rápido. El juez volvió y leyó la sentencia. El punto principal decía:

—Este tribunal ha llegado a la conclusión de que la condición principal para una sentencia inculpatoria, el párrafo ciento treinta y tres sobre asociación con grupo terrorista, no procede. Berg queda en libertad.

Se oyó un ruido de sillas que se movieron cuando los presentes se pusieron en pie.

Rana se giró hacia Johnny Berg y le guiñó un ojo.

—He reservado una mesa en el Theatercaféen, y el champán ya está puesto a enfriar. ¿Vamos para allá?

9

Las cálidas manos de médico

Olav caminaba solo sobre el césped, con las manos metidas en los bolsillos. El funeral había sido un recordatorio de su propia mortalidad. En su vida, los entierros y las esquelas aparecían cada vez con más frecuencia, como las señales de tráfico cuando uno se acerca a una ciudad. Era inevitable: la vida era como una procesión de lemmings, y Olav estaba acercándose al precipicio. La muerte movía unas fuerzas que él ya no podía controlar.

Afortunadamente, la cola oficial para dar el pésame terminó en el cementerio. Los elementos más bochornosos del discurso de la pastora se habían eliminado. Los minibuses que transportaban a los invitados más decrépitos se habían acercado hasta la misma entrada de la iglesia. En el palco había un cuarteto de cuerdas y un cantante de ópera, internacionalmente conocido, que cantaba el *Ave María* de Schubert.

Olav había enviado una invitación informal al rey, que era un viejo amigo, para que acudiera al funeral. Antaño, el monarca se pasaba de vez en cuando por Rederhaugen para tomar unas albóndigas de pescado y ver las noticias de la tele con él, mientras los guardaespaldas esperaban en el coche. Tener este tipo de relación con el rey otorgaba prestigio, y raras veces parecía tan contento como cuando podía poner los pies sobre la mesa, tomar una cerveza y fumarse un cigarrillo fuera de la luz pública. Esta vez no había contestado a la invitación.

Había llegado el momento de hablar con Hans. En la entrada, el sonido del cuarteto de cuerda, que ahora se encontraba en la parte más alta de la entreplanta, se mezclaba con un leve susurro y el tintineo de cubiertos contra la porcelana de los platos. Aunque a lo largo de su vida Olav había estrechado más manos que la mayoría, en realidad no soportaba las grandes reuniones.

Mientras atravesaba las salas de representación situadas junto a la amplia sala de la entrada, saludó con la cabeza amablemente a izquierda y derecha. Había venido gente que él no había visto en muchos años, una sucesión de caras de la vida de su madre y de la suya propia, la mayoría marcadas con surcos por el paso de los años.

¿Por qué habían venido todas estas personas?, ¿qué querían? Los hijos solían acusarlo de sostener una actitud cínica hacia la naturaleza humana, pero Olav sabía que no era así. Él solo era realista.

Saludó a Johan Grieg, el viejo editor de su madre y miembro de la junta de SAGA, pálido y afligido por la insuficiencia renal que padecía. Una vez Johan había sido un amigo y compañero de bacanales, pero ¿acaso todas las amistades no terminaban convirtiéndose en pálidas sombras de lo que una vez habían sido?

En la puerta de al lado había unos viejos políticos. Olav había sido socialdemócrata toda la vida. No dejaba ver que en realidad le gustaba el Partido Obrero. Despreciaba el movimiento hacia la optimización y el sentimentalismo institucional. Era más importante tener a algunos adultos responsables en la plaza Youngstorget.* ¿Y qué otras posibilidades había? ¿La derecha? Despreciaba casi tanto a los propietarios de chalets y los pequeños comerciantes como los partidos pequeños; resultaba imposible tomar a esa gente en serio.

Pero ¿dónde estaba Hans? Olav aún atravesaba la entrada con

---

* Una plaza céntrica de Oslo en torno a la cual se concentra el poder político de Noruega. (N. del T.).

los tentempiés y el sonido de la música, cuando oyó una voz con acento del norte de Noruega desde un lateral.

—Falck, tengo que decirle que lo admiro.

El cumplido le elevó rápidamente los ánimos. Se giró y se dirigió a la mujer.

—Qué comentario más agradable en un día como hoy.

Delante de él estaba una mujer elegante de pelo corto de unos setenta años, que llevaba un collar sobre el jersey de cuello alto y una expresión avergonzada en la cara.

—Lo siento, Olav Falck, lamento su pérdida. Y sus actividades no han pasado desapercibidas, naturalmente.

La miró, asombrado.

—Pero antes de que esto se vuelva embarazoso —continuó—, he de decir que me refería a Hans Falck.

Solo ahora Olav descubrió a Hans, que estaba escondido tras una columna, a un par de metros de distancia. Este dio unos pasos vigorosos hacia la mujer y la cogió con sus fibrosas manos de médico mientras la miraba de cerca con una expresión terapéutica. Evidentemente, no respetaba el espacio íntimo de nadie.

—Mil gracias, querida. ¿Me ha parecido oír un acento de Lofoten?

—Moskenes —dijo ella, ruborizada.

—¡Ah, me encanta la gente del norte! —exclamó Hans, abriendo los brazos con efusión y llamando la atención de quienes estaban a su alrededor—. En todos mis viajes a menudo he pensado que la hospitalidad y la sabiduría del norte de Noruega me recuerdan a las que uno encuentra en Oriente Medio. Eso sí, sois diferentes de la gente del sur, ¡menos mal!

—Sé que antaño usted trabajó como médico de turno en Flakstad. Mi padre también era médico allí y conocía a Vera Lind.

—¿Estamos hablando del mismísimo doctor Schultz?

Olav se volvió inquieto, tal y como siempre le sucedía cuando la gente a su alrededor estaba mejor informada que él. El doctor Schultz; su madre había hablado de él antes de que se complicasen las cosas.

—Era mi padre.

—Que en paz descanse —dijo Hans—. Un médico legendario, un radical, un humanista que dedicó su carrera a mejorar la vida de la gente humilde en un tiempo anterior al estado de bienestar y la bonanza. El doctor Schultz fue un modelo para mí y para todos los médicos con un compromiso social en los años setenta.

La mujer se emocionó por el cumplido, mientras Olav trató de ocultar la envidia. Cada vez con más frecuencia se encontraba con gente que le preguntaba si era familia de Hans Falck. En otros tiempos había pasado todo lo contrario. Hans había sido un payaso, el hijo del propietario de una naviera, que se había autoproclamado proletario y cortejaba a las damas disfrazado de obrero. Según Olav seguía siendo un payaso, pero en los últimos años se había transformado en algo parecido a un héroe nacional por sus actividades como médico en diferentes zonas de guerra del mundo. Hans fue el primer occidental en informar al mundo sobre la masacre de Sinjar, perpetrada por el EI. Aparentemente lo indignaba lo que veía, pero Olav estaba seguro de que en realidad disfrutaba de la atención.

Le gustaba señalar que la empatía de Hans hacia los menos favorecidos del mundo era justo la opuesta a la que sentía hacia los miembros de su familia, que estaban repartidos por el país en diferentes generaciones.

—Por cierto —continuó la mujer, que seguía dirigiéndose a Hans—, hizo muy bien en renunciar a la orden de St. Olav.

—Naturalmente, es tradición entre nosotros, los socialistas, renunciar a las órdenes burguesas. Es un excelente principio.

¿Hans había renunciado a la St. Olav?

A Olav le irritaba que la Medalla del Mérito Civil, la distinción que realmente valía algo, ya no se entregase.

—No hay nada más vanidoso que renunciar a la St. Olav —protestó Olav, pero su comentario cayó en saco roto—. ¿No aceptaste la ciudadanía honoraria kurda?

—Y la Orden Nacional del Cedro libanesa —dijo Hans, guiñándole un ojo a la mujer.

Ella le susurró algo inaudible al oído, saludó cortésmente a Olav para despedirse, y se marchó.

—Mis hijos no han podido venir aquí hoy, pero todos mandan su pésame —dijo Hans cuando ya estaban solos.

—¿Puedo hablar contigo un poco? —dijo Olav y llevó a Hans hasta un pasillo que conducía a la cocina, dominado por unas vitrinas de estilo francés con objetos de porcelana japoneses dentro.

Aún tenía cierta ventaja sobre Hans, y se notaba en la situación de sus respectivas propiedades. Hans podía tener éxito con las mujeres, pero conforme se hacía mayor resultaba cada vez más patético, y tenía cierto capital humanitario, pero su rama de la familia estaba a dos velas. La ley de herencias le había quitado todo lo del padre, Per Falck, en su momento, pero a través de Vera, Olav había recibido en propiedad la finca insignia de Hordnes mientras dejaba a la rama de Bergen alquilarla por debajo del precio del mercado, además de concederles un lugar en el consejo de la fundación y una parte simbólica de las acciones del grupo SAGA. Era mejor tenerlos de tu lado. Desde luego era una humillación consumada, pero con el tiempo había que alimentar a tanta gente con el porcentaje de Hans de SAGA que el acuerdo no terminaba de compensarlos.

—Tenemos que hablar de la herencia —dijo Olav.

—Estoy completamente de acuerdo.

Olav se apoyó en la pared y escrutó a su pariente.

—Y yo que pensaba que vosotros, los comunistas, estabais en contra de la idea de heredar —dijo Olav.

—¿Qué es lo que quieres, Olav? —dijo Hans.

—Como habrás podido saber, no hemos encontrado ningún testamento tras el fallecimiento de mamá —dijo Olav—. Sabemos que lo recogió en la notaría el mismo día que se quitó la vida. Puesto que no hemos hallado nada entre sus pertenencias aquí en Rederhaugen, todo parece indicar que lo destruyó. Por tanto, es probable que la herencia se regule por la ley de herencias, que estipula que hereda el pariente más cercano.

—No sé si has tenido mucho contacto con tu madre en los

últimos años —dijo Hans—. Pero si hubieras hablado con ella, habrías sabido que nosotros teníamos una relación cercana, que se remonta al invierno de 1970 que pasó en Bergen, mientras estaba trabajando en un libro.

—Si de verdad la conocieras, sabrías que su propio funeral no es el momento más adecuado para sacar este tipo de insinuaciones —contestó Olav.

—Tu madre siempre prefería la verdad —dijo Hans—. Era una de las cosas que más valoraba de ella. De hecho, me llamó hace poco, dos días antes de su muerte, para decirme que quería hablar conmigo a solas precisamente sobre la herencia. —Una sonrisa torcida apareció en la cara, curtida por el sol, de Hans—. Naturalmente, Vera podría haber cambiado de idea y destruido el testamento. Pero también es posible que vosotros, la gente de Rederhaugen, queráis que su última voluntad nunca vea la luz del día, para olvidaros así de un texto que con toda probabilidad os supondría perder bienes y tener que compartir con terceros.

A través de las puertas entreabiertas que daban a los salones, Olav oyó el susurro de voces. Hans se acercó a él y puso las manos sobre las suyas. Lo cierto es que estaban tan cálidas como decían los rumores.

Cuando se giró para irse, Olav se dio cuenta de que Hans caminaba entre la gente con pasos ligeros. Se sintió muy mayor.

10

¿Quiénes somos?

—¿Quiénes somos? —comenzó Sasha. Miró a la gente del acto conmemorativo, primero a los que estaban sentados junto a las mesas redondas del salón de la chimenea, y después a todos aquellos que se habían acomodado en los sofás del anexo con los ventanales que daban al fiordo—. ¿Quiénes somos? —dijo otra vez—. ¿Quiénes somos como individuos y como pueblo? Es una pregunta que me ha rondado la cabeza a menudo desde la muerte de mi abuela. Es la pregunta existencial que subyace por debajo de todas las demás. ¿Quién era Vera?

Las miradas de los asistentes cesaron de moverse con impaciencia por la sala cuando oyeron estas primeras frases, tal y como Sasha se había imaginado que ocurriría. Mantuvo la mirada de su padre. Estas primeras frases podrían haber sido pronunciadas por él. De hecho, era su padre el que le había enseñado a dar discursos. Él y Vera.

—El nombre de Noruega viene de la palabra *Norvegr*, que significa «el camino hacia el norte». Uno de esos caminos hacia el norte es la ruta marítima que bordea nuestra larga costa. ¿Quiénes somos? Un pueblo de gente dura de un lugar en el que la naturaleza es inhóspita, en el que nuestros antepasados vivían de lo que la costa les proporcionaba. Durante cientos de años, los comerciantes y las embarcaciones ligeras han intercambiado mercancías a lo largo de la ruta del norte. El viaje de la abuela, desde la pobreza en la que había crecido hasta los privilegios de la familia de la que llegó a formar parte, es una historia de Noruega del siglo pasado. La ruta marítima es decisiva para la historia de Vera. Ella viajó hacia el sur cuando era joven.

Sasha se tomó otra pausa.

—¿Quién era Vera? La abuela era una persona que hablaba poco sobre sí misma, y pertenecía a una generación que tampoco lo hacía. Muchas veces, mientras estaba buscando estas palabras tras su muerte, he pensado por qué no le pregunté más sobre su lugar de origen; por qué no le pregunté más sobre su padre, el comerciante costero ruso que nunca volvió a ver; sobre la madre, que la educó sola en Yttersia de Lofoten en las décadas de 1920 y 1930. Pero será así para todos. Nos pasamos toda la vida caminando como sonámbulos y no nos damos cuenta de lo que hemos perdido hasta que ya es demasiado tarde.

Se tomó un sorbo de la copa de vino.

—Por tanto, puede parecer una paradoja que una persona tan introvertida como Vera escribiese historias imaginadas, encumbradas por la crítica, que según el crítico Øystein Rottem transcurren en «la encrucijada entre un naturalismo anclado en lugares costeros concretos, una decadencia muy poco noruega y una mitología atemporal». Pero yo creo que ocurría lo opuesto. La literatura fue una huida de la realidad para ella cuando era pequeña, y lo siguió siendo hasta su muerte. Con las alas de la literatura tenía la libertad de viajar hacia donde ella quisiera.

La gente asintió en silencio. Sasha sabía que había llegado el momento de cambiar el rumbo del discurso.

—Al menos, eso parecía. Vera Lind empezó su vida en una yerma aldea costera y la terminó aquí, en Rederhaugen. Sobrevivió a un dramático naufragio en el que falleció su esposo, lanzándose a las olas con un bebé en brazos. Fue una tragedia que probablemente marcó el resto de su vida, y también la nuestra, los que llegamos después. Si no hubiera saltado con el pequeño Olav, mi padre, en brazos, y las olas no la hubiesen llevado a la salvación, nada de todo esto hubiera pasado. Tengo mucho que agradecirte, querida abuela, pero ahí es donde empiezo y termino. Que descanses en paz.

Los asistentes al acto irrumpieron en aplausos espontáneos. Sasha sintió que tenía las mejillas un poco calientes y agarró la copa con fuerza, como si la necesitase para mantener el equilibrio. Olav se acercó y le dio un abrazo.

—No sabes cómo aprecio estas palabras, querida Alexandra —susurró.

Le dio las gracias y se liberó de sus brazos. Se sentía vacía por dentro, como si fuera una actriz en una obra de teatro montada por su padre. Necesitaba de forma imperiosa fumarse un cigarrillo. Se puso el abrigo y se abrió paso entre la gente, que le dio unas palmaditas en el hombro, felicitándola por su discurso.

—¿Sasha? —dijo una voz justo cuando alcanzaba las puertas dobles que daban a la terraza.

Se giró y cogió las dos finas muñecas, adornadas con unas pulseras de color marfil, de la antigua editora de su abuela.

—Ruth, qué alegría verte.

Ruth Mendelsohn era una pensionista elegante con largos y ondulantes cabellos color plata, y unos ojos perspicaces e inteligentes bajo dos cejas curvas.

—Bonitas palabras, pero ¿de verdad te las crees?

—¿Qué quieres decir? —preguntó Sasha y abrió la puerta al jardín de invierno. Una vez fuera, encendió un cigarrillo.

—Vera siempre hablaba mucho de ti —afirmó Ruth—. Dijo que eras la única persona en la familia que entendía lo que ella hacía, y qué era lo que la empujaba a hacerlo. O sea, que fumas a escondidas, ¿compartirías uno conmigo?

Sasha le pasó la cajetilla y le encendió el cigarrillo.

—¿Por qué iba a mentir?

Ruth se dirigió, caminando con la espalda un poco inclinada, al busto de Store-Thor, y se paró delante de la cadena que circundaba el helado arriate de rosales.

—Porque la verdad es demasiado difícil —dijo—. ¿No es esa la razón por la que la gente no dice la verdad?

—¿Qué quieres decir? —preguntó Sasha, suspicaz.

—Hace mucho que no voy al Precipicio —dijo Ruth—. ¿Vamos?

Sasha tuvo la sensación de que Mendelsohn tenía algo que decirle, así que la guio alrededor del edificio principal hasta el patio, donde tomaron el sendero que atravesaba el bosque y conducía al Precipicio. Después de unos minutos llegaron al borde. Ruth miró el rocoso islote de abajo y el agua poco profunda. Aquí el viento soplaba con más fuerza, una brisa fría.

—¿Sabías que, entre los supervivientes del holocausto, la ratio de suicidio era inferior a la de la población general? —dijo—. En cambio, entre los autores que escribieron sobre el holocausto, ocurría todo lo contrario. Jean Améry, Tadeusz Borowski, Paul Celan, Jerzy Kosinski, Joseph Wulf y Primo Levi. Todos sobrevivieron al holocausto y todos se quitaron la vida, a menudo décadas después. ¿Por qué?

Sasha sintió cómo el viento frío atravesaba la ropa fina.

—O bien porque los escritores son de una naturaleza más vulnerable, o bien porque la escritura supone revivir el dolor.

Ruth asintió con la cabeza.

—Exacto. El mito de Vera es precisamente el que has relatado. La soñadora que se inventaba historias. Un alma de artista que naufragó debido a sus problemas psicológicos y bloqueos de escritor.

—No ha sido en absoluto mi intención —dijo Sasha.

—Mientras yo trabajaba con Vera, siempre decía que quería escribir algo que no fuera novela negra y relatos macabros; un documento histórico sobre el naufragio del hurtigruten y lo que sucedió durante la guerra. ¿El título *El cementerio del mar* te dice algo?

Sasha tuvo una repentina sensación de que esto era algo que debería haber sabido. Por fortuna, la creciente penumbra ocultaba el rubor de sus mejillas. Había algo sugerente y a la vez mórbido en esas dos palabras. Agua y tierra, mar y muerte.

—¿Quieres entrar en el Precipicio?

Ruth asintió con la cabeza y Sasha la dejó pasar a la cabaña fría y oscura. Los muebles destacaban como siluetas y antaño la habrían asustado. Giró un anticuado interruptor de la luz.

—A finales de 1969, el momento por fin había llegado —continuó Ruth—. Vera pasó todo el invierno de 1970 en la vieja finca de los Falck en Bergen, escribiendo.

—¿Me estás diciendo que la abuela redactó un manuscrito, el último que escribió y que nunca fue publicado, en la rama berguense de la familia? —protestó Sasha—. No puede ser verdad, los berguenses odiaban a la abuela, lo cual resultaba natural, ya que había arruinado los vínculos que los unían a la familia.

—Bueno, fue de visita a Hordnes; es así como se llama, ¿no? Quería escribir una oda a la cultura costera de donde venía, con la navegación del hurtigruten como marco. Pero no era más que una excusa: Vera también quería escribir otro retrato de la guerra. Un retrato que rompiese con las ideas dominantes sobre amigos y enemigos, la culpabilidad y la vergüenza. Por aquel entonces, los héroes de la guerra aún estaban vivos, Sasha.

La sensación de haber sido engañada se manifestaba ahora como un entumecimiento que se extendía por todo el cuerpo. La ignorancia dolía más de lo que la mentira posiblemente podría llegar a revelar.

—Nadie en la familia ha leído ese manuscrito —dijo en voz baja.

—No, yo tampoco —dijo Ruth.

Sasha la miró con una expresión desaprobatoria.

—¿Qué quieres decir?

—La policía secreta confiscó el manuscrito antes de que yo pudiera ponerle las manos encima.

—¿Cómo? —exclamó y dejó que su asombro se apoderase de ella antes de protestar—. Pero ¡eso no puede ser! Noruega no es como la Unión Soviética de Stalin. No somos así.

—Es como la pregunta retórica que has formulado con tanta precisión en tu discurso: ¿quiénes somos?

Ruth pronunció las palabras con voz suave y una expresión atenta en la cara.

—Pero ¿qué contenía el manuscrito para que la policía secreta lo confiscara?

—No lo sé, Sasha, la verdad es que no. Pero había una cosa

que no sabía la policía. Había otro ejemplar del manuscrito que pudimos sacar a escondidas de la editorial dentro de una antigua edición de *El conde de Montecristo*, y se lo entregamos a Vera aquí en el Precipicio. Lo dejó en poder del notario, como una garantía, antes de que la oscuridad la envolviese.

En poder del notario... En ese momento, Sasha se dio cuenta de qué era lo que la vieja editora le estaba contando.

—La abuela fue a ver al notario el mismo día que se quitó la vida —dijo Sasha, perpleja—. Pensamos que fue a buscar el testamento, pero en realidad fue a recoger su manuscrito, *El cementerio del mar*.

Ruth asintió con la cabeza.

—Tu abuela a menudo decía que un testamento es un testimonio. Cada testamento es una novela, cada novela es un testamento. Tal vez *El cementerio del mar* sea el auténtico testamento de Vera.

—El libro está aquí —dijo Sasha y se acercó rápidamente a una de las estanterías—. Me refiero a *El conde de Monte Cristo*.

El libro estaba al pie de la butaca donde la abuela siempre se sentaba. Ahora Sasha pesó aquel ladrillo con la mano, pasó el dedo sobre la áspera portada y abrió el libro.

—Ese es —dijo Ruth sobre su hombro.

Sasha miró el libro y lo puso boca abajo sin que ocurriese nada.

—Tienes que mirar en el interior de la cubierta —dijo Ruth. Y abrió cuidadosamente un pliegue en la parte superior de la portada, donde apareció un fino compartimento.

Sasha sacó unas hojas paginadas y leyó la primera línea:

—«Querida Sashenka...». —Miró a Ruth—. Quiero leer esto sola, seguro que lo entiendes.

—Esto es demasiado poco como para ser el manuscrito en sí —constató Ruth—. Parece más bien una carta.

—Pero ¿por qué Vera escondería una carta para mí dentro de un libro, en lugar de dejármela sobre el escritorio?

Por primera vez aquella tarde, Ruth Mendelsohn mostró una tímida sonrisa.

—Tu abuela era una autora de novela negra. En fin, la respuesta a tu pregunta es evidente, si te paras a pensar. Lo que más atormentaba a Vera con relación a su familia por aquel entonces, y tal vez hasta sus últimos días, era la sensación de no ser creída. No hubieras encontrado esta carta si yo no te hubiera contado la historia de la confiscación.

—Tal vez.

Sasha solo tenía ganas de ir a casa para leer aquello en paz.

—El pasado es poder, lo sabéis bien aquí en Rederhaugen. Si controlas la historia, controlas el poder. Alguien ya lleva demasiado tiempo dictando la historia oficial. ¿Quizá haya llegado el momento de dejar que Vera la cuente con sus propias palabras?

Sasha miró hacia el horizonte a través de la ventana. A lo lejos pudo divisar la luz de una lancha motora.

—Léete esta carta —dijo Ruth en voz baja— y cuenta luego la historia de Vera. Ella se sentiría muy orgullosa de ti.

—No sé —dijo Sasha, y pensó en las palabras del padre acerca de que no había que levantar algunas piedras, que todo lo que habían construido aquí podría derrumbarse.

La voz de Ruth se volvió de repente autoritaria. Fue como si diera continuidad a su monólogo interior.

—He vivido ya algunos años, Sasha Falck. El mundo no se va a acabar simplemente porque arregles la injusticia a la que sometieron a tu abuela.

Johnny Berg celebró su puesta en libertad caminando al centro, al largo muelle situado delante de Aker Brygge.

Justo como le había prometido, Hans Falck lo estaba esperando en una lancha de casco blanco en el extremo del muelle. Llevaba camisa y corbata bajo el traje oscuro de lana, demasiado arreglado para la ocasión, como un tipo con zapatos de vestir caminando por la nieve. Johnny se subió a la barca, que se balanceaba, y saludó con la mano.

—¿Entiendo que la vista ha ido bien?

Johnny asintió con la cabeza.

—Afortunadamente, no ha estado presente la prensa.

No había vuelto a ver a Hans desde el día que apareció en la cárcel. El uniforme de campo del médico le sentaba mejor que el traje oscuro, pero la energía era la misma.

—¿Contento de estar en casa?

—Nunca es como uno se espera.

—Suele pasar —dijo Hans—. Lo que más temes, nunca es tan malo como te crees, y lo que más esperas que pase, nunca es tan bueno. Es así. Qué bueno que hayas podido venir. Vengo directamente de un funeral en Rederhaugen, he conseguido que el bedel me prestara una lancha. ¿Damos una vuelta?

Johnny se quedó de pie junto a Hans Falck en la lancha. El médico puso la embarcación en marcha, giró ligeramente a la izquierda, y las siluetas del castillo de Oscarshall y el museo del Fram quedaron recortadas sobre el cielo oscuro en el lado derecho.

Después de un rato, rebajó la velocidad.

—¿Ves aquello? —dijo Hans, señalando con la mano. A unos cientos de metros de distancia, unas paredes rocosas grises se alzaban como muros defensivos naturales a lo largo de la orilla y terminaban en un pinar que dominaba la parte superior del acantilado.

—Eso es Rederhaugen.

—Conozco el lugar —contestó Johnny. Podía atisbar algunas ventanas iluminadas. Sobre las copas de los árboles asomaba una torre de piedra con un banderín ondeando en lo alto. El aire sobre el fiordo era frío y crudo.

—Mi abuelo lo construyó —continuó Hans—. Primero quería edificar una propiedad en Bergen que superase a Gamlehaugen de Christian Michelsen, que era tanto un competidor como un patriota berguense, pero al no encontrar un terreno apropiado, compró esta finca para complementar con la de Fana. Rederhaugen es uno de los pocos ejemplos de arquitectura gótica en Noruega.

—Cuántos menos castillos, mejor para la gente normal; esa es una ley natural —dijo Johnny.

—Eres un radical —dijo Hans cordialmente, y sonrió—. Me gusta eso.

—Tú también lo fuiste cuando hablamos en Beirut. Y ahora pronuncias discursos sobre un viejo aristócrata que quería construir castillos en Noruega. ¿Tu socialismo no ha sido más que un truco para ligar?

Hans sonrió con condescendencia.

—Soy socialista y lo seré hasta el fin de mis días. Pero también soy un hombre de familia. Un Falck. Cuanto más mayor me hago, más importante se vuelve la continuidad de la familia. También te pasará a ti.

—Diría que no —dijo Johnny y encendió un cigarrillo, protegiéndolo del viento.

—¿Conoces a Olav Falck?

—De oídas —dijo Johnny.

Hans lanzó una mirada a la superficie del agua, cubierta por un velo de vaporosa humedad.

—Es justo porque me preocupa el nombre y la reputación de la familia por lo que me he puesto en contacto contigo. La fundación SAGA está podrida hasta la médula y Olav es el responsable de ello.

—Una fundación en la que la gente con dinero se dedica a actividades filantrópicas es irritante —dijo Johnny—, pero ¿qué daño puede hacer una fundación que se dedica a la historia bélica noruega, mediación de conflictos en Oriente Medio y los gobiernos híbridos autoritarios del este de Europa?

—Olav y SAGA tienen una doble cara. Por un lado, la que acabas de describir, Johnny, la superficie pulida, en realidad no es más que una fachada de cartón piedra, una tapadera para el espionaje y el ejercicio del poder más allá del control parlamentario.

Contra su voluntad, Hans ya había despertado la curiosidad de Johnny.

—Es habitual en el contexto de los servicios de inteligencia —concedió—. Existen numerosos ejemplos de fundaciones y empresas falsas que encubren espionaje. Pero ¿hay algo más que mera especulación en lo que dices?

—Bueno —contestó Hans y puso el motor al ralentí—. El caso es que he hablado mucho con la persona que en su momento era la responsable de convertir Rederhaugen en un centro de inteligencia. Posteriormente se arrepintió y quiso contar lo que había hecho. Ahora vengo de su funeral. ¿Has oído hablar de Vera Lind?

—La verdad es que no.

Johnny echó la colilla por encima de la borda.

—Vera fue una escritora conocida en su época, en las décadas de 1950 y 1960. En el año 1970, cuando yo aún vivía en la propiedad de mis padres en Bergen, Vera pasó un invierno con nosotros. Estuvo buscando entre los archivos para dar con la verdad de lo que había ocurrido en la familia durante la guerra, más concretamente cuando un hurtigruten naufragó en 1940. El manuscrito era tan incendiario que lo requisó la policía secreta.

—Fascinante —dijo Johnny—. Aunque sigo sin ver qué puedo aportar yo en este asunto.

Hans se rio en voz baja.

—Estoy contratando tus servicios como biógrafo de mi vida.

Johnny se giró hacia él.

—Estás de broma, Hans. ¿Una biografía tuya?

Hans esbozó una sonrisa torcida y negó con la cabeza.

—Desde la humildad, quiero pensar que he tenido una vida interesante, y en su momento hiciste un retrato de mí muy bueno en ese artículo.

Esto estaba volviéndose cada vez más extraño. Johnny se había imaginado muchas posibilidades, pero esta no.

—¿Y por qué no lo haces tú solo?

Hans murmuró algo.

—Rederhaugen se cierra como un mejillón. La gente de allí nunca habla con nadie que venga de fuera, y, desde luego, conmigo no. A no ser que un biógrafo vaya a preguntar por los cotilleos extraoficiales en torno a los líos de faldas de Hans Falck. Entonces verás cómo hablarán con total libertad.

—Seguramente —concedió Johnny—, pero ¿qué es lo que quieres en realidad?

—Una muerte siempre desestabiliza a una familia. Olav es un obseso del control que dirige la familia con mano de hierro. Su madre, Vera Lind, dejó un testamento, y vamos a decir que el contenido de este me interesa. El único problema es que se llevó el secreto de la ubicación del testamento a la tumba.

—¿Quieres que te ayude a resolver una disputa por una herencia?

—Estamos hablando de unas cantidades considerables. Tengo razones para pensar que el testamento destina una buena parte a mi lado de la familia. Estamos hablando de propiedades por valor de cientos de millones, quizá más. Me gustaría que encontrases el testamento de Vera Lind y averiguaras qué es lo que contiene.

—¿Y dónde voy a hacer eso?

—Olav tiene una hija que se llama Alexandra, aunque la mayoría, con la excepción de Olav, la llama Sasha. Una mujer brillante, dirige el museo; es una copia de su abuela, a la vez que hija de su padre. Siempre ha estado entre dos aguas, la literatura de su abuela y los juegos de poder del padre. Tu trabajo consistiría en hacerla ver que puedes ayudarla a dar con el testamento. Sasha nos lo encontrará.

—Sigo sin entender que viajaras hasta Kurdistán solo para reclutarme con el fin de que te ayude con la disputa de una herencia.

—No fue así. Pero los dos hemos trabajado largas temporadas en Oriente Medio, Johnny.

La lancha se bamboleaba.

—Ya sabes —continuó Hans— que en los trabajos de campo te enteras de cosas que jamás te dirían en casa. Después de tantos años de trabajo en Kurdistán tengo una amplia red de informantes allí. Podemos hablar de los detalles más adelante, pero a través de mis contactos he podido saber que la operación en la que tomaste parte puede ser rastreada, a través de transferencias y empresas falsas, hasta la fundación SAGA de Noruega. Hace poco me enteré de que Olav, gracias a sus importantes contactos en la política y los servicios de inteligencia, ha estado trabajando activamente para evitar que volvieras a Noruega.

Johnny cogió aire y lo expulsó con fuerza por la nariz.

—¿Por qué? No conozco a Olav Falck.

—Pero sabes cosas que pueden ser peligrosas para SAGA y Olav.

—¿Como qué?

Hans lo miró con paciencia paternal.

—¿Todavía no lo entiendes? Cuando hiciste tu último trabajo en Oriente Medio, no trabajaste para los servicios secretos de Noruega, como en ocasiones anteriores. Para empezar, nunca te hubiesen dejado realizar una misión tan peligrosa y políticamente cargada, y si fuera el caso, te hubiesen sacado del país el mismo día en que te detuvieron. Nada de eso, John Omar Berg. Sin saberlo trabajaste para SAGA, y los que te contrataron te dejaron tirado.

Estaba soplando un viento frío. ¿Qué estaba diciendo este hombre?

Hans dirigió la mirada tierra adentro, hacia Rederhaugen.

—Hay una conexión entre lo que le pasó a Vera en 1970 y lo que te pasó a ti. Los dos sabíais cosas que podrían revelar el lado oscuro de SAGA, un hilo histórico que recorre toda la época de la posguerra y se extiende atrás en el tiempo hasta el naufragio del hurtigruten durante la guerra. —Aumentó las revoluciones del motor—. ¿Ves que tenemos intereses en común aquí? Mi rama de la familia recibe lo que nos corresponde de la herencia y a ti te doy al hombre que estaba dispuesto a dejar que te pudrieras en la cárcel.

Johnny sintió el agradable olor de una misión, pero no dijo nada.

—Recordarás que tenemos un trato. —Hans Falck lo miró con dureza—. Y a partir de ahora lo voy a hacer valer. Y otra cosa: el médico jefe de Defensa es un buen amigo mío. Conozco los problemas de tu hija. No vivimos en un país corrupto, Johnny, pero es posible que alguien quiera echar un vistazo a tus historiales médicos con, cómo expresarlo, un interés especial. Lo cual puede repercutir positivamente en tus derechos de ver a tu hija. De una manera u otra. Y si lo consigues, naturalmente serás recompensado como te mereces.

Incrementó la velocidad y giró la lancha en un amplio círculo, de tal modo que Johnny pudo ver la torre de piedra de Rederhaugen. Había una luz en una de las ventanas.

Cuando Sasha volvió al edificio principal, el acto conmemorativo prácticamente había terminado. Eso le vino bien, porque así podía sentarse y leer las cartas de Vera. Las sillas estaban vacías y, junto con algunas chicas que llevaban camisas blancas, ayudó a despejar las mesas mientras Olav dirigía a dos becarios que transportaron una mesa hasta la primera planta. Desde el pasillo que llevaba a la cocina, Sasha oyó cómo se amontonaban vasos y platos.

Su hermana pequeña Andrea había llegado esa misma mañana, justo a tiempo para asistir al funeral. Apenas habían tenido tiempo para hablar.

—Ah, me siento tan bien estando aquí ahora —dijo Andrea y la abrazó—. Estaba en Svalbard sin internet cuando la abuela murió, y tuve que reservar el viaje de ida más caro de la historia para volver. Y en el norte de Noruega, durante el regreso, había vientos huracanados, pero afortunadamente me tomé unos Valium durante el vuelo, así que las turbulencias parecieron un masaje de spa. Ahora mismo estoy bastante jodida, pero era lo único que podía hacer.

—Papá me dijo que estabas en Suecia —dijo Sasha.

—Siempre estoy en Suecia cuando me pregunta.

Sasha sonrió. Andrea tenía veintipocos años y era más alta que ella, atlética como un chico, con hombros angulares y anchos, caderas estrechas y brazos largos y muy bien definidos. Sus rasgos andróginos se reforzaban gracias al pelo corto y moreno, y a la ropa tan ancha que siempre se ponía.

Su padre se acercó a ellas.

—¿Podemos hablar un momento?

Sasha había tenido suficientes reuniones familiares por hoy y en realidad quería irse a casa. Olav llevaba la camisa desabotonada en el cuello y se había remangado hasta los codos. Los tres hijos se reunieron en un semicírculo delante de él.

—Ha sido un día intenso, ¿no os ha parecido?

Olav se pasó las palmas de las manos por el pelo canoso repeinado.

Asintieron y se quedaron en ambos lados de una vitrina. Era cierto, los funerales resultaban sorprendentemente agotadores. Sasha recorrió con un dedo el cristal, cubierto de una fina capa de polvo. DS PRINSESSE RAGNHILD. AL SERVICIO DE LA COMPAÑÍA DE BARCOS DE VAPOR DEL NORTE DE NORUEGA 1931-1940, ponía en la inscripción. Miró la detallada miniatura del hurtigruten. Las cubiertas, las chimeneas, el puente, los botes salvavidas y la popa. Por un momento pudo imaginarse los pasajeros, comerciantes y representantes, pescadores y obreros, marineros y primeros oficiales delante de la taquilla, o disfrutando de las vistas junto a la borda. Y Vera, veinte años y madre reciente. No podía pensar en otra cosa que no fuera *El cementerio del mar*.

—Simplemente quería deciros lo mucho que valoro vuestra ayuda en el día de hoy y después de la muerte de mamá. Andrea, gracias por el caviar del mar Caspio, el foie gras y el champán. Sverre, por la organización de la logística.

—Hurra, una medalla por la logística —gruñó Andrea.

—Los aficionados piensan que las guerras se ganan gracias a las estrategias, los expertos saben que se ganan por la logística —dijo Olav—. Sonríe, Sverre.

Olav se giró a Sasha.

—Alexandra, querida Alexandra, gracias por tus palabras. Significan más de lo que pensáis.

Al parecer, el acto conmemorativo le había despertado su lado sentimental. En cuanto a Sasha, ella solo quería que terminase. Olav puso el brazo alrededor de Sverre y Andrea, que estaban en los dos extremos, y se inclinó hacia delante hasta casi rozar la frente de Sasha.

—¿Os acordáis de que solíamos hablar de nosotros como un cuatro contra el mundo? Alexandra y Andrea de aleros, Sverre y yo en la defensa central. No me fío de una sola persona de las que han venido aquí hoy, aparte de vosotros. No me fío nada. Pueden sonreír y presentar sus pésames todo lo que quieran, pero llegado el momento en que tuvieran la más mínima oportunidad, robarían nuestros bienes y nos clavarían una puñal en la espalda.

Nadie dijo nada.

—La familia —dijo Olav—, la interminable línea de sucesión descendiente. Esto es todo lo que significa algo. El resto son minucias, a fin de cuentas.

Sasha apenas había pensado en las chicas o en su marido tras la muerte de la abuela, y desde luego, no después de la carta y la conversación con Ruth. Ahora, de repente los echaba mucho en falta, sus voces y su olor.

Olav los soltó.

—Bien, solo era eso. Gracias por todo.

—¿Tomamos una copa en la habitación azul? —preguntó Andrea.

Sverre se apuntó, una copa siempre le parecía una buena idea.

—Lo siento —dijo Sasha—. Mads ha venido hoy del extranjero y casi no he podido hablar con él durante la ceremonia. Y apenas he prestado atención a las crías desde que Vera murió. La próxima vez.

Sus hermanos subieron por las escaleras. Sasha apagó la luz y salió. Por fin estaba sola. La noche era clara y fría. Jazz vino corriendo a través de la oscuridad. Sasha volvió a su casa.

Mads estaba sentado junto a la rústica mesa de roble, con la camisa desabotonada en el cuello, tomando un sorbo de una copa de vino tinto. Estaba aproximándose a los cuarenta, y la edad le había marcado la cara con líneas de experiencia que le hacían más atractivo que antes. Había dos arrugas en la frente y en la barba de tres días se atisbaban unas manchas blancas. Todo el ejercicio había otorgado un aspecto fuerte y fibroso a los brazos que asomaban bajo la camiseta desgastada.

Le dio un beso corto, se acercó a la encimera y se llenó una copa para ella.

—¿Las chicas están dormidas? —preguntó en voz baja.

—Estaban agotadas. Habían correteado por los pasillos del

edificio principal toda la tarde. Según Camilla, los funerales son casi tan divertidos como la Navidad y las fiestas de cumpleaños. Margot me ha preguntado sobre la muerte.

Sonrió, y sin decir nada Mads se levantó y le dio un abrazo con sus fibrosos brazos. Se quedaron así un buen rato.

—Me alegro de que hayas vuelto —susurró.

—¿Tal vez deberíamos irnos de viaje, solo nosotros cuatro? —dijo con ternura—. Necesito un respiro. ¿Francia quizá?

Ella no contestó, pero se desprendió de sus brazos.

—¿Puedo pedirte un consejo, Mads?

—Sí, claro.

—¿Alguna vez te has arrepentido de haber antepuesto SAGA a la política?

Cuando se conocieron, su marido estaba considerado un gran talento político, pero en una de las comidas de domingo después de la boda, Olav lo había convencido. El futuro estaba en el sistema de SAGA de Rederhaugen, no en «un partido social-demócrata que se mantenía con vida gracias a la respiración asistida». Uno de los deportes favoritos del padre era involucrar a expolíticos en las empresas del grupo, y Mads, que venía de una familia sin dinero, se habría dejado tentar por el importante aumento de salario que suponía pasarse al sector privado.

—Si yo hubiera seguido en la política, no creo que hubiésemos acabado juntos —contestó Mads.

—¿Qué quieres decir?

—Consumía todo mi tiempo. Es cierto que todavía viajo mucho, pero ahora tengo horarios de trabajo. Antes no. La política te embriaga, es como un juego, te olvidas de la gente que te rodea. Puede que les pase lo mismo a los escritores, como a Vera.

—Había muchas cosas que Vera nunca me contó.

—¿Qué significa eso?

Se acercó a la ventana, la abrió y encendió un cigarrillo.

Por lo general, Mads no aguantaba que fumase. Esta vez no dijo nada, simplemente se puso junto a ella y se apoyó en el marco de la ventana.

Ella inspiró.

—Papá quiere que no remueva los secretos de la abuela. Y la antigua editora de Vera quiere que llegue al fondo del misterio en torno al último manuscrito suyo. ¿Qué debería hacer?

—Olav suele tener buen instinto para estas cosas.

—¿Es esa tu respuesta?

—¿En realidad era una pregunta?

Mads ladeó la cabeza y la miró.

—Creo que tú misma conoces la respuesta. Yo te apoyaré siempre, Sasha, siempre que hagas lo que tú creas que es lo correcto.

Ella le besó la frente con ternura.

—No te digo que te quiero tanto como debería.

—Puedes decirlo más a menudo, si quieres.

Sasha tiró la colilla a la oscuridad y entró en el salón de la chimenea. Allí sacó el libro y la carta de la abuela.

Querida Sashenka:

Si encuentras esta carta, sé que has hablado con alguien en quien confío. Por eso la dejé aquí, y no como una carta de despedida que cualquiera podría haber encontrado. Solo aquellos que saben lo que me pasó en 1970 podrán encontrar esto. Una pequeña garantía de seguridad, si quieres.

Es la misma gente que me apoyó contra los que querían que me callase. Mi versión de lo que pasó durante la guerra no encajaba con el relato oficial que el país y los héroes de guerra preferían contar. Poco sabía yo que, después de lo que sucedió, no volvería a escribir. Es decir, un bloqueo del escritor de 2.340 semanas o, lo que es lo mismo, 16.380 días.

Pensé en esto durante nuestra conversación de ayer. Ya que la familia va a celebrar el 75 aniversario del naufragio del hurtigruten, creí que te interesaría conocer mi versión de lo que ocurrió.

Sin embargo, los recuerdos son como un gato, que se escurre cuando tratas de acariciarlo y se mete a escondidas en la habitación para ponerse encima de ti, ronroneando, cuando estás dormida por la noche.

En el escritorio aún tengo la fotografía en la que aparecemos Olav y yo, apoyados en la borda de la embarcación tras la partida de Bergen, unos pocos días antes del accidente. La acerco a la luz. ¿Cuánto de la esencia de una persona se mantiene constante a lo largo de la vida? ¿Cuánto queda de Olav y de mí?

Estás ya cansada de oírlo, Sasha, pero te pareces mucho a mí, como yo estaba en esta fotografía. Tú, la única en la familia que ha heredado el interés por la literatura. Cuando eras pequeña, podías pasarte horas escuchando las historias de fantasmas del norte que yo te contaba.

Aun así, la razón por la que te escribo no es para recordar viejas historias. Desde mi punto de vista, la familia ha degenerado bajo el mando de Olav. Puede que nuestro nivel de bienestar esté mejor que nunca, pero moralmente nos hallamos en bancarrota.

Podría ofrecerte una larga lista de ejemplos de esto, tanto en un plano político como personal, pero vamos a dejarlo en que lo he expresado de un modo más largo y tendido, y mejor, en otro lugar. No es un secreto que estas cosas se remontan a los acontecimientos que se produjeron durante la guerra y con relación al naufragio del *Prinsesse Ragnhild*. El accidente es el tumor del cáncer, y nunca se ha eliminado. Es, en gran medida, mi culpa y mi responsabilidad. Eso sí, tengo mis razones.

La familia se encuentra en una encrucijada, Sasha. Puedes seguir viviendo bajo el lema del escudo de armas de los Falck: *Familia ante omnia*. La familia por encima de todo, también cuando la verdad y la lealtad están enfrentadas.

Los hombres poderosos de la familia llevan demasiado tiempo anteponiendo la lealtad a la verdad. A la familia, y a una idea fija acerca de Noruega y de la historia del país. Han impuesto sus relatos, y cuando alguien protesta, su reacción es la ira, tal y como siempre sucede con la gente de poder que siempre ha dado por hecho sus privilegios.

Espero que tú tengas el valor de asumir este desafío. Si deseas descubrir la verdad, lo conseguirás. Pero has de saber que la verdad es muy dolorosa.

En realidad, debería habértelo dicho claramente, pero no tengo fuerzas para ello. Ni valor. Pero la muerte no me da miedo. No es más que el dolor que inflige a los afectados, y con la edad, ese dolor se reduce de forma drástica. Paradójicamente termina en el momento de suceder. La muerte solo existe para los que siguen vivos.

V. L.

PARTE II

La roseta

11

Volver a casa es lo difícil

Unos días después de la conversación con Hans, Johnny Berg estaba caminando por una plaza adoquinada, adornada con una fuente, en el centro de Oslo. Encontró la placa de latón en la que ponía EDITORIAL GRIEG en letras grabadas, entró por una pesada puerta de cristal a prueba de balas, observó, y se quedó en el vestíbulo viendo las fotografías de los escritores muertos de la editorial.

La fotografía de Vera Lind podría haber sido sacada en algún momento de los años sesenta; mostraba esa mezcla entre los ojos avispados de la juventud y las incipientes arrugas alrededor de la boca que suele estar presente en los rasgos de las mujeres de su edad, la segunda mitad de los cuarenta.

—¿Tú también tienes debilidad por Vera Lind? —dijo una voz tras él.

Hans Falck vino hacia él con largas y vigorosas zancadas y le dio un abrazo.

—Qué bien que hayas podido venir. Me queda un par de días antes de volver a Kurdistán.

—Ahora mismo no tengo mucho que hacer —contestó Johnny.

En los últimos días había caminado por la ciudad, de un lado a otro, pasando por delante del piso de Bjølsen donde creció, la barbería donde trabajaba Zolly, su entrenador de fútbol, que había mantenido su nombre tras convertirse en un bar para hípsters. En el viejo bloque de viviendas de Løkka, donde había entrado a vivir como okupa con dieciséis años, y donde leía clásicos radicales, escuchaba música ska y planificaba cazas de neonazis, ahora había una inmobiliaria en el primer piso. Puede que fuera inevitable: la ciudad le producía melancolía, del mismo modo en que lo hacen todos los antiguos hogares, donde se mezclan lugares y recuerdos hasta que uno ya no puede distinguir unos de otros.

Estaba libre, liberado de la peor cárcel del mundo, y debería encontrarse feliz. ¿Por qué no lo estaba? Incluso echaba en falta el tiempo tras los muros. No la violencia, la tortura y las enfermedades, naturalmente. No, echaba en falta poder soñar sobre la libertad. Todas las cárceles del mundo estaban llenas de soñadores. Era el único lujo del que las instituciones de este tipo no podían privar a los internos. Ahora los sueños habían desaparecido, y solo quedaba la libertad.

No tenía nada que hacer y por eso no conseguía hacer nada. Pero hoy Hans lo había llamado para reunirse en la editorial.

—¿Estuviste con el médico jefe de Defensa? Es un buen hombre.

Johnny asintió con la cabeza, el día antes le habían hecho las pruebas y lo habían entrevistado.

—Voy a ir luego para que me den los resultados.

La conversación quedó interrumpida por la llegada del editor jefe. Peder Grieg era un hombre alto y flaco de unos cuarenta años, con una mandíbula dominante que hablaba de capacidad de resolución. Después de la conversación con Hans, Johnny había investigado superficialmente a la familia Grieg. El director editorial carecía por completo del encanto que su padre Johan transmitía públicamente, pero se decía de él que controlaba mucho mejor la economía de la empresa.

—Hans —saludó; pretendía transmitir una actitud jovial, pero sonaba bastante desabrido—. ¿Entiendo que este hombre es John O. Berg? Síganme, caballeros.

Entraron en un despacho sobrio, dominado por muebles

Chesterfield y un escritorio lacado grande. Peder les indicó que se sentasen en el sofá, mientras dos empleados —una mujer y un hombre que parecían encajar perfectamente en la cultura— trajeron los contratos.

Hans Falck se quedó de pie junto a los dibujos de todos los miembros de los editores de la familia Grieg.

—Los nombres de Johan y Peder se alternan sucesivamente en cada generación desde el siglo XIX, ¿verdad?

—Desde 1842 —asintió Peder.

—Johan Grieg derrocha el dinero de la editorial y el Peder de la siguiente generación tiene que recuperarlo, solo para que el Johan de la siguiente generación lo vuelva a derrochar y el nuevo Peder acuda al rescate —dijo Hans—. Cuando se habla de la editorial Grieg, se suele hablar de la «maldición de Johan», si no me equivoco.

—Bueno, el negocio está en constante proceso de cambio; tratamos como podemos de estar un paso por delante de los acontecimientos —dijo Peder con un tono cáustico—. Además, no tengo hijos, de modo que no habrá una «maldición de Johan» en la siguiente generación. —Se acomodó en la silla—. Ya sabes, Hans, que me resulta cuestionable cederle la responsabilidad de tu biografía a un escritor de tan poca experiencia como Berg.

—Si mis viejos mentores en Oriente Medio hubieran pensado lo mismo cuando era un médico general recién licenciado, miles de niños habrían muerto —dijo Hans con una sonrisa socarrona—. John tiene algo de lo que la mayoría de los escritores experimentados carece: talento y voluntad.

—Bien —dijo Peder—. Como editorial, somos nuestros autores. Queremos apostar por tu biografía.

Se giró hacia Johnny y lo escrutó con una mirada crítica y ligeramente condescendiente.

—¿Puedo preguntarte cómo vas a empezar el libro?

—Puedes preguntar —dijo Johnny, que se había dado cuenta enseguida de que Hans había exagerado la consolidación del proyecto del libro la última vez que se habían visto. Lo cual era un problema, porque sin contar con el apoyo de la editorial el plan era inútil, y podía olvidarse de ir a entrevistar a la familia Falck en Rederhaugen—. ¿Cuántas memorias de primeros ministros habéis publicado en los últimos años?

—Tres —dijo Peder Grieg, que de repente se mostró un poco inseguro—, y también otra, escrita por el anterior director del Alto Comisionado para Refugiados.

—¿Cuánto han vendido? —preguntó Johnny.

—¡Estamos hablando de relatos que arrojan luz sobre el tipo de nación que somos! —exclamó el director editorial—. La editorial Grieg cuenta la historia de Noruega, siempre ha sido nuestra ambición y lo sigue siendo.

—Solo los comentaristas políticos leen ese tipo de libros —continuó Johnny—. Hay un lanzamiento por todo lo alto en el vestíbulo de la editorial, para después caer en el olvido e ir a parar a un almacén polvoriento antes de convertirse en combustible. Nadie se interesa por la historia de algunos moralistas autocomplacientes.

Los empleados de la editorial se miraron, negando ligeramente con la cabeza, pero Peder se rascó la coronilla con cierta inquietud e hizo un gesto como para animar a Johnny a que continuase.

—Son escritores que creen que hay que cantar las virtudes de sus protagonistas para llegar al corazón de los lectores. Voy a construir la biografía de Hans a través de su propio método.

—¿Qué método es ese? —preguntó el editor con tono escéptico.

—Voy a seducir al lector como Hans seduce a las mujeres —dijo Johnny con una mirada de reojo a Falck—. Estamos hablando de un hombre que seduce a cualquiera, desde un inspector de Hacienda hasta unas mujeres ultrarreligiosas con hiyab. ¿Cómo? Porque Hans siempre es sincero y también habla abiertamente de sus debilidades, reconoce que el trabajo le ha costado su familia e hijos, las mujeres abandonadas en casa. Porque una guerra, por muy jodida que sea, nunca es lo más difícil, no; lo más difícil es volver a casa. Pero a pesar de estas debilidades, toda esta oscuridad, Hans es una persona que nos hace soñar, que nos incentiva a buscar aquello que es más grande que nosotros mismos.

Las miradas condescendientes habían desaparecido, la gente alrededor de la mesa baja lo estaba escuchando con interés.

—Cuando entrevisté a Hans hace muchos años, me contó una historia. Su biografía debe comenzar en un campamento de refugiados del Líbano en 1982, donde Hans ha abandonado a la única mujer que realmente ha amado, y atraviesa una lluvia de balas con un bebé indefenso en brazos, rodeado de miembros de la milicia que quieren ver muertos tanto a él como al bebé. Después de esta primera escena volveremos a Bergen en 1970, donde el joven hijo de un naviero y radical estudiante de bachillerato Hans Falck conoce a una persona que le hace soñar con algo más grande. —Johnny bajó la voz—. Esta persona se llama Vera Lind.

Peder Grieg inspiró hondo y alzó las cejas.

—¿Y te sientes capaz de contar toda esa historia?

—Sí —dijo Johnny con voz seria—, porque, a pesar de no haber vivido exactamente lo mismo, son sentimientos y problemas que yo también he sentido en mi propia piel. Sé un poco sobre los sacrificios que uno debe hacer cuando trabaja en una zona de guerra. Y esta mezcla entre lo familiar y lo extraordinario es lo que llega al corazón de la gente, sean las amantes de Hans o sus lectores.

Peder miró el reloj mientras murmuraba algo, satisfecho, y pasó el contrato a Johnny sobre la mesa.

—He oído suficiente, Berg. Te adjudicamos este libro. Vais a medias en el reparto de beneficios. Nosotros pagamos anticipos y ponemos los medios para los viajes por Oriente Medio, justificando facturas. Hans, ¿tienes algo que añadir antes de firmar los contratos?

—Cuenta la verdad —dijo Hans a Johnny—. Con tal de no retratarme como a una persona aburrida.

Hans estaba de un excelente humor y propuso ir a tomar una copa cuando salieron. Johnny rechazó la invitación y bajó al barrio de Kvadraturen. Aunque sentía una alegría superficial por el pequeño numerito que había montado, los pensamientos no tardaron en ser relevados por otra cosa. Antes, este tipo de exhibiciones había formado parte de su trabajo, pero al cruzar la plaza de Grev Wedels se sintió vacío, como el payaso que se quita el maquillaje tras el espectáculo.

Entró en admisiones en el Gamle Logen y subió rápidamente por las anchas escaleras, con peldaños cubiertos de felpa, hasta llegar al ático, donde ponía POLICLÍNICA NACIONAL DE MEDICINA MILITAR. Un médico asomó la cabeza por la puerta y sonrió amablemente.

—¿John Berg? Entra.

Lo llevó a un despacho desordenado con una placa que decía CUIDA DE LOS VETERANOS mientras hablaba sin cesar sobre su viejo amigo Hans Falck, e invitó a Johnny a sentarse.

—Bien, ya tengo la IRMf, la imagen por resonancia magnética funcional que te hicimos el otro día —dijo con un tono de voz que sonaba ominosamente suave.

El médico puso dos imágenes delante de él. Una resonancia del cerebro, hasta allí llegaba Johnny a ver.

—Este es un cerebro que no ha estado expuesto a traumas de explosiones. Fíjate en la diferencia en el tejido cerebral...

Señaló una zona abajo y a la derecha en la imagen.

—En el cerebro sano, esta zona parece una pinza de cangrejo, ¿lo ves?

Se inclinó hacia delante, apoyó los codos en el tablero y cruzó los dedos de las manos.

—Se trata de lo que en jerga médica se conoce como un TCE. No hay una manera fácil de decirte esto, pero esto es lo que llamamos un traumatismo craneoencefálico. Una lesión cerebral.

—¿Lesión cerebral? —dijo Johnny y tragó saliva.

—¿Has participado en acciones con las fuerzas especiales?

—Hace mucho tiempo. En los últimos años he trabajo sobre todo en el sector civil.

—Sector civil —dijo el médico jefe y se rascó la barbilla—. Las investigaciones de estadounidenses demuestran que existe una correlación clara entre los TCE y los agentes que han estado expuestos a explosiones de diferentes tipos a lo largo de muchos años, por ejemplo, haciendo estallar puertas. Aparte de minas de carreteras, claro. ¿Has tenido episodios de insomnio o depresiones en los últimos años?

Johnny vaciló un poco antes de contestar.

—A veces, pero eso le pasa a todo el mundo, ¿no?

—Son consecuencias habituales. El TCE no conlleva necesariamente una menor calidad de vida —dijo—, pero es importante que ponderes bien mi pregunta y digas la verdad. Sabes que el TCE tiene efectos psicológicos, que recuerdan mucho al síndrome de estrés postraumático: irritabilidad, desánimo, enfados, depresiones, disfunción eréctil.

El médico continuó. Lesión cerebral. Un agujero en el cerebro, un agujero en el corazón. Se sintió desalentado. Cuando finalmente terminó, el médico lo escrutó con empatía, con una mirada mansa e inteligente.

—Llevo trabajando aquí unos años ya —dijo—. Nos hemos esforzado de verdad por mejorar las condiciones de nuestros veteranos. Es cierto que los comandos especiales tienen sus propias rutinas, pero los principios son los mismos. Son sencillos: interrogatorios sinceros durante y después de las misiones. No pasa nada por desahogarnos. Y después, el apoyo de los compañeros. Nos cuidamos a nosotros y a los chicos.

Se tomó un sorbo del café.

—Entiendo que hay cosas que no puedes o no quieres contarme. ¿Tienes a alguien con quien hablar de lo que has vivido?

Johnny sintió cómo algo le subía por el estómago y llegaba a la garganta.

—No —contestó—. Supongo que no tengo a nadie.

—Déjame decirte —continuó el médico— que puedes vivir tranquilamente con este TCE. Lo que sí creo es que necesitas alguien con quien hablar. Todos necesitamos una manada.

Johnny no podía decir por qué, si era la idea de la manada, la expresión suave en la cara del médico o todo lo que llevaba almacenando dentro de sí durante tanto tiempo, pero empezó a hablar.

—Estaba en el extranjero cuando nació mi hija —dijo y bajó la mirada—. Me encontraba en el desierto libio, dirigiendo el fuego de nuestros bombarderos. Me enteré tres días después. Mi compañero Grotle y yo lo celebramos con un trago de aguardiente en la tienda. Todo lo que quería era volver a casa. Pensé que todo se arreglaría si volvía a casa.

—Es uno de los momentos más grandes de la vida —dijo el médico jefe con empatía—, así que no es difícil entenderlo.

—Regresé al hogar. Al principio todo iba bien. El ambiente en una casa con un recién nacido es tan tranquilo, mi novia era tan bonita y tenía la piel incandescente. Me sentí tan cerca de ellas. Pensé que nunca volvería a abandonarlas. Pero había muchas cosas por debajo, mucha mierda. La traición de haberme ido de misión en lugar de quedarme en casa para estar presente durante el parto. —Johnny sintió el sabor de sus lágrimas saladas—. Y con el tiempo, la ira derivada de lo que había vivido. Habíamos «dirigido el fuego», tal y como se dice; las coordenadas que había enviado a los bombarderos habían provocado la muerte de libios inocentes. ¿Y para qué? Libia no mejoraba, sino que empeoraba. Durante diez años había trabajado con estas cosas, ¿y para qué? Esa idea me atormentaba.

—En los estudios, se habla de algo que se llama «lesión moral» —indicó el médico—. Personas que no han estado expuestas a peligros físicos, como por ejemplo los pilotos de drones en un desierto norteamericano, pueden sufrir secuelas. Es evidente que tú sí has estado expuesto a peligros, pero me parece que te sucede algo parecido.

—Empecé a pasar —continuó Johnny—. No iba a trabajar, me tiraba todo el día fumando porros. Mi novia me echó de casa. Primero íbamos a compartir la custodia al cincuenta por ciento, pero se volvió complicado. Así que se redujo a fines de semana. Pero cuando ella y el nuevo novio, un puto guardaespaldas de la policía secreta, llegaron a mi casa un día y estaba colocado en el sofá mientras mi hija dormía, la madre puso fin a aquello. A partir de entonces solo podía ver a mi hija bajo vigilancia.

El médico se inclinó hacia delante.

—¿Qué hiciste?

—Lo único que podía hacer —contestó Johnny—. Volví a viajar. Solo podía sentirme seguro trabajando fuera. Haciendo lo que tenía que hacer, me detuvieron tras un malentendido. Estuve siete meses separado de mi hija y, sumado a todo lo demás, no mejoró la cosa, por decirlo de algún modo. Ahora no la puedo ver. Y fue una decisión tomada por el tribunal antes de... —Miró con cautela a la IRMf—. Antes de que estos papeles mostrasen que tengo, bueno, una lesión cerebral.

—Dices lo mismo que la mayoría de los veteranos —dijo el médico jefe—. Lo más difícil no son las misiones en sí, casi independientemente de lo peligrosas que sean. Lo difícil es volver a casa.

12

Hemos sobrevivido a naufragios
y separaciones familiares

Antes de la muerte de Vera, Olav había pedido ofertas para restaurar la torre de la roseta del ala este del edificio principal. Ahora había encontrado un aparejador adecuado, que se ocupaba de supervisar mientras unos obreros colocaban andamios alrededor de la torre, tapados con una red blanca.

El problema era que el entramado de madera del tejado estaba lleno de humedad y moho, y que las vigas que sostenían los salientes habían causado filtraciones de agua que penetraba hasta las plantas superiores de la torre, donde estaba la roseta. El cristal de la roseta era además viejo y frágil. Parecía un milagro que no hubiera cedido cuando soplaba el viento. El miedo que tenía era que el agua siguiera filtrándose hasta llegar a su propio despacho.

Cuando llamaron a la puerta, Olav estaba junto a la ventana de su despacho, mirando a través del neblinoso toldo. Era tarde. Como siempre, llevaba unos zapatos de la marca Aurlands de color marrón claro. También había regalado un par a Alexandra y, para su gran alegría, ella se los ponía habitualmente. Se asomó sobre el radiador, que calentaba bien. Con el paso de los años, se volvía cada vez más friolero. Alexandra siempre le había hecho caso, era leal. La familia estaba por encima de todo lo demás, como tenía que ser.

—Sí —dijo.

La cara ensombrecida de Greve apareció en la puerta, entró y se sirvió un vaso de agua de una jarra.

—Querías hablar conmigo —le recordó.

Le ofreció una copa de vino, pero no, tenía que conducir a casa.

—No hemos dado con ningún testamento —medio preguntó, medio contestó Olav.

La abogada no respondió, sino que se quedó apoyada sobre el aparador de la habitación mientras lo miraba pensativa.

—Tengo que reconocer, con toda sinceridad, que no termino de entender qué pasa con el testamento de Vera —dijo Greve.

—Ha desaparecido —contestó Olav con tono cortante—. ¿Qué parte de eso no entiendes?

—Vera estaba registrada como propietaria de los bienes inmuebles de la familia y tienes miedo de que pueda haber dejado algunos de ellos en herencia a terceros.

Ceñudo, Olav se rascó las espesas cejas.

—Siri, siéntate.

Lo dijo con una voz que sonó como una invitación y una orden al mismo tiempo. Greve se sentó en el sofá y cruzó una pierna sobre la otra. Olav sacó algunos libros de la estantería y los dejó sobre la mesa de centro.

—Estos son los libros de mamá, o algunos de ellos —dijo pedagógicamente—. Son libros interesantes, aunque hayan caído ahora en el olvido. ¿Quién recuerda una novela o una colección de relatos cincuenta años después de su publicación? Están en el cementerio de los libros.

Notó que la abogada se movió impaciente en el sofá.

—Voy al grano —dijo—. La primera vez que oí que mamá estaba trabajando en un proyecto totalmente diferente fue en el invierno de 1970. Se encontraba en Bergen, y un conocido de su editorial me comentó que tenían grandes esperanzas puestas en su manuscrito sobre el hurtigruten durante la guerra.

Olav tomó un sorbo de vino tinto.

—No puedo decir que me alegrase, porque había crecido con

ella y sabía qué clase de recuerdos traumáticos podrían desencadenarse en el marco de un proyecto de ese tipo. Pero la libertad de expresión ha de prevalecer, como dice la Constitución, y si quería escribir sobre algo así, tenía pleno derecho a hacerlo, claro está.

Greve asintió con la cabeza. Como la mayoría de los juristas, ella tenía unos principios inamovibles, lo cual era una debilidad profesional que podía poner de los nervios a Olav. Al mismo tiempo, la pedantería de la familia Greve los convertía en abogados idóneos para manejar documentos legalmente vinculantes, de los cuales había muchos en Rederhaugen.

—Ahora bien, al final resultó que el asunto del manuscrito no era tan sencillo —continuó—. Mamá, que en paz descanse, había conseguido atraer la atención de la policía secreta. No tengo ni idea cómo, porque me declaré inhábil, pero al final la editorial Grieg no podía publicar un libro que contenía acusaciones infundadas a personas fallecidas, entre ellas mi padre. Mamá se lo tomó muy mal, vio enemigos y fantasmas por todas partes. Los problemas psicológicos, que arrastraba desde siempre, se agravaron.

—Confiscar un manuscrito es un ejercicio de poder muy potente —dijo Greve.

—¡Ah! —suspiró Olav—. Su colapso no iba de eso, sino de traumas que nunca fueron procesados. Terminó ingresada en Blakstad, fueron unos años muy difíciles. Los años oscuros, ya conoces esa historia.

—Sigo sin entender qué tiene que ver esto con el testamento.

—Durante los años que siguieron, me enteré de que ese manuscrito seguía existiendo. Que mamá lo había dejado donde el notario a modo de testamento.

Greve asintió con la cabeza, como si por fin entendiese.

—¿De manera que la última voluntad de Vera en realidad era un manuscrito y no un testamento jurídicamente vinculante?

—Solo los dioses lo saben —suspiró Olav—. Puede que ambas cosas.

—¿Y ahora temes que se haya extraviado y se haga público?

—Hemos sobrevivido a naufragios, campañas difamatorias y separaciones familiares. Superaremos también esto. Pero la respuesta es que sí, esa es la razón.

—¿Quién está al tanto de todo esto?

—Solo los dioses lo saben. Apenas hablé con mamá en los últimos cincuenta años. Pero, ya que se trata de un manuscrito, es fácil pensar que Johan Grieg, siendo su editor, conociera su existencia.

Greve lo miró, pensativa.

—Habla con Johan. Hazle saber claramente que no puede hablar con nadie.

Olav asintió con la cabeza en silencio, Greve se levantó y salió de la habitación, y Olav cerró la puerta con llave tras ella. Sus pasos eran tan pesados como su respiración. Se sentía muy viejo. ¿Era porque ya no era hijo, solo padre? Se sentó en la silla, se echó hacia atrás y puso los pies sobre el escritorio. La historia pesaba sobre él como un yugo.

Sacó el móvil y buscó a Johan Grieg. Aunque a menudo se veían en contextos más formales, prácticamente solo funerales, llevaban mucho tiempo sin hablar por teléfono.

El antiguo editor de Vera contestó tras tres tonos, con el tono de voz de alguien que sabe quién está llamando, pero no se atreve a darse a conocer.

—Sí, ¿hola?

Tenía la voz muy débil, Grieg había sufrido un tremendo bajón físico últimamente.

—Soy Olav —dijo, aclarándose la voz—. Olav Falck. Tengo una pregunta, Johan.

—Sí, me sorprendería que me llamaras para recordar los viejos tiempos —contestó Grieg.

—¿En qué momentos has venido a Rederhaugen en los últimos meses? —preguntó Olav.

—No me acuerdo.

—Pero yo sí —dijo Olav—, porque fue el día que mamá se quitó la vida. Fue al mediodía.

Grieg se calló.

—¿Es esto algún tipo de interrogatorio por teléfono?

—¿Viniste a la hora habitual y te marchaste temprano?

Olav sonrió satisfecho ante su propio reflejo en la ventana. Johan siempre había sido débil bajo presión y ahora no era menos frágil, estando enfermo.

—No tengo fuerzas para andar paseando por Rederhaugen por la noche —suspiró Grieg—. Y menos para ver a Vera.

Eso sí que era cierto, pensó Olav, pero también era una maniobra disuasoria de parte del editor.

—¿Eres tú el que tiene el manuscrito de mamá?

Oyó a Grieg suspirar.

—Eras el editor de mamá y te caía bien —continuó Olav—. Además, siempre has tenido cargo de conciencia por lo que sucedió en 1970.

—Qué absurdo —replicó Grieg e inspiró pesadamente—. Esto va de tu familia y tus traumas, y vas y me acusas a mí. Sabes perfectamente que, si fuera el caso, serías la primera persona con la que yo hablaría. Siempre he estado de lado de la familia Falck.

—Que siga siendo así —dijo Olav—. Ni una palabra a nadie.

Y cortó la llamada.

13

La Superintendencia

Sasha se despertó de golpe. La radio en la mesilla de noche indicaba las 03.43. Mads dormía con la musculosa espalda hacia ella. Estaba agotada, pero al mismo tiempo tenía los ojos abiertos de par en par. Se tumbó de medio lado y volvió a cerrar los ojos, pero enseguida se dio cuenta de que no iba a poder dormir más.

Había pasado casi una semana desde el funeral. Por las mañanas había trabajado concienzudamente en el archivo de SAGA y había pasado las tardes con la familia en el piso. La situación extraordinaria producida por la muerte estaba siendo sustituida por la repetitiva normalidad del día a día. Había hecho caso a las exhortaciones del padre a efectos de no seguir hurgando en la historia de la abuela. O casi.

La camiseta que llevaba estaba empapada de sudor. Se sentó sobre el borde de la cama y pasó el dedo índice por la espalda de Mads con suavidad. Él murmuró algo inaudible, pero enseguida volvió a quedarse dormido.

Normalmente, Sasha dormía como una niña durante toda la noche, pero eran tiempos extraños. La abuela Vera le había confiado una carta, justo antes de suicidarse, y la había escondido en un lugar donde solo los que habían sido iniciados en los acontecimientos de 1970 pudieran encontrarla. Los iniciados, los acontecimientos de 1970. Se estremeció de emoción y de miedo.

Sasha entró en el baño, echó la camiseta empapada en sudor en el cesto de la ropa sucia, se vistió y fue al salón. Le gustaba la noche, el zumbido bajo de los electrodomésticos, la débil luz desde el otro lado del fiordo, que entraba por la ventana. Se puso un par de zapatos y salió. La noche la golpeó con fuerza invernal, la primavera se hacía de rogar. La oscuridad aumentaba su sensibilidad ante los ruidos, casi como si fuese un animal, y los sentidos aguzados a veces la ayudaban a sacar pensamientos liberadores.

Encendió un cigarrillo y silbó a Jazz. Era extraño, no venía. Todos los pensamientos que había tenido tras la muerte de Vera se apoderaron de ella, como una ecuación matemática imposible de resolver que no entendía. Se subió a un acantilado cubierto de musgo en el lado sur, que daba a la zona de baños, y se quedó mirando el fiordo.

Después de un rato se bajó de las rocas y atravesó la arboleda, pasando por delante de la estatua de Store-Thor, débilmente iluminada por la luna, y de las altas ventanas del anexo en la parte de atrás del edificio.

Entró sigilosamente en la casa para no despertar a los demás, se sentó junto a la mesa y abrió el ordenador. Mads le había enviado unos enlaces a diversos hoteles y castillos en la Provenza antes de acostarse. Eso no era prioritario. Un tal John O. Berg quería hablar con ella de cara a «una biografía sobre Hans Falck para la editorial Grieg, una entrevista extraoficial». Sasha susurró algo para sí y contestó con un escueto «Solo si es algo no oficial». Envió el mensaje antes de que pudiera arrepentirse.

Naturalmente, no iba a hablar con ningún periodista.

El último mensaje que había señalado venía del hospital de Blakstad. A pesar de la promesa que había dado a su padre, había intentado llamar al hospital estos últimos días y, al no recibir ninguna respuesta, había enviado un correo electrónico sobre la posibilidad de repasar la historia clínica de Vera Lind.

La respuesta breve, que rechazaba esa posibilidad, estaba firmada por el jefe de comunicación del hospital. Pocas cosas irritaban tanto a Sasha como los santurrones amparándose en normativas. Estaba a punto de formular una réplica más cortante cuando oyó el ruido de pasos en el pasillo.

—¿Sasha? —dijo Mads, aturdido por el sueño.

—¿Qué haces despierto a estas horas? —preguntó ella.

—¿Y tú? ¿Crees que no me doy cuenta? No has dormido casi nada esta última semana.

—Siéntate, Mads. Tengo que contarte una cosa.

Este se puso un vaso de agua y se sentó enfrente de ella, medio inclinado, con las manos sobre las suyas. Hace mucho tiempo, lo que había seducido a Sasha del joven político era su retórica y carisma, pero lo que realmente amaba en él ahora era su empatía. Mads era como la mayoría de las personas: había dedicado los años de estudio a mostrar quién quería ser y la vida familiar a mostrar quién realmente era.

—¿Esto va de tu abuela y de lo que me contaste?

—Encontré una carta que había dejado Vera —dijo Sasha—. No he dicho nada a papá, Sverre o Andrea.

Su marido cogió aire y asintió con la cabeza.

—¿Qué decía?

—Era una carta dejada por una suicida, más o menos.

Mads se llevó las manos a la cabeza.

—Deberías dársela a la policía.

—No —dijo. La respuesta la irritó—. No es un asunto para la policía. No está prohibido quitarse la vida.

—Y Olav, ¿qué?

Lo miró de reojo sobre la mesa.

—La abuela estaba furiosa con papá. Por eso escribió esa carta. Me está pidiendo que destape la verdad sobre la familia y lo que pasó durante la guerra. Sí, y más tarde también. Me temo que la abuela sabía algo sobre SAGA que no sé si quiero descubrir.

Mads se levantó, se acercó a la encimera y echó vino en dos copas.

—¿Por qué me cuentas esto? —preguntó por fin.

—¡Porque me siento tan sola ocupándome de ello únicamente yo!

Se sentó frente a Sasha.

—¿Qué vas a hacer?

Sasha explicó en pocas palabras que quería ir a Blakstad, donde Vera había estado ingresada en los años setenta, para sacar su historia clínica.

—¿Me apoyarías?

Mads mostró una sonrisa débil.

—No me gustaría ser la persona que tuviera que oponerse a ti en eso.

Sasha no contestó, pero sintió cómo el corazón se le hundía en el pecho al oír el tono de voz. No parecía que tuviera demasiadas ganas de hurgar en aquel asunto.

—Me voy a la cama —dijo Mads—. Creo que tú también deberías hacerlo.

Al día siguiente salió de su casa y tomó el sendero que bordeaba la orilla. Dejó atrás la playa situada debajo de la casa y siguió por unas rocas de pendiente suave que llevaban a un camino lleno de maleza, detrás del auditorio con diseño del norte del país, que había sido anclado al suelo para celebrar el 25 aniversario de la fundación SAGA, y después atravesó la arboleda que lo separaba de la cala donde se atisbaban el embarcadero y el cobertizo para botes.

Sasha no tenía muchos hábitos lujosos. Pensándolo bien, solo tenía uno; la Riva Aquarama, una lancha motora italiana de 1968 de caoba marrón. La embarcación era ostentosa de un modo que Sasha asociaba con nuevos ricos, y rompía completamente con la discreción que normalmente profesaba. Aun así, adoraba esa lancha. Venía a menudo en invierno solo para tocar la madera pulida y la sublime gracia del casco, y en cuanto se notaba la primavera en el aire contrataba a un especialista en lanchas de madera y la botaba desde el cobertizo situado en la punta sur. Sasha pensaba que, si los maestros renacentistas hubieran diseñado barcos, el resultado habría sido una Aquarama.

Cuando llegó al embarcadero, Olav estaba hablando con el jardinero, que lo ayudaba a cargar unos bidones de gasolina en su barca de Grimsøy. La Aquarama se balanceaba en la orilla.

Si Sasha podía elegir, siempre prefería desplazarse por el mar, ya fuera en dirección este al centro, al sur hacia Nesoddlandet, o al oeste por el fiordo, donde se encontraba el hospital en el que Vera había estado ingresada a principios de la década de 1970. Sería exagerado decir que le habían contestado con amabilidad cuando Sasha se puso en contacto con el hospital de Blakstad, pero normalmente las cosas se suavizaban al hablar con la gente cara a cara.

—¡Estás botando la Riva pronto este año! —exclamó Olav—. Demasiado pronto, diría yo. ¿Adónde vas?

Se encogió de hombros.

—Voy a dar una vuelta por el fiordo.

Con un pequeño salto, Sasha se metió en la lancha. Sentarse en los asientos de cuero de color crema y encender el motor recordaba a la conducción de un coche deportivo. El símil no era malo, porque la energía provenía de dos motores Lamborghini de doce cilindros. Dio marcha atrás para salir y después efectuó un giro suave hacia la derecha, antes de poner rumbo al oeste y aumentar las revoluciones de los motores. El sol de primavera le calentaba la cara y Sasha tuvo que sonreír.

Media hora más tarde redujo la marcha y se acercó a velocidad de crucero hasta un embarcadero, vacío ahora en invierno, donde amarró la lancha. A continuación, subió por un paseo que atravesaba una arboleda, hasta que apareció el hospital de Blakstad delante de sus ojos.

Los edificios eran una combinación del buen gusto del estilo de ciudad jardín, que dominaba en el mundo de la arquitectura cuando se construyó el asilo a principios del siglo XX, y los desalmados añadidos bajos de ladrillo de la época de la posguerra. Entró rápidamente por las anchas puertas del edificio administrativo.

Como la mayoría en esta profesión, la jefa de comunicación era una antigua periodista que había pasado el meridiano de la vida. Sasha creyó reconocerla de un programa de debate que se había emitido brevemente hacía unos cuantos años.

—Es usted Alexandra Falck, supongo —dijo, con un tono

algo seco y malhumorado. Sasha asintió con la cabeza—. Hemos evaluado su propuesta —continuó la mujer— y ha sido desestimada. No podemos dar acceso a historias clínicas a terceros. Estamos hablando de información que a veces puede resultar terriblemente sensible.

La ira que sintió ante esta inflexible burocracia la había heredado de su padre, que era exactamente igual que ella.

—Entonces es probable que esté al tanto de que, en algunas ocasiones, el silencio profesional deja de tener vigencia —dijo, controlando la voz—. Por ejemplo, cuando se usa la información para fines de investigación. Soy la jefa de los archivos de la fundación SAGA.

La jefa de comunicación hizo una mueca.

—Entonces tendrá que remitir una solicitud formal.

—No solo soy investigadora en este caso, también soy pariente de la paciente. Hace poco, Vera Lind, mi abuela, se quitó la vida. Y creo recordar que los allegados también pueden tener acceso a las antiguas historias clínicas.

La jefa de comunicación se levantó a regañadientes. En ese mismo momento, Sasha supo que había ganado.

—Bien, tendrá dos horas.

La mujer llevó a Sasha delante de la recepción, después bajaron por unas escaleras hasta una puerta de metal. En el pasillo había objetos desechados del hospital: camas, andadores, estetoscopios, catéteres, arneses, camillas. Al fondo había una puerta sin distintivos, que abrió con llave. Un olor fácilmente reconocible a papel y polillas le alcanzó la nariz, la luz osciló y parpadeó antes de encenderse totalmente, el polvo bailaba alrededor de sus pies mientras cruzaban el suelo. En la habitación había muchas bolsas de papel amontonadas contra las paredes y marcadas con diferentes años.

—¿De qué nombre y año estamos hablando? —preguntó la jefa de comunicación.

—Vera Margrethe Lind —contestó Sasha y notó cómo su voz había recobrado cierto entusiasmo—. Nació en 1920, fue ingresada en la primavera de 1970. No estoy segura de la fecha exacta, pero como muy pronto a finales de abril o principios de mayo.

La mujer le mostró una estantería.

—Lind, vamos a ver.

Pasó las yemas de los dedos sobre los archivos, sacó una carpeta y se la pasó a Sasha.

—Esta es su carpeta. Aquí no puede estar, encontraré una sala que pueda usar. ¿Tiene experiencia a la hora de leer documentos oficiales?

Sasha sonrió.

—Es mi trabajo.

La mujer la condujo a una habitación privada contigua, donde Sasha puso los documentos sobre una mesa pequeña con tablero de chapa, cerró la puerta y comenzó a leer.

A Vera la ingresaron el 2 de mayo de 1970, tras «un progresivo agravamiento de un estado mental que culminó con una psicosis, que derivó en un intento de suicidio en su residencia».

En el mes de mayo de 1970, Vera fue meticulosamente examinada por el psiquiatra Finn Butenschøn, que, tras unas prolongadas sesiones, concluyó que sufría «profundos traumas, probablemente causados por insuficiencias en las relaciones personales en su infancia y un naufragio en el norte de Noruega durante la guerra», que «comprometen radicalmente sus facultades mentales y su capacidad de funcionar en la sociedad».

Sasha se paró e inspiró hondo. Nada de esto resultaba desconocido o sorprendente, pero en su valoración con fecha de 27 de mayo Butenschøn había añadido algo que la hizo sobresaltarse: «En la opinión del que firma esta valoración, el estado de la paciente se ha agravado como consecuencia de una imagen narcisista de sí misma, marcada por delirios de grandeza, en combinación con ilusiones paranoicas acerca de personas conocidas tanto de la vida pública de Noruega como de su propia familia, que quieren hacerle daño. Esto se manifiesta mediante afirmaciones a efectos de que ha escrito una obra que fue "quemada en el bosque" porque contenía información que podía cambiar "la historia del país"».

Sasha se levantó y se apoyó en la pared de la estrecha habitación. ¿Personas públicas de Noruega y la propia familia de la paciente?

En la familia Falck, eso a menudo era lo mismo.

Volvió a sentarse y continuó leyendo. Era evidente que los psiquiatras de Blakstad habían hecho un trabajo concienzudo. Butenschøn se había puesto en contacto con un tal doctor Schultz de Lofoten, «para ver si la historia clínica de su infancia puede completar el cuadro clínico de la paciente».

Joder, esa historia no estaba allí, tendría que investigar eso en profundidad.

Vera había sido una paciente que exteriorizaba sus emociones, sobre todo durante el primer año. En octubre de 1970 los enfermeros —«actuando en defensa propia»— habían tenido que recurrir en varias ocasiones a «medidas mecánicas de neutralización». En repetidas ocasiones había intentado suicidarse, tanto en una huelga de hambre en el invierno de 1971 como en un momento especialmente grotesco, el 27 de julio del mismo año, cuando «la paciente hizo un dogal con la blusa, echó jabón líquido en el suelo y trató de estrangularse en el marco de la puerta. El intento fue abortado por una enfermera que pasaba cerca».

Y aquí estaba Sasha, en el sótano del mismo edificio, cuarenta y cinco años más tarde. Ahora la claustrofobia afloró, como si ella misma estuviera neutralizada con medidas mecánicas. Se lanzó hacia la puerta, como si temiera que estuviera cerrada igual que una celda de aislamiento, y la abrió de golpe.

Una vez abierta la puerta, el polvo del sótano bailó a la luz que entraba por la abertura. El sótano estaba vacío, el único sonido que se oía provenía de un ventilador.

Se quedó respirando pesadamente mientras sentía el sabor de las lágrimas saladas. ¿Estaba llorando por el trágico pasado de Vera? Sí, seguramente era eso, pero el amargo llanto también estaba motivado por la ira, por haber sido engañada, por su propio desconocimiento, por la gente que nunca le había contado esto, y por ella misma, que nunca había preguntado.

Sasha se quedó apoyada en la pared.

—Tú no eres la abuela —dijo en voz alta—. Eres una archivera y directora del museo de la fundación SAGA.

Eso ayudó. Cuando volvió a tranquilizarse, se colocó junto a la mesa otra vez. Después de un tiempo, el drama y la intensidad fueron remitiendo. A finales del invierno de 1972, la situación estaba lo suficientemente estable como para permitir que Vera diera paseos más largos fuera del edificio del hospital.

El médico que le hacía el seguimiento, el psiquiatra Butenschøn, alababa los progresos de la paciente. «Después de haber realizado el seguimiento durante más de dos años», escribió en su última entrada, que llevaba la fecha del 6 de junio de 1972, «podemos concluir que su situación es estable, sobre todo teniendo en cuenta que las exteriorizaciones emocionales y las tendencias suicidas han remitido de forma notable».

Al mismo tiempo, advertía de que «es mi firme opinión que no hemos llegado al fondo de los delirios megalómanos y paranoicos exhibidos por la paciente, que siguen estando presentes. Este es un asunto que podría resultar significativo en la valoración del caso de la paciente en la Superintendencia. Esta cuestión queda referida a August Greve hijo, el abogado de la familia».

Sasha había leído suficiente. Cerró las carpetas, se despidió en la recepción agradeciendo la ayuda, y se encaminó a la lancha que estaba amarrada en el embarcadero.

La Superintendencia, pensó, una palabra terrible, una ráfaga de otros tiempos, la época de la esterilización forzada y la lobotomía.

—¿Cómo puedo seguir adelante? —se dijo a sí misma, pilotando la lancha sobre el frío fiordo, y cuando atisbó la torre de Rederhaugen en el horizonte supo la respuesta: era demasiado pronto para confrontar a su padre. Siri Greve, en cambio, era hija del abogado que había representado a la familia ante la Superintendencia en este caso. Si alguien sabía algo sobre esto era Siri Greve, porque además lo sabía casi todo.

Sasha amarró la lancha y volvió al edificio principal.

14

La séduction

El timbre sonó a través del sueño. Johnny abrió los ojos y se incorporó. Se había quedado dormido en el sofá. En la mesa había unas cajas medio vacías de comida tailandesa, entre botellas de refrescos y paquetes de hielo, y unos cachos blandos de hachís. Estaba noqueado. La resaca producida por el cannabis era diferente de la del alcohol; no te golpeaba la cabeza a martillazos, pero era pesada y te entumecía, como cuando uno despierta tras haber sido anestesiado.

Volvieron a llamar al timbre. Imágenes repentinas de las juergas de los últimos días se presentaron borrosas en su cabeza. Un camello en un portal de Fredensborg, un ruidoso bar de karaoke en la calle Trondheimsveien, un club de estriptis detrás del Ayuntamiento. ¿Dónde había empezado? Sí, él lo sabía. Había empezado en la Vieja Logia.

Entonces llamaron a la puerta por tercera vez. Johnny se acercó al telefonillo. El estridente ruido del portal sonaba un par de plantas por debajo de él.

—¿Quién es?

Johnny estaba junto a la puerta.

—Abre ya, soy yo.

La voz de H. K. era la de siempre, la de un poderoso barítono con el acento cantarín de un taxista del este de Oslo, mezclada con algo refinado, igual que el propio hombre.

Johnny abrió la puerta. Desde sus días como jefe de la Sección, H. K. tuvo que haber perdido por lo menos diez kilos. Le sentaba bien, y la barba blanca perfectamente recortada contrastaba con el color de la piel, que había adquirido el bronceado saludable de la vida de jubilado. Solo los ojos profundos de lobo, de un color azul grisáceo, eran los mismos. Se dieron un abrazo.

—Tienes buen aspecto —dijo H. K.

—Me mantengo en pie. Pero tú pareces más joven cada día que pasa.

El hombre mayor sonrió tranquilamente.

—Es la vida de jubilado. Nada más salir de la Sección, nos sentimos más jóvenes. Mientras tanto, la vida de la gente en servicio activo se cuenta en años de perro. Así que enseguida tendremos la misma edad, tú y yo, Johnny.

Johnny tuvo que sonreír un poco.

Junto a H. K. había un grandullón de cara rojiza a quien Johnny conocía de sobra.

—Grotle —dijo, y dio un abrazo fuerte a su viejo compañero.

—Joder, vaya pintas que tienes, Johnny —gruñó el hombre de Vestlandet y le sujetó los hombros con sus manos de hierro.

En ese momento Johnny vio que su colega había envejecido y tenía la cara más estirada. Acumulaba más de cincuenta años, con unos rasgos curtidos y la melena desgreñada típica de la gente que empieza a perder el pelo. La barba asilvestrada, con trazos de rojo y blanco, era más corta que en Afganistán, donde decían que Grotle podría convertirse en gobernador del estado de Faryab simplemente por su estatura y las espaldas tan anchas que tenía. Si había algo que los afganos respetaban era la fuerza física, y el hombre de Vestlandet era fuerte como un oso polar. Había recibido formación como buzo militar y era uno de los más expertos del país. En la época en que trabajaban juntos en la Sección, se bromeaba con que Grotle tenía membranas interdigitales.

—Dios mío, cómo me alegro de verte, Johnny. Pensaba que ya te habías marchado para siempre —continuó Grotle.

—¿Sigues viviendo en esa barcaza tuya? —preguntó Johnny.

—Trato de pisar tierra firme lo menos posible —dijo Grotle,

guiñándole un ojo—. Pero cuando H. K. me dijo que habías vuelto a casa y estabas en un apuro, he venido.

—Si me esperáis fuera un momento, recojo un poco —dijo Johnny, preocupado.

Los otros dos lo escucharon y dieron un paso al interior del piso. H. K. echó una mirada a la mesa del salón, luego miró a Grotle, y finalmente a Johnny.

—Conque así están las cosas.

Miró a Johnny con cara de padre resignado que acababa de volver a casa y descubrir que la fiesta de su hijo se había descarrilado.

—Tendremos que hacer algo, ¿no te parece, Johnny?

Vaciló unos segundos. Después asintió con la cabeza a regañadientes. Limpiaron todo el piso, ventilaron y aspiraron, frotando los suelos de la cocina y del baño, y después Grotle sujetó demostrativamente el trozo de hachís sobre la taza del váter.

—Espera —protestó Johnny—. Puede venir bien en un momento dado.

—Puede venir mejor no tenerlo —dijo Grotle y lo soltó, tirando de la cadena.

Cuando terminaron, se sentaron junto a la mesa de la cocina, cada uno con una taza de café caliente.

—Me preocupaste, Johnny —dijo Grotle—, pero también estaba muy cabreado contigo. Pasaste de todas las órdenes, empezaste a operar por tu cuenta y nos metiste a los demás en tus marrones. Has visto demasiados vídeos de propaganda antiamericana en YouTube y has fumado demasiado hachís.

—Nunca tendríamos que haber bombardeado Libia —dijo Johnny—. Y he dejado de fumar hachís... antes de este pequeño bache.

—¿Sabes cuál es tu problema? —La mirada de Grotle se había suavizado—. Te tomas todos los problemas del mundo como algo personal. Puedo estar de acuerdo contigo en que el bombardeo de Libia no era una buena idea.

—¿Que no era una buena idea? —dijo Johnny—. Personas inocentes fueron asesinadas, el equilibrio de poder en Oriente

Medio quedó patas arriba por culpa de gente que no sabía lo que andaba haciendo, se abrieron las puertas del infierno para los terroristas.

Grotle lo miró con severidad.

—Eras un agente, joder, no el ministro de Asuntos Exteriores. Los políticos deciden la política, nosotros la ponemos en práctica. Es mejor eso que la otra alternativa.

El grandullón se levantó y se encaminó a la puerta de salida.

—Tengo que coger un avión rumbo al norte. Pasadlo bien. Llámame si te pasa cualquier cosa, Johnny; estaré en Ramsund prácticamente de continuo. Pero si te metes en más líos, me ocuparé personalmente de pasarte por la quilla.

En las tiendas de *delicatessen* de Bygdøy, H. K. y Johnny compraron un pollo y hierbas para hacer una cazuela de *coq au vin*, y más tarde añadieron un par de botellas de Borgoña. Después de traer las compras a casa, el olor a ajo, beicon, hierbas y vino tinto se elevó de la cazuela, y el piso ya casi parecía un hogar.

—Se me había olvidado que se te daba tan bien cocinar —dijo Johnny mientras su amigo mayor echaba coñac a la salsa.

—Aprendí unas cuantas cosas en el Líbano —contestó H. K.—. Los franceses siempre comían muy bien, salvo cuando estaban de maniobras reales. —Sonrió desde el otro lado de la encimera—. Me enseñaron a cocinar y también a recolectar información.

El pasado de H. K. estaba envuelto en una neblina, igual que su vida privada. Johnny sabía que tenía una relación homosexual con un consejero departamental jubilado, y que había empezado su carrera como oficial de inteligencia en el batallón noruego de Naciones Unidas del Líbano a principios de los años ochenta, pero eso era todo.

—Los franceses conocían bien esta parte de Oriente Medio. Además, me enseñaron otra cosa, lo más importante para los que nos dedicamos a los servicios de inteligencia.

—¿Ser encantador? —sonrió Johnny. Era algo que H. K. había transmitido a Johnny con insistencia cuando dirigía su sección operativa.

—Entonces no has olvidado todo —dijo H. K., guiñándole un ojo—. Puedes decir lo que quieras sobre los fornidos esquiadores de fondo de Trøndelag de los que tenemos tantos en nuestras secciones más punteras. Pero mucho *charme* no tienen.

A H. K. le gustaba salpicar la conversación con expresiones francesas después de unas copas.

—La gente piensa que el arte de la seducción va de llevarse a alguien a la cama. Y puede que sea así. Pero *la séduction* en realidad va del poder. De salirse uno con la suya con inteligencia, sin hacer uso del poder. Eso fue lo más importante que me enseñaron los franceses.

—¿Fue en el Líbano donde conociste a Hans Falck? —preguntó Johnny.

—En Beirut —dijo H. K. cautelosamente—, en el verano de 1982. Puedo decirlo con seguridad, porque fue el verano en el que atacaron los israelíes.

Siguió una breve pausa. Johnny dejó que el otro reflexionase en paz.

—Hans trabajaba en un campamento de refugiados palestinos en el sur de la ciudad. Era un obseso del trabajo, muy habilidoso y aún más arrogante y pagado de sí mismo por aquel entonces que ahora. Había rumores acerca de que tenía una relación con una de las líderes de uno de los grupos armados palestinos más renombrados.

—Hans me contó la historia de un modo un poco diferente —dijo Johnny.

—Había rumores —enfatizó H. K.—. Hans tenía una esposa en Noruega, pero desde que cruzó la frontera siempre vivió como un soltero. Al menos pasaba mucho tiempo con la milicia palestina por aquel entonces. Nunca sabremos si es verdad o no, porque Mouna Khouri, que era su nombre, fue asesinada en las masacres de los campamentos de refugiados de Beirut. Fue en septiembre de 1982, ese mes no lo olvidaré en la vida.

Su mirada se perdió en la distancia.

—¿Nos sentamos?

Johnny se sirvió de la cazuela de pollo y contó la noticia que el médico jefe le había dado. H. K. escuchó.

—Y en medio de todo esto, me han ofrecido un trabajo —dijo Johnny.

—¿Cómo? ¿De verdad hay alguien que quiere ofrecerte un trabajo?

H. K. se rio con la voz profunda que lo caracterizaba.

—Hans Falck quiere que escriba su biografía.

H. K. estuvo a punto de tomar un sorbo, pero se paró.

—Vaya —dijo, aclarándose la garganta—. ¿Qué contestaste?

Johnny puso el contrato sobre la mesa.

—Le dije que sí. El contrato ya está firmado.

—Una jugada inesperada de parte del bueno de Hans Falck, desde luego.

—Hans dijo que la gente que estaba detrás de la última misión en realidad eran Olav Falck y la fundación SAGA —le reveló Johnny.

—Nunca debería haberme jubilado —suspiró H. K.—. Esa operación fue una locura, jamás habría hecho nada parecido cuando estaba al mando de la Sección.

—Pero también dijo que esa operación fue una continuación de algo que Olav y SAGA llevaban desarrollando desde el fin de la guerra. Que mi historia podría suponer el derrumbe de toda su fundación. Si Olav Falck es el responsable de que Noruega no acudiese a rescatarme cuando me detuvieron en Kurdistán, no me importaría que eso ocurriera.

—Interesante —murmuró H. K.—. La venganza es una motivación potente, ahora igual que antes.

Pasó los dedos lentamente sobre la barbilla.

—¿Tienes claro lo que estás persiguiendo aquí, querido Johnny? Estas son especulaciones que periodistas mucho mejores que tú han tratado de desvelar, sin llegar a ningún sitio.

—Estoy en una mejor posición que ellos para averiguarlo —dijo Johnny.

H. K. se mantuvo callado un buen rato antes de contestar.

—Trabajé con Olav en los viejos tiempos, antes de que montase la fundación SAGA. Los dos fuimos buzos. Luego entró en el servicio de inteligencia y yo en la policía secreta. Funcionábamos bien juntos. Teníamos ideas parecidas. Nos ocupábamos más de cuestiones estratégicas que de la vigilancia de estudiantes maoístas, al menos en mi caso. Al final chocamos. Supongo que era inevitable.

—¿Por qué?

—A los dos nos preocupaba la seguridad de Noruega —dijo H. K.—, pero de diferentes modos. Mi lealtad siempre ha sido a las leyes del país, mientras que a Olav no le importa defender el país con medios incompatibles con los principios de la Constitución noruega. Esa es la diferencia entre los dos. Olav es un utilitarista. Le puede el poder y es despiadado.

Johnny tomó otro sorbo de la copa.

—¿Y esa filosofía ha marcado el carácter de la fundación SAGA?

—Ah, ¡esa actitud es su piedra angular! —dijo H. K.—. Porque SAGA fue parte de la red llamada Stay Behind. Viejos miembros de la resistencia durante la guerra, y otros nacionalistas que no quisieron bajar las armas, tomaron la iniciativa de formar un ejército secreto privado en el caso de producirse una invasión soviética. Estas cosas existían en todos los países de la Europa Occidental, también en Noruega. Rederhaugen se usó como depósito de armas durante la Guerra Fría.

—Pero ¿no fueron revelados en los años setenta?

Johnny recordaba vagamente la historia.

—Muchos de ellos, sí —dijo H. K.—, pero no todos. Rederhaugen era un depósito perfecto. Durante la guerra, los alemanes tomaron toda la finca y construyeron túneles y refugios antiaéreos. Las paredes de cemento eran de buena calidad, por decirlo de algún modo. Después de la guerra, se almacenó allí una gran cantidad de armas y equipamiento. Trajeron por aire hasta allí a viejos generales alemanes de la Wehrmacht para enseñar los métodos de defensa en el caso de una invasión soviética. Nadie reveló que la familia Falck y la fundación SAGA almacenaban armas en Rederhaugen.

H. K. inspiró hondo.

—Aunque había una persona que sí trató de decir la verdad. La madre de Olav, una escritora de nombre Vera Lind, que acaba de fallecer.

Johnny asintió con la cabeza. Allí volvió a salir: la fundación SAGA y Vera Lind.

—Hans dijo que dejó un testamento que nadie ha encontrado.

—No sé nada de eso, pero lo que sí es un hecho es que confiscaron el manuscrito de Lind. Lo sé con seguridad, porque yo mismo formaba parte de la investigación.

Por primera vez aquella noche, Johnny tuvo la sensación, que a menudo se presentaba cuando hablaba con H. K., de que nada podía sorprender a su antiguo jefe, que ya lo sabía todo.

—¿Qué me estás diciendo? ¿Has leído el manuscrito?

—No, nunca lo leí, pero la investigación sobre Lind fue la razón por la que Olav y yo acabamos mal, y también por la que dejé la policía secreta. No soportaba la idea de suprimir la libertad de expresión y arruinar la vida de una persona bajo unas rancias justificaciones en torno a la «seguridad del país». Para Olav, la misión de la familia Falck consiste en gestionar la historia oficial de Noruega. Cualquiera que la cuestione, porque eso también supone cuestionar la fundación SAGA, queda silenciado. Fue el caso de Vera Lind en 1970. Y también —añadió H. K. en voz baja— podría aplicarse a ti, mi querido Johnny.

Este tragó saliva. Le sudaban las manos y sintió cómo el corazón le martilleaba el pecho.

—Cuando estaba acercándome a la edad de jubilación —continuó H. K.—, algunas personas destacadas en el entorno del servicio de inteligencia y de las unidades especiales comenzaron a hablar de si las «herramientas» que Noruega tenía en su «caja de herramientas» eran lo suficientemente buenas como para hacer frente a la amenaza terrorista. Me mantuvieron al margen, pero sé que Martens Magnus, el jefe de la célula de las fuerzas especiales del Departamento de Defensa, fue el motor detrás del proyecto QA 2.0. Es decir, una versión actualizada de la red Stay Behind.

Johnny asintió con la cabeza.

—Fue la gente de Magnus la que me reclutó para la misión.

—Y eras lo suficientemente inocente, además de estar agotado, como para aceptar el encargo —dijo H. K. y continuó—. Países como Francia, Estados Unidos, Reino Unido e Israel no se andan con miramientos a la hora de matar a los enemigos del Estado. Ni siquiera es un secreto. En Noruega es una imposibilidad política. No lo hacemos. Pero ¿cómo proceder con un psicópata letal como Abu Fellah, que va pregonando desde el desierto que la sangre fluirá por las calles de Noruega, y cuenta con los recursos y la logística del Estado Islámico para convertir sus amenazas en realidad?

Johnny escondió la cara en las manos. En efecto, era la historia de siempre.

—Sí —continuó H. K., pacientemente—, en estos casos se les consulta a los americanos para ver si pueden prestar un dron Predator. Y si es que no, o si el objetivo no se expone, entonces tiras de las fuerzas de la recámara. No oficialmente, eso no. Lo que se hace en estos casos es contactar con el único hombre del reino con capacidad para llevar a cabo el cometido, un hombre que tiene el aspecto físico necesario para penetrar en Oriente Medio, un hombre que además se ha metido en líos y a quien no le queda otra que embarcarse en una operación extraoficial. Un arma en la que Defensa se ha gastado treinta millones de coronas en formar. Un hombre llamado John Omar Berg.

Miró fijamente a Johnny.

—En estos casos se te pregunta a ti.

Johnny encendió un cigarrillo y dio una profunda calada.

—Yo fui leal —dijo al final—. Nunca habría dicho nada, no antes de enterarme de que realmente estaban dispuestos a dejarme en esa cárcel. Una cosa es M. Magnus. Pero ¿sabes si Olav Falck de verdad está detrás de eso, como sostiene Hans?

—Olav es listo —dijo H. K. con tono serio—. Nunca se ensucia las manos. Cuando arruinó la vida de su madre, no lo hizo ni con violencia ni con amenazas. No, ¡Olav se convirtió en el defensor a ultranza de su madre! O cuando salió que estabas encarcelado en Kurdistán, y removí el cielo y la tierra para sacarte, Olav me llamó. —Ahora H. K. hizo lo que seguramente sería una imitación precisa de la profunda voz del patriarca—: «Berg era el mejor, un héroe nacional, es una vergüenza que nosotros como nación no podamos aportar el seguimiento necesario después de las pruebas a las que lo han sometido. Ha debido de salir mal, pero ya sabes, H. K., que nuestro gobierno es restrictivo a la hora de traer a casa a combatientes terroristas extranjeros», fueron sus palabras exactas.

»No es mi estilo mandar a la mierda a la gente, Johnny, pero estuve a punto. Olav se ha dado cuenta de que el poder en Noruega no se ejerce mediante la brutalidad, sino que se mete en un paquete junto con el moralismo y la empatía. Pero la conclusión era la misma: tanto tú como Vera Lind disponíais de información que cuestionaba la imagen oficial de Noruega; información que, además, podría hundir tanto a la familia Falck como a la fundación SAGA si se conociera.

H. K. levantó la copa y lo miró un largo rato.

—Salud, Johnny. Esta es tu oportunidad. Si haces las cosas bien, Olav y SAGA podrían caer de una vez por todas.

Sus miradas se cruzaron, el antiguo jefe esbozó una sonrisa enigmática y Johnny lo imitó.

—Haz lo que Hans te ha propuesto, ve a buscar a la hija de Olav. Allá por 1970 se habló de un informador de la policía de Seguridad, si mal no recuerdo. Quizá podrías meterle un poco de presión a esa persona, voy a ver qué encuentro en los archivos.

H. K. encendió su pipa. El humo suave del tabaco le provocó recuerdos del pasado, del día, hacía tantos años ya, que H. K. vino a Ramsund para reclutar a Johnny, de aquella vez durante el entrenamiento que H. K. les dio una moneda de diez coronas y les pidió que la usaran para ir hasta Trondheim, de todas aquellas veces que se paseaban por las callejuelas en Afganistán. Todas estas imágenes surgieron a partir del humo de la pipa.

—¿Qué piensas, Johnny? Te has quedado tan ausente de pronto.

—Es extraño, pero cuando enciendes esa pipa enseguida me viene a la mente...

—... el pasado —dijo H. K.—. Ninguna parte del cerebro está tan vinculada a los recuerdos como la que procesa el olfato.

Johnny asintió con la cabeza y de repente se sintió más melancólico que nunca.

—Por eso habría que prohibir los perfumes de las ex por ley.

H. K. sonrió de un modo paternal.

—Sí, ¿cómo va todo con Rebecca?

—Seguro que bien. El nuevo novio es un guardaespaldas de la policía secreta con cuatro hijos de un matrimonio anterior, camiseta negra de Norseman y cinturón negro en educación de hijos.

La mirada de H. K. se había vuelto borrosa por todo el vino. Puso una canción de Jacques Brel y un brazo alrededor del hombro de Johnny.

—Nos ocuparemos de arreglar eso cuando llegue el momento. Eres un buen tipo, Johnny, un buen tipo.

H. K. se había pasado al licor y se tomó de golpe la copa de coñac.

—También un brindis por Hans, por esa idea de dejarte escribir la biografía. La literatura y el espionaje van de seducir. De inventarse una realidad que imponemos al enemigo, o al lector, mediante astucias, hasta que ya no se den cuenta de que han sido engañados. Eso, mi querido Johnny, es *la séduction*.

15

Entre mujeres

En el sótano del edificio principal, al otro lado de los vestuarios, había una piscina con hamacas y unas bañeras de madera en un lateral, todo inundado de una luz turquesa.

Sasha entró en el vestuario de las mujeres y siguió hasta la piscina. El olor a cloro era fuerte, y el oleaje producido por la figura que nadaba a crol golpeaba las baldosas de la orilla ligeramente.

De adolescente, Siri Greve había competido en natación a nivel nacional, y solía echar unos largos aquí siempre que podía. Aún no había descubierto a Sasha, que estaba contemplando los movimientos tranquilos, la cabeza que giraba rítmicamente para respirar cada tres brazadas, las gafas de natación y el ajustado gorro negro que le otorgaba un aspecto extraterrestre. Sasha se sentó en el ancho para esperar.

—¿Sasha? —dijo Siri cuando se paró para recobrar el aliento después de unos largos, colocándose las gafas de natación en la frente—. ¿Qué haces aquí?

—Te he enviado muchos mensajes estos últimos días.

—Lo siento. —Con unos brazos fuertes y un traje de baño de competición, la abogada se subió al borde—. No te lo tomes como algo personal, tengo mucho lío en uno de los consejos en los que estoy. Ya sabes, hombres blancos de mediana edad y todo eso.

El hecho de que Siri Greve no hubiese contestado los mensajes de Sasha resultaba un poco sorprendente. Cuando no estaba nadando o trabajaba para SAGA, iba de una reunión de consejo a otra constantemente. Una mayor representación de mujeres en los consejos de empresa no era solo un progreso para la igualdad, lo era también para Siri Jacqueline Greve. Si había una cara oficial de una miembro de un consejo de una empresa mayorista, o de una feminista de Chanel, era la suya. Pero si hubiese enviado el mensaje su padre, el patriarca, el tiempo de respuesta seguro que habría sido notablemente más corto.

—Tenemos que hablar sobre Vera —dijo Sasha.

—¿Hablamos en la sauna?

No era una pregunta, y aunque en realidad no le apetecía, Sasha siguió la espalda, con forma de V, de Greve. La sauna para mujeres bajo Rederhaugen era el lugar donde Siri campaba a sus anchas cuando reunía a su elenco de mujeres exitosas del mundo de la política, la cultura y la empresa. En los últimos años, a Sasha la habían invitado a participar en algunas ocasiones. También ella necesitaba un contrapeso a los hombres «egoístas y megalómanos» de Rederhaugen, en opinión de Siri. En la sauna, Sasha escuchaba con atención las especulaciones sobre las cábalas en torno al próximo candidato de secretario de Estado, e historias sobre fanfarrones impotentes y matrimonios «abiertos» que se hundían por los celos, que eran los temas preferidos de la «red». En esas ocasiones, las mujeres siempre se regodeaban con miradas intensas.

Se desvistió y se tomó una ducha fría rápida. Siri Greve ya estaba sentada en el banco superior de la sauna, desnuda y franca, y echaba agua sobre las piedras incandescentes; el vaho se elevaba sin piedad hacia el techo, dificultando la respiración por unos segundos.

—Bien, Sasha —dijo Siri—, ¿qué ha pasado?

Empezó a explicar los detalles de la historia clínica de Blakstad. El problema de Greve era que Sasha nunca sabía dónde estaba su lealtad. Con el paso de los años, más allá de las reuniones de su red de contactos, se había convertido en una especie de amiga, y en la sauna le hablaba abiertamente a Sasha de todo sobre sus diferentes amantes —«al jefe de la expedición le doy un seis de diez, demasiado guapo como para que nadie se haya atrevido a enseñarle cómo se le hace el amor a una mujer»—. Había tenido muchos desde el divorcio de un conocido hombre de negocios que la había engañado constantemente hasta que ya no le quedaron más lágrimas que verter.

Al mismo tiempo, era la escudera y colaboradora más cercana de su padre, con tres generaciones de cooperación entre los Greve y los Falck como telón de fondo. Él le pagaba el sueldo, y Sasha sabía muy bien que muy poca gente estaba dispuesta a cortar el cordón umbilical que la unía a sus benefactores, sin más.

—La Superintendencia —dijo Siri con una mirada cansada dirigida a la nada, cuando Sasha terminó de contar la historia—. No soy experta en esa temática, pero, que yo recuerde, se aprobó una nueva ley de tutela hace unos años, que tiene en cuenta en mayor medida las necesidades de los receptores, basada en una ratificación de una convención de las Naciones Unidas en torno a los derechos de los incapacitados —dijo—. El punto de partida es que la persona que vaya a recibir la tutela lo apruebe por escrito. Pero hay excepciones, claro, y hay casos de tribunales que pueden quitarte tu autonomía ante la ley, lo que antaño se llamaba «incapacitación judicial».

—¡En efecto! Y me gustaría averiguar qué fue lo que pasó cuando el caso de mi abuela salió ante la Superintendencia.

—¿Crees que Vera estaba bajo tutela legal? —preguntó Greve, apoyándose en el respaldo del banco de madera de magnolia.

—No lo sé —dijo Sasha en voz baja—. Lo único que sé es que hay algo que no encaja. Tu padre era el abogado de la familia en aquella ocasión; tienes que ayudarme a encontrar los papeles que muestran qué pasó por aquel entonces. Debe de tener documentos que recojan lo que sucedió, ¿no crees?

Siri Greve se pasó las palmas de las manos sobre la frente, resbaladiza por el Restylane, y las bajó sobre las mejillas.

—No puedo —dijo e inspiró hondo—. Fue lo primero que

firmé cuando empecé a trabajar en SAGA. Mi padre me lo dijo una y otra vez desde que era pequeña: «Puedes estar en desacuerdo total con los Falck, puedes contradecirlos y echarles la bronca tras puertas cerradas si hace falta. Pero nunca puedes romper tu compromiso de silencio».

Sasha miró a los ojos de Siri Greve.

—Soy una Falck.

—Pero aquí entran en juego determinadas consideraciones entre dos generaciones de los Falck. Ya sabes que quiero ayudarte, Sasha; entre mujeres, ¿verdad? Puedo organizar una reunión con Olav y hablar por ti.

—No —dijo Sasha y sintió cómo hervía por dentro—. No vas a contar nada a papá sobre esto.

—¿Qué te hace pensar que estoy dispuesta a dejar de lado la lealtad que tengo hacia Olav?

Siri Greve era astuta. Sasha sintió cómo le ardían las mejillas. Si iba a seguir adelante con esto, tenía que sacar algo de la crueldad del padre dentro de sí misma. Y algo del sentido del misterio de su abuela.

—¿Te acuerdas de lo que siempre decías que era lo peor de tu divorcio, Siri? No era el dinero, no era la sensación de haber fracasado, ni siquiera eran los niños —dijo Sasha—. Era la sensación de no haber sido consciente de todas sus aventuras.

Como siempre, se abstenía de pronunciar el nombre del exesposo de Greve; era el innombrable.

—De haber sido engañada —prosiguió Alexandra—. Y así es como me siento yo ahora. Estoy en el podio como una puta mascota, pronunciando discursos en actos conmemorativos sobre la necesidad de conocer la historia y luego resulta que ni siquiera conozco la historia de mi propia familia.

Los ojos de Siri Greve se abrieron de par en par.

—Hay una gran diferencia entre...

—No —la interrumpió Sasha—, no he terminado. Aquí en la sauna predicas a las feministas de medias azules. Bien por ti. Pero ¿qué es esta historia, sobre una escritora solitaria obligada a callarse por hombres poderosos y ver cómo requisan su manuscrito, si no es una historia de abuso de poder machista? No sé lo que le ocurrió a Vera, Siri, ni en 1970 ni ahora, pero lo voy a averiguar.

—¿Y Olav...?

—Papá cree que la historia de Vera va en contra de la familia. Pero está equivocado. Siempre es mejor la sinceridad que esconder los trapos sucios.

Ahora Greve sonrió y, por su mirada, parecía sorprendida e impresionada.

—No le quedan muchos años como jefe de SAGA. Cuando toque escribir el siguiente capítulo en nuestra historia, ¿tal vez sería recomendable mantener una buena relación con la nueva persona que asuma el cargo? ¿Entre mujeres?

—Jesús —dijo Greve.

—¿Subimos? —dijo Sasha, bajando de un salto hasta el suelo fresco.

Aparte de dos óleos del padre, August Greve hijo, y el abuelo, August Greve padre, no había muchos Chesterfield ni escritorios de roble macizo en el despacho de Siri Greve. Los sofás modernos, las sillas y el escritorio tenían tonos de crema y café, y estaban iluminados por lámparas cilíndricas de color amarillo cálido. Sasha siguió el olor fresco que emanaba de ella hasta una puerta, que la abogada abrió con llave.

Era una habitación pequeña y polvorienta, llena de estanterías que podían moverse con la ayuda de una manivela manual. Sasha asintió brevemente con la cabeza. Con unos movimientos rápidos y decididos, Greve sacó una balda y, después de haber pasado los finos dedos sobre las carpetas marrones, extrajo una de ellas.

—No es la primera vez que coges esta carpeta —dijo Sasha—. Entiendo que conoces la historia desde el principio.

Greve no contestó.

—Se trata de una correspondencia amplia, pero creo que sé lo que estás buscando. ¿Estás segura de que quieres saber esto?

Sasha asintió con la cabeza e hizo una mueca como para decir que le diera la carpeta, pero Greve comenzó a leer en alto.

—De la Superintendencia, 28 de mayo, 1970. «Después de una solicitud remitida por el hospital Blakstad y el descendiente más directo de Vera M. Lind, la Superintendencia ha tomado la decisión de aplicar una incapacitación judicial de 3 (tres) años, amparándose en la ley del 28 de noviembre de 1898 sobre incapacitación judicial con el retiro completo de capacidad jurídica con el fin de impedir que él o ella someta su fortuna u otros intereses económicos al peligro de ser seriamente dilapidados».

—Para —dijo Sasha, y Greve se detuvo. Sasha sintió cómo el suelo temblaba bajo sus pies y llevó las manos a la cabeza, como siempre hacía cuando estaba alterada. El contenido le resultaba tan chocante.

El descendiente más directo. Solo pudo haber sido Olav quien había pedido que se retirase a su madre la capacidad jurídica para imponerle una incapacitación.

Vera, su abuela, que estaba loca, sí, a veces, pero también su gran heroína y estrella guía, sentada en la butaca con una novela sobre el regazo. Vera, Vera, jurídicamente incapacitada por la persona que más cerca de ella estaba.

—Fue papá —murmuró, y sintió cómo una ola de frío le recorría el cuerpo.

—Por supuesto que fue Olav —dijo Greve con voz poco sentimental—. Si tu madre es psicótica y muestra tendencias suicidas, ¿qué esperabas que hiciera un hombre como Olav?

—¿Qué pasó por lo demás durante esos tres años? —preguntó Sasha. Podría haber discutido con Greve, pero no era el momento.

—Junio, 1973. La incapacitación fue prolongada por un periodo de 2 (dos) años —leyó la abogada con voz monótona.

—¡Pero Vera fue dada de alta de Blakstad el año anterior!

Por primera vez, Sasha no fue capaz de controlarse. Estaba tan furiosa que temblaba. ¿Qué habían estado haciendo?

—Puede que no te sirva de consuelo —dijo Greve—, pero según los papeles de la Superintendencia, a Vera se le devuelve la capacidad jurídica en 1975. Y con ello las propiedades de Reder-haugen, Hordnes y la cabaña de caza. Pero de eso ya hemos hablado.

¿Qué era lo que Olav le había quitado? ¿Y cómo podría Sasha seguir avanzando en sus pesquisas? No dijo nada, pero cerró los ojos. Ya no podía huir de la verdad.

—Que nadie diga que no te he advertido —dijo Siri Greve.

16

Necesitamos un francotirador

Sverre atravesaba el patio situado delante del edificio principal cuando oyó un disparo.

Se sobresaltó. El ruido siempre lo devolvía al día en el polvoriento camino montañoso cuando las balas penetraron la coraza del vehículo, el conductor frenó de golpe y los chicos se lanzaron fuera bajo la protección de la granada de humo, antes de tomar posiciones en la cuneta para devolver el fuego de los talibanes.

Hacía nueve años de la primera vez que llegó a Afganistán en avión. Cada día echaba en falta la temblorosa expectación cuando se despertaba en el avión fletado para transportar a los soldados a su destino, después de hacer escala en Turquía. Todavía podía ver delante de sus ojos el extraño paisaje compuesto de campos de labranza marrones, quemados por el sol, el desierto y las montañas nevadas en la distancia. Hindú Kush, el nombre en sí sonaba extraño y exótico, como un lugar sacado de los libros de aventuras que había leído cuando era pequeño. Alrededor de él, sus compañeros dormían con la boca abierta, echados sobre los asientos de madera. Aún le conmovía pensar en ellos, la tropa, el equipo, los compañeros.

El ruido que acababa de escuchar no tenía la intensidad de un cartucho real. ¿Tal vez sería una escopeta de aire comprimido?

Hacía tres años que Sverre se había dado de baja del Ejército y llevaba tres años arrepintiéndose de ello. Naturalmente, lo había hecho por su padre. Sin duda, esta institución ayudaba a forjar el carácter, pero no era un lugar para quedarse, a no ser que «aspires a convertirte en un comandante borracho y visitante regular de los burdeles del sur de Sudán», como decía Olav. El mensaje no daba lugar a equívocos: lo esperaban obligaciones más importantes en Rederhaugen. De modo que Sverre se convirtió en vicepresidente de SAGA, con despacho justo debajo de su padre. Desde entonces, el puesto más alto en la jerarquía de SAGA era el objeto de su deseo y de sus sueños.

Trabajaba casi cada noche, también los fines de semana y en vacaciones. Cuando salía a correr, escuchaba pódcast sobre liderazgo. Se había puesto una meta. Cada día iba a realizar al menos una acción, ya fuera grande o pequeña, que lo acercase a la cima. No creía en la casualidad. Con el tiempo, con un trabajo duro y sistemático obtendría su premio.

Pero algo había ido mal. La jubilación del padre se retrasaba continuamente y Olav prestaba más atención a otros competidores. Con la muerte de la abuela y la incertidumbre en torno a la herencia, todo estaba en juego otra vez.

Soplaba un viento frío que atravesaba la fina camisa blanca que llevaba bajo la americana de tweed. A la altura del busto de Store-Thor, se resbaló sobre un charco helado en el camino y se quedó tendido en el suelo, gimiendo de dolor.

Apareció el mar a través de los árboles. En el embarcadero estaban las dos hijas de Sasha, junto con algunos chavales más mayores. Uno de ellos agitaba una escopeta sobre la cabeza. En una punta rocosa en el extremo de la bahía, una gaviota estaba moviéndose torpemente. Era evidente que la habían herido.

—¿Qué cojones andáis haciendo? —gritó Sverre.

—Solo iba a enseñarnos cómo funciona el rifle de aire comprimido —dijo Margot, señalando al chico de largas extremidades que sujetaba la escopeta—. Ahora se ha ido la gaviota y está demasiado lejos.

—¿No ves que la gaviota está sangrando? —preguntó Camilla, irritada.

—Es ilegal matar gaviotas —dijo Sverre con tono severo—. Dame esa escopeta.

Con una mirada avergonzada, el chico le pasó la escopeta.

—El pájaro está sufriendo —insistió Camilla.

En línea recta, el ave estaría a unos setenta u ochenta metros de distancia de ellos. Sverre se quitó la americana de tweed y puso la culata de la escopeta de aire contra el hombro. No hacía falta nada más para sentirse libre. Apuntó. Hacía tiempo que no disparaba armas de aire comprimido, bueno, en realidad hacía tiempo que no disparaba nada. La gaviota consiguió despegar y fue ganando altura sobre ellos. Todo lo que importaba era la respiración: inspirar, expulsar aire, disparar cuando los pulmones estaban vacíos, apretar el gatillo con suavidad. Disparó. El pájaro cayó al suelo con un golpe tan seco como el de un platillo.

—Joder, menudo disparo —dijeron jadeando los chicos—. ¿Qué eres, tirador o qué?

Sverre dejó a un lado la escopeta de aire comprimido y señaló a las hijas de Sasha con el dedo.

—Vosotras, subid a casa. Y tú —dijo, señalando al chico—. Tú entierras esa gaviota. Hay una pala en el cobertizo de botes. Y no soy tirador, soy francotirador.

Estaba volviendo al edificio principal cuando oyó una voz detrás de él, desde la arboleda.

—Impresionante, Sverre Falck.

Se giró y se encontró con un rostro delgado y curtido con dos ojos estrechos que hizo pensar a Sverre que habría pasado varios años viviendo en una tienda de campaña.

—Magnus —dijo—, ¿qué haces aquí?

Sverre había sabido quién era Martens Magnus mucho antes de que el oficial comenzara a ver a Olav en privado, pero la sensación de que Magnus era una sanguijuela de sonrisa falsa no había hecho más que reforzarse. El padre y M. M., que era el nombre que recibía a menudo, se habían convertido en amigos cercanos en los últimos años, y Olav incluso había invitado al oficial, treinta años más joven que él, a ser parte del consejo de SAGA. Antes, Magnus había sido el jefe de los comandos de marines en la sección donde Sverre había querido entrar desde que era niño. En el funeral de la abuela, Magnus había llevado el uniforme con las alas en el pecho, una distinción con la que Sverre siempre había fantaseado.

Ahora vestía ropa de civil, una chaqueta de lana oscura y unas botas brillantes.

—No pude presentar mis condolencias debidamente durante el funeral —dijo Magnus, apretándole la mano con fuerza—, pero fue una despedida muy digna.

Sverre asintió con la cabeza. Caminaba con las manos en los bolsillos, dando patadas a las piedras en el camino.

No era del todo verdad que Sverre hubiera echado en falta el Ejército cada día desde que dimitiera. Hacía un año, Martens Magnus se había acercado a él para preguntarle si podía hacer un trabajo de correo para Noruega. Un viaje en avión a Oriente Medio, una visita a un banco local y una reunión posterior. Era una misión para Noruega, más no podía decir. Naturalmente, había aceptado la misión. Y entonces se había sentido muy vivo, ya no como un sonámbulo sin rumbo propio.

—¿Tienes un par de minutos? —preguntó Magnus—. Me gustaría hablar contigo sobre un asunto.

—¿Vamos a mi despacho?

—Buena idea —dijo M. Magnus.

Entraron juntos en el edificio y subieron las escaleras de caracol hasta el despacho de Sverre. Los pasos del jefe de los marines dejaron de sonar cuando alcanzaron la alfombra oriental de color escarlata que Sverre había comprado en Afganistán y que cubría el suelo entre el pesado escritorio de teca y las estanterías de obra de la pared del fondo a la derecha. Parecía que dominaban las obras de historia con tapa de cuero. Unas placas militares, distintivos de sección y medallas enmarcadas, el mar que centelleaba al otro lado de las altas e inclinadas ventanas, y una cabeza de antílope en una de las paredes.

—Mucha clase —asintió Magnus—. Tienes un despacho más elegante que el de tu padre.

—Esto no lo has visto —dijo Sverre con una sonrisa y abrió una puerta baja que daba al armario, donde colgaban unas cuantas camisas y americanas recién planchadas delante de un casillero de armas. Introdujo el código y abrió la puerta. Dentro, los rifles estaban alineados y Sverre se llevó uno de ellos al despacho.

—Un Purdey, para caza mayor en África, con el escudo de armas de los Falck grabado.

—Anda —dijo Magnus.

Con los movimientos tranquilos propios de un conocedor de armas, lo pesó en sus manos.

—Últimamente, Olav se ha obsesionado con la caza mayor en África; trato de decirle que este tipo de actividades se ha quedado obsoleto.

Sverre sonrió.

—Por cierto —dijo Magnus y pasó los dedos sobre la culata—. El día que se murió tu abuela y cenamos en esta casa, ¿te fijaste en algo especial? ¿Alguien que se comportase de un modo extraño?

Lo raro era que Magnus le hiciera esa pregunta.

—¿Te está utilizando mi padre para interrogarme? —preguntó.

M. Magnus sonrió.

—No, en realidad es al revés. Tu antiguo jefe de la unidad de francotiradores es un buen amigo y colega. Me dijo que eras un buen jugador de equipo y un destacado tirador, naturalmente. Ya sabes que los lazos entre los francotiradores y los marines son muy estrechos.

Una de las mayores derrotas de Sverre era haberse quedo fuera en la última ronda de pruebas para entrar en la unidad de Comandos de Marines, conocida como MJK por los iniciados y una de las unidades militares más punteras del mundo. Ahora sintió cómo un ligero escalofrío le recorría la columna vertebral.

—Puede que también sepas —continuó Magnus— que estamos llevando a cabo algunas operaciones en Afganistán. Esta-

mos montando un grupo operativo ahora, pero nuestros francotiradores se encuentran indispuestos. Una fatídica combinación
de enfermedades, heridas y otras circunstancias desafortunadas.

A Sverre se le hinchó el pecho.

—Lamento oírlo.

—En resumidas cuentas —dijo M. Magnus—, necesitamos
un francotirador. No eres marine, pero tienes las destrezas y la
experiencia. Y eres un tipo con iniciativa, eso nos gusta. ¿Cómo
lo ves?

—Ejem. Es un honor que me hagas esta oferta —dijo Sverre,
pasando las puntas de los dedos con ternura sobre la culata del
rifle de Purdey—. Déjame que lo piense.

—Por supuesto —dijo Magnus. Cogió la americana y se despidió de Sverre con un fuerte apretón de manos—. Pero no
demasiado tiempo. Comenzaremos a configurar el equipo enseguida.

Se paró en la puerta.

—Por cierto, ahora que te tengo delante, Sverre. ¿No has tenido noticias de Johnny Berg por parte de tus compañeros veteranos últimamente?

—¿Johnny Berg? —Sverre conocía el nombre, por supuesto.
Berg era un mito para toda la gente que trabajaba en las unidades
operativas del Ejército—. Pensaba que se le había ido la olla y que
había desaparecido en Oriente Medio.

—Ha vuelto —anunció M. Magnus—. Avísame si te cruzas
con él. Y dime cuanto antes si te interesa esta operación.

Sverre se quedó sobre la alfombra de Uzbekistán, decorada
con caballeros y criaturas de fábula. Estaba hasta las narices de
estar sentado en el banquillo aquí en casa. En el Ejército podía
ser él mismo.

A la par, sintió también otra cosa; fragmentos de memoria,
no solo de Afganistán, sino también de los conductos en la cuneta, la luz antes de que el vehículo que iba delante acabara volando
por los aires, el sabor a tierra y arena en la boca, el humo, la 12.7
que martilleaba la ladera del monte con balas trazadoras, el olor
a munición y gasolina y carne quemada.

Sí, había pasado miedo, pero echaba en falta esa sensación. Era una nostalgia que los civiles nunca entenderían. Y ahora Martens Magnus le había recetado una medicina para remediarlo, la única que Sverre sabía con seguridad que funcionaba.

17

Hay que eliminarlos

El frente, Kurdistán

El hospital estaba en el lado kurdo del frente, tan cerca que el Estado Islámico podría atacarlo en cualquier momento con granadas de artillería. Hans Falck ordenó al conductor que parase delante de la puerta principal y salió. El hospital era un viejo edificio de ladrillo amarillo de dos plantas rodeado de cipreses, palmeras marchitas y un trozo de césped de color gris pardo delante.

En la recepción reinaba el caos. El día antes, la academia de la policía había recibido un ataque por parte de los terroristas. Fuentes independientes hablaban de muchos muertos y heridos. Ancianas con pañuelos sobre la cabeza y ropa tradicional estaban sentadas gimiendo en el banco junto a una de las paredes, mientras algunos guardias, varios de ellos mujeres con uniformes de camuflaje de color verde, trataban de mantener el orden. Hans repasó la sala de espera con la mirada. Había gente cojeando que se apoyaba en viejas muletas, con vendas sucias y ensangrentadas cubriendo extremidades amputadas, jóvenes madres intentaban callar el llanto de sus bebés.

Lo atendieron y una guapa enfermera noruega de Drammen le enseñó el hospital. Le contó enseguida que sus padres eran yazidíes de la pequeña minoría que había vivido en la región durante miles de años antes de que los yihadistas comenzaran con su limpieza étnica de los «adoradores del diablo», tal y como ellos los llamaban.

Se oía un zumbido distante.

—No es más que la liga que bombardea las posiciones terroristas del otro lado del frente —dijo la enfermera, encogiéndose de hombros—. No hay que darle muchas más vueltas.

Bajaron hasta el sótano y la mujer le explicó que las unidades más vulnerables se encontraban allí ante la eventualidad de un ataque: los rayos X, la UCI y el paritorio. Debían de haber llegado hasta esta última unidad, porque el olor dulzón a excrementos de bebé se mezclaba con el olor a desinfectante.

Una chica con el pelo negro azabache desordenado estaba amamantando a un bebé, medio incorporada en una cama.

—Bonito bebé —dijo Hans con una sonrisa y acarició la mejilla del pequeño con cuidado.

El bebé le recordaba a su hija Marte cuando nació, el único nacimiento de sus hijos en el que había estado presente. La enfermera se paró para hablar con una de las mujeres de la unidad.

—Todas las mujeres de aquí son yazidíes, igual que mis padres —explicó—, y todos los recién nacidos son el resultado de violaciones en masa. A la chica que estaba dando de mamar la raptaron y la vendieron en un mercado de esclavos de Mosul antes de que consiguiera escapar. Para entonces ya estaba embarazada. Doctor Falck, tiene contactos en la prensa internacional y un escaparate público. El mundo debe saber qué es lo que ha ocurrido aquí.

Hans Falck la cogió de las manos y la miró a los ojos con intensidad.

—El mundo se va a enterar. Y llámame Hans.

Hans Falck había visto muchas atrocidades: las milicias cristianas que mataban a civiles en los campamentos libaneses, los soviéticos en Afganistán, los turcos en Kurdistán, los israelíes en Gaza, Assad en Alepo. La lista era interminable, pero el terror siempre era un medio para lograr otra cosa.

Con el EI, todo se había puesto patas arriba. Aquí ni siquiera habían intentado ocultar lo que estaban haciendo. Al revés, lo transmitían al mundo entero. Las atrocidades se habían convertido en un fin en sí mismo. Parecía que los objetivos declarados —invadir Roma o el mundo entero— no eran más que un medio para conseguir que la gente se uniera a ellos.

El zumbido se oía ahora más fuerte, era evidente que los bombarderos estaban acercándose.

—Quiero que eches un vistazo a las heridas de Mike —dijo la enfermera.

—¿Mike?

—Es noruego, un buen amigo de la causa, y lo hirieron la semana pasada. ¿Tienes Instagram?

—No —dijo Hans.

—Mike es popular allí. NorwegianSNIPER tiene más de 150 000 seguidores de todo el mundo. Financia toda la tropa de los peshmerga con *crowdfunding* y donaciones privadas.

Mike estaba en una cama con barandillas medio abierta, con una pierna vendada colocada sobre la manta. Explicó, con una mirada introvertida y tímida, que había recibido el impacto de fragmentos de granada en la pierna, pero la infección estaba remitiendo y en breve regresaría al frente.

Hans se dio cuenta de que las heridas tenían un color oscuro, la entrada estaba inflamada y tenía una costra negra.

—Creo que tenemos que hacer una incisión por aquí. ¿Necesitas anestesia?

Mike negó con la cabeza.

—Dale.

Hans hizo una profunda incisión en el lateral del gemelo con un bisturí, sin que Mike dijera nada.

—He oído que llevas muchos años trabajando para la causa de los kurdos —dijo Mike desde la cama—. Eso es muy respetable.

A diferencia de los otros médicos comunistas solidarios que Hans Falck conocía, con los que mantenía una relación complicada —Mads Gilbert, Hans Husum, Erik Fosse, Marianne Mjaaland, entre otros—, él se había especializado en Kurdistán. Había empatizado mucho con los kurdos, ya desde las primeras incursiones guerrilleras en las montañas, por parte del Partido Obrero Kurdo, el PKK, a finales de los años ochenta.

—¿Cómo acabaste aquí?

—Del mismo modo en que lo hicieron todos los demás. —Mike dudó un poco antes de continuar—. No podía quedarme quieto viendo cómo unos terroristas mataban a mi gente. Dije al Ejército que venía a cuidar de un padre enfermo, me gasté todo el finiquito en comprar equipo, y me largué del país.

—¿Qué te dijo el Ejército?

—¿Quieres la verdad? —dijo Mike.

—Soy objetor de conciencia —contestó Hans—. No tengo ilusiones respecto de los militares.

—Montaron un follón. No podían hacerme nada a mí, así que fueron a por gente de mi círculo. Los chicos de mi vieja unidad de Rena recibieron críticas si daban a «me gusta» en mis actualizaciones de Instagram. Mi novia, que también trabaja como militar, tuvo que elegir entre dejarlo conmigo o dejar el Ejército.

Hans vendó el gemelo de Mike.

—Soy patriota noruego, es lo que ellos no comprenden. No se puede luchar contra el Dáesh enviando un par de aviones de transporte y una puta unidad médica a Irak. La gente de Noruega no entiende nada de esta guerra.

—No es nuestra guerra —dijo Hans.

Mike le lanzó una mirada dura.

—Sí que lo es. Si no paramos al enemigo aquí, van a incendiar Europa entera. El yihadismo es una fuerza muy virulenta. Es una peste. Hay que eliminar a los yihadistas, a todos y cada uno. Al fin y al cabo, esto es una defensa de Noruega, ¿no te das cuenta?

—¿De verdad piensas eso? —dijo Hans.

El otro asintió con la cabeza.

—Cuando estuve en casa, los informáticos de Akershus me llamaron. Les dije claramente: volveré, pero si necesitáis inteligencia, podéis poneros en contacto conmigo. Siendo noruego, lo haría sin cobrar, además, pero no tuve noticias de ellos. Solo después de muchos meses, me contactó un tipo noruego del Ejército que quería apoyar mi sección económicamente.

—¿Recibís ayuda económica del Estado?

—Efectivamente. Quedé con el tipo aquí en la ciudad y me dijo que el dinero venía con una pequeña contraprestación. Tenía que conseguir una pistola y dejarla en una caja de seguridad de un banco de Erbil. Vale, le dije, me ocupo.

—¿Quién era el noruego?

Mike unió las manos tras la cabeza y lo miró largamente.

—No puedo decírtelo, pero era alguien que yo conocía del Ejército. El caso es que más tarde, al tío que recibió el arma lo detuvo una sección de la milicia kurda en tierra de nadie junto a la línea del frente. Hablaron con sus contactos en los servicios de inteligencia noruegos, que dijeron que él era un yihadista conocido, un exmarine reconvertido en terrorista; lo cual era una mentira podrida. Noruega envió a este agente para matar a yihadistas y luego lo dejaron tirado, acusándolo del mismo crimen.

—¿Cómo puedes saberlo? —preguntó Hans, que tuvo la sensación de que la conversación estaba a punto de tomar un nuevo rumbo. Eso pasaba a menudo en Oriente Medio; aquí los noruegos hablaban abiertamente de aquello que estaba estrictamente prohibido mencionar en casa.

—Porque la sección kurda que lo detuvo confiscó el arma que llevaba —dijo Mike— y tenía el mismo número de serie que la que yo había conseguido; lo miré y traté de sacar al tío, pero para entonces ya estaba en manos de los americanos. Así se las gasta esa gente, se aprovechan de ti cuando les viene bien y después te dejan tirado.

Hans miró pensativo a su alrededor en la vieja y desnuda habitación.

—¿Quiénes son ellos?

—Ya sabes de sobra —dijo Mike tranquilamente— que, si trabajas para los peshmerga, por aquí vienen a menudo fuerzas especiales e informáticos de Occidente; británicos, franceses, americanos y otros. Quieren información sobre los terroristas del Dáesh de sus respectivos países y no se preocupan por ocultar que su intención es eliminarlos, que han de morir. Nosotros, los noruegos, no decimos ese tipo de cosas. Nosotros nos dedicamos a cavar pozos y construir escuelas para niñas. Pero hacemos exactamente lo mismo que los demás, es obvio. Matamos a terroristas, aunque no sea políticamente correcto. Apuesto a que el agente al que abandonaron trabajaba por libre para Noruega, así no podría quedar vinculado a las autoridades; pero no son más que especulaciones, y lo seguirán siendo.

—Conozco a ese hombre —dijo Hans—. Está de nuevo en Noruega. Pero necesito saber quién es el hombre del Ejército noruego que te fue a ver.

—No es así como funciona —dijo Mike, negando con la cabeza—. Dile que venga a verme. Entonces lo contaré todo.

En ese instante oyeron un silbido cortante y seseante, y al momento un estallido cercano hizo temblar las paredes. Cayeron trozos de mortero, y tijeras y bisturíes botaron sobre la mesa junto a la cama.

—¡Artillería! —exclamó Mike, antes de abandonar la cama de un salto y cojear hasta la salida de la habitación, rumbo al pasillo. Hans lo siguió rápidamente y el kurdo-noruego gritó—: ¡Tenemos que bajar a los bebés al refugio antiaéreo!

Los silbidos y los estallidos atronadores se acercaron, como un gigante demente que estuviera pisoteando los edificios hasta hacerlos pedazos a su alrededor. Un enorme impacto hizo que las paredes temblasen.

—¡Por aquí! —gritó la enfermera noruega que sujetaba a un bebé, envuelto en una manta y preso del llanto, mientras tiraba de una cama con la otra mano.

El refugio antiaéreo estaba construido en cemento y era suficientemente grande como para albergar una decena de camas. En una esquina había un generador de emergencia que olía a diésel. Mike estaba sentado, inmóvil, con la espalda apoyada en una de las paredes.

Los gritos de las madres competían con el llanto penetrante

de los recién nacidos. Hans hizo señas con los brazos para que encontrasen el camino; el aire estaba lleno de polvo, el aislante de las paredes cayó al suelo como serrín, la luz del techo parpadeó antes de desvanecerse, y al final todo se volvió oscuro.

Hubo un impacto justo por encima de ellos y se produjo un movimiento como el de un avión afectado por fuertes turbulencias. Los enfermeros locales alzaron los brazos y pidieron clemencia a Alá.

Después, el silencio.

Al poco rato se oyó el ruido distante y maravilloso de los bombarderos.

—Creo que el Dáesh ya ha terminado por hoy —dijo Mike.

Hans asintió con la cabeza.

—Eso parece.

—¿Ya entiendes a qué me refiero? —dijo Mike, pensativo—. Hay que eliminarlos a todos y cada uno.

18

Papá ya lleva demasiado tiempo al mando de esta nave

Desde la ventana de la cocina del piso, Sasha vio a las chicas, que jugaban al otro lado. Dejó la carpeta de documentos sobre la mesa y envió un mensaje al grupo de chat de los hermanos:

> ¿Podéis quedar ahora? Quiero hablar sobre la abuela.

Sasha había sido una madre joven. Primero nació Camilla y dos años después, Margot. Quizá porque hablase menos de los niños que la mayoría de la gente que conocía, Sasha siempre se había considerado una madre habilidosa. No por nada, las quería más que a cualquier otra cosa en el mundo, y daría tranquilamente la vida por ellas, pero siempre había pensado en la maternidad como algo necesario, una especie de servicio militar, un medio para dar continuidad a la familia. Por supuesto, habían sido unos años absorbentes, dando de mamar y muchas noches en vela, porque a Sasha no le gustaba la idea de contratar a una *au pair*, lo cual era algo muy común por lo demás. Pero esos días ya pertenecían al pasado. La preocupación por sus hijas había ido perdiendo fuerza poco a poco. Se les cayeron los dientes de leche y comenzaron a hacer preguntas sobre la muerte y el universo y su propio lugar en el mundo.

Andrea fue la primera en contestar:

Ya que estoy entre trabajos, yo puedo ahora, ja ja.

Sus hijas tenían vidas cada vez más independientes, Camilla con sus faldas y princesas, Margot con sus libros. La melancolía que muchas de sus amigas sentían ante la emancipación de los hijos le resultaba ajena; quizá porque naciera así, puede que se debiera a la muerte prematura de su madre, y porque ella y Sverre hubieran sido educados por Olav. Amaba y admiraba a su padre sin límites, pero su manera de educar, con frecuencia basada en la autoridad y en la distancia, rompía a menudo con los ideales de su propia generación.

Sverre respondió:

¿En mi despacho dentro de 20 minutos?

En cualquier caso, las chicas ya tenían edad suficiente como para que Sasha pudiera ocuparse de sus cosas. Podía seguir indagando en la historia personal de Vera. Y lo había hecho. Después de Blakstad y la conmoción producida por la incapacitación judicial, había repasado de forma sistemática los informes anuales remitidos a la fundación SAGA en los años próximos a 1970. Lo que había encontrado la había convencido de la necesidad de compartirlo con sus hermanos.

Mads entró vestido con ropa de deporte y le dio un beso rápido.

—Apenas te he visto estos últimos días.

—Lo sé —asintió Sasha—. He estado trabajando.

—Tienes un aspecto raro. ¿Qué has encontrado?

Mientras miraba cautelosamente por la ventana, Sasha explicó el asunto de las historias clínicas de Blakstad y la incapacitación judicial de Vera. Mads escuchó en silencio.

—Si te he entendido bien —dijo al final—, sostienes que Olav tuvo a su madre incapacitada durante varios años en la década de los setenta.

—No es algo que sostengo —dijo Sasha. Las formulaciones claramente escépticas la provocaban—. Es un hecho.

—No conozco a nadie que tenga unos lazos tan fuertes con Olav como tú —afirmó Mads—. Incluso es tu jefe. Y fue el tutor legal de Vera.

—Así es.

—Debió de haber tenido razones sólidas —dijo Mads, pensativo—. Imagínate la clase de responsabilidad que tuvo. Primero tiene que actuar de tutor legal cuando su madre se vuelve psicótica, luego se le muere la mujer de cáncer, te educa a ti y a Sverre, y después a Andrea, solo, mientras dirige un grupo empresarial. Menuda fuerza de la naturaleza, tu padre.

Sasha no lo había pensado así, pero independientemente del grado de verdad de sus palabras, al razonamiento le faltaba un componente decisivo; a saber, una explicación de por qué su padre había impuesto una incapacitación judicial a su propia madre, y qué tenía que ver con el manuscrito de *El cementerio del mar*.

Mads la miró con severidad.

—Olav te pidió que no hurgases más en la historia de Vera.

—Ya he roto esa promesa.

Mads inspiró hondo.

—¿Te he contado alguna vez cómo fue entrar en la familia de los Falck? Desde que conocí a tu familia soñé con que me aceptaseis, y no porque tuvierais dinero o poder. —Se giró hacia ella—. Sino porque erais una familia. Con esqueletos en el armario, por supuesto, pero quién no los tiene. Una familia que bebía y discutía y comía junta todos los domingos. Yo solo tuve a mi madre. No te va a gustar lo que te voy a decir ahora —admitió con una voz que sonaba tranquila y decidida por partes iguales—. La familia y Rederhaugen son las dos cosas más importantes para ti, Sasha. Has de tener eso claro.

—Efectivamente, y no soporto que la verdad de lo que pasó con la abuela se haya ocultado.

—¿Quizá se haya ocultado precisamente para proteger a la familia? No sabes qué podría pasar si no haces caso a Olav y empiezas a hurgar en los viejos informes anuales.

—¿Por qué te pones del lado de papá? —se enojó Sasha.

—¿Por qué gritas, mamá? —preguntó Margot. De repente, las chicas estaban en la puerta.

—A veces los mayores discuten —dijo, pasándole una mano por el pelo a su hija.

Sasha inspiró hondo. La cobardía de su marido la enfadaba. ¿Por qué tomaba partido por Olav? No obstante, lo que había encontrado la situaba frente a una decisión: una carrera en solitario o una alianza alternativa. Hasta ahora se había inclinado por la segunda opción.

Se dirigió rápidamente al despacho de Sverre, llamó a la puerta y la abrió sin esperar una respuesta. Tanto Andrea como Sverre ya estaban allí, sentados en sendas butacas en el tresillo que estaba delante de la estantería junto a la pared del fondo, hablando en voz baja.

De modo que habían comprendido que ella iba en serio. Las paredes estaban decoradas con placas militares, insignias de secciones y medallas enmarcadas. Parecía el despacho de un hombre muy mayor.

—Sasha —dijo Sverre—, ¿qué ocurre? —Andrea encendió un cigarrillo y se arregló el pelo moreno y áspero—. Puedes fumar en la ventana —dijo su hermano y abrió la alta ventana que daba al patio, con el fiordo al fondo. El sol estaba bajo en el cielo y de un color rojizo incandescente en el oeste.

—Sverre, eres un hombre prehistórico —dijo Andrea—. En tu mundo, las mujeres no tienen derecho a voto, los homosexuales son pederastas y Churchill acaba de suceder a Chamberlain, mientras los británicos están evacuando Dunquerque. Naturalmente, el derecho a fumar no existe en tu despacho.

Sasha oyó las palabras de su hermana pequeña, que parecían aún más banales y fuera de lugar de lo habitual.

—Me alegro de que hayamos podido reunirnos. Quiero hablar con vosotros de algo importante.

Andrea apagó el cigarrillo, mientras Sverre callaba.

—Supongo que estamos todos un poco afectados por el fallecimiento de la abuela y el testamento desaparecido —continuó

Sasha y notó la gravedad de su propia voz—. Como archivera de la familia, me he propuesto investigar su historia personal un poco. He encontrado cosas que..., bueno, que tendrán consecuencias para los tres.

Puso los viejos informes anuales sobre la mesa de centro.

—Estos son los informes de SAGA de 1969 y 1970, respectivamente —explicó.

Sus hermanos le lanzaron unas miradas inquisitivas.

—Espera un poco —dijo la hermana pequeña—. No te sigo.

—Yo tampoco —coincidió Sverre.

—Hace unos días fui a Blakstad.

—La abuela pasó una temporada allí, ¿verdad? —dijo su hermana, con un tono de voz que irritó a Sasha—. No puedes ser artista hasta que no hayas luchado un poco con tus propios demonios.

—Se volvió psicótica en la primavera de 1970 —dijo Sasha e intentó mantener la voz tranquila y paciente mientras miraba a su hermana pequeña—. Pasó dos años allí y hubo intentos de suicidio y «medidas de neutralización» antes de que le dieran el alta.

Notó que la gravedad de su voz afectó a sus hermanos. La sonrisa de Andrea se volvió más tensa y Sverre estaba rígido como un muñeco de cera.

—Lo siguiente que encontré fue que el caso de la abuela fue puesto a disposición de la Superintendencia. ¿Entendéis lo que significa eso? Se le retiró la capacidad jurídica. Perdió su autonomía ante la ley, como decimos hoy en día. Quizá sea la medida de poder más fuerte que puede aplicarse en Noruega. La abuela tenía un tutor legal, y ese tutor era papá. No solo mientras estuvo ingresada, sino a lo largo de los años que siguieron hasta la resolución de la incapacitación judicial en 1975.

—Qué fuerte —dijo Andrea.

Sverre inspiró hondo, echó la cabeza hacia atrás y miró las decoraciones de yeso del techo.

—Nadie nos ha contado nada sobre esto. Ayer repasé los informes anuales de SAGA —continuó Sasha, repiqueteando con el dedo sobre los documentos descoloridos que estaban sobre la mesa—, para ver qué significado tuvo esa incapacitación sobre la titularidad y el control de la abuela sobre las sociedades.

Sus hermanos ya estaban inclinándose hacia delante en sus sillas.

—Conocemos bien los estatutos de la fundación SAGA —dijo Sasha—. Papá y Vera usaron una parte de los beneficios obtenidos tras la venta de nuestra parte de las navieras Falck para crear una empresa y una fundación en 1965, lo que más tarde se convertiría en SAGA. Los estatutos de la fundación son claros. —Cogió un folio y leyó—: Les compete a los fundadores de la fundación, Vera Margrethe Lind y Olav Theodor Falck, elegir y dar de baja a otros miembros de la junta, así como prolongar su propia pertenencia a la misma sin los límites temporales establecidos para los otros miembros de la junta, siempre que tengan capacidad judicial.

—Ni siquiera sabía que la abuela estaba en la junta —admitió Andrea, que en apariencia había empezado a interesarse, contra su propia voluntad, en la historia que Sasha les estaba esbozando.

—Naturalmente, tenía un lugar en la junta —dijo Sasha—. Por decirlo de algún modo, Vera le dio un sustancioso anticipo de la herencia. Su fortuna quedó atada a una fundación filantrópica billonaria, pero no sin contraprestaciones. Ella iba a tener la capacidad de codirigir SAGA mientras quisiera hacerlo. —Abrió el informe anual del año siguiente—. Mira esto —le dijo a Sverre—. Ahora estamos en junio de 1970. Ha habido modificaciones en la junta. Siguen siendo tres, pero ¡mirad quién firma en esta ocasión! Papá, August Greve hijo, pero Vera no, sino su editor, Johan Grieg.

—Si la abuela estaba en Blakstad —objetó Sverre—, no resulta tan extraño.

Sasha agitó el documento delante de él y los frágiles folios estuvieron a punto de soltarse.

—Hay que mirar siempre la letra pequeña. Echa un vistazo a los estatutos. Ahora pone: «Como fundador de la fundación, le corresponde a Olav Falck prolongar su propia pertenencia a la junta sin los límites temporales establecidos para los otros miembros de la junta». Tampoco puede ser destituido. «Él» frente a «ellos», «su cometido» frente a «sus cometidos». Podrían parecer pequeños detalles lingüísticos, pero tienen grandes consecuencias. Porque ¿por qué ya no está Vera Lind? Se explica brevemente en el informe anual, en la página 13. Mirad.

Con sus hermanos inclinados sobre sus hombros, Sasha leyó el pasaje:

—«Vera Lind deja la junta por manifestarse en desacuerdo con los otros miembros». Nada más. ¿Cómo era eso posible, si los estatutos no podían ser modificados sin su aprobación? Bueno, había una excepción. Porque en junio de 1970, Vera ya no tiene lo que hoy en día llamamos «capacidad judicial». Porque la incapacitación judicial, la eliminación de su autonomía ante la ley, era la única manera de echarla de SAGA.

—Pero ¿por qué? —dijo Sverre—. ¿A cuenta de qué viene todo esto?

—Porque Vera redactó un manuscrito en 1970 —contestó Sasha lentamente—. Sé que el título era *El cementerio del mar*, pero no conozco el contenido. Vera tenía un secreto que era tan grande que Olav estaba dispuesto a hacer lo que fuera por impedir que lo contase. Olvídate del testamento desaparecido. El testamento real es *El cementerio del mar*.

—Por Dios —exclamó Sverre, y se apoyó en el marco de la ventana.

—Necesito un trago de algo fuerte —dijo Andrea y echó whisky en tres vasos de cristal.

—Venid —propuso Sasha.

Los otros dos dieron unos pasos dubitativos hacia ella.

—Siempre he hecho lo que otros esperaban de mí —continuó Alexandra—, lo que papá esperaba de mí. No quiero seguir ocultando todas las cosas que han ocurrido en esta familia, pero no puedo hacerlo sola. Necesito vuestra ayuda.

—¿Con qué exactamente? —preguntó Andrea.

—Cuando ya no esté papá, enfrentaremos otros tiempos. Hemos de prepararnos. Nosotros somos los que debemos gestionar la verdad sobre SAGA y tenemos que averiguar en qué consiste. Papá lleva demasiado tiempo al mando de esta nave —dijo Sasha con tranquilidad—. Poseemos nuestros lugares en la junta y nuestra parte del negocio. Es hora de que dé un paso hacia atrás. Nos ha engañado. Si no lo hace, lo obligaremos a hacerlo.

La habitación estaba sumida en el silencio. Sverre apartó la cara, avergonzado, mientras Andrea miraba al techo, hacia la habitación del padre, como si pudiera oír lo que se decía. Probablemente podía hacerlo, él oía todo.

—¿Tienes alguna idea de lo que estás montando? —dijo Andrea al final, mientras removía un cubito de hielo en el vaso con un dedo, e inspiró hondo—. ¡Es un motín!

—Tal vez. ¿Te apuntas? —Sasha lanzó una mirada dura a su hermana. Andrea se giró incómoda en la silla—. ¿Te apuntas? —repitió.

Andrea dio una palmadita al escudo de armas de los Falck.

—Puede haber razones para que algunos secretos, algunas verdades, nunca salgan. Papá lo sabe. Si sigues con esto, y si te enfrentas a él directamente, esta familia se consumirá en conflictos y disputas de herencias, como todas las demás.

Inspiró hondo.

—Yo te digo que no.

En aquel momento, Sasha sintió un desprecio por su hermana más fuerte de lo que recordaba haber sentido nunca. No solo por su cobardía, porque el mundo estaba lleno de gente como ella, sino porque lo ocultaba tras un estilo prepotente.

—Tomo nota —dijo Sasha y se giró hacia su hermano—. ¿Sverre?

Sasha sabía, naturalmente, que siempre había tenido el sueño, por muy poco realista que fuera, de suceder a su padre como director general de SAGA. No mencionó en ningún momento el hecho de que las experiencias de los últimos días hubiesen cambiado sus propias ambiciones.

Sverre se quedó abatido en la silla durante un buen rato antes de inspirar hondo.

—Me voy a Afganistán con los MJK. —Lo dijo con un orgullo apenas escondido—. De modo que ahora mismo no vas a tener que enfrentarte a mí en esta lucha de poder. Todavía no se lo he dicho a papá, así que no le comentes nada antes de que se lo cuente mañana.

—Enhorabuena por entrar en el Cuerpo de Marines —dijo Sasha secamente.

—¿Es todo lo que tienes que decirme? —preguntó su hermano con tono ofendido.

—Siempre fue tu sueño —respondió Sasha.

¿No estaba un poco aliviada? Sí, quizá sí, aliviada y sola. Se levantó y se marchó, y cuando llegó al largo pasillo que llevaba a la entreplanta, se acordó de algo que Olav solía decir: cuando te sientes solo, no hay ningún otro sitio que haga que te sientas aún más solo que Rederhaugen.

19

Estoy tremendamente orgulloso de ti

Sonó el teléfono. La luz del sol entró en el despacho, picándole los ojos. Sverre los abrió y estiró una mano en busca del móvil.

—¿Sí? —dijo con una voz rasposa. Se encontraba mareado y confuso, después de haber bebido mucho y dormido poco. ¿Dónde estaba? En el sofá de su despacho. Se habían quedado hasta muy tarde, tomando demasiadas copas y fumando demasiados porros de Andrea, y más cosas que no recordaba. Después de que Sasha se marchase, se habían quedado hablando hasta altas horas de la madrugada.

Sobre todo, acerca de su misión en Afganistán y de las muchas ideas de Andrea sobre nuevas empresas que quería montar, pero también sobre Sasha.

La imagen tranquila y el estilo cauteloso de su hermana hacían que pasara desapercibida para la mayoría, pero tanto Andrea como él siempre habían pensado que había una ira retenida debajo de la correcta superficie. Los había asustado, como si estuviera moldeada por otra cosa en comparación con ellos, como si hubiera unas fuerzas oscuras escondidas dentro de ella. Temía que pudiera ser como su padre. O su abuela.

—¿Te has olvidado de que habíamos quedado? —gritó Olav a través del teléfono—. Tú mismo lo propusiste.

—Ah, sí —gruñó.

—¡Has dicho a las siete y media junto al cobertizo de los botes!

Sverre se llevó una mano a la frente, miró las botellas vacías y los ceniceros rebosantes en el despacho cargado, descubrió que Andrea estaba profundamente dormida en una butaca. Había colgado la americana perfectamente sobre el respaldo de la silla, siempre lo hacía, por borracho que pudiera estar.

—Voy —murmuró y colgó.

Medio inconsciente, se puso un poco de ropa informal y salió. Era una mañana gris en Rederhaugen. Había escarcha sobre el césped, el edificio principal y la torre estaban envueltos en una espesa niebla matinal. ¿Cuántas veces había caminado por este sendero cuando era pequeño? Había odiado aquellas salidas. Había odiado «la terapia de agua» con Olav. Simplemente caminar descalzo sobre una superficie fría podía evocar aquella sensación, incluso después de tantos años, por no hablar de los baños en agua helada. Odiaba los baños en agua helada, igual que los hijos de alcohólicos odian el tintineo de las copas de vino.

Junto al cobertizo de botes, el jardinero había ayudado a Olav a botar la barca Grimsøy. Ahora el jardinero llevó el bidón de gasolina hasta el embarcadero, mientras Olav estaba en cubierta, enrollando la lona que cubría el tresillo en la popa. Cuando vio a su hijo dijo, señalando con el dedo:

—Pasa algo con la escalera. ¿Lo arreglas? Es imperativo.

Sverre fue a buscar unas herramientas al cobertizo y atornilló la escalera. Luego salieron del embarcadero, marcha atrás. El invierno aún no había remitido del todo y hacía frío, pero el sol ya estaba empezando a calentar el fiordo. Olav estaba junto al timón, con los pies bien separados. Siempre tenía un aspecto un poco paródico cuando estaba al timón. Cuando Sverre y Sasha eran pequeños, solían ruborizarse cuando el padre, siempre con su gorra de capitán y una pipa en la boca, trataba de hablar con la gente del mar con términos de jerga marina. En aquellos momentos, Sasha solía llamarlo Terje Vigen, como el protagonista de *Había una vez un hombre*, la película de Victor Sjöström.

Ya habían alcanzado mar abierto, y delante de ellos cruzaba el horizonte un ferry que iba rumbo a Dinamarca. Olav redujo la velocidad y echó un ancla, allí no había mucha profundidad. El aire fresco de marzo le había sentado bien a Sverre, que ya se notaba mejor.

Junto al rifle de Purdey había una escopeta. Sin ofrecer más explicaciones, Olav metió un cartucho en la escopeta. La barca se balanceó ligeramente. Le pasó la escopeta a Sverre.

—Enséñame lo que sabes.

El hijo lo miró, incrédulo.

—Esto es una broma.

—¿Conseguirías darle a esa gaviota?

Había una gaviota planeando en círculos con el viento, a unos treinta o cuarenta metros de distancia tal vez.

—Pues claro, pero ¿por qué iba a hacerlo?

—Vamos. Quiero ver si aprietas el gatillo con tanta suavidad como dices.

Sverre sopesó la escopeta en las manos y puso la culata contra el hombro. Apuntó. Por supuesto que iba a poder darle a esa puta gaviota.

—¿Dudas? —dijo el padre, medio riéndose detrás de él.

Sverre bajó la escopeta lentamente, sin disparar. Pensó en cómo quedaría la cara de Olav tras un balazo con la escopeta. Sverre Falck, un parricida. Nunca conseguiría salir indemne de algo así, ni aunque atase el ancla al pie del padre y lo dejara hundirse en las profundidades.

Olav se había quedado callado junto a él, con una expresión en el rostro como si esperase que Sverre fuera a matarlo.

Sverre vació el arma y se la pasó al padre correctamente.

—Está prohibido matar gaviotas.

Se apoyó en la borda.

—¿A quién le importa? —fue la réplica.

—Estaré fuera un tiempo.

—¿Fuera? —dijo Olav.

Sverre cogió aire y se preparó.

—Me voy a Afganistán con los marines. Los MJK de Kabul necesitan un francotirador. —Trató de hablar con calma—. Me han ofrecido ir con ellos y voy a aceptar la invitación.

—Hay que joderse —exclamó su progenitor, y puso el motor de la barca en ralentí—. Al final lo conseguiste. Joder, al final lo conseguiste, Sverre.

Su padre sonrió, le apretó la mano y le dio un abrazo.

—Vamos a tomar una copa. Pero no una copa de agua de cenagal escocés; necesitamos otra cosa, ¡algo puro y cristalino!

Era la hora de desayunar, pero aun así sacó una botella helada de vodka Beluga de la bodega.

—Un regalo de Gari Kaspárov cuando vino a visitar la fundación —dijo el padre, levantando el vaso.

Lo vaciaron de golpe. El vodka era sorprendentemente cálido y suave.

—Eres un tipo duro, eso lo sabes, ¿no? —dijo Olav de repente.

Sverre no contestó.

—Sigues dándole, aun después de recibir tantos golpes. ¿Te acuerdas de la barbilla de granito? Los mejores boxeadores son los que mejor aguantan las palizas; es lo que los diferencia de los aficionados y los que montan peleas en pubs. La vida va de recibir palos y pese a todo mantenerse en pie. Tú lo tienes, es típico de los boxeadores italianos. Tú eres Jake LaMotta, el padre, tú eres Rocky Balboa; tienes la madera.

A Sverre casi se le había olvidado cómo podía ser su padre ante el éxito de otros. Nadie podía decir que era mezquino: le encantaba el éxito ajeno. Olav amaba el éxito de otros tanto porque remitía a él mismo como porque los exitosos formaban una comunidad, y podía compartir con otros sus muchas experiencias de las alegrías y las maldiciones del éxito.

Entonces te veía, pensó Sverre, porque se veía a sí mismo.

Lo que no soportaba era la mediocridad de otros, sus miserias y problemas psicológicos.

Olav lo abrazó con vigor, Sverre notó la fuerza que aún retenía.

—Estoy tremendamente orgulloso de ti, ¿lo entiendes? Pero tienes que cuidarte en Afganistán.

—Tienes que cuidarte de ti mismo —dijo Sverre.

Su padre lo miró raro y se rio secamente.

—¿Lo dices porque no me he puesto chaleco salvavidas?

Sverre negó con la cabeza. Era como si una voz fuera de él pronunciase las palabras.

—Sasha ha descubierto que impusiste una incapacitación judicial a la abuela en 1970. Usará la historia de Vera para destituirte y tomar el poder de SAGA —dijo Sverre.

El padre se puso en pie y miró el resplandeciente fiordo. Las gaviotas daban vueltas en el aire encima de la barca. Delante de ellos navegaban algunos veleros y el ferry de Nesodd. No reveló nada de lo que pensaba, pero el hijo pudo ver cómo apretaba la mandíbula y cómo el corazón le latía fuerte en las sienes.

—Le ha pasado algo a Sasha —continuó—. Ha cambiado.

—No —dijo Olav—. Alexandra se ha convertido en la persona que siempre ha sido. Se ha convertido en alguien parecido a mí.

¿Qué quería decir con eso? Sverre se tomó el resto del vodka.

—Aprecio tu lealtad, Sverre —dijo el padre y señaló las casas que sobresalían ligeramente sobre el horizonte—. Será recompensada.

20

El cementerio de las lápidas desechadas

Sasha llegaba tarde y caminaba apresuradamente, temblando por el viento lateral. Una brisa fría entraba con fuerza por el portal de la entrada principal del parque Frogner que daba a la calle Kirkeveien, hacia el ancho paseo bordeado de árboles en dirección al Monolito.

Había repasado los artículos de John Berg. La mayor parte de su huella digital consistía en reportajes de Oriente Medio y Afganistán, casi todos escritos entre 2005 y 2010, aparte de algunos retratos personales, como el de Hans Falck en Beirut. Había reconocido a regañadientes que no era tan rebuscado. Tenía sentido que lo hubiesen contratado para escribir la biografía.

La noche después de la confrontación con Mads y sus hermanos, había enviado un correo electrónico a Berg, y él había contestado, preguntando por algo que despertó el interés de Sasha seriamente: si Vera Lind alguna vez había hablado de cómo llegó a conocer tan bien a Falck. Se suponía que había ocurrido en el invierno de 1970, cuando Vera se encontraba en la finca de los Falck en Bergen, trabajando en un libro.

Sí, tenía que hablar con este hombre. Puede que ella misma sacase algo interesante de la conversación. Además, Berg había subrayado que no iba a grabar la conversación.

John O. Berg estaba apoyado en la barandilla de granito que

separaba el parque Frogner del anexo de Vigeland. Llevaba un plumífero fino y una pequeña mochila, igual que había dicho. Sasha tenía una idea bastante clara de cómo eran los escritores, y él rompía definitivamente con esa imagen.

Se acercó. Ni siquiera la fría fase final del invierno y el gorro que llevaba sobre la cabeza podían ocultar el tono dorado de su piel y los rasgos oscuros. Los ojos verdes brillaban alegres y seductores.

—¿Tú serás Vera Lind? —dijo.

Ella se paró, mirándolo fijamente.

—¿Qué es lo que has dicho?

Se llevó una mano a la boca con una sonrisa cortada.

—Ah, ¿he dicho Vera? Por Dios, qué poco tacto tengo. Un desliz freudiano.

—No pasa nada, es un cumplido que hasta ahora solo me habían hecho personas mayores de ochenta —dijo y negó con la cabeza, sonriendo.

—Gracias por venir —dijo Berg—. Yo soy Johnny.

¿Johnny? Ya nadie se llamaba Johnny, y menos un escritor. Sasha asintió con la cabeza, y él no dijo nada, como para incitarla a iniciar la conversación.

—Al principio tenía dudas de si era conveniente hablar contigo —comenzó.

Se movieron lentamente hacia la fuente que estaba junto al pie del pedestal del Monolito.

—¿Por qué?

—No me gusta la gente de la prensa. —Sasha se encogió de hombros—. Siempre tratan de sacar los trapos sucios de mi familia.

—Estoy completamente de acuerdo. Pero, Alexandra...

—Sasha —lo interrumpió.

Johnny sonrió.

—¿Nombre ruso?

—Mi bisabuelo era un comerciante ruso que navegaba de puerto en puerto en el norte de Noruega. Nadie de la familia lo volvió a ver después de que dejara embarazada a mi bisabuela en

Svolvær. Los rumores dicen que inició una relación con una miembro georgiana del Politburó y fue ejecutado tras los Procesos de Moscú. Fue todo lo que papá consiguió averiguar en torno a su ascendencia materna.

Sasha se calló. Había pasado un minuto y ya había hablado más sobre su familia ante un desconocido de lo que había hecho nunca.

—Comprendo, Sashenka.

Sintió cómo se ruborizaba. Nadie salvo Vera la había llamado así.

—Si quieres damos una vuelta —propuso Johnny—. Hablamos un poco para el contexto; no voy a grabar nada, ni te citaré. Solo quiero entender un poco mejor quién es Hans y de dónde viene, ¿vale?

—¿Por qué querías verme aquí? —preguntó Sasha al final.

—Solía venir aquí en Nochevieja cuando era un chaval —dijo Johnny—. Intentábamos conseguir que las chicas del lado oeste nos invitasen a sus fiestas de la calle Madseruds Allé —explicó, señalando hacia los grandes chalets a la izquierda del obelisco.

—¿Y qué tal te fue?

Johnny sonrió.

—Las niñas pijas nos trataron como nobles salvajes. Después nos abandonaron.

Hablaba con un acento de Oslo neutral. Posiblemente del norte de Oslo, conjeturó Sasha.

—¿Y debido a tus recuerdos de las chicas del lado oeste de la ciudad, quieres quedar conmigo en el mismo lugar?

—Sí —dijo Johnny Berg con una expresión inocente en la cara—. Puede que no le pase a nadie más que a mí, pero me pregunto si es posible volver a ser tan infeliz y feliz al mismo tiempo como cuando uno tenía catorce años. Casi no tienes un pasado. Todo lo que tienes son tus sueños. Y vas construyéndote una vida, a la vez que los sueños se van difuminando gradualmente. Cuando nos morimos, los sueños han desaparecido y solo queda el pasado.

¿Quién diría algo así? Nadie que ella conociera.

—¿Y dónde estás tú en esa escala? ¿La mayor parte está compuesta de sueños o de pasado?

—Me temo que de pasado sobre todo. ¿Y tú?

Esbozó una sonrisa privada.

—Si me hubieras preguntado hace unas semanas, te habría dicho lo mismo, pero ya no estoy tan segura.

Sasha se arrepintió enseguida, por segunda vez en poco tiempo, de haberse dejado llevar a estas aguas pantanosas. Afortunadamente, el otro no insistió en saber más.

—He pensado que podríamos ir a ver las tumbas del cementerio de Vestre Gravlund —dijo Johnny, señalando hacia el norte—. El abuelo de Hans está enterrado allí.

Pasaron el Monolito y continuaron hasta el cementerio. La nieve ya había desaparecido, con la excepción de algunos pequeños montones en las zonas sombrías.

Johnny Berg no parecía venir de una familia tradicional acomodada, ni de un entorno de nuevos ricos. Tampoco daba la impresión de haber crecido en el mundo empresarial. Sus ojos tenían una expresión enternecedora, que alternaba la alegría y la melancolía, algo que a los felicianos de la facultad de Empresariales les faltaba.

Habían llegado a la esquina norte del cementerio.

—Todos los héroes de la guerra están enterrados aquí —dijo.

Ahí estaban tanto los miembros de la resistencia más conocidos como los líderes políticos del Frente Doméstico. Sasha le enseñó el camino hasta una lápida sencilla de esteatita.

EL NAVIERO

THOR FALCK

03/11/1903-23/10/1940

—¿No era berguense? —preguntó Berg—. ¿Por qué está enterrado en Oslo?

Removió la tierra un poco alrededor de la lápida.

—Vete a saber. Tanto Store-Thor como sus antepasados vivían en Bergen. Les encantaba hablar mal de Oslo, pero soñaban con ser reconocidos en la capital. Store-Thor querría estar donde se manejaba todo, aunque fuera después de su propia muerte.

Alzó las cejas y se encontró con los ojos de él.

—Store-Thor, como lo llamas tú, ¿es también tu abuelo?

Asintió con la cabeza.

—Sí, la constelación familiar es un poco compleja.

Dudó un momento. Esto era levantar unas piedras que no había que levantar, pero iba de Hans, y ella había accedido a hablar de él.

—Mi abuelo estuvo casado primero con una pintora con la que tuvo un hijo, Per —dijo sin mucho entusiasmo.

—Las navieras se hunden mientras SAGA sube como la espuma. ¿Y Per Falck perdió la fortuna familiar?

—En efecto.

—¿Hans habrá querido vengarse por su abuelo? ¿Sería eso una motivación importante en su vida?

—Vosotros, los hombres, sois todos así, ¿no? —dijo con una tímida sonrisa—. ¿Todo lo que hacéis es para impresionar a vuestros padres o vengaros de lo que les hicieron a ellos?

Johnny Berg no contestó a esa pequeña provocación. Sasha solo había hablado con él unos pocos minutos, pero ya le estaba dando la impresión de que no estaba para nada interesado en las típicas fanfarronadas de hombres, como las de su hermano, su padre y Mads.

—Por vengarnos, entonces.

Sasha asintió con la cabeza.

—El tío Hans se proletarizó como miembro del partido comunista de Noruega. Nadie hablaba tan alto como él, daba vueltas por los bares de Bergen con pantalones y camisa de albañil para ligarse a las chicas. Bueno, casi es mejor que hables con papá sobre esa época; yo ni había nacido.

—Toda la gente con la que he conversado habla de su afición por las mujeres —dijo Berg—. También yo lo he visto de cerca en Oriente Medio.

—Sí, le gustan las mujeres de esa zona.

—¿Cuál es la clave de su atractivo?

—Te lo diré —dijo Sasha—. Consigue que parezca que el mundo de alrededor no existe y que lo único que le interesa es escucharte.

De hecho, Johnny Berg compartía algo de ese rasgo.

—Además te hace soñar. Después de hablar con Hans, piensas que todo es posible, que puedes salvar el mundo.

Salieron del cementerio y bajaron hacia el sur por Skøyenveien, una calle tranquila con grandes chalets de madera a la derecha. Sasha le contó algunas historias sobre las muchas relaciones que Hans había tenido, desde jóvenes políticas de izquierdas hasta presentadoras de noticias.

—Tiene que haber un lado oscuro también —dijo Johnny.

—Hans es una persona que se porta increíblemente bien con los extraños y los parientes periféricos. Su empatía no tiene límites, pero con la familia más cercana no pasa lo mismo. Cuanto más cercano seas, más frío y lacónico se vuelve. Me gustaría saber qué piensa Marte, su hija mayor, de él en realidad. Es difícil imaginarse un padre más ausente.

Johnny Berg se paró delante de un chalet pintado con un barniz marrón, y señaló con un dedo.

—¿Sabes por qué es conocida esta casa?

—La verdad es que no.

—El naviero que residía allí fue sospechoso de tráfico de licor a finales de los años setenta. Cuando la policía registró la vivienda, encontraron una sala secreta; un almacén enorme con armas y equipos para cien hombres, con sistemas de comunicación avanzados y una antena que podía subir por la chimenea como el periscopio de un submarino. Pertenecía al ejército secreto de Noruega, Stay Behind. ¿Has oído hablar de él?

—Dirijo un museo y un archivo dedicado a la historia de la posguerra —contestó Sasha, ligeramente irritada por el *mansplaining*—. Desde luego que he oído hablar de Stay Behind.

—Claro. —Johnny hizo una mueca—. Hans me contó una cosa interesante sobre tu abuela, del año 1970.

Sasha apartó la cara para que el otro no viera el interés que sentía.

—¿Sí?

—Vera estuvo en Bergen en el invierno de 1970, cuando Hans era estudiante de bachillerato —dijo Berg—. Así fue como conoció ese alumno estrella radical a su tía abuela, la escritora excéntrica que, según Hans, estaba redactando un manuscrito por esas fechas. Entonces, un día de abril de aquel año, la policía secreta registró la habitación de Hans sin previo aviso.

«El mismo momento en que *El cementerio del mar* fue confiscado», pensó Sasha y sintió cómo se mezclaban la preocupación y la expectación dentro de ella.

—Hans se dio cuenta de que a la policía en realidad le importaban un bledo sus panfletos contra la guerra de Vietnam. El registro no fue más que una excusa. Lo que querían era rebuscar en los archivos privados de las navieras Falck, que se encontraban en el mismo edificio.

¿Había una relación entre el manuscrito de Vera y el archivo privado? Se acordaba ahora de la conversación que había tenido con el becario, pero al hombre de ahora no lo podía mandar a la calle. ¿Incluso podría ayudarla?

—¿Qué relevancia puede tener esto para la biografía de Hans? —dijo.

—Vera, tu abuela, fue importante para Hans —dijo Berg con tono serio—. De las conversaciones que tuvo con ella extrajo algunas lecciones que posteriormente consideró relevantes: toma siempre partido por los pequeños contra los grandes; nunca dejes de soñar con un mundo mejor.

—La abuela dejó de soñar —dijo Sasha en voz baja—. Y de escribir.

Johnny Berg señaló un edificio bajo en medio del cementerio.

—¿Has estado alguna vez en el cementerio de las lápidas desechadas?

—¿En dónde?

—Ven —propuso.

A primera vista, su estilo podría ser percibido como estudiado e irritante, como el de los expertos en citas pseudocientíficas que a veces salían en los medios, pero no era el caso. Tenía un rasgo inocente y natural que le gustaba. Bajaron por un camino. Sasha tenía tantas preguntas, pero no fue capaz de poner orden en sus pensamientos.

—¿Dónde se publicará la biografía de Hans?

—En la editorial Grieg, naturalmente. Tengo el contrato aquí, si lo quieres ver.

—Te creo —contestó con una sonrisa condescendiente—. Deberías hablar con Johan Grieg. Tiene muchas anécdotas interesantes y conoce a Hans de toda la vida.

Titubeó. Sopesó las posibilidades, pros y contras. No, no debía contarle nada del manuscrito. Johnny Berg era el hombre de Hans, lo cual podría llevar al testamento, y era un riesgo demasiado grande.

—Hay muchas preguntas sin contestar en torno a mi abuela —dijo—. Si Grieg te dice algo sobre ella, y sobre todo de lo que hizo en 1970, llámame y me lo cuentas.

Entraron en una zona desarbolada detrás de un edificio bajo, donde las lápidas estaban esparcidas sobre el suelo, sin ningún orden aparente. Se sentaron sobre un banco en una pequeña elevación. Berg abrió la mochila y sacó un pequeño termo, antes de pasarle una taza de goma plegable, cortó un trozo de salchicha con una navaja y se lo ofreció pinchado en la punta de la hoja. Ahora Sasha descubrió que tenía unas cicatrices de puntos rojos en el lateral de una de las manos.

El té estaba azucarado y agradablemente caliente. Johnny tenía el aura de un hombre que conocía bien la vida campestre, pero con poco que demostrar a nadie. Además, no exageró la generosidad, lo cual era algo que ella agradecía.

—Si no pagas, acabas aquí, en el cementerio de las lápidas desechadas —dijo Berg con una expresión de repente fría en los ojos verdes—. Pero vosotros, los de la familia Falck, no sabréis nada de eso.

21

Será una cosa entre amigos

Olav bajó las persianas y apagó la luz en el despacho. La oscuridad cayó sobre Rederhaugen, primero entre los árboles y en las alamedas, después la noche se extendió sobre el césped y finalmente sobre el edificio principal.

El salón, un comedor íntimo de estilo romántico campestre, estaba en la segunda planta, con vistas sobre el auditorio en el oeste. A menudo se usaba para pequeñas reuniones, ya fueran cenas íntimas o encuentros secretos de reconciliación. Entre otras cosas, fue allí donde los representantes de los israelíes y los palestinos cenaron con los mediadores de paz en una fase temprana del proceso de Oslo.

Olav no tenía miedo a muchas cosas, pero lo que Sverre le había contado sobre las conspiraciones de Alexandra le había recordado el temor que siempre llevaba en el corazón. Temía a su hija del mismo modo en que una vez había temido a su madre, como si representasen una versión alternativa de él y de la familia. Le resultaban ingobernables, fuera de su control.

Aunque Olav, tras la muerte de su madre, se había sentido más solo que en muchos años, no era verdad lo que decían sus hijos, que no tenía amigos sino solo conocidos. En los últimos años, Martens Magnus se había convertido en un amigo de confianza. Después de que Olav lo ayudase tras una ruptura matrimonial el año anterior, Magnus le había enviado una tarjeta personal. «A mi querido amigo Olav», ponía, y le había conmovido de un modo extraño.

Sí, su relación con Martens Magnus tenía una evidente utilidad mutua, pero no terminaba de ser una amistad.

Cuando era joven, Olav se había arrimado a aquellos que eran mayores que él. Hacia la mitad de su vida, eso había cambiado. Ahora se apoyaba en los jóvenes. Solo sentía desprecio por la gente de su edad, por sus enfermedades, sus cuerpos, sus ideas estancadas en un mundo que se hallaba en constante proceso de cambio.

Ahora Magnus estaba en el salón de la chimenea, en el otro lado de comedor, con una copa en la mano, contemplando una pintura del nacionalismo romántico.

—Olav —saludó.

—Martens —dijo Olav y le dio un abrazo.

Magnus ya no era tan joven. Se acercaba a los cincuenta, y tenía la cara surcada por profundas arrugas después de años a la intemperie, primero en el norte de Noruega, después bajo el sol del desierto de Afganistán, donde había perseguido a terroristas con las fuerzas especiales. En aquellos tiempos, se hablaba de M. Magnus como un posible jefe de Defensa futuro, pero había algo calculado en su carácter que hacía que muchos desconfiasen de él. Podría funcionar mejor como operador en las sombras. Desde entonces, había dirigido la célula de las fuerzas especiales del Ministerio de Defensa. Al mismo tiempo, colaboraba con Olav y SAGA cuando le venía bien.

Olav asintió con la cabeza.

—¿Nos sentamos? La cena ya está lista, la ha preparado mi hija pequeña.

Como primer plato, Andrea trajo un paté de pato satinado, que olía maravillosamente a clavo e hinojo.

—Increíble primer plato —la alabó Magnus—. ¿Quieres convertirte en chef, Andrea?

—Cuando yo me haga cargo de Rederhaugen, montaré un hotel boutique con un restaurante de tres estrellas Michelin aquí.

El padre alzó las cejas hacia el oficial, mientras la hija sacaba una serie de fotos del escudo de armas que estaba sobre la chimenea con su teléfono móvil.

«La fotografía es el arte del vago —pensó Olav—. Con una cámara, hasta un aficionado cualquiera puede dar en el blanco».

Andrea salió rumbo a la cocina.

—Tienes que cuidarla —dijo Magnus—. Puede que no lo veas ahora, pero tiene auténtico potencial. Cuando yo era instructor, las personas que más me inspiraban era gente como ella. La gente que tenía todas las cualidades, pero necesitaba un poco de orientación.

—A Andrea se le da bien todo —suspiró Olav—, excepto ser buena; eso no lo consigue.

M. Magnus vació la copa, un beaujolais muy razonable que Andrea les había sacado, la dejó lentamente sobre la mesa y se metió una bolsita de rapé bajo el labio.

—Parece que estás cansado, Olav —dijo—. Deberías buscarte a una mujer.

Olav negó con la cabeza.

—Oh, nada de eso. Tengo suficiente con las mujeres que ya tenemos en esta familia. Tanto las vivas como las muertas.

Confesó a Magnus que, cada día tras la muerte de Vera, se despertaba a la hora del lobo. La situación había empeorado desde que Alexandra había comenzado a hurgar en el pasado. Lo único que no mencionó era el hecho de que ella quisiera forzarlo a dar un paso atrás. Le producía una extraña vergüenza.

—Nunca me has contado por qué ese manuscrito de 1970 era tan peligroso —dijo Magnus y se echó más vino.

—Entra en la categoría de asuntos familiares privados.

—Olav —insistió M. Magnus y lo miró largamente—, para poder ayudarte tengo que entender el contexto. —Cruzó los brazos sobre el pecho—. Será una cosa entre amigos.

—Thor, mi padre —comenzó Olav despacio—, fue director de la Sociedad Hanseática de Barcos de Vapor de Bergen cuando irrumpió la guerra. Fue de los primeros que organizó la resistencia contra los alemanes a lo largo de la costa. Sin él, no hubiera habido ninguna operación Shetlandsbus ni radios en la región de Vestlandet. Murió en el naufragio de octubre de 1940, al que yo mismo sobreviví cuando era bebé, y fue póstumamente condecorado con la Cruz de Guerra.

—He oído hablar de esqueletos en el armario más escandalosos que una Cruz de Guerra —dijo M. M.

—Pero mi padre también era naviero y empresario, atrapado en una situación imposible entre sus propias convicciones y las fuerzas de ocupación. Tras la guerra, la historiografía fue bastante sesgada, como bien sabes, y el lado más, digamos, problemático de mi padre fue borrado. Hasta que mi madre, un cuarto de siglo más tarde, decidió escribir un libro sobre ello. Muy bien, mi padre quizá tuviera que hacer algunas concesiones a las autoridades alemanas, pero ¿quiénes somos nosotros para juzgar a los muertos?

Olav se tomó más vino, tratando de tragarse la incomodidad producida por haber contado tanto.

—Y eso es todo, básicamente.

—Y ahora Sasha está buscando el manuscrito. ¿Cómo se enteró de su existencia?

—Primero pensé que era un secreto, pero mi propia madre se lo reveló —dijo Olav—. Y a saber a quién más. Me inclino a pensar que alguien de la editorial Grieg se lo contaría. El viejo editor, o tal vez el propio Grieg.

—Johan Grieg es un tipo vanidoso y engreído —dijo Magnus.

Olav lo miró con irritación.

—Puedes decirlo, pero Johan sabe cosas de lo que pasó en 1970 que remiten a esta casa.

—¿Grieg no está muriéndose?

—Sí, gracias a Dios —dijo Olav—. Puede que la naturaleza misma se encargue de él.

Andrea trajo el segundo plato, bacalao medio seco frito en mantequilla con ajo, con dados de beicon, puré de guisantes con menta y zanahorias cocidas con mantequilla, comino y miel.

Lo tomaron en silencio.

—Me temo que tengo más malas noticias —intervino Magnus, secándose la comisura de los labios con una servilleta de algodón bordada con el escudo de armas.

Olav sintió cómo se le hundían los ánimos.

—¿Ahora qué?

El otro se aclaró la garganta.

—El asunto va de Johnny Berg.

—Sí, he oído que está de vuelta en Noruega —dijo Olav, tratando de mantener una compostura fría, a pesar de sentir cómo el corazón le latía con fuerza en la garganta—. Supongo que no necesito recordarte quién tuvo la idea de usarlo.

—Si no, nunca habríamos llegado a Fellah —contestó M. Magnus—, y las consecuencias podrían haber sido tremendas: sangre corriendo por las calles de Oslo, un odio creciente entre los inmigrantes y los noruegos nativos, milicias y más radicalización, una situación totalmente fuera de control. Eliminar a Fellah fue lo mejor que podría haber pasado. Para el mundo y para la Noruega multicultural.

Olav se quedó pensativo por un segundo.

—Dudaba de la idoneidad de emplear a Berg, por su estilo radical y rebelde.

—A Berg le pasa lo mismo que a las personas excepcionales en general —contestó M. M.—. Sus mayores virtudes son también sus debilidades, y viceversa. Berg aceptó porque estábamos en posición de presionarlo. El problema fue que no movimos un dedo para sacarlo de allí cuando lo detuvieron. Si lo hubiéramos hecho, podríamos haberlo convencido de ca...

—¡A toro pasado, todos adivinos! —dijo Olav con irritación—. Mi impresión era que no iba a ser un problema. En lugar de eso, vuelve a casa y encima lo sueltan. ¿Quién estaba detrás de esto? Huele mucho a H. K.

—No fue él —dijo Magnus—. Fue Hans Falck el que recogió a Johnny en Kurdistán.

—¿Cómo? —soltó Olav, con una voz que revelaba su sorpresa.

—Es bastante lógico. Se conocen de Oriente Medio. Berg lo

entrevistó en el Líbano hace muchos años. En mi opinión, los dos están cortados por el mismo patrón.

—¿Hans sabe lo que Berg hacía allí?

Magnus negó lentamente con la cabeza.

—No lo sé, tiene buenos contactos en la región, pero lo dudo.

—¿Cuánta gente estaba al tanto de la misión de Berg en el frente?

—Johnny Berg y yo, el voluntario americano con el que compartió la misión y que murió, y un voluntario kurdo-noruego de Peshmerga en Irak, que actuó como intermediario.

—¿Quién es el kurdo-noruego?

—Un tal Mike no sé qué, un exsoldado que dimitió de su sección y se unió a los peshmerga en la lucha contra el Estado Islámico. Es además medio famoso, usa las redes sociales para contar al mundo cómo lucha contra los terroristas.

—Instagram —murmuró Olav con irritación.

¿A quién demonios se le ocurría hablar abiertamente de guerras en internet? Rompía con todas sus ideas preconcebidas sobre guerras y estrategias. La transparencia en las redes sociales le hacía sentirse viejo.

—He mirado —dijo Magnus, señalando su teléfono—, y no hay nada en su cuenta, NorwegianSNIPER, desde hace bastante tiempo ya. He hablado con algunos de mis contactos de allí. Se entiende que ha podido morir en un ataque de artillería del Estado Islámico hace dos semanas.

—Es bueno que los terroristas a veces sean útiles —dijo Olav pensativo—, pero quiero estar seguro al doscientos por cien. ¿Podemos tener la certeza de que esto no se puede vincular a SAGA bajo ninguna circunstancia?

A diferencia de lo que sus amigos y enemigos a menudo creían, Olav era un estratega al que no le gustaban los riesgos. Evidentemente, había habido un enorme riesgo en torno a la propia misión realizada por Berg, pero entre el agente y SAGA se había levantado un muro de ladrillos que garantizaba la impermeabilidad de la operación.

Martens Magnus asintió con la cabeza.

—Lo tenemos controlado.

Había dejado que SAGA colaborase con las autoridades y los servicios de inteligencia desde que se fundó. Todo habría sido mucho más fácil si se hubiesen limitado a un capitalismo convencional y a la pomposa filantropía que se estilaba en las fundaciones, pero algo así le hubiera producido una profunda infelicidad. SAGA y la finca de Rederhaugen habían sido una parte de Stay Behind durante la Guerra Fría, porque a la nación le interesaba estar preparada de cara a una eventual invasión comunista. Y cuando había cientos de jóvenes noruegos que dejaban su país por luchar para un pseudoestado terrorista como el EI, era un asunto de Estado eliminar a estas personas antes de que hicieran daño a Noruega. Era el principio básico de él y de M. M.: QA 2.0. Olav estaba convencido de que tenía razón, con o sin voluntad política.

Aquí en el comedor, con una copa de vino en la mano, mientras M. M. estaba ocupado con sus propios pensamientos en el otro lado de la mesa, su misión histórica brillaba con una luz propia más fuerte que nunca: había que defender Noruega, con todos los medios que estuvieran disponibles. Sonaba exagerado y pretencioso, pero era verdad.

Andrea trajo el postre, un suflé sobre pan duro de Navidad, que evocaba un olor a pasas y cardamomo que estaba a punto de hacerle saltar las lágrimas, a pesar de estar herido y cansado.

—Por cierto, parece que Sverre está muy motivado de cara a la misión en Afganistán —dijo Olav, que necesitaba pensar en asuntos más livianos—. Gracias por abrirle la puerta.

—Fue tu idea, Olav —admitió M. M. con una sonrisa, y se tomó lo que quedaba en la copa—. Por Sverre. Y por nuestra amistad.

—Ejem —gruñó Olav, preocupado.

—¿Papá? —Andrea estaba en la puerta, se había cambiado y llevaba una cazadora negra con capucha—. Yo ya me marcho.

—Andrea, ven, querida —le pidió su padre.

—¿Qué pasa? —preguntó ruborizándose.

—Puedes ser lo que quieras —dijo y le dio un fuerte abrazo—. Puedes ser lo que quieras.

Salió de la habitación. Tras la traición de Sasha, había notado lo mucho que quería a su hija pequeña, quien afortunadamente no sufría la misma maldición que Vera y Alexandra.

—Una última cosa. —De repente, M. Magnus parecía un poco inseguro—. Resulta que la editorial Grieg ha firmado un contrato para la biografía de Hans Falck.

—¿Una biografía de Hans? —gruñó Olav—. Entonces tendremos que revocar la prohibición de la familia de hablar con periodistas. Yo mismo podría contar algunas historias sobre Hans a ese escritor, casi me entran ganas.

—Como amigo tuyo, te diré que no me parece buena idea —dijo Magnus, serio—, porque el biógrafo de Hans, que investiga su vida mediante entrevistas con miembros de la familia, es Johnny Berg.

22

Tu apellido es Falck

Sasha había empezado a entrenar diariamente. Salía a correr distancias considerables a lo largo del fiordo y terminaba con una serie de ejercicios para fortalecer los músculos principales. Cualquier marido debería darse cuenta de que algo iba muy mal cuando su esposa empezaba con este tipo de cosas, pero Mads ni siquiera había reaccionado. La indiferencia la provocaba.

Cuanto más pensaba en cómo Mads y sus hermanos habían tomado partido por su padre, más se cabreaba. Siempre la habían acusado de ser rencorosa, y esto no era una bagatela, sino un asunto que remitía al núcleo de cómo la familia se veía a sí misma. La abuela había sido injustamente tratada, y nadie se atrevía a investigarlo. Eran cobardes.

Había ido a la Casa de la Literatura para oír una ponencia de Hans Falck, «Guerra y feminismo en Oriente Medio». En una sala que estaba tan llena que tuvieron que transmitir la ponencia a través de pantallas en otras partes de la Casa, habló de la situación en Kurdistán y la lucha contra el EI.

El ambiente en la sala había sido eléctrico, como en una reunión de evangelistas. Naturalmente, no había más miembros de la familia allí. Es probable que Olav hubiese preferido alistarse como combatiente terrorista extranjero a estar en la sala cuando Hans Falck recibía las ovaciones del público por su «extraordinaria hazaña humanitaria», tal y como el director de la Casa de la Literatura, un entusiasmado hombre pelirrojo, lo había presentado.

El público se dejó asustar y conmover por lo que Hans contó. Sobre niñas adolescentes que eran raptadas y vendidas como esclavas sexuales a acaudalados árabes del Golfo en los mercados esclavistas de Mosul, y habían conseguido escaparse.

—Y estas mujeres —dijo Hans—, que han vivido atrocidades que apenas somos capaces de imaginarnos, ahora constituyen la avanzadilla en la lucha contra el régimen de terror, la barbarie. Ellas son las que luchan por su propia libertad y la de otras mujeres de la región. Heroicidad no es una palabra suficiente para describir el respeto que siento por estas mujeres soldado. Una de ellas me suplicó: «¡Necesitamos ayuda! ¡El mundo tiene que saberlo!».

A pesar del dramático mensaje, Sasha se quedó ensimismada durante la hora que duró la ponencia. Ahora le parecía cada vez más evidente que los acontecimientos de la primavera de 1970 arrojaban una luz sobre el paradero del manuscrito de Vera tras su muerte. Habían impuesto una incapacitación judicial a la abuela. Ella conocía a su padre suficientemente bien como para saber que se escurriría de las acusaciones si ella no encontraba algo más. Debía esperar antes de confrontarlo.

Sasha había buscado a Johnny Berg durante toda la sesión, pero no había ni rastro de él. Cuando la ponencia llegó a su fin y Hans ya estaba rodeado de cámaras de televisión, reporteros y admiradores en el vestíbulo, ella se abrió camino hasta él.

—Sasha —dijo y puso las manos encima de las suyas mientras sostuvo su mirada sin que le importasen un bledo los reporteros de la televisión ni ninguna otra persona—, tienes un aspecto fabuloso. Es fantástico que hayas querido venir.

Sasha lo elogió por la ponencia y dijo:

—¿Crees que podríamos hablar?

—Claro que podemos hablar —dijo con una naturalidad encantadora—. Ahora mismo voy a cenar con los Grieg, padre e hijo, pero mañana iré a Rederhaugen para la reunión de la junta directiva. ¿De qué se trata?

Unos periodistas caminaron alrededor de él con impaciencia.

—Quiero hablar sobre Vera —susurró Sasha.

Una breve sombra de duda atravesó la morena cara curtida de Hans, antes de que sonriese con aplomo nuevamente:

—¿Vera Lind? Un tema inagotable, querida Sasha. Retomemos esta conversación tras la reunión de la junta.

Cuando Sasha regresó tras la sesión de entrenamiento, se duchó rápidamente, se vistió y fue al salón. Miró el reloj que colgaba sobre la puerta de la cocina en su apartamento. La reunión de la junta empezaría en media hora.

—Tenemos que tomar una decisión con respecto a las vacaciones —dijo Mads, cuya atención estaba centrada en la pantalla del Mac.

Desde el salón del apartamento, Sasha oyó cómo las chicas discutían sobre un iPad.

—Entiendo —contestó y se asomó, reticente, sobre el hombro de su marido. Estaba delante de una página de pago.

—¿Por qué pone Mads Falck en tu tarjeta de crédito?

Cuando se casaron hace seis años, Mads había tomado su apellido. Fue él quien había insistido en casarse por la iglesia. Sasha hubiera preferido un evento mucho menos solemne, por ejemplo, en una embajada en el extranjero, pero Mads no quiso ni hablar de eso. Usó como argumento a su vieja madre, que leía las revistas del corazón y seguía las bodas reales con el mismo interés con el que otros seguían el Mundial de fútbol, y habría estallado si se casaran en un lunes en París.

En el discurso de la boda, Mads había dicho que había tomado el apellido Falck-Johansen por amor, pero entonces Andrea, la adolescente rebelde de dieciséis años, enseguida se había levantado de una de las largas mesas del comedor, y había exclamado: «¡¿También fue por amor que cambiaste la "t" por una "d" en Mads?!».

El ambiente se había visto un poco enrarecido, pero aun así Sasha había sentido que él había traspasado una zona de confort al cambiar su apellido. Hace un año, se dio cuenta de que el guion entre los dos apellidos había sido eliminado discretamente, convirtiéndose en Mads Falck Johansen. Y ahora Johansen había desaparecido por completo.

—Eso no significa nada —dijo—. Lo importante es que por fin podamos tomarnos un respiro. Porque lo necesitamos. Tanto tú como yo.

Mads sonrió, ella no. En su primera cita, Mads la había llevado a la miserable ciudad satélite donde él había crecido, situada a pocos minutos en tren de la capital. Sasha nunca antes había estado en un lugar semejante, de lo cual se aprovechó Mads, naturalmente. Había señalado una ventana en el último piso de un bloque de viviendas gris de cuatro plantas. «Esa es la ventana de mi habitación —le había dicho—. Todos los días estaba allí, mirando el centro comercial, mientras hacía mis planes sobre cómo largarme de este lugar».

Quizá debería haber percibido la indirecta en ese momento, pero en lugar de ello lo había besado detrás del centro comercial, envueltos en el olor de un garito de comida rápida, un tufo a fritanga y kétchup que aún asociaba con su lengua y barba de tres días.

—He encontrado un sitio en la Provenza que te gustará —dijo—. Es lo que estoy reservando ahora.

—¿Lleno de nuevos ricos saudíes y basura blanca europea poniendo morritos mientras posan para la cámara?

Sonrió, cansado.

—No, no. Es una casa magnífica en Brantes, un pueblo en el campo justo al lado del Mont Ventoux, que pertenece a un conocido cantautor francés. Tiene muy buena pinta, en el pueblo no hay ni supermercado. Nada, solo una librería y un mercado los jueves. ¿No es eso lo que quieres? *La classe*, como sueles decir.

Miró las fotografías sin mucho interés y se encogió de hombros.

—Mala pinta no tiene.

Sasha se giró y salió a la cocina, oyó el leve repiqueteo de los dedos de Mads sobre el teclado.

—¿Qué es lo que te pasa, Sasha? —dijo tras ella.

—¿A qué te refieres?

—Te has comportado de un modo extraño últimamente. Sí, desde que Vera falleció, en realidad. Como si hubieras perdido un poco la perspectiva. Como si nosotros, los que vivimos aquí, ya no te importásemos.

—Ahora te apellidas Falck —contestó Sasha.

—¿No me digas que va de eso?

—Sí —dijo y lo miró fijamente durante un largo rato—. Eres parte de la familia. Y estoy muy cansada de estar ocultando nuestros secretos.

—No quiero que la familia se desintegre. Cuando hablé con Olav, él me dijo claramente que una muerte podría desencadenar fuerzas que...

—¿Has hablado con papá sin decirme nada?

Sasha tuvo que controlarse para no gritarle. Mads desvió la mirada.

—De esto no, evidentemente. Hablo con tu padre todos los días.

Se acercó a ella desde atrás y puso los brazos alrededor de su cintura. A Sasha le molestó, le resultó incómodo y fuera de lugar. Lo apartó de inmediato y él volvió a sentarse con las orejas gachas.

—Da igual. Reservemos este viaje. Pagamos a la hija de M. Magnus para que cuide de las niñas en el viaje. Así puedes trabajar todo lo que quieras desde allí.

—Tú reserva esa casa, tiene muy buena pinta —dijo.

Mads esbozó una sonrisa aliviada e introdujo los detalles del pago.

—Hecho. Vamos a la Provenza.

—Pero yo no iré.

La miró anonadado.

—¿De qué me hablas?

Sasha bajó una capa del colgador.

—Tú quieres ir a la Provenza, las niñas tienen cuidadora, yo quiero quedarme en casa. Todos contentos, ¿no?

—Joder —se limitó a decir.

—La reunión de la junta directiva empieza en breve. Tengo que irme.

Sasha se vistió, cerró la puerta y sintió alivio. Hacía un frío helador y había empezado a nevar; grandes y pesados copos que se posaban como una manta blanca sobre Rederhaugen. La primavera era caprichosa, los copos se derritieron sobre su frente, pero se mantuvieron sobre la capa de lana y en el pelo. Encendió un cigarrillo. Se acordó de que Johnny Berg también fumaba. No parecía el típico fumador, y le gustaba esa falta de carácter. Probablemente sería una manía adquirida en los largos días de reportero en el campo, se lo imaginaba en un bar de expatriados de Beirut o de Kabul, lleno de humo. Todos los reporteros de guerra fumaban.

¿Por qué no había dado señales de vida?

23

Eutanasia

—Quiero daros la bienvenida —dijo Olav— a esta reunión extraordinaria de la junta directiva, la primera tras la trágica muerte de mamá.

Siri Greve estaba sentada enfrente. Hacía las veces de moderadora y coordinadora.

—¿Dónde está Grieg? —preguntó Alexandra.

Olav echó una mirada recelosa a su hija, que se encontraba en el extremo de la mesa. Una cosa era negarse a hacerle caso, a pesar de sus insistentes exhortaciones a no meterse en el oscuro laberinto de su madre. Peor era que, aun después de estas exhortaciones, conspirase tras su espalda para destituirlo. Pero la idea de que un tal John Omar Berg estuviera al acecho para atar todos los cabos era ya el colmo. ¿Habían hablado esos dos?

—Johan Grieg está indispuesto —contestó Greve—. Todos sabemos que tiene algunos problemas de salud, pero no se ha excusado formalmente.

Eso, por lo menos, era una buena noticia, pensó Olav. Hasta donde él acertaba a juzgar, Grieg había sido fiel a su palabra. No había dicho nada.

—La principal razón de la reunión de hoy es orientaros acerca de la situación en torno a la herencia, más concretamente el testamento de mamá y las consecuencias que puede llegar a tener para nuestras actividades —dijo Olav, y continuó—: Pero primero déjame decir que la planificación de SAGA Arctic Challenge en el hurtigruten prosigue según estaba previsto. Vamos a organizar la mejor conferencia que jamás haya tenido lugar en suelo noruego. Y no solo eso, sino que por fin vamos a cerrar la herida histórica de nuestra familia en torno a un hurtigruten. Sverre, ¿puedes explicarlo tú?

—Bien —dijo Sverre, dubitativo—. Ralph Rafaelsen ya no contesta al teléfono, y su asistente acaba de enviarme un email en el que explica que al final no podrá poner a nuestra disposición su exotraje.

—¿Por qué no?

—Tendrás que preguntárselo a él. Pero no creo que le gustara la última reunión. Una «falta de respeto», fue lo que escribió el asistente.

Olav escrutó a su hijo durante un rato.

—Rafaelsen es una prima donna mal dada a montar escenas. Ocúpate de esa tontería, Sverre.

Asintió con la cabeza hacia Greve.

—Pasamos al tema del fallecimiento de Vera —comenzó la abogada—. La situación del testamento está en *statu quo*. De lo que tenemos conocimiento es de que fue a buscarlo el mismo día que falleció. Como ya sabemos, no se ha localizado.

Todas las miradas se dirigieron hacia ella.

—En la práctica, eso quiere decir que, si reconocemos que no hay testamento, Olav, al ser su hijo, es el heredero más cercano, y todo el patrimonio de Vera, entre otras cosas las propiedades de Hordnes, la cabaña de caza y Rederhaugen, pasarán a él.

—Exijo posponerlo —interrumpió Hans Falck.

—Hans Falck pide la palabra —dijo Greve secamente.

Olav trató de interpretar la cara de su sobrino. ¿Había subestimado a Hans? No sería la primera vez. Antes de que Hans se convirtiese en un médico humanitario famoso nunca se lo había tomado muy en serio, y ahora se arrepentía de ello. Podrían haber trabajado juntos, Hans podría haber aportado a SAGA una dimensión humanitaria que no tenían. Ahora, en cualquier caso, ya era demasiado tarde.

—El día antes de que Vera Lind se quitase la vida —dijo Hans—, me llamó por teléfono.

—Ya hemos oído esa historia —lo interrumpió Olav—. La última vez que la contaste, te llamó dos días antes.

—Presta atención, Olav —dijo Hans, con voz tranquila—. Es posible que tú hayas oído la historia, pero ¿el resto también lo ha hecho?

Los otros lo miraron con expresiones inquisitivas, algo que Hans evidentemente tomó como una invitación a seguir.

—Durante esa conversación, cuya duración fue de nueve minutos y treinta y cuatro segundos, lo cual podrá ser comprobado en mi teléfono, Vera me pidió que acudiera a Rederhaugen de inmediato. Quería informarme de unos cambios en su testamento. No dijo de qué se trataba, exactamente, pero me dio a entender de forma clara que quería devolvernos la propiedad de Hordnes. Antes de que tuviera tiempo a acercarme a Rederhaugen, me enteré de que había fallecido.

—¿Qué será lo siguiente, Hans? —preguntó Olav—. ¿Que empujásemos a mamá por el precipicio en previsión de que pudierais obtener una parte de la herencia? Quítate ya esa chistera, eres un payaso conspiratorio.

—No sé qué iba a decir Vera —dijo Hans, totalmente impasible—. Lo único que pido de parte de mi rama de la familia es que se posponga la decisión. Es algo razonable, creo.

Andrea había estado reclinada en la silla, levantando las dos patas delanteras de la misma. Ahora tomó la palabra.

—Eh, ¿hola? Ninguno de vosotros conoció a la abuela en los últimos años. Ni tú, papá, ni tú tampoco, tío Hans. Ni Greve ni Magnus. Ni Sverre ni yo tampoco.

M. Magnus llevaba razón en la cena cuando afirmó que la hija pequeña tenía madera para llegar lejos.

—Solamente una persona de las que estamos aquí presentes tiene un mínimo de derecho a pronunciarse sobre lo que realmente quería la abuela. Así que, en lugar de escuchar la aburrida discusión entre papá y Hans, de parte del resto me gustaría saber si tienes algo interesante que decir al respecto, Sasha.

Alexandra ordenó los papeles que tenía delante antes de incorporarse.

—Tengo un gran respeto por ambos puntos de vista —dijo diplomáticamente—, pero a partir de mis conversaciones con la abuela, concuerdo con Hans en que sería prematuro dar por hecho que ella no quisiera formular ningún testamento. En mi opinión, necesitamos más tiempo.

—¡Alexandra! —replicó Olav, pero la hija se mostró firme.

—No quiero que la muerte de la abuela se convierta en una pelea indigna entre diferentes ramas de la familia. Mi propuesta es que pospongamos este asunto hasta que todos los berguenses puedan acudir. A partir de ahí, sugiero realizar un consejo familiar en el que mi familia se reúna con la tuya, Hans. Sin abogados externos. Estoy segura de que la abuela también lo hubiera preferido.

—Yo no estoy tan seguro —murmuró Olav, pero los otros asintieron con la cabeza. Estaba claro que se encontraba en minoría—. Entonces habrá consejo familiar —aceptó con resignación—. Pero no me vengáis llorando si termina con un escándalo.

Olav se dio cuenta de que tenía hambre, y en la cena que se sirvió a continuación hubo una sopa suave de calabaza con picatostes y queso roquefort fundido, y después fricasé de cordero con patata cocida, y de la bodega sacaron un Château Margaux de 2005, una de las mejores añadas. El cordero estaba tan tierno que se desprendía de los huesos, y la fuerte salsa de tomate con champiñones y chalotas estaba muy bien condimentada con romero. Tuvo que ser Andrea la que había tocado las viejas recetas con su varita mágica.

A pesar de todo esto, Olav estaba callado en su silla, la única que tenía apoyabrazos y estaba colocada en el centro del largo de la mesa, no en el ancho, en contra de las convicciones populares. Que el pueblo fuera ignorante no era una sorpresa, peor era la sensación de que ya no pudiera controlar a su propia familia.

Alexandra lo había evitado durante toda la cena. Ahora Olav vio su oportunidad de jactarse del vino y dar la nota.

—Estos borgoñas y burdeos no tienen nada que ver con el vino que compra la gente en los aeropuertos. Alexandra, ¿podrías ayudarme a traer unas botellas más de la bodega?

Era una orden, no una pregunta, y ella se levantó, aparentemente reticente. Tomaron el pasillo que llevaba a la torre de la roseta, y descendieron por la escalera de caracol hasta el sótano. Bajando por otra escalera, que chirriaba bajo su peso, llegaron a la entrada de la bodega. Había un olor rancio a humedad ahí abajo. La luz zumbaba y parpadeaba antes de encenderse del todo. Era una luz débil y amarillenta que arrojaba sombras pesadas.

Olav levantó una botella de coñac hacia la luz, la abrió y se tomó un trago directamente de la botella. El sabor a uva fermentada llameó en su garganta. Pasó la botella a su hija.

—¿No hemos venido a buscar más vino? —preguntó, con un tono inseguro.

—Te contaré algo, Alexandra, que nunca le he dicho a nadie —comenzó Olav en voz baja en la semipenumbra—. La razón por la que se complicaron las cosas entre mi madre y yo fue precisamente por ese manuscrito suyo. Mamá se colocó por encima de los intereses de la familia.

—La guerra terminó hace tiempo, papá. Los testigos de aquello ya han desaparecido.

Olav pesó la botella de coñac en la mano y miró la cara de su hija, medio ensombrecida por la oscuridad.

—¿Qué fue tan peligroso como para motivarte a imponer la incapacitación judicial a Vera? —dijo Alexandra.

De modo que estaba al tanto del asunto de la Superintendencia. Una corriente de aire llegaba gimiendo desde un lavabo contiguo. Olav seguía totalmente inmóvil.

—¿Por qué nunca me has contado eso? —siguió Alexandra—, ¿por que soy una archivera que no sabe ni jota de lo que se esconde en los archivos?

—No creo que seas capaz de imaginarte —dijo con lentitud— cómo te sientes cuando la persona que, por naturaleza, debería cuidarte, es la que necesita ser protegida. Hay algo fundamentalmente antihistórico en tus investigaciones: estás contemplando a la gente del pasado con tus propios ojos.

—No haces más que hablar y hablar...

La interrumpió bruscamente.

—Déjame continuar. Los estatutos de la ley de incapacitación judicial dicen con claridad que un tutor asignado, es decir, yo, se compromete a prevenir que otros tengan acceso a la información que el tutor puede adquirir. Esa obligación sigue vigente también después de terminar su cometido. Tenía la ley de mi parte.

—De hecho, acabo de leer la ley —contestó Alexandra—. Dice con claridad que el tutor puede revelar la información a terceros cuando sea necesario para salvaguardar el bienestar de la persona en cuestión. También dice que la confidencialidad no es aplicable a sus hijos y nietos.

Había tantas cosas que le hubiera gustado decirle sobre Vera y el manuscrito, sobre Johnny Berg y SAGA, pero por una vez no era capaz de formularlo de un modo cabal. Miró largamente a la hija a través de la penumbra. Tenía los rasgos de su propia madre, esa mezcla entre algo muy reconocible, lo más cercano que él tenía, y algo ajeno.

—¿Quién sabe algo sobre esto? —preguntó Sasha—. ¿La familia Greve? ¿Johan Grieg? No contesta al teléfono.

Olav se dio cuenta de que su hija no iba a dejarlo. Iba a tener que ir a ver a Grieg ya.

—Johan está enfermo —dijo—, pero puedes intentar hablar con él.

Estaba oscuro y la nieve caía espesa cuando Johnny se apresuró a cruzar la calle Kristian IVs Gate en diagonal, buscando refugio bajo la marquesina del hotel Bristol. Caminó por la alargada alfombra roja que terminaba en una sala dorada ornamentada, sujeta por unas anchas columnas moriscas.

H. K. estaba en su lugar habitual, en la alcoba del fondo a la izquierda de la barra del bar, tomando un sorbo de vino blanco y apurándolo con gusto.

—La mejor mesa del Bar de la Biblioteca —dijo—. Solo la familia Grieg y yo tenemos el número secreto para reservarla. ¿Tomas una copa?

—Conduzco —contestó Johnny—. Has dicho que era urgente.

—Primero me cuentas cómo te va —dijo H. K., que al parecer quería mantenerlo en vilo un rato más.

—Salgo a correr todos los días, y todo lo que fumo es un cigarrillo por la noche —contestó Johnny—. Di una vuelta por el parque con Sasha Falck. Pasé por la tumba de Store-Thor, el chalet del naviero Meyer de Stay Behind, y el cementerio de las lápidas desechadas.

—Estupendo —contestó H. K.—. Os embarcasteis en una pequeña odisea por la historia moderna de Noruega. ¿Qué impresión te llevaste?

—Parece una chica lista y un poco sola —dijo Johnny—. Supongo que es lo que pasa si tienes la mala suerte de nacer inteligente en una familia de millonarios. Me ha enviado varios emails después, a los que no he contestado.

H. K. soltó una risita.

—Mejor aún. El truco más viejo del mundo.

—¿Por qué querías quedar conmigo?

—La última vez que nos vimos, te dije que estuve involucrado en la investigación de la viuda Lind en 1970. Entonces me contaste que te habías pasado por la editorial Grieg.

Sacó un folio del portafolio y repasó con la mirada la sala, que estaba llena de señoras del lado oeste de la ciudad, camareros y un pianista que tocaba una melodía de jazz.

Johnny se inclinó sobre la mesa para ver mejor.

H. K. alzó el dedo índice.

—Tranquilo, Johnny. Los documentos sensibles tienen, como sabes, una triste tendencia a desaparecer de los archivos. No me preguntes cómo llegó esto a mis manos, pero delante de ti tienes el nombre de la fuente en la investigación de Vera Lind, realizada por la policía secreta en 1970. Por lo que he podido leer, parece que la persona en cuestión tenía cargo de conciencia también.

Alzó las cejas coquetamente.

—Haz lo que estimes oportuno con esto; puede que quieras hacerle una visita, porque la fuente está viva, aunque anda mal de salud, de modo que yo en tu lugar me daría prisa.

No fue difícil encontrar el chalet de Johan Grieg. Johnny pasó con el coche entre dos abetos altos y oscuros y entró por el camino que conducía a la casa. La grava crujía bajo los neumáticos. Paró el coche, salió y se acercó a la puerta de entrada. Aquí los montones de nieve aún estaban altos. Tras la silueta del chalet suizo de madera barnizada de marrón, se atisbaban las luces del centro de la ciudad.

Se detuvo un par de veces antes de llamar a la puerta.

Nadie vino a abrir. En la ventana a la derecha de la puerta no había luz, y ocurría lo mismo en una ventanilla justo debajo del faldón del tejado. Estaba seguro de que Grieg se encontraba en casa, el problema sería que estuviera con otra persona.

—¿Quién es? —dijo una voz desde el interior.

—John O. Berg, el biógrafo de Hans Falck...

Se entreabrió la puerta y apareció la cara pálida y confusa del editor.

—¿Me deja pasar? Le explicaré todo.

El viejo editor abrió la puerta a regañadientes. Llevaba una chaqueta de punto manchada y un par de pantalones de vestir demasiado grandes, y parecía muy viejo. Caminó trastabillando por un pasillo cuyas paredes estaban cubiertas de distinciones de honor y fotografías enmarcadas de él mismo junto con escritores y otras personalidades del mundo de la cultura. Johnny se paró junto a una fotografía, evidentemente sacada en la sala de espejos del Grand. Se veía a un joven Grieg con Vera Lind. Johnny se acercó. La fecha de la fotografía era diciembre de 1969.

—¿Estaba en la junta directiva de SAGA en los primeros años de su existencia? —preguntó Johnny.

—Efectivamente, y es por eso por lo que conozco tan bien a la familia. Aunque ya la conocía de antes. Mi padre también era amigo cercano de Thor Falck, y pasé mucho tiempo con Olav en Rederhaugen cuando éramos niños. Corríamos por los túneles bajo tierra, era un paraíso, y comparado con hoy en día, por aquel entonces los padres estaban menos pendientes y no se preocupaban tanto por sus hijos.

—¿No era un poco... parcial publicar las novelas de Vera Lind en Grieg?

Se rio.

—¿Qué es el mundo editorial si no es parcial? Todos nos conocemos a todos. Además, puedo asegurarle que las novelas de Vera cumplían con las severas exigencias de calidad de la editorial. Era fantástica. Hoy en día hubiéramos vendido los derechos de sus historias al extranjero y a canales de televisión por mucho dinero. En cualquier caso, cuando mi padre se jubiló a finales de los años sesenta y yo me hice cargo de la editorial, era natural que me ofreciesen un lugar en la junta directiva.

Llevó a Johnny al salón, que estaba dominado por un ventanal panorámico que daba a un jardín ensombrecido por los oscuros abetos que lo rodeaban. Johnny notó un leve hedor, como de excrementos y vómitos, y se fijó en una mesa con ruedas que estaba llena de vasos de cartón y medicamentos. En la mesa también había medicinas y una jeringa de cortisol.

—Enseguida vendrá la gente de la asistencia doméstica —dijo Grieg—, así que no tenemos mucho tiempo.

—¿Conocía a Hans en la época en que le ofrecieron un lugar en la junta directiva de SAGA?

—No, por aquel entonces él era demasiado joven. Lo recuerdo en aquella época como un chico brillante y arrogante de Bergen, convencido de que tenía razón en todo. Bueno, sigue siendo igual hoy en día. —Grieg soltó una risa seca y se aclaró la garganta.

—Hans habló mucho con Vera cuando ella escribió su manuscrito en 1970 —dijo Johnny.

El editor lo miró con una expresión que daba a entender que

acababa de darse cuenta de que lo estaban llevando hacia aguas pantanosas.

—¿Y bien?

—Vera redactó el primer borrador de *El cementerio del mar* en la vieja propiedad de Bergen.

Una sombra atravesó la cara de Grieg.

—Si usted lo dice. Naturalmente, no conozco los detalles de las rutinas de trabajo de los autores de ese momento.

—Ha dicho que Vera Lind era una autora extraordinaria. Siendo así, ¿no es un poco extraño que *El cementerio del mar* fuera rechazado? Eso al menos es lo que sostiene Hans Falck.

Grieg se sirvió un vaso de agua de la mesa con ruedas junto a la butaca y se lo llevó a los labios. Ahora parecía que había recuperado la compostura.

—En realidad, no. Vera no era una documentalista. Era novelista. Esto era otro mundo, y trataba sobre personas reales, y había que justificar las afirmaciones. Podríamos haberlo publicado como una novela, tal vez. Aunque quizá no, en aquella época las novelas tenían más poder incriminatorio en el mundo legal que hoy en día; recordará los casos contra Agnar Mykle y Jens Bjørneboe. Pero eso no era lo que deseaba Vera, para ella era algo personal. Dijo que quería cambiar la historia, pero aquello le quedaba grande. ¿Y qué iba a saber Hans de eso?

—Entonces ¿ustedes no pudieron publicar el manuscrito?

—No en ese estado. Fue una decisión editorial.

—¿Una decisión editorial? —dijo Johnny—. Si es así, resulta extraño que la policía secreta estuviera involucrada.

Grieg ladeó la cabeza.

—¿De qué está hablando?

—Tengo aquí una carta dirigida al jefe del servicio de vigilancia. Menciona *El cementerio del mar*. Bueno, también se le menciona a usted.

—A ver, joven, eso puede ser una mentira.

—Por supuesto —dijo Johnny—, aunque mi fuente es fiable, y la información contiene suficientes detalles como para que merezca la pena hacer una comprobación.

El editor no contestó, pero el labio inferior le tembló un poco.

Johnny empezó a leer:

—Dice: «La persona en cuestión conoce bien a la escritora Vera Margrethe Lind y su residencia de Rederhaugen. Conoce a la sospechosa desde la infancia, cuando Grieg a menudo jugaba allí. También conoce al detalle el sistema de túneles bajo la propiedad». ¿No está conforme?

—Claro que conocía Rederhaugen, eso no es ningún secreto.

Johnny siguió leyendo.

—«Durante un encuentro con la fuente en el Bar de la Biblioteca del hotel Bristol, el 14 de abril de 1970, sale información a efectos de que la viuda Lind ha amenazado con revelar determinadas circunstancias en torno a la resistencia a la ocupación Stay Behind, en formato de libro».

—Es suficiente —dijo el anciano.

—No, hay más —sonrió Johnny, aclarándose la garganta de un modo teatral—. «Ante esta información en torno al manuscrito inédito de *El cementerio del mar*, el 15 de abril se inició una investigación a la escritora. Tras una orden del abogado del Estado, el manuscrito fue confiscado en las instalaciones de la editorial Grieg, de la calle Sehesteds Gate 2, el 26 de abril, 1970».

—No quiero oír más.

Johnny se levantó y atravesó el salón hasta alcanzar la mesa con ruedas.

—Comprenderá que estas cosas también encontrarán su lugar en la biografía de Hans.

—No, no lo comprendo. Esa es la historia de Vera, no la de Hans.

—Hace un tiempo, en su editorial presenté mis ideas acerca de cómo habría que estructurar la biografía —continuó Johnny, seguro de sí mismo—. Estaban totalmente de acuerdo conmigo en que el encuentro entre Vera y Hans en Bergen, en el invierno de 1970, cuando Vera habló al joven estudiante de bachillerato de los valores que son importantes en la vida...

Ahora Johan Grieg fue capaz de sacar una risa seca.

—¿Y qué valores fueron esos?

—Que cualquier persona moral, siendo escritor o médico, tiene el deber de luchar por la causa de la gente normal contra los ricos y poderosos. Que hay que ser sincero y que la verdad nunca es peligrosa. Puede decir lo que quiera de Hans Falck, pero es fácil ver lo importantes que han sido estos valores para él.

—Yo respeto mucho a Hans. ¿Qué es lo que quiere usted?

—Llegar a un acuerdo. Usted me da toda la historia de lo que pasó en 1970 y yo sopesaré la posibilidad de no publicarlo.

—Es cierto —dijo Grieg lentamente— que a veces hablaba con la policía secreta. Y sí, me había enterado de que Vera estaba trabajando en el manuscrito de *El cementerio del mar*. Se lo hice saber a mi contacto.

—¿Y qué hay de la libertad de expresión? —preguntó Johnny.

—¡Eran otros tiempos! —El enfado parecía darle a Grieg otra energía, pero lo interrumpió otro ataque de tos—. Los héroes de la guerra estaban aún vivos. Un hombre anónimo me llamó al despacho. Dijo que había que destruir el manuscrito y que iban a registrar las propiedades de Vera también, para asegurarse de que no quedasen más copias.

—¿Y qué hizo usted?

—Saqué el manuscrito a escondidas —dijo Grieg con una sonrisa— y se lo di a Vera.

Johnny leyó.

—«El editor Grieg es un defensor acérrimo de la libertad de expresión y, según el oficial Tofte, responsable de la investigación, ha expresado posteriormente cargo de conciencia por haber denunciado a una de las autoras de su editorial. Por tanto, se recomienda interrumpir la colaboración de esta fuente con el POT, con efectos inmediatos».

—Durante cuarenta y cinco años he tenido cargo de conciencia por la injusticia cometida contra Vera —admitió Grieg, mirando por la ventana.

—¿Y qué mejor manera de redimirse que recuperar el manuscrito y garantizar que esta vez será publicado? Porque fue así, ¿verdad, Grieg?

—Supongamos que poseo ese manuscrito —dijo Grieg—. ¿Por qué le iba a dar a usted, un extraño, el único ejemplar conocido de *El cementerio del mar*?

—Esta pregunta tiene dos respuestas —contestó Johnny—. La primera es que no será muy buena prensa para la editorial que se haga público que el legendario editor Grieg fue un soplón que denunció a sus propios autores ante la policía secreta. No creo que a Peder le vaya a gustar eso.

—¡Soplón! —Se rio—. Las amenazas no funcionan con un hombre moribundo.

Johnny miró largamente al anciano editor.

—Creo que usted quería lo mejor para Vera Lind. Pero fue cobarde, y le da miedo la familia Falck, especialmente Olav. Y la auténtica razón por la que usted me dará el manuscrito es que queremos lo mismo. Queremos que la verdad salga a la luz, independientemente de la opinión de Olav.

—Puede que lleguemos a un acuerdo —dijo Grieg.

Por muy débil que estuviera, se notaba claramente que llevaba el instinto de regateador en la sangre.

—*El cementerio del mar* está dividido en dos partes. Las afirmaciones controvertidas e incriminatorias arrojadas contra personas concretas, es decir, Thor Falck, pueden ser confirmadas con documentación que se encuentra en los archivos privados de la Sociedad Hanseática de Barcos de Vapor de Bergen. Estoy dispuesto a darle la primera parte a cambio de discreción total sobre esta historia con el POT, claro está.

A Johnny no le gustaba la idea de que Grieg determinase las condiciones.

—Usted visitará este archivo en Bergen —continuó Grieg— y allí encontrará pruebas de que lo que Vera escribe realmente es verídico. Sin ellas, me temo que las afirmaciones carecen de valor. Si usted puede mostrarme las pruebas, lo consideraré una señal de buena fe. Entonces, y solo entonces, podrá leer el resto. Porque esto no es más que el comienzo. Si usted lo quiere publicar, necesitará las dos partes.

Sin decir nada más se levantó y, valiéndose de un andador,

cruzó la habitación laboriosamente, abrió una caja fuerte que estaba incrustada en la pared y volvió con un sobre marrón.

—Aquí está *El cementerio del mar* —dijo.

Entregó el sobre que contenía el taco de hojas del manuscrito.

—Guarde bien la segunda parte —le sugirió Johnny.

—Descuide —contestó Grieg—. Hago lo mismo que Vera Lind. Si algo me pasa, el manuscrito está listo para publicarse. Ahora váyase. Mi enfermera llegará en cualquier momento.

Un coche salió de la propiedad de Grieg cuando Olav llegó. Llamó a la puerta, pero no hubo respuesta. Hacía muchos años que no venía por aquí.

Hoy en día, Grieg y él básicamente se encontraban en funerales. La puerta no estaba cerrada con llave, de modo que entró.

—¿Felicia? —se oyó la voz quebrada de Grieg desde el salón.

—¿Quién es Felicia? —preguntó Olav al entrar—. ¿Una nueva amante?

—Olav —dijo Grieg, sorprendido, antes de añadir con voz rasposa—: No, esas cosas ya no me interesan. Felicia es mi enfermera, es de Filipinas.

Olav sintió cómo le afloraba la impaciencia.

—Tenemos que hablar, tú y yo, Johan.

—Habla, Olav. Eso siempre se te ha dado bien.

Este se inclinó sobre el extremo de un sofá. Al igual que siempre, la decadencia física de Johan le despertó otra vez una alegría malsana. Una puerta doble que daba a un salón contiguo estaba entreabierta, como si alguien hubiese estado allí antes que él. Olav se sentó en una silla enfrente del editor.

—La maldición de Johan, ¿no es eso lo que dicen en la familia Grieg? Por eso aceptaste el dinero de Stay Behind antes de 1970, ¿verdad? La editorial no iba bien, no tenías elección. Preferías pasártelo bien en la ciudad a controlar los gastos de la empresa.

—Yo era patriota y anticomunista, joder —dijo Grieg. Recobró la compostura—. Igual que tú.

—Entiendo por qué actuaste como lo hiciste —dijo Olav—.

E hiciste lo correcto. Ese manuscrito nunca debió ver la luz del día.

El editor estiró la mano en busca del vaso de agua, los temblores habían aumentado. Olav decidió probar suerte.

—¿Fuiste tú el que visitó a mamá y se llevó el manuscrito aquel último día?

—¿De qué hablas?

Grieg se inclinó sobre la mesa con ruedas, pero en el momento en que trataba de ponerse en pie, las piernas cedieron y se cayó sobre el mueble, para finalmente acabar de bruces en el suelo, desvalido. Los vasos para la medicina se fueron al suelo, al igual que la jeringa de cortisol y el teléfono móvil, y un sobre de tamaño A4, que acabó a unos metros de distancia.

Grieg se quedó tendido en el suelo, preso de calambres.

—Mi jeringa de cortisol —boqueó con una voz débil—. Tienes que clavarme la jeringa. Tienes... que... llamar... a la ambulancia.

Olav permaneció tranquilo, con los brazos cruzados, a unos metros de distancia. A través de la ventana podía ver las distantes luces de la ciudad, más abajo.

—¿Dónde está el testamento? ¿Dónde está el manuscrito de mamá?

Grieg gimoteó.

—¿Ha-has o-o-ído hablar de la cr-cri-sis addi-so-so-niana, la tensión arterial baja? Me estoy muriendo, joder —susurró.

—¿Dónde está?

El editor giró la cabeza lentamente, hasta mirarlo a los ojos.

—Ponme la puta inyección, te lo suplico, Olav, y te lo contaré todo.

—Por última vez, ¿dónde está?

Tumbado en posición fetal, Grieg señaló el sobre acolchado que estaba sobre el suelo. Olav lo recogió. Estaba abierto en uno de los extremos, sacó el taco de folios, lo hojeó rápidamente; era sorprendentemente corto.

—Esto no es todo el manuscrito —dijo.

Una sonrisa grotesca se manifestó en las pálidas y retorcidas facciones de Grieg, como si hubiese recobrado fuerza.

—Crees que estás al mando de todo, Olav. Pero en algunas ocasiones llegas tarde.

Este se quedó indeciso por un momento. Luego echó a andar hacia la puerta de salida.

—Un joven acaba de venir a verme.

Entonces vibró el teléfono del editor detrás de él. Olav se paró, dio unos pasos hacia atrás. El móvil se movió solo sobre el suelo, como si fuera un insecto.

«Alexandra Falck», ponía en la pantalla.

Sasha atravesó la sala central de la estación central de Oslo. Grieg no había contestado, pero había recibido un mensaje de Berg. O tal vez de Johnny. No, de Berg. Las chicas y Mads iban a ir a Francia al día siguiente, ella iba a llenar los días de trabajo y nada más. La idea le levantaba el ánimo. ¿La tarea de encontrar el manuscrito podría llevar a otros sitios? ¿Era una mujer lo que SAGA y Rederhaugen necesitaban?

El gran reloj de pared junto al tablón delante de los andenes marcaba las diez y media. Pasó por delante de un Burger King y de las taquillas de billetes situadas a la izquierda, y se apresuró a subir las escaleras automáticas.

Johnny estaba en el interior del pub, un establecimiento genérico del tipo que existe en todas las estaciones, bajo un equipamiento enmarcado de Wayne Rooney. Hizo una seña al camarero, que enseguida llegó con una pinta.

Sasha se dio cuenta de que Johnny tenía una maleta a los pies de la mesa. ¿Dónde iba?

—Hay algo que creo que te gustaría leer.

—¿Qué es?

Sacó un gran sobre de una bolsa.

—He ido a ver a Johan Grieg. Me ha dado esto.

Abrió el sobre y puso el taco de fotocopias delante de ella. Sasha se quedó boquiabierta y desvió la mirada a la pared con las fotos de fútbol. ¿Cómo podía haberse hecho con esto y ella no?

—Gracias —dijo, tratando de tranquilizarse—. Lo leo esta

noche y mañana te telefoneo para hablar de cómo proceder con esta cuestión.

Se dio cuenta del tono pedante de su propia voz.

—Pero puedo garantizarte que lo trataré con la máxima confidencialidad y te recompensaré...

Johnny negó con la cabeza, mirándola con ojos divertidos.

—No creerás que es así cómo va esto, ¿no?

—Es un asunto que va sobre mi familia.

—Lo que tienes delante de ti —dijo, repiqueteando con el dedo sobre la portada— no es el manuscrito completo. Grieg no es tonto. Esta es la primera parte. Y contiene lo que él llamaba «afirmaciones controvertidas e incriminatorias arrojadas contra personas concretas». El asunto es que Vera opinaba que las afirmaciones podrían probarse con cartas y documentos que se encuentran en el archivo privado de la Sociedad Hanseática de Barcos de Vapor de Bergen.

Ese archivo se hallaba en la antigua propiedad de los Falck en Fana, donde Hans vivía. Ahora entendía por qué Vera había viajado a Bergen para escribir el manuscrito; en realidad, estaba buscando munición.

—El acuerdo es muy sencillo —continuó Johnny—. Localizamos la documentación en torno a la cual se construye el manuscrito, y Grieg nos dará el resto.

Sacó dos billetes del bolsillo.

—El tren sale en un cuarto de hora. Leemos el manuscrito en el viaje. Tienes tu propio compartimento con litera.

—¿Leemos? —preguntó y lo miró raro.

Embarcarse en el tren con un extraño era una locura, igual que lo era discutir los secretos familiares con extraños.

—¿Sabes lo que menos me gustaba cuando trabajaba en Oriente Medio? Trabajar solo. Escribir es un oficio tan solitario. Ahora trabajaremos juntos.

—Me apunto —dijo Sasha.

El cementerio del mar

de Vera Lind

PRIMERA PARTE

Bergen

Ahora contaré lo que pasó cuando se hundió el barco.

Todos los barcos se construyen sobre tierra firme, también aquellos que terminan su viaje en *El cementerio del mar*, cubiertos de conchas y estrellas de mar, rodeados de peces multicolores de aguas profundas y organismos luminosos que entran por las rendijas de los portillos, y que hace mucho tiempo que han devorado los restos de las personas que estaban a bordo. En algún momento, los cascos fueron soldados por trabajadores del astillero; en algún momento, fueron amarrados junto al muelle con cabos, y había banderines movidos por una ligera brisa de las tierras interiores, mientras los pasajeros expectantes subían a bordo y se apoyaban en la barandilla.

Naturalmente, aún no saben lo que les va a pasar, pero eso nos ocurre a todos. Esto produce dolor y también felicidad, pero sobre todo lo primero, porque hay más dolor que placer en esta vida.

Escribí muchas cosas durante los años que transcurrieron desde que fui al mar por última vez, pero nunca escribí sobre el accidente, nunca sobre lo que pasó. Estaba escondido por debajo, como el asbesto en una casa vieja, como el cadáver en el fondo de un pozo. Hasta que me di cuenta de que el modo de mantener con vida a los muertos era contar su historia.

Desde el día después del naufragio, el 24 de octubre de 1940, cuando se realizó la declaración jurada en la Audiencia Provincial de Salten, ubicada en la logia de Bodø, se han contado muchas mentiras, también bajo juramento, de lo que pasó cuando la embarcación DS Prinsesse Ragnhild naufragó junto a la isla Landegode. Entre los pocos iniciados que fueron invitados a investigar el naufragio, se ha creado una especie de consenso a efectos de que prevalezca la idea de que la nave fue hundida por una mina británica. Pero no es correcto, el barco se hundió por una explosión en su interior, por razones que quedarán explicadas en el presente relato, o eso espero.

Puede que la vida comenzara en el mar, pero todas las historias sobre el mar empiezan en tierra. Este relato se inicia al sur de Bergen, en una majestuosa finca de tierras onduladas en la orilla norte del fiordo de Fanafjorden, donde yo vivía con Olav, mi hijo recién nacido, una tropa de sirvientes y mi marido Thor, cuando él estaba en la ciudad.

Fue un sábado gris de octubre, en 1940. Noruega estaba bajo la ocupación de los alemanes, y yo iba tarde, como siempre. Thor siempre se quejaba de que nunca era capaz de llegar a tiempo a nada, y eso me enfadaba, porque era verdad. Naturalmente no encontré mis documentos de identidad y, cuando me acordé de que estaban en la caja fuerte de Thor, juré. ¿Cuál era el código? Por Dios, se me había olvidado. No, era el cumpleaños del hijo mayor al revés, esa era la tradición familiar. Conseguí que el mayordomo me abriera la puerta del despacho y entré corriendo. ¿Cuál era la fecha de nacimiento del hijo mayor? No era mi hijo. ¿35 era el año, 10 el mes, 12 el día? Giré el disco de los números y para mi gran alivio, la caja fuerte se abrió. Cogí los papeles y atravesé corriendo el césped delante de la casa hasta llegar al camino de grava donde los coches daban la vuelta y donde un mozo de cuadra cargó mi maleta en el taxi, que ya estaba esperando.

La niñera había bajado a la ciudad con el pequeño Olav. Thor acudiría directamente de una reunión en el centro.

—¿El muelle de los hurtigruten?

El conductor me miró a través del espejo.

Asentí con la cabeza, inquieta, y temblé al empolvarme la nariz. Iba rumbo al norte por primera vez desde que había hecho el mismo viaje, pero al revés. Iba hacia mi casa, o no, eso sonaba mal, porque cuando me largué cuatro años antes, al terminar la educación secundaria, me había prometido no volver nunca.

Pero esa no era la razón por la que estaba inquieta. En el último año había trabajado como secretaria en las oficinas portuarias de Bergen. Thor era el director naviero de la Sociedad Hanseática de Barcos de Vapor de Bergen, y fue él quien me consiguió el trabajo, aunque a regañadientes. Bergen era una ciudad portuaria importante en la costa oeste noruega, y la información sobre el tráfico marítimo era decisiva para los servicios de inteligencia que andaban pululando alrededor de nosotros.

Habían ido a verme dos días antes, una tarde lluviosa mientras me encaminaba a la estación de tren. Lo pongo en plural porque el hombre del sombrero que apareció sigilosamente, cerca de la oficina, era totalmente anónimo. Levantó el sombrero y dijo:

—¿Qué naves parten hoy de los muelles de Festningskaien y Skoltegrunnskaien?

—¿Qué se supone que significa esto? —le había contestado.

—Conteste, sin más, señora Lind.

Un tono decidido y autoritario me hizo vacilar.

—Una flotilla alemana con seis dragaminas —contesté rápidamente—, todas de un peso entre 110 y 160 toneladas y un alcance operativo de 1100 millas náuticas, reforzadas con cañones C30. Salen a buscar minas hacia el norte, en dirección a Stadt. Junto con las naves noruegas P. G. Halvorsen, Vela y Hovda, y la danesa Juliane.

—Dígame, señora Lind, ¿siempre ha tenido tan buena memoria?

Negué con la cabeza.

—Es algo que se puede entrenar, igual que la capacidad pulmonar y la fuerza muscular. Y es algo específico; un jugador de ajedrez recuerda aperturas, pero no necesariamente otras cosas; una secretaria de la autoridad portuaria puede olvidarse del cumpleaños de su madre, pero el tráfico marítimo es algo que recuerdo.

Bajamos por la calle Teatergaten hasta el cruce con la calle Håkonsgaten. Mi nerviosismo había empezado a remitir cuando dijo:

—Nos hemos enterado de que van a viajar rumbo al norte con el hurtigruten este sábado.

Me sentí vigilada e intimidada.

—¿Cómo puede...?

—El DS Prinsesse Ragnhild tiene un excelente salón de música en primera clase —continuó—. Junto a la pared hay un sofá de tipo Chesterfield, fácilmente visible desde la entrada, y está rodeado de sillas bajo una fotografía grande de la reina Maud y el príncipe Olav. Esté allí la primera noche del viaje, a las siete y media en punto. Un hombre la sacará a bailar. Entonces recibirá más instrucciones.

Sentí un nudo en la garganta, que se extendió hasta el pecho.

—Viajaré con mi marido y un bebé. ¿Y si rehúso?

El hombre del sombrero se rio y negó con la cabeza.

—No va a negarse. Porque también nos hemos enterado de que han surgido ciertas tensiones en su matrimonio, y se ha comportado de un modo estrafalario y poco apropiado en varias ocasiones. Si no hace lo que le pedimos, es posible que se constituya un tribunal para valorar si deben ocuparse de su hijo. El salón de música, el sábado a las siete y media de la tarde —dijo, levantando el sombrero para despedirse, mientras yo permanecía quieta, confusa y temblorosa.

El taxi entró en el muelle de Bryggen, pude ver las cajas de arenque y los toneles llenos de aceite de ballena de la plaza Fisketorvet. Pasamos por delante de pesqueros que se bamboleaban en la aceitosa agua cerca del muelle. Eché unas miradas inquietas entre los cobertizos del muelle, con sus tejados puntiagudos, y a las callejuelas.

Mi embarcación salía del último amarradero, debajo de la fortaleza de Bergenhus. Abrí la puerta antes de que el conductor pudiera hacerlo por mí, agarré la maleta y me fui corriendo hacia el barco, que estaba amarrado delante de mis ojos.

Luché por recuperar el aliento. Seguía en baja forma física después del embarazo. En el casco de la proa, el nombre Prinsesse

Ragnhild estaba pintado con grandes letras. De la chimenea, ligeramente inclinada, que sobresalía del centro de la nave, un vapor negro se elevaba sobre los soportes de los botes salvavidas y el castillo de popa, y se posaba como una manta de humo sobre las olas, antes de disolverse sobre la superficie del agua, ligeramente inquieta.

A lo largo de la borda, los pasajeros ya estaban esperando para ver la partida; eran unas damas elegantes, unos empresarios alegres y soldados alemanes. Mi mirada se detuvo en un hombre que estaba justo al final de la pasarela, con un parche negro sobre un ojo, igual que un pirata. Su ojo de cíclope me escrutó sin desviarse en ningún momento. Me incomodó, bajé la mirada y seguí. Un operario del puerto arrojó un cabo a un marinero de a bordo. ¿Y si llegaba tarde al barco donde estaba mi hijo?

En realidad, la puerta de los pasajeros estaba cerrada y la pasarela a punto de ser retirada, pero me colé dentro alegando que había trabajado como sirvienta de salón en la nave hermana, Dronning Maud, cuando viajé rumbo al sur cuatro años antes. Cuando pasé por delante del marinero, me susurró que un día habría fiesta en las estancias de las criadas y que estaba invitada.

Di un paso por la cubierta de teca. El piso parecía blanco bajo las suelas de mis zapatos, era casi como caminar sobre un sendero en un bosque. Repicaron las campanas de a bordo. Me puse en la cola de la taquilla de los billetes, en la cubierta central. Alrededor de mí había empresarios que estaban pidiendo pasajes en primera clase, y también capitanes de pesqueros con el pelo revuelto y seminaristas serios, que querían pensión completa.

En la popa vi la figura maciza de Ragnfrid, sujetando un bulto envuelto en una manta con una mano y agarrándose al poste de la bandera con la otra. Pasé por delante de varios grupos de pasajeros y eché a correr los últimos metros, hasta que alcancé al pequeño Olav y lo tomé en mis brazos.

En cuanto lo cogí, comenzó a llorar.

—La he estado buscando por todas partes —dijo Ragnfrid—, y estaba segura de que había perdido el barco. —Tensó el labio superior, se veían unas incipientes arrugas allí—. Tiende a llegar tarde, Vera.

La cosa no mejoró pese a que Olav dejó de llorar cuando Ragnfrid sacó un biberón de la maleta y se lo llevó a la boquita abierta.

—He tenido que hacer algo importante antes de salir.

Clavó las manos sobre las anchas caderas.

—Dígame, ¿qué puede ser más importante que llegar a tiempo al barco donde está su hijo recién nacido?

Ragnfrid era una mujer pequeña y robusta de una de las islas del extremo norte de la provincia. Había criado a toda una tropa de niños, probablemente con más autoridad religiosa que amor. Era una mujer de una edad indefinida. En la barbilla tenía una gran marca de nacimiento de la que salían pelos negros, y yo nunca era capaz de apartar la mirada de ella cuando hablábamos. Decían que había parido el año anterior, pero para mí aparentaba sesenta años. Después de perder a su marido en el mar, viajó a la ciudad para trabajar como niñera en familias de buen nombre. Así fue como terminó en la familia de los Falck.

Los ojos penetrantes de color café me atravesaban con facilidad. Por lo demás, ella no tenía nada en contra de la gente acaudalada. Que ellos fueran ricos y ella pobre, formaba parte del orden natural. Pero en mí veía a una arribista, una señora de su propia clase que suprimía su acento y llevaba vestidos de encaje, comprados con el crédito de la familia Falck.

—Tómate un respiro —le dije—. Yo me encargo de Olav.

Ragnfrid se quedó pensativa, apoyada en la borda.

—¿Qué es lo que le pasa a su madre?

—Tuberculosis —contesté rápidamente—. Ha empeorado.

—Esperemos que le dé tiempo a ver al pequeño Olav.

—Sí. —Le apreté la mano grande e hinchada—. Gracias por tu ayuda, Ragnfrid. ¿Dónde está Thor?

—En la suite del armador, creo.

Me quedé en la popa mientras el barco partía rumbo al fiordo. Olav apoyó la pequeña cabeza, con el pelo suave como el de un gatito, en mi pecho cubierto por el abrigo.

La idea de encontrarme con él me hizo sentir escalofríos, pero sabía que era mi oportunidad. Tenía que irme, dejar a Thor, alejarme del colaboracionismo cobarde de sus navieras, de las riquezas de la propiedad de los Falck, que no eran mías.

Era un sábado por la mañana. En menos de cuarenta y ocho horas atracaríamos en Trondheim. Allí me encontraría con él. No nos habíamos visto desde el campamento el año anterior, pero nos habíamos escrito frecuentemente. Las manos me temblaban sobre la borda. ¿Cómo habíamos llegado a esto? Las campanas de a bordo repicaron más deprisa y el barco fue ganando velocidad hasta que desapareció la ciudad bajo las montañas. Nuestra estela se veía como un velo de novia sobre la superficie del agua gris azulado.

Si las cosas salían como yo quería, alcanzaría la libertad, pero ¿para qué servía la libertad cuando el país estaba ocupado?

Bergen-Florø

Muchos años más tarde aún puedo sentir la brisa salada que me salpicaba la cara, y se mezclaba con el humo negro del barco de vapor, y el ruido de la sala de máquinas del interior del barco.

Han pasado treinta años. Este invierno lluvioso de 1970 he regresado a la propiedad de Bergen. Aparte de unas breves visitas, apenas había venido aquí desde que me mudé con Olav a Rederhaugen justo después de la guerra. Bergen me recordaba demasiado al pasado. Mi excusa en esta ocasión es la inspiración y paz para trabajar, es lo que dicen los escritores tanto cuando van a ver a sus amantes como cuando necesitan tiempo para estar solos. Pero ¿a quién le importa? No tengo marido y para el liderazgo de Olav en Rederhaugen no soy más que un lastre.

Estoy sentada en el viejo anexo adherido al edificio que también contiene los archivos privados de las navieras de los Falck. Por la ventana puedo ver el tejado puntiagudo del chalet suizo y, al fondo, el fiordo oscuro y pesado por la lluvia. El archivo cubre las cuatro paredes, del suelo hasta el techo, en una habitación sin ventanas; no he hecho más que empezar a ojearlo.

Sin embargo, los recuerdos me transportan hacia atrás en el tiempo, es así como funciona el cerebro humano, y he regresado al barco en 1940, donde me encontraba sobre la cubierta delante de las taquillas, esperando al sobrecargo que me iba a llevar a la suite del armador.

Al haber trabajado en el Dronning Maud cuatro años antes, y puesto que el Prinsesse era un pariente modificado de la misma naviera, la Sociedad Nordenfjeldske de los Barcos de Vapor en Trondheim, yo sabía lo que se ocultaba debajo de la cubierta de paseo. En la parte de delante, al fondo del sollado, estaba el pasillo estrecho donde se alojaba la tripulación femenina, junto con la gente de la cocina. Un nivel por encima estaban los miembros masculinos de la tripulación, los marineros de cubierta, los grumetes, los asistentes y los maquinistas de la sala de máquinas —gente sin barras doradas en la manga—, y en la punta, donde se estrecha la proa, residía el contramaestre.

Más hacia la popa, justo debajo de los salones en la tercera cubierta, estaba la sala de máquinas, desde donde alguna vez los fogoneros y los maquinistas sacaban la cabeza para aliviar el calor. Los veíamos raras veces; solían mantenerse apartados de los demás.

En la cuaderna maestra, donde yo me encontraba, los sueldos y el rango eran mayores. Encima de mí, en estancias contiguas al mismo puente de mando, estaban los camarotes del capitán, del segundo y tercero de a bordo, y del telegrafista. Pero el despacho de billetes era el corazón del barco. El oficial de este lugar era recepcionista, médico, policía y un amigo en la necesidad.

El sobrecargo levantó una mano.

—¿Señora Falck? —dijo y me llevó hacia la proa, debajo de la cubierta elevada, hasta las escaleras junto al comedor, donde subimos y continuamos hacia los salones de la primera clase, debajo del puente de mando. Pero en lugar de doblar a la derecha donde terminaba la escalera, el sobrecargo abrió una puerta de caoba barnizada a la izquierda.

La suite tenía una cama ancha junto al mamparo de la cuaderna maestra, un pequeño escritorio, un lavabo y un sofá de piel debajo de la válvula de aire que daba a la cubierta. La habitación olía a loción para después del afeitado, cigarrillos y aguardiente. Thor estaba inmóvil, mirando hacia fuera. Iba bien vestido, como siempre, con un traje oscuro de rayas, el nudo de la corbata medio aflojado y zapatos bajos hechos a mano. Se giró lentamente hacia mí.

—Puede irse —dijo Thor al sobrecargo—. Deseo hablar con mi esposa. Vera. —Me besó en la mejilla.

—No has visto a Olav desde que nació —dije, y le pasé el bulto en el que estaba envuelto el niño.

Cuando nos casamos, Thor había exigido que me dirigiese a él de usted; parece ser que se trataba de una tradición arcaica continental, sobre todo en Francia, pero me negué en banda. Llamar de usted a mi esposo rompía con todo lo que yo había aprendido al crecer, y todos los valores que yo apreciaba. Conté a Thor algo que había leído en un libro del escritor británico George Orwell: cuando los anarquistas tomaron el poder en la ciudad española de Barcelona durante la primera fase de la Guerra Civil, abolieron el «usted», igual que los trajes y los sombreros de copa habían sido sustituidos por boinas y pantalones de albañil. En aquellos tiempos, Thor todavía me hacía caso y soltó su risa seca mientras pasaba una mano por mi pelo y dijo:

—Vera, mi Vera. Entonces nos tutearemos.

Ahora echó un vistazo a Olav y lo cogió en brazos, incómodo.

—Está creciendo —constató brevemente, manteniendo al niño alejado de sí, antes de devolvérmelo—. He tenido que dedicar tiempo y esfuerzos a persuadir a los oficiales alemanes para que me dejen la suite del armador. Un comandante de la policía secreta se aloja ahora en el camarote de al lado.

Su baúl estaba abierto al pie de la cama, y en el armario detrás de mí colgaban tres trajes y un par de zapatos de vestir de repuesto, así como unas botas de cuero de invierno. Thor se quedó junto a la válvula, mirando hacia fuera, con la cara medio apartada de mí.

—Tengo cargo de conciencia por lo de mi madre —dije—. Me aterra que se muera antes de que lleguemos.

Thor trató de pasarme una mano torpe por la región lumbar.

No hacía más que un par de años que nos habíamos casado, pero nuestras vidas ya habían empezado a tomar dos vías separadas. Thor casi me doblaba en edad y era naviero de tercera generación. Era el director de la Sociedad Hanseática de Barcos de Vapor, la joya de la corona del grupo naviero Falck.

La Hanseática poseía una flota considerable, tanto en Noruega como en el extranjero, y durante el año de la guerra, Thor había trabajado mano a mano con la competencia de la Sociedad Nordenfjeldske, con la que la Hanseática mantenía lazos estrechos, y que era propietaria de muchos hurtigruten, entre ellos el Prinsesse.

Esta postura lo colocaba en una posición que muy pocos noruegos podían superar por aquel entonces. En nuestro alargado país, antes de que el uso de los aviones de línea y los camiones se extendiera, la vía marítima a lo largo de la costa era el principal medio de transporte de personas y productos. Esa relación tenía una extensa historia conjunta; durante cientos de años, los barcos mercantiles habían bajado por la costa vendiendo pescado seco del norte, y llevando de vuelta grano y otros productos escasos en el norte. La vía del hurtigruten era el cordón umbilical entre los bancos de pescado del norte y las importantes ciudades comerciales de la región de Vestlandet.

El control estratégico de la vía costera había cobrado aún más importancia ahora, que había cientos de miles de soldados alemanes en suelo noruego. Iban a construir fortificaciones y reforzar el frente norte por si se rompía el pacto de no agresión con la Unión Soviética.

—Vera —dijo y se sentó sobre la colcha que cubría la cama, con voz más suave—. Ven, querida.

Con cuidado para que no se despertase, empujé el cesto con Olav dentro hasta colocarlo bajo el lavabo, y me senté a su lado. Thor me sacaba más de quince años, era un hombre de otro entorno y de otro tiempo, cuando los hombres tenían que ser corpulentos y llevar pajarita y chaqueta de frac y monóculos.

Pero eso era algo que me había gustado de él. Me gustaba lo predecible. Todo mi nerviosismo parecía totalmente ajeno a Thor. Si contra todo pronóstico hubiera leído un libro de Virginia Woolf, Sigmund Freud u otra mente moderna parecida, sus neurosis seguramente le habrían parecido tan ajenas como las historias de venganza de las antiguas sagas nórdicas me lo parecían a mí. Thor no andaba mordiéndose las uñas por nada. En su opinión, el día del juicio final no estaba más cerca debido a la ocupación alemana, ni por las noticias negativas del Frente Occidental.

«Los nazis son sin duda unos tipos muy vulgares», podría decir mientras tomaba café en Hordnes, «aunque creo que los periódicos han exagerado mucho estas supuestas persecuciones de judíos en Alemania».

Pero ahora pasaba la mano sobre mi espalda; sentí cómo la gran mano se movía por el costado y hacia abajo, lentamente, como si fuera digna de confianza.

—Vera, me doy cuenta de lo que supone para ti esta situación; la debilidad de tu madre y un bebé es una gran responsabilidad.

—He estado muy sola —le dije en voz baja—. Tienes que pasar más tiempo en casa.

Eludió mi mirada y negó con la cabeza, irritado.

—Nuestras propiedades no se pagan solas. La vida que tienes no es gratis.

Me sobresalté, librándome de su mano.

—Si es un asunto de dinero, puedo dormir en el suelo de la zona de carga.

Puso el fuerte brazo alrededor de mi hombro.

—Naturalmente, vas a dormir aquí conmigo. Las circunstancias de este viaje podrían haber sido mejores, pero vamos al norte, Vera. Vamos a pasar por algunos de los paisajes más bellos que hay en el mundo.

Me recorrió con un dedo la nuca.

—Te quiero, cariño.

Me besó el cuello y movió los labios sobre la parte superior del pecho, hasta que llegó al sujetador y más allá alrededor del borde con encaje. Cerré los ojos. Con una mano buscó el interior de mi muslo, ahora abrí un ojo y miré a mi alrededor.

—No —susurré.

Sus labios tocaron mi oreja.

—¿Por qué no?

Irritado y apurado, se apartó de mí, echándose a un lado. Nos quedamos tumbados, cada uno mirando a una pared diferente. Las campanas de a bordo volvieron a repicar y a través de las paredes oímos voces lejanas, risas, parloteo animado.

En el mismo momento, Olav comenzó a llorar desde su cesto. Lo levanté y lo mecí en mis brazos, después lo besé en la parte blanda de la coronilla, inspiré el olor dulzón y ligeramente nauseabundo del pelo suave. Luego llevé la boca abierta de pajarito a mi pecho y succionó con el inexplicable poder del indefenso bebé.

—He estado pensando —dijo Thor cuando devolví a Olav al cesto.

En su opinión, los padres no podían aportar nada antes de que el chico tuviera edad para aprender virtudes masculinas. Un día, Olav y Per, su medio hermano, un niño enfermizo y debilucho que le sacaba cinco años y era el resultado del primer matrimonio de Thor, lo sustituirán al frente de las empresas. Prepararlos para esa tarea era el trabajo del padre. Hasta entonces, otros debían ocuparse de ese asunto.

Continuó.

—Ragnfrid dio a luz a un niño hace poco. Podrá hacer de nodriza.

Un dulce hedor a excrementos se levantó del cesto. Coloqué a Olav sobre una manta en la litera, lo lavé y después le cambié.

—Me gusta hacerlo yo sola —dije—. Si por mí fuera, ni siquiera tendríamos niñera.

Puesto que a Thor los niños le daban igual y había crecido rodeado de un ejército de niñeras, nodrizas e institutrices, no lo entendía. No tenía ni idea de dónde venía yo, no sabía cómo había que fijar una casa con cables de acero para que resistiera las tormentas invernales, cómo nos abríamos paso hasta los establos a través de los huracanes para meter a los animales. ¿Cómo se iba a alegrar al ver los suelos de la casa recién fregados los sábados, si él nunca había levantado un dedo para hacer nada? Si alguien hubiese preguntado a las mujeres de su pueblo si necesitaban niñera para tener más tiempo para sus proyectos artísticos, habrían puesto el grito en el cielo.

—Creo que te gusta la libertad que supone, si lo piensas bien.

Desde que era niña había cuidado de los hijos de otros, así que, ¿por qué no iba a cuidar del mío? Amaba a mi hijo, lo amaba mucho más de lo que me había imaginado cuando andaba por Hordnes, esperando su llegada, aquella oscura primavera y principios de verano de 1940. Nació en julio.

Con su nacimiento, la realidad fue teñida con un nuevo filtro, como el duermevela entre el sueño y la vigilia que a veces te persigue a primera hora de la mañana. Mi cuerpo cambió, fue rasgado, la piel se me calentaba y quemaba. Las perspectivas cambiaron. Las pequeñas cosas se hicieron más importantes, el sonido de los traguitos junto al escote de la blusa, el niño que te saca la lengua cuando le cambias. Sentí indiferencia ante las grandes preguntas atemporales, el tamaño del estrellado universo, la eternidad de la familia.

Pero no fui capaz de relacionarme con la idea de la guerra, los soldados alemanes que marchaban por las calles, las noticias de la Wehrmacht que avanzaba por Europa Occidental como la tinta que corre sobre un folio.

Thor no estaba en Bergen cuando Olav nació, pero un par de semanas más tarde vino a la ciudad para echar un vistazo a su hijo. Un día lluvioso de agosto envió un telegrama a Fana y me pidió que acudiera a la sede de las navieras Falck con el niño.

Cuando llegué, estaba en su despacho junto con un médico. Me besó la mejilla antes de hacer un gesto de cabeza hacia el médico, quien cogió al niño y lo puso sobre una manta. Después le dio agua mezclada con azúcar y le sacó sangre del talón mientras Olav aullaba.

—¿Qué acabas de hacer? —pregunté, aunque ya estaba empezando a darme cuenta de qué se trataba.

—Es una formalidad —dijo Thor.

—¿Por quién me tomas?

—Entonces no hay razones para que te preocupes —sentenció y se encogió de hombros.

La quietud era tensa, casi se podía oír. Fuera estaba lloviendo. Después de un largo rato, el doctor volvió.

—Tiene AB+ —dijo, con alivio en la voz—. La ciencia ha avanzado a pasos agigantados y, dado su grupo sanguíneo, podemos concluir fuera de toda duda que usted es el padre biológico del niño.

Ocurre a menudo que los momentos decisivos no se presentan ante nosotros con claridad hasta mucho tiempo después; ahora sé que fue entonces cuando tomé la decisión. Tenía que alejarme de Thor, de Bergen, de todo lo que era mío sin serlo, en realidad.

—No me gusta la idea de que Ragnfrid y Olav duerman varias cubiertas por debajo de nosotros —dije después de una pausa—. ¿Y si pasa algo?

—No hay razones para preocuparse —contestó—. Nuestros barcos han seguido sus rutas sin un solo accidente desde la ocupación. El Prinsesse dispone de sonar. Además —continuó—, hemos quedado con el almirante Carax, el jefe de la flota alemana destinada en Vestlandet, y su esposa, para cenar. Creo que será mañana.

Me entraron ganas de confrontarlo con este evidente colaboracionismo, pero debido a que yo ya estaba trabajando para la resistencia, eso jugaría en contra de los intereses de esta. Al mismo tiempo parecería sospechoso que me limitase a sonreír y seguirle la corriente, porque Thor conocía bien mis opiniones políticas radicales. Opté por una especie de término medio.

—¿No crees que agasajar a un almirante alemán podría resultar provocador?

Suspiró.

—Tal vez en tus círculos revolucionarios, donde la gente vive del aire y del amor. Pero debo pensar en los muchos trabajadores que tengo en nómina.

Me encogí de hombros.

—Por cierto, el capitán ha solicitado tu compañía en la cena esta noche —dijo Thor.

—Me encantaría conocer al capitán —contesté educadamente.

Thor cerró la puerta tras de sí. Olav emitió un ruidito desde el cesto, pero volvió a quedarse dormido. Me acerqué al lavabo y me miré en el espejo, reprimiendo un deseo de llorar. Siempre había algo de esperanza. Dos días después llegaríamos a Trondheim y, dos días más tarde, todo lo que conocía se habría terminado y empezaría algo nuevo.

Bergen-Florø

Me cambié de ropa y bajé al comedor de primera clase, justo debajo de la suite del armador. En las escaleras volví a atisbar al oficial alemán tuerto. Era como si me escrutase, y ahora pude ver que el parche que le cubría el ojo en realidad era de color marrón prieto y estaba fijado con una tira oscura que le cruzaba la frente.

El olor a bacalao recién sacado del mar me golpeó la nariz cuando entré en el comedor. Thor estaba junto a un señor bajito con el pelo rizado de unos cincuenta años, que tenía una mirada un poco confusa en la cara y cuatro barras en las mangas de la chaqueta.

—Te presento al capitán Brækhus —dijo Thor con tono formal—. Esta es mi esposa, Vera.

Sirvieron bacalao fresco con patatas cocidas, zanahoria rallada y mantequilla con perejil que sabía a frutos secos; mantequilla auténtica. Los cocineros llevaron la comida sobre grandes bandejas de plata, los filetes de bacalao temblaban al ritmo de los motores del barco. El capitán Brækhus explicó que la situación aquí en el mar era totalmente diferente en comparación con lo que ocurría en las ciudades, donde el suministro de alimentos comenzaba a ser un problema serio. El mar es una despensa eterna.

Cené lentamente, tratando de disfrutar de la combinación del sabor suave y la consistencia laminada del pescado, la dulzura de las verduras, la nutritiva mantequilla con los trocitos de perejil.

—Nuestro país es alargado, ¡esta es la carretera nacional de la costa! Dígame una cosa, ¿es la primera vez que la señora viaja con el hurtigruten?

Negué con la cabeza.

—Soy del norte —contesté—. Me embarqué en el Dronning Maud como sirvienta cuando viajé al sur después de terminar mis estudios de secundaria. —Señalé con el dedo hacia la proa—. Dormíamos en el pasillo de las sirvientas, debajo del mástil; «el pasillo de las señoritas» era como lo llamaban por aquel entonces.

Me di cuenta de que Thor se enojó, pero pareció que al capitán Brækhus le divertía.

—¡El Dronning Maud, nuestro barco hermano! —exclamó con tono entusiasta—. Les puedo asegurar que las instalaciones del Prinsesse están a otro nivel.

—Mi esposa ya no necesita dedicarse a este tipo de menesteres

—dijo Thor acariciándome la espalda. Me estremecí al sentir el tacto de su mano.

—Una sirvienta del Dronning Maud —sonrió el capitán Brækhus—. Se ha casado con una mujer de armas tomar, director Falck.

—Sí, puede estar usted seguro de ello —se rio Thor, incómodo.

—Bien, ¿y a qué se dedica cuando no trabaja en la autoridad portuaria? —preguntó el capitán, girándose hacia mí.

—Escribo —dije con tono serio.

Brækhus asintió, receptivo.

—¿Y sobre qué escribe?

Para mí, por aquel entonces, la escritura no era más que una ambición lejana. Había un abismo profundo entre mis sueños y las frases que escribía. Pero ya se me daba bien fingir. Me preparé:

—Crecí a orillas del mar. La vida surgió en el mar y aun así hay pocas cosas que temamos más que al mar. Siempre me han fascinado los naufragios...

—Vera... —objetó Thor con una expresión contenida en la cara—. Este tipo de pensamientos no es adecuado para este lugar.

—Al contrario, es algo excitante —sonrió el capitán.

—Siempre he admirado el código de honor marítimo —dije, mirándolo a los ojos profundamente.

—¿En qué está pensando en concreto?

—En que el capitán es el último en abandonar una nave que se hunde.

—Sí, en eso tiene toda la razón —coincidió Brækhus. No sabía que tan solo unos días más tarde, él mismo se vería exactamente en la misma situación, según la declaración jurada:

La nave se elevó, y después se hundió directamente. Vio cómo la gente se agarraba a las barandillas de las escaleras cuando desapareció la embarcación. El capitán sigue explicando que fue empujado por debajo del nivel del mar y que tragó mucha agua. Cuando llegó nuevamente a la superficie, ya no se veía casi nada de la nave, pero sí vio gran cantidad de echazón y oyó a mucha gente gritar a su alrededor.

Pero ¿qué iba a saber el capitán Brækhus, y qué íbamos a saber el resto de los comensales del comedor de primera clase, sobre el futuro?

Eran las siete y veinticinco. Dejé el comedor y me dirigí a las escaleras con la alfombra roja a cuadros y una decoración ostentosa, con espejos en la pared. El barco se bamboleaba ligeramente con la brisa. Las campanas de a bordo repicaban y la velocidad se redujo, el hurtigruten estaba a punto de atracar en Florø. En las escaleras escuché voces expectantes y animadas de los salones de las cubiertas superiores. Agarré la fría barandilla de latón y seguí los pasos que se dirigían hacia arriba.

El segundo de a bordo se paseó escaleras abajo y levantó el sombrero para saludar, antes de que su espalda desapareciese del espejo del rellano.

Dos comerciantes ebrios tarareaban una canción cuando los pasé.

Donde terminaba la escalera, seguí la forma redondeada del hueco hasta una estrecha puerta que daba al servicio de guardarropa, iluminado por la fluctuante luz azulada de una vela. Una empleada colgó mi abrigo en una percha con movimientos raudos. Seguí el susurro de voces a través de las dobles puertas giratorias con trampillas curvas y motivos norteños tallados en caoba, hasta llegar al salón de fumadores.

Fuera pude ver la silueta de tierra firme —con la prohibición de encender las luces habíamos adquirido la vista nocturna de un felino—. La nave se arrimó lateralmente al muelle para atracar, oí las órdenes de los marineros y de la gente del muelle, y el sonido del cabrestante que se preparaba.

Fui la primera en llegar al salón de fumadores y no me gustaba, quería fundirme en la multitud, no destacar. Los únicos que estaban allí conmigo eran la reina Maud y el pequeño príncipe Olav, que me miraron desde un retrato fotográfico situado entre dos válvulas de aire diferentes en la pared del casco.

Esperé, encendí un nuevo cigarrillo, me empolvé la nariz. El salón de música no era grande: había tres sofás Chesterfield flanqueados por mesas bajas y butacas, un piano negro justo al lado de la salida, con una pequeña pista de baile en el centro.

Las puertas giratorias se abrieron, y con sus gorras metidas coquetamente bajo los brazos entraron orgullosos dos oficiales alemanes, uno de los cuales sujetaba una bandeja llena de copas de cristal. Miraron con amabilidad hacia mí y expulsé el humo del cigarrillo a través de la nariz sin devolverles la mirada. Los uniformes llevaban calaveras, eran hombres de las SS. Encendí otro cigarrillo, aunque más que calmarme los nervios, el tabaco me mareaba. El encaje del vestido me apretaba la cintura.

¿Las personas pueden oler el miedo, como lo hacen los perros? Estaba sudando y tenía frío.

Entonces la pianista entró, con un vestido de noche verde. Tenía el pelo de color negro azabache recogido en un moño que hacía destacar las orejas ligeramente sobresalientes, y la gran nariz en su cara asimétrica. No era bella, pero sí atractiva del mismo modo que podía serlo una cantante de cabaré parisina. Se sentó para probar la resonancia del teclado. Yo me quedé sentada, siguiendo los elegantes movimientos de los dedos sobre las teclas.

Miré el reloj. Las ocho menos cuarto. El salón fue llenándose de oficiales alemanes y pasajeros locales. ¿Por qué el hombre de la posada me había pedido que viniera justo a este lugar? Era una trampa. Mi cabeza me daba vueltas como un hámster en una rueda. Estaba perdida. El encuentro era un cebo y solo yo era lo suficientemente inocente como para picar.

Los oficiales de las SS vaciaron sus copas y miraron hacia mí al brindar.

¿Dónde estaba el hombre que me iba a sacar a bailar?

—Ayúdame, reina Maud —susurré, lanzando una mirada suplicante hacia el retrato de la monarca.

A mi derecha, dos hombres y una mujer se habían sentado en un tresillo. La mujer podría tener mi edad, y llevaba el pelo recogido según la moda que se veía en el cine, con una raya recta en el pelo repeinado con agua. Era llamativamente bella. Me pidió fuego con movimientos teatrales; le tendí el mechero. La mujer hablaba con distorsión en las erres, como si fuera de la región de Sunnmøre.

—¿Estás sola? —Asentí con la cabeza—. Siéntate con nosotros si quieres.

—Tal vez más tarde.

Fuera, el sonido del motor creció en intensidad. «Zarpemos ya, en el mar estaremos más seguros», pensé. En el mismo momento apareció una figura en la puerta. En la penumbra, atisbé la línea de una cicatriz que cruzaba la cara en diagonal.

Me midió con la mirada, pero no dijo nada. Deslizó la vista por el salón, pasando por los noruegos, la pianista y los alemanes. Con un amable gesto de cabeza hacia la mujer, tomó asiento en una butaca de cuero enfrente de mí.

—¿Te diriges al norte? —preguntó.

—Mi madre está gravemente enferma —dije—. De tuberculosis.

—Lo siento. ¿Adónde vas?

—A Lofoten.

—El lugar de origen del hurtigruten.

La voz se mezclaba con la música del piano y el apagado susurro de voces.

—Siempre me ha gustado el norte. La gente de allí es más librepensadora. Me llamo Henry Hagemann, por cierto.

Nos saludamos sin darnos la mano.

—El hurtigruten nació en Vesterålen —dije.

La pianista cantó una canción de Bing Crosby: *How deep is the ocean, how high is the sky.*

Puso una pitillera sobre la mesa. Con la mano sobre el estuche, lo empujó discretamente hacia mi lado de la mesa. La lisa parte superior brillaba, solo interrumpida por una inscripción esmaltada, un cabo en forma de círculo con las letras N y F por encima, D y S por debajo.

—Desde lejos parece que la pitillera está hecha de plata fundida, ¿verdad? Fúmate un cigarrillo, te invito yo.

Se inclinó sobre la mesa y me encendió el cigarrillo.

—Pero es una simple aleación de cobre, zinc y níquel —continuó mientras lo escrutaba—. Una superficie brillante puede ocultar lo contrario. Nada es lo que parece. Es muy resistente a la corrosión bajo el agua y no se oxidará. —Miró a su alrededor, repasando el local con la mirada—. La pitillera ya es tuya. Llévala en el bolsillo interior.

Posó los ojos en la pitillera de aleación y después me miró a mí.

—¿Quieres bailar?

Nos levantamos, me llevó a la pista de baile.

—Antes de hacerte caso, quiero garantías —dije.

—Ahora no sé si te entiendo.

—Garantías de que conozcas a gente que puede ayudarme a atravesar la frontera.

Hagemann susurró mientras bailaba.

—El director Falck, su marido, se va a reunir con las autoridades alemanas en este hurtigruten. ¿Ha oído hablar del almirante Carax?

—Mi marido es patriota —susurré—. No voy a espiarlo.

—Otto Carax es el *Admiral der norwegischen Westküste*. En la práctica, es él quien trae tropas y equipo por toda la costa. Va a proponer una colaboración más cercana entre las autoridades alemanas y las navieras de su marido.

Noté cómo el corazón me latía deprisa, pero no dije nada. No me hacía muchas ilusiones con respecto a Thor, pero sabía que no trabajaba para las tropas de asalto alemanas.

—Durante la escala en Trondheim dentro de dos días, debes dirigirte al Patio de las Palmeras del hotel Britannia. A las once en punto de la mañana, a la izquierda de la puerta de entrada, un hombre se te acercará para pedirte un cigarrillo. Entonces debes sacar la pitillera y darle uno.

—Gracias por este baile —dije.

Henry Hagemann me llevó como un caballero de vuelta al tresillo y, sin decir nada más, salió sigilosamente del salón.

Cogí la pitillera y la abrí. La fila de cigarrillos estaba sujeta con una cinta. El cigarrillo que me había dado era un par de milímetros más corto que los otros, y tenía un color ligeramente amarillento. Destacaba. Mi miedo se mezclaba con orgullo. ¿No era esto lo que siempre había soñado? ¿Hacer algo por mi país?

¿Qué eran estas voces que se oían fuera? Agudicé el oído. Las voces parecían más altas. En el mismo momento, un fuerte haz de luz atravesó las puertas giratorias. Durante medio segundo, el salón se iluminó por completo, al menos para nuestros ojos acostumbrados a la oscuridad. La gente miró confusa a su alrededor, como los clientes en un salón de baile cuando la luz se enciende y los defectos que habían escondido volvieron a ser visibles.

Las puertas giratorias se abrieron y los alemanes entraron a trompicones.

Florø-Måløy

Fueron al menos diez soldados armados, seguidos de dos hombres con abrigos grises y el emblema de la policía secreta.

Todo había sucedido tan rápidamente que nadie en el salón había tenido tiempo para moverse. Todas las velas de las mesas se apagaron, menos una que se quedó con una llama temblorosa.

Con los soldados, llegaron órdenes nerviosas que resonaron en los salones, puertas que se cerraban ruidosamente y pastores alemanes que ladraban y echaban espuma por la boca a los que hubo que contener.

—¡Que nadie se mueva! —ordenó el oficial de la Gestapo. Llevaba una camisa blanca y corbata, una chaqueta cruzada sencilla y elegante con botones chapados en oro y solapas anchas. El uniforme ajustado realzaba su figura alta y atlética. La cara tenía rasgos afilados y los pómulos eran prominentes.

Los hombres de las SS se levantaron y saludaron. Los oficiales de la Marina alemana se pusieron en pie y se cuadraron.

Los soldados nos señalaron tanto con sus linternas como con los cañones de sus rifles.

La pitillera de la mesa delante de mí brillaba a la luz de las linternas. ¿Hagemann me había engañado? El miedo me paralizó por un momento. Claro, era una trampa que habían tendido para pillarme. ¡Cómo podía haber sido tan inocente!

—Los noruegos del rincón de la derecha —dijo el comandante de la Gestapo. Era rubio y alto, con la barbilla levantada, la espalda estirada y rígida. El oficial tendría unos treinta años y daba sus órdenes con las palabras justas y precisas.

La pianista profirió unas maldiciones dirigidas a los soldados y, al momento, dos soldados rasos la llevaron bruscamente hasta nuestra mesa. Aparte de los dos hombres, la señorita de Sunnmøre y yo misma, solo había otro par de noruegos en la mesa de al lado. Estábamos apretados entre dos sillas y una mesa.

La reina Maud nos miraba desde la pared.

La última vela se apagó; el humo se elevó y se extendió por el salón.

—Mi nombre es *Sturmbannführer* Müller —dijo el oficial de la Gestapo en voz baja—. ¿Y el suyo?

Asintió en dirección a la señorita de Sunnmøre.

—Betsy Flisdal.

—¿Oficio y motivo para viajar?

—Trabajo de administrativa en una fábrica de filetes de pescado en Ålesund. Voy a Bodø para empezar a trabajar en una tienda de ropa femenina.

Müller escrutó el billete y sus papeles de identificación.

—Viaja en tercera clase, señorita. ¿Cómo es que se encuentra en el salón de primera clase?

—No es asunto suyo, ocupante —contestó Betsy airadamente.

Müller no contestó, pero dedicó una mirada condescendiente a la chica, sin dejarse provocar por sus palabras. Sus compañeros de viaje explicaron titubeantes que de momento carecían de empleo fijo, pero se ganaban la vida trabajando en pesqueros, lo cual era la razón por la que se dirigían a Måløy.

El oficial de la Gestapo llegó hasta mí.

—Me llamo Vera Lind —dije, con una voz que apenas sostenía—. Soy secretaria en la autoridad portuaria de Bergen. —Bajé la mirada—. He partido de Bergen con mi marido, mi hijo y una niñera. —Mi voz había recuperado cierta tranquilidad, parecía una explicación plausible—. Nos dirigimos a Stamsund para visitar a mi madre, que sufre de tuberculosis.

—Muy bien —dijo—. ¿Y tiene usted papeles que confirmen el motivo de su viaje?

El miedo me pinchaba la espalda, esperaba que no pudiera ver lo nerviosa que estaba.

—Me temo que no —dije—, todo ha sido tan precipitado. Mi madre se está muriendo. Pero tengo aquí mi certificado de nacimiento, que muestra que nací en Lofoten y resido en Bergen.

Le pasé el certificado, no hizo más que echarle un breve vistazo.

—Es un viaje necesario, entendemos su situación, pero la próxima vez no debe olvidar sus papeles.

Müller se giró y atravesó la pequeña pista de baile lentamente. Escrutó nuestra mesa. Las copas de cristal estaban medio llenas, los cubitos de hielo se habían derretido en el aguardiente.

El *Sturmbannführer* cogió la pitillera y la escrutó.

—¿De quién es?

La gente se mantuvo en silencio absoluto.

Ahora estaba en un verdadero apuro. «Reina Maud», pensé, ayúdame.

Al final rompí el silencio.

—Es mía.

—He olvidado mis propios cigarrillos —dijo Müller con un tono casi alegre, que me asustó aún más—. ¿Puede prescindir de uno?

Asentí con la cabeza y contuve la respiración.

El oficial abrió el estuche, había tanto silencio que pude oír el leve clic cuando abrió la tapa. Pasó el dedo por la fila de cigarrillos con un movimiento casi femenino. Cerré los ojos, imaginándome ya en la celda de una cárcel. Sacó un cigarrillo. Si lo inspeccionaba más de cerca, estaría perdida.

El *Sturmbannführer* Müller escrutó la pitillera, la cerró con cuidado y la devolvió al lugar donde la había encontrado.

—Muchas gracias, señora Falck.

Una sensación de tranquilidad se apoderó de mí.

Su ordenanza le encendió el cigarrillo.

—Sin embargo —dijo en voz baja antes de que pudiera esconder el alivio que me recorría el cuerpo—, su posición en la autoridad portuaria es el motivo de nuestra investigación.

El corazón me dio un nuevo vuelco. ¿Cómo podía saberlo?

—Por tanto, tendrá que acompañarnos.

—¿Qué quiere decir? —dije con una voz retorcida.

—Lo ha oído perfectamente.

Estuve a punto de levantarme cuando la puerta giratoria se abrió nuevamente. Allí estaba Thor, junto con el sobrecargo, trajeado y con el sombrero bajo el brazo. Dirigiéndose al *Sturmbannführer*, habló con voz autoritaria.

—¿Qué está pasando aquí?

—Estamos realizando una investigación sobre posibles revolucionarios y miembros de la resistencia —dijo Müller, visiblemente acobardado. Los alemanes respetaban a las personas de alto rango.

—Naturalmente, tienen derecho a hacerlo según la nueva disposición —dijo Thor, pedante como siempre. Dio unos pasos hacia mí—. Pero la mujer a la que está hablando es mi esposa.

Müller se movió, inquieto.

—¿Te han tratado bien? —preguntó con voz suave. Asentí con la cabeza y miré al suelo, él se giró hacia el hombre de la Gestapo—. A no ser que presenten sospechas concretas contra mi esposa, no tienen derecho a molestarla.

—Trabaja en la autoridad portuaria —dijo Müller.

—Mi esposa es muy trabajadora y políticamente independiente en su oficio —replicó Thor.

El *Sturmbannführer* consultó en susurros con su asistente. Luego asintió con la cabeza hacia Thor. Se dirigió a la salida del salón con los soldados rasos tras su estela. Cuando llegó a la puerta, se dio media vuelta.

—Gracias por el cigarrillo.

Måløy

Esa noche, el hurtigruten estuvo atracado en Måløy. Thor roncó de un modo regular junto a mí, y me quedé despierta.

La primera vez que lo conocí fue el verano del treinta y ocho, en el estreno de la exposición de su mujer, que tuvo lugar en la misma casa en la que ahora estoy escribiendo estas líneas más de treinta años más tarde.

Harriet Constance Mohn venía de una de las familias más ricas de Bergen y había crecido en Kalfaret. Para los casamenteros de la clase alta de la burguesía de la ciudad, una alianza entre los Falck y los Mohn parecía muy correcta. Ambas partes tenían dinero, o «recursos», tal y como lo llamaban ellos. La dote de Thor consistía en la considerable flota de naves de las navieras Falck. Harriet Mohn aportó la visión artística, que era tan común entre las mujeres de estos círculos. Desafortunadamente, pronto quedó claro que carecía tanto de talento como de capacidad de ejecución.

Yo no sabía nada de eso, claro está, el día que llegué a un enorme y señorial chalet suizo al sur de Bergen, en el municipio de Fana, que por aquel entonces estaba en medio de la campiña. Me habían llamado para cubrir el puesto de una camarera que estaba enferma. Me contaron que la casa había sido construida en torno al cambio de siglo, con el dinero del excéntrico naviero Theodor Falck.

Durante los dos años que llevaba en Bergen, había fregado platos y servido en mesas en muchas casas de gente rica para financiar mis estudios de bachillerato. Nada de lo que había visto hasta entonces podía compararse con este lugar.

La puerta estaba dominada por una placa con un halcón con las alas extendidas y el lema FAMILIA ANTE OMNIA por debajo. De ella salía un camino empinado que llegaba hasta el patio. Estaba enmarcado por un frondoso y bien mantenido seto, y hacía las veces de pista para los lipizzano que los Falck guardaban en unos establos situados a la izquierda de la entrada. Entré en un patio de invierno, y seguí hasta un salón tan grande como una sala de baile. Era allí donde se montaba la exposición. Junto con un par de camareras más, llevé bandejas con copas de champán, bogavantes y caviar para los invitados. En general, eran unas señoras ricas con vestidos extravagantes, que me trataban como si fuera aire, y sus maridos que miraban fijamente mi blusa blanca. Thor caminaba con pasos vigorosos entre los invitados y la cocina, parecía en el fondo bastante estresado mientras nos instruían sobre cómo llenar las copas correctamente antes de estrenar la exposición.

Solo había un problema. La propia artista estaba afectada por uno de sus muchos achaques de agotamiento. Harriet Mohn-Falck estaba en la cama en una de las habitaciones de la tercera planta y había cerrado la puerta con llave desde dentro. Yo servía más champán a los invitados de la sala, mientras Thor Falck daba un discurso brioso. La propia protagonista estaba indispuesta, dijo, pero la exposición seguía según el plan, naturalmente. Esto creaba un ambiente de inquietud, mezclado con risas bajas y malvadas, alimentadas por el mal ajeno. Por supuesto, aunque ella no estuviera, si alguien quería hacerse con una acuarela no iba a haber problema.

Cuando volví a la cocina por el pasillo lo vi en pie, sacudiendo la cabeza. Advertí algo vulnerable en su mirada.

—¿Se encuentra bien? —dije con cautela.

—Esa bruja ingrata y caprichosa —murmuró con el acento nasal berguense—. Aquí estamos en la maldita exposición de acuarelas que a nadie le importan y ni siquiera aparece.

Me acerqué a él y me puse junto a la pared.

—Sé cómo es eso.

Me miró incrédulo.

—¿Qué quieres decir?

—Mi madre estuvo enferma en la cama durante toda mi infancia.

—Una camarera —dijo—, ¿y te atreves a hablarme de tu vida privada?

—Simplemente parece tan triste, señor Falck.

Me doblaría en edad, podría tener treinta y tantos años. No era guapo, pero tenía un brillo vulnerable y manso en la mirada. Yo no lo sabía entonces, pero mi comentario acababa de penetrarle, como una lanza, esa armadura estoica que siempre llevaba puesta.

—Supongo que estoy sobre todo resignado —dijo, con un tono más amable—. Mi esposa se pasa todo el día en el cuarto a oscuras. No tiene fuerzas para hacer nada.

—Los artistas a menudo tienen una naturaleza sensible.

—Mi esposa no es una artista. —Escupió las palabras—. Es una ama de casa consentida que pinta acuarelas.

Thor Falck hizo una pausa y se tomó una copa de champán de golpe.

—¿Y por qué te hago partícipe de todo esto a ti, una extraña?

—A veces uno necesita soltar lastre.

Pensativo, Thor asintió con la cabeza a regañadientes. Luego estiró la espalda.

—Dime, ¿cómo le fue a tu madre?

—No muy bien —contesté—, empeora cada vez más. Aunque llevo varios años sin verla.

—¿Te largaste, sin más?

Una leve esperanza se manifestó en sus ojos, aunque trataba de ocultarlo. Sonreí.

—Solo se vive una vez, ¿no es así?

Por resumir una larga y compleja historia: Thor también se largó. No fue un romance en el sentido tradicional de la palabra. Para mí no, en cualquier caso. Era una sirvienta de dieciocho años de las afueras de Lofoten, que había cuidado de su madre enferma en una casa con mucha corriente en el barrio de Yttersia.

¿Acaso podía decir que no cuando, poco después, el naviero Thor Falck me invitó a dar un paseo con sus lipizzanos?

Nuestras acciones parecen libres, pero están sometidas a fuerzas que escapan a nuestro control. Porque, por supuesto, acudí al lugar convenido, a una distancia adecuada del estudio de la esposa, fuera de la finca. Thor me estaba esperando con dos caballos atados a un fresno grande, cuyo tronco estaba cubierto de musgo. Yo me incliné reverencialmente, él me besó las dos mejillas. Cabalgamos a lo largo del fiordo, sobre los campos y a través de los bosquecillos, por los senderos que recorrían la orilla y los caminos de carruajes, con el sol en la espalda. Thor con un trote sentado, confiado y con la espalda recta como un oficial de la caballería rusa; yo como un saco de patatas por detrás. Por supuesto, me reí en los momentos adecuados y sostuve su mirada un poco más de lo necesario, y después de atar los caballos nos dirigimos a unas rocas planas expuestas, en el fondo de una bahía expuesta, a un buen trecho de la finca; dejé caer la ropa, destapé mi sexo y le guiñé un ojo mientras me encaminaba al agua.

—¿A qué esperas?

No esperó mucho. Con la mirada llena de deseo y el miembro tapado con la mano, se quitó la ropa y entró en el agua de un salto. En aquellos tiempos, yo había adquirido algunas destrezas gracias a una aventura secreta con un actor casado del teatro Den Nationale Scene, que a veces me invitaba a subir con él a un ático de Nordnes. Cuando salimos del agua después del chapuzón romántico, me incliné y tomé su miembro en la boca. Sabía a sexo y agua salada. Me miró como si estuviera hechizado.

Me tumbé de medio lado sobre la caliente roca y sujeté la cabeza con la palma de una mano mientras escrutaba sus ojos.

—Nunca voy a ser tu amante, ¿eso lo entiendes?

Se mostró inseguro.

—¿Qué quieres decir?

—Si quieres volver a hacer esto, tienes que divorciarte.

Thor podría negar que sucediera tan rápido, porque tardó a fin de cuentas un verano en hacerlo, pero el caso es que desafió a los rumores de los mejores círculos burgueses de la ciudad y se divorció de un modo escandaloso de Harriet. Hay que reconocérselo.

Como es obvio, la familia de ella se puso furiosa por la ruptura matrimonial, y encima por una chica pobre del extremo norte de tan cuestionable moralidad. Solo fue después de unas negociaciones entre su gente y August Greve, el joven y extremadamente agudo abogado de Thor, que alcanzaron algún tipo de acuerdo. Thor era un negociador duro, y el «acuerdo» consistió en unos reducidos medios para que Harriet pudiese seguir pintando. El hijo iba a vivir con la madre, con Thor como benefactor y garante de los recursos económicos, pero fue justo lo que él prefería. Además, el hijo heredaría una parte considerable de las navieras de los Falck en cuanto alcanzase la mayoría de edad.

Así empezó una vida totalmente nueva para mí. Aprendí modales en la mesa y cómo vestirme adecuadamente, aprendí a dirigirme de usted a determinadas personas y ningunear a otras, fui al teatro y a cenas en las residencias de cónsules, empresarios, políticos y otros navieros. Una vez, Thor y yo viajamos en barco de vapor a Londres, y de allí con ferry y tren a París. Lugares que antes solo había conocido a través de la literatura, ahora se mostraban en todo su esplendor ante mis ojos. Mis sueños de infancia se cumplieron, mi vida se había convertido en una novela del tipo que tanto había leído en mi adolescencia. Y cuando Thor se apiadó de mí en una habitación de hotel parisina, gruñendo en alto, cuando metió la áspera punta de la lengua en mi boca, no dejé de pensar que mientras siguiera deseándome, yo había ganado, porque entonces podría hacer lo que me diera la gana.

Al final, no fue así de fácil. Entre la gente pudiente de la ciudad, no se veía con buenos ojos que las mujeres trabajasen para ganarse la vida. Sí podían pintar acuarelas o escribir novelas, siempre y cuando se comportasen, por lo demás, como una respetable ama de casa. Yo quería estudiar. Yo quería aprender cosas de todo tipo. También quería trabajar.

Thor se negó en redondo. ¿Por qué iba a conformarme con un trabajo mal pagado cuando podía supervisar la finca durante sus regulares ausencias? Decía que no tenía sentido. Propuso contratar a un académico como tutor doméstico, en lugar de «andar con facciosos y socialistas», como él decía. Pero yo quería justo algo así. Esa primavera cumplí diecinueve años. Había terminado el bachillerato, examinándome casi a escondidas.

Comencé a rebelarme contra Thor. En cuanto se marchaba, y eso ocurría con mucha frecuencia, bajaba a la ciudad para escuchar las clases de ciencia económica, o a Arnulf Øverland y a los refugiados alemanes en la Asociación Estudiantil, y tomar cerveza por las noches. Me uní a la Liga de la Juventud. El verano de 1939 fui a un campamento en Sunndalsøra, y lo que sucedió allí explica en parte por qué estoy escribiendo aquí hoy.

Ålesund-Molde

Había mentido a Thor. No solo mi matrimonio era una mentira. No iba a ir al norte a ver a mi madre, estaba muerta desde hacía tiempo debido a la tuberculosis que le había atormentado durante muchos años, y el plan de viaje era una de mis historias de ficción, no muy diferente de los relatos que escribí cuando me aburría en Hordnes.

El segundo día en el hurtigruten di vueltas por la nave mientras amamantaba y mecía a Olav en mis brazos. El barco avanzaba hacia el norte a buena velocidad. La franja de costa, dominada por islotes y arrecifes bajos y verdes, cambió gradualmente hasta convertirse en montañas altas y escarpadas como sombreros puntiagudos y filos de hachas y olas alargadas que batían con espuma blanca las montañas incoloras. Stadt y Hustadvika eran zonas temidas por cualquier capitán de barco experimentado, y con razón. Ahora aparecían calas caprichosas, poco más anchas que la desembocadura de un río montañoso, y arrecifes ocultos bajo el agua, estos últimos en forma de movimientos antinaturales en la superficie del mar.

La muerte de mamá me fue comunicada por medio de un telegrama del doctor Schultz, que llegó a mis manos en Hordnes un día de septiembre de 1938: «Querida Vera, siento tener que comunicarte...». Enseguida me di cuenta de qué se trataba y bajé corriendo al fiordo, gritando y llorando hasta que no me quedaron más lágrimas.

Lloraba por su triste final, y más aún por cómo la había traicionado al viajar hasta el sur. Mamá había tenido una vida dura desde que el ruso la dejó embarazada una noche en Svolvær y desapareció en su barco de comerciante. Era pobre y tenía mala salud, pero me había educado lo mejor que había podido. Mamá había alquilado una habitación del dueño de una granja en el barrio de Yttersia. Había trabajado cuando era capaz de hacerlo, preparando cenas de bacalao salado y carbonero seis días por semana. Los domingos a veces cocinaba cenas a base de tortas de pescado, sopa de semillas de lino y una ciruela pasa por persona.

Tenía once años cuando mamá enfermó. Podía pasarse las noches enteras tosiendo, el aire de la habitación viciado por su aliento corrupto. Varias veces encontré pañuelos llenos de sangre viscosa que había escondido. Antes siempre se levantaba por la mañana para ocuparse de los animales o ayudar con el resto de las tareas, pero ahora a menudo se quedaba exhausta en la cama y me mandaba salir.

Me saltaba las clases en la escuela por ella. Necesitábamos dinero, no podíamos vivir para siempre de la buena voluntad de otros. Fregaba suelos y partía cabezas de pescado y planchaba ropa, aunque todo mi ser protestaba violentamente contra esas actividades, y si me quedaban fuerzas por la noche, las dedicaba a leer bajo la parpadeante luz.

Los libros eran mi única vía de escape al mundo, con ellos podía viajar, salir de Hell y de Å, subir por la costa hasta Reine y el hospital de Gravdal —no había ido más lejos—, atravesar el fiordo y escapar de la oscuridad y las montañas y el mar y la gente que me llamaba «rusita».

Pero este mundo del que yo venía se había hundido en el mar cuando viajaba rumbo al sur cuando tenía dieciséis años, y con la muerte de mamá ya no quedaba nada, aunque tenía una tía en Sulitjelma, con quien siempre había tenido una relación cercana. Y la tía Gerd desempeñaba un papel decisivo en mi plan. Cuando el hurtigruten llegase a Bodø, me bajaría con el pequeño Olav sin ser vista, y después iría a Sulitjelma con billetes válidos.

Thor pensaba que íbamos a visitar a mamá, y no descubriría mi ausencia antes de que estuviera en medio del fiordo de Vestfjorden.

Cuanto había ocurrido en la nave el primer día había relegado mis pensamientos acerca de él a un segundo plano. Desde que nos conocimos aquel verano, él estaba presente en toda mi realidad. Estaba presente en todo lo que hacía, en todas las canciones que oía, era él y no Thor quien me tocaba en la cama por las noches. Tal vez solo fuera una de mis fantasías que siempre habían dado un sentido a mi vida desde niña. Quizá la aventura fuera a toparse con la realidad de la vida. Quizá. Mañana me enteraría, y la mera idea me emocionaba y mareaba.

Thor pasó casi todo el día en reuniones. A veces oíamos resonar la bocina del barco, la nave reducía la velocidad y atracaba. En Ålesund, la carga y las mercancías fueron descargadas con la fuerte grúa. Cajas con berzas, patatas y leche, madera y ruedas de coches, incluso algunos caballos asomaron sus cabezas confusas por debajo de la lona. El muelle era un hervidero; el primero de a bordo y el carpintero estaban inclinados sobre el plano de carga, un marino fijó el cable y colocó el botalón de foque en el sentido correcto. Junto a la campana había un novato con una máscara sobre la cara, tratando de frotar las manchas verdes del latón hasta hacerlas desaparecer.

Había dejado al pequeño Olav con la niñera. Junto a la oficina de billetes me encontré con Betsy Flisdal, la mujer con la que había hablado en el salón el día antes. A la luz del día, sus defectos eran más visibles. Caminaba encorvada y tenía el pecho hundido, la piel era roja y sucia bajo la capa de maquillaje, la mirada huidiza, como si estuviera cazando una mosca con los ojos.

—Siento lo de ayer —dijo—. ¿De dónde conoces a ese Henry?

—De aquí y allá. —Me encogí de hombros, esperando que no estuviera bien informada, en cuyo caso podría haber problemas—. Me he encontrado con él en Bergen algunas veces, pero en realidad no lo conozco muy bien. ¿Y tú?

—Solíamos trabajar juntos en los viejos tiempos —dijo con una sonrisa curiosa.

—¿Damos una vuelta por la cubierta?

Apoyadas en la borda, me habló pensativa.

—Verás, no me apetecía hablar de esas cosas mientras otros pudieran oírlo.

—¿No? —dije después de un rato.

—Solíamos viajar por el mar del Norte, si entiendes a qué me refiero.

—La verdad es que no —contesté. No parecía una persona muy inteligente.

—Quedábamos con un contrabandista de licor en las islas Shetland.

Henry Hagemann tenía el típico aspecto curtido y harto de un contrabandista de licor, no me sorprendió ni por un momento que Betsy hubiese participado en semejantes actividades. Sin duda, era ese tipo de persona.

—¿Para qué traficar? Hace ya años que la prohibición de aguardiente se levantó.

—Todavía hay muchos noruegos interesados en licor de contrabando —dijo Betsy, sonriendo y mostrando unos dientes manchados—. Hemos hecho muchas travesías, también desde la llegada de los alemanes. La costa es larga, no resulta difícil...

La expresión de su cara fue de repente más seria.

—¿Qué pasa? —pregunté y puse mi mano sobre la suya en la barandilla.

—Excepto una vez este verano —dijo en voz baja—. Fue a principios de julio, el 6 de julio; lo sé porque fue el día después del cumpleaños de mi madre.

—¿De qué estás hablando?

—Íbamos a atravesar el mar del Norte otra vez. Fuimos a Bremanger. Allí nos reuniríamos con un barco de las Shetland, el pesquero Irma. En lugar de eso, nos encontramos con los malditos alemanes.

—¿Cuántos barcos alemanes había?

—Tres, lo recuerdo bien porque nos rodearon en el mar. Y detuvieron a mi prometido; no lo he visto desde entonces.

El 6 de julio yo estaba trabajando. Controlaba perfectamente el tráfico marítimo. No había barcos alemanes cerca de Bremanger ese día. Me esforcé por acordarme. El Irma había estado amarrado en el muelle de Bergen ese día. Lo cual quería decir que Betsy Flisdal estaba mintiendo. Pero ¿por qué? ¿Qué pretendía? Puse una mano, empática, sobre su hombro.

—Seguro que volverás a ver a tu prometido pronto. Tengo que ir a echar un vistazo al niño. Nos vemos.

Nada más entrar por la puerta de hierro, me paré. A través de la válvula, vi cómo Betsy se movía con determinación hacia la popa, por la borda del lado de estribor en la cubierta levantada.

Subí las escaleras hasta la cubierta de paseo, continué en la misma dirección que ella, pasando por la popa, hasta llegar a la escalera que bajaba hasta el asta de la bandera. Allí me paré. Apenas había gente aquí, la mayoría estaba en tierra firme, estirando las piernas. Ladeé la cabeza contra el viento, tratando de escuchar.

Entonces oí la voz de Betsy.

—¿Vamos a la proa? Tenemos que hablar de un par de cosas.

Una voz de hombre, que no conseguí oír con nitidez, gruñó algo a modo de respuesta.

Sus pasos desaparecieron y me apresuré a bajar para seguirlos. Junto a las escaleras en la proa, las que subían a los salones, vi que ellos se internaban en la nave, pasando la cubierta principal hasta el punto más bajo que los pasajeros podían alcanzar. ¿Dónde iban? Los seguí a una buena distancia, escuchando cómo se perdían los pasos mientras descendían.

Las escaleras anchas solo llegaban hasta la segunda cubierta. No me habían descubierto. Me quedé en el rellano hasta que el ruido de las voces desapareció. Solo entonces me atreví a salir al ancho pasillo. A unos metros de distancia, en dirección a la sala de máquinas, oí cómo una puerta se cerraba. Seguí el ruido. Las paredes con las que chocaba estaban calientes. Me introduje en un pasillo muy estrecho bordeado de armarios llenos de equipos. En la puerta ponía: DESPENSA. PROHIBIDO EL PASO A PERSONAS NO AUTORIZADAS.

Puse la cabeza contra la puerta y traté de abrirla cautelosamente. Estaba cerrada.

Aunque solo raras veces he vuelto a pisar la cubierta de un barco desde 1940, las imágenes del hurtigruten me vuelven a la cabeza aquí en Hordnes, mientras escribo estas líneas. Mis recuerdos siguen intactos, pero los recuerdos no son pruebas concluyentes.

Doy paseos largos por aquí todos los días. La finca de los Falck en Fana ha decaído en los treinta años que han pasado desde sus días de gloria. Los arbustos ornamentales están ocultos bajo matas altas de malas hierbas, y hace muchos años que los establos no se pintan. Pero es Per quien lleva las navieras ahora. Lo veo cada mañana desde la ventana lateral de la casa, cuando atraviesa el patio con la cabeza gacha. Sé que baja al centro para negociar las nuevas garantías hipotecarias para la flota de los Falck, con la cara gris y tensa por todas las malas noticias. La crisis en el sector del tráfico marítimo se traduce en una crisis para las navieras de los Falck, hasta ahí entiendo, y a Per le faltan fuerzas para solucionar los problemas.

Afortunadamente para mí, ha accedido a darme acceso al anexo que alberga los archivos privados de la Sociedad Hanseática de Barcos de Vapor, ya desarticulada, y me permite alojarme en una habitación para los criados donde puedo quedarme el tiempo que quiera. No creo que tenga muy claro en qué lío se ha metido, pero ese es su problema.

No he venido aquí en calidad de novelista, sino que tengo una misión más seria: en los archivos privados de la Sociedad Hanseática de Barcos de Vapor se encuentran los documentos que pueden confirmar que la historia que estoy contando en estas páginas dice la verdad, y que no se trata de una novela.

La cena que se celebró en el segundo día a bordo del hurtigruten representa un papel importante desde este punto de vista. Al almirante Otto Carax y su esposa se les había asignado para la ocasión una alcoba separada del comedor en primera clase, justo debajo de los salones de música y de fumadores en la cubierta delantera. Me había puesto un vestido azul de motivos florales que me había comprado en París. Thor me miró con aprobación cuando entramos juntos en el salón.

El almirante Carax no era un vulgar oficial nazi; era un aristócrata correcto y amanerado de la vieja escuela, con un pelo rubio ondulado y una mirada atenta, que tendía a posarse con cierta insistencia en lo que contemplaba. Su esposa, que podría haber tenido unos cuarenta años, me miró con ojo crítico y trató de romper el hielo con algunas observaciones iniciales sobre la escuela pictórica del nacionalismo romántico y el «brillante» compositor noruego Geirr Tveitt, pero sus comentarios fueron recibidos sin entusiasmo. Thor se aclaró la garganta y exclamó:

—Brindemos, queridos amigos. El almirante y yo podemos tener ideas diferentes respecto de la ocupación de Noruega, pero estamos de acuerdo en lo más importante: las ruedas del país no deben parar, hay que preservar los puestos de trabajo y la gente debe vivir en paz y prosperidad.

Todos brindaron. El almirante Carax me lanzó una mirada inequívoca, algo que su esposa captó enseguida. Ella, a su vez, le lanzó una mirada iracunda primero a él y después a mí. En cuanto a mí, estaba pensando sobre todo en lo absurdo de todo esto, de estar aquí en el hurtigruten, cenando con un almirante alemán.

Thor y el almirante siguieron hablando de los acuerdos que estaban negociando. La idea era que las esposas debían ahora hablar de otros temas. Yo no tenía nada que decir. El mundo de Thor, de mujeres obedientes y complacientes, no era mi mundo.

Al final Thor se dio cuenta de que estaba aburrida. Se giró hacia mí.

—El almirante lleva tiempo buscando una residencia, una finca que sirva tanto para vivir como para organizar recepciones de un carácter más oficial. Él y sobre todo su bella esposa tienen un gusto muy refinado. Es un asunto del que la parte femenina de esta mesa quizá sepa más que de los asuntos de tráfico marítimo.

Ahora ya me daba cuenta de por qué estaba presente en la cena.

—Tengo mucho respeto por la modestia noruega —contestó Carax y se tomó un pequeño sorbo de vino tinto—, pero, en mi opinión, podrían construir residencias privadas de un tamaño más decoroso. No obstante, ustedes tienen una residencia bonita al sur de Bergen.

Aquí, el almirante Carax se inclinó sobre la mesa con una sonrisa.

—¿Están pensando en nuestra residencia de Hordnes? —dijo Thor, inseguro.

—En efecto —sonrió el alemán.

Podía ver claramente cómo incomodaba a Thor con su amable insistencia, expresada en voz baja.

—No, me temo que Hordnes no se alquila, ni siquiera a buenos amigos —dijo.

—¿No? —insistió Carax.

—Eso sí, la familia dispone de un lugar justo en las afueras de Oslo —dijo Thor—. Su nombre es Rederhaugen. La finca ha caído en desuso en los últimos años, pero se trata de una propiedad más grande y valiosa que la de Bergen. ¿Qué opinas, Vera?

Yo sabía que Rederhaugen la había construido Theodor Falck hacia el año 1900, y habíamos pernoctado allí algunas veces durante nuestras estancias en Oslo, pero yo tenía pocos vínculos con el lugar. Nadie en la familia de los Falck lo tenía en esa época.

—La ubicación es bonita —dije, mirando a los tres a la cara, uno tras otro—, pero se dice que está encantada.

—Que está encantada —repitió el almirante, antes de soltar una risa—. ¡Tiene una imaginación muy viva, señora Falck!

Su esposa parecía un poco preocupada por lo que había dicho, pero Thor siguió:

—Creo que el almirante sabrá manejar los fantasmas con la misma eficacia con la que se ocupa de otros menesteres.

—Yo también lo creo —dijo el almirante y se echó para atrás con una sonrisa—. Ya llegaremos a los detalles prácticos, pero tal vez sea necesario realizar algunas reformas subterráneas bajo la propiedad.

—¿Con qué fin? —preguntó Thor.

—Bien, como sabe, los malditos británicos aún no han capitulado, y no sabemos si se les puede ocurrir la insensata idea de enviar sus aviones sobre Noruega.

—Tienen suficiente con defender su propio país —dijo Thor.

—Cierto —admitió el almirante, guiñando un ojo—, pero nos gusta estar bien preparados.

Brindamos por la colaboración y por Rederhaugen.

Es invierno y la lluvia cae silenciosa sobre el fiordo de Fanafjorden, que veo al otro lado de la ventana. He repasado la correspondencia relativa a 1940 de la Sociedad Hanseática de Barcos de Vapor, en el archivo. Allí hay una carta que, como todas las demás, lleva el logotipo postal de la naviera.

Lo interesante son los nombres y las fechas.

> Del dir. Thor Falck, de la Sociedad Hanseática de Barcos de Vapor.
> Para el almirante Otto Carax.

La data es del 21 de octubre de 1940. Es la fecha en la que el Prinsesse Ragnhild estaba atracado en Trondheim.

Acerca del transporte de tropas alemanas, pone:

> Tras reunión mantenida el 21 de octubre en Trondheim, se han alcanzado los siguientes acuerdos entre Hauptabt Volkswirtschaft (HVW) y Det Hanseatiske Dampskibsselskab (HDS): las autoridades alemanas podrán, en caso de necesidad, hacer uso de los hurtigruten de la sociedad para transportar tropas en 3.ª clase. La retribución se definirá en función del precio de los pasajes actuales en su momento, con cargos especiales relativos a la carga, sobre todo cuando esta contenga material incendiario y explosivo.

Fotocopio la carta y la vuelvo a dejar en su sitio. Thor recibió la Cruz de Guerra con espada póstumamente por sus actividades durante la guerra, yo misma la recibí en su lugar. ¿Estaban al tanto de esto? ¿Sabían que él y las navieras de los Falck, a la vez que realizaban el supuesto trabajo con la resistencia, también se embolsaron millones a cambio de transportar tropas alemanas a diferentes secciones del frente en el país?

Me apresuré a bajar al sollado y llamé a la puerta del camarote donde estaba Ragnfrid con el pequeño Olav. Cuanto más pensaba en la reunión con el almirante, más alterada me ponía. ¿Qué iba a hacer? ¿Debía dar el aviso?

Cuando llamé, la niñera puso una cara confusa, carente de la dentadura postiza, al abrir la puerta. Parece que ya se había acostado.

—¿Vera? —dijo.

—¿Puedo? —pregunté, asintiendo con la cabeza hacia el interior del oscuro camarote.

—Olav está dormido —respondió, siseando.

—Da igual.

Di un paso hacia delante, ella se apartó con un paso lateral reticente. En la oscuridad pude ver la pacífica carita de Olav en el cesto, que estaba en el suelo. Me llenó de un amor incondicional, pero también de preocupación por lo que pudiera pasar. Me subí a la litera superior y me quité los zapatos.

—Mañana —comencé.

Ragnfrid me echó un vistazo de preocupación.

—¿Qué?

—Thor tiene reuniones todo el día —dije—. Necesito que te ocupes de Olav.

—Muy bien —contestó con un tono vacilante.

—Además —continué, mirándola fijamente a los ojos—, no quiero que le comentes nada a Thor.

Me miró.

—No eres feliz, Vera, ¿verdad?

Me movió una repentina preocupación, pero la calificación de felicidad o infelicidad no cubría el rango de mis sentimientos en aquel momento, porque estaba infeliz y feliz al mismo tiempo. Tiritaba de emoción y miedo.

Mañana iba a pasar.

—¿Puedo dormir aquí esta noche? —dije.

Kristiansund-Trondheim

Se llamaba Wilhelm.

W por *War,* W por *Weltschmerz,** W por Wilhelm. Eso sí, no tenía ni idea de cuál era su auténtico nombre. Todos los alemanes de la resistencia en el campamento de verano operaban con alias por razones de seguridad.

El campamento de la Liga de la Juventud tuvo lugar el verano de 1939 en Sunndalsøra. Antes de que yo viajara, tuve mi primera discusión importante con Thor. Un día de principios de verano de aquel año, conseguí publicar un artículo en uno de los periódicos de la ciudad. Thor me dejaba hacer mis cosas en general. Ni siquiera le importaba que yo estuviera metida en una organización radical como la AUF, la Liga de la Juventud del partido socialista. Eran «autoengaños juveniles», como él decía con condescendencia. Sin embargo, las afirmaciones en mi artículo fueron demasiado. «Llega la guerra, y con la crisis llegará la redistribución radical de los medios de producción del socialismo», escribí, y cuando a los miembros de la familia Falck, dispersos por la ciudad, se les atragantó el café de la mañana por las formulaciones pesimistas y el lenguaje radical, dio un golpe en la mesa.

Yo no iría a ningún campamento socialista.

—¡No eres mi padre! —grité, y las paredes temblaron.

—Puede que ese, precisamente, sea el problema —contestó con frialdad.

Mi voz resonaba de ira.

* *War* significa «guerra» en inglés; *Weltschmerz* equivale aproximadamente a «dolor existencial» en alemán. *(N. del T.)*

—¿Qué acabas de decir?

—Siempre te ha faltado una figura paternal, Vera.

Puse el dedo índice en su pecho, un corazón de conejo que latía con fuerza.

—No vuelvas a decir eso nunca. Nunca. Y el campamento de verano es socialdemócrata.

Puede que el artículo me metiera en problemas con la familia Falck, pero en la Liga de la Juventud me otorgó cierto prestigio. Siempre había escrito, y había quedado claro rápidamente que tenía cierto talento para expresarme con agudeza y realizar ataques personales del tipo sencillo que hacía falta en un texto polémico de la prensa. Los socialdemócratas, por lo menos aquellos que no pertenecieran a los círculos intelectuales en torno a Mot Dag de la capital, no disponían de estas habilidades. Eran gente empática, práctica y jovial, con los pies en la tierra, dedicados a un esfuerzo auténtico por hacer del mundo un lugar menos jodido para los oprimidos. Pero no sabían escribir. Los artículos que redactaban eran tan secos como informes de contabilidad, ilegibles.

El hecho de que supiera escribir textos políticos radicales se debía, naturalmente, a que tenía el sueño de convertirme en escritora. No tenía más que diecinueve años, pero ya entendía que la política y la realidad no eran solo algo que había que retratar. Era algo que se podía manipular. Y formar.

Un escritor era por principio un mago, un seductor, un ilusionista. Puede que no fuera una maga de pura sangre, pero caricaturizaba al enemigo y esbozaba algunos sueños para el futuro. Era una soñadora. Toda mi vida me había dejado llevar por mis fantasías. ¿Acaso no eran los sueños el núcleo tanto para todas las formas del socialismo como para la vida misma? Sueños de una vida feliz o de un futuro como personas libres. Donde el trabajo remunerado y la búsqueda de beneficios estaban subordinados a la alegría y la felicidad, donde la gente podía amar a quien quisiera, donde las expectativas en las mujeres se sustituían por la libertad de hacer lo que una quisiera, crear arte o bañarse desnuda una noche de luna llena.

Pero también era una joven inocente y moldeable sin grandes conocimientos, y aquel verano bajé a la tierra. Tanto las banderas rojas como las noruegas ondeaban sobre las tiendas de campaña del campamento de Tangen, en Øra. La nuestra era una delegación grande que venía de Bergen. Dos camaradas habían caído en la batalla de Tarragona justo al final de la Guerra Civil española a finales de aquel invierno. Y eso nos había afianzado en nuestras convicciones: el fascismo era una peste que había que derrotar por todos los medios.

Las tiendas blancas se extendían sobre Øra como si fueran casas en una ciudad. A unas pocas tiendas de distancia vimos, con ojos reverenciales, la figura alta, delgada y seria de Einar Gerhardsen, con el torso desnudo y la cara llena de espuma, afeitándose.

También había algunas tiendas más grandes, que se usaban como comedores y para las ponencias más importantes cuando estas no se realizasen al aire libre. Aunque había ponencias de personajes de la talla de Gerhardsen y Trygve Bratteli, fueron los refugiados alemanes socialdemócratas los que más nos impresionaron. No hacía falta más que entrar en la habitación donde los alemanes exiliados iban a hablar para que uno se diera cuenta de la diferencia. Sus caras eran a menudo más viejas, curtidas, serias, con las miradas llenas de la nostalgia del exiliado y el ferviente deseo de regresar. Muchos de ellos habían aprendido la lengua noruega con una velocidad pasmosa, y sus discursos elocuentes y precisos sobre la tragedia que afligía a su país llegaron a todos los oyentes.

El líder informal de los alemanes exiliados era un hombre que se hacía llamar Willy Brandt y que había vivido en Noruega durante unos años. Su voz era profunda y directa, su postura corporal tranquila y confiada, sus argumentos lógicos y precisos en una lengua que había aprendido de adulto.

Nos hechizó.

Durante su ponencia en la que, a lo largo de una hora, dibujó el triste escenario para los socialdemócratas europeos frente al fascismo, otro hombre apareció en la última fila. A diferencia de Brandt y los otros alemanes, tenía una actitud despreocupada y desenfadada, que enseguida captó el interés de todo el mundo. Parecía casi indiferente cuando se sentó, con unos pantalones anchos de pana, una camisa arrugada de lino y un sombrero bajo el brazo. Pero cuando tomó la palabra después de la ponencia y preguntó una cosa a Brandt, fue todo lo contrario.

No recuerdo las palabras exactas de su pregunta, pero trataba sobre la estrategia que los alemanes radicales debían adoptar en su trato con los nacionalsocialistas. Llegó a producirse un tenso intercambio de palabras entre los dos, porque el tipo de la camisa de lino sostenía la opinión de que el frente popular de Brandt era más dañino que útil.

Mi propio diletantismo fue completamente revelado en el mismo debate. Tras este intercambio de palabras, levanté la mano y defendí de corazón el modelo de sociedad soviético, un lugar sin propiedades privadas ni intercambios capitalistas, una sociedad de un nuevo tipo de persona socialista. En este punto, mi discurso se volvió especialmente cargado de emoción, porque de repente veía a mi padre delante de mí, con la espalda recta, moreno, con una guadaña sobre el hombro. Mi intervención cosechó aplausos de muchos de los jóvenes noruegos de la Liga de la Juventud, entre los que la Unión Soviética aún era un modelo de país muy loable.

Willy Brandt respondió a mis afirmaciones, una tras otra; sí, él mismo se había dejado seducir por la Unión Soviética, pero el país no era más que un pueblo Potemkin, dijo, mirándome seriamente.

—Potemkin, ¿qué? —dije.

Grigorij Potemkin, explicó, levantó fachadas de pueblos enteros durante la visita de Catalina la Grande a Crimea, en 1787, para convencerla de que el desarrollo del país iba bien. Un pueblo Potemkin daba una imagen de cómo debía ser la realidad, no de cómo era.

El pueblo Potemkin: Brandt había usado la expresión con intenciones evidentemente negativas, pero ya me estaba gustando la expresión.

En esta «sociedad ideal», continuó Brandt con severidad, millones de personas se morían de hambre, eran deportadas o ejecutadas ante la más mínima sospecha. Además, la rígida división marxista de burgueses y trabajadores había empujado a los sectores moderados de la burguesía a los brazos de los fascistas, cuando lo que necesitábamos más que nunca era un frente unido contra el fascismo. Las ensoñaciones eran nobles, pero por eso mismo no servían para entender lo fundamentalmente caótico de esa política.

En cualquier caso, tuve que haber dejado algún tipo de impresión, porque esa misma noche, cuando estaba delante de la tienda que compartía con otros, leyendo bajo la luz de una lámpara de queroseno, el hombre de la camisa de lino apareció en la penumbra. Los demás estaban sentados alrededor de la hoguera del campamento, y él se quedó mirándome desde las sombras antes de dar un paso hacia delante.

—¿Qué estás leyendo?

Al igual que Brandt, él también hablaba un noruego excelente, con un leve acento alemán.

—*Pecadores bajo el sol de verano*. Es una novela noruega, seguramente no la conocerás.

Giró el libro con la mano.

—Salió en alemán antes de la usurpación de poder: *Sünder am Meer*. Primero la leí en alemán y después en noruego. Es más fácil leer novelas que ya conoces. Me gustó en noruego. Fredrik y Erik, ¿no es así como se llamaban los chicos?

—No debes olvidar a las chicas —repliqué.

—Son todos muy inocentes —dijo—. Creen en un nuevo tipo de persona que quiere crear un mundo mejor. Sin guerras, pero sin opresión, donde los seres humanos pueden venerar el amor.

—¿Y tú no crees en eso?

Mi mirada tuvo que haber adquirido una expresión provocadora, pero su respuesta, cuando llegó, fue expresada en un tono muy serio.

—Creíamos todos en lo mismo —dijo con una voz triste—, pero el amor y la comunidad no van a derrotar al nazismo.

—Soy Vera —me presenté, y le di la mano—. ¿Tú cómo te llamas?

—Wilhelm —contestó tranquilamente. No me sacaría muchos años, pero me di cuenta enseguida de su tranquilidad; fue contagiosa. Wilhelm tenía una expresión franca, que transmitía confianza, y una mirada que me atrapaba.

—Mencionaste la Unión Soviética —dijo con una voz un poco rígida y formal, y me pregunté si se debía a que el noruego no era su lengua materna—. ¿Por qué es un asunto tan personal para ti?

Nadie me había planteado esta pregunta de un modo tan directo antes. Había enterrado ese lado en el fondo de mi alma durante tantos años. Thor no sabía nada, esa parte de mi vida estaba guardada en el norte de Noruega. A lo lejos pude oír las voces alegres de los otros participantes en el campamento. Miré al suelo.

—Prefiero no hablar de ello —susurré. Asintió con la cabeza en silencio y miró a la oscuridad. Nos quedamos así mucho tiempo—. Pero gracias por preguntar.

Se levantó y desapareció en la penumbra entre las tiendas.

Todo el día siguiente lo busqué con la mirada. La gente se bañó en Tippen por la mañana, y a la tarde, nuestro equipo local barrió al equipo de los líderes de la Liga de la Juventud en un partido de fútbol. Gente como Trygve Bratteli y Brandt manejaban mejor las bocas que las piernas, eso estaba claro. No vi a Wilhelm por ninguna parte. No hizo más que aumentar el aura de misterio en torno a su persona. Por la noche hubo baile, y un líder del equipo local tras otro me sacaron a bailar, pero no dejé de mirar por encima del hombro todo el tiempo, y volví a la tienda pronto. Aturdida, me acosté en mi saco. No sabía cuánto tiempo llevaba dormida cuando oí una voz que se impuso a mis sueños.

—¿Vera? —susurró la voz.

Miré a mi alrededor, mis compañeros dormían y roncaban, hacía mucho que el baile había terminado. Una silueta apareció en la apertura de la entrada de la tienda, la cara estaba oculta por el contraluz de la luna.

Wilhelm.

—¿Quieres dar una vuelta bajo la luna? —continuó—. Ponte un jersey y unos zapatos de caminar.

Estaba demasiado aturdida para sentir nervios o excitación. Sin decir nada, me puse un pantalón y me calcé los zapatos. Salimos a la hierba mojada. Nos escabullimos de la zona de acampada, rápidos y silenciosos. El distante cielo estaba cubierto de estrellas; las montañas, oscuras.

—¿Ves eso? —dijo, señalando con el dedo.

Había dos bicicletas apoyadas en un pino. Me acomodé y tuve que estirar las piernas para poder pisar los pedales con fuerza. Pasamos las calles desiertas de Øra. Primero él, luego yo siguiendo su rueda. Aparte de un gato de color gris brillante que cruzó la calle delante de nosotros, no se veía a nadie en el pueblo. La calzada estaba cubierta de un rocío ligero. En las curvas tuve que reducir la velocidad para no perder el control.

Cuando cruzamos el río, comenzaron las cuestas. Mi bicicleta solo tenía una marcha. Wilhelm subió las pendientes con suma facilidad, pero yo tuve que ponerme de pie y apretar con todas mis fuerzas en cada pedalada. Las piernas me pesaban como el plomo. Seguimos la orilla del fiordo, luego la ladera del monte cuesta arriba. Después de una eternidad, llegamos al fin del camino.

La oscuridad seguía envolviéndonos. Las noches ya se alargaban desde el solsticio del verano.

Wilhelm se bajó de la bicicleta sin esfuerzo alguno.

—¡Podías haberme dicho que íbamos a participar en las Olimpiadas! —dije, tratando de recobrar el aliento.

—Lo has hecho muy bien, Vera.

Un sendero, perfectamente visible en la oscuridad de la noche, incluso entre los árboles, conducía al interior del bosque. Él caminaba primero. El sendero ascendía en picado. El bosque de abedules y la vegetación verde dieron paso a un paisaje de rocas quebradas. En un momento dado, estuve a punto de resbalarme en una roca plana, pero él me cogió de la muñeca y me agarró con firmeza. Nuestras miradas se cruzaron. Seguimos avanzando a grandes zancadas, sin ver apenas nada.

Solo cuando llegamos a la zona plana de la cima, me di cuenta de que la luz se había vuelto gris alrededor de nosotros. Detrás, muy abajo, vi el grupo de casas y tiendas en Sunndalsøra, y hacia el otro lado un fiordo brillante se abría paso entre los picos rumbo al mar, mil metros por debajo de nuestros pies.

Nos sentamos sobre un saliente de roca justo debajo de la cima. Wilhelm sacó un embutido de cordero, que cortó con un cuchillo.

—También tenemos montañas en Alemania —dijo—, pero el mar no entra en los valles.

—Tendrías que viajar a Lofoten. Allí es como si el agua subiera hasta la mitad del Matterhorn y las montañas del alrededor.

—¿Eres de allí? Por tu acento parece que vienes del norte de Noruega.

—¿Puedes captar eso? —dije, riéndome.

Asintió con la cabeza.

—¿Viajamos a Lofoten, tú y yo?

Sonreí.

—Mi vida está en el sur ahora.

Wilhelm masticó un trozo de carne.

—¿Por qué?

No sé el motivo, pero empecé a contarle. Salió todo de un modo imparable. Le hablé de mi hogar en Yttersia, donde nunca se ponía el sol o nunca se levantaba; de la habitación oscura que mi madre al final alquiló en el sótano del granjero Ellingsen en Å. La última letra del alfabeto. El fin del mundo.

Le conté la historia que mi madre me había relatado a regañadientes justo antes de que yo misma partiera. Sobre el año 1919, cuando ella iba a trabajar un verano en una tienda de ultramarinos de Svolvær para ganar dinero y empezar sus estudios de magisterio. Era el solsticio de verano, hacía buen tiempo y aquella noche mi madre salió con una amiga a bailar.

Había un barco comercial ruso atracado en el puerto, y los hombres que habían desembarcado bebían kvas y vodka mientras tocaban el acordeón y participaban en los bailes populares. Tras el baile, la amiga de mi madre se marchó y mi madre se quedó con un hombre desconocido con cejas oscuras y mechas rojizas en el pelo. Se llamaba Dimitrij. Habló de Rusia, de pueblos con cúpulas doradas en las torres de las iglesias, de lugares donde hacía tanto frío que tenían que encender fuegos bajo los coches por la noche para que no se produjesen cortocircuitos. Habló de mansiones donde los sirvientes servían vino y pan negro con caviar, y bandejas de plata con chuletones que goteaban grasa, de cómo se casarían en una iglesia preciosa donde la luz entraba a través de ventanas con mosaicos azules, y decía que nunca la iba a dejar.

Todo eso dijo, y esa noche fui concebida. Cuando mi madre despertó al día siguiente, él y el barco comercial habían desaparecido.

Wilhelm había escuchado toda la historia con atención.

—¿Y Dimitrij nunca volvió?

—Cuando crecí —continué—, mi madre me llevó al cobertizo de

botes. Allí me enseñó un cofre de diseño tradicional que había preparado para Dimitrij, por si volvía. Al principio me entristeció, era un sueño de mamá que nunca iba a cumplirse. Pero después me di cuenta de que se trataba de un símbolo: siempre tenemos que estar listos para viajar. Cuando terminé la educación obligatoria, me marché. Metí todas mis cosas en ese cofre. Y decidí que nunca volvería. ¡No me puedo creer que te cuente todo esto! —exclamé—. Nunca se lo he contado a nadie. Ahora te toca.

Empezó a relatarme su historia tranquilamente.

Fue una historia compleja, de las divisiones internas del partido socialdemócrata alemán, entre los socialistas y los socialdemócratas, con una larga lista de nombres que yo no conocía. Willy Brandt había abandonado el socialismo intelectual y teórico, y se había pasado al Partido Obrero. En el frente popular contra el fascismo, dijo Wilhelm, todo lo demás era secundario. Pero las autoridades alemanas estaban buscando a la mayoría de los alemanes que residían en Noruega y les habían privado de su nacionalidad. Brandt había entrado en Alemania fingiendo ser un estudiante noruego, en 1936, pero la situación de Wilhelm era diferente.

Había llegado a Noruega como adolescente y se había mezclado con la gente del entorno de los exiliados antinazis a través de unos estudiantes noruegos. Sus padres trabajaban para la delegación alemana en Oslo y eran apolíticos. No figuraba en ningún registro, y cuando regresó a Alemania en el otoño del treinta y ocho, no le quedó otra que hacer el servicio militar.

—¿Perteneces al Ejército alemán? —dije.

Vaciló antes de contestar.

—Hay muchas maneras de luchar, Vera. Yo tengo la mía y tú debes encontrar la tuya.

Los primeros rayos de sol colorearon las montañas alrededor de nosotros. Estábamos sentados en un saliente rocoso. Ahora, cuando escribo estas palabras, más de treinta años más tarde, en este anexo con vistas al fiordo de Fanafjorden, aún puedo sentir la piedra bajo las nalgas, y el brezo que me cosquilleaba los tobillos, el sol que me calentaba los antebrazos desnudos, y puedo sentir el sabor salado del embutido de cordero que estaba masticando. Veo su cara sincera e infantil, con los ojos rasgados y la suave curvatura de la boca, el pelo cenizo, la camisa caqui que se ha arrugado y empapado de sudor durante el ascenso. Cómo iba a desear que, en aquel hermoso verano de 1939, en la montaña entre Sunndalsøra y Øksendal en esa madrugada brillante, le hubiera puesto la mano encima de la suya, susurrándole: «Ven, nos vamos tú y yo, hoy mismo».

Pero eso es lo que sucede con todas las frases que deberíamos haber dicho, todo lo que deberíamos haber hecho, las personas que podríamos haber amado y los libros que podríamos haber escrito: la parte de la historia del mundo que consiste en cosas que podrían haber ocurrido es infinita.

Esa misma noche llegó la lluvia. La zona de acampada se convirtió en un barrizal. Wilhelm desapareció. Dos días más tarde volví a Bergen. Ese mismo otoño, Thor me dejó embarazada. Llegó la guerra, Olav nació y fue una luz que entró en una profunda fosa oscura.

Trondheim

Tuve un sueño ligero e irregular esa noche, y cuando me desperté en el camarote de Ragnfrid, pude ver Munkholmen a través del portillo. Estábamos aproximándonos a Trondheim. Me encontraba demasiado emocionada y nerviosa como para poder desayunar nada. Hoy iba a pasar. Hoy iba a encontrarme con Wilhelm por primera vez desde el campamento.

Estaba con Ragnfrid y el pequeño Olav en la cubierta de paseo cuando el casco golpeó el muelle pesadamente. Thor vino tras nosotros, impecablemente vestido con un traje marrón hecho a medida y un bombín.

—La nave no zarpa hasta esta noche —dijo. Nadie contestó. Olav gimió en mis brazos—. Tengo una larga lista de reuniones —continuó—. Durarán hasta bien entrada la noche.

Era justo lo que me había esperado, y la alegría de la confirmación, junto con las expectaciones de lo que la jornada iba a traer, hizo que pusiera una mano alrededor de su brazo.

—Me encantaría visitar la ciudad contigo, pero tendrá que esperar.

Sonrió, satisfecho por el halago.

—¿Y qué piensan hacer estas señoras hoy?

—¿Habrá algunas buenas tiendas de ropa en Nybyen? —dije con una sonrisa—. Además, queremos tomar un té y alquilar una habitación de día en el Britannia, ¿verdad, Ragnfrid?

La niñera asintió con la cabeza, morruda. Nos acercamos a la puerta que daba a la pasarela; mucha gente iba a salir.

—Suerte con las reuniones —le deseé, y en medio del caos de personas le di un beso al llegar al embarcadero, delante de la cubierta de la parada de la terminal del hurtigruten.

—Nos vemos a la tarde —dijo, sonriendo, y se fue.

—Le has mentido —me reprendió Ragnfrid cuando desapareció de vista—. A tu propio marido. Eso no me ha parecido bien.

Suspiré.

—Me hubiera gustado poder decirle la verdad, pero algunas veces el precio es demasiado alto. Si Thor pregunta por lo que hemos hecho hoy, tú tienes que contestar que lo hemos pasado en la habitación de día en el Britannia. ¿Entiendes?

La niñera no contestó, pero bajó la mirada.

—¿Hay otro? —preguntó al final.

—Sí —contesté—. Hay otro.

Ragnfrid cogió a Olav y se lo llevó.

La aguja de cobre de la catedral se elevaba como un cuchillo afilado contra el cielo plomizo; era uno de esos días otoñales en los que la luz no termina de llegar y el día no parece más que un breve interludio en medio de una oscuridad eterna.

Mientras hacía tiempo antes del encuentro, estuve paseando por la ciudad. El corazón me latía como mil lipizzanos galopando. Había soñado a menudo con él. En el sueño aparecía en el patio delante de la casa de Hordnes en un coche, y decía «Entra, Vera», y cruzábamos los paisajes con el sol en la espalda. Algunas veces me llevaba sobre sus fuertes hombros, cruzando la frontera con Suecia. ¿Quién era? Un refugiado alemán en el campamento de la Liga de la Juventud. ¿Qué sabía yo? Bien podría haber sido un espejismo y nada más.

Vista desde la entrada, la fachada oeste de la catedral parecía una pared vertical infranqueable. Bajo los arcos góticos que se elevaban con suavidad desde el suelo, las filas de querubines, santos, canalones de agua y el Cristo que rodeaba la fachada y el rosetón que la decoraba, había unos oficiales alemanes fumando.

Ya no les tenía miedo. Entré directamente en la iglesia.

La grandiosidad del interior me paralizó al entrar. Nunca antes había estado en una sala tan grande. Un ancho pasillo central partía las filas de asientos y conducía hacia un altar iluminado en el extremo de la nave. En las paredes de ambos lados había dos macizas filas de arcadas, y desde los triforios que los cubrían, unos arcos puntiagudos terminaban en el techo, con la forma de la proa de un barco. Había un fresco olor a paredes de granito y aire estancado en el interior, con toques de cera e incienso de las velas, cuyas llamas oscilaban titubeantes.

La catedral estaba prácticamente desierta. Me escabullí del campo de visión y seguí bajo los arcos ensombrecidos por el deambulatorio hasta el crucero, donde la catedral se ensanchaba.

Dieron las doce y no se le veía.

La alargada nave se abría en ambos lados, con forma de cruz. Me senté junto a un pilar en el lado izquierdo. Eché la cabeza hacia atrás, mirando al cielo. El aire estaba pesado y enfriado por la esteatita, como en una cueva.

Por un momento, me vi abrumada por los nervios. Sería mejor para todo el mundo que nada ocurriese, que no viniera. Pero ahora no podía moverme y me quedé sentada, apoyada en los respaldos de los asientos que tenía delante, mirando fijamente hacia delante.

Lo primero en que me fijé fue en el sonido de pasos, un ruido duro como si las suelas fueran de madera. Vi cómo los zapatos se deslizaban bajo el banco a mi lado, bajos, ajustados, lustrosos. Mi mirada subió por la pernera del pantalón azul oscuro, con pliegues tiesos. Mis manos empezaron a temblar instintivamente.

Puso una mano sobre el respaldo de mi asiento y susurró. No conseguí pronunciar palabra.

—¿Has perdido el habla, Vera? No es así como te recuerdo.

—No puede ser verdad —murmuré—. No me digas que eres un oficial alemán. Dime que no estuviste en el campamento como infiltrado.

Negó con la cabeza.

—No puedo negar que llevo uniforme, Vera. —Por unos momentos, todo se paró a mi alrededor; estaba mareada—. Eso no quiere decir que sea nazi. No fuisteis vosotros, los noruegos, los que me advertisteis sobre los nazis por primera vez, por decirlo así. Tienes que creerme, aunque no pueda contarte todo. Estoy seguro de que tú también tienes secretos. Todo el mundo los tiene.

Sonreí.

—Tú ganas. Tengo un hijo de tres meses.

—¿Ves? Además, hay muchos antinazis en las fuerzas armadas —dijo—. Más de los que pensáis vosotros, los noruegos.

—Los nazis han tomado Europa con las fuerzas militares más potentes del mundo —repliqué—. Francia, Países Bajos, Dinamarca, Noruega. En el sur gobiernan los fascistas. Aunque digas la verdad, ¿qué pueden hacer unos pocos miembros de la resistencia?

Unos chicos del coro larguiruchos con túnicas oscuras arrastraron los pies sobre el suelo de piedra. Eran más jóvenes que yo y me miraron con caras serias, parecían monjes.

Un bedel corpulento bajaba por la nave central con pasos pesados.

—No deben vernos juntos. Acompáñame —susurré—. Ven.

Sin decir nada más, pasamos apresuradamente al otro lado de los pilares, hasta que llegamos a la pila bautismal junto al altar, ornamentada y elevada, como si estuviera sobre un pedestal. El crucifijo de plata iluminaba la piedra verdosa, y muchos metros por encima de nosotros, Cristo colgaba de su cruz. Seguimos por la girola tras el altar, hasta llegar a un pozo.

Wilhelm se asomó cautelosamente sobre el borde, como si le pusiera nervioso hablar de sus sentimientos.

—Todos los católicos alemanes conocemos esta fuente. Aquí fue donde san Olav fue enterrado por primera vez. Si bebes de esta agua, se producen milagros.

Tomó un sorbo del agua. Puede que fuera creyente y todo. Había venido hasta aquí.

—Por supuesto —dije, no sin un retintín irónico—. Las uñas de Olav siguieron creciendo tras su muerte.

—La verdad es que resulta completamente lógico —dijo Wilhelm—. Cuando alguien muere, la humedad de la piel desaparece. La piel encoge y parece que las uñas son más largas. El mito de Olav es una buena historia, pero no es más que eso.

—Pero ¿cuál es la diferencia entre una verdad y un mito? —dije.

—¿Qué quieres decir?

—Ahora mismo se supone que estás en el lugar más sagrado de Noruega. *Cor Norvegiae.*

Sonrió.

—El corazón de Noruega, es un nombre con mucha fuerza.

—En ese ataúd dejaron a san Olav tras su muerte; nadie sabe dónde está enterrado e importa poco, porque el mito de Olav dio sentido a mucha gente.

Seguimos caminando bajo los arcos. En un extremo del transepto había una sala que a primera vista parecía una iglesia dentro de la catedral: filas de asientos partidas por un pasillo central, coro y altar.

Estaba tan cerca de él que podía sentir su cálido aliento contra la cara.

—Desde la última vez que nos vimos, he pasado muchas noches en vela, arrepintiéndome —susurré.

—¿De qué?

—De no haberme escapado contigo.

Bajó la mirada.

—No nos conocemos.

—Estoy casada con un hombre al que no aguanto. Tú estás en un Ejército que odias. No tenemos mucho que perder.

—Tienes un hijo.

—Ya he tomado medidas respecto a Olav. Desembarcaremos y cruzaremos la frontera. Tengo contactos. Tienes que prometerme una cosa —susurré.

—¿Qué?

—Que eres sincero. —No apartó la mirada—. Porque si no lo eres, me olvidaré de todo esto, ¿entiendes? Entonces olvidaré la catedral, olvidaré el hurtigruten, te olvidaré a ti.

—Tengo un billete para el hurtigruten. Me encontrarás en un extremo del puente de mando tras la partida —dijo.

Salí al centro de la nave de la catedral y miré hacia el rosetón.

La luz se filtraba a través del mosaico de cristal. Desde el carbúnculo rojo fluían unas llamas amarillas sobre un fondo azul. Los ángeles tocaban las trompetas del juicio final.

El rosetón era una premonición del fin del mundo.

PARTE III

Conexiones peligrosas

24

Finse 1222

El tren de Bergen se sacudió al cambiar de vía, y el maquinista dio un bocinazo cuando entró en un túnel. Sasha estaba tumbada en la estrecha litera sin poder dormir y sin poder expulsar de la cabeza la voz de su abuela. Los dos habían leído el manuscrito en alto, capítulo por capítulo, turnándose en la lectura mientras el tren traqueteaba rumbo al oeste, subiendo por Hallingdal, hasta que llegaron al final y Johnny Berg guardó los folios en la mochila.

No era una lectora neutral, evidentemente, pero no había conseguido sacarse la historia de la cabeza. Ni tampoco su voz. Johnny había leído la parte que transcurría en Sunndalsøra, y se había tomado su tiempo al darse cuenta de la expresión de conmoción en su cara cuando aparecía Wilhelm en la narración.

¿Quién era? ¿Su abuela había estado enamorada de un alemán de la resistencia estando casada —completamente infeliz, era evidente— con Store-Thor? Si su abuela lo hubiese mencionado en alguna ocasión, se habría acordado de ello. Y no lo había hecho. La abuela no había dicho ni una palabra sobre Wilhelm. Johnny también leyó la última parte del relato y, cuando el manuscrito llegó a su fin en la catedral de Nidaros, Sasha había tenido la extraña sensación, que el interior de una iglesia a veces puede provocar, de la eternidad de la historia y la tragedia inminente. Se preguntó si Wilhelm se habría ahogado en el naufragio.

El tren pasó por delante de Ustaoset.

Sasha se sintió inusualmente despierta. Se vistió y salió al estrecho pasillo, y después continuó hacia atrás en el tren. La noche afuera era negra, pero captó un leve atisbo de las montañas y los campos nevados, que habían sustituido a los bosques. Unos soldados que se encontraban haciendo el servicio militar estaban dormidos en un compartimento de cuatro asientos; un hombre de su misma edad se hallaba absorto en la lectura de una novela, algo que se veía muy raras veces y que le provocó alegría y tristeza al mismo tiempo; dos niñas, más o menos de la misma edad de sus hijas, dormían abrazadas.

Johnny dormía apoyado en la ventana, respirando tranquilamente a través de la boca entreabierta, usando la mochila con el manuscrito como almohada. Él mismo había insistido en conformarse con un asiento. Había dicho que le daba igual, que dormiría como un niño de cualquier forma.

El tren giró bruscamente. Se quedó en el pasillo central, contemplándolo. En la semipenumbra, sus rasgos oscuros se mostraban aún más nítidos. De repente abrió los ojos y la miró fijamente.

—¿Me estás vigilando? —dijo, con una voz grumosa.

Se ruborizó, esperando que no se notase en la oscuridad del vagón.

—Pensaba que estabas dormido.

—Siempre duermo con un ojo abierto —susurró y sonrió confuso—. Viejo truco de campaña.

«Viejo truco de campaña». Sasha había conocido a muchos oficiales y sabía que era el tipo de expresión que los militares profesionales solían gastar, pero sonaba raro en boca de un periodista.

—¿Quieres dar una vuelta? —dijo.

Caminaron hacia delante, tambaleándose y con los pies bien separados, como si estuvieran en una nave en medio de un fuerte oleaje, entre las filas de asientos, atravesando los vagones oscurecidos, solo iluminados por alguna que otra lámpara de lectura y el leve resplandor de pantallas abiertas, hasta llegar al estrecho pasillo donde estaban los compartimentos con literas.

Sasha se paró y puso las palmas de las manos sobre el frío cristal de la ventanilla. Fuera, la nieve iluminaba levemente un grandioso panorama de un lago blanco infinito, cubierto de nieve, bajo el cielo estrellado de color azul helado. En la distancia se levantaba la silueta de Hardangerjøkulen, el tren redujo la velocidad y entró en la estación de Finse.

—Necesito fumar —dijo Sasha.

Salieron al andén, cubierto de nieve.

El aire era ártico, aquí el invierno todavía reinaba. Pudo ver una señal llena de escarcha en la que ponía Finse 1222. El recordatorio la hizo estremecerse; la postal de Mads que llegó justo antes de la muerte de Vera, cuando todo cambió. Unos turistas descargaron el equipo de cometas y de esquí sobre el andén, y después cargaron con él hacia el hotel, un edificio de estilo suizo que se recortaba sobre el paisaje helado bajo la estrellada bóveda celeste.

—Vera escribe sobre cosas bastante fuertes —dijo Johnny—. Leer sobre ello tiene que ser especial para ti.

Sasha asintió con la cabeza.

—De alguna manera, tengo la sensación de conocer mejor a la abuela después de leerlo. Pero, aunque eso sea así, hay tantas cosas que no entiendo.

—¿Que odiase a su marido?

—Sí, por ejemplo, aunque he tenido esa misma sensación cada vez que ha salido el tema de Store-Thor. O que su madre se hubiese muerto dos años antes del viaje. La historia familiar siempre ha sido que Vera viajó al norte para despedirse de su madre enferma. ¿Qué sucedió durante la guerra? Lo único que se me ocurre es que pasó a Suecia en 1944. Papá era demasiado pequeño para recordarlo. Aquellos años son como una zona en blanco en el mapa.

Johnny dio una profunda calada al cigarrillo.

—¿Estás segura de que quieres proseguir con esto?

—¿Qué quieres decir?

—Es tu familia, no la mía.

—Los testigos ya no están vivos. Ahora es el momento de sacarlo a la luz. Estoy aún más convencida de eso ahora que he leído el manuscrito.

—Entonces no podemos perder el tren —dijo y tiró el cigarrillo a medio fumar a un montón de nieve, justo a tiempo para darle la mano y ayudarla a subirse al vagón antes de que se cerrase la puerta. Después, el tren salió despacio de la estación.

Se quedaron uno enfrente del otro en el pasillo.

—¿Qué fue lo que Johan Grieg dijo sobre los archivos en Bergen? —preguntó Sasha.

—Dijo que sin la correspondencia entre Thor Falck y las autoridades alemanas, la historia de Vera no era más que el borrador de una novela. Tenemos que encontrar los contratos firmados con el almirante Carax.

—He pensado un poco en la identidad de Wilhelm —dijo, emocionada—. Puedo llamar al archivo del Movimiento Obrero o la Liga de la Juventud para identificar a los alemanes exiliados que estuvieron en el campamento de verano en Sunndalsøra. O al Archivo Federal para consultar la lista de nombres del personal de la flota alemana en Bergen.

Johnny titubeó.

—Quizá.

—Pareces un poco, cómo decirlo, ¿reticente? —aventuró ella mientras el tren giraba para entrar en un túnel.

Vaciló y se mordió el labio inferior antes de contestar.

—Entiendo que es importante para ti, Sasha, pero yo estoy escribiendo la historia de Hans. Para mí, Vera Lind es un personaje secundario, interesante y fascinante, eso sí, pero no es la protagonista absoluta de mi libro.

—Entonces ¿por qué has venido? —preguntó.

—Porque todos los secretos de tu familia me interesan —dijo Johnny y sostuvo su mirada durante un buen rato.

Sasha bajó los ojos.

—¿Qué tiene que ver con Hans?

—Me identifico con los rebeldes de la familia Falck —admitió—. Anteponer el trabajo a la familia, sacrificar a la gente más cercana por algo más importante. Hay algo trágico en eso y a la vez, comprensible. ¿Me entiendes?

—¿Has hecho lo mismo?

Johnny sonrió de un modo casi melancólico.

—Si empiezo a contar esa historia, no habré llegado ni a la mitad para cuando lleguemos a Bergen. ¿No íbamos a dormir un poco?

—¿Dónde se encuentra *El cementerio del mar* ahora mismo? —preguntó Sasha—. Físicamente hablando.

—Lo tengo aquí —dijo y señaló la mochila que llevaba sobre el hombro.

—¿Podría... echarle un vistazo esta noche?

La sonrisa blanca iluminó la oscuridad. Estuvo así durante mucho tiempo, moviendo el cuerpo al ritmo de los vaivenes del tren. Al final dejó la mochila en el suelo, abrió la cremallera y sacó el manuscrito.

—Por supuesto que puedes hacer eso. —Le entregó el sobre—. Pero procura descansar un poco, Sashenka, creo que lo necesitas.

Se giró y se encaminó hacia atrás en el tren. Ella se quedó mirándolo. Podría arrojar el manuscrito por la ventana y las palabras se disolverían en la húmeda nieve, y todo volvería a ser como antes. Había algo ardiente y a la vez indiferente en la actitud de Johnny. Ella había dejado todo lo que tenía entre manos y lo había acompañado en un tren nocturno a Bergen. Otros periodistas no habrían podido ocultar la alegría del cotilla por encontrar un esqueleto en el armario de la familia Falck. Sasha llevaba el tiempo suficiente con Mads como para saber que el dinero era una fuerza muy poderosa. Pero Johnny no parecía impresionado. Y a la vez no dejaba de percibir su mirada escrutadora, como si viera a través de todos sus gestos y detalles exteriores, las uñas arregladas y el encaje de flores de su blusa, como si viera a través de todo esto y penetrase en su interior, sin dejarse impresionar mucho por lo que veía allí.

¿Quién creía que era? O más bien, ¿quién era?

25

Nos hemos elevado a la altura de los dioses

Una noche, la primavera llegó a Rederhaugen, rápida como el cambio de escenario en una función de una obra de teatro. La última nieve se derritió y el monocromo paisaje invernal fue sustituido por el zumbido de las multitudes primaverales. En los bosques aparecieron las hormigas y los insectos, las hepáticas florecieron, el mirlo y el petirrojo comenzaron a cantar con sus tonos claros electrónicos. Pequeños arroyos se deslizaban sobre sus lechos pedregosos hacia la orilla, el invierno helado y carente de olor fue sustituido por tierra y polen y un penetrante olor a pinochas.

El caluroso viento barrió la cara de Sverre cuando salió de la propiedad. Se había despertado pronto. El sol estaba bajo sobre el fiordo. Se encontraba en mejor forma que en los últimos quince años. Se sentía orgulloso y fuerte. Vio el coche de su padre aparecer bajo los árboles del paseo. Sverre saludó con la mano y aumentó el ritmo, pero aun así su padre no tardó en desaparecer de la vista.

En el Ejército, los nombres no significaban nada. Allí, el árbol genealógico no pesaba sobre nadie como una losa. Allí, él era independiente.

Desde la puerta siguió subiendo y bajando por el sendero que recorría la orilla del fiordo. Cuando salía a correr, normalmente le gustaba escuchar pódcast de autoayuda o de historia sobre imperios desaparecidos, grandes batallas o maniobras audaces. Hoy, por el contrario, estaba tan lleno de energía que no era capaz de concentrarse en nada parecido. Era como si hubiese llegado a las tierras bajas desde el Himalaya, así de vivo se sentía.

Después de una hora, entró cansado y satisfecho por la puerta principal, y estuvo a punto de abrir la del vestuario para hacer unos largos en la piscina, cuando oyó la voz de su hermana pequeña detrás de él.

—Sverre —dijo Andrea—, ¿has visto al cristalero hoy?

—¿El cristalero?

—Las obras de la torre. Alguien iba a venir a arreglar el cristal de la roseta de la torre.

—La verdad es que no —respondió—. Tengo muchas cosas en qué pensar.

La hermana pequeña se apoyó en la pared de piedra.

—¿Cuándo te marchas?

Sverre se encogió de hombros, seguro de sí mismo.

—El periodo de preparación empieza la semana que viene. Supongo que nos iremos dentro de unas semanas.

Andrea lo miró pensativa.

—No quiero que te marches.

Sverre puso una mano sobre su hombro.

—Soy consciente de que las misiones en el extranjero son duras para la gente que se quede en casa.

La hermana pequeña se giró y negó con la cabeza.

—No estoy hablando de nosotros. No es bueno para ti.

—Por supuesto que es bueno para mí. Es una oportunidad única.

La hermana abrió la puerta de la calle un poco y encendió un cigarrillo.

—La última vez que volviste de Afganistán, tenías la mirada muerta de un monje que ha meditado durante diez años en un monasterio de Bután. No estás hecho para la guerra, Sverre.

Sintió el pequeño malestar que siempre lo acompañaba cuando alguien le decía alguna verdad incómoda. A menudo se había preguntado cómo el hombre que iba a reuniones con importantes empresarios y conversaba con políticos de primera fila podía ser la misma persona que se veía martirizada por cavilaciones oscuras e insomnio.

—Puede que sea tu opinión —dijo jovialmente—, pero el Ejército me lo ha pedido.

Parecía que Andrea quería seguir con las reprimendas.

—Son las únicas ocasiones en mi vida que he sido feliz, Andrea. No cambiaría Afganistán por nada.

Y era verdad. No era solo la aventura o la camaradería lo que no le gustaría cambiar. No cambiaría los cables en la cuneta, el fogonazo un instante antes de que el vehículo saliera despedido por el aire por una explosión, el olor a cordita y diésel, ni siquiera cambiaría a los talibanes que les disparaban desde el monte. Los civiles no lo entenderían, nunca lo entenderían.

—Puede que el hombre que pone los cuernos a su mujer sea feliz al hacerlo —contestó Andrea—, pero eso no quiere decir que deba reincidir por esa razón.

—Me iré —dijo Sverre, y cambió de tema—. ¿Vas a subir a la torre de la roseta?

Andrea iba a recoger algo en la cocina, y en el salón de la chimenea se encontraron con las hijas de Sasha, que estaban correteando por la casa jugando al escondite.

—¡Margot y Camilla! —llamó Andrea, abriendo los brazos. Las dos niñas vinieron corriendo enseguida, mirando un poco asustadas a Sverre, quien nunca había tenido la misma naturalidad en su trato con niños que su hermana.

—¡Hoy nos vamos a Francia! —dijeron las niñas al unísono, evidentemente nerviosas ante el viaje—. Vamos con papá.

—¿Mamá no va a ir? —preguntó Andrea.

Parecía que Camilla estaba a punto de echarse a llorar.

—Mamá nunca está en casa.

—Está trabajando, ¿no entiendes nada o qué? —dijo Margot con un tono duro, mirando a su hermana.

A Sverre siempre le había caído bien, era una pequeña empollona de casi ocho años, con gafas y conocimientos que superaban con mucho a los de su hermana y otros niños de su edad.

—¿Tiene que trabajar todo el rato ahora que casi estamos en la Semana de Pascua? —dijo Camilla.

—Mamá está tratando de averiguar por qué la bisabuela estaba tan enfadada con el bisabuelo. Es un trabajo importante —explicó Margot con cómica precocidad, y miró a Andrea con una sonrisa.

—Mamá está tratando de encontrar a los fantasmas de la familia —replicó Andrea, a quien le encantaba contar historias a sus sobrinas.

—¿Fantasmas? —preguntó Camilla con una voz angustiada. Margot la miró.

—¿No puedes contarnos una historia de miedo, tía Andrea?

—Vale —dijo sonriendo y se puso en cuclillas delante de ellas, bajando la voz—. Os la contaré, pero entonces tenéis que prometerme no decir ni una palabra cuando me acompañéis a la torre de la roseta. Porque si no, podríamos despertar a los espíritus malvados. ¿Queda claro?

Las niñas asintieron con la cabeza y una mirada expectante. Andrea subió las escaleras de caracol, pasando por el despacho de Sverre de la primera planta y el de Olav en la planta siguiente, y luego otras dos plantas. Aquí el pasillo se volvió más oscuro.

—La abuela solía traerme aquí cuando era pequeña —dijo Andrea con una sonrisa coqueta—. Necesitamos a alguien que represente el mal. Va a ser Sverre.

Sverre enseñó los dientes y se puso unos cuernos de diablo con los dedos índice mientras aullaba:

—¡Uuuh!

Las niñas gritaron de emoción:

—¡Sverre el Malo!, ¡Sverre el Malo!

Las escaleras chirriaron y se estrecharon. A través de las pequeñas troneras, las copas de los árboles se asomaban vagamente tras la red de los andamios. Andrea se puso en cuclillas donde terminaban las escaleras.

—Érase una vez —dijo, encendiendo una cerilla— una niñera de Rederhaugen que se llamaba Ragnfrid. Llegó a Rederhaugen cuando era una niña, cuando a sus padres se los llevó una tormenta de otoño y desaparecieron en el mar. Ragnfrid era dura pero justa. Ella amamantaba a los niños cuando eran pequeños, pero si se portaban mal, sacaba la vara. Sobre todo lo pasaba mal un pequeño niño que se llamaba Per. Era un niñito debilucho, que corría a sus brazos a llorar cuando los niños más grandes le hacían burla. Pero Per tenía un padre que se llamaba Thor, y cuando este hombre tuvo hijos con la bisabuela Vera, Ragnfrid debió cuidar también de ese otro niño niño, cuyo nombre era Olav. Un día, Ragnfrid viajó en el hurtigruten con el pequeño Olav y Vera, la madre de este. Y Ragnfrid desapareció entre las olas...

—Andrea —dijo Sverre.

—Detrás de vosotros está la ventana de la roseta —dijo Andrea y señaló con el dedo, imperturbable—. Si miráis a través de la piedra de carbunclo rojo colocada en el medio, veréis cómo unos ángeles conducen unas llamas amarillas sobre un fondo azul. El fin está cerca.

Camilla se llevó las pequeñas manos de niña a la cara.

—Sé lo que es un rosetón —dijo Margot—, pero he leído que es algo que hay en las iglesias. Rederhaugen no es una iglesia. ¿Por qué tenemos un rosetón aquí?

—Eso —contestó Andrea con cara seria— es porque hemos quebrado la regla más importante de la Iglesia. Hemos rechazado a Jesucristo como nuestro salvador y nos hemos colocado a la altura de los dioses. Esto es orgullo y arrogancia, y debemos ser castigados por ese pecado.

—No creo en Dios —dijo Margot mientras ella y su hermana trepaban por la barandilla de la escalera de caracol.

Entonces se oyeron pasos que subían por las escaleras, y poco después apareció la cabeza de Mads.

—Margot, Camilla, ¡aquí estáis! Daos prisa, ¡vamos a perder el avión!

—Pasadlo bien, tía Andrea y Sverre el Malo —exclamaron las niñas y bajaron corriendo por las escaleras.

Cuando se desvaneció el ruido de los pasos, Andrea entornó los ojos, miró por la ventana y dijo:

—¿Por qué dejas que papá te intimide?

—¿Qué quieres decir?

—Sabes a qué me refiero. Papá. Sasha siempre ha sido la niña de sus ojos, o por lo menos hasta ahora.

Andrea sonrió.

—Me da igual. Pero contigo se porta fatal y, seamos sinceros, no lo manejas muy bien.

Sverre se sentó sobre el alféizar de la tronera frente a la roseta. Inspiró hondo. Le gustaba hablar con su hermana pequeña en confianza por teléfono, pero no le gustaba nada que ella lo analizara.

—Dentro de poco me voy, en cualquier caso —dijo con bravura—. Papá es como es. No se le puede cambiar.

Andrea negó lentamente con la cabeza.

—Eres muy inocente.

Sverre tragó saliva y la miró con desaprobación.

—¿Inocente?

—¿Crees que no vi que la sanguijuela escurridiza de M. Magnus fue a verte? Me fijé porque lo había visto en Rederhaugen unos días antes y unos días después. Papá y él estuvieron hablando en el salón de la chimenea. No sabían que los escuchaba, pero hablaron de ti, Sverre.

—¿De mí? —dijo, mientras los contenidos de su estómago parecían subir por la garganta como el nivel de agua de un sótano inundado.

—Dijeron que necesitabas un reto, que una vuelta a Afganistán con la infantería de Marina podría fortalecer tu carácter. Fue papá quien lanzó la idea. M. M. al final accedió a regañadientes.

—No puede ser verdad —negó Sverre y notó que la voz le fallaba. Que su hermana le hubiera dado un puñetazo en la tripa, no, que Olav lo hubiera hecho, y que él no fuera más que una marioneta. Recordó la voz de su padre: «Eres un superviviente, Sverre, un boxeador que soporta cualquier golpe».

Se había alegrado por la misión justo porque era un lugar donde las palabras de Olav no significaban nada.

—Habían hablado con mi antiguo jefe de pelotón, fue él quien me recomendó...

—Los oí —dijo Andrea y negó con la cabeza—. Los tentáculos de papá están por todas partes, hermano. Pero esta no es más que una de las muchas razones por las que no debes ir a Afganistán. Tengo la sensación de que algo va a pasar aquí, que esta nave está empezando a hundirse, no sé si me entiendes.

Se marchó. Sverre se apoyó en la rugosa pared de piedra. Cuando cerró el puño y rompió el poroso cristal de la roseta, se dio cuenta de que estaba llorando.

26

¡Club de ponis de los Falck!

Hacía muchos años que Sasha no había ido a Hordnes, y no cabía duda de que el lugar había visto mejores tiempos. Eso sí, la ubicación con vistas al fiordo de Fanafjorden era idílica. A través del bosque se veía la brillante superficie del fiordo, iluminado por el sol de la mañana. La lluvia había cesado, el sol primaveral calentaba.

Se pararon al llegar a un estrecho patio, rodeado de coníferas y arces que se asomaban desde los laterales. Una verja de color óxido bloqueaba el acceso. Johnny paró el coche de alquiler, Sasha salió de un salto y abrió la chirriante verja.

—¿Conoces a la familia de Hans? —preguntó a Johnny.

—Todavía no —contestó—. Pero me ha hablado mucho sobre ellos, sobre todo de su hija.

—Hans adora a Marte —dijo Sasha—. Nunca menciona a sus hijos varones, ni tampoco a esta nueva novia que tiene, parece que es una médica que conoció en un turno del hospital y a quien dejó preñada. Debe de ser la cuarta vez.

—Hans me ha hablado bien de ella —dijo Johnny, mirándola de reojo—. La gente de la región de Østlandet tenéis muchos prejuicios contra él.

Lo dijo coquetamente para tener la última palabra, pero Johnny tenía la tendencia de hacer comentarios sorprendentes que la dejaban insegura. Hacía tiempo que no habían arreglado y aplanado el sinuoso camino que descendía hacia el agua, había rodadas y agujeros en la grava tan profundos que un coche normal no habría podido pasar. En una zona abierta, a la izquierda, se veían los restos de lo que debía de ser un tractor y detrás de él había un granero bajo y alargado con una ventana cubierta de tablas finas en una de las paredes laterales, debajo de la punta del tejado. Al igual que en Rederhaugen, en el patio había una fuente, pero estaba sin agua y los caballos, que levantaban las patas delanteras, estaban manchados de óxido y hollín.

—Ya has leído sobre los lipizzanos —dijo Sasha, señalando un establo destartalado donde había una señal de color carne en la que ponía: ¡Club de ponis de los Falck! Alquiler de ponis Shetland: Edad recomendada 3-6 años.

—Esta propiedad era mucho más imponente que Rederhaugen en los años treinta. Y mira cómo está ahora. ¿Club de ponis de los Falck? No sé cómo se puede caer tan bajo.

Pisó unos excrementos de caballo al salir del coche y juró entre dientes.

—Los berguenses me recuerdan a unos aristócratas franceses adormilados —murmuró—. Esos que viven en unos castillos ostentosos, pero se refugian tiritando delante de la chimenea.

—No puedo decir que me den pena —replicó Johnny y encendió un cigarrillo—. ¿Por qué no venden todo esto y se van a vivir a un adosado?

—¿Un adosado? —Sasha puso los ojos en blanco—. Además, en realidad la propietaria de esta finca es Vera. Mejor dicho, la abuela fue la propietaria. Hans y su familia la alquilan muy por debajo del precio del mercado. Y no es tan sencillo vender este tipo de propiedades. No me extraña que estén tan pendientes del testamento.

Al igual que Rederhaugen, esta propiedad también estaba situada en una península, aunque más pequeña y accidentada, dominada por una casa principal en lo alto de una colina. Ahora estaba bañada por el sol. Era un chalet enorme de estilo suizo, pintado de color colza en tres plantas, con los marcos de las ventanas azules, aunque llenos de desconchones, y una entrada imponente con unos escalones que ascendían a una terraza que sobresalía del edificio, y un tejado puntiagudo.

En las escaleras estaban Marte y otra mujer, cada una dando de mamar a un bebé.

—¡Sasha! —exclamó Marte y se levantó con el bebé en brazos, plantándole dos besos en sendas mejillas, a la manera continental—. Qué bueno verte por aquí. ¡Estás más guapa que nunca!

Para su gran irritación, Sasha tuvo que reconocer que el embarazo número tres no había restado ni un ápice del atractivo de Marte. El poncho y la falda que llevaba por debajo estaban manchados de leche materna, pero eso no hacía sino remarcar su aspecto libre y actitud hippy. Era alta, con unas bonitas curvas, con una cara que combinaba una nariz aristocrática y unos ojos grandes, de movimientos rápidos. Era como una fuerza de la naturaleza.

Marte se giró hacia la otra mujer, que tendría más o menos su misma edad, pero con unas ojeras oscuras.

—Papá ha salido, por cierto. Te presento a Synne... —Hizo una pausa—. A ver si me aclaro. La novia de papá, es decir, mi madrastra.

Synne saludó mientras trataba de mecer a su bebé para que se durmiera.

—Este es mi medio hermano —dijo Marte con una sonrisa, mirando a Johnny y Sasha mientras le pasaba una mano por el pelo—. Te presento al pequeño Per.

Sasha sonrió y pellizcó con suavidad las mejillas del niño antes de girarse hacia Johnny.

—Este hombre es Johnny Berg —presentó Sasha.

—Por Dios. —A Marte se le iluminó la cara al ver a Johnny—. ¿Tú eres el futuro biógrafo de papá?

Marte le estrechó la mano más tiempo del necesario al saludarlo. Los hombres la rodeaban como avispas alrededor de un vaso de refresco, siempre lo habían hecho. Marte era más joven que ella, pero Sasha siempre la había admirado. Tenía la misma actitud despreocupada que Andrea, pero mientras que su hermana pequeña parecía un poco asexual, Marte Harriet Falck era una manifestación viva de una sensualidad cruda, física y erótica.

—Quedaos a cenar con nosotros luego, estoy segura de que a papá le encantaría —dijo Marte, señalando el mar—. Suele salir al fiordo a buscar la cena.

—Siempre y cuando la cena no sea muy ruidosa —comentó Synne—. Le cuesta dormir a Per cuando pasa eso.

Marte alzó las cejas y lanzó una mirada rendida hacia Sasha.

—No hay nada mejor para un niño que quedarse dormido con el sonido de fondo de risas y voces altas en una cena.

Sonrió a Johnny.

—¿Y qué es lo que vas a escribir sobre papá? Tendríamos que hablar tú y yo, creo.

—Por supuesto, cuando quieras. Pero ahora mismo estoy trabajando con algunas fuentes escritas.

—¿Sí? —dijo Marte, echándose el pelo cenizo hacia atrás mientras mecía al niño en el fular que lo sujetaba.

—Son cosas que tienen que ver con las navieras de los Falck, la relación con su padre y el legado —explicó Johnny, pedante—. Vera Lind pasó un invierno aquí, en 1970, y tengo entendido que fue entonces cuando se conocieron bien. Debe de haber algunas cosas en el viejo archivo.

Sasha se dio cuenta de que Marte cambió de expresión, de curiosa y escéptica a sonriente y accesible cuando Johnny lo mencionó. Se preguntó qué sabía de las últimas conversaciones que Hans y Vera habían mantenido.

—Hace años que no entro en el edificio donde están los archivos —dijo Marte—. Está acumulando cada vez más polvo. Seguro que encuentras los diarios de Hitler si te pones a buscar un poco. Son archivos muy extensos.

—¿Te importa abrirnos? —preguntó Sasha.

Marte los llevó a un edificio parecido a un almacén que estaba entre los antiguos establos y el chalet suizo.

—Synne es tan difícil... —susurró, tapándose la boca con una mano.

Les abrió la puerta y sintieron un pesado olor a polvo y aire rancio. Se quedó apoyándose con un brazo en la puerta.

Miraron a su alrededor. La habitación era caótica, no parecía que nadie la hubiese recogido en mucho tiempo. Las estanterías estaban llenas de carpetas sin marcar, del mismo color, y el suelo se encontraba tan cubierto de cajas de cartón que resultaba difícil moverse por la habitación.

—Disfrutad de los archivos —dijo Marte.

A través de una pequeña ventana en una de las paredes, Sasha vio que Marte dio la vuelta a la esquina y regresó a la casa.

—Es guapa, ¿verdad? —comentó.

—Sí, es guapa. Pero se esfuerza un poco demasiado, ¿no crees? —dijo Johnny, y Sasha sintió el reavivante pinchazo de la alegría malsana.

Sacó una carpeta de una estantería. Marcaba 1896-1898 y estaba llena de pedidos, informes y correspondencia amarillenta.

—«Correspondencia DHS, sede central, enero-marzo 1896». Si todo está ordenado de este modo, no será muy difícil —dijo—. No hace falta más que buscar la correspondencia de 1940, en concreto de octubre de aquel año. Ahí es donde debe de estar el acuerdo entre Store-Thor y el almirante Carax.

—Mmm —murmuró Johnny, pasando una mano sobre la barbilla.

Repartieron la tarea y comenzaron. Johnny se concentró en las cajas que estaban en el suelo, mientras que Sasha trató de encontrar un sistema en las carpetas de las estanterías. No resultó fácil. En primer lugar, solo las carpetas de los primeros diez años, entre 1896 y 1918, llevaban el año en el dorso. A partir de esa fecha, el archivo se volvió más laberíntico. La correspondencia estaba organizada por trimestres —enero a marzo, abril a junio, julio a septiembre, octubre a diciembre—, pero faltaba la enumeración de los años, y Sasha tuvo que abrir cada una de las carpetas para determinar el año. La correspondencia trimestral con la sede central versaba sobre cualquier asunto posible —sobre la construcción de naves, problemas de suministros o sobre la colaboración para constituir una beca para «niños con talentos especiales» junto con los filántropos berguenses de Den Gode Hensigt.

Miró a Johnny. Llevaba unos grandes cascos sobre la cabeza y trabajaba sistemáticamente. ¿Por qué estaba tan involucrado en esto? Había algo militar en él, su físico y el modo en que repasaba la habitación con la mirada, pero al mismo tiempo había algo que rompía por completo con el estilo de los amigos oficiales de su padre y hermano. ¿El curso de ruso, tal vez? Pero también tenía pericia en la calle, había algo travieso en él que no asociaba con la gente que conocía de allí.

¿Los servicios de inteligencia? Tenía que encontrar una buena razón para preguntárselo.

—¿Johnny?

Sasha había repasado ya varios metros de carpetas, un trabajo necesario pero ingrato en el que tenía mucha experiencia.

—¿Sí?

Se quitó los cascos.

—¿Encuentras la correspondencia de 1940?

Negó con la cabeza.

—No obstante, 1941-1945 está aquí —dijo—. Vamos a tener que seguir buscando.

Ahora solo le quedaba repasar las carpetas de una pared lateral. Empezó por la estantería superior y buscó de izquierda a derecha, sacando sistemáticamente cada carpeta, comprobando el año de la correspondencia. 1929, 1937, 1931.

Encontró los documentos correspondientes a 1940 abajo en la esquina. El letargo que había sentido se esfumó de golpe. «DHS: cuarto trimestre 1940, octubre a diciembre».

—Johnny —dijo en voz alta.

Él levantó los cascos y respondió:

—¿Qué?

—Mira esto, creo que lo tenemos. —Johnny se acercó a ella—. Esto es lo que estamos buscando. Empieza aquí, 1 de octubre de 1940; el mismo mes que el naufragio.

Pensó en las cartas del manuscrito, entre el director Thor

Falck y el almirante Otto Carax, con fecha de 21-10-1940, «acerca del transporte de tropas alemanas».

—¡Anda! —se oyó una voz cordial detrás de ellos.

Los dos se sobresaltaron y se giraron bruscamente hacia la puerta. La frente alta y arrugada de Hans Falck estaba bronceada por el sol del desierto de su última estancia en Oriente Medio.

—Alexandra Falck y John Omar Berg —dijo—. Una pareja brillante, si me permitís. ¿Has mandado a la calle a tu socialdemócrata derechón, Sasha?

Sasha suspiró.

—Está de vacaciones con las chicas en la Provenza.

Hans esbozó una sonrisa maliciosa.

—Cuando marido y mujer comienzan a irse de vacaciones por separado, el matrimonio está prácticamente acabado.

—Sabrás mucho de esto, los matrimonios fracasados son una de tus especialidades —contestó—. Junto con la anestesia de campaña y la lucha independentista de los kurdos.

Hans echó una mirada por la sala.

—¿Qué estáis buscando?

Últimamente, Sasha había pensado mucho en cómo contestaría a esa pregunta en concreto.

—Tengo que hablar sobre la vida y obra de la abuela durante el congreso de SAGA Arctic Challenge, y estoy tratando de hacerme una idea del último viaje en el hurtigruten. El trabajo de Johnny lo conocerás de sobra.

—Nunca antes había visto a ese hombre —bromeó Hans—, pero cuando estuve en Oriente Medio oí que no es de fiar. ¿Encontráis algo interesante?

Sasha echó una rápida mirada a Johnny.

—Quizá. De hecho, no nos vendría mal una hora más.

—¡De eso nada! —exclamó Hans—. Ahora se sirve bacalao recién capturado en la casa. Podéis continuar mañana. Nadie ha tocado estos archivos desde 1970 y, si no hubierais venido, seguramente seguirían intactos otros cuarenta y cinco años.

27

Todos están muertos

Johnny bajó al chalet suizo. Hasta el momento, las piezas habían ido encajando justo como él había querido: Grieg le había dado el manuscrito, Sasha se había tragado el cebo, la historia del material comprometedor para la familia Falck. Y eso no era más que el comienzo, de eso estaba seguro.

El interior del comedor de los berguenses era ecléctico, por decirlo de forma suave, como en una ciudad grande en la que la arquitectura refleja tanto el auge como la caída. El legado marítimo de los Falck se manifestaba en oscuras acuarelas de goletas con marcos pesados y dorados sobre papel de pared con motivos florales; su caída y problemas económicos, en el hecho de que la casa estuviera helada. El suelo estaba lleno de juguetes de plástico en tonos pastel, junto a unas inestables estanterías Billy repletas de novelas de realismo mágico en ediciones de club de lectura, una encimera caótica cubierta de zanahorias a medio cortar y alubias verdes, y bustos agrisados de Lenin y Karl Marx en el alféizar.

—Voy a acostar a Per —dijo Synne.

En medio de un leve hedor a pañal cargado, Hans le dio un beso de buenas noches al niño, y después besó el pelo de su novia, antes de girarse hacia Sasha y Johnny.

—¡Llevo treinta y cinco años con niños pequeños en casa!

—dijo, abriendo los brazos—. Treinta y cinco años. ¿Os lo imagináis?

—Parece un dolor autoinfligido —dijo Sasha.

—Te agradezco mogollón que hayas venido hasta aquí, Sasha, de verdad te lo digo —continuó, poniéndole una mano sobre el hombro.

Johnny se dio cuenta de que el acento pijo de Bergen estaba teñido de cierto coloquialismo, seguramente una consecuencia consciente o inconsciente de la construcción de su imagen.

Una figura de largas extremidades, físico potente y pelo negro azabache recogido en una coleta que colgaba sobre la chaqueta de un chándal, apareció en la puerta y dio un beso a Marte.

—Ya conoces a Sasha, y este es Johnny —dijo su esposa—. Os presento a Ivan, mi marido; es artista de instalaciones artísticas y tiene su estudio aquí.

Ivan asintió con la cabeza sin decir nada.

—¿Cómo os conocisteis? —preguntó Marte, que estaba apoyada sobre la encimera con una copa de vino en la mano—. Es decir, Johnny y tú, papá.

—Fue en Beirut —dijo Hans y dio una palmada vigorosa en el hombro de Johnny—. No tardé en darme cuenta de que este chaval estaba destinado a algo más grande que el periodismo. Los otros reporteros se pasaban todo el tiempo en el vestíbulo del hotel, mientras que Johnny no salía del campo. Fue durante una de esas malditas invasiones israelíes. El sur de Beirut terminó reventado por las bombas, una crisis humanitaria de enormes proporciones.

—¿No tuviste miedo? —preguntó Marte y miró a Johnny.

—Por supuesto que tuve miedo —contestó con cortesía—. No escuches a la gente que no tiene miedo. Pero este tipo de conflictos parece más oscuro desde la distancia que cuando estás en mitad del mismo.

Marte sonrió.

—Suenas igual que papá.

—¿Cómo te fue en Kurdistán? —dijo Johnny, girándose hacia Hans.

—Peor que nunca, claro. Recuerdo que una vez recibimos la

visita de unos parlamentarios noruegos en las zonas ocupadas de Palestina. «Así no puede seguir», dijeron al ver el tratamiento de los palestinos. Sabían poco de cómo funciona esta región, porque la situación no ha cambiado en sesenta años, pero ahora las cosas van muy mal en las zonas kurdas. Los yihadistas están ganando terreno mientras Occidente se mantiene al margen; los bravos kurdos son los únicos que se oponen activamente a un califato apoyado por Turquía, desde Damasco hasta Basra. Bombardearon la unidad de neonatos con artillería, tuvimos que poner a salvo a los bebés.

Hans esbozó una sonrisa cansada.

—Pero no hablemos más de eso ahora... Tocaba cenar, ¿no?

A lo largo de las paredes del comedor había cómodas de caoba oscura lacada y muebles con cubreasientos de terciopelo bordado bajo coronas de cristal.

Marte y Hans trajeron bandejas con bacalao e hígado, patatas cocidas y mantequilla con perejil, y sirvieron un vino chileno barato en grandes vasos normales. El marido de Marte estaba callado en un extremo de la mesa.

Esta, que al parecer asumió el papel de anfitriona, comenzó a presumir de las próximas exposiciones de Ivan en el museo de la ciudad, pero Hans, que se aclaró la garganta con una cara seria desde el otro extremo de la mesa, la interrumpió.

—Antes de todo, tengo que comunicaros una mala noticia. Acaban de notificarme que Johan Grieg ha muerto. Era un hombre al que varios de los que estamos sentados alrededor de esta mesa conocíamos de diversas maneras.

—Johan, ¿muerto? —dijo Sasha, con una voz gruesa.

—Insuficiencia renal —continuó Hans—. Llevaba enfermo desde hacía mucho tiempo y ayer se sintió indispuesto. Pobre hombre, no consiguió encontrar el *antídoto*.

Johnny echó una rápida mirada a Sasha, a quien se le había caído la mandíbula.

—Por Johan —brindó Hans, levantando la copa—. Un buen amigo, un hombre y un editor formidable. Por una vida larga y buena.

«Por Johan», murmuró la gente alrededor de la mesa.

Hubo un rato de silencio.

—Excelente el pescado, papá —dijo Marte, y los demás asintieron con la cabeza.

Hans enseguida comenzó una disertación sobre la pesca con red, hablando de los trucos que había aprendido en Lofoten cuando era un médico joven y radical en el norte de Noruega en los años setenta.

—Vera era del mismo lugar —apuntó Hans y miró a Sasha—, pero ella tenía una relación complicada con esa localidad. Ni Olav ni tú habéis ido mucho al norte, ¿verdad?

Johnny se dio cuenta de que Sasha se giró en la silla, inquieta.

—Te encontraste... —Titubeó antes de continuar—. ¿Te encontraste con mucha gente que conociera a la abuela allí arriba?

—Menos de lo que uno pudiera pensar —contestó Hans—. La vida era dura allí arriba, muchos murieron de manera prematura o se marcharon. Las casas de Yttersia en Lofoten fueron abandonadas tras la guerra.

—Alguien tuvo que haberse acordado de ella, ¿no?

Hans sirvió más vino.

—¿Conoces al doctor Schultz? —Sasha no contestó, y Hans continuó—. Schultz fue un pionero, un hombre con una vocación, un legendario médico regional que salió del entorno de la cultura radical de Oslo, donde había crecido, para ayudar a pescadores y a gente normal en el norte. Fue un modelo para mí y para muchos médicos radicales con conciencia social de mi generación.

—¿Cómo conoció a Vera?

—La cuidó en el hospital de Gravdal cuando la ingresaron por polio cuando era niña.

—La abuela se quedó con un pie vago durante el resto de su vida —dijo Sasha, y Johnny pudo ver que estaba conmovida—, pero se le daba bien ocultarlo.

—El doctor Schultz y su mujer, que era profesora, advirtieron muy pronto que tu abuela tenía un talento especial. Se ocuparon de ella, le proporcionaron libros e insistieron en que terminase la educación primaria cuando la madre se opuso a ello. La ayudaron a viajar hacia el sur y se hicieron cargo de ella cuando llegó a Lofoten tras el naufragio.

Johnny notó la curiosidad de Sasha sobre la mesa.

—¿Vera se alojó en su casa durante la guerra?

—A temporadas, creo. Pero todo esto se lo conté a Olav en varias ocasiones, sin que mostrase demasiado interés.

—A mí sí me interesa —contestó Sasha—. Tengo ganas de contar su historia durante la conferencia del hurtigruten.

—Ajá —asintió Hans—. ¿De modo que es por eso por lo que estás revisando los archivos de aquí?

Antes de que Sasha pudiera contestar, un grito les llegó a través de la atestada casa.

—¡Hans!

Synne había dejado la mesa para acostar al bebé. Ahora estaba apoyada sobre la barandilla de la empinada escalera, con el bebé en brazos y la cara apenas visible a través de la puerta. Parecía irritada.

—No se duerme. Ya te toca.

—Deja que el niño llore, ya se cansará. Tómate una copa de vino con nosotros, cariño —recomendó Hans, levantando la voz.

Synne no se dejó encantar.

—Amamanto —dijo con irritación.

—Y sabes igual que yo, Synne, que los consejos sobre el amamantamiento están formulados por pastores de la Iglesia y moralistas. ¡Una copa de vino solo te hará bien a ti y al niño!

Una puerta de la planta de arriba se cerró de golpe.

—¿No puedes enseñarle algunos trucos, Marte? —suspiró Hans—. ¡Tuviste la situación controlada con tus hijas desde el primer momento!

Marte se soltó el pelo. Era evidente que tenía el síndrome que afecta a las mujeres más guapas. Era patente que estaba acostumbrada a que cualquier cosa que dijera hacía que los hombres asintiesen con la cabeza de un modo halagüeño cada vez que aparecía. No estaba acostumbrada a trabajar para llamar la atención, y Sasha —que era mucho menos extrovertida y expresiva— tenía una fuerza callada que fascinaba mucho más a Johnny.

Hans subió las escaleras a regañadientes.

Marte sirvió más vino y se tomó un sorbo. Luego dijo:

—¿Destruiste el testamento de Vera, Sasha?

Hubo un silencio alrededor de la mesa, solo interrumpido por los cubiertos que raspaban los platos y unas gotas ligeras que impactaban contra la ventana. Había empezado a llover otra vez.

—¿De qué me hablas?

—Papá me dijo que Vera estuvo aquí en 1970 escribiendo un libro —dijo Marte—. Y que le confiscaron y destruyeron el manuscrito.

—Puesto que parece que sabes más que yo sobre esto —contestó Sasha con un tono cortante—, estaría encantada de recibir información sobre dónde puede estar el testamento, porque no tengo ni idea.

—Vosotros no salís bien parados en el testamento de Vera —continuó Marte—. Papá no quiere conflictos y desea evitar a toda costa el mal ambiente en esta casa ahora que estás aquí, pero el caso es que Vera le hizo unas promesas concretas antes de que... —aquí Marte dibujó unas comillas en el aire— se quitase la vida.

La sangre había abandonado la cara de Sasha.

—Esta insolencia es demasiado —dijo, reprimiendo la ira—. Yo encontré a la abuela y la policía ha investigado su muerte.

—Vera prometió a papá que nos traspasaría esta finca —contestó Marte—, además de dejarnos una cantidad importante de dinero. Pero hubo más cosas que no podían tratarse por teléfono.

—¡Johnny! —llamó Hans Falck desde las escaleras—. El niño duerme como un tronco. Voy a enseñarte algo.

El papel de pared junto a las escaleras tenía motivos de Toulouse-Lautrec, había una estantería de novelas negras desgastadas y una acuarela del DS Prinsesse Ragnhild.

—¿Así que es aquí donde andas? —dijo Hans detrás de él, con la voz tranquila de quien lleva un bebé en brazos.

Johnny se paró junto a una cómoda cubierta de fotografías enmarcadas. Las miró y levantó los marcos. Allí había dignatarios y personas importantes de la sociedad tanto nacionales como extranjeros, un par de profesorados eméritos árabes y placas conmemorativas. Era un panteón de los amigos de Hans Falck, líderes árabes, kurdos y afganos.

—Casi todos están muertos —dijo Hans en voz baja—. Las personas heroicas no viven mucho tiempo ahí abajo.

—Estas fotos me hacen pensar en Oriente Medio —comentó Johnny en voz baja.

—¿En qué es en lo primero que piensas?

—En los olores —dijo Johnny—. El comino, los cedros, el diésel y la carne de cordero quemada.

—¿La ves?

Hans se paró junto a una foto y la señaló con un dedo. Un joven con una camisa caqui y un pañuelo sobre la cabeza —debía de ser el propio Hans—, con un paisaje de olivos por detrás, y una mujer joven con una ajustada túnica negra sin mangas, que llevaba un kaláshnikov. Puede que los rasgos de la cara fueran demasiado afilados para poder considerarse bellos desde una perspectiva convencional, pero Johnny no fue capaz de apartar la mirada de los ojos ardientes y melancólicos.

—Ella es lo primero en lo que pienso —dijo Hans en voz baja.

—¿Quién es?

—Mouna Khouri, una refugiada palestina con un pasado cristiano en el Líbano, exiliada en 1948; desempeñó un papel crucial en las organizaciones militares. Una fuerza primordial, asesinada por los falangistas de Beirut durante las masacres de los campamentos de Sabra y Shatila.

—¿La que intentaste salvar?

—Fue imposible, pero llevo treinta años preguntándome si no podía haber hecho algo más por ayudarla.

—Hans, has salvado más vidas que la mayoría.

—Puede que tengas razón —dijo, pensativo.

Johnny lo miró.

—¿De qué querías hablar?

—¿Qué has averiguado desde la última vez?

—Fui a casa de Johan Grieg justo antes de que muriese —dijo Johnny—. Me dio la primera parte de *El cementerio del mar*.

Hans miró concentrado a la nada, sin desviar la mirada hacia Johnny en ningún momento.

—¿El manuscrito de 1970? Hay que joderse.

—Grieg fue el hombre que informó a la POT en 1970 —continuó Johnny—. Tengo una nota que lo confirma. La utilicé para presionar a Grieg, para que me diera la primera parte. Dejé que Sasha la leyera conmigo. Hemos venido para verificar las afirmaciones formuladas por Vera en el manuscrito.

—Buen trabajo, Berg. Sabía que eras el hombre para esto. Deja que Olav y los que vienen después se peguen ese tiro en el pie.

—El manuscrito habla de la primera parte del viaje en el hurtigruten desde Bergen a Trondheim. Contiene algunas acusaciones concretas a Thor Falck, que Vera ha justificado con cartas de los archivos privados de la Sociedad Hanseática de Barcos de Vapor de Bergen. Son esas cartas las que tenemos que encontrar.

—Tomaos el tiempo que necesitéis —dijo Hans.

—De momento no me queda claro qué tiene que ver el manuscrito de Lind con la disputa de la herencia, ni tampoco con el hecho de que Olav me abandonase en una cárcel en Oriente Medio.

Hans tardó un poco en contestar.

—Empiezo por lo último. Me encontré con un noruego en las milicias kurdas, un francotirador, cuando estuve allí la semana pasada.

—Mike, también conocido como NorwegianSNIPER —dijo Johnny—. Lo conocí en su momento. Pensaba que había caído en el frente.

—No está muerto —dijo Hans en voz baja—. Me lo encontré en un hospital al norte de Mosul. Pero está muy cabreado con las autoridades noruegas y los servicios de inteligencia, que, en su opinión, le han clavado un puñal por la espalda. Me dijo que había actuado de enlace entre el servicio y un noruego que iba a entrar en el califato en una misión hace un año.

—¿Sí? —dijo Johnny y sintió cómo el corazón le latía con fuerza, podría haber sido él mismo.

—Al operador noruego lo detuvieron, y cuando Mike avisó de ello, le dijeron que el tipo en realidad era un yihadista y que él mismo era sospechoso de haber ayudado a un terrorista. Estamos hablando de ti, Johnny.

—¿Dónde está Mike ahora?

—Diría que de regreso con los peshmerga en el frente. ¿No estarás pensando en darte una vuelta por ahí, Johnny? Recuerda que te di el trabajo de desenterrar el testamento de Vera Lind.

Johnny pudo sentir nuevamente el olor a Oriente Medio.

—Escúchame bien, Hans —contestó en voz baja—. Ya he encontrado más información sobre este asunto que otros en cincuenta años. En *El cementerio del mar*, Vera describe una reunión con un almirante alemán en el hurtigruten, con el que Store-Thor firma un acuerdo. Colaboracionismo. Ya conoces a H. K.

—Un viejo zorro.

—La colaboración con los alemanes durante la guerra fue el inicio de otra cosa. Los alemanes construyeron túneles y refugios antiaéreos en Rederhaugen, que más tarde se usaron como depósitos de armas de Stay Behind. En 1970, Vera Lind escribe un manuscrito que queda confiscado por razones de seguridad nacional. Desconozco los detalles, pero será una conexión entre SAGA y los servicios secretos en la red Stay Behind. El año pasado participé en una misión de SAGA sin ser consciente de ello. En otras palabras: la conexión entre la fundación y los servicios secretos sigue existiendo. Si de verdad quieres castigar a Olav, deberías animarme a viajar a Kurdistán. Porque ambas historias se remontan a Rederhaugen, a Olav.

—Vale —dijo Hans lacónicamente—. Ten cuidado.

28

Alguien cogió estos documentos

Sasha había dormido con el teléfono puesto en modo silencio, y despertó con una serie de llamadas perdidas de Olav. Sus mensajes eran como siempre sucintos, pero le recomendó «encarecidamente» que lo llamase para hablar «sobre el supuesto biógrafo Johnny Berg». Sasha sabía bien que su padre quería insistir en que ningún Falck debía hablar con periodistas, y lo inútil que era el biógrafo. Había dejado varios mensajes escritos también, pero podían esperar.

Se vistió y se dirigió a la planta baja. Hans ya estaba sentado junto a la mesa de la cocina, tomándose un desayuno sencillo. La puerta que daba al comedor estaba entreabierta. Nadie se había molestado en despejar la mesa de la cena de la noche anterior. Las manchas de grasa en las copas de vino medio vacías se veían en la luz de la mañana. Un gato negro se deslizó sobre la mesa para comerse los restos del pescado de la bandeja del horno.

—¿Has dormido bien? —preguntó, con una voz clara y animada.

Asintió con la cabeza.

—Olav me ha llamado varias veces.

—Puede esperar —dijo Sasha y echó leche en el café. No tenía ganas de comer. Lo que tenía eran muchas preguntas acerca de las conversaciones telefónicas que Hans había mantenido con su abuela, pero decidió contenerse.

—¿Johnny se ha levantado?

Hans se sirvió un vaso de zumo de naranja de un tetrabrik y se puso a enredar en la cocina, inquieto.

—Hoy se ha levantado temprano.

Aquello le provocó cierta preocupación. Había dicho que iban a trabajar juntos, no quería que Johnny comenzase antes de que ella estuviera preparada.

—¿Ya está en el archivo?

Hans vaciló antes de contestar.

—John ha tenido que marcharse.

Sasha sintió una leve punzada en el costado.

—¿Qué quieres decir?

Hans abrió los brazos en un gesto de resignación.

—Me dijo que te transmitiera sus disculpas por no decirte nada antes, pero ya sabes que las cosas suceden muy rápido en Oriente Medio. Uno de los líderes más importantes del partido comunista kurdo, un hombre que conozco desde hace una eternidad, ha aceptado que lo entrevisten con apenas nada de antelación.

—Espera un poco —dijo Sasha y se frotó los ojos para despejar el sueño—. ¿Estás diciendo que Johnny se ha marchado a Kurdistán?

Hans asintió con la cabeza.

—En el primer vuelo de la mañana vía Frankfurt. Berg es mi biógrafo. La historia de Vera es interesante, pero no es más que un personaje secundario en esta historia.

Sasha se levantó y se acercó a la ventana. El fiordo brillaba. Algo olía muy mal aquí. Johnny le había exhortado a dejar todo lo que tenía entre manos. Se había sentido muy feliz cuando leyeron y hablaron del manuscrito, a pesar de lo comprometedor que resultaba el contenido. Se sentía traicionada. «Debo recuperar el control», pensó Sasha.

—Tengo una propuesta —dijo y miró a Hans durante un buen rato—. Johnny Berg y tú termináis esta colaboración en el proyecto de la biografía inmediatamente.

Hans se reclinó en la silla con una sonrisa y las manos sujetándose el cogote.

—Una propuesta atrevida, Sasha. ¿Qué pasa con la libertad de expresión? Por un momento pensé que te parecías a tu abuela y su compromiso con la búsqueda de la verdad. Ahora suenas más como tu padre.

—Pensaba que vosotros, los comunistas, manteníais una actitud crítica hacia conceptos «burgueses» como la libertad de expresión.

Hans se rio de un modo ligeramente condescendiente.

—Con el paso de los años, me considero cada vez más un socialista libre.

—No te he dicho que termines con lo de tu proyecto de libro, sino con la colaboración con Johnny —explicó Sasha—. Yo misma quiero usar a Berg para encontrar la verdad sobre Vera. Compro sus servicios y le pago un sueldo a través de un proyecto de SAGA. Creo que podemos superar la oferta que le hayas podido hacer, y también el anticipo de Grieg.

—Es una propuesta contundente —dijo Hans—, pero no estoy tan seguro de que Johnny sea un tipo que priorice el dinero. Olav siempre ha pensado que no existe gente así, pero yo creía que tú podrías ser diferente.

Hubo unos segundos de silencio.

—¿Conoces a Johnny del Líbano? —preguntó Sasha al final.

La risa de Hans era indulgente.

—John es un joven con muchos talentos, y eso es algo difícil de encontrar. ¿Leíste la entrevista que me hizo en Beirut?

—¿Sabes a qué se ha dedicado Johnny en los últimos años? —preguntó a su vez Sasha—. La mayoría de sus artículos fueron escritos hace cinco o diez años.

—Tengo entendido que lo ha pasado mal —le explicó Hans—. Ese tipo de trabajo desgasta, he visto muchos ejemplos de ellos. La guerra es un estimulante del sistema nervioso central muy potente, quizá el más potente que hay. Los reporteros están muy expuestos, solos, sin un apoyo profesional ni límites claros; muchos se hunden. Estaba bastante jodido cuando me lo encontré.

—Cuando lo encontraste, ¿qué quieres decir con esto?

La sensación de Sasha de haber sido engañada se hizo más intensa.

—A Johnny lo encarcelaron en Kurdistán el año pasado —dijo Hans tranquilamente—. No conozco los detalles, pero los kurdos tenían miedo a los combatientes terroristas extranjeros, y con razón, por lo que ha podido ser un malentendido. Hay varios periodistas occidentales encarcelados en Oriente Medio, injustamente acusados de espionaje.

¿Johnny había estado en una cárcel kurda?

—Pocos noruegos tendrán mejores contactos que yo en esa región —prosiguió Hans con un tono tranquilo—. La verdad es que un amigo de los servicios secretos me contactó en secreto hace poco.

—¿Quién?

—Se trata de una persona que prefiere el anonimato —dijo Hans—. Me pidió que empleara mis contactos para sacar a John por razones humanitarias.

Sasha se levantó y se acercó a la ventana. Estaba lloviendo, una pesada niebla se posaba cerca de la superficie del fiordo.

—Estamos en Noruega —replicó y miró hacia el fiordo—, no en una república bananera donde las autoridades no ayudan a los noruegos en apuros antes de que un médico radical se ocupe del asunto.

Cuando volvió a sentarse, Hans puso una mano sobre la suya.

—El hecho de que Noruega sea un buen país no quiere decir que no exista el juego sucio también aquí. A la Noruega oficial no le gustan las historias que cuestionen la imagen inmaculada que tenemos de nosotros mismos, como lo que realmente hacemos en nuestras operaciones en el extranjero. O las historias que cuestionen la inmaculada imagen de nuestros héroes de la resistencia durante la guerra, que era lo que tu abuela hizo. Tú eres archivera, Sasha. Investigas los hechos del pasado. ¿De verdad estás preparada para asumir las consecuencias de investigar el pasado de tu propia familia?

Sasha se estiró en la silla.

—Sí, lo estoy. ¿Vivías aquí en 1970, cuando redactó su manuscrito?

Por primera vez durante la conversación de la mañana, Sasha se dio cuenta de que Hans se había quedado sorprendido por algo que había dicho. Sin contestar, despejó la mesa y comenzó a meter los platos en el lavavajillas.

—Es correcto —dijo.

Ella se giró hacia él y lo miró directamente a la cara curtida y perpetuamente morena.

—¿Qué fue lo que pasó, Hans?

—Tú eres la que se ocupa de escudriñar los archivos, Sasha, puede que sea mejor que tú misma encuentres las conexiones —dijo, señalando hacia el edificio en el que se hallaba el archivo—. Las respuestas suelen estar allí, y si no están, eso será una respuesta por sí sola, ¿no?

El húmedo aire de la región de Vestlandet le impactó en la cara cuando salió por la puerta. ¿Qué había querido decir Hans? La hierba chapoteaba bajo sus pies. Siguió un sendero medio invadido por la vegetación, rodeado de juncos mojados que daban unos leves latigazos contra sus piernas.

Encontró la carpeta con la correspondencia de la DHS de 1940. Con el fin de dar con el contexto correcto, comenzó a leer desde enero. ¿Qué sabían Thor Falck y los otros directores de la Sociedad Hanseática de Barcos de Vapor de lo que estaba a punto de suceder en Europa? Muy poco, en resumidas cuentas. La vida y los puntos del día parecían seguir el rumbo de siempre.

Thor Falck mantuvo una agenda febril con las autoridades alemanas tras la invasión en la primavera de 1940, eso era evidente, aunque a menudo se ocultaba tras unas referencias técnicas a departamentos y juntas directivas. Tampoco se podía decir que fuera ilegal o poco ético en aquella época. El director de una naviera tenía que acoplarse a la nueva situación, cualquiera que fuera. A finales de julio fue el vicegerente el que se ocupó de las reuniones más importantes. Fue cuando nació Olav. «Se concedieron tres días de permiso paternal al director Falck».

Al final llegó al cuarto trimestre, que comenzaba el 1 de octubre. La correspondencia era extensa y estaba minuciosamente fechada. Sasha trató de hacerse una idea general de todos los detalles que figuraban allí, una lista interminable de tecnicismos sobre naves y tonelajes, que no le decía nada: P. G. Halvorsen; Vela; Hovda; Juliane; desde el muelle de Tolbodskaien partía la nave noruega S/S Tindefjell; desde Laksevågshopen, Laksevågs verksted y Dokken partían las naves noruegas Finse y Taiwan, así como la nave alemana S/S Kattegatt. Y así seguía.

Fue entonces cuando descubrió algo llamativo. Todos los días, durante todo el mes hasta el viernes 18 de octubre, había una lista de entradas, pero desde el sábado 19 de octubre no había nada hasta el 24 de octubre, donde ponía: «DS Prinsesse Ragnhild se hundió ayer, cerca de Landegode. Se piensa que hay muchos muertos, el director Falck se encuentra entre los desaparecidos».

Acerca de los días en los que el hurtigruten navegaba rumbo al norte desde Bergen hacia el lugar del hundimiento, no había ni una sola palabra.

Volvió a comprobar las anotaciones en el manuscrito de Vera. Aquí también faltaban las mismas fechas. Ni una palabra que pudiera justificar las afirmaciones del manuscrito de Vera, ni una palabra sobre los acuerdos entre Thor Falck y el almirante Carax. Sasha se levantó y atravesó el cuarto. En esta habitación, su abuela había escrito *El cementerio del mar*, aquel invierno hace tantos años, antes de que el manuscrito fuera confiscado.

Pensó en lo que Hans había dicho sobre la imagen inmaculada de Noruega y las zonas grises durante la guerra. Alguien había eliminado las pruebas de lo que Store-Thor había hecho, como cuando a las personas no apropiadas se las borra de una fotografía histórica. Pero ¿quién? ¿Y por qué? Esa persona habría leído el manuscrito y sabría lo que estaba buscando.

Ella seguiría explorando el caso, independientemente de adónde la llevase. Y daría con la última parte del manuscrito de su abuela.

29

Se oye ruso en la radio

Kurdistán, norte de Irak

Johnny estaba en el asiento del copiloto en el taxi, un viejo Toyota con ventanillas cubiertas con celo y un chasis que raspaba el suelo cuando se presentaban baches en la calzada. Los yihadistas habían encendido los pozos de petróleo y se elevaba un humo pesado y negro al cielo. Apestaba a petróleo quemado.

Los pozos de petróleo eran una mala señal. Evidentemente ardían para dificultar la visión a los bombarderos aliados. Cuando el EI prendía fuego a sus propias fuentes de ingresos era porque se cocía algo grande.

El conductor olía a sudor y pasaba el rato escuchando música islámica nasheed en la vieja radio del salpicadero. Poco después de sobrepasar una señal en la que ponía Mosul 29 km, le sonó el viejo Nokia. Johnny pudo oír que hablaba en kurdo y captó algunas de las palabras de la conversación.

—Extranjero..., ya te he dicho que periodista..., sí, estamos en camino.

Se intensificó la mala sensación que lo había acompañado desde que aterrizó en la capital kurda. Los kurdos eran uno de los principales enemigos del califato, pero también había muchos kurdos que lo apoyaban. El taxista no tenía por qué ser un colaborador ideológico, podría ser simplemente un pobre diablo sin dinero y una familia que mantener. Un periodista extranjero era una divisa valiosa. Varios de los que habían sido degollados en directo delante de las cámaras eran reporteros.

Johnny se inclinó hacia delante en el asiento y fingió rascarse el tobillo derecho, mientras comprobaba que el cuchillo seguía en su sitio. Lo había comprado en el mercado negro el día antes; era un pequeño cuchillo muy manejable de hoja negra, un cuchillo KA-BAR de combate de los marines estadounidenses con un mango áspero color avellana. No tenía ni idea de dónde venía. Los americanos habían dejado grandes cantidades de equipo a los iraquíes; los yihadistas habían robado mucho y el cuchillo, probablemente, sería parte del botín en alguno de los ataques de los kurdos.

El paisaje desértico llano se abría delante de ellos. El conductor redujo la velocidad. Johnny lo miró de reojo. Había un puesto de control delante de ellos. Si veía que era el EI lo que esperaba, y se daría cuenta una vez que estuvieran lo suficientemente cerca, tendría que clavar el cuchillo de inmediato en el cuello del conductor y girar el coche hacia un lado. ¿Lo conseguiría? El taxista no tendría tiempo para reaccionar, pero ¿él se salvaría?

No lo sabía.

Había unos pocos coches en la carretera delante de ellos y no tardaron en llegar al puesto de control. Los soldados llevaban uniformes americanos, eso podría ser una mala noticia. En una ofensiva de choque del año anterior, los terroristas habían arrollado a las fuerzas iraquíes equipadas con material norteamericano, apropiándose del equipo y dando dos opciones a los soldados: uníos a nosotros o nos acompañáis al desfiladero donde estamos llevando a cabo unas ejecuciones en masa.

—*Sahafi* —dijo Johnny a los soldados barbudos—. Soy periodista.

Los soldados cogieron sus papeles y se marcharon. Johnny repiqueteó el salpicadero con los dedos con impaciencia. Todo se había desarrollado más rápido de lo que se hubiera esperado. Cuando Hans habló de la historia de Mike, ya lo había sabido;

tenía que viajar. Lo que él conocía bien era Oriente Medio, no la historia bélica de Noruega. Por muy traumáticos que fueran los recuerdos de la cárcel. La solución de lo que había sucedido estaba aquí.

Había volado de Bergen a Frankfurt, y de allí a la capital kurda. Antes de aterrizar en Erbil, había tenido miedo de que su nombre fuera comprometido de un modo u otro. Solo había dado su auténtico nombre al jefe del interrogatorio norteamericano que se había ocupado de la tortura del agua.

Al final, todo salió bien. Pasó el control de aduanas rápidamente y se dirigió a una pensión en el viejo barrio cristiano de Ankawa, en las afueras de la ciudad, que ya conocía de los viejos tiempos. Allí todavía era posible comprar alcohol, y además quería evitar los hoteles de cinco estrellas, donde solían abundar los periodistas occidentales y cooperantes.

Había enviado un mensaje a NorwegianSNIPER en Instagram, y en la primera noche del hotel, Mike le devolvió la llamada en una línea encriptada. Dijo que las cosas habían cambiado. El frente estaba sometido a una creciente presión. El estado de alerta era más elevado que antes. El general Kovle, un anterior asesino a sueldo kurdo que dirigía la sección, había retirado todos los permisos. La única manera de quedar, dijo Mike, sería que Johnny se acercase adonde estaba él.

—Creo que sé lo que te pasó —dijo el noruego—, pero es mejor no hablar de ello por teléfono.

Viajar por las zonas de guerra suponía mucho tiempo de espera. Pasaba lo mismo ahora. Después de una eternidad, regresó el soldado guardia. El sol estaba bajo en el cielo, el calor del mediodía estaba siendo sustituido por el frío de la oscuridad del interior, las noches todavía eran frescas aquí.

—Sal, periodista —mandó el soldado, indicando a Johnny que se pusiera en pie con los pies separados y las palmas de las manos apoyadas en una pared de ladrillo—. ¿Has dicho periodista? —se interesó el soldado cuando sacó el cuchillo de Johnny de la pernera del pantalón—. El frente... cerrado... para *sahafi*.

Johnny miró la pared, donde se había caído el mortero de

raseo. Siempre había tenido una sensibilidad especial a la hora de saber de quién fiarse y de quién no. Esta gente no era yihadista. Al mismo tiempo, la zona estaba cerrada para la prensa. Decidió jugársela.

—*Mukhbarat* —dijo en árabe y cambió a un inglés con un fuerte acento norteamericano—. Soy de los servicios de inteligencia. Estamos tratando de localizar a combatientes terroristas occidentales.

Silbó, y trató de mostrar el impacto de una granada de mortero.

—¡Ajá! —Al guardia se le iluminó la cara—. Matarás... a terroristas del Dáesh... ¡Bum! ¡Bienvenido al frente de los peshmerga kurdos, amigo!

Ya estaba oscuro cuando entraron en el pueblo que Mike le había indicado. Después de que Johnny pronunciara la palabra *mukhbarat*, el taxista gordo le mostraba respeto.

Las casas bajas de ladrillo tenían un color azul grisáceo bajo la luz de las farolas, las siluetas quedaban interrumpidas por las agujas de los minaretes y las iglesias. Los cristianos y los musulmanes habían vivido aquí juntos antes de la llegada de los bárbaros. Ya no era así. La idea le entristecía, Oriente Medio siempre le producía tristeza y le insuflaba energía. El conductor dio un bocinazo, salieron un par de soldados. Johnny pagó y asintió con la cabeza. El coche desapareció.

Todo estaba muy quieto. En una callejuela ladraban unos perros callejeros. Se llevó el equipaje ligero hasta el puesto de la guardia, que resultó ser un chalet privado abandonado por unos asirios cristianos el año anterior. Un grupo de soldados kurdos jugaba a las cartas en el suelo, otros estaban viendo algo que probablemente era una telenovela turca en una pequeña pantalla. Parecían muy tranquilos. En la pared colgaba una foto del general Kovle.

—He quedado con Mike —dijo.

Un kurdo alemán que hablaba inglés explicó que Mike estaba

en un puesto avanzado a un kilómetro de distancia, y se ofreció a llevarlo.

—Las cosas pueden ponerse bastante feas esta noche —avisó el kurdo una vez que estaban dentro del coche y avanzaban por un camino de carros.

—No parece que el nivel de alerta esté muy alto por aquí —dijo Johnny.

—Amigo, conocemos al Dáesh, los escuchamos en la radio todas las noches. Sabemos cuándo van a atacar; no va a pasar en este mismo instante, pero esta noche puede suceder.

Señaló hacia un edificio a oscuras.

—Por cierto, allí encontrarás a Mike.

Incluso en medio de la noche negra, Johnny advirtió que aquello una vez tuvo que haber sido una iglesia. Habló con unos jóvenes soldados que estaban de guardia y pudo acceder a una habitación de techos altos. En la pared del fondo, sobre la entrada en ruinas, vio una cruz. Junto al coro encontró una escalera de caracol y subió una planta.

Mike estaba sentado junto a una de las paredes. En el leve resplandor de la pantalla, Johnny vio que tenía el pelo moreno y corto, y una barba bien arreglada que enmarcaba la cara redonda. A lo largo de las paredes, Mike había amontonado novelas de bolsillo de Jan Guillou, Jon Michelet y Ken Follett, junto con unos cañones sin retroceso y granadas de mano.

—Has encontrado el sitio —dijo con un acento relajado de la región de Østlandet—. Has llegado en un día un poco especial. Llevamos mucho tiempo con demasiada tranquilidad. Acabo de volver del hospital y no suelo andar por aquí, pero justo esta noche creo que ha sido buena idea venir.

Johnny no estaba seguro de lo que se había esperado, pero este hombre tenía un aire sosegado y cauteloso. En medio de la habitación había un parapeto, hecho de sacos de arena, y detrás de él estaba el rifle de francotirador, con el cañón dirigido hacia la pequeña apertura.

—Este rifle Barrett me ha salvado muchas veces —dijo Mike—. En realidad, no me lo podía permitir, pero gracias a un *crowdfunding* en la red pude hacerme con él. Vale su peso en oro.

Lo interrumpió el crepitar de la radio, en francés. Johnny no captó todo, pero iba sobre «hijos de puta kurdos».

—Es el enemigo, el Estado Islámico. Voluntarios que hablan muchas lenguas; árabe, por supuesto; ruso y francés. Nos escuchan, y nosotros los escuchamos a ellos. Me gustaría saber francés, así podría decirles que se callaran la boca.

—Podría ayudarte con el francés —dijo Johnny—. Prueba con: *«Ta gueulle, Mohamed, nique ta mere»*.

Mike esbozó una sonrisa seca.

—¿Puedes repetir?

Después de haberle corregido la pronunciación, Mike hizo lo que había dicho. Poco después, la radio estalló en tacos proferidos en francés.

Johnny se dio cuenta de que se relajaba en compañía de Mike. Del mismo modo en que los noruegos siempre se reconocen en el extranjero, siempre podía ver en la gente si habían matado.

Eran de una nación de asesinos, y Mike definitivamente era uno de sus ciudadanos.

—¡Los franceses! —se rio Mike—. Nunca estoy preocupado mientras sean ellos los que hablan. Si en cambio escuchamos ruso, las cosas pueden ponerse muy mal. Los rusos son, con diferencia, los mejores soldados del EI. A veces llegan agentes franceses de los servicios secretos y soldados de las fuerzas especiales hasta el frente. Es cuando mejor comemos, entonces tomamos vino tinto y *ratatouille*.

Johnny se acordó de que H. K. le había dicho lo mismo, y preguntó qué habría opinado su antiguo jefe si hubiera sabido que Johnny estaba de vuelta en Kurdistán. Habría sonreído.

—Los servicios de inteligencia franceses están aquí para cartografiar dónde se encuentran los combatientes terroristas franceses y poder matar al mayor número posible de ellos. Hay mogollón de franceses en el califato, y si volviesen a Francia se desataría el infierno.

Mike se levantó y se dirigió a la apertura en la pared. Johnny vio que cojeaba.

—Fue Hans Falck el que te trató, ¿verdad?

—Fue una suerte que estuviera cerca —dijo Mike secamente—. Si no, me habría quedado sin pierna, me temo.

—Hans me habló de vuestro encuentro, pero hay algo que no entiendo.

Mike había formado parte de la unidad de francotiradores y había participado en varias misiones en Afganistán. El avance del califato por la tierra de sus padres lo había cambiado todo. No podía quedarse con los brazos cruzados viendo la masacre; rescindió su contrato y se marchó. A través de un kurdo alemán acabó en la sección del general Kovle. Contó su historia de un modo marcadamente militar, detallado como un telegrama, sin adjetivos ni signos de exclamación. Solicitó la admisión en los servicios de inteligencia de Noruega durante un permiso, pero no tuvo noticias de ellos. El tiempo pasó.

—Lo siguiente que ocurre es que se pone en contacto conmigo un viejo conocido de la unidad de francotiradores. Utiliza un código militar, así que sé quién es.

—¿Y quién fue? —preguntó Johnny.

—Uno que se llama Sverre Falck.

—¿Sverre Falck? —Johnny abrió los ojos de par en par.

Mike asintió con la cabeza.

—El tío me daba pena cuando estaba en la unidad. La gente se reía de él, llamándolo niño de papá, hijo de millonario; todo el mundo decía que su padre lo había colado en la unidad. Era un buen tirador, la verdad, pero por lo demás no tenía muchos talentos. Poca fuerza de voluntad. Se hundió por completo después de unos ataques en Afganistán, acabó pasando más tiempo con el capellán que con los chicos.

Mike continuó.

—En cualquier caso, cuando fue a verme, Sverre Falck era una persona totalmente diferente. Demasiado bien vestido para ir a Kurdistán. Dijo que venía de una organización humanitaria, pero olía a los servicios de inteligencia que echaba para atrás. Trajo diez mil dólares en efectivo, era la mitad. No quería dinero, pero él insistió, así que le dije que sí, siempre y cuando pudiera usarlo para comprar algunas cosas para los chicos de aquí. Me daría el resto si hacía lo que él quería: conseguir un arma de fuego y dejarla junto con cinco mil dólares en...

—En una bóveda bancaria del Kurdistan International Bank —dijo Johnny, terminando la frase por él—. Fue allí donde recogí el equipo.

Mike asintió con la cabeza.

—Sverre Falck trabajaba para los servicios de inteligencia noruegos.

—No —contestó Johnny—. Sverre Falck venía de la mano de SAGA. La operación nunca habría recibido el visto bueno oficial de las autoridades noruegas, así que no eran los servicios de inteligencia los que maniobraban por detrás. Era una misión privada, sin que lo supiéramos.

—A los dos nos utilizaron y nos abandonaron a nuestra suerte.

—Sverre Falck es la clave aquí —concluyó Johnny—. Nadie nos creerá si él no enseña sus cartas, pero si lo hace, podemos colgar a SAGA. Bueno, ya debería volver.

—Creo que será difícil esta noche, amigo —dijo Mike.

En el mismo momento, la radio volvió a crepitar. Esta vez hablaban ruso.

30

Para ya, hijo de puta enfermo

Cuando regresó a Rederhaugen después de tres días esquiando obcecadamente, Sverre se había decidido. Iba a ir a Afganistán, aunque fuera Olav quien le hubiera conseguido el billete. Solo lo sabía M. Magnus, y la historia de su padre quedaría olvidada en el momento en que saltara la alarma y pudiera mostrar su valía.

Unos días antes había tomado el tren y había viajado durante horas montaña arriba. Después había vuelto a casa esquiando solo, furioso y hambriento, atravesando la nieve y el viento. Por las noches, cuando entraba en los refugios de la Asociación de Turismo, se iba a la cama con cara agria, sin pensar por un solo momento en las chicas solteras que estaban allí, entregadas a la vida sana en la naturaleza y deseando compañía masculina.

No es que él no sintiera deseos de este tipo. Cuando el heredero de una fortuna billonaria estaba disponible, venía gente de todo tipo a interesarse. Pero las buscadoras de oro que lo querían por este motivo no le interesaban, no se acostaría con nadie vestida de faena.

Las que él quería, no lo querían a él.

Después de Afganistán, no había tenido ni una sola relación seria. Es cierto que tampoco las había tenido antes de irse, pero entonces la eterna vida de soltero no había sido más que un detalle curioso. «Sverre está esperando encontrar el gran amor», había dicho su padre en aquella ocasión. Ahora no decía nada, pero dejaba entrever cierto desprecio a aquellos que no se reproducían, porque no perpetuaban la sangre de la familia a través de su descendencia.

Tal vez fuera un asunto de Afganistán. Había sido tan feliz ahí abajo, en el país desértico, donde todo tenía sentido y los objetivos eran claros, antes de que se hundiera una vez de vuelta en casa. Estuvo ausente, martirizado por insomnio e inexplicables ataques de furia, cosas que no ayudaban mucho cuando salía a buscar pareja.

«No me ves», dijo una.

Ciertamente.

«Sé que proteges al país —dijo otra—, ¿por qué no me proteges a mí?».

Que se jodan.

No era verdad que su padre lo hubiese tratado mal, únicamente. Cuando Sverre volvió de Kurdistán tras el encuentro con Mike el año anterior, Olav cambió su actitud hacia él durante un tiempo.

Sverre conocía a Mike desde hacía casi diez años. En la unidad de francotiradores, el kurdo había mantenido un perfil bajo. Todos los chicos se habían escandalizado cuando descubrieron que se había unido a los peshmerga y documentaba la lucha a través de Instagram. Todo el Ejército chismorreaba sobre Mike. Los oficiales estaban furiosos. Los viejos colegas de Sverre que seguían en servicio activo le dijeron que uno podía meterse en problemas con la policía militar y con el servicio de inteligencia solo por poner un comentario de apoyo bajo sus fotos. Para la mayoría de los chicos, Mike seguía siendo un héroe noruego, un hombre de acción que tomaba cartas en el asunto cuando los políticos cobardes y la gente que estaba al mando del Ejército no se atrevían a hacerlo.

El trabajo de mensajero en Kurdistán había sido fácil. Fue M. Magnus quien lo organizó. Se trataba de introducir una importante cantidad de dinero en efectivo, reunirse con una fundación kurda y con Mike. Luego volvió a casa. Nunca se habló del trabajo en sí, pero era evidente que su padre estaba orgulloso de él. Pidió que representase a la familia en cenas a las que antes no lo habría invitado.

No duró mucho tiempo. Cuando llegó el verano, Olav volvió a su *modus operandi* habitual, con constantes críticas. Cálido y frío, frío y cálido, así era él.

Sverre estaba sentado en Knatten, el punto más alto de la finca de Rederhaugen.

A la derecha veía el chalet de su padre, el piso de Sasha y el paseo bordeado de árboles que conducía a la entrada del edificio principal. Antes siempre había querido vivir aquí, pero como su hermana tuvo familia antes que él, fue ella la que se quedó en la casa, y Sverre tuvo que conformarse con un piso en Gimle Terrasse. Justo delante de él se asomaba el edificio principal con la torre de la roseta, a la izquierda se mecían las copas de los árboles del bosquecillo junto a la cabaña de Vera, antes de que el paisaje terminase en el Precipicio y en el mar que estaba muy por debajo de él.

Se oyeron unos chasquidos entre la maleza del bosque bajo la colina, se rompieron unas ramas secas, y apareció una figura.

—Querías verme —dijo Siri Greve.

Como siempre, iba arreglada y bien vestida, era una milf o una cougar, tal y como se decía en los sitios web que frecuentaba en internet, pero había cambiado los botines por unas zapatillas limpias de Nike para la ocasión.

Sverre arrojó una piña al aire.

—¿Puedes asegurarme que no le contarás nada de esto a mi padre?

Se rio.

—Si supieras la cantidad de secretos que no le cuento a tu padre.

—Quiero vender mi parte —le anunció inmediatamente. Siri lo miró con incredulidad.

—¿Tu parte de qué?

—Del grupo SAGA. No tengo ningún futuro aquí, o no, rectifico, no me veo aquí. Quiero volver a empezar.

—¿Es la conspiración de Olav sobre Afganistán lo que te ha hecho replantearte las cosas?

Así que ella también estaba al tanto. Mierda.

—No es solo eso —dijo titubeante.

—No —replicó Greve, quien se había sentado sobre la roca junto a Sverre, eliminando corteza y pinochas del exclusivo abrigo con la mano—. Naturalmente; Olav te ha tratado como trata a todo el mundo, es decir, como a un súbdito y un sirviente.

Sverre no recordaba haberle oído criticar a su padre antes.

—Olav tiene sus lados buenos, sin duda, la historia lo recordará como uno de los grandes responsables de la construcción del país en la posguerra. Pero es mayor, y cuanto más mayor se hace, más necesitado está de camuflar sus propias debilidades criticando a los demás. La muerte de Vera no ha mejorado eso. Mi pregunta es si tú tienes lo que hace falta para desafiarlo.

Sverre escuchó con sorpresa las palabras de Greve.

—¿Lo que hace falta? —repitió.

—No seas inocente. Bien sabes que Olav exige lealtad absoluta. De mí, del consejo, y sobre todo de vosotros, sus hijos. Esto es lo que Sasha siempre ha manejado mucho mejor que tú. Pero ahora parece que ella también está mirando al futuro. Tratar de vender, aunque sea a otro miembro de la familia, equivale a una declaración de guerra. ¿Tienes lo que hace falta para enfrentarte a tu padre?

—¿Y si tú fueras la mensajera que ha enviado para atraerme a la trampa? —preguntó. No sabía si Olav se había esperado esta reacción en él y había enviado a Greve para mantenerlo en jaque.

—No seas paranoico, Sverre —dijo Greve con tranquilidad—. La pregunta es si tienes lo que hace falta para desafiar a tu padre.

Tuvo que inspirar hondo y buscar la respiración del gatillo, la que le hacía capaz de alcanzar a un soldado talibán a mil metros de distancia.

—En el equipo de francotiradores de Afganistán, había un

tipo que se llamaba Fiskvik —dijo—. Nadie conseguía levantar más en banco de pesas que él, nadie era más rápido en los tres mil metros lisos, nadie tiraba mejor que él en las pruebas en el campo de tiro, nadie se jactaba de haberse tirado a más tías en su pueblo. Solía hacerle la vida imposible a un tipo del equipo que se llamaba Johansen. Pero la primera vez que nos dispararon en un *wadi*, un lecho de río seco, Fiskvik se asustó tanto que se quedó en posición fetal en una trinchera. Johansen tuvo que llevarlo en brazos al coche. Al día siguiente, lo enviaron a casa. Después de aquello se lo conocía como Fiskvik el Flojo.

Se inclinó hacia atrás y levantó la mirada.

—Nadie sabe de antemano quién tiene lo que hace falta.

—Ahórrame las moralejas —dijo Greve—. Tú quieres vender. Bueno, hay cláusulas que regulan la venta de acciones. Solo los miembros de la familia pueden comprarlas, y a mitad de precio, precisamente para evitar el tipo de venta que propones. Olav siempre se ha mostrado reacio a dejar que alguien de la familia venda sus acciones. Piensa que es mejor tenerlos atados dentro. La rama berguense de la familia ha querido vender durante años, necesitan el dinero desesperadamente, pero Olav no ha querido comprar. Ellos tal vez estén dispuestos a replantearse la estrategia. Puede que les parezca que tiene más sentido comprar que vender.

—Puedo llamar a Marte —dijo Sverre.

—Buena idea —apuntó Greve y se levantó, pasando las manos por la ropa y alzando las cejas—. Llama a Marte Falck.

Cuando Greve se fue y Sverre se quedó solo en Knatten, se preguntó si también conocía la historia de Marte y él.

Al lamentar la miserable vida de soltero que llevaba, a veces echaba la culpa a Marte Falck.

Nunca había querido a nadie como quería a Marte. Desde que eran pequeños y corrían desnudos por los aspersores de agua de Rederhaugen o Hordnes, o por el campo. Era todo tan inocente por aquel entonces, y tan bello, recuerdos con la paleta de colores de las viejas fotos de polaroid. Él tenía ocho años y ella seis. Marte le había guiñado un ojo y se había llevado a Sverre a un bosquecillo, le había besado con lengua y llevado la temblorosa mano de Sverre a sus resbaladizos genitales, y él mismo sintió un escalofrío, como cuando frotaba el pito contra el poste de hierro en el parque infantil.

Al final los descubrieron. Olav se enfureció tanto que amenazó con enviar a Sverre a un internado inglés. Hans Falck se lo tomó con más calma.

—Los niños también tienen una sexualidad fuerte —lo oyó decir una noche cuando no podía dormir.

Así pudo haber terminado, como un débil y extraño recuerdo de la infancia, si no hubiera sido por aquella mañana en la habitación azul muchos años más tarde, cuando Sverre se despertó con un dolor de cabeza atroz y pérdidas de memoria tras una noche de juerga con los miembros más jóvenes de la familia. Marte estaba desnuda y sentada sobre él en la cama en la que tantos laureados del premio de la paz habían dormido.

Naturalmente, se dio cuenta enseguida de que no era para nada apropiado. Pero a la carne no le importa la moral, y la idea de que se lo follase Marte Falck llenó al joven Sverre de una excitación salvaje e indomable.

Acostarse con Marte se convirtió en una tradición familiar anual que Sverre anticipaba con expectación durante todo el año. ¿Por qué Marte siguió haciéndolo? ¿Podría ser por lo transgresor y moralmente deplorable que resultaba follar con un primo detrás de una letrina abandonada de la mano de Dios, u otro lugar parecido? ¿Su deseo sexual tal vez fuera insaciable?

No se atrevía a pensar que podía ser por él, porque, al igual que todos los hombres con una idea elevada de ellos mismos y una autoestima baja, lo único que no era capaz de imaginarse era que alguien pudiera amarlo.

La tradición continuó hasta que el artista de instalaciones artísticas apareció en escena. Una noche delante de la cabaña de Ustaoset, le hizo una señal a Sverre para que lo siguiera y le dijo en voz baja y con una mirada fría como la de Putin:

—Sé lo que andas haciendo. Ya se acabó, hijo de puta enfermo.

Desafortunadamente, eso fue lo que pasó. Pero una vez que Marte te había follado, la sensación nunca desaparecía. El sueño de ella estaba allí, latente, como una bestia salvaje dormida, un virus oculto.

31

Sangre y tierra

La línea del frente, norte de Irak

El ataque se inició con un «*¡Alá Akbar!*» en la radio, y siguió con fuego de los morteros del Dáesh. Primero se oyó un trueno sordo desde el otro lado de la línea del frente, después un ruido bajo y siseante como de un cohete de fuegos artificiales, y luego la explosión en sí, a una pequeña distancia. El suelo temblaba ligeramente. Mike se acercó a la ventana de la iglesia y espió el terreno con los prismáticos nocturnos.

—Este ataque será de los grandes —dijo seriamente—. Están disparando con morteros.

Johnny se acercó a su lado, y Mike le pasó los prismáticos. Primero divisó una tierra de nadie con trincheras, parapetos de tierra y alambre de púas. Cuando movió los prismáticos hacia arriba, lo vio.

En el otro lado, a unos quinientos metros de distancia en su estimación, había filas de camionetas blancas y otros vehículos con banderas negras, listos para atacar.

Sonó otro ruido siseante y el impacto se produjo mucho más cerca que la otra vez. Cayeron libros de bolsillo y cubiertos. Con movimientos rápidos y controlados, Mike fue a buscar el Barrett.

—Viene gente por la tierra de nadie —dijo Johnny, que había

descubierto unas siluetas negras que se acercaban a ellos. Los morteros habían despertado su adrenalina—. Parece una patrulla.

Mike se colocó en el suelo tras un saco de arena, apretando la culata del rifle contra el hombro. Johnny observó con los prismáticos.

Mike disparó al último hombre de la patrulla. Era imposible ver los detalles a través del ruido verde de la lente de los prismáticos, pero el hombre cayó redondo y los otros yihadistas se echaron al suelo. Mike disparó a dos de los otros cuando se levantaron, uno tras otro. Los últimos dos de la patrulla corrieron como locos de vuelta al lugar de donde venían.

—Bien tirado —alabó Johnny.

—Ahora se lo pensarán dos veces antes de intentarlo otra vez —dijo Mike.

El olor a pólvora irritó la nariz de Johnny.

Entonces se oyó un nuevo trueno desde el otro lado de la línea del frente.

Se oyó una explosión infernal desde la parte izquierda. Los dos perdieron el equilibrio, y cuando Johnny recuperó el conocimiento, vio que una de las paredes de la torre estaba reventada. Le pitaban los oídos.

—¡Tenemos que largarnos! —gritó Mike mientras se levantaba y trataba de encontrar el rifle y algunas granadas. Se puso los prismáticos alrededor del cuello—. ¡Llévate lo que puedas del equipo!

Johnny colgó un cañón sin retroceso de un hombro y lo siguió con una M-16 americana sobre el otro. Las escaleras estaban llenas de piedras de la pared que había cedido, varios de los escalones habían desaparecido. El cielo estaba cubierto de trazadores, drones que zumbaban y varias granadas de artillería. La explosión había prendido fuego a una parte de la iglesia.

—Están usando la iglesia como diana —bramó Mike—. ¡Corre, joder!

Estaban esprintando sobre el cementerio entre unos pequeños cipreses cuando otra granada impactó tras ellos, con un ruido atronador. La torre, en la que habían estado hacía tan solo un minuto, se desintegró. Alrededor de ellos, los guardias kurdos corrían de un lado a otro, aullando y gritando.

En lugar de alejarse de la línea del frente hacia la aldea, Mike corrió en sentido opuesto, hacia un muro de arena que marcaba el inicio de la tierra de nadie.

Se echaron al suelo tras el muro de arena. Ahora la gente del Dáesh había empezado a disparar hacia sus posiciones con lanzacohetes RPG. Detrás de ellos, un coche estalló en llamas. El cielo fue reventado por los trazadores.

—Estamos más seguros aquí —dijo Mike—. Es más fácil llegar demasiado lejos que quedarse demasiado corto con esas armas. Los RPG no nos van a alcanzar.

—Hasta que ataque la infantería —dijo Johnny.

Uno de los drones de los terroristas perdió el rumbo y aterrizó a cien metros por detrás de ellos. Dos jóvenes soldados de los peshmerga acudieron rápidamente. Mike berreó:

—¡No toquéis el puto dron!

Demasiado tarde. Una bomba de relojería se activó y arrojó a los dos jóvenes por el aire.

—Mierda —dijo Mike—. Nunca hay que acercarse a los drones que caen al suelo. ¿Estás listo para disparar, Johnny? —añadió—. Debemos evitar que los terroristas atraviesen la línea del frente. Hay que mantener la posición.

—Estoy listo —confirmó Johnny.

Todo había ido tan rápido. No le dio tiempo a asustarse, solo ahora se dio cuenta de que las manos le temblaban y los dientes castañeteaban. Había tomado otra mala decisión. Nunca debería haber venido.

Comprobó que el rifle de asalto estaba cargado, y se arrastró a lo largo del interior del muro de arena hasta llegar a una pequeña depresión con buenas vistas de la línea del frente. Allí sacó la cabeza cautelosamente. En el mismo momento, alguien le disparó una salva que impactó como latigazos en la tierra a tan solo unos metros de él.

—¡Nos están viendo! —Se agachó y llamó a Mike—. ¿Me cubres?

Mike asintió con la cabeza, se alejó agachado del muro y se echó a cubierto tras unos arbustos a veinte metros de distancia. Johnny lo vio.

Johnny efectuó tres disparos seguidos, pero no pudo ver si dio en el blanco. De nuevo, asomó la cabeza por encima del borde del cementerio.

Parece que los disparos habían asustado a los yihadistas, porque no devolvieron el fuego.

El periodista trató de hacerse una mejor idea de la línea del frente. En otro punto del muro de arena había más soldados peshmerga, defendiendo sus posiciones. En la oscuridad, aun con la ayuda de los prismáticos nocturnos, resultaba difícil calcular la distancia real que los separaba del enemigo, pero podían ser unos quinientos metros. El paisaje descendía levemente en ambos lados, hasta que un barranco oscuro lo partía en dos. Era una garantía de seguridad. Los terroristas podían acercarse a pie, pero los grandes vehículos no.

Entonces descubrió unos movimientos en su campo de visión. ¿Podían ser unos pequeños árboles que se mecían bajo el viento ligero? No. De la oscuridad salieron entre diez y quince soldados enemigos, caminando lentamente en el otro lado de la línea del frente.

Al parecer, Mike había visto lo mismo y ya había dado el aviso. Al momento, el cielo se iluminó con un cohete de señales.

—¡Fuego! —bramó Mike.

Johnny se echó hacia un lado y trató de hacer lo que había hecho tantas veces antes. Fue automático, aunque llevaba mucho tiempo sin ponerlo en práctica. La culata contra el hombro, el dedo alrededor del gatillo frío, la respiración rápida pero controlada, el leve retroceso en el hombro.

Efectuó dos disparos; un yihadista cayó al suelo.

Otros dos, y pasó lo mismo. Entonces Mike efectuó una serie de disparos desde su posición con el rifle de francotirador.

El cohete de señales se apagó repentinamente, como si alguien hubiera dado a un interruptor.

El problema era que los soldados del Dáesh los superaban en

número. Por cada terrorista que eliminaban, llegaban otros tres; algunos con armas automáticas sencillas, otros con cohetes más pesados o ametralladoras que disparaban desde las camionetas. Lentamente, metro a metro, se abrían paso por las defensas. Johnny había cometido el error de llevarse solo tres cargadores, y tenía que racionar la munición.

Al no ser capaces de mantener el fuego, vieron cómo la gente del Dáesh bajó varios vehículos grandes hasta la trinchera. Johnny se tocó la espalda. Sí, el cañón sin retroceso seguía allí. Era el tipo de arma que hay que disparar con el cuerpo colocado en perpendicular, porque al salir despedido el cohete sale una llamarada violenta de la parte trasera del cañón. ¿Iba a ser capaz de dispararlo? No había tocado nada parecido desde su entrenamiento, hacía muchos años, y nunca en una situación de combate real. En cualquier caso, iba a necesitar a Mike; hacían falta dos personas para utilizar esa arma.

Se acercó corriendo a él.

—Me queda poca munición, pero tengo el cañón Carl Gustav. ¿Se te da bien esta arma?

Mike se encogió de hombros.

—Puedo intentarlo.

Se tumbaron cada uno en un lado sobre el muro. Mike apuntó, Johnny cogió un proyectil y lo introdujo en el tubo desde atrás.

—¡Listo!

Tronó, y la furgoneta que se había colocado al otro lado de la trinchera estalló en llamas.

—Buen disparo —dijo Johnny.

Mike espió el terreno.

—Hay que joderse, tienen tropas *pi* —informó pensativo mientras repasaba el terreno con los prismáticos.

El Dáesh tenía tropas de ingenieros que arreglaban puentes y abrían caminos para sus coches suicidas.

Costaba creerlo; abajo en la trinchera, a salvo de las balas, Johnny vio unas cuantas personas que caminaban de un lado a otro antes de echarse a cubierto. Hubo otra explosión.

—Están preparando el terreno para el buldócer —dijo Mike.

—¿El buldócer?

—Es lo mejor que tienen. Si llega hasta aquí, estamos jodidos.

Un buldócer con la bandera negra venía hacia ellos. Estaba reforzado con coraza, barrotes de hierro y placas de acero en los laterales, y mientras que los otros vehículos avanzaban alocadamente, era como si el buldócer se tomase su tiempo, avanzando despacio hacia la trinchera.

La posición situada a la izquierda de Johnny y Mike lo ametrallaba continuamente, sin efecto alguno; las balas parecían chispas de metal que botaban en una pared. Derrapaba en la trinchera. Luego apareció la pala y el monstruo comenzaba a arrastrarse hacia ellos.

—¡Otro RFK! —gritó Mike, y Johnny metió otro proyectil, tapándose los oídos al disparar. Impactó directamente en la coraza. No produjo ningún desperfecto. El vehículo siguió rodando hacia ellos. ¿A qué distancia estaba? ¿Doscientos metros?

—¿Qué hacemos? —preguntó Johnny y oyó el miedo en su propia voz—. ¿Nos retiramos?

—Somos los peshmerga, los que nos enfrentamos a la muerte —dijo Mike.

El buldócer continuaba directo hacia ellos. Era como uno de esos monstruos que salen en las películas, mirando estúpidamente a todas las flechas disparadas hacia él. Si conseguía llegar a la zona donde se encontraban, todo el lugar se convertiría en un cráter.

Doscientos metros. El vehículo temblaba ligeramente al atravesar la tierra de nadie. Derribó una valla sin problemas, una mina terrestre estalló sin apenas hacerle daño.

Cien metros. Ahora Johnny vio el frente del buldócer. Las ventanillas estaban tapadas con placas de acero, con una pequeña rendija.

En ese momento aparecieron dos helicópteros entre las granadas y los trazadores que atravesaban el cielo lleno de humo. Los dos Apaches dispararon cohetes contra el buldócer suicida y limpiaron las posiciones del enemigo. Los soldados del Dáesh salieron corriendo descontroladamente. Desde lo alto del cielo, los drones dispararon a los vehículos de los terroristas con cohetes Hellfire. Johnny estaba alejándose de la tierra de nadie, guiado por fuerzas externas, cuando una violenta explosión lo arrojó por el aire. Luego todo se volvió negro.

Oyó el gorjeo de unos pájaros a lo lejos. Johnny estaba con la cara medio enterrada en la dura arena. Movió la cabeza lentamente, estaba mareado y magullado. En el este, el cielo se teñía de rojo. La adrenalina estaba disipándose; era como volver a casa tras una fiesta mientras la cantidad de alcohol en la sangre bajaba. Un cansancio brutal se apoderaba de él. Mike salió de su refugio, con ojos de bestia salvaje y la barba negra teñida de gris y marrón claro por la suciedad y el polvo. Todos caminaban como si los hubiesen apaleado.

El comandante en jefe de la unidad de los peshmerga, el general Kovle, llegó a gran velocidad montado en un Land Cruiser. Salió del vehículo con gafas de aviador y un cigarrillo en la comisura de los labios. Se colocó encima del muro y miró al otro lado, antes de gritar una orden en kurdo.

—Dice que limpiemos la tierra de nadie —tradujo Mike.

El general vino caminando hacia ellos.

—Buen trabajo —le dijo a Mike, asintiendo con la cabeza. Este se lo agradeció—. Ya sabes que normalmente no aceptamos a extranjeros en nuestra unidad —se dirigió a Johnny—, pero parece que te manejas bien. Tienes un sitio aquí si tú quieres.

El humo se elevaba intermitentemente, sobre toda la zona llana, de lo que una vez habían sido los vehículos del enemigo y que ahora no eran más que unos esqueletos incendiados. Un hedor a diésel, excrementos y carne quemada le irritaba la nariz. Johnny se la cubrió con el cuello de la camiseta de algodón. Por encima de ellos, las aves carroñeras ya estaban volando en círculos.

Los atacantes muertos estaban esparcidos a su alrededor, algunos con heridas llenas de sangre en la cabeza y el torso, otros estaban medio reventados por los chalecos suicidas que habían tenido tiempo de activar. Algunos parecían completamente inmaculados, probablemente habían quedado paralizados por la presión de aire de los cohetes y las bombas. Ellos estaban muertos y él estaba vivo. Ahora mismo era lo único que importaba.

Algunos de los kurdos tiraban del pelo de los yihadistas caídos y levantaban las caras grises, parecidas a la cera, mientras repasaban sus uniformes y se hacían selfis sonriendo junto a los cadáveres.

Detrás de los restos humeantes de un coche reventado descubrieron a un yihadista que estaba vivo y consciente, aunque tenía el pecho ensangrentado. Incluso desde unos metros de distancia, Johnny vio que el yihadista herido era un hombre guapo con grandes ojos redondos y un pelo largo de color negro azabache que colgaba sobre los hombros del uniforme marrón. Podía haber sido el hermano menor de Abu Fellah. Un par de soldados peshmerga se acercaron a él con la intención de vaciarle sus cargadores de munición, y el general se encaminó al lugar donde estaban.

—Necesita atención médica —dijo el general, inclinándose sobre el soldado—. ¿Me oyes? —continuó en árabe, dirigiéndose al hombre que estaba en el suelo—. Nosotros tratamos a nuestros enemigos como seres humanos. Es la diferencia entre vosotros y nosotros.

Con las últimas fuerzas que le quedaban, el soldado del Dáesh se incorporó sobre los codos y escupió al general en la cara.

El general Kovle guardó tranquilamente las gafas de aviador en el bolsillo y se secó la mejilla con la manga del uniforme. A continuación, sacó su pistola y disparó a la cabeza del prisionero seis veces seguidas. Lo último que Johnny vio antes de girarse y marcharse de allí eran los líquidos corporales que empapaban el suelo, formando una aleación de tierra y sangre.

32

Tenías razón

Sasha siguió los caminos del campus de la Universidad de Blindern y atravesó la plaza adoquinada rumbo a la entrada de la biblioteca universitaria.

Hacía cuatro días que Johnny se había ido a Kurdistán y ni siquiera le había enviado un mensaje. Ella había vuelto de Bergen, pero había evitado tanto a su padre como a sus hermanos. Afortunadamente, Mads y las chicas seguían en Francia. Necesitaba estar sola. Miró el teléfono. Ningún mensaje de Johnny. Hacía un tiempo demasiado caluroso para la estación, los estudiantes estaban medio echados sobre las anchas escaleras y sobre el borde de la fuente.

Puesto que tanto Johnny Berg como las cartas entre el almirante Carax y Thor Falck habían desaparecido, Sasha tenía que variar el procedimiento. Había otro rastro en *El cementerio del mar*, que era el rastro alemán. ¿A qué clase de agrupación pertenecía Wilhelm? ¿Tenía algo que ver con la resistencia alemana dentro de las fuerzas armadas?

Ese campo era la especialidad de Sindre Tollefsen, y ahora el becario despedido estaba junto a una de las mesas de la cafetería del vestíbulo de la biblioteca, con un termo propio delante de él. Saludó a Sasha con un gesto de cabeza seco y ligeramente aprensivo. Sasha se sentó en una silla frente a él y juntó las manos.

—Gracias por acceder a verme —dijo y fue directa al grano—. Me expresé de un modo poco afortunado la última vez que nos vimos.

El académico bajó la mirada sin contestar, como si estuviera reflexionando sobre qué intenciones podría tener en esta ocasión.

—Como seguramente ya sabes —continuó Sasha—, han pasado muchas cosas desde la última vez que hablamos.

—Te acompaño en el sentimiento —dijo.

Murmuró un «gracias» y después preguntó qué andaba haciendo ahora.

—Poca cosa —contestó. Su tono era amargo—. Hago unas sustituciones en un bachillerato privado, espero recuperar mi plaza en el programa de doctorado de esta universidad en otoño.

Había una expresión débil y apacible en sus ojos, mezclada con la mezquindad académica que Sasha había notado a menudo en los becarios de SAGA. Pero no era tonto, e historiadores como él a veces podían tener información detallada sobre un contexto concreto, la pieza clave en el puzle.

—Me gustaría hablar sobre tu proyecto de tesis —dijo Sasha—. Tengo un par de preguntas.

—La última vez que me lo preguntaste, parecía que fueras de la Inquisición —contestó Tollefsen—. ¿Cómo puedo saber que no vas a robar mi investigación?

Ya había pensado en que le haría esa pregunta.

—Formalmente tenía todo el derecho a terminar nuestra relación profesional —dijo—, ya que investigaste cosas que caían fuera de tu campo.

Iba a protestar, pero ella alzó la voz unos decibelios.

—Aun así, he llegado a la conclusión de que tenías razón. Creo que hay una conexión entre tu tema y Vera.

Tollefsen parecía sorprendido.

—Si tú lo dices.

—¿Tienes pruebas de que la gente de la resistencia alemana estaba activa en Noruega en el otoño de 1940? —preguntó Sasha.

—El problema de la resistencia alemana —comenzó Tollefsen— es que en la práctica es totalmente desconocida, incluso entre los historiadores y los expertos. Algo se sabe de los estudiantes de la Rosa Blanca, así como del complot contra Hitler en 1944, pero nada de la resistencia que había entre las filas de las fuerzas armadas. Por supuesto que había. El régimen nazi tenía varios cientos de miles de soldados estacionados en Noruega durante la guerra. Por la investigación que se ha hecho, sabemos que los soldados actúan como gente normal. Una minoría se vuelve celosa y sádica, la mayoría hace más o menos lo que se les ordena, y la otra minoría, a menudo en torno al veinte por ciento, se opone activamente a las órdenes. A esto hay que añadir que entre los soldados alemanes de la Wehrmacht y la Kriegsmarine había mucha gente con simpatías socialdemócratas y comunistas.

El becario se echó más café del termo. Sasha se vio abrumada por su cargo de conciencia.

—¿Te invito a algo?

—No hace falta —respondió—. Durante mucho tiempo, estuve buscando a tientas. Una fuente me dijo que Trygve Bratteli, que más tarde fue primer ministro, se encontró en secreto con un amigo socialdemócrata escondido en el exilio, mientras el alemán en cuestión estaba activo en la Wehrmacht en Noruega. Al parecer, se habían conocido en el campamento de Sunndalsøra en 1939, al que también acudió Willy Brandt, el futuro canciller alemán, al igual que muchos alemanes de la resistencia.

—Espera un poco —dijo Sasha.

Era justo eso lo que había descrito Vera en su manuscrito. ¿Podía ser Wilhelm?

—¿Y qué descubriste?

—Bueno, investigué los archivos del Movimiento Obrero con lupa, pero habían tenido la sensatez de destruir esa documentación antes de la ocupación del país. Era imposible hallar pruebas de semejante conexión.

—Sí, tuvo que ser difícil —murmuró Sasha.

—Pero las dos personas que investigué en mi tesis doctoral, los oficiales alemanes de la Marina Karl Neipel y Peter Ewinger, fueron estacionados en Noruega en agosto de 1940.

Este era el tema fetiche de Tollefsen, quien ya hablaba sin parar.

—Los dos trabajaban en el puerto de la ciudad, bajo el mando de la Kriegsmarine. En 1944 entraron en contacto con un agente del servicio de inteligencia noruego, quien se convenció de que eran antinazis. Los dos pasaron coordenadas de las naves y los convoyes alemanes al noruego, que él se encargó de facilitar a los aliados, para que pudieran bombardearlos. No sé si estaban activos en la resistencia ya en 1940, pero podían haberlo estado.

La historia también se parecía mucho a la de Wilhelm y Vera durante la guerra. Los ojos de Tollefsen ya brillaban con un entusiasmo infantil.

—Durante una investigación de la organización Milorg, la policía secreta dio con los alemanes de la resistencia. Más tarde, arrestaron al agente noruego. Pasó el tiempo y, un día, en febrero de 1945 al noruego lo condujeron al tribunal militar provisional en las afueras de la ciudad. Temía que todo se hubiese acabado, pero parecía que había sido llamado a testificar contra los oficiales de la Marina alemana. Los llevaron a la sala. Neipel cojeaba, lo habían herido durante un intento de fuga. El juez leyó el veredicto, alta traición, y el castigo que supondría en caso de que los declararan culpables. Naturalmente, los dos tenían claro lo que les esperaba. Recibieron siete sentencias de muerte en la horca. Los sacaron de la sala. Neipel escupió a la cara del verdugo. Los dos se negaron a ponerse una capucha al ser ahorcados bajo el sol de la tarde en Odderøya.

—Una historia fuerte —admitió Sasha, tratando de ocultar la decepción.

—No he terminado —le interrumpió Tollefsen—. Solo tenía la palabra del agente noruego de lo que había pasado. Cuando tuve acceso a los archivos alemanes y repasé la sentencia del tribunal militar, que todavía existe, encontré algo muy interesante. Resultó que los alemanes pertenecían a un grupo de resistencia alemán sin nombre, que había estado activo en Noruega durante toda la ocupación. Otro suboficial llamado Hoffmann, que operaba bajo el nombre del Tuerto, fue sospechoso de haber hundido un hurtigruten fuera de Bodø en 1940.

«El tuerto», Sasha no había olvidado las descripciones de él en el manuscrito. ¿Había hundido el hurtigruten? Vera había insinuado lo mismo al principio, pero aquello rompía con el *modus operandi* del movimiento de la resistencia noruego, que en esta época apenas estaba organizado.

Estiró la espalda.

—Claro que he leído la declaración jurada de la Audiencia Provincial de Salten. Sabotajes de este tipo no eran comunes en Noruega; los noruegos temían que se perdiesen vidas de civiles, forma parte de nuestra mentalidad nacional.

—Cierto, pero no lo hicieron los noruegos. Imagínate que eres un alemán contrario a los nazis en el otoño de 1940. Alemania está venciendo en todos los frentes, tienes muy poco que perder. El movimiento de la resistencia alemana intentó quitarle la vida a Hitler ya en 1938. Les dio igual la pérdida de vidas civiles. Además, el hurtigruten era un objetivo militar, la mayoría de los pasajeros eran soldados alemanes; con algunas excepciones, tu familia: tu padre, tu abuelo y tu abuela.

Sasha se inclinó hacia delante.

—¿Te suena alguien llamado Wilhelm? También viajaba en ese hurtigruten. No conozco los apellidos, pero sé que vivía en Noruega antes de la guerra.

—Con toda probabilidad, un nombre falso —dijo Tollefsen—. Los alemanes solían usar nombres falsos en Noruega. Willy Brandt entró en Noruega con el nombre de Gunnar Gaasland, un amigo cercano. Pero no, el nombre no me dice nada.

—¿Tienes algo que justifique las afirmaciones del sabotaje?

—Bueno, ese es el problema —dijo Tollefsen y se inclinó hacia atrás—. Este naufragio se ha investigado poco. Hay un grupo de friquis de la náutica e historiadores aficionados que se ocupan del tema. Han encontrado testimonios que cuentan otra historia. En Lofoten hay un hombre llamado Bjørn Carlsen, que lo sabe todo sobre esto; seguro que se alegrará si lo llamas. Otra cuestión es si su documentación aguantaría el escrutinio de un tribunal de tesis serio, desde luego. Porque el secreto está enterrado en el fondo del mar, más concretamente a trescientos metros de profundidad, más allá del alcance de los buceadores que exploran naufragios.

Sasha se inclinó sobre la mesa y puso la mano sobre el hombro del becario.

—Esta información ha sido muy útil, Sindre. Dame una semana y veré si puedo ayudarte con tu doctorado.

Se despidieron y Sasha salió de la cafetería. Todavía no tenía ningún mensaje de Johnny. Le resultaba cada vez más evidente que había una serie de secretos que se remontaban a la guerra que Vera había descrito en su manuscrito. Algo la llevaba hacia el norte de Noruega, hacia Lofoten, de donde venía Vera, hacia el naufragio en el fondo del mar.

33

Dios salve al rey y a la patria, hermano

El despacho de abogados Rana & Andenæs se encontraba en la planta baja de un edificio en Grønland, contiguo a una mezquita en un sótano, de donde salían hombres altos con pantalones que les llegaban hasta las rodillas y un palmo de barbas de chivo.

En los días que habían transcurrido tras la batalla del frente de Mosul, Johnny había estado mareado y aturdido. Se despidió de Mike y después regresó a Erbil, donde tomó el primer avión que salía de Kurdistán. Tenía una serie de mensajes y llamadas perdidas tanto de Sasha como de Hans Falck, pero tras la batalla, la disputa por la herencia parecía insignificante. «Hago esto por mí —pensó—, no por Hans o por otros». En el avión durmió profundamente y no tuvo sueños. Una de las primeras cosas que hizo tras aterrizar en Oslo fue acudir al despacho de Rana.

Rana era el abogado de Mike, y el kurdo había grabado un testimonio de los acontecimientos que habían conducido al arresto de Johnny en Kurdistán, en el caso de que algo le sucediera en el frente.

Jan I. Rana recibió a Johnny en la puerta con los brazos abiertos.

—¡Johnny Omar! Cuánto tiempo sin verte, hermano. —Se tocó la mejilla levemente, como para señalar los rasguños de Johnny—. ¿Te han pegado una paliza o qué?

—Me asaltaron unos críos que robaban junto al río —dijo

Johnny—. Echaron la culpa a la pobreza infantil y al reducido espacio en los pisos municipales. Seguro que son clientes tuyos.

Rana se rio.

—Sí, da igual la cantidad de espadas que puedas tener en las Cruces de Guerra cuando Abdulrahim de doce años aparece con una navaja automática porque el Ayuntamiento ha reducido los horarios de su centro de ocio juvenil.

—¿Andenæs es tu socio? —dijo Johnny, señalando una placa.

—Sé lo que en realidad te estás preguntando. El barrio de Grønland, ¿verdad?, ¿por qué andamos en el gueto y no en Vika o en Tjuvholmen? —Señaló con el pulgar hacia la mezquita—. Por decirlo de algún modo, estos chicos a veces necesitan a alguien que los defienda. A veces también se extravían rumbo a Siria.

Jan I. Rana era bajo y obeso, con una cara infantil, y con el traje y la corbata parecía recién salido de su confirmación, aunque seguramente tendría la misma edad que Johnny. Sus ojos brillaban. Tenía una cabeza muy ágil.

Llevó a Johnny a través de una recepción, donde había una secretaria blanca —por supuesto tenía una secretaria blanca—, hasta una sencilla sala de reuniones dominada por una mesa laminada con esquinas redondeadas. En la pared colgaba un gran retrato del rey con uniforme de gala.

—Andenæs suena bien, Johnny, esa es la idea; no sabes la cantidad de profesores de Derecho que se apellidan Andenæs. Con Æ, siempre con Æ. Es como si todos los putos Andenæs que nacen en este país estén clonados para convertirse en juristas. También pensé en Smith, es otro buen nombre de abogado, pero Andenæs suena más noruego. Es el sonido de diez generaciones de bienestar, jardín con un rincón para el compost, retretes exteriores y vacaciones de esquí en Marka. Todo lo que a los noruegos les chifla y los extranjeros no tenemos.

—¿No puedes llamar a tu empresa de cualquier forma, jurídicamente?

—Naturalmente, tengo todo perfectamente legalizado —dijo Rana con una sonrisa maliciosa—. Mi secretaria, mi socia, se llama Andenæs. La fiché en la universidad. Me enteré de que había una Andenæs que estudiaba allí. Le dije que podía ser socia a cambio de prestar su nombre a la empresa. ¿A cuántos estudiantes de Derecho se les ofrece la posibilidad de entrar como socios, Berg? Pero, por su nombre, merecía la pena.

La secretaria y socia Andenæs tendría poco más de veinte años. Les llevó café y bollos, que Rana se sirvió sin mesura.

Johnny sacó el sobre del bolsillo y lo pasó por encima de la mesa laminada.

—¿Y esto? —preguntó Rana.

—Es de Mike.

—¿Mike, también conocido como NorwegianSNIPER, a quien le encanta el olor a yihadistas muertos al amanecer? Tengo un amor platónico por este hombre, Johnny; es un Estado revolucionario practicante de una sola persona. Solo espero que no les quite la vida a mis otros clientes con su rifle de francotirador.

—Es una declaración de testigo, en caso de que algo le suceda —dijo Johnny, repiqueteando con el dedo en el sobre—. Me lo ha entregado personalmente.

Rana, sorprendido, levantó la mirada hacia Johnny.

—Ajá, ahora entiendo de dónde vienen esos rasguños. ¿Has estado en Oriente Medio? Joder, eres tú quien ha dado una paliza al EI.

Sacó el teléfono y abrió la cuenta de Instagram de Mike. Entre imágenes difuminadas de yihadistas muertos había una figura, con la cara desdibujada, con el torso desnudo y la cabeza envuelta en una kufiya gris. Era Johnny. Las tres cicatrices que le atravesaban el pecho eran visibles. Madre mía, Mike había sacado la foto cuando estaban colocados de adrenalina tras la batalla. «Un pequeño ejercicio matutino con un compañero del norte», era el comentario de Mike.

—He estado pensando un poco más en tu caso —continuó Rana.

—¿Qué has pensado?

—El servicio de inteligencia solo teme una cosa —dijo Rana—, la transparencia. Eso sí, eso los acojona totalmente. Temen a la prensa. Tienes que contarme qué pasó, Johnny. Tenemos que hacer pública tu historia. Conozco a gente, los mejores periodistas, gente dispuesta a sacrificar su dedo meñique por contar esta historia. Te apoyo jurídicamente. Cuenta tu historia, Johnny, y el estatus público de la misma será un seguro de vida.

Johnny odiaba la prensa. Toda la gente como él, toda la gente que él conocía, odiaba la prensa.

—«El héroe, que sacrificó todo para que los noruegos podamos dormir tranquilos por las noches, fue injustamente encarcelado por terrorismo y pasó casi un año en el infierno» —fabuló Rana—. Sé sincero y todo el mundo simpatizará contigo. Sí, seguramente habrá un debate sobre agentes secretos que piden justicia, y todo eso. Pero el pueblo te amará. Y no solo te tendrán simpatía. Cuando la gente entienda quién eres en realidad, y lo que has hecho, ya no podrán acusarte de estar enfermo ni de ser un yihadista. Y si no, tu exmujer ya no tendrá justificación para impedir que veas a tu hija. Te devolverán tu derecho como padre a ver a tu hija.

—Escucha, Jan Ivar —dijo Johnny—, la razón por la que llevas tanto tiempo sin saber nada de mí no es que tenga algo en contra de tu plan, la verdad es que no, pero ahora mismo no puedo acudir a la prensa.

—¿Por qué?

—Porque no tengo pruebas suficientemente sólidas. Para ti es una situación de ganar sí o sí. Si me creen, tú ganas. Si me crucifican oficialmente y me llevan a juicio por infringir la ley de seguridad, también ganas, al convertirte en un abogado estrella con mucha presencia en los medios de comunicación. Es la diferencia entre tú y yo. Veintiún años de cárcel por espionaje y asesinato para mí es una victoria segura para ti. Esto va del caso que estoy perfilando, donde actores privados secretos encargan ejecuciones de ciudadanos noruegos sin el visto bueno del Parlamento. Por eso fui al frente para hablar con Mike.

Rana asintió con la cabeza.

—Eres un tío listo.

—Sé lo que me pasó —dijo Johnny—. Sé cómo actuó esa

gente. Usaron a Mike para usarme a mí. Pero si quiero pillarlos, tengo que desenredar todo el entramado. Y sé cómo hacerlo y a quién lleva.

—¿A quién?

—No te lo contaré hasta que no tenga más pruebas.

—Eres un puto hueso, John Omar Berg —sonrió Jan I. Rana y se levantó—. Por cierto, me llamó una señora. Joder, olía a dinero nada más abrir la boca. En efecto, era Alexandra Falck, nada menos. Quiso saber si tenía noticias de mi «cliente Berg».

Se rio, y Johnny sintió cómo el corazón le daba un vuelco.

—¿Te ruborizas, hermano? ¿Ya no vendes droga ni te bañas desnudo con las chavalas pijas, como hacíamos en los viejos tiempos?

—He dejado la droga —dijo Johnny.

—Miré un poco el tema de la retirada de la Cruz de Guerra —dijo Rana. Señaló el retrato que colgaba en la pared—. El rey lo decide en Consejo de Estado; en la práctica es el Gobierno.

—El rey es un tío cojonudo —dijo Johnny.

Rana sonrió.

—¡Efectivamente! A nadie le gusta más el rey que a los extranjeros. Los noruegos no se dan cuenta. Se piensan que no hacemos más que mirar programas de televisión por satélite de mulás chiflados que quieren introducir la sharía en Noruega, en ese plan. Y sí, hay gente de este tipo, nadie lo niega. Pero yo te digo: a nadie le gusta más el rey, y por cierto, también el 17 de mayo, el día nacional, que a los extranjeros. Fiestas populares en la calle y viejos jefes de Estado que han heredado su título; los extranjeros entendemos de estas cosas.

Johnny asintió con la cabeza.

—Los noruegos no se dan cuenta de lo mucho que queremos a este país. Y es justo eso lo que debes transmitir a la prensa cuando acudas a ella, Johnny.

—¿El qué?

—Dios salve al rey y a la patria, hermano.

34

El efecto de la sensación de presencia

Sasha se pasó un buen rato delante del espejo para que no pareciera que le importaba su aspecto. Al final eligió una camisa sin cuello de rayas rojas que había comprado en una tienda vintage de París. Después se puso rímel y suspiró; rendida, se lavó la cara y salió.

Era una noche clara y más calurosa de lo habitual. Los zumbidos de los insectos estaban por todas partes y se oyó el chapoteo de pequeñas corrientes de agua liberadas por la estación. El sol estaba bajo en el cielo, coloreando las hojas verdes. Sasha se quitó el abrigo y lo dobló sobre el brazo, ni siquiera tenía sensación de frío al caminar con las mangas remangadas.

Johnny le había escrito un mensaje, pidiendo disculpas por su silencio. Quería quedar. Rederhaugen, le había contestado ella. ¿Dónde está eso?, preguntó. Es donde yo vivo, contestó ella. ¿Qué estaba haciendo?

—Me dedico a investigar archivos —se dijo a sí misma al caminar hacia la puerta. La historia la llevaba hacia el norte de Noruega, hacia el pasado de Vera, hacia el naufragio en el fondo del mar. ¿Johnny era capaz de bajar hasta el fondo del mar?

Quizá, pero Sasha se mentiría a sí misma si dijera que esa era la razón por la que se había puesto en contacto con él.

Esperaba junto a la puerta de entrada de Rederhaugen, apoyado en uno de los pilares.

—Sasha —dijo y le dio un abrazo.

Su mirada había cambiado, como si mirase hacia el interior de sí mismo; idéntica mirada a la de Sverre cuando volvió de Afganistán. Se fijó en sus pequeñas heridas, pero no dijo nada, simplemente le hizo un gesto para entrar y lo llevó por el paseo bordeado de árboles.

—Tienes bastantes cosas que explicar —contestó.

—¿Qué quieres saber?

—De todos los lugares posibles, te marchaste sin más de vuelta a Kurdistán.

—Pude hacer mis entrevistas.

Sasha lo interrumpió.

—Las entrevistas... Estuviste encarcelado por espionaje.

—¿Hans te ha contado eso?

—Da igual quién. Tú sabes un montón de cosas sobre mi familia, pero no me has contado nada de nada sobre ti.

Bajaron por el paseo hacia el patio. A la derecha, en la cima de la colina, la dorada luz de la tarde bañaba la torre de la roseta.

—Es porque no he sido sincero contigo, Sasha —dijo.

—¿No?

Sintió una punzada de preocupación.

—¿Ya sabes que en realidad solo os deseo lo peor?

—¿A quiénes, más concretamente?

—A SAGA, a tu familia, a las navieras de Falck. —Se encogió de hombros—. No te lo tomes como algo personal. Estoy hablando de un segmento de una centésima, no, una milésima parte, de la sociedad de Noruega y otros países. Me parece injusto que tanta gente tenga que compartir tan poco...

Señaló con el dedo por encima de las brillantes copas de los árboles hacia el edificio principal.

—Cuando otros pocos tienen tanto.

—Es nuestro —dijo ella. Gente como él nunca podría entender que sus padres no eran unos aristócratas decadentes, sino unos emprendedores atrevidos y visionarios que habían construido empresas y creado puestos de trabajo con un riesgo personal enorme—. ¿Cuál es la alternativa?, ¿una comuna?

—Recuerdo la primera vez que fui a un lugar como este —dijo Johnny—. Ya sabes, cuando tienes unos trece o catorce años y empiezas a darte cuenta de que el mundo es más grande que el barrio donde has crecido. Entonces yo todavía vivía con mi madre adoptiva en Bjølsen. Solíamos traficar un poco y, un día, a un par de amigos y a mí nos invitaron a casa de unas pijas que querían comprar maría. Acabamos enseguida en una piscina enorme. Abu, que era el nombre de uno de mis amigos, no sabía nadar, y cuando una de las chicas se desmayó en la piscina y las otras llamaron a la policía, vinieron para llevarnos a comisaría.

—¿Te arrestaron?

—Nunca —sonrió—. Nunca me arrestaron. Me escapé corriendo.

Abrió la puerta junto a la torre de la roseta y lo llevó hasta la biblioteca.

—Aquí es donde yo trabajo —dijo.

Johnny dio unos pasos hacia el interior de la habitación y miró el techo del atrio.

—Vaya sitio —comentó, y fue la primera vez que parecía impresionado por algo que le había enseñado.

Hasta ahora, Sasha se había comportado como una jovencita nerviosa en compañía de Johnny, lo cual la irritaba; ya era hora de cambiar eso.

—Tampoco yo he sido completamente sincera contigo —dijo y lo miró a los ojos verdes—. Hay una razón especial por la que me interesa el manuscrito de Vera.

—La llave de la disputa de la herencia con Hans y los berguenses está ahí —apuntó Johnny—. Es bastante evidente.

—Es más complicado que eso —replicó ella—. Puedo contártelo todo, pero antes de hacerlo necesito una garantía.

Johnny sonrió cautelosamente.

—¿Una garantía?

—Te haré una oferta. Te tomas una pausa de tu trabajo con el libro de Hans.

Johnny cogió aire para decir algo.

—Todas las pistas en esta historia llevan al norte de Noruega

—continuó—. Es el lugar de donde venía la abuela, fue allí donde estuvo durante la guerra y es allí donde se encuentra el pecio. Hablé con un experto en este asunto. Al igual que Vera afirma en su manuscrito, él sostiene que la nave no chocó con una mina, sino que se hundió por una explosión en el interior. Esa es la objeción principal de papá al relato de Vera. Si pudiéramos bajar hasta allí para encontrar el agujero en el casco, podríamos comprobar que ella decía la verdad y que la versión oficial es una mentira.

Johnny sonrió con sarcasmo.

—El Prinsesse Ragnhild está a trecientos metros de profundidad. ¿Es allí donde quieres que «bajemos»? Buena suerte con eso, Sasha, hay más presidentes norteamericanos vivos que gente que ha conseguido bajar a esa profundidad y salir para contarlo.

—Lo sé. El caso es que tenemos acceso a un equipo especial. Es la ventaja de apellidarse Falck. O más bien, teníamos acceso. Mi hermano acordó con un criadero de peces de allí arriba, un magnate llamado Ralph Rafaelsen, que le prestase un traje de buceo atmosférico, pero parece ser que papá ha conseguido ofender al tipo.

—Lofoten y Vesterålen —dijo Johnny—. A mí me conocen en esas partes. O me conocían. ¿Quieres que yo bucee?

Sasha se preparó.

—Naturalmente, te compensaré por el otro contrato y te pagaré un sueldo a través de un proyecto de SAGA.

Johnny se echó a reír.

—¿Cuánto quieres? —preguntó con voz seria.

—Un plus de peligrosidad por bajar a trecientos metros en un traje de buceo atmosférico, eso seguro.

Cuando salieron de la casa, el día ya estaba oscureciéndose. El tiempo seguía suave. Pasearon por encima de la hierba húmeda y embarrada hacia el pabellón de música junto al agua, mientras ella explicaba la historia de los dos alemanes de la resistencia que fueron ejecutados al final de la guerra.

—Ellos sí que fueron unos héroes —dijo Johnny.

—Desde luego.

—No tengo nada en contra de los miembros de la resistencia noruega. Asumieron grandes riesgos, tenían valor, pero en realidad hicieron lo que se esperaba de ellos. Defendieron el país. El pueblo los apoyó. Pero esos alemanes cometieron alta traición por los ideales en los que creían.

—¿Tú harías lo mismo?

—No lo sé —dijo—. Espero que sí, claro, pero en realidad no hay manera de saberlo antes del momento de la verdad.

Sasha ladeó la cabeza un poco y el pelo le cayó sobre uno de los hombros.

—Te pareces un poco a Hans —comentó con una sonrisa—. ¿Crees que podrías haber hecho lo mismo que él?

—¿Qué quieres decir?

El atardecer los envolvía, sigiloso como la marea. De repente, estaban nadando en la oscuridad.

—Anteponer las misiones en Oriente Medio a la familia.

—No sé si era eso lo que quería —dijo—, pero fue lo que pasó. No fui un buen padre. El hecho de estar encarcelado en Kurdistán durante un año no me ayudó a mejorarlo.

Sasha se quedó en silencio durante unos segundos, tratando de recomponerse. Sin saber muy bien por qué, había dado por hecho que Johnny no tenía hijos, y su propia reacción la sorprendió.

—Espera un poco —intervino y cogió aire—, ¿tienes un hijo al que no viste en casi un año?

Johnny asintió con la cabeza.

—¿Cómo aguantaste?

Se encogió de hombros.

—Bueno, una vez oí hablar a un explorador ártico sobre algo que llamaba «el efecto de la sensación de presencia» —dijo Johnny—. Es común entre los exploradores y navegantes que no ven a su familia en muchos meses. Es la manera del cerebro de ayudarnos a superar la soledad. La gente a la que queremos viene a nosotros, no como un recuerdo vago, sino como una presencia sentida. Mi hija me visitaba todas las noches allí, se sentaba sobre la cama y mecía las piernas, que estaban sucias y llenas de rasguños por haberse pasado todo el verano jugando en la calle. Le peinaba el pelo y le hacía trenzas. Después le lavaba los dientes y le leía. Al final le cantaba nanas. Eso ayudaba.

Sasha no dijo nada durante un buen rato. Luego se levantó.

—¿Quieres ver el edificio principal?

Se encaminaron hacia él y entraron por la puerta en la base de la torre de la roseta, donde estaba el despacho de Olav. La alarma era biométrica, se activó cuando ella dijo su nombre en un micrófono de la pared. Johnny se quedó mirando un plano del edificio, que señalaba las salidas de emergencia en caso de incendios.

—¿Cómo es trabajar codo a codo con tu padre? —preguntó.

Calló antes de contestar, era tan fácil hablarle.

—Papá es un buen tipo, aunque todo eso de estar al día de los acontecimientos no es más que una ilusión. En el fondo no es más que un patriarca conservador a quien le parece que el mundo estaba mejor cuando las mujeres no podían participar en la carrera de relevos de Holmenkollen. Está obsesionado con preservar las tradiciones de los Falck. Abre la caja fuerte para mirar la Cruz de Guerra de Store-Thor todas las mañanas. El escritorio se remonta a los tiempos de Theo Falck, y suele jactarse de que el código de la caja fuerte, las plumas y los vinos son los mismos que en los tiempos de Store-Thor.

—¿Y dedicaste tu vida a encontrar a un hombre que fuera como tu padre?

—No, o de algún modo, sí. Pensaba que era como papá, en cualquier caso. Pero no lo era. ¿Y la madre de tu hijo?

—No era como mi madre, desde luego. O quién sabe, nunca la conocí. Me recuerda a ti. Inteligente, sofisticada, intelectual, un poco esnob, directa, varios niveles por encima de mí.

—Me parece que lo estás haciendo muy bien, Johnny Berg.

El cumplido pareció inquietarlo un poco. Bajaron otra vez por la escalera de caracol. Él iba dos pasos por delante de ella. Llegaron a la entrada de los vestuarios en el sótano. Sasha decidió jugársela.

—¿Te apetece bañarte? —Señaló con el dedo—. Puedes cambiarte en el vestuario masculino. Nos vemos en la piscina del otro lado en cinco minutos.

Pareció pensárselo durante un par de segundos, y después asintió con la cabeza, y entró por la otra puerta. Sasha se cambió rápidamente, se puso un bikini color crema que colgaba de un gancho, y se miró bajo la fuerte luz del espejo. Tenía los brazos con piel de gallina. El tono cobrizo del pelo se intensificó bajo la luz. Lo recogió en un moño sobre el cogote.

Johnny tardó tanto que Sasha empezó a preguntarse si se había largado, angustiado. Había hecho unos largos tranquilos a crol en la piscina cuando lo vio caminar sobre los azulejos refractarios, con un bañador de su hermano puesto. Sasha se paró y se apoyó en el borde de la piscina, con los brazos abiertos. Johnny era más flaco de lo que había pensado. Sobre el pecho bronceado corrían tres cicatrices diagonales, ¿de qué serían? Se zambulló al agua desde el ancho de la piscina y nadó tranquilamente hacia ella.

—Bonita piscina —dijo, mirando a su alrededor mientras sonreía—. Es casi como volver a ser un traficante de maría de catorce años, visitando la casa de una pija.

—¿Qué pasó en Kurdistán? Lo noto en tu voz. Eres diferente, más abierto, quizá.

—Fue totalmente irreal —dijo—. Las guerras son irreales. El EI atacó la base en la que nos encontrábamos.

—¿Mataste a alguien?

—Sí. Si no, me habrían matado a mí.

A los dos les llegaba el agua hasta el cuello. Estaban a tan solo unos centímetros el uno del otro en la piscina. Todavía tenía la posibilidad de retirarse.

—No voy a poder solucionar esto sola —susurró Sasha. Se encontraba tan cerca de él que podía ver la forma de las gotas de agua en su mejilla—. ¿Vienes conmigo al norte de Noruega? Tú y yo.

—¿Puedes demostrar que puedo fiarme de ti?

—Sí —dijo y lo besó con suavidad. Una luz difuminada coloreaba las paredes de violeta. El agua temblaba ligeramente en la superficie.

Entonces ella cerró los ojos, se empujó hacia atrás, se subió al borde de la piscina, pasó sobre el suelo calefactado de baldosas sin mirar hacia atrás y volvió al vestuario, donde se quitó el bikini y se dio una larga ducha mientras el agua iba enfriándose, hasta que le castañetearon los dientes bajo el agua helada.

35

Tu reputación es lo único que te queda después de morir

La nieve aguantó mucho tiempo en el norte de la región de Marka. Mientras que los vientos cálidos subían la temperatura de Rederhaugen hasta los 20 °C, y las terrazas de la capital se llenaban de gente embriagada por la primavera, en Semana Santa aún había varios metros de nieve de una estupenda calidad para esquiar a una hora de viaje al norte de la ciudad.

Olav había pasado los últimos días en la cabaña de M. Magnus, en Mylla. Más lejos no quería ir, ahora no. En circunstancias normales estaría en la cabaña de caza de Geilo con la familia. Pero el suelo se tambaleaba bajo sus pies. Todo eran incertidumbres.

Últimamente había pensado mucho en Johan Grieg, afligido por los calambres sobre el suelo de madera esa última noche. En el velatorio en el chalet de los Grieg, Olav había pronunciado un discurso en el que lo retrataba como «de largo, el editor más positivo de la segunda mitad del siglo XX, cuyas aportaciones a favor de la libertad de expresión y de prensa serán una parte fundamental cuando los historiadores del futuro se pongan a contar la historia de nuestro país en la época del petróleo y del bienestar».

Era al final de la tarde, los días se alargaban sin prisa, pero sin pausa. Marten esquiaba bien, y a Olav le costaba mucho seguir al oficial por las pistas de esquí de fondo del sur de Mylla, que atravesaban las ciénagas de Fuglemyrene y subían hasta la cabaña de montaña de Bislingen.

—La pista de Formo, llamada así por Ivar Formo —sonrió el oficial a Olav, que se encontraba a unos metros por detrás, mientras se acercaban a la cima—. Fue oro olímpico de los cincuenta kilómetros en Innsbruck, en el setenta y seis; esta era su vuelta habitual de entrenamiento.

—Ivar se hundió en un lago congelado en esta región hace unos años, ¿no? —dijo Olav con el ceño fruncido—. Fue una cosa muy trágica.

Magnus se paró delante del edificio y se inclinó sobre los palos, mientras su compañero trataba de recuperar el aliento.

—Piensas demasiado en la muerte, Olav.

Este no contestó, pero negó con la cabeza lentamente.

—Es difícil pensar en otra cosa en un lugar como este —dijo Olav, señalando hacia el edificio con el palo de esquí. La vieja cabaña de montaña se encontraba en un estado lamentable. Las puertas estaban tapiadas con tablas de madera y las ventanas del edificio rotas. A lo largo de las paredes, con pintura desconchada, los abetos habían crecido a través de las ventanas. La decadencia siempre lo había asustado.

M. Magnus clavó los esquís en un montón de nieve y comenzó a caminar hacia las ventanas panorámicas de la sala de estar en la planta baja. Entró por el hueco de la ventana.

—Antaño era el techo de Nordmarka —comentó M. M., negando con la cabeza—. Solía tomar el autobús de esquí hasta aquí si quería darme una vuelta tranquila por las pistas los domingos. Y mira como está ahora.

Las estancias, llenas de palabrotas pintarrajeadas, se hallaban destrozadas por la plebe local.

—Ya sabes, Martens —dijo Olav, pensativo, mientras miraban una cocina devastada—, hay veces que tengo pesadillas en las que Rederhaugen aparece en un estado como este. En esos sueños, no queda más que la estructura de los edificios, y las ventanas están tapiadas.

Magnus lo miró, entornando los ojos.

—¿De qué crees que van esas pesadillas en realidad?

—De que todo lo que tenemos, y los que somos, llegará a desaparecer. Podemos trabajar todo lo duro que queramos, podemos mantener el bienestar, pero tarde o temprano llegará alguien que nos lo quitará todo. Por nuestros propios errores o por algo que esté fuera de nuestro control.

—La muerte representa la pérdida de control final —dijo M. M.

—Hablas demasiado sobre la muerte —murmuró Olav.

La decadente cabaña los deprimía, y salieron. El aire tenía un toque de alta montaña, pero también era un día soleado y caluroso. Se sentaron en una pendiente con vistas a las suaves colinas que se sucedían hasta donde alcanzaba la vista, en dirección al sur.

M. M. pasó a Olav una naranja y una petaca con aguardiente.

—Tienes que recuperar el control —dijo Magnus.

—Es fácil decirlo, pero más difícil de conseguir. Sverre y Alexandra no quieren saber nada de mí, y dentro de un par de días tenemos el maldito consejo familiar con los berguenses.

—Vamos por partes —afirmó Magnus con un tono didáctico—. El consejo familiar es sencillo, lo ganarás.

—¿Qué quieres decir?

—Seamos sinceros —dijo M. Magnus—. Tienes miedo de que Vera haya dejado en herencia la propiedad de Bergen. ¡Déjasela! Quítate esa mierda de encima. Consigue una justificación escrita a efectos de que el testamento no ha sido localizado, y que el acuerdo que ahora firmáis es jurídicamente vinculante.

—¿Quieres que les ceda Hordnes? —exclamó Olav—. Es una finca señorial que han podido alquilar a cambio de casi nada, y ahora parece que el sitio está habitado por una banda de gitanos. —Señaló con el pulgar hacia atrás—. Está a punto de convertirse en algo parecido a la cabaña de montaña de Bislingen.

—¿Volvemos? La noche caerá enseguida.

En ese mismo momento sonó el teléfono dentro del bolsillo del anorak del club de esquí de Olav. Estaba metido en una manopla, y solo después de enredar un buen rato en el bolsillo consiguió sacarlo.

—Olav Falck.

—Soy Johnny —dijo una voz—. Johnny Berg.

Johnny caminó lentamente por las calles de la urbanización de chalets en dirección a Rederhaugen. Pasó por delante de unos cuantos Teslas aparcados, rodeados de setos que protegían a los jardines de la vista. Iba a quedar con Sasha, pero antes de llegar hasta allí, tenía un recado.

—Berg —dijo Olav Falck lentamente al otro lado del teléfono, como si tratase de ganar tiempo—. Una llamada sorprendente, desde luego. He oído que has salido de la cárcel. Joder, lo que pasa en el Ejército no es asunto mío, pero espero que vuelvas al servicio activo de alguna manera u otra. Noruega es un país pequeño, necesitamos todas las fuerzas positivas posibles. Y tú fuiste uno de los mejores, quizá el mejor...

—Gracias, pero no es esa la razón por la que he llamado. Quiero verte.

—Quieres verme. —Olav titubeó—. Entiendo que es por... —buscó las palabras— ¿el proyecto de libro que tienes con Hans? Sí, podría decirte unas cuantas cosas sobre el bueno de Hans. Nos conocemos desde hace muchos años y las respectivas ramas de nuestra familia están para siempre entrelazadas. Yo mismo estaba pensando en llamarte.

—Sí, tienes razón —dijo Johnny—. No me importaría hablar sobre Hans. Pero en realidad esa no es la razón por la que te llamaba. Casi coincidimos cuando fui a ver a tu viejo amigo Johan Grieg hace poco. Es cierto que estaba decrépito, pero no había pensado que fuera a ser tan rápido. No sé si es una tragedia cuando los viejos y los enfermos fallecen, pero no deja de ser triste. Grieg me dio la primera parte del manuscrito de tu madre y me prometió que me daría la segunda en cuanto terminase de investigar una cosa en el archivo privado de Bergen. Pero claro, no fue lo que pasó. Grieg está muerto y el manuscrito ha desaparecido.

—Es una especulación muy imaginativa, Berg. —Falck sonaba enfadado e impaciente—. ¿Qué es lo que quieres?

Johnny se acercaba a la verja de Rederhaugen.

—Naturalmente, la razón por la que acepté el trabajo de escribir la biografía de Hans fue que quería saber más de cómo tratas a la gente que intenta decir la verdad sobre tus actividades. A tu madre la sometieron a un régimen de incapacitación judicial, a mí me abandonaron a mi suerte en Oriente Medio, sospechoso de terrorismo. Pero no puedes ocultarlo para siempre. Un día saldrá la verdad.

Olav Falck esperó un buen rato antes de contestar, tanto que Johnny se preguntaba si se había cortado la llamada.

—Como ya sabes, decidí pronto que una carrera naviera como la que mi padre y los padres del lado paterno habían tenido, no me resultaba atractiva. El dinero se acaba, mira la historia, después de un par de generaciones de sucesores que no tienen la misma hambre que tú, desaparece. Yo me he ocupado de construir algo duradero. ¿Qué es la reputación, Johnny Berg? Yo no creo en lo sobrenatural. Para mí, la reputación es todo lo que queda después de la muerte.

—Te estás yendo por las ramas —dijo Johnny y sintió que el teléfono, que estaba pegado a su oído, estaba empapado de sudor—. Escúchame bien ahora. Podría estar dispuesto a devolver el manuscrito a la familia a cambio de otra cosa.

—¿Y bien?

La voz estaba marcada por el escepticismo, pero era más receptiva.

—Me han declarado no apto para el servicio, y la sospecha infundada de que era un tránsfugo y un terrorista me da ciertos problemas a un nivel privado que me gustaría quitarme de encima. Quiero borrar todo eso.

—El hecho de ser sobrevalorado es una de mis cualidades más prominentes —dijo Falck—, pero no puedo sobreponerme a las valoraciones de PST, el servicio médico del Ejército y su director.

—Una pena, porque entonces no tenemos nada más que decirnos.

—Espera —le pidió Olav, recomponiéndose—. Podría hacer un par de llamadas.

—Muy bien —dijo Johnny y colgó.

Entró en Rederhaugen y continuó hacia el edificio principal. En la tarde de ayer, en una frase subordinada, Sasha le había proporcionado inadvertidamente los últimos detalles para poder llevar a cabo el plan.

El área alrededor de la torre de la roseta parecía una zona de obras cualquiera, rodeada de una valla de metal galvanizado y una señal de ACCESO PROHIBIDO. La saltó.

En la penumbra pudo ver el equipo de construcción, hormigoneras y contenedores llenos de tablas de madera y escombros alineados bajo los andamios. Levantó el extremo del toldo junto al suelo y se deslizó por debajo. El olor a pintura y enlucido era más fuerte aquí. Caía la oscuridad y a punto estuvo de tropezar con una botella olvidada, que rodó girando hasta caer e impactar contra la plataforma de abajo con un ruido que le pareció estrepitoso.

Mierda. Se paró. Escuchó; a lo lejos se oían los ladridos de un perro, desde el fiordo venía el ruido monótono y constante de un motor fueraborda. Por lo demás, nada. Siguió subiendo la escalera de los andamios. Junto a la roseta se paró y dirigió la linterna hacia la piedra de carbúnculo y el mosaico de alrededor. Estaba rota en el centro. Tocó el marco de alrededor con precaución. No, no se movía.

Se subió a la última plataforma del andamio y pasó por encima de una almena. Sus ojos ya se habían acostumbrado a la oscuridad. Se paró un momento, sobrecogido por las espectaculares vistas. Podía ver la finca entera de Rederhaugen: la simetría de los caminos, los bosquecillos oscuros, el auditorio, el paseo recto bordeado de tilos, el precipicio que caía en vertical hacia el mar nocturno, de un color gris azulado. Y al fondo, una larga banda de las brillantes luces de la ciudad.

La puerta estaba desmontada por la obra. Johnny abrió la tapa hecha de tablas que habían colocado en su sitio. Ahora estaba dentro de la torre. La escalera de caracol bajaba hasta la roseta y seguía hacia la planta siguiente. Esa era la clave, el lugar que había visto en el plano del edificio. En medio de la habitación, los albañiles habían demolido la vieja pared de madera. Johnny miró hacia la negrura del otro lado. Se agachó y encontró la rejilla del conducto de ventilación. Era fácil quitarla; lo hizo con cuidado y la colocó al lado, luego entró serpenteando. El conducto era estrecho como el cañón de un torpedo en un submarino. Descendía verticalmente y Johnny tuvo que frenar la caída extendiendo los brazos y las piernas con todas sus fuerzas para no caer en picado; el esfuerzo fue tremendo. Respiró pesadamente y bajó despacio.

Un metro más abajo pudo ver el contorno de una luz. Palpó con la mano. Las paredes eran más porosas aquí, el techo original de la habitación probablemente era falso. Johnny colocó las piernas en ambos lados de la salida de aire y levantó la tapa con cuidado. A continuación, se descolgó sobre una alfombra persa color escarlata, que amortiguó la caída. Johnny rodó por el suelo y se levantó. La alarma de la puerta emitió un pitido horrible. Sacó el teléfono y lo acercó al micrófono, y después reprodujo la grabación del mensaje.

—Olav Falck.

Hubo un silencio. Johnny permaneció inmóvil.

—Alarma desactivada —dijo por fin la voz automática femenina.

Johnny cogió aire. El despacho era más moderno y menos ostentoso de lo que había pensado. Un escritorio antiguo dominaba una parte de la habitación. El arte era actual. La caja fuerte estaba incrustada en la pared, flanqueada por dos estanterías detrás del escritorio.

El hecho de que el código de la caja fuerte fuera el mismo que en los tiempos de Store-Thor podía significar dos cosas. Una, que Olav todavía usaba la fecha de nacimiento del primogénito de aquella época —es decir, Per Falck— al revés, lo cual resultaba improbable. La tradición y la modernidad, cambiar para preservar, era un mantra más propio de Olav. Eso tenía que significar que el principio era el mismo que en los viejos tiempos; por lo tanto, debía de ser la fecha de nacimiento de Sverre Falck al revés. Y Johnny había comprobado cuál era esa fecha: 9 de febrero de 1980.

80-02-09. Johnny giró la rueda. La caja fuerte se abrió con un clic. Abrió la pesada puerta con cuidado. Johnny estaba de rodillas. La caja tenía tres baldas anchas. Encontró un pequeño estuche rojo y lo abrió cautelosamente. Era una cruz con el escudo de Noruega en el medio, fijada en una corona chapada en oro, casi como un llavero, que envolvía la cruz con un jirón de la bandera. Y en perpendicular sobre el rojo, el blanco y el azul: una espada.

La distinción de Thor Falck.

Sujetó la Cruz de Guerra con espada en la palma de la mano y por un momento se dejó llevar por los recuerdos que la distinción provocaba en su propia vida, con los generales y el rey, el uniforme de gala que le apretaba la cintura. Parecía pertenecer a un pasado lejano, aunque en realidad no era así.

Johnny volvió en sí. Se hallaba en el despacho de un extraño. Devolvió la cruz con cuidado, cerró la tapa del estuche y lo colocó en el mismo lugar donde lo había encontrado.

El manuscrito estaba en la balda de abajo, en el mismo sobre marrón con la marca de aguas de la editorial Grieg que Johan había tenido esa noche. Johnny lo pesó en sus manos, parecía menos voluminoso que la primera parte. Lo sacó con delicadeza y devolvió la primera parte a la caja fuerte, resistiendo la tentación de escribir un mensaje a Olav Falck.

Mientras Johnny se subía por el conducto y salía por donde había venido, tuvo la desagradable sensación de que lo habían engañado, de que había sido demasiado fácil.

Si algo era demasiado bueno para ser verdad, pensó, tiende a ser precisamente eso.

Sasha se tomó la copa de vino y atravesó los salones del piso, pasando por delante de la mesa de roble y el bargueño antiguo, con pasos ligeros como los de un animal que no deja huellas en la nieve. Las cortinas ondeaban levemente. Se sentó en el alféizar de la ventana y encendió un cigarrillo. «Tengo la segunda parte de *El cementerio del mar*», le había escrito. «Voy a verte».

En la última comida, Vera había puesto las manos llenas de

manchas de la edad sobre las de Sasha y le había preguntado qué tal andaba de amor.

—Tengo mucho amor en mi vida.

—¿Y Mads?

Sasha vaciló.

—Es amor, solo que de otro tipo. Soy demasiado mayor para ponerme roja y sentir cómo se me acelera el corazón.

—Tonterías. ¿Cuántos años tienes? ¿Treinta y tres?

Sasha asintió con la cabeza. Tenía treinta y cuatro años.

—Fíate de mí —dijo Vera—. Más bien eres demasiado joven. Esto no ha terminado. Ahora es cuando empieza.

Como siempre, había un grano de verdad en las agudas formulaciones de Vera. «No es verdad que la pasión de una persona mayor no sea nada más que un eco pálido de la de la juventud. Puede incluso llegar a ser más fuerte», pensó Sasha. Ella lo veía en todas las habitaciones, estaba junto a ella en la mesa, estaba a su lado en el alféizar, fumando.

Sasha volvió a mirar el teléfono: no había mensajes nuevos de J. B., que era el nombre que había guardado. Al apagar el cigarrillo oyó pasos que venían del otro lado de la casa. El corazón se le paró y sintió cómo se extendía el calor por el cuerpo.

Cuando llamaron a la puerta, Sasha se levantó del alféizar de un salto y echó una breve mirada a la cocina y al salón. Todo estaba limpio, aunque no demasiado recogido. Bajó las escaleras, se revolvió el pelo delante del espejo, se remangó la blusa con motivos florales.

—Voy, Johnny —dijo.

Volvieron a llamar. Sasha abrió la puerta. Allí estaba Olav.

—¿Te molesto, Alexandra?

—No, por Dios. Entra, papá —dijo preocupada.

Olav dio vueltas por el salón sin quitarse los zapatos, como si estuviera buscando algo que no sabía dónde estaba.

—Una copa de vino —dijo—. ¿Tienes?

Se la sirvió.

—Una vez en los años sesenta, Vera vino a verme a mí y al viejo Grieg porque estaba pensando en cambiar de editorial

—dijo Olav, apoyándose en la encimera—. Brikt Jensen, de la editorial Gyldendal, estaba esperando con nuevos horizontes y un fajo de billetes. Vera estaba decepcionada con las ventas de sus libros, a pesar de ser populares. Estar decepcionado es el estado normal de un escritor. Pero cambiar de editorial, dijo el viejo Grieg con énfasis, es como un divorcio. En determinadas circunstancias se puede justificar, claro, pero en general no haces más que reproducir los mismos problemas. Porque muy poco va de otros y mucho de ti. Y el viejo Grieg sabía de qué hablaba.

—¿Por qué me cuentas esto?

—Has estado en Bergen —dijo Olav tranquilamente.

Sasha sacó un cigarrillo de su bolso, y con unos movimientos casi demostrativos lo encendió.

—No fumes —le exigió Olav.

—Fui a Bergen para buscar en el archivo privado de la Sociedad Hanseática de los Barcos de Vapor durante la guerra —dijo y expulsó humo por la nariz—. Sin encontrar nada, por cierto. Los documentos probablemente desaparecieron justo después de que confiscasen el manuscrito de la abuela. ¿Y por qué? Porque mostraban que Store-Thor no era un héroe de guerra, sino un beneficiario de la guerra.

—Mira a tu alrededor en Rederhaugen, Alexandra —le sugirió Olav y se acercó a la ventana—. ¿Crees que algo así se consigue sin sacrificios?

—¡Sacrificios! Mentiras es una palabra mejor. Vete a saber cuántos esqueletos están enterrados debajo de nosotros.

Olav negó con la cabeza.

—No seas inocente. ¿Quiénes somos nosotros para juzgar a los vivos y a los muertos? Mi padre tuvo que tomar algunas decisiones que tú y yo podemos estar muy contentos de no haber tenido que tomar. ¿Cómo conservar la naviera de la familia y los puestos de trabajo que genera por toda la costa en una situación en la que un país extranjero ha ocupado el tuyo? ¿Cómo hacerlo de un modo que salvaguarde tu patriotismo y amor por la patria? Puedes decir lo que quieras, pero mi padre lo hizo con mucha bravura.

—¿Eliminaste partes del archivo para proteger la reputación de Thor?

Olav esperó sin contestar.

—¿Tienes un cigarro? —preguntó en lugar de responder.

—¿Lo dices en serio? —dijo Sasha, alzando una ceja. Luego le pasó la cajetilla de cigarrillos. Olav, que no estaba acostumbrado, sujetaba el cigarrillo entre el dedo índice y el dedo corazón al encenderlo.

—Hay muchas cosas que la gente no sabe de la historia —dijo, dando una calada—. Por ejemplo, cómo los que habían sido enemigos se reencontraron después en la lucha contra el comunismo. En 1949, una delegación de almirantes alemanes vino a Noruega para instruir a los oficiales noruegos sobre los puestos de artillería y fortificaciones que habían construido durante la guerra. También estuvieron aquí.

Señaló con el dedo hacia atrás.

—Durante los años siguientes, se establecieron depósitos de armas en todo el país.

—Stay Behind —dijo Sasha—. Conozco esa historia.

—Entonces seguramente sabes que fue mi madre la que los dejó hacerlo —indicó, aclarándose la garganta—. Ella era la que estaba al tanto de los preparativos para una posible invasión que se organizaban bajo Rederhaugen.

Sasha se preocupó, se había esperado más mentiras y silencios, pero no palabras tan directas.

—Pero, por razones que no llego a comprender, en 1970 decidió destaparlo. ¿Sabes cuáles habrían sido las consecuencias de esta revelación, querida Alexandra? Habrían sido catastróficas. Los preparativos defensivos, que no fueron revelados hasta diez años más tarde, se habrían retrasado muchos años más. Era un asunto de seguridad nacional. Pero eso no es todo. A ti te podrá parecer que SAGA es una fundación inquebrantable, pero no era así en 1970. Yo era joven, SAGA era nueva. Per Falck estaba llevando sus navieras de Bergen sin éxito alguno. Si no hubiéramos parado esto, me atrevería a decir que no habríamos estado aquí hoy. Habríamos perdido todo, Alexandra.

—Stay Behind ya no es un secreto de Estado —dijo Sasha—. He decidido que quiero llegar al fondo con la historia de la abuela, aunque suponga revelar secretos incómodos sobre SAGA y sobre nosotros.

—Llegar al fondo... —Su padre, abatido, suspiró pesadamente—. Hay tantas verdades aceptadas que se dan por hecho sin más.

—Así es, ¿y qué? —Sasha miró a su padre—. Siempre has afirmado, con referencia a la declaración jurada, que el Prinsesse Ragnhild chocó con una mina británica. Pero ¿y si no fue así en absoluto?

Vio cómo el labio inferior de Olav comenzaba a temblar, antes de que diera un golpe en la mesa. Una de las copas cayó y el vino se desparramó sobre el tablero.

—¡Chocó con una mina británica! —exclamó.

—¿Por qué te enfada tanto? ¿Qué demonios importa la razón por la que un hurtigruten naufragara hace setenta y cinco años?

—Importa mucho —dijo Olav—. Y tú eres lo suficientemente inocente como para pensar que esto va de libertad de expresión e historia. Lo que no tienes en cuenta es que nuestros adversarios usan esto para destruirnos.

—¿Nuestros adversarios? —Tuvo que sonreír un poco—. Crees que todo es un combate de boxeo.

Asintió con la cabeza.

—Estoy pensando en John Omar Berg. —Sasha se sobresaltó cuando Olav pronunció el nombre—. En realidad, no sabes nada sobre Berg, Alexandra. Berg fue un niño adoptivo, un encantador ocupa y criminal de poca monta en Oslo que el Ejército consiguió reformar. Le dieron la mejor formación civil y militar. Fue un experimento. Berg se convirtió en el agente más importante, lo enviaron a todas las misiones. Afganistán, Irak, el Líbano, Rusia, quién sabe. Berg se convirtió en una leyenda. Pocos habrían aguantado la presión a la que estaba sometido.

—¿Qué presión?

Olav no le hizo caso y siguió.

—Tenemos que cuidar mejor a los que más sacrifican. Pobre

John Omar Berg. Aquello tenía que salir mal. Berg empezó a odiar el país que le había dado todo. Era la historia habitual: trastorno de estrés postraumático, una separación, disputa legal por la custodia de su hija. Comenzó a coquetear con el islamismo extremo. Viajó al Estado Islámico como combatiente terrorista extranjero. Lo detuvieron en tierra de nadie junto al frente, después de haber visitado a unos yihadistas noruegos. Y ahora ha vuelto.

—Johnny casi sacrificó su vida luchando contra el EI en Kurdistán la semana pasada —contestó Sasha—. ¿Crees que un combatiente terrorista extranjero haría eso?

—Creo que sabes muy poco de lo que hace un hombre como él en el extranjero, Alexandra.

—Bueno, sé esto, por lo menos —dijo y abrió la cuenta de Instagram de NorwegianSNIPER—. Aquí está Johnny Berg junto con los peshmerga kurdos tras una batalla contra el EI.

Olav se puso las gafas de lectura y echó un breve vistazo a la foto.

—La foto está difuminada, pero ¿dices que reconoces al hombre que está con el torso desnudo?

—Sí —dijo Sasha, ruborizándose ligeramente—, lo reconozco.

—Debes saber una cosa sobre la gente de su calaña —replicó su padre con un tono severo—. Los han entrenado para manipular. Su trabajo va de hacer que la gente hable, valiéndose de cualquier medio. Técnicas de extorsión emocional, sacadas del manual de magia negra del psicólogo. Hacen lo que sea por conseguir sus objetivos, y eso incluye establecer relaciones interpersonales.

—Relaciones interpersonales. ¿Qué clase de lenguaje es ese?

Olav no contestó. Luego añadió:

—Johnny Berg es una conexión muy pero que muy peligrosa. El objetivo de Berg consiste en destruir SAGA, y hace lo que tiene que hacer para cumplir con su objetivo. No sabemos por qué obra así, pero entraña hacerse pasar por el biógrafo de Hans Falck. ¿No te creerías que estaba escribiendo la biografía del tío Hans?

No contestó, pero sintió una punzada de preocupación.

—Tiene contrato con la editorial —dijo Sasha, pero cuando miró a su padre desvió la mirada enseguida—. Sé que estuvo encarcelado en Kurdistán. A diferencia de ti, ha contado la verdad desde el primer momento.

—Ese contrato no tiene validez alguna. Usar la excusa del periodismo es una tapadera habitual en sus círculos para acercarse al objetivo real. Es la especialidad de Berg, su marca de la casa. Encuentra una buena excusa para ponerse en contacto, un poco de cotilleo extraoficial sobre Hans, ¿quién rechazaría semejante tentación?

Con creciente espanto, Sasha se dio cuenta de que había sido así.

—Y después —continuó Olav— menciona, como de pasada, que en sus investigaciones acerca de Hans ha encontrado algo raro sobre Vera del año 1970, y te pregunta si te importa ayudar. Y una mujer que amaba a su abuela, que está un poco cansada de su marido y necesita un proyecto nuevo en su vida, es la víctima perfecta cuando aparece un tipo carismático como él. ¿Quién puede resistirse a una pequeña aventura? Naturalmente, acepta la oferta.

Sasha cogió aire. Había dado en el blanco de nuevo.

—Viajan a Bergen. Pero Berg es demasiado inteligente como para insistir y revelarse. No, usa el truco más viejo de la psicología: finge desinterés. ¿Te estás poniendo roja? Estamos ante la curiosa situación de que Alexandra Falck, la directora de un museo, la personificación de la lealtad, quien jamás ha hablado sobre los asuntos internos a la gente de fuera, es la que insiste y suplica a Johnny Berg, de quien se ha enamorado, claro está, para que la ayude a destruir la empresa de la familia y también a la familia en sí.

Olav sonrió.

—Bueno, yo no sé nada, querida Alexandra, no soy más que un mentiroso tiránico chapado a la antigua, pero ¿puede haber pasado algo parecido?

Johnny caminó por las calles de la urbanización de chalets hasta llegar a la verja con el halcón. Se notó ligero, como el viento que empuja a las aves. Estaba oscuro cuando llegó. Se sentía lleno de adrenalina, de clarividencia y de la noche del día de ayer, de la entrada en el despacho de Olav, de ella.

La verja estaba cerrada. Llamó con cautela a la puerta de entrada.

—¿Sasha?

Todo estaba en silencio. Ella dijo que estaría aquí y, desde que la conocía, siempre había llegado a tiempo. La puerta se abrió automáticamente. En la semipenumbra solo pudo ver su silueta y la del perro a su lado. El animal tenía las orejas replegadas, enseñaba los dientes y gruñía de un modo amenazador.

Algo estaba mal, muy mal.

—¿Sasha?

—Me has mentido —dijo, sin mirarlo a los ojos.

—¿De qué me hablas?

—¿Forma parte de tu entrenamiento hacerte el sorprendido cuando tus víctimas te confrontan con tus mentiras?

—Estás muy equivocada.

—No ibas a escribir ninguna puñetera biografía. Ibas a destruir la familia y a saber qué otras cosas. ¿Ha sido el tío Hans el que te ha pedido que lo hagas o han sido otros?

Johnny sacó el sobre de Grieg.

—Aquí está la segunda parte de *El cementerio del mar*. Ahora podemos encontrar las respuestas de Vera...

—Jazz me está cuidando. Si intentas cualquier cosa, te atacará. —Jazz ladró de manera agresiva y mostró los dientes—. Ya puedes irte —dijo—. Haz lo que quieras con el manuscrito. No quiero volverte a ver.

Se quedó clavado. Los pasos le parecían tan pesados.

—Solo dime una cosa —dijo Sasha con una voz distorsionada por la rabia—, ¿todo esto forma parte de tu misión?

Él no dijo nada. Sintió su dolor, lo conocía bien.

—Me has pedido que me marche —dijo.

—Primero me contestas, luego te vas.

—Todo ha sido mentira —afirmó, mirándola a los ojos—. Pero recuerda una cosa. Lo que le pasó a tu abuela fue lo mismo que me pasó a mí. Puede que prefieras anteponer la lealtad a tu familia a la verdad de lo que pasó. Yo no tengo familia, pero lo noto.

—Ve, lárgate sin más.

—Voy a averiguar si tu abuela dijo la verdad —dijo—. Y también te digo que lo que empezó como una mentira de mi parte, se convirtió en otra cosa.

Johnny se giró y se marchó. Atravesó el bosquecillo del cabo, caminó a lo largo de las campas oscuras hasta llegar a la estación. Tomó el tren del aeropuerto y compró un billete para ir al norte, pero no consiguió sacarse de la cabeza la idea de que los ricos y poderosos escriben la historia, y que quienes se rebelan contra esto deben ser castigados. Sasha Falck podría tratar de escaparse de ello, pero volvería siempre al punto de partida.

La historia es como la rueda de un hámster. La historia se repite.

Johnny empezó a leer.

SEGUNDA PARTE

El cementerio del mar

Trondheim-Bessaker

Abajo en el muelle, me di cuenta de que el ambiente era diferente de lo habitual. Fue como si la guerra hubiese llegado a la nave. Había una fila de camiones alemanes aparcados junto al mismo barco, y una multitud de soldados estaban cargando sus cosas a bordo. Se notaba un fuerte olor a diésel que venía de los vehículos, que estaban al ralentí, y se posaba caliente sobre la fresca brisa del mar. Por todas partes se oía un constante murmullo en alemán lleno de expectación.

Me introduje sigilosamente entre los vehículos. Entre los cabrestantes y los altos toldos de los camiones, los soldados llenaban el muelle. Llevaban botas marrones de montaña, anchos pantalones de campaña, anoraks marrones y palos para caminar, y no se parecían en nada al resto de los alemanes que había visto. Las caras de estos hombres estaban curtidas y pobladas de barbas, y en las mangas y los gorros llevaban el emblema de una flor, una edelweiss.

—Son tropas alpinas —dijo un adolescente curioso.

—¿Tropas qué? —preguntó su compañero, un chaval bajito con una gorra gris de cuadros.

—Dicen que son los mejores soldados. De la Primera División de Montaña. Van al norte, para reforzar el frente de allí.

—Por lo menos se llevan muchas armas —dijo el adolescente, señalando hacia unas cajas de madera, alargadas y selladas, que contenían armas, unas cajas de metal brillante para munición, víveres y motocicletas con sidecares que estaban cargando con la ayuda de los cabrestantes.

Subí a bordo y vi a Wilhelm, con su uniforme de la armada, en medio de la masa de gente que se apelotonaba delante de la oficina de billetes. Estaba junto al alemán tuerto.

La nave se alejó de la costa lentamente en medio de la oscuridad de la noche. Los soldados de las tropas alpinas estaban por todas partes. Así que esta era la gente con la que Thor y la naviera ganaban su dinero.

Me encaminé rápidamente a la suite del armador. Por fortuna, Thor no estaba allí. Primero me maquillé, pero cuando me miré en el espejo cambié de idea y me quité todo el maquillaje con una servilleta de papel. Wilhelm quería verme en la cubierta. Bajo el puente de mando, había dicho. Me puse un fular alrededor del cuello y salí.

El aire era suave, la temperatura había subido varios grados en las últimas horas y el viento había dejado de soplar. Me encontré con un muro de niebla, la costa quedó fuera de la vista. Estaba oscuro. Me di cuenta, por el ritmo de los pistones, que el barco había reducido la velocidad debido a la baja visibilidad.

Tuve la repentina sensación de que Wilhelm me había estado observando a través de las rendijas de los portillos. Se había puesto ropa de civil y vestía como un noruego, con un jersey de punto, un pantalón ancho y oscuro y un gorro en la cabeza.

—Ven —susurró y me condujo hacia la proa por la cubierta exterior delante del comedor.

La puerta de metal que daba acceso a la cubierta de proa estaba cerrada, pero Wilhelm se inclinó hacia atrás y tiró de la pesada puerta; no estaba cerrada. Entré sigilosamente, él cerró la puerta y señaló hacia arriba con el dedo, formando la palabra con los labios sin pronunciarla en alto: el puente de mando.

—Sígueme —dijo, con la respiración entrecortada.

Bajo el amparo de la niebla, espesa como el humo, nos precipitamos hacia delante, encorvados, pasando por la puerta de la bodega, que estaba cubierta con un toldo, delante del mástil, hasta el extremo de la proa. Nos paramos. Me giré, el puente de mando se mostraba envuelto en niebla. Solo entonces me di cuenta de que Wilhelm me había agarrado la muñeca y por un momento nos quedamos así, antes de que retirase la mano.

El silencio era absoluto.

—¿Sabes qué es eso? —pregunté en voz baja, señalando un pequeño cobertizo sobre la cubierta. Un mástil se erguía en medio de la niebla.

—Tú eres la de los conocimientos locales.

—El calabozo de los borrachos. No pocas veces los borrachos mantienen despiertos a los miembros de la tripulación, que duermen justo debajo de nosotros.

Di una leve patada a una bita.

Nos sentamos junto a la pared delante del mástil. Desde allí no nos podían ver desde el puente de mando, ni siquiera sin niebla.

—¿Te das cuenta de que el barco está muy hundido en el agua? —le pregunté.

—Hay cientos de soldados a bordo —dijo con tono serio—. Van a reforzar el frente del norte y construir infraestructuras.

—¿Quién es el tipo que lleva un parche sobre el ojo? —pregunté.

Sonrió a través de la niebla.

—¿Dieter? Trabaja en la Armada, como yo.

—Hay algo en su forma de mirarme que no me gusta.

—Es un buen hombre —dijo Wilhelm seriamente—. Uno de los que son de fiar. Uno de los pocos.

Miré pensativa hacia la oscura superficie.

—¿Ya empiezas a confiar en mí? —dijo Wilhelm.

—Me fío más de la gente que quiebra leyes y normas que de aquellos que no lo hacen.

Ya hablábamos más alto, nos habíamos venido arriba; debería haber entendido que había que hablar más bajo. Entonces oí un ruido. Los dos nos sobresaltamos. Alguien abrió la puerta junto al mástil, en el lado de estribor, a unos pocos metros de nosotros.

—¿Hola?

Sonó una voz a través de la niebla.

Pensé con la velocidad de un rayo. Algo teníamos que hacer. Delante de nosotros, a nuestros pies, había una cadena enrollada dentro de una caja. Rápidamente recogí la cadena y la lancé hacia delante para desviar la atención. Aterrizó sobre la cubierta con un estrépito duro. En el mismo momento, le tomé de la mano a Wilhelm. Mientras la figura se dirigió hacia la proa para comprobar qué había provocado el ruido, nos escurrimos por la parte trasera del mástil hasta alcanzar la puerta del otro lado. Le cogí de la muñeca y bajé por las estrechas escaleras.

Allí estaba el marinero que me había invitado al pasillo de las sirvientas, con las manos apoyadas en las caderas y una expresión sorprendida en la cara. Yo me quedé paralizada, como un animal en el hielo. Tampoco parecía que Wilhelm tuviera una buena excusa disponible.

—¿Habéis sido vosotros quienes andabais por la proa? Está estrictamente prohibido a los pasajeros permanecer en la cubierta de proa.

Me agarré a un clavo ardiendo y sonreí al marinero, quien tenía la piel sucia y debía de ser más joven que yo.

—Me invitaste a una fiesta en el pasillo de las señoritas. Hemos tomado un atajo para llegar.

El marinero se quedó clavado por un momento, y después una sonrisa le iluminó la cara.

—¿Tú eres la que trabajaste en el Maud antaño?

—Sí.

Ya lo tenía, pensé triunfalmente.

—¿El pasillo de las señoritas? —preguntó Wilhelm.

—Donde duermen las sirvientas —dije—. Las chicas que trabajan en el barco.

El marinero y Wilhelm intercambiaron un saludo.

Las escaleras eran muy empinadas y bajamos hasta la parte más baja del interior de la nave, hasta el mismo pasillo de las sirvientas. Una puerta estaba entreabierta, dentro había dos camareras sentadas sobre el borde de una cama, tomando aguardiente de dos tazas de latón. Desde el estrecho comedor de la tripulación, que estaba pegado a la proa, se oían risas y canciones y violentos aplausos. El comedor apestaba a alcohol y tabaco, a perfumes pesados y sudor. El marinero abrió la puerta, vimos a unos ocho o diez tripulantes apretujados dentro.

—Os presento a Vera —dijo el marinero— con un caballero.

—¡Hola, Vera Lind! —se oyó una voz, era una de las sirvientas que había trabajado conmigo en el Dronning Maud aquella vez hacía mucho tiempo—. ¡Tumbaba a cualquier maquinista a la hora de beber, creedme!

Los fogoneros y los cocineros silbaron y dieron gritos de júbilo, mientras que las sirvientas aullaron muy agudo.

La gente no paraba de reírse, el ambiente era inmejorable. Me pusieron una taza de aguardiente. Me lo tomé todo de un trago. Era aguardiente casero, me quemó la garganta y tuve que girarme al tragar. Después me sentí inmediatamente mejor. Brindamos. Me incliné hacia Wilhelm, olía a loción para después del afeitado y tabaco, me pasó una mano por el pelo y me arrimé aún más a él. La sirvienta del Dronning Maud me pasó otra taza. Los maquinistas gritaban y daban patadas al suelo.

—Una fiesta estupenda —dijo Wilhelm.

—¿Qué has dicho? —preguntó el marinero.

—Una fiesta estupenda.

El marinero Fagerheim se giró hacia los demás.

—Una fiesta estupenda —se rio—. ¿De dónde eres?

—Vámonos, Wilhelm —susurré.

—He preguntado de dónde es tu amigo —repitió el marinero—. ¿Tal vez sea alemán?

Las voces se habían callado, todo el mundo nos miraba.

—Ven aquí —le dije a Fagerheim, que dio un paso hacia mí—. ¿Sabes lo que solía hacer con los marineros bocazas?

Le agarré de la entrepierna con una mano y la giré hasta sentir cómo los testículos y el miembro se encogían como un caracol que se retira a su caparazón. Una expresión de dolor invadió la cara de Fagerheim.

—Piénsatelo dos veces antes de acusar a la gente de cosas sin fundamento.

Lo empujé hacia atrás, y las risas y los gritos de ánimo estallaron con tanta fuerza que pensé que reventarían el casco. Me despedí de los demás, agradeciendo la bebida, abracé a las sirvientas y me apresuré a salir con Wilhelm. Subimos por la misma escalera por la que habíamos bajado, y seguimos el pasillo hacia atrás hasta salir de la zona de los camarotes de la tripulación. Debido a los movimientos del barco, choqué varias veces con la pared del pasillo. Los pistones daban sus golpes regulares desde la sala de máquinas, y en la escalera oí unas voces altas, ligeramente ebrias. Al final nos encontramos delante de la puerta del camarote donde dormía Olav.

Wilhelm se quedó junto a la pared panelada.

—Muchas gracias —dijo.

—Eres un sol —le contesté y le di un beso.

Bessaker-Rørvik

Al día siguiente, me despertó la bocina del barco con su penetrante toque. Abrí los ojos, confusa. A mi lado, Ragnfrid roncaba pesadamente. Me incorporé en la cama, aturdida. Había dormido demasiado poco, me encontraba mal y estaba mareada, como si todavía estuviera borracha. Desde el cesto de Olav no se oía más que una ligera respiración y a veces algún que otro gemido. Rápida y sigilosamente como un gato me lavé, me vestí y salí al pasillo. Las escaleras estaban vacías. Miré por encima del hombro. Un pasajero, respirando pesadamente, arrastraba un pesado cofre de cuero tras de sí. Un reloj en la pared daba la hora: eran las seis y media de la mañana, y fuera aún estaba oscuro.

Subí a cubierta. Habíamos alcanzado el mar de Follahavet, la gente que navegaba por la costa lo llamaba *El cementerio del mar*, porque allí el viento soplaba con fuerza y justo debajo de las crestas de las olas se escondía una vasta extensión de arrecifes traicioneros y afilados como cuchillas. Inhalé el aire marino como si fuera oxígeno y yo acabase de llegar a la superficie. El paisaje estaba bañado por una luz grisácea. Delante de mí se revelaba un grandioso lienzo lleno de islotes, arrecifes desgastados y olas azules con crestas blancas.

Olas con bordes espumosos batían las rocas negras una y otra vez. Una gaviota que flotaba en el viento se precipitó al agua.

Aquí arriba estaba sola, y me senté sobre un banco. En dirección a la popa vi a una figura que se dirigía a mí. No había nadie más en la cubierta. Se acercó y sentí cómo un leve escalofrío me recorría la espalda, era el alemán con el parche. Dieter, ¿no era ese su nombre?

Sin mediar palabra, se sentó a unos pocos metros de mí. Yo miraba hacia delante, en mi campo de visión atisbaba un poste y un faro en el horizonte lejano.

—¿Trabajó en el hurtigruten antaño? —preguntó en alemán.

Se me ocurrió que hasta ahora había hablado en alemán con los alemanes, con Wilhelm, evidentemente, pero también con el oficial de la Gestapo que realizó el registro en la sala de música. Hablaba un poco de alemán, y aunque no lo dominaba, lo había estudiado en la escuela y siempre se me habían dado bien las lenguas.

—No suelo perder el tiempo charlando con extraños sobre mis empleos anteriores —contesté.

—Lo que me interesa es saber si es posible entrar a la bodega desde el pasillo de los pasajeros de la cubierta de abajo —dijo—. Quizá podría enseñármelo.

Me giré hacia él, mirando directamente al parche y al otro ojo a la izquierda, que me escrutaba.

Sentí un frío repentino. ¿Para quién trabajaba?

—No trabajo a bordo —repliqué nerviosa—. Tendrá que hablar con el primer oficial.

—Ah —suspiró—, eso solo va a generar rumores y miedo.

Se levantó y se puso el gorro de oficial.

—Si cambia de idea, hágamelo saber, frau Falck.

Me quedé sentada durante un buen rato. El ambiente de a bordo estaba enrarecido, como si todos estuvieran vigilándose. Intenté dirigirme a la popa, pero unos policías militares alemanes me pararon, diciéndome con palabras bruscas que todo el comedor de tercera clase estaba reservado a los soldados de las tropas alpinas. Evidentemente, el transporte de las tropas alemanas hacia el norte generaba mucho dinero.

De vuelta en el comedor de la primera clase, me encontré con Thor.

—No estabas en la cama cuando me desperté —dijo con un tono de voz que sonaba ominosamente suave—. ¿Te levantaste pronto?

—Al final he dormido en el camarote de Olav y la niñera. Supongo que me cuesta más separarme de él de lo que pensaba.

Miré a mi alrededor.

—El barco está lleno a rebosar, se hunde mucho en el mar; tengo miedo de que vaya a pasar algo.

Thor se llevó la pequeña taza de porcelana a la boca y, a causa del movimiento del barco, se le derramó el sucedáneo de café, que estaba muy caliente, sobre la mano y el puño de la camisa.

—¿Qué clase de comentario es ese?

—La cubierta de popa entera está reservada para las tropas alpinas alemanas, y vi todas las armas y la munición que cargaron en Trondheim.

Se quedó pálido y negó frenéticamente con la cabeza.

—¿Es esto algo que haces para aumentar aún más los beneficios de la naviera? —pregunté en voz baja.

Una ira controlada estaba tomando forma.

—¿Crees que los billetes del hurtigruten, por no hablar de la suite del armador, cuestan menos que el sueldo de un mes de un trabajador en el puerto? La última vez que miré, costaba ciento cuarenta y cinco coronas. ¿Tienes idea de cuánto me cuesta tener acceso a la suite del armador? Y no solo estoy hablando de dinero, no, eso es lo de menos.

—Puede que ese sea el problema —contesté.

Dejé la humeante bolsita de té sobre la cucharita y la envolví con un par de vueltas del fino hilo. Fuera pasaban las olas espumosas.

—Desde que nació Olav, apenas has estado con nosotros. Y te crees que una puñetera suite de armador puede compensarlo.

—¡He estado trabajando, demonios! —exclamó Thor con voz cortante—. He trabajado todos los días, para que el niño y tú podáis estar bien.

Recobró la compostura, pero las manos le temblaban ligeramente.

—No quiero ni oír hablar de dinero —dije.

—Estamos casados. Desde entonces ni siquiera he mirado a otra mujer. He jurado fidelidad. He intentado que las cosas vayan bien para nosotros, para ti, para el niño. Te lo he dado todo. ¿Tienes alguna idea de lo que se te ha dado?

Mi cabeza estaba en otro sitio, él podía decir lo que quisiera sin que significase nada.

—Y como si eso fuera poco —continuó—, si algo me pasara a mí, tú heredarías una parte importante de mis propiedades; todo está recogido en el testamento del año pasado. Pero si sigues así, quizá tengamos que revisar los detalles de eso.

—Tengo miedo —susurré.

De repente, la mirada de Thor cambió, se volvió más suave y comprensiva.

—¿Quieres decirme por qué? —preguntó, acariciándome el antebrazo ligeramente.

—Es difícil —dije con un hilo de voz, tan bajo que resultaba casi imposible oírlo.

Sabía que las mentiras son más eficaces si se mezclan con verdades. Me aclaré la garganta.

—El día antes de viajar —comencé con otro tono, recuperando el sofisticado acento berguense de repente—, cuando volvía del trabajo en la oficina, di la vuelta a la esquina y me encontré con un hombre. Me dijo que me estaban vigilando. Que se llevarían a Olav si no les hacía caso. Tenía que entregar un cigarrillo con un microfilme a un hombre en el salón de música.

—Tenías que haberme avisado, Vera.

—Me advirtieron de que no lo hiciera. Así que me encontré con el hombre. En resumidas cuentas: llevé un microfilme secreto a Trondheim. Tenía tanto miedo, Thor.

Hizo una mueca.

—Está bien —contestó—, aprecio tu sinceridad, pero hay otra cosa.

Sacó una pequeña fotografía. El hombre de la imagen no llevaba un parche sobre el ojo en esta ocasión, pero no había duda: era Dieter.

—A través de nuestras fuentes de inteligencia, la naviera ha recibido información fiable acerca de que este hombre trata de infiltrarse y reventar las redes de resistencia noruegas. Su especialidad es el tráfico marítimo, y lo que le hace especialmente peligroso es que habla un noruego perfecto, después de varios años en el país. Si se te acerca este hombre, Vera, debes contármelo sí o sí.

Rørvik-Brønnøysund

Me quedé mirando cómo el barco se aproximaba al muelle con elegancia mientras daba marcha atrás y echaban los cabos alrededor de los noráis, con la misma facilidad con la que los lapones atrapan a los renos con sus lazadas. En cuanto a Thor, había ganado algo de tiempo con mi historia, pero no me iba a mantener a flote durante mucho más.

Lo que Thor acababa de contar podía ser cierto, sin duda. Era verdad que mi marido trataba de lavar su propia imagen y restar importancia a que ganaba dinero gracias a los ocupantes, pero por lo demás, lo que decía podría ser cierto. Si Dieter era un provocador que trataba de acercarse a Thor a través de mí, entonces ¿qué pasaba con Wilhelm? ¿Estaban compinchados? El hecho de no poder descartarlo me provocaba náuseas. Pocas sensaciones son más desagradables que la de haber sido engañada. ¿Todo era un montaje? La idea me mareaba. ¿Wilhelm había trabajado para los servicios de inteligencia alemanes ya cuando fue al campamento?

Fui a la cubierta más baja de la proa. ¿Por qué Dieter había estado tan interesado en ese lugar? Esta vez, la puerta estaba abierta. Puse el oído contra el acero con cautela. No había nadie. Bajé rápidamente por la escalera, abrí la siguiente puerta y miré dentro de la gambuza. ¿Alguien que no tenía permiso para estar aquí había entrado?

Mientras estaba pensando en ello, oí ruidos de la puerta y la escalera encima de mí. Me quedé quieta, aguantando la respiración. Sin hacer ruido, abrí una trampilla que daba a un espacio interior. El habitáculo era tan pequeño que tenía que doblar las piernas para caber ahí dentro. Me apretujé detrás de unas vasijas de leche y coloqué una pila de cajas con pescado delante de mí para cubrirme. Si alguien entraba en el espacio, me descubrirían enseguida, claro. Mi única esperanza residía en que nadie registrase la gambuza. Al principio, la adrenalina hizo que no me diera cuenta del frío. La puerta se abrió, se oyeron pasos descendiendo por la empinada escalera y traté de discernir si se trataba de un par de pies o de dos.

—Este es el lugar más seguro de todo el barco —dijo la voz, que claramente pertenecía a Thor. Oí el ruido de pasos en la escalera—. Vera me ha dicho que hay muchos oídos en el barco, y justo en eso tiene razón.

Se oyó el tintineo de unas botellas, el fondo de la caja raspaba el suelo.

—Quiero saber exactamente lo que dijo Vera —contestó una voz—. Palabra por palabra, si puede ser.

Mi corazón se saltó un latido, luego otro, y otro más. Era Betsy Flisdal. Estaba atrapada. El frío desapareció.

—¿Qué es lo que hay aquí abajo? —preguntó Betsy—. ¿Cómo podemos saber que no hay nadie por aquí?

Oí unos golpes fuertes en las paredes y en la puerta de metal, que estaba atrancada.

—No podemos abrir esa puerta —dijo Thor—. Serénate.

La puerta de la cámara de frío chirrió. La luz se coló a través de una rendija. Thor se agachó y se puso en cuclillas. Ahora me vería. Me agazapé tras una de las vasijas de leche. Aguanté la respiración. Unas gotas caían sobre el suelo.

Plop, plop, plop.

Con una voz baja, pero justo lo suficientemente audible como para permitirme escucharlo desde mi posición, Betsy le relató lo que había sucedido la noche del salón de música. Se había fijado en mí, «una mujer atractiva pero muy joven», que había bailado con un hombre que tenía una cicatriz diagonal.

—Sabemos que se llama Henry Hagemann.

Sentí un escalofrío. Thor conocía su nombre.

—Estaba oscuro en el salón de música. Intenté ver qué hacían —explicó Betsy— y, aunque no estoy segura, creo que Hagemann le entregó algo en aquel momento. Y entonces irrumpió la Gestapo.

—El asunto es el siguiente —dijo Thor—. Mis contactos en la policía alemana llevan tiempo sospechando que se están produciendo filtraciones y actividades de traición en determinados elementos de la Kriegsmarine. Naves inexplicablemente hundidas por los aviones británicos nada más abandonar los puertos. Se ha perdido una gran cantidad de vidas, sobre todo alemanas, pero también noruegas. Tonelajes de un valor de cientos de miles de coronas. Y eso se lleva también los beneficios de las navieras y puestos de trabajo para noruegos.

—¿No genera más trabajo para los astilleros si tienen que construir nuevas naves? —preguntó Betsy.

La verdad es que era una idiota.

Thor la oyó y continuó:

—Cuando hablé con la gente del Comisariado Imperial de Oslo la semana pasada, su mensaje era claro: hay que poner fin a estas actividades sin sentido. Y la gran mayoría de los navieros opina lo mismo. Alemania va a ganar esta guerra holgadamente.

Thor siguió.

—El caso es que hay dos personas a bordo que pertenecen a la célula de la resistencia dentro de la Kriegsmarine.

Agudicé los oídos.

—Uno de ellos opera bajo el nombre de Wilhelm Frahm, y el otro es Dieter Hartz, reconocible por el parche en el ojo derecho.

Sus siniestras palabras me produjeron escalofríos. Thor no solo colaboraba económicamente con los alemanes, no; en el juego de sombras que había montado para proteger sus privilegios, también diseminaba mentiras letales acerca de personas de la resistencia de verdad.

—La gambuza no es un lugar seguro —dijo Betsy—. Ahora, ¿qué?

—Escúchame bien —contestó Thor—, ¿tienes algún contacto alemán a bordo de la nave?

—No. —Vaciló un instante—. Son policías militares y tropas alpinas.

—No tienen ninguna autoridad en esta nave.

—Conozco al jefe de la policía de Sandnessjøen —dijo Betsy—. Hemos colaborado en misiones anteriores.

Thor esperó un poco antes de contestar.

—Bien. Según mis cálculos llegaremos a Sandnessjøen esta noche a las diez y media. Hasta entonces, no hagas nada. Te bajas del barco y avisas a la policía, que a su vez se ocupará de que los dos oficiales de la Kriegsmarine tengan un recibimiento caluroso en Bodø, es decir, mañana por la mañana. No te metas en ningún lío antes de llegar a Sandnessjøen.

—Vale —dijo Betsy—. Necesitaré dinero.

Thor suspiró con irritación y se oyó un crujido de algo que debían de ser unos billetes.

—Gracias —murmuró a modo de respuesta—. ¿Qué le pasará a tu mujer?

—Eso es asunto mío —dijo Thor—, pero ella ya no es mi esposa, y con toda probabilidad la procesarán por colaboración con la resistencia. Y es un delito con condenas severas.

—Son palabras muy duras.

Sus pasos desaparecieron en la escalera y fueron sustituidos nuevamente por el ruido de los pistones. Durante varios minutos me quedé encorvada, y había algo en mí que quería quedarse allí hasta que bajase la temperatura corporal, perdiese el conocimiento y entrase en la misma eternidad. Se dice que es agradable morir de frío. En cualquier caso, estaba viviendo de prestado. Me incorporé y noté cómo me crujieron las articulaciones, como si estuviesen congeladas. La cuenta atrás había comenzado; según el horario, quedaban menos de diez horas para que el barco arribase en Sandnessjøen.

Me levanté y salí sigilosamente del habitáculo.

Betsy no podía dejar el barco en Sandnessjøen, pero ¿cómo iba a conseguir que no lo hiciera?

Brønnøysund-Sandnessjøen

Ayer salí de Bergen con el tren, y escribo estas palabras en Rederhaugen. He encontrado lo que buscaba en los archivos. Corre el mes de abril, el tiempo está cambiando de nieve a calor veraniego, la historia va progresando como un barco de vapor sobre un mar en calma.

Durante la escritura, a menudo me he preguntado cómo se recibirán estas palabras, cómo reaccionarán las autoridades noruegas. Todos los autores se hacen esta pregunta, desde luego. Fantaseamos sobre éxitos y tememos que los críticos nos vapuleen, aunque lo que normalmente ocurre es algo tan sencillo como un encogimiento de hombros y después el olvido.

La situación de esta historia es distinta. La gente no pasará de ella. ¿Qué dirán los sucesores de Thor y Olav?

Ahora, en 1970, veinte o treinta años más tarde, es difícil ocultar el hecho de que aquellos que cometieron una traición económica recibieron castigos mucho más suaves —si es que fueron condenados, para empezar— que otros colaboracionistas. No fueron soldados en el frente ni torturadores con sangre en las manos; «intentaron mantener las ruedas en movimiento», por usar las palabras de un influyente abogado defensor. El capital no solo sirve para repartir el riesgo, también pulveriza la responsabilidad entre los gerentes y los consejos, entre las compañías matrices y los subsidiarios. ¿A quién hay que condenar por la colaboración de la Sociedad Hanseática de Barcos de Vapor? Solo hicieron lo que haría cualquier otra empresa capitalista.

Evidentemente, lo que hace que la situación sea aún más picante es el hecho de que Thor, por recomendación directa del abogado familiar Greve, recibiera la Cruz de Guerra con espada de forma póstuma en 1949, «por haber organizado el trabajo de resistencia, con grandes riesgos personales, en la época pionera de 1940».

No me quedó otra que recoger la distinción por él en una ceremonia, pero con la excusa de encontrarme mal, abandoné el evento poco después de que lo hiciera el rey Haakon. Guardé la cruz en la caja fuerte de Rederhaugen y nunca la volví a sacar. Sin embargo, cuando Olav se hizo más mayor, comenzó a crecer su interés por el tema, y mis insinuaciones cayeron en saco roto.

Aun así, todavía no he abordado la verdadera razón por la que esto es especialmente difícil. Porque los crímenes durante la guerra no se quedaron ahí, arrojaron sombras alargadas también sobre la época de paz.

Ya estaba oscuro cuando partimos del puerto de Brønnøysund. La abrupta y salvaje costa de Helgelandskysten, que había sido tan bella hacía una eternidad, cuando hice el mismo viaje, pero en sentido contrario, destacaba ahora como un lóbrego decorado de fondo. En aquella ocasión, la nave había estado iluminada y atractiva como un casino; ahora la noche era negra.

Estaba empezando a caer aguanieve. Esto ocurre cuando hace cero grados, y es la temperatura más peligrosa. Es cuando uno se muere de frío. Me acomodé en la cafetería de tercera clase en la popa, allí no me encontraría con Thor. Me quedé sentada, toqueteando el molinillo de pimienta que estaba sobre la mesa. En menos de cinco horas, Betsy desembarcaría para avisar a la policía. Cuando pasara esto, tendríamos problemas. Una voz me habló.

—¿Vera? —preguntó la camarera.

—Ayer estuvo muy bien —le dije.

—Tengo una carta para ti —me anunció con una breve reverencia y desapareció antes de que pudiera añadir nada.

Eché un vistazo a mi alrededor y abrí la carta. «Ven a verme en el Camarote 31. W.». Eso era todo. Desmenucé el papel en pequeños trocitos y me apresuré a bajar a la cubierta principal, donde se encontraba el camarote. Wilhelm abrió la puerta, me escurrí dentro y solo le di un beso después de que cerrase la puerta detrás de mí. Era un camarote sencillo: dos literas cruzadas, una encima de la otra, para maximizar el espacio, un escritorio lacado debajo de un pequeño portillo. Pero no dejaba de ser un camarote. Me senté sobre la litera inferior.

—Un compañero no pudo venir —dijo— y el barco está lleno a rebosar, así que estoy contento de haber encontrado un sitio.

Al ver mi expresión de aturdimiento, su rostro se ensombreció.

—¿Qué ocurre, Vera?

Relaté, con toda la calma que fui capaz de reunir, lo que había oído en la gambuza.

—Tenemos que hacer algo con Betsy. El tiempo corre en nuestra contra.

El barco se bamboleaba. En el pasillo de fuera podía oír a gente que hablaba con mi propio acento, el tono cantarín incomprensible de Brønnøysund, una extraña mezcla entre el habla de Trøndelag y el norte de Noruega. Wilhelm me miró con una cara que expresaba ternura y preocupación por igual. Por un momento el mundo solo estaba compuesto de él y yo, luego me sobrecogió la gravedad de la situación. Ya estábamos navegando por la ruta marítima que llevaba a Sandnessjøen. Llegaríamos en unas pocas horas.

—La conoces —dijo pensativo—. ¿Qué es lo que la motiva?

—La motiva una sola cosa: el dinero. No entiende de ideologías.

—Tengo algo de dinero. No mucho, pero algo sí; doscientas coronas. ¿Cuánto es eso? ¿El sueldo de un mes?

—No podremos superar la oferta de Thor, eso está claro —admití, rendida.

Wilhelm tenía el rostro hundido entre las manos.

—¿Tenemos elección?

—Hay otra posibilidad —murmuré, sin saber si podía fiarme de mis propias palabras—. Quédate aquí.

Betsy no se encontraba en ninguno de los salones de primera clase. Podría haberse refugiado en algún camarote a la espera de la llegada a puerto. Comencé a repasar el barco. Primero me dirigí a la popa por la cubierta elevada, hasta que los policías militares alemanes me pararon. No pude avanzar más. Subí a la cubierta de paseo, que estaba vacía, pasando por delante de la sala de máquinas y los grandes botes salvavidas a lo largo de la borda, y di la vuelta a la zona de los camarotes de la popa.

Allí estaba. Un viento helado me atravesaba la ropa. Por encima del espejo de popa, un banderín cortaba el viento.

—Betsy, por fin doy contigo.

—¿Vera?

La voz era insegura e inquisitiva.

—¿Te acuerdas de cuando me hablaste de tu marido, que tuvo que huir? —dije—. El 6 de julio, ¿no era esa la fecha en la que ibais a reuniros con un barco de las Shetland, pero en lugar de ello os topasteis con los alemanes?

Betsy seguía sin sospechar nada.

—Correcto.

—El problema es que ese día estaba yo trabajando en las oficinas del puerto —continué—. Y como tengo buena memoria, al menos en cuanto a mi trabajo, conozco los detalles del tráfico marítimo de esa jornada. Bremanger, ¿verdad? No había barcos alemanes cerca ese día. Navegaban más al sur, junto a Osterøy. Me mentiste sobre eso, Betsy, al igual que me has mentido sobre todo lo demás.

Se quedó de piedra junto a la borda. Nuestros ojos se habían acostumbrado a la oscuridad. Por encima de sus hombros atisbaba la estela del barco.

—Eres una chivata, Betsy —continué, con una calma extraña—, que delata a patriotas a cambio de dinero. Y ahora me vas a delatar en Sandnessjøen. Espero que te paguen bien. Pero tengo otra propuesta.

—¡Socorro! —gritó Betsy—. ¡Una mujer de la resistencia trata de amenazarme!

Le agarré del cuello, pero se liberó de mis manos, cayó sobre la cubierta y se arrastró hacia la puerta.

Me lancé tras ella y aterricé en una de sus piernas. Betsy gritó de dolor. Estando tumbada, pateó frenéticamente y una patada me alcanzó el pecho y estuvo a punto de quitarme el aire, pero rodé hacia un lado y le di un codazo en la barriga. Las olas que impactaban contra el casco nos empapaban. Aturdida, me puse en pie. Betsy también se había levantado. Las dos recuperamos el aliento en unos momentos. Le golpeé la cara. No fue un buen golpe, pero se echó hacia la borda de atrás, aullando. Entonces le di una patada en la pantorrilla.

—¡Hija de puta! —gritó cuando cerré las manos alrededor de su cuello—. ¡Socorro!

En ese momento consiguió zafarse de mi agarrón y me empujó contra la barandilla de la borda. El acero, frío como el hielo, me apretaba la región lumbar. Ella empujó con más fuerza y tanto mi cabeza como la parte superior de mi torso quedaron asomadas sobre la borda.

Pensé en la hélice que daba vueltas ahí abajo. Unos centímetros más y caería por la borda hasta el agua helada. Betsy era sorprendentemente fuerte. Tensé los abdominales con todas mis fuerzas para mantener el equilibrio.

—¡Muere! —gritó Betsy.

Ahora, mientras escribo esto, muchos años más tarde, aún puedo ver los labios apretados y los ojos fieros en su cara, puedo sentir la aguanieve y ver las aguas revueltas bajo el espejo de popa. En un intento desesperado por zafarme, conseguí liberar los brazos, giré el cuerpo para que me soltase, me agaché bajo la barandilla y la lancé sobre la borda al agua.

En las aguas removidas tras las hélices no oí el impacto de su cuerpo contra la superficie. Miré a mi alrededor. Nadie lo había visto. Durante un rato me quedé allí plantada, mirando hacia atrás, pero en la espumosa estela del barco no había ni rastro de ella.

Sandnessjøen-Bodø

Cuando abrí la puerta del camarote estaba temblando, tenía escalofríos y los ojos salvajes. Mi ropa estaba empapada, la americana rasgada hasta la mitad. Wilhelm se levantó de la cama, horrorizado. Sin decir nada me dio un abrazo. Lloré. Él no dijo nada. Mejor así. Era lo que necesitaba. Nos quedamos así mucho tiempo, en el angosto camarote mientras el mar nos mecía de un lado a otro.

—Betsy Flisdal no avisará a la policía —dije al final.

—¿Quieres hablar de ello? —preguntó.

—No —contesté.

—Está bien.

Pensé que no había nada más que añadir.

Wilhelm encontró una botella de brandi y me la pasó. Tomé un sorbo y me senté a su lado en la litera mientras colocaba mi temblorosa mano derecha sobre su muslo.

—No era más que una niña —dije—. Una niña estúpida e inocente, sí, pero no era malvada.

—No te preocupes —me consoló Wilhelm.

—¡Claro que me preocupo, joder!

Llorando, di vueltas por el pequeño camarote, dando golpes a las literas y los armarios. Me agarró con firmeza y me obligó a sentarme sobre el colchón.

—Hay una guerra —dijo.

—¿Qué sabes tú de quitarle la vida a alguien? —sollocé—. Eres un marinero.

En mi mente, volví a ver la figura de Betsy, haciendo aspavientos y gritando mientras caía por la borda hacia el agua.

—Algunas veces, y sobre todo en una guerra, hay que arrebatar otras vidas —afirmó.

—Es fácil decirlo, pero es diferente en la práctica.

—¿Cómo crees que me siento yo al luchar contra las autoridades de mi propio país, apoyadas por prácticamente toda la población?

—¿Hay muchos oponentes al régimen?

—Más de lo que tú te crees. También en las fuerzas militares. Pero te lo digo porque las decisiones que hemos de tomar son difíciles, por no decir imposibles. Igual que la decisión que tú has tomado hoy.

Susurré.

—¿De qué clase de decisiones estás hablando?

—Nunca te has enfrentado al dilema de si debes avisar o no de los movimientos de los barcos para que los británicos u otros puedan bombardearlos. Y para ti, en cualquier caso, no serían más que los barcos de una potencia ocupante extranjera. Para mí significa que en la práctica puedes condenar a muerte a cientos de personas, gente buena con mujeres e hijos a los que aman.

Cogió aire y bebió un sorbo del brandi.

—De modo que sé un poco sobre esta cuestión en concreto.

Después de decir aquello se quedó callado.

—¿Cómo puedes justificar eso? —pregunté.

—Porque tengo unos ideales más elevados. Me refiero a que la lucha contra los nazis es tan importante que hay que usar todos los medios, y digo todos, para aplastarlos, aunque eso suponga quitar vidas civiles.

Reflexioné sobre sus palabras. Wilhelm había traicionado a su país. Era justo eso lo que lo convertía en un héroe. Porque ¿qué hacían aquellas personas que luchaban contra los nazis en Noruega sino cumplir con su deber de defender a su país? Los socialdemócratas alemanes traicionaban a su país porque luchaban por un ideal más elevado. ¿No era eso lo más cercano a la definición de heroísmo?

—Hay una cosa —dijo con el ceño fruncido, y me cogió de la muñeca—. Voy a desembarcar en Bodø. Y tú y tu hijo también tenéis que hacer eso.

—¿Por qué?

—Te voy a decir algo con la condición de que no se lo cuentes a nadie, por difícil que resulte. ¿Entiendes?

Tragué saliva y asentí con la cabeza.

—Dieter —continuó— pertenece a la misma red que yo dentro de la Kriegsmarine.

—¿El tuerto?

—Llámalo como quieras. Colocará un fardo empapado en combustible en la bodega, conectado a un sencillo mecanismo de ignición. Causará un incendio ahí abajo. Como sabes, la nave está cargada hasta los topes de armas y munición, tendrá el mismo efecto que un explosivo.

—Por Dios —murmuré, pensando en la tripulación, las sirvientas y los maquinistas—. Hay cientos de noruegos a bordo.

—Y cientos de soldados de las tropas alpinas —contestó, con una repentina expresión fría en la cara—. Todas las guerras se deciden en última instancia gracias a los soldados rasos: el soldado que se duerme mientras está de guardia y tumba todo el castillo de naipes; los soldados de las tropas alpinas que van a reforzar el frente norte y no llegan a su destino. Se habrá dado un pequeño paso más hacia la victoria en esta guerra.

Puse el codo sobre la litera y apoyé la cabeza en la mano.

—Háblame de tu plan —dijo.

—Thor cree que vamos al norte para visitar a mi moribunda madre. En realidad, murió hace dos años. Cuando me avisaron, ya estaba enterrada. Era una historia que le conté para poder viajar al norte. El hurtigruten hace escala de una hora en Bodø. Tengo amigos allí que pueden ayudarme a evitar los puestos de control. Thor no sospechará nada antes de que lleguemos a Sulitjelma.

Wilhelm abrió los ojos de par en par.

—Sul-i-tjel-ma, un bonito nombre.

—Tengo familia ahí, está justo en la frontera. Una tía y un sobrino. De allí a Suecia hay una distancia corta. Y una vez allí, puede empezar la lucha.

Wilhelm se quitó la insignia de la muerte y la pesó en la mano.

—No puedo viajar con la insignia de la muerte alrededor del cuello.

Había una celosía en el portillo junto a la litera, que estaba unida a un gancho en el techo con una cadenita pintada de blanco. Wilhelm desenroscó la pantallita de plástico en la que estaba fijado el gancho. Yo saqué el estuche de cigarrillos, que era un recuerdo de este viaje, y la coloqué dentro del estuche.

Ahora estábamos solos. Besé a Wilhelm. Me agarró con sus manos fuertes, me quitó la ropa de calle y el vestido de encaje y soltó el sujetador, y yo le quité el uniforme. Todas las prendas acabaron en el suelo, la nave se bamboleaba de un lado a otro, los golpes de los pistones ahogaban el ruido del acto.

Era poco más de la medianoche del 23 de octubre de 1940, y quizá ya lo supiéramos, a partir de entonces solo había un camino: hacia el norte, pasando por Nesna e Indre Kvarøy y Grønnøy y Ørnes hasta Bodø, y de allí a Lofoten. Desde allí solo había un camino: bajando hacia el abismo.

Bodø-Stamsund

Caía aguanieve cuando el DS Prinsesse Ragnhild llegó a Bodø en la mañana del 23 de octubre, aguanieve con fuertes rachas de viento. El mar estaba blanco y ondulado como los montones de nieve en las tierras altas. La nave se colocó de lado y rodó sobre las olas hasta llegar al borde del muelle.

Me hallaba junto a la borda, sola en la cubierta en medio del desapacible tiempo. Bodø había sido bombardeada esa misma primavera y se veían chimeneas desnudas elevarse hacia el cielo sobre los cimientos arruinados de las casas bajas de madera. Estaba casi deshecha por dentro. Seguía aturdida por los secretos nocturnos compartidos con Wilhelm, aún temblaba al recordar la imagen de Betsy Flisdal desapareciendo en las oscuras aguas de la estela del barco. Me encontraba aterrada tras lo que había pasado y por lo que iba a suceder.

El plan que había revelado a Wilhelm la noche anterior era, en teoría, sencillo. Sacaría al pequeño Olav del camarote y me lo llevaría al sollado. Thor estaría vigilando la salida, esperando a los policías que iban a venir, así que no podía sacar a Olav del barco sola. Lo haría Wilhelm, llevando su uniforme alemán. Nos encontraríamos tras la pescadería y de allí partiríamos hacia Sulitjelma.

Una condición fundamental era que Thor pensara que seguíamos en el barco.

Me bajé a la cubierta elevada. La pasarela raspaba el muelle, el casco golpeaba los neumáticos de goma con fuerza cuando atracamos. Delante de la terminal había una masa de gente, parecía que muchas personas querían cruzar el fiordo para ir a Lofoten. Unos niños con gorros estaban correteando de un lado a otro. Los marineros ayudaron a desembarcar a una señora a la que le costaba caminar. Bajé del barco sin que me descubriesen y me abrí camino entre el gentío, seguí la calle hasta doblar la esquina a la derecha, pasando por delante de un edificio portuario pintado de rojo, hasta ver la empresa de importación al otro lado de la calle.

Ya me estaba alegrando de verlo. Pero no era Wilhelm el que me esperaba allí.

—¿Estirando las piernas en medio de este temporal? —dijo Thor, agarrándose el sombrero con fuerza. En la otra mano sujetaba el cesto con el pequeño Olav.

El corazón me dio un vuelco. ¿Dónde estaba Wilhelm? ¿Qué había pasado? Thor miró el reloj con tranquilidad y confianza.

—No tenemos todo el tiempo del mundo, Vera. ¿Volvemos al barco?

Tenía que inventarme una excusa ya.

—Thor —dije seriamente, con la espalda vuelta hacia el viento—, la situación es grave. Dicen que alguien quiere volar el barco.

Sonrió con condescendencia.

—Volar el barco. No, lo dudo mucho, Vera.

—¡No podemos subir a bordo! —exclamé—. ¡Ni tú, ni yo, ni sobre todo Olav, no!

Thor me agarró del hombro con fuerza.

—Ya estoy cansado de todas las mentiras que me has contado. Te vienes conmigo a bordo. ¡Ven ya!

En medio del alboroto del muelle vi cómo Dieter, el tuerto, desapareció entre la gente. ¿Qué podía hacer? Seguí a Thor.

Poco después, el DS Prinsesse Ragnhild zarpó del muelle, atravesando las revueltas aguas del puerto.

Eran las 10.30 de la mañana del jueves 23 de octubre.

Me levanto de la mesa. Ya es de noche, una noche de primavera clara y fresca, estoy sola en el Precipicio cuando oigo un grito detrás de la cabaña. Alguien llama a la puerta y abre sin pedir permiso. En el resplandor de una de las ventanas, veo a Olav en medio de la habitación. Mi hijo ya casi tiene treinta años, un hombre adulto. Es alto y fuerte. Tiene una mirada ambiciosa, una sonrisa carismática. Ha heredado más de su padre que de mí. En los últimos años ha trabajado en los servicios de inteligencia.

—Madre —saluda y se queda clavado.

—Olav —le digo—, entra.

Ninguno de los dos nos movemos de nuestras respectivas partes de la habitación, y no decimos nada, como si cada uno estuviéramos esperando que el otro cometiese algún error. Su dominio de sí mismo me asusta un poco. Cuando lo miro más de cerca, me doy cuenta de que el labio inferior le tiembla ligeramente.

—¿Quieres tomar algo?

Me acerco a la cocina americana y encuentro un botellín de cerveza que abro y pongo sobre la mesa antes de que pueda contestar.

—Sé lo que estás escribiendo —dice.

—No —contesto fríamente, aunque las palmas de mis manos se vuelven resbaladizas cuando cierro los puños al oír sus palabras—, no tienes ni idea.

—He venido para pedirte que abandones este proyecto de libro.

—Nunca has leído nada de lo que he escrito.

—No hacías otra cosa que escribir —dice con una mirada levemente recriminatoria, como cuando era un niño—. Día y noche escribías. Pasabas los inviernos en el extranjero, estabas fuera durante meses, y cuando venías era como si no estuvieras. Estabas con algún amante o en tu propio mundo.

—No es verdad —niego.

—Cuando era niño, todo lo que quería era impresionarte —susurra—. Quería que me demostrases que me querías, porque supongo que sí me querías de algún modo, pero nunca lo decías. Hasta que me di cuenta de que en el fondo eras una egoísta, que anteponías tus propias necesidades a las de los demás. Quizá estuvieras mal por tu madre, que siempre estuvo enferma, y por tu padre, a quien nunca conociste...

—Para —le digo, con un gesto de la mano.

—¿Por qué nunca me has hablado de mi padre?

—Porque se me da mejor expresarme por escrito —replico, señalando la máquina de escribir.

—Te estoy pidiendo que lo dejes ya —dice Olav—, por el bien de la familia. Si no haces lo que te digo, ya no puedo protegerte más.

—Va sobre los túneles y los preparativos de cara a una eventual invasión.

Asiente brevemente con la cabeza.

—¿Eres consciente de lo que significa para la defensa de nuestro país y para nosotros si publicas algo así?

—Un país que tiene que echar mano de medios ilegales para defenderse, no merece ser defendido —respondo.

—Lo único que no entiendo es cómo una historia situada en 1940 puede decir algo sobre Stay Behind, si eso empezó después de la guerra.

Niego con la cabeza.

—Empezó durante la guerra. Empezó con los acuerdos que Thor firmó con el almirante Carax sobre el transporte de tropas y armas alemanas. Hizo que las navieras ganasen dinero comerciando con los nazis.

Olav está a punto de protestar, pero levanto la palma de la mano para callarlo.

—El almirante Carax llegó a ser el comandante en jefe de la flota del norte y se trasladó a Rederhaugen, donde construyó túneles y refugios antiaéreos. Pero Carax no era un torturador o un comandante de campos de prisioneros del tipo que procesaban los tribunales tras la guerra; pasó discretamente a las filas de las Fuerzas Armadas alemanas tras la caída del régimen nazi. Después nosotros dos vinimos aquí, creciste y te formaste, pero un día, cuando eras niño, tuvimos una visita de mucha categoría en Rederhaugen. Llegó una procesión de coches al patio. Salió de ellos un grupo de oficiales de alto rango, burócratas y políticos, entre ellos el almirante Carax.

—¿Carax volvió? —pregunta Olav.

—Volvió —contesto—. Ahora era consejero de la OTAN para cuestiones sobre el frente del norte y podía aportar su considerable experiencia de estrategias militares soviéticas en la región del mar de Barents. Junto con algunos oficiales, tanto noruegos como alemanes, y varios de los políticos, descendieron por los deteriorados túneles y refugios antiaéreos. No regresaron hasta mucho más tarde, y entonces me llevaron una declaración de seguridad que yo debía leer y firmar: como propietaria de Rederhaugen, ponía voluntariamente los refugios antiaéreos a disposición de la defensa ante una eventual ocupación de Noruega. Por la seguridad de la nación. Debía mantenerlo en estricto secreto durante el resto de mi vida. Hice lo que dijeron, y al año siguiente llegó un torrente de albañiles a Rederhaugen. Las obras de los túneles fueron intensas.

»Así que, ahí tienes la conexión entre la guerra y el presente —le digo—. Del presente, ya sabes más.

Mi hijo da una vuelta por la habitación.

—No puedes publicar un libro sobre esto.

—¿Quieres que te diga una cosa, Olav?

Lo miro fijamente durante largo rato.

—Enséñame lo que está escondido en estos túneles. Lo que tanto secretismo genera.

—Madre, ya sabes que no puedo hacer eso.

—Enséñamelo.

Olav sonríe, como rendido, antes de asentir con la cabeza y abrir los brazos.

—¿Quieres verlo? De acuerdo. Joder, te lo enseñaré todo.

Solo ahora veo que ha traído un cilindro. Abre una tapa de plástico en uno de los extremos y saca un plano enrollado, que extiende sobre la mesa. En el plano pone GEHEIME: ORGANISATION TODT. Se cruzan nuestras miradas.

—Para ti, estos túneles nunca han sido más que una fantasía febril literaria sacada de alguna novela de romance medieval, ¿verdad? Pero esto no es un romance gótico de una mansión inglesa. Estos túneles fueron construidos por ingenieros alemanes como refugios antiaéreos durante la guerra. Algunos de ellos están señalados en los planos, otros no. Siguen usándose, de modo que ahora quizá empieces a darte cuenta de lo que está en juego.

En el pasillo entre el salón y el dormitorio, hay una trampilla en el suelo que conduce a la leñera y la despensa donde se guardan las patatas. Olav la abre tirando de una anilla, descendemos por una escalera empinada hasta llegar a la bodega que huele a carcoma. Sujeto una lámpara en la mano. Olav mueve una balda hacia un lado y descubre un armario. Colocando la mano sobre un punto concreto en el techo, pisa el suelo.

Oigo un ruido mecánico y unos segundos más tarde la pared se separa en dos, revelando una abertura grande como una puerta.

Me quedo boquiabierta.

—Ven —dice mi hijo, y lo sigo al interior a través de un pasillo pintado de blanco con forma de tubo. Después de unos cincuenta metros, nos encontramos delante de una puerta de hierro donde pone ALTA TENSIÓN: PELIGRO DE MUERTE. Olav introduce un código en la puerta y gira la pesada hoja hacia un lado.

La habitación está en sombras y puede tener unos cincuenta metros cuadrados. A la luz de la linterna veo estanterías que cubren las paredes, y delante de ellas están colocadas filas de armas.

—Esta —dice Olav y sopesa una de las armas con manos expertas— es una MG-34 alemana, y al lado tienes unos cohetes antitanques sin retroceso, y esta pesada hija de puta de aquí es una ametralladora MG-3, y aquí están los rifles Mauser, unos Schmeisser, equipos de radio y granadas de mano.

No puedo pronunciar ni una palabra.

—Este equipo de radio —continúa Olav con un entusiasmo casi infantil— tiene una antena que puede subir y bajar por la chimenea como un periscopio. ¿Y sabes por qué tenemos todo esto, madre?

—Esta no es la manera de hacer las cosas —murmuro—. Tenemos fuerzas armadas, el país tiene un servicio de inteligencia, controlados por el Parlamento.

Olav me lanza una mirada encendida.

—Esta es la defensa de Noruega, si todo lo demás falla. Algunos secretos militares no son de la clase que pueda confiarse a cargos públicos democráticamente elegidos ni a otros defensores de principios. Se encuentran en manos privadas. Si escribes sobre esto, todo esto peligrará. Sería un importante revés para nuestra preparación ante una eventual ocupación de Noruega. Y lo que no es menos importante: entonces se acabaría Rederhaugen y las actividades que hemos establecido aquí.

—Esto empezó con un almirante alemán que Thor conoció en el hurtigruten, el día antes del naufragio —afirmo—. La sociedad tiene derecho a saber qué es lo que ha ocurrido en la trastienda.

Olav se apoya en una de las estanterías.

—No —contesta—. De algunas cosas no hay que hablar.

—Voy a publicar este libro —le digo.

—En tal caso, tienes que elegir —contesta mi hijo— entre el respeto por la familia y tu propio ego. Si lo haces, ya no serás miembro de esta familia.

Olav no es un hombre que hable sin fundamento.

—Crees que has llegado al fondo de esto —le respondo—. En realidad, no tienes ni idea.

Es 23 de octubre de 1940, y el barco acaba de partir de Bodø. ¿Qué ha pasado con Wilhelm?, ¿dónde está mi niño?

Tengo que encontrarlo. Primero subo a la suite del armador.

Pongo un oído contra la puerta. No se oye nada del interior, ni pasos de adultos ni llanto de bebé. ¡Por Dios! No se encuentran ahí. Están en otro lugar. La nave es grande, pero no es inmensa. Me giro, salgo corriendo hacia la zona de los vestuarios y sigo hacia la proa, atravesando el salón de fumar con forma de V medio llena bajo el puente de mando, y entro en el salón de música, donde no hay nadie. Naturalmente, no están allí. Aparto a algunas personas de mi camino y salgo a la cubierta de paseo en el lado de estribor. La luz me ciega. El fuerte viento me tira de la ropa, pero tengo calor, el miedo calienta. Aquí apenas hay gente; unos alemanes se asoman sobre la borda; a un trecho, hay un grupo de pasajeros recién embarcados con las manos en los bolsillos. Paso por delante de los botes salvavidas, dirigiéndome a la popa. Allí veo a un bebé. Estoy a punto de arrancárselo a la mujer que lo sujeta cuando me doy cuenta de que no es Olav, mi Olav. Bajo las escaleras de la popa en dos saltos.

¿Dónde puede estar?

Los policías militares alemanes me miran con ojos grandes cuando me abro paso por el comedor de la tripulación en tercera clase. Olav no está allí, claro que no está, pero ahora ya no se puede dar nada por hecho. En el centro de la nave se halla la oficina de billetes. El primer oficial me saluda con amabilidad, pero en cuanto me ve, sus ojos se tornan preocupados.

—Señora Falck —me saluda—, ¿qué puedo hacer por usted?

—Es mi hijo —contesto herida—. No lo encuentro.

Respira con fuerza.

—¿Ha desaparecido? Es una noticia terrible, pero estoy seguro de que será un malentendido.

—¿Malentendido? ¡Ha desaparecido! —exclamo—. ¡Tienen que dar la voz de alarma!

—La última vez que vi a su hijo, estaba con la niñera. ¿La ha encontrado?

—No, ¿sabe dónde está?

—Ahora que lo dice, la vi acompañada de su marido. Sí, ha tenido que ser cuando llegamos a Bodø.

—¡Tienen que dar la voz de alarma!

—Escuche, señora Falck, entiendo que la situación le parezca alarmante, pero está claro que su hijo se encuentra con la niñera o con su marido. Entenderá que una alarma no haría más que generar inquietud a bordo.

En la cubierta principal, me encamino apresuradamente hacia la popa por el lado de babor, gritando y llamando a las puertas:

—¡Olav! ¡Thor! Venid, tenemos que hablar.

Paso por los camarotes uno, tres, cinco, siete, nueve y once, pero aparte de unos soldados irritados y noruegos, nadie abre las puertas de los angostos dormitorios en tercera clase. Vuelvo y paso por los camarotes diez, ocho, seis, cuatro y dos, en el lado de estribor. No están aquí. Atravieso el centro del barco y entro en el pasillo de primera clase. El cartero me mira raro. El calor de la sala de máquinas se extiende por el pasillo.

Acabo de llamar a la puerta de la niñera cuando oigo una voz detrás de mí.

—¡Vera!

Wilhelm está empapado, mi voz sale rasgada.

—¿Dónde has estado?

—Thor ha debido de descubrir el plan. Fue a por el niño antes de que yo pudiera hacerlo. He estado buscando el fardo para desarmarlo.

—¿Y?

Me mira con resignación.

—Lo siento. Se acabó.

Le aprieto la mano, y después los dos echamos a correr, cada uno en un sentido diferente. La explosión que sigue es tan potente que la fuerza de la onda expansiva me quita el aire y me oprime el pecho, hasta el mismo corazón.

PARTE IV

El camino del rey Olav

36

La Chabola

Ramsund, norte de Noruega

Johnny se despertó cuando el avión viró en el aire y el piloto anunció la aproximación.

Debajo de él, la superficie del agua brillaba y centelleaba al sol; más adelante, las cimas cubiertas de nieve de Lofoten sobresalían verticalmente del mar. El cielo era más alto, las montañas más empinadas que en ningún otro lugar que él conociera. Los fiordos serpenteaban tierra adentro hasta terminar en aguas de poca profundidad de color flúor y playas de arenas blancas. En Lofoten las altas montañas salían directamente del mar, con llanuras y cuencas de valles llenas de agua. Solo las afiladas puntas sobresalían de la superficie. Era como volar sobre una Europa en la que el mar hubiera subido tres mil metros y solo los Alpes quedaran visibles, como contemplar la Tierra tras el diluvio universal. Un fiordo ancho y brillante, plateado y resbaladizo como papel de aluminio, separaba los grupos de islas de la tierra firme. Aquí, en algún punto a varios cientos de metros de profundidad, estaba el pecio del DS Prinsesse Ragnhild.

Sasha había tomado partido por su padre. Johnny había hecho el viaje que ella quería que hiciera. Cuando Alexandra hablaba, podía parecer que quería otra cosa, pero, al fin y al cabo, la historia de Vera Lind era menos importante que el respeto por su padre y la familia de los Falck. Y las pruebas firmes de colaboración en el archivo privado habían desaparecido hacía tiempo. Johnny estaba vendido.

¿O no?

Al principio no había entendido por qué era tan importante bucear hasta el naufragio para determinar si la explosión se debió a una mina o a una explosión en el interior del barco, pero después de leer los últimos capítulos de Vera, lo comprendió. Con el visto bueno de Thor Falck y la Sociedad Hanseática de Barcos de Vapor, la embarcación había navegado llena a rebosar de armas y munición alemanas. ¿Quién había volado el DS Prinsesse Ragnhild? Bueno, si Vera decía la verdad, era un fallecido miembro de la resistencia alemana llamado Dieter quien estaba detrás. Pero ¿quién tenía la responsabilidad última de que algo así pudiera ocurrir? Thor Falck. Él había dejado que las autoridades alemanas transportasen material militar explosivo en el hurtigruten.

El avión aterrizó en Evenes. El cielo se había nublado. El aire frío y húmedo lo golpeó. Después de sacar el coche de alquiler, salió a la carretera Europa 10; la última vez que estuvo aquí, se llamaba Camino del Rey Olav. Era un nombre más adecuado.

Recorrió la poca distancia que lo separaba de Ramsund. Johnny había estado allí hacía muchos años, cuando se presentó a las pruebas selectivas básicas de los comandos de los marines. En el Ejército, Ramsund era un lugar mítico, y recordó la decepción que sintió al llegar aquí la primera vez, un helado día de invierno hacía tantos años. Los aspirantes se habían imaginado unas instalaciones de alta tecnología y a la última, pero lo que encontraron fue un lugar dejado de la mano de Dios, dominado por viviendas baratas del Ejército, con un anexo portuario de acceso prohibido, donde había edificios administrativos, carpas de plástico y cuarteles.

La idea era esa, naturalmente. En Ramsund había que endurecer a los aspirantes. La mayoría de las cosas que Johnny aprendió aquí, al menos en la primera fase del entrenamiento, estaba relacionada con operaciones subacuáticas. Todo el mundo tenía que aprender a desenvolverse competentemente bajo el agua. Para la mayoría de la gente, el mar, y sobre todo el mar helado del norte, era una fuente de miedo. Miedo a la falta de oxígeno, las congelaciones y los naufragios. La gente temía el mar, y había buenas razones para hacerlo. En la unidad de los marines aprendías a amarlo; el mar lleno de hielo en el que te bañabas todas las mañanas, los tubos de torpedos por los que te arrastrabas, la piscina en la que te hundían con las manos atadas a la espalda y los ojos vendados. La época de entrenamiento con los marines era otra vida, tan envolvente en aquel momento; pero, al final, los recuerdos habían quedado relegados a la periferia de su conciencia hasta quedarse reducidos a un eco lejano, como todo lo demás.

La pequeña población seguía siendo tal y como la recordaba. La idea del entrenamiento y de los esfuerzos realizados en este lugar le hacía rememorar la sensación de la tela empapada del uniforme contra la piel. Desde el fiordo se oía el rugido del fueraborda de una zódiac. Johnny salió de la carretera principal y entró por un pequeño camino perpendicular.

Si Ramsund era un lugar mítico se debía sobre todo a la Chabola, el lugar en donde los marines se reunían, situado discretamente en un viejo edificio residencial. Johnny miró el reloj. Había llegado con tiempo de sobra.

Llamó a la puerta y, después de un rato, un tipo joven con barba bien recortada y cuello corto y ancho como el de un jugador de hockey sobre hielo, la abrió ligeramente y escrutó a Johnny con escepticismo.

—Curso 44 —dijo Johnny—. Tengo una reunión con Einar Grotle.

Sin abrir la boca, el hombre se quedó en la puerta unos segundos antes de asentir brevemente con la cabeza y dar un paso hacia un lado. Johnny entró. En el suelo había un cubo con agua y una fregona, el tipo seguramente sería un aspirante y tenía que limpiar.

Había una jerarquía muy clara en la Chabola.

Johnny se dirigió a la derecha y entró en el bar. La Chabola era una especie de museo que mostraba las operaciones de la sección Kåken: la guerra de Kosovo de 1999, Tora Bora en 2002, la misión Helmand en 2005-2006 y varias más. En el otro lado de la barra del bar había un tipo que podía tener más o menos su misma edad. Johnny lo saludó con un movimiento de cabeza.

Sacó una cerveza y se quedó tomando unos sorbos mientras toqueteaba el posavasos.

—¿Veterano? —preguntó lacónicamente el tipo que estaba sentado junto a la barra. Había una música baja de fondo, un viejo disco de Tom Waits.

—Sí, de algún modo —dijo Johnny.

Estaba contemplando una foto de agentes caídos, sin mirarles los ojos.

—¿De algún modo?

—No pasé mucho tiempo aquí. Me volvieron a enviar al sur.

—¿Te hirieron, entonces? —preguntó el tipo con condescendencia—. Todos los que salen lo hacen por heridas. ¿Te dolía... la voluntad?

—Cambié de sección —dijo Johnny—. Me tocó un puesto administrativo.

«La oficina» fue lo que H. K. les había inculcado durante la formación. «Trabajáis en la oficina. Si la gente insiste en saber más, estáis en la oficina de logística. Entonces dejan de hacer preguntas».

El otro sonrió.

—Por lo menos eres honesto —dijo y se giró hacia Johnny—. La mayoría de la gente que viene por aquí, los periodistas, por ejemplo, siempre andan jactándose de sus méritos.

El hombre hablaba con acento de Oslo, con un toque ligeramente nasal del lado oeste de la ciudad.

—Yo tampoco soy marine.

Una sonrisa apareció en la comisura de los labios.

—¿No?

—Serví como francotirador. Hice varios viajes a Afganistán; hubo bastante lío por allí, en Faryab, en 2009-2010.

Johnny asintió con la cabeza.

—Me lo puedo imaginar.

El tipo del bar lo escrutó, como si estuviera pensando.

—¿No te vi ahí abajo?

«Bien podría ser», pensó Johnny. Normalmente operaban vestidos de paisano, pero a veces se topaban con otros soldados.

—¿Yo, en Afganistán? —Johnny se rio—. No, podríamos habernos conocido en el aeropuerto de Gardermoen cuando entregábamos material a los que bajabais a misiones de verdad. Trabajé para el departamento logístico del Ejército. Los aficionados hablan de estrategias, los profesionales de logística.

—Puede que me equivoque. —El hombre sonrió cautelosamente—. Mi padre siempre solía decir lo mismo. Sea como fuere, estamos montando un escuadrón para una misión en Kabul ahora mismo. Monitorizamos las fuerzas especiales afganas, parece que han mejorado bastante. Tienen muchas ocasiones de entrenar, por decirlo de alguna manera.

El jugador de hockey fregaba el suelo con una mirada atenta, como si estuviera escuchando lo que decían.

—Por cierto, yo soy Sverre Falck —dijo el hombre de la barra y le estrechó la mano.

Johnny tuvo que sonreír.

—¿Por qué sonríes? —preguntó Sverre, que de repente se había vuelto inseguro.

—El mundo es un pañuelo. Estoy preparando la biografía de Hans Falck. Bueno, soy Johnny. Johnny Berg.

El jugador de hockey les lanzó una mirada enfadada mientras pasó al otro lado de la barra del bar y subió el volumen. Varias personas más entraron en el local; era gente más joven, reclutas, evidentemente. Podría haber sido él hacía diez años.

—¿Has dicho Johnny Berg? —El jugador de hockey se levantó y se acercó a ellos con pasos decididos. Los hombres que caminaban detrás de él se habían levantado también y dieron unos pasos hacia Johnny—. Sé quién eres. Hemos oído hablar de ti por aquí. Lárgate ya, Johnny Yihadista; aquí no pintas nada.

Johnny miró a su alrededor, primero a la cara confusa de Sverre Falck y después al jugador de hockey, que se había puesto en pie con los tatuados brazos cruzados sobre el pecho. Trató de evaluar la situación rápidamente. El entrenamiento les había enseñado que ante una emergencia había que contraatacar rápido, usando los medios que estuvieran al alcance —una pesada jarra de cerveza podría funcionar—, pero esta gente había recibido el mismo entrenamiento que él o quizá mejor. Además, eran mucho más jóvenes y estaban en mejor forma. Y si, contra todo pronóstico, consiguiera tumbar al tío, ¿cuáles serían las consecuencias?

No, era imposible.

Johnny alargó la mano hacia la botella lentamente.

—Me tomaré la cerveza y me marcharé.

El jugador de hockey lo agarró el antebrazo con una mano.

—Eres un sinvergüenza. —Johnny no contestó. No tenía sentido—. Te unes al EI y luego te crees que puedes venir aquí de charleta. Deberían retirarte la nacionalidad.

—¿Qué es lo que quieres? —preguntó Johnny.

—Nada más que esto —dijo el jugador de hockey y arrancó a Johnny del taburete, antes de echarlo boca abajo sobre la barra del bar con otro movimiento. Se quedó sin aire. «Lo que se habla en la Chabola se queda en la Chabola», pensó, boqueando. El jugador de hockey lo tiró del cuello y lo arrojó al suelo. Sintió el impacto de una bota en el diafragma y se quedó sin aire, después otra patada en el costado, como un choque eléctrico.

—Deberían quitarte la Cruz de Guerra —espetó el jugador de hockey.

—No te olvides de las dos espadas —gruñó Johnny, poniéndose de rodillas—. Nunca las vas a recibir.

—¿Estás haciéndote el gracioso?

El jugador de hockey levantó a Johnny y lo puso contra la pared.

—¿Qué cojones está pasando por aquí?

Einar Grotle se abrió paso entre la gente. Johnny se liberó del agarrón del jugador de hockey.

—La última vez que miré, los yihadistas no podían entrar en la Chabola —dijo el jugador de hockey.

Los otros chicos asintieron con la cabeza. Resultaba evidente que el tipo era el macho alfa y líder informal. Grotle levantó al fornido aspirante como si fuera un chiquillo. Johnny había olvidado lo fuerte que era.

—Berg ha hecho más por Noruega de lo que tú vas a hacer nunca, aspirante —dijo—. Quiero que el baño de señoritas esté impoluto para inspección en media hora. ¿Entendido?

El tío salió al pasillo con las orejas gachas.

—Bueno, Johnny, siento todo esto. La falta de educación en historia se extiende cada vez más. ¿Hablamos en privado?

37

Johnny no es ningún puto traidor

Mads y las chicas volvieron de la Provenza el día antes del consejo familiar.

Tras el sermón de su padre y después de decirle a Johnny Berg que se fuera a la mierda, Sasha había sentido la vergüenza de haber sido engañada. Lo que Berg hubiera podido hacer en Oriente Medio era lo de menos. Todo el mundo tenía secretos, pero lo que no aguantaba era que se hubiera dejado manipular, como una ficha en un juego. La misma idea hacía que se retorciera por dentro. Su risa en el parque de Frogner, el viaje en tren a Bergen, el beso en la piscina, ¿todo eso había sido teatro? Solo con pensarlo se llenaba de un malestar tan intenso que no era capaz de retener las imágenes en su cabeza. Pero tampoco podía borrarlas. Había sido tan inocente, una soñadora, como Vera.

Mads no era un hombre rencoroso. Al igual que a la mayoría de los esposos —al menos según el consenso de un grupo de chat de amigas en el que estaba metida—, no le gustaban los conflictos, y prefería esconder los problemas si con eso aseguraba la paz en casa. Y si había venido con la intención de discutir, esas ideas desaparecieron rápidamente al ver que ella lo recibió con sollozos y un largo abrazo. Después de una buena cena, se pegó a él en la cama y le susurró que lo haría con mucho gusto si no fuera por la menstruación. Hacía ya tanto tiempo que él había perdido la noción de sus ciclos.

Cuando las chicas desaparecieron tras un montecillo, Mads la agarró y le dio un beso, un beso tierno. Sasha se alegró por el detalle, por la seguridad que irradiaba.

—Vamos a comer —dijo Mads. Ella desenrolló una manta y puso la comida encima, mientras él sacaba dos latas de cerveza, que tomaron con la comida. Camilla, a quien Mads le había regalado una nueva cámara en Francia, insistió en sacar una foto familiar de los cuatro.

Tras la comida, Sasha se quedó sentada, mirando la foto en la pantalla, mientras Mads se fue a bañar con las chicas. Quizá fuera aquí donde se manifestaba la felicidad, en el día a día. Lo decía toda la gente sabia.

—¿Encontraste algo sobre el libro de Vera? —preguntó Mads con amabilidad mientras oteaba el fiordo.

Caminaban lentamente por la orilla mientras las chicas correteaban de un lado a otro, buscando cangrejos y conchas, felices de ver a sus padres juntos por primera vez en mucho tiempo.

—Encontré bastantes cosas —contestó Sasha, encogiéndose de hombros—. El problema es que no es fiable lo que escribe. Era novelista. Así que he decidido dejarlo. Será mejor.

—Es una buena decisión, el futuro es lo que importa —dijo Mads.

Le mentía con una facilidad que la sorprendía y asustaba. La verdad era que no conseguía sacar de su cabeza a Vera y el norte de Noruega. Cada vez que encontraba un momento, se metía en internet en busca de apartamentos de alquiler, recorridos a pie y museos de Lofoten. Abrió Google Earth y disfrutó de la sensación de caer desde el espacio hasta ese sitio dejado de la mano de Dios, Å, el lugar de nacimiento de Vera, rodeado de picos y del inmenso océano Atlántico, o la isla de Landegode en el fiordo de Vestfjorden, justo al lado de donde naufragó el hurtigruten. Era como si unas fuerzas que estuvieran más allá de ella la empujasen hacia el norte.

A veces Johnny aparecía en estas fantasías, pero cuando pasaba eso, Sasha se sacudía y se decía «no, no» en alto. Sabía que tenía que ir al norte, del mismo modo en que sabía que no había lugar para él en esta historia. «Lo odio», pensaba. Y hasta cierto punto, eso era verdad. El problema era que él tenía la segunda parte del manuscrito. Sasha debía leerlo, tenía que saber qué era lo que Vera había escrito, aunque solo fuera para aparcarlo. No, el auténtico problema era que, cada vez que le llegaba un mensaje o un correo electrónico, antes de que la parte lógica del cerebro tuviera tiempo para corregir la reacción espontánea de su cuerpo, algo dentro de ella esperaba que el mensaje fuera de J. B.

Notó una vibración en el bolsillo y abrió el correo electrónico mientras sentía cómo la leve decepción se mezclaba con alivio. Era del historiador local Bjørn Carlsen de Moskenes, a quien había escrito unos días antes.

> Alexandra Falck: Muchas gracias por su consulta.
> Puede venir cuando quiera, los del norte somos
> hospitalarios y sobre todo cuando la consulta
> trata sobre nuestra querida Vera. Tengo
> documentos que atestiguan que ella dice la
> verdad, y que el hurtigruten fue víctima de
> traidores que estaban a bordo.

Devolvió el teléfono al bolsillo, dijo adiós a Mads y siguió a las chicas de vuelta a casa, donde había quedado con sus hermanos. En el comedor encontró a Olav de pie delante de un óleo con un fondo marrón rojizo. La pintura mostraba a Theodor Falck en una silla de madera tallada, con los antebrazos descansando sobre los reposabrazos. El tatarabuelo llevaba un frac.

Sasha se quedó en la puerta tras el padre, estudiando la imagen. A la luz del sol, se hacía visible la irregular superficie del óleo. Su padre se quedó inmóvil largo tiempo, con la espalda vuelta hacia ella.

—Alexandra —dijo, sin girarse; no sabía cómo la había descubierto—, ¿qué habría dicho el bueno de Theodor de la situación que ha surgido?

—¿De la disputa por la herencia?

Olav asintió con la cabeza y se giró lentamente hacia ella.

—Se dice que Theo era un hombre comprometido, un diplomático sobresaliente. Parece ser que operaba en las sombras en el proceso de la disolución de la unión en 1905, tenía la capacidad de hacer que el adversario se sintiese ganador, incluso cuando quedaba despedido con regalos conmemorativos.

Hubo un silencio.

—Ven aquí, Alexandra —dijo y abrió los brazos.

Tras el atronador discurso sobre Johnny Berg, Olav no había dicho ni una palabra más sobre el asunto. La mera idea de hablar más con su padre sobre algo personal parecía incómoda, como continuar una conversación íntima con un hombre con el que en realidad no tenía una relación tan cercana, en quien, por razones incomprensibles, había confiado. Eso ocurría a veces.

—Theo y sus descendientes masculinos, entre ellos mi padre, tenían un espíritu diplomático —dijo con un tono ausente, antes de clavarle la mirada—, pero precisamente por tener ese espíritu, eran capaces de ponerse firmes. Eran capaces de disparar cuando alguien debía morir. Hans y los demás esperan un ataque feroz de mí durante el consejo familiar.

—Tendrás que sacar el talante diplomático de Theodor Falck —opinó Sasha.

Olav puso su fuerte mano sobre su antebrazo. Su padre siempre había tenido manos grandes y fuertes, aunque nunca había ejercido un trabajo físico.

—No —dijo.

—¿A por todas?

—Sí —contestó Olav con una sonrisa—, a por todas. Pero tú hablarás en representación de nosotros contra los berguenses.

—¿Lo dices en serio?

Sasha inspiró hondo, tratando de reflexionar antes de añadir nada más.

—Bien —dijo Olav—. Acompáñame a la oficina y te explicaré lo que necesitas saber.

Ella lo siguió.

Media hora después, cuando bajó con los puntos del consejo familiar memorizados, temblaba ante la brillantez de la implacable estrategia de su padre. Había una razón por la que él había conseguido construir un grupo empresarial que facturaba billones, mientras que a la mayoría de la gente no les quedaba dinero en la cuenta a fin de mes.

Por otra parte, Hans Falck había intentado engañarlos, usando a Johnny Berg como caballo de Troya para llegar a la familia, y debía pagar por ello.

Entró en la cocina, donde Andrea estaba preparando algo. Sverre también había vuelto y estaba sentado junto a la mesa, repiqueteando con los dedos sobre el tablero. Tenía mejor aspecto ahora que había estado alejado de Rederhaugen y de su padre por un tiempo.

—¿Has vuelto del norte?

Asintió con la cabeza hacia Sasha y se sirvió una tostada con tomate rallado.

—Permiso de fin de semana, he cogido el primer avión de la mañana.

Andrea les sirvió sendas copas de vino.

—Me alegro de que hayáis podido venir.

Sasha y Sverre se miraron de reojo, sorprendidos de que Andrea hubiese tomado la iniciativa de algo.

—Hubo un ambiente tan raro la última vez que nos vimos. Pero Sasha tenía razón, tenemos que mantenernos unidos. Me parece oportuno quedar de forma previa, para que estemos todos alineados en los planteamientos antes del consejo familiar.

Sasha estuvo a punto de sonreír, esto era demasiado poco y llegaba demasiado tarde, pero no dejó que su cara mostrase lo que estaba pensando. Esto era algo que la diferenciaba de sus hermanos, y había aprendido que esta habilidad le otorgaba poder. Andrea siempre era expresiva e impetuosa. Y aunque Sverre tratase de ser estoico, siempre dejaba ver sus emociones, como en un niño.

—Por supuesto —convino Sasha, mirando a su hermana pequeña—. ¿Y cuál piensas que debe ser el punto de partida común?

—Acercarnos a ellos —dijo Andrea—. Entiendo que estén cabreados, por decirlo de alguna manera. Todos se han dado cuenta de que papá engañó al tonto de Per Falck en su momento. ¿No puede darles unos cientos de millones y ya? Y así estamos en paz. En términos económicos no supone un sacrificio mayor que cuando un trabajador normal y corriente paga las mil coronas de la licencia de televisión.

—Ese argumento es la razón por la que papá es rico y tú debes pedir créditos al banco —dijo Sasha.

—Que te jodan —se rio Andrea—. No eres tan lista como te crees, Sasha. No hace falta ser de una familia bien de Bergen sin liquidez para darse cuenta de que la abuela quiso dejar mucho más que eso a Hans y al resto. Si podemos llegar a un acuerdo con ellos que sea tan apetecible que no tengan otra opción que aceptarlo, podemos hacer que dejen de buscar el testamento de Vera.

Sasha tuvo que aceptar que había una lógica en lo que decía su hermana pequeña, pero no lo reconoció abiertamente.

—Tomo nota, Andrea, se lo comunico a papá. Sverre, ¿tú qué opinas?

Sverre había estado callado mientras discutían sus hermanas.

—También yo quería hablar con vosotras —dijo, con un tono ligeramente preocupado—, porque quería saber si os interesa comprar mis acciones, con derecho de tanteo. Quiero vender todo.

Ya había soltado la bomba. Sasha cruzó los dedos de las manos bajo la barbilla. Andrea exclamó, desconcertada:

—Sverre, ¿qué cojones estás...?

Sasha la interrumpió con un gesto de la mano.

—Puede ser interesante —dijo, mirando a su hermano—, pero ¿puedes decirnos por qué?

—Una venta me proporciona capital para arrancar algo propio.

—¡No va de eso! —gritó Andrea—. Estás cabreado con papá

después de que conspirase con Magnus para enviarte a Afganistán.

—Ahora no sé si te sigo —dijo Sasha.

Sin esperar el visto bueno de su hermano, Andrea contó cómo había descubierto el complot.

—¿Es cierto? —preguntó Sasha.

—A grandes rasgos, sí —admitió Sverre—. He hablado con Siri Greve y formalmente no hay problema en vender las acciones internamente a la familia.

—No puedes hacerlo —dijo Sasha—. No lo permitiré. Somos familia y estamos unidos. Estás enfadado y lo entiendo, pero es precisamente en estos momentos cuando no hay que tomar este tipo de decisiones.

Su hermano explotó.

—Es fácil para ti decirlo, papá siempre te ha tratado bien. Pero yo, por mi parte, estoy harto de los juegos de poder y todas sus mentiras. Pensaba que habías empezado a darte cuenta al comenzar a investigar los asuntos de la abuela.

—Papá no es el único mentiroso en esta historia —dijo Sasha—. Vera...

Sverre la interrumpió.

—El otro día en Ramsund estuve hablando con ese biógrafo de Hans —dijo Sverre—. Es un viejo marine y fue hasta allí.

Por primera vez durante la conversación, Sasha no fue capaz de ocultar sus sentimientos.

—¿Hablaste con quién?

—Me dijo que hay muchos secretos sin aclarar en torno al manuscrito que la abuela escribió en 1970. Documentación que desapareció repentinamente de los archivos...

—Podría decir unas cuantas cosas sobre eso —dijo Sasha. Fue un alivio que lo que dijo su hermano fuesen cosas que ella ya conocía, y además desvió la conversación de Berg—. Es cierto que falta documentación en el archivo de los Falck de Hordnes, pero he mirado bien la historia de la abuela. Al igual que todas las buenas teorías de la conspiración es tentadora a primera vista, pero si la miras más de cerca, las pruebas no se sostienen.

Sverre no contestó a eso, sino que dijo:

—Me encontré con Berg en los viejos tiempos, en Afganistán. Realizó unas operaciones bastante cañeras ahí abajo.

Su hermano habló del alboroto de la noche anterior, de la conversación que quedó interrumpida por unos reclutas que afirmaban que el tipo era un traidor y que se le echaron encima, antes de que fuera rescatado por un agente más mayor, que había sido su compañero.

—Como siembres, recogerás —dijo Sasha, ya no tenía fuerzas para pronunciar el nombre de Johnny—. Trató de socavar a nuestra familia con el pretexto de escribir la biografía de Hans.

Sverre negó con la cabeza.

—Lo que no sabes es que Johnny Berg tiene buenas razones para estar cabreado con nuestro padre. Cuenta con mucho apoyo entre los marines. Después de que se marchara ayer, me quedé hablando sobre él con algunos de los chicos mayores. ¿Conoces su historia?

Para Sasha, la pregunta sonaba como si alguien quisiera hablarle sobre una amante de su marido: ardía en deseos de saberlo y a la vez no.

—No tenemos tiempo para esto ahora —quiso concluir.

—Sí lo tienes, hermana —dijo Sverre, confiado—. Lo veo en tu cara.

—¿Podemos salir? —preguntó Sasha y miró a su hermana pequeña, que se encogió de hombros.

—Berg siempre fue un tipo especial —dijo Sverre cuando salieron al patio delante del edificio principal—. Nadie sabe de dónde viene, probablemente de algún sitio de Oriente Medio. Fue adoptado por una familia. No hizo más que montar jaleo, lo echaron de casa cuando tenía dieciséis años, vivió con punkis en casas ocupadas. Por alguna razón u otra decidió convertirse en marine, y como no tenía límites y era fuerte, lo consiguió. Fue reclutado por una sección secreta de los servicios de inteligencia.

Sasha a menudo había pensado que los problemas de su hermano se fundamentaban en algo que un amigo psicólogo suyo denominaba «covert» o «narcisismo oculto». Tenía una idea tan elevada de sí mismo y era tan egocéntrico como los narcisistas megalómanos del tipo Olav y Hans, pero a diferencia de ellos le faltaba resolución y descaro. «Yo podría haber sido marine», se lamentaba a menudo cuando estaba borracho y sentía amargura. Era típico de un narcisista consumado, al igual que la mezcla entre la admiración y la difamación lo era en el caso de otros. Y Johnny Berg era definitivamente alguien a quien su hermano admiraba.

—El asunto —continuó Sverre cuando llegaron al pabellón— es que fue M. Magnus el que reclutó a Johnny Berg para la misión que terminó con su encarcelación en Kurdistán. Y eso en sí es interesante, pero lo realmente fuerte es que fue nuestro padre el que presionó a las autoridades para evitar que volviera a Noruega.

—¿Cómo sabes eso? ¿Porque algún que otro marine te ha contado un rumor mientras tomabais un whisky?

—No puedo decirlo —dijo Sverre y la miró imperturbable—, pero sé que Johnny Berg era inocente. Y la verdad es que puedo entender que un hombre que primero trabaja para M. Magnus y después se ve abandonado en una cárcel para miembros del EI, pueda estar bastante cabreado con el hombre que vive allí.

Señaló hacia atrás, a la torre de la roseta.

38

Una cantidad fija libre de impuestos

Sverre se colocó en el umbral de la puerta del edificio principal para recibir a la delegación de Bergen. Hacía un día espléndido de primavera. Hans Falck vino paseando hacia la puerta junto con su pareja, el pequeño Per en una mochila portabebés, y los tres hijos mayores.

Sverre todavía sentía una punzada en el pecho cuando veía a Marte, quien le plantó un beso en cada mejilla. Su olor se le metió en las fosas nasales.

—Me alegro de verte, Sverre —dijo en tono formal, seguramente debido al ruso y a los niños que arrastraba tras de sí.

Ivan llevaba a uno de sus hijos sobre los hombros y saludó a Sverre con un férreo apretón de manos y una cara impasible. Andrea también se había acercado, se aproximó a Marte y le plantó un elocuente beso en la boca.

—Tienes un aspecto increíble, Marte. Mejor que nunca, la verdad.

—Trata de hacer un par de hijos —propuso Marte, pronunciando las erres con un trino—. A diferencia de lo que dicen, te vuelves más atractiva.

Christian, uno de los hijos de Hans, era un tipo llano y aburrido, un empresario de la edad de Sverre al que le gustaba el monte, con una esposa sencilla y dos niños sanos. En cambio, el hermano pequeño, Erik, que tenía unos treinta años, era un vagabundo y un drogata, con ojos huidizos inyectados en sangre, gordo e hinchado por las pastillas antidepresivas. Hans había tenido a estos dos hijos con una presentadora de noticias con quien estuvo una breve etapa en los años ochenta. Olav siempre afirmaba que veía «mucho tanto de Per como de Harriet» en Erik Falck. El chico tenía la «constitución débil» que afligía a partes de la familia de los berguenses, según Olav, y el hijo probablemente no había llevado bien el estilo ausente de Hans, que siempre estaba en misiones.

—Me dicen que vas a volver a Afganistán, Sverre —dijo Hans y puso una mano sobre su hombro.

—Estamos en pleno periodo de planificación.

Hans negó con la cabeza.

—¿Cuándo se van a dar cuenta los políticos de que nunca ha traído nada bueno ocupar ese país?

—Soy soldado, no político —replicó Sverre. Trataba siempre de evitar las lecciones de su tío.

—No —dijo Hans y lo miró fijamente—, eres ocupante. Y yo mismo he podido comprobar lo que sucede con los ocupantes ahí abajo. En 1985, cuando los muyahidines comenzaban a derribar helicópteros soviéticos...

—... con misiles Stinger suministrados por los Estados Unidos, que creían tener un aliado firme en la lucha contra el comunismo, pero que en realidad fundaron al Qaeda —terminó Andrea, y toda la gente alrededor de ellos se rio—. Has contado esta historia cien veces, tío Hans.

—Sí —contestó este con voz seria—. Y la volveré a contar hasta que alguien escuche.

—Será mejor disfrutar de la libertad y del bienestar heredados en esta casa, ¿no crees? —Andrea miró a Hans—. ¡Si somos las personas más ricas y libres que han existido!

En el salón de la chimenea se sirvieron ostras, foie gras y grandes cantidades de champán de Pol Roger. El tiempo seguía siendo bueno y muchos salieron a la terraza empedrada. Los niños corrieron como locos por los pasillos y en el patio. Sverre se dio cuenta de que subyacía un ambiente tenso bajo el tono jovial. Se disculpó y fue al baño, y cuando salió, oyó una voz tras de sí.

—¿Sverre?

Marte. Qué guapa era, pensó, con sus cabellos dorados de raíces más oscuras, que caían ondulados sobre los hombros, los prominentes pómulos bajo los ojos azules y las arqueadas cejas oscuras. Y su olor, el olor a ella, el mismo de siempre, que debería estar prohibido por ley.

—Me has llamado —dijo con tono severo—. Tengo que pedirte una vez más que no me llames.

—He llamado por el tema de la herencia de Vera.

Marte lo miró con interés.

—¿Qué pasa con ella?

—Sígueme —dijo Sverre.

Subieron las anchas escaleras de la entrada, hasta la biblioteca de la primera planta. Marte se sentó en una silla de estilo rococó, cruzando las piernas. Con unas manos torpes, Sverre abrió un armario y sacó una botella de whisky añejo.

—Paso —dijo Marte—. Explica qué es lo que quieres.

—La verdad es que no vais a recibir nada —explicó—. Vender a gente de fuera queda descartado, eso lo sabéis. En teoría, podríamos haber comprado las acciones y pagado una compensación, pero él no quiere eso. Quiere teneros dentro.

—Todo eso ya lo sé. No me has hecho venir hasta aquí para decirme esto —dijo.

Sverre inspiró hondo.

—He ofrecido mis acciones de SAGA a Sasha y Andrea. No quieren comprar. Voy a ir a Afganistán en breve y eso me ha llevado a pensar en las grandes cuestiones de la vida, y quería preguntar si os interesa comprarlas. Puesto que se trata de una venta a personas en línea descendiente directa de Store-Thor, las limitaciones no son aplicables. Si podéis comprarlas, os las ofrezco.

Marte hizo un gesto de cabeza hacia el armario.

—Necesito una copa.

Sverre se la sirvió.

—Voy a preguntar —dijo—. De momento, no tenemos liquidez; eso lo sabes muy bien. Pero eso puede cambiar en breve. Entonces, esta oferta podría ser interesante.

—¿Por qué dices que puede cambiar?

—Cuando salga a la luz el testamento de Vera.

Sverre vaciló, ladeó la cabeza para asegurarse de que nadie de fuera estuviera escuchando.

—El testamento ha desaparecido, que yo sepa. Eso sí, necesitaría una garantía.

—Dime.

—Si pasara algo, si papá perdiese por completo el control y quedase fuera de todo, quiero saber que podré volver a comprar mis acciones, incluso si ya las he vendido.

Marte miró a un espejo giratorio rectangular y después miró a Sverre con una mirada triste, de compasión.

—Esto va de tu padre.

—No, va de muchas cosas.

—¿Como qué?

La miró abatido y se dio cuenta de que lo que estaba a punto de decir no tenía ningún sentido. Aun así, se le escapó.

—Quiero que seas feliz. Siempre me has gustado mucho, Marte.

—Y tú también me has gustado siempre, Sverre —dijo ella, poniéndole una mano sobre el hombro, pero había algo en su tono de voz que no le hacía feliz, sino todo lo contrario. La miró largamente y ella vació la copa. Al final, Sverre dijo:

—¿Lo quieres?

—¿Es esta la razón por la que me has traído hasta aquí? —Marte toqueteó la copa de cristal—. Nunca hubo nada, Sverre, y eso que nunca hubo, hace mucho que se acabó.

Marte se inclinó sobre él y le dio un beso corto, y después se fue, cerrando la puerta tras de sí.

Sverre se quedó inmóvil en la silla, tallada de un tocón con motivos de rosas, hasta que su olor se desvaneció. De la terraza de fuera oía conversaciones alegres y voces excitadas de niños. Se levantó, arrastrando los pies sobre el suelo. Era como si tuviera el cuerpo de un anciano, como si hubiese pasado directamente de la prometedora juventud a la decrépita ancianidad, sin pasar antes por la extraña mezcla, en la mediana edad, de los éxitos profesionales y la educación de los hijos. Como si la ausencia de mujeres y paz fuera un agujero por el que se escapaban todas sus fuerzas y energías.

Cuando por fin completó su laborioso descenso por las escaleras, vio que la gente estaba a punto de sentarse a la mesa. Sasha también había llegado, junto con Mads y las chicas. Su cuñado estaba involucrado en una insulsa conversación con Christian Falck sobre travesías de monte en Jotunheimen. Sverre saludó con un agrio gesto de cabeza y siguió. Olav no estaba. En el comedor, la magnífica mesa ya estaba puesta, con un mantel de encaje y motivos florales, la vajilla color azul marino, brillantes cubiertos de plata y candelabros altos antiguos. La gran araña de cristal centelleaba.

Jazz estaba dormido junto a un extremo de la mesa.

De repente, el murmullo de voces se calló y las cabezas se giraron hacia la puerta de la cocina. Allí estaba Olav, alzando un rifle. «Qué cojones anda haciendo mi padre», pensó Sverre.

La gente cogió aire con sorpresa alrededor de la mesa.

—¡Queridos berguenses! —dijo—. Como todos sabemos, somos una familia orgullosa que representamos lo mejor de Noruega: las tradiciones de comercio costero a lo largo de nuestro largo litoral y la herencia administrativa de la capital. Esto a veces conlleva ciertas disonancias, pero hoy ha llegado el momento de la reconciliación.

—¿Con un viejo rifle? —preguntó Hans, enojado.

—Este rifle, de la marca Purdey, con sus cartuchos correspondientes, se encontraba entre las pertenencias de mi madre en el Precipicio. —Miró a Hans—. Thor, mi padre y tu abuelo, lo usó en su viaje a la África Oriental británica en 1935, cuando cazó antílopes y cebras con un grupo de lores ingleses. Ven aquí, Hans.

Hans puso los ojos en blanco al levantarse y encaminarse hacia Olav.

—Al principio había pensado en dárselo a Sverre, con diferencia el mejor tirador de la familia.

Los otros hicieron un gesto de cabeza hacia Sverre, que se quedó sentado con una expresión orgullosa y contrariada.

—Pero pensándolo bien, llegó a nuestra familia en un tiempo en el que Thor estaba casado con su querida Harriet. Por ello, y en señal de nuestra buena voluntad, quiero entregártelo a ti. La culata es suave como el interior del muslo de una mujer...

—Papá —lo corrigió Andrea—, el arma puede ser de 1935, ¡pero tu elección de palabras no tiene por qué serlo!

—Bueno. —Pasó las manos por la culata—. Aquí está grabado el halcón con nuestro lema: *Familia ante omnia*, la familia ante todo.

Sujetándolo con las dos manos, se lo entregó a Hans.

Algunas personas alrededor de Sverre aplaudieron, mientras unas jóvenes camareras con camisas blancas volvían a llenar las copas de los invitados con champán. Sverre se preguntó por qué su padre había querido provocar a los berguenses tan abiertamente en la noche antes del consejo. A ninguno de ellos les importaba un rifle. Varios de sus hijos eran vegetarianos, y si Hans alguna vez había sujetado un rifle fue cuando era un joven radical en Oriente Medio, y en aquella ocasión apuntaba las armas hacia gente como los anfitriones de Rederhaugen.

Como para subrayar el tema de la noche, de caza y armas, el plato principal era cochinillo al horno. Sverre se sirvió con avidez, aun sin tener mucha hambre. Bebió deprisa y no tardó en darse cuenta de que la cabeza se le volvió cada vez más espesa, perdió soltura a la hora de hablar y la conversación con la mujer que tenía al lado, la atractiva y ponderosa esposa de Christian Falck, enseguida naufragó. Marte estaba sentada en diagonal enfrente de él, radiante y metida en una conversación informal con su padre y tío, y a veces lanzaba miradas afectuosas y vidriosas a su marido Ivan.

Sverre bebió más y sintió que empezaba a tambalearse junto a la mesa, como si estuviera nadando en el alcohol que había tomado. Su hermana pequeña se dio cuenta enseguida y se lo llevó al baño del pasillo, donde preparó unas rayas gruesas con una tarjeta de crédito.

—Esto es muy bueno, Sverre. Sobre todo, para ti, en tu estado. Es una orden.

Esnifó el polvo con un billete enrollado, sintió la nariz entumecida pero la cabeza más despejada, y volvió al comedor, donde bebió más. La cocaína era como un combustible de avión, así podía seguir bebiendo.

Fue entonces cuando se oyó el tintineo de una copa, y Hans se levantó. Se aclaró la garganta.

—Bien, la tarea de comentar el ritual de sacrificio a menudo recae sobre mí —dijo—. Pero a quien hay que dar las gracias hoy, aparte de a Olav y la bella arma colonial que nos ha regalado con tanta generosidad, es a Andrea Falck, la representante del buen gusto y del hedonismo en este lugar. Este cochinillo al horno es tierno como la mantequilla...

—¡Es un bebé de veintiún días! —exclamó su hijo, Erik Falck—. Eso es lo que coméis. Si hubierais visto los mismos vídeos que yo...

—Esta noche nos olvidaremos de las ponencias de la Universidad de YouTube, Erik —lo interrumpió Hans con condescendencia, y continuó con varios cumplidos dirigidos a Andrea y los anfitriones—. En la noche antes de un duelo de vikingos hay que cenar bien, un arte que nuestros queridos parientes de Østlandet dominan a la perfección.

Hans continuó:

—Como algunos de vosotros ya sabréis, he llegado a una edad en la que miro tanto hacia atrás como hacia delante. Por esta razón he querido colaborar con un joven y prometedor biógrafo para contar mi vida y todo lo que he vivido, que con el paso de los años ha sido bastante.

Sverre miró a Sasha, que tenía la mirada clavada en el mantel blanco de la mesa. Él se dio cuenta de que necesitaba más alcohol, pero Andrea no mostró ninguna señal de querer levantarse.

—Os puedo prometer que la biografía no va a ensalzar mis virtudes —continuó Hans—. Se incluirá toda la verdad, incluso si eso supone dejarme en mal lugar. Me he enterado de que mi biógrafo os ha pedido que colaboréis con él. Espero que lo hagáis. Siempre he pensado que la verdad y la sinceridad están por encima de la paz familiar.

Cogió aire y se tomó un sorbo de vino.

—Con relación a esto, me gustaría decir unas palabras sobre una persona que desempeñará un papel más importante en mi biografía de lo que muchos piensan, y que desafortunadamente ya no está entre nosotros. Vera, querida Vera —dijo en voz baja, mientras Olav se removió en su silla, incómodo—. Vera tuvo un papel decisivo en la vida de muchos de nosotros. También en la mía. Como inspiración, cuando era joven y ella pasaba el invierno en Hordnes para escribir su relato sobre el hurtigruten en nuestra casa, hasta que todo le fue arrebatado.

Hans hizo una pausa, y Sverre se dio cuenta de que la cara de su padre había adquirido un tono gris.

—Arrebatado. Todo le fue arrebatado. Traicionada por los poderosos de la sociedad y por los que se suponía que estaban más cerca de ella.

Miró a sus parientes de Oslo de uno en uno.

—Vera nunca os perdonó.

—Seguimos con esto mañana —lo interrumpió Olav—. Entonces tendremos tiempo suficiente para tus ficciones creativas.

—No, lo contaré ahora —contestó Hans—. Porque yo era la persona que la conocía. Fui a ver a Vera todos los años a partir de entonces. Primero en Blakstad, luego en el Precipicio. Escuchaba lo que me contaba. Sus historias, aunque fueran a veces estrafalarias, sobre los fantasmas del naufragio que entraban en los túneles de Rederhaugen. Hablaba de la niñera que desapareció en el naufragio, y que ahora deambulaba por los oscuros pasillos de la finca con el pequeño Olav en brazos, preso del llanto. Todo esto lo contaba ella, y vosotros no queríais escuchar.

—Creo que ha llegado el momento del postre —dijo Olav, dando unas palmas.

—Espera un momento —dijo Hans—. Porque Vera me llamó dos días antes de su muerte. Hasta ahora no he explicado los detalles de la conversación, pero lo que dijo fue que deseaba transferir, o «devolver» quizá sea la palabra correcta, la propiedad de

Hordnes a nosotros. Por lo demás, disponía de información sensible que no podía contarme por teléfono, pero que podía arrojar una nueva luz sobre el asunto de la herencia. Sí, puedes sonreír con malicia, Olav, pero este asunto también es una de las preguntas que mi biógrafo me va a ayudar a responder.

Levantó el dedo índice hacia el techo, como un antiguo líder de una asamblea popular.

—A no ser que saquemos algo en claro en torno a esta cuestión en este consejo familiar.

Sverre se tomó un último sorbo.

—¿Sabes qué te digo? —intervino Olav—. Estoy de acuerdo contigo, Hans. —Le encantaba desconcertar a su adversario con propuestas sorprendentes—. Olvidemos la reunión de mañana. Terminemos de una vez con este miserable consejo. A ver qué nos quieres contar.

Sasha había seguido la escena que estaba desarrollándose con creciente malestar. La falta de dignidad de todo el asunto, el estúpido rifle de los Falck, que ahora estaba colocado junto a la cómoda bajo el retrato del perentorio Theodor Falck, enmarcado con oro, y el hecho de que Hans se lamentase sin filtros delante de sus parientes ricos, resultaba tan ridículo que tenía que haber otra cosa por detrás. Ella no había hecho más que tomar unos sorbos del vino, pero las miradas de sus hermanos estaban perdidas y desenfocadas desde hacía un rato, y lo mismo pasaba con varios de los berguenses.

Bueno, la estrategia de Hans debía de ser la de revelar secretos sobre su relación con Vera para sembrar el miedo en ellos antes de la reunión del día siguiente. Ahí había subestimado a Olav. Pero ¿era verdad lo que decía? ¿Hans Falck en realidad había sido un amigo fiel y apoyo de Vera desde 1970?

Olav había escuchado, pensativo e inclinado hacia delante, en su asiento de anfitrión. Ahora se levantó despacio y rodeó la mesa hasta llegar a ella, donde se paró y acercó la boca a su oído. Sasha notó el olor a perfume de viejo.

—¿Estás preparada, Alexandra? Dale caña.

Tal y como sucedía a menudo cuando hablaba en público, el nerviosismo había desaparecido por completo cuando se levantó. Antes se había preguntado si iba a necesitar los documentos para recordar las palabras exactas, pero se acordaba de cada una de ellas.

—Vosotros queréis vender. Primero quiero recordar lo que pone en los estatutos de SAGA, que se fundamentan en la voluntad de nuestro patriarca Thor Falck. Los accionistas actuales tienen preferencia de compra, a un cincuenta por ciento del precio. Si estimamos cien millones como punto de partida para vuestra venta, esta suma, por tanto, se quedará en la mitad. Por lo demás, tras la bancarrota de las navieras de los Falck, Vera firmó un acuerdo con Per Falck a efectos de que compraba la propiedad de Fana del patrimonio de bancarrota y os la alquilaba a cambio de una cantidad simbólica.

»Se hace constar expresamente en el contrato de alquiler... —Sasha sonrió, se dio cuenta de que lo que iba a decir ahora no la atormentaba lo más mínimo— que, si queréis vender vuestras acciones, entonces habría que restar las pérdidas relativas a los beneficios que hemos dejado de percibir por el alquiler. Si calculamos que las pérdidas suman..., vamos a ver qué resultado arrojan estos cálculos... Cincuenta y dos con ocho millones de coronas durante estos cuarenta y cuatro años, restando naturalmente las simbólicas cinco mil coronas mensuales que habéis pagado, para un total de dos con seis millones durante ese mismo periodo. Por tanto, llegamos a cero con cero coronas. Así quedan los números si decidís vender. No tenéis por qué hacer nada. Pero en señal de buena voluntad —zanjó Sasha con una sonrisa—, ofrecemos una cantidad fija, libre de impuestos, de cincuenta mil coronas a cada uno de vosotros.

No soltó a Marte y Hans con la mirada mientras hablaba, pero no dijeron nada.

—Cincuenta mil coronas, vaya puta mierda —espetó Erik Falck, rompiendo el silencio.

Sasha se tomó un largo sorbo del vino, volvió a dejar la copa sobre la mesa y se echó hacia atrás en la silla, cerrando los ojos.

—Sin haber hablado de esta propuesta con mi familia —contestó Hans—, tengo razones para pensar que esta oferta no nos interesa tanto.

Los berguenses asintieron a la vacilante luz de los candelabros alrededor de la mesa.

—Quiero decir algo —intervino Marte Falck, y miró a Sasha con la misma cara que cuando eran pequeñas y lo último que quería era cuidar de su prima pequeña—. Porque nos ha llegado una oferta que ha alterado nuestra postura —continuó—. Como todos sabemos, el grupo SAGA está controlado por ti, Olav. Aparte de nuestro simbólico paquete de acciones, tus tres hijos tienen cada uno un paquete. Ahora resulta que tu hijo, Sverre, quiere vender el suyo.

—¿Sverre, vender? —contestó Olav con una sonrisa burlona—. No puede esgrimir su varita mágica y vender a externos que no sean de la línea descendiente directa de Store-Thor, ¿has olvidado los estatutos?

—No —contestó Marte, todavía con seguridad—. Estoy hablando de venderlas a la familia, con preferencia de compra y cincuenta por ciento de descuento.

Olav apoyaba uno de los codos en la mesa y se rascaba la barbilla, dubitativo.

—¿Y cómo habéis pensado financiar esta compra? —dijo Sasha—. Aunque tengáis a mi hermano y los estatutos de vuestro lado, costará mucho dinero, con o sin descuento. Y es un dinero que no tenéis. No creo que la cantidad de cincuenta mil coronas vaya a ser suficiente para esta compra.

—Naturalmente, ahora nunca nos conformaremos con un acuerdo. Queremos financiar la compra con el dinero que nos aseguramos a través del testamento de Vera —contestó Marte—. Cuando se encuentre. Y aunque no se encuentre, vuestras mentiras serán desveladas de una vez por todas, en cualquier caso. Papá me ha dicho que su biógrafo está camino del naufragio del hurtigruten cerca de Bodø. Vais a perder, y lo sabéis.

El ambiente alrededor de la mesa era como el de una vigilia electoral tras una chocante derrota. La gente se levantó de la mesa. Sverre eludió la mirada de su padre y siguió apresuradamente a Andrea hacia el baño.

Poco después, Sasha oyó el ruido de una copa que se rompió, y voces agitadas desde el pasillo. Corrió hacia la puerta y vio cómo Sverre le había hecho una llave a Ivan, poniéndolo contra la pared, mientras Marte gritaba y trataba de separarlos.

Entonces llegó Erik Falck corriendo desde el otro lado de la habitación, cargando como un toro y agitando el rifle Purdey en el aire.

—¡No! —gritó Andrea—. ¡Detén a Erik! ¡Va a disparar a Sverre!

Desde la habitación lateral, como a cámara lenta, Sasha vio cómo Jazz venía corriendo, vio las fauces de lobo, abiertas de par en par, y la lengua que colgaba, cuando dio el salto. Igual que un animal salvaje, apuntaba al cuello y al momento, el hombre cayó con el perro encima. Gruñó salvajemente. El rifle quedó tirado en el suelo.

Erik Falck tenía la mirada salvaje y se llevó las manos al cuello, que goteaba sangre.

—¡Quítame a esa fiera de encima! —bramó.

Olav se abrió paso por el círculo de personas.

—Tenéis que buscaros un hotel esta noche —dijo, mirando a Hans y Marte. Luego miró a su hijo, con desdén.

—Y tú también, Sverre.

Cuando Sasha salió al aire fresco, ya había comprado billetes para ir al norte; volaría al día siguiente.

39

El mar es un misterio

—¿Lo que queréis hacer —dijo Ralph Rafaelsen, mirando al Atlántico gris oscuro a través de la ventana panorámica de su salón— es usar mi exotraje para bucear hasta los restos del naufragio del Prinsesse Ragnhild?

—También necesitamos un barco con un cabrestante en condiciones para llevar a cabo la inmersión —añadió Grotle—. Y tú tienes el modelo indicado.

Rafaelsen tenía un estilo duro y directo. La solución tenía que residir en contestar con la misma moneda. Johnny se puso a su lado.

—¿Cuándo podemos empezar? —preguntó.

Ralph tardó en contestar, pero asintió con la cabeza hacia ellos y dijo:

—Seguidme.

El salón estaba decorado con un tresillo blanco delante de una pantalla tan grande como la de una sala de cine. De un sistema de sonido envolvente sonaba de modo tenue una música tropical. Johnny y Grotle se miraron. Una *au pair* asiática despejó la mesa.

—Ya puedes irte, Tri —dijo Ralph, y la mujer desapareció.

Su anfitrión llevaba un pantalón vaquero ajustado y mocasines. Su camiseta tenía el dibujo de un uniforme de almirante, con medallas y una bandolera roja en diagonal sobre el pecho, y caminaba con pasos primorosos por un pasillo largo decorado con unos submarinistas de Ola Enstad que colgaban del techo.

Lo que había permitido a Ralph Rafaelsen comprar el único exotraje del país y construirse su casa junto al mar era el dinero del imperio de las piscifactorías que su padre había construido. A Johnny le pareció que había algo irreal en la casa, como si fuera el local de un museo en el que nadie vivía. Estaba al abrigo del viento en la parte exterior de Vesterålen, a un par de horas en coche desde Ramsund, y los medios de comunicación habían escrito mucho sobre ella.

El padre de Ralph había tenido bastantes fábricas de conservas de pescado para la época. Además, se había llevado a una miss americana hasta el remoto norte, de ahí el nombre anglosajón del hijo, antes de la crisis económica de los años noventa, cuando perdió su fortuna. La mujer también desapareció, claro está. De hecho, los rumores decían que su padre biológico era un médico regional aficionado a las mujeres que trabajaba en el norte de Noruega en aquella época. Ralph se había obsesionado con recuperar el negocio del padre, quien perdió la vida en el mar. Podía haber sido por el alcohol o quizá fuera un suicidio; en cualquier caso, muerto estaba.

Puesto que Rafaelsen había luchado toda su vida, era el tipo de persona que te arrollaba si mostrabas debilidad. Pero Ralph tenía respeto por los soldados de las fuerzas especiales; él mismo había intentado entrar en los marines, pero no había superado las pruebas finales, y se había formado como buceador militar. Grotle y él se conocían y fue por eso por lo que había accedido a invitarlos a su casa.

En ese momento abrió una puerta al final del pasillo blanco y bajó por un camino de rocas anchas hasta que llegaron a un moderno cobertizo para botes, con un tejado puntiagudo que bajaba hasta el suelo. No había nieve por allí, y olía muy fuerte a algas y a sal. Rafaelsen abrió la puerta con llave.

Botellas de buceo, trajes de neopreno y otro tipo de equipos colgaban de las paredes. Olía a goma, olía a otros tiempos, hacía varios años que Johnny no buceaba.

—Yo iba a haber sido buceador —dijo Rafaelsen, mirando al mar— antes de que esta miserable empresa me engullera. Este es el exotraje.

A la débil luz, el traje parecía un hombre muerto colgando de la horca. Desde el techo pendía un cable grueso que terminaba en el cuello del traje, un artilugio antropomórfico con visera, botellas de oxígeno y brazos articulados con pinzas.

—Lo compré por cinco millones —aclaró Rafaelsen sin más preámbulos—. Fue un chollo, el precio del mercado es el doble, por lo menos.

Johnny se quedó mirando el monstruo, que colgaba a un par de metros por encima de él.

—El hijo de puta mide dos metros, pesa doscientos cuarenta kilos y está construido con dieciocho piezas móviles, hechas de aluminio duro. ¡Los problemas de buceo en aguas profundas han desaparecido de una vez por todas! Olvídate del síndrome de descompresión y las mezclas misceláneas de oxígeno. La presión es la misma que en la superficie. ¿Lo entiendes?

Johnny asintió con la cabeza, sobrecogido.

—Estás tan seguro como en un submarino —explicó Rafaelsen—, a la vez que puedes mover los brazos y las piernas. Puedes dirigir y agarrar cualquier cosa con una pinza en cada brazo. Sobre la espalda tienes una hélice con una potencia de cuatro caballos, un cable que conecta con la superficie; tienes radio, una cámara y un reciclador de oxígeno de cincuenta horas. Puedes permanecer en el fondo del mar durante ese tiempo en caso de accidente.

—Grotle —dijo Johnny—, ¿puedes enseñar a Ralph las imágenes de la nave?

Einar sacó un ordenador de su bolso y lo puso sobre un banco.

—Esto —le mostró— es el DS Prinsesse Ragnhild en el fondo del fiordo de Vestfjorden.

El anfitrión asintió con la cabeza, era evidente que le interesaba.

—Cuando uno de los minisubmarinos de la Marina encontró el barco en el año 2000, sacó fotos de él.

Esta era la puerta de entrada para llegar a Rafaelsen. Johnny supuso que se aburría aquí arriba. Una imagen parpadeante apareció en la pantalla.

En la parte superior de la imagen ponía: FECHA: 02/29/00. POS: VESTFJORDEN. HORA: 12:37:33. PROFUNDIDAD: 289'32. Un mar oscuro, impenetrable. Johnny atisbó la silueta de un casco. A la luz del minisubmarino, parecía gris. Enseguida vio la proa y la cubierta de popa, los portillos y las chimeneas, los camarotes de cubierta y el puente de mando. Después de leer el manuscrito, podía imaginarse a la joven Vera caminar con pasos desesperados sobre la cubierta de teca. Ahí fue donde vieron el fogonazo de la explosión y donde sintieron el impacto de la onda de expansión, ahí corrieron y gritaron, sobrevivieron y murieron.

—Trescientos metros —dijo Grotle despacio, mirando primero a uno y luego al otro—. El fondo del mar es como una zona sin explorar en los antiguos mapas. Nosotros, los humanos, conocemos mejor el universo. El mar esconde una realidad opuesta a la que vemos en tierra. ¿Sabías que en las profundidades hay organismos que no nos podemos ni imaginar? Organismos que emiten luces parpadeantes de colores que hacen que la publicidad de Times Square parezca algo muy soso. Pulpos con ocho brazos incandescentes, medusas de cristal que parpadean en azul como las sirenas de una ambulancia si se las ataca. El mar es un misterio, quizá el mayor misterio que queda.

Rafaelsen había estado callado, esperando expectante mientras Grotle hablaba. Ahora se levantó.

—El Prinsesse Ragnhild es un cementerio de mar, también en sentido jurídico. Eso quiere decir que, si un buceador encuentra restos mortales de algún fallecido, debe mantener una distancia prudente con respecto al hallazgo. No se puede tocar una tumba natural a no ser que sea con el propósito de mover el cuerpo a un cementerio o a otra tumba terrestre, algo que no podemos descartar en esta ocasión.

Johnny se había preparado para esto.

—Entonces cuento con que conoces la ley de patrimonio cultural, párrafo catorce, que dice que los buceadores deben tener cuidado, pero no prohíbe el buceo de exploración de los restos de naufragios. Naufragios conocidos, como el Blücher y el Tirpitz, están protegidos por la Dirección de Patrimonio Cultural porque fueron objeto de saqueos y profanaciones por parte de buceadores aficionados, pero esto no se aplica a un naufragio que está a trescientos metros de profundidad.

—Podéis emplear drones submarinos —dijo Rafaelsen.

Johnny negó con la cabeza.

—Los drones o los minisubmarinos no pueden llegar hasta el agujero del casco. La proa está a la derecha de la imagen. Eso quiere decir que estamos viendo el lado de estribor. Y la explosión se produjo en el lado de estribor. Debemos bajar hasta allí. Y la única manera realista de hacerlo es con el exotraje.

Ralph Rafaelsen los miró de uno en uno.

—Olav Falck del grupo SAGA de Oslo y su hijo andan dándome la lata para usar el traje en una conferencia que organizan aquí este año. ¿Por qué iba a ponerlo a vuestra disposición?

Este era el momento que Johnny había esperado.

—Estoy redactando una biografía sobre Hans Falck.

—Hans Falck —dijo Rafaelsen solemnemente—. Un hombre excelente. Aunque políticamente estemos en las antípodas el uno del otro, por decirlo de algún modo, es un hombre excelente.

—La biografía de Hans —continuó Johnny— no es más que un pretexto para lo que realmente estoy haciendo.

Rafaelsen alzó las cejas.

—Y eso, ¿qué es?

—¿Cómo te trató Olav Falck? —Rafaelsen frunció el ceño—. Es el propio Hans el que me ha pedido que te pregunte. Durante una generación entera, la rama de la familia de Hans no ha recibido más que migajas de la fortuna de Olav. Vamos a bajar hasta los restos del naufragio para demostrar que miente, para que Hans Falck pueda recibir la parte de la herencia que le corresponde. Vamos a darle su merecido a Olav.

Johnny volvió a sentarse en la silla y esperó. Grotle no dijo nada. Rafaelsen caminaba de un lado a otro sobre el suelo del cobertizo de botes. Luego sonrió con condescendencia a Johnny.

—Echemos un vistazo al barco, pues. Está amarrado junto al embarcadero. Claro que vamos a bajar a los restos del naufragio.

40

Fue una explosión en el interior

Al día siguiente, Sasha viajó al norte, hasta Bodø. Después continuó en una avioneta hasta Lofoten, donde alquiló un coche.

Condujo hacia el oeste, pasando por delante de cabañas pintadas de rojo y almacenes de fábricas de conservas y quioscos y rejillas desnudas para el secado de pescado, cuyas siluetas destacaban sobre el mar, bajo unas montañas verticales cubiertas de nieve, a lo largo de una orilla donde el mar bañaba las resbaladizas rocas arrojando sus espumosas olas sobre ellas, antes de que el paisaje se abriera en valles anchos y planos con campos primaverales, túneles y puentes. Se paró en Flakstad para fumarse un cigarrillo.

El aire del Atlántico era diferente aquí, los charcos se volvían estriados por el viento. Johnny aún no había contestado a sus mensajes.

Empezó a nevar cuando se acercaba a Moskenes. Primero lo hizo en pequeños copos que chocaban contra el parabrisas, pero la tormenta de nieve no tardó en volverse más intensa y tuvo que reducir la velocidad para no salirse del estrecho puente que marcaba la entrada a la comunidad de Reine. Al final llegó, aparcó y corrió a través de la nieve hacia la dirección que le habían dado, una cabaña pintada de rojo junto a la orilla, rodeada de pesqueros y rejas de secado de pescado. En la placa de la puerta ponía MUSEO DE GUERRA DE REINE.

El historiador local Bjørn Carlsen se parecía al cantante de country Willie Nelson, y era un hombre bajito y rápido de unos setenta años, con un largo pelo canoso recogido en una cola. Ahora la llevó hasta su museo, visiblemente orgulloso y feliz de poder enseñarlo.

Las paredes estaban cubiertas por vitrinas con botas militares y uniformes noruegos, británicos, soviéticos y alemanes, anoraks de la organización militar noruega antinazi Milorg, cazadoras británicas, el uniforme de camuflaje de invierno del Ejército Rojo, equipo variado de la Wehrmacht, Luftwaffe y Kriegsmarine, uniformes de gala y de las tropas de montaña. Había también cacharros misceláneos, vajillas, medallas, campanas de a bordo, armas de diferentes tipos, carteles de reclutamiento, facsímiles de periódicos, placas y fotos en blanco y negro enmarcadas. Del techo colgaban cuervos, gaviotas y águilas marinas disecados.

—Una colección impresionante —dijo Sasha.

Carlsen se paró delante de unas acuarelas.

—¿Quién crees que las ha pintado? —preguntó con su voz clara y ronca, y contestó a su propia pregunta antes de que Sasha pudiera decir nada—. Un tal A. Hitler, en 1940.

—Jesús —dijo Sasha alzando las cejas.

—Me las encontré cuando unos parientes vaciaron el ático de una señora mayor de Baviera hace unos años. Los historiadores del arte y esos mal llamados expertos no me creen, claro, pero les he callado la boca.

De repente, todo este viaje al norte llenó a Sasha de dudas. No iba a consultas de médicos aficionados, así que, ¿por qué iba a escuchar a *historiadores* aficionados?

Entró en el despacho de Carlsen, que también estaba atestado de cachivaches y recuerdos de todo tipo. La habitación tenía cierto toque marítimo, con vitrinas de barcos y muñecos de yeso vestidos con uniformes de capitán.

—Hablemos del naufragio del Prinsesse Ragnhild —dijo Sasha—. He leído la declaración jurada. En ella consta claramente que el naufragio se debió a una mina británica en el fiordo de Vestfjorden.

—¡La declaración jurada! —exclamó Carlsen—. Ese documento no sirve más que para encender la chimenea. ¿De verdad te crees eso? La declaración se realizó durante la ocupación ante un tribunal nazificado. La gente temía por su vida, decía lo que los alemanes querían oír.

—Tal vez —dijo Sasha—, pero ¿qué tienes tú que demuestre lo contrario?

—Espérame un momento —propuso Carlsen y salió. Volvió unos minutos más tarde—. Hay un testigo ocular, el patrón Knut Indergård, del buque de carga MK Batnfjord.

—Recuerdo el nombre, figura en la declaración jurada —dijo Sasha tras un momento de reflexión.

—Lo primero que has de saber sobre Indergård —explicó Carlsen— es que él y la tripulación fueron unos héroes. En la misma declaración consta claramente: «En total rescataron a unas ciento cuarenta personas vivas, de las cuales siete murieron en el viaje a Bodø. Más de la mitad de estas personas eran soldados alemanes».

»¡Ciento cuarenta personas! —exclamó Carlsen—. Una de las grandes hazañas en la Noruega ocupada. Y sin que nadie se lo reconociera. Nunca habrás leído nada sobre Knut Indergård o el MK Batnfjord en los libros de historia. No recibió ninguna distinción, pero su heroísmo está fuera de toda duda. Lo que sí resulta controvertido es lo que contó el patrón sobre el naufragio tras la guerra, cuando los alemanes ya no estaban y se podía hablar libremente.

Sujetó una memoria USB en la mano y la introdujo en un ordenador.

—Esta es una entrevista que le hicieron a Indergård hacia el final de su vida, que fue donada a la Sociedad Noruega de Historia Naval de Kristiansund en Nordmøre, y que tuvieron la amabilidad de compartir conmigo.

Se inició la reproducción de un rasposo archivo de audio, de una calidad un tanto pobre, y una voz con acento de Nordmøre, que debía de ser la del propio Indergård, comenzó a hablar:

«Se trataba de un buque de unas ciento cuarenta toneladas

que se había comprado en Francia durante la anterior guerra. Una excelente nave, con un motor sólido; en veinte años nunca tuvimos problemas con ninguna de las piezas. Navegábamos por la costa noruega, bajando hasta Østlandet y Vestlandet, pero la mayoría de las rutas transcurrían entre Bergen, Trondheim y Finnmark. Habíamos zarpado de Trondheim y nos dirigíamos a Havøysund. Y en Trondheim atracamos junto al Prinsesse Ragnhild».

Carlsen pulsó el botón de pausa.

—El Batnfjord y el Prinsesse Ragnhild estuvieron uno al lado del otro en Trondheim y navegaron juntos por la costa, hasta el mismo lugar del accidente.

—Continúa —dijo Sasha, quien podía notar que estaban acercándose al meollo de la cuestión.

Pulsó nuevamente el botón de reproducción, y el entrevistador preguntó a Indergård qué opinaba sobre la causa del accidente.

«Yo no tengo ninguna duda, pero puede que sea el único que te lo diga: fue una explosión en el interior. De lo contrario, el lateral del casco no habría reventado hacia fuera. Y si puedo, diré también otra cosa. Al capitán Brækhus, quien estaba al mando de la nave, se le pudo rescatar, pero tanto el primer oficial como el segundo se hundieron. He estado en casa de Brækhus en Bergen varias veces y allí hemos hablado del asunto. Él sostenía que no podía haber sido otra cosa que una mina, mientras que yo estoy seguro de que no lo fue, porque una mina revienta las cosas por fuera. Y las vigas de madera de la sala de fumar habían desaparecido, todo el entramado de madera. Allí solo quedaban las vigas de metal. Y de ellas colgaban cadáveres. Lo explicó la gente que había estado a bordo. En tres ocasiones fui a ver a Brækhus, y la segunda vez me dijo que ya se había enterado de que los alemanes habían escondido munición en cajas marcadas con la palabra NARANJAS. Pero recuerda, dije, que había cientos de soldados alemanes a bordo y tenían granadas de mano, tenían munición, tenían rifles. Había suficientes explosivos a bordo».

Carlsen volvió a pulsar el botón de pausa.

—¿Y por qué no lo dijo en la declaración? —preguntó Sasha.

—Bueno, verás lo que dice ahora —dijo Carlsen—. ¿Y si lo dijera en la Audiencia Provincial de Salten?

Volvió a poner en marcha el viejo archivo de audio, con la voz del patrón Indergård:

«Sí lo dije, y estuvo a punto de costarme caro. Porque los alemanes estaban allí, controlando, y ellos querían que el boquete fuera hacia dentro, y no hacia fuera».

Sasha se levantó y miró fijamente a las paredes del museo. Carlsen podría ser un aficionado, pero la grabación que le había puesto resultaba verosímil. Confirmó lo que Vera había escrito. La nave sufrió una explosión en su interior, pero eso era algo que los alemanes no querían que se divulgara.

—Mi padre sobrevivió al naufragio —dijo—. Lo rescataron del mar, tal vez lo hiciera el propio Knut Indergård.

El otro asintió con la cabeza.

—Parece probable. Había otra nave allí también, la Gange-Rolf de Sortland, pero, según Indergård, la tripulación no hizo nada.

Ahora Sasha vio meridianamente cómo estos anónimos marineros de Nordmøre habían levantado a su abuela y padre del mar de hielo. Pudo ver las olas, oír los gritos de la gente que se agarraba a tablas y cacharros que flotaban. Sin ellos, la línea descendiente directa habría sido cortada. Su padre no habría existido, ni ella.

Las casualidades de la vida.

—Pasa algo raro con la historia de Vera Lind —dijo Carlsen—. No está registrada en ningún documento tras el accidente. Si no hubiera sido porque fue famosa después de la guerra, uno pensaría que ella también desapareció. Y tampoco volvió a su pueblo natal tras la guerra. Durante la guerra, todo el mundo tenía que registrarse continuamente. No era posible viajar a ningún sitio sin sellos de todo tipo. Pero no hay nada sobre Vera Lind.

—Se fue a Suecia.

—Eso pasó tres años y medio después.

—Pero ¿dónde pudo haber estado hasta entonces?

—Tendrás que ir a Bunessanda de Yttersia.

—¿Donde creció?

Asintió con la cabeza.

—Cerca de allí. Yttersia está prácticamente abandonado. Pero hay una señora mayor que vive allí ahora. Else, la hija de aquel doctor, Schultz, un hombre formidable.

41

Bastante pequeño para su edad

Sasha siguió un camino de carros cubierto de nieve que discurría a lo largo del fiordo, ascendía por una loma baja entre dos formaciones montañosas, y descendía hacia el Atlántico en el otro lado. El aire era diferente en Yttersia, más frío, y el viento soplaba con más fuerza.

A la derecha, el vertical pico de Helvetestinden se alzaba hacia el cielo. Una depresión llevaba hacia la orilla, que recordaba más a un delta que se introducía cientos de metros en la tierra. El sol coloreaba las laderas de las montañas con una piel incandescente, y delante de ella, al final de la depresión y de la orilla, podía ver el Atlántico, azul e interminable. Cruzó la playa blanca, salpicada de madera arrojada por el mar y guirnaldas de algas. A la izquierda, junto a la playa, estaba la casa en un pequeño cabo. Pequeñas corrientes de agua cortaban la arena. Sasha saltó por encima de las frías aguas del deshielo.

La casa estaba pintada de rojo, con marcos blancos. Las pequeñas ventanas y el cable de acero que anclaba el extremo del tejado en el suelo, indicaban lo expuesto que estaba el lugar. Sasha llamó a la puerta.

Nadie contestó.

—¿Hola?

Llamó con más fuerza una segunda vez. Luego dio una vuelta alrededor de la casa. En la ventana de la fachada delantera atisbó una silueta. Saludó con la mano y se quedó esperando hasta que la figura volvió a aparecer.

—¡Esta no es una puñetera oficina de información turística! —se oyó una voz de mujer a través de la estrecha ventana.

—Un momento —dijo Sasha—. He venido para preguntarle si conocía a una mujer que vivía aquí durante la guerra. Mi abuela, Vera Lind.

La señora mayor sacó la cabeza por la ventana.

—¿Qué ha dicho?

Else Foss era una mujer esbelta de unos setenta y pico años, aún libre de arrugas y con un pelo canoso corto. La mujer le abrió la puerta a Sasha con escepticismo; esta entró. La casa estaba recogida, con muebles sencillos de los años cincuenta, manteles de encaje sobre las mesas y una cocina angosta con una radio antigua. Desde la radio, unas voces joviales de un programa de entretenimiento llenaban la habitación. Era evidente que vivía sola.

—He venido para preguntarle unas cosas sobre mi abuela —dijo Sasha.

Else le puso un café en la mesa de la cocina.

—Lo siento, pero no puedo ofrecerle nada más. Paso todo el invierno en Bodø y acabo de regresar.

—Estuvo en el funeral de mi abuela —dijo Sasha. Ahora recordaba la cara de Else. Había hablado con su padre y con Hans Falck.

—Por supuesto que estuve. Habría sido impensable no ir. Y si le digo que nunca pensé que vendría alguien a preguntar por ella, mentiría.

Sasha asintió con la cabeza, ya sentía afecto por esta mujer.

Else se levantó y llevó unos platos hasta el fregadero.

—Solo esperaba que fuera usted, y no su padre.

—¿Por qué?

Sasha agudizó los oídos, aunque ya conociera la respuesta.

La mujer le echó una mirada compasiva.

—Ya hemos terminado con las frases de cortesía, ¿verdad?

Supongo que ha venido aquí porque se pregunta qué fue lo que le pasó a su abuela.

—Sí —contestó Sasha—, así es.

Else echó más café en la taza y empezó a contar. Conoció a Vera Lind en el otoño de 1969, durante un debate en la Asociación Estudiantil de Oslo, en el que participaba Vera. Else tenía 24 años y era estudiante. No recordaba mucho del debate, pero cuando estuvo en el bar después con los miembros del panel, se había acercado a Vera. Else nunca había tenido el más mínimo deseo de destacar ni de proyectarse, pero admiraba a aquellos que tenían ganas de hacerlo, y el estilo severo de Vera la fascinaba sobremanera. Con una reverencia, explicó que era la hija de la maestra Gjertrud Schultz de Sørvågen y del médico regional Schultz de Moskenes.

Por un momento, Vera se había quedado de piedra.

—Todo lo que tengo se lo debo a tus padres —dijo Vera al recomponerse, y le dio un abrazo—. Absolutamente todo.

Aquella noche, las dos finalmente se quedaron solas. Al final, Vera empezó a hablarle del manuscrito que estaba preparando.

—Tengo que ir al norte —le confesó, y estaba convencida—. Estoy escribiendo sobre los lugares que conocemos.

—¿Otra novela negra?

—No —replicó Vera—. Es una historia verídica. Y a muchos no les va a gustar.

Naturalmente, fue Vera quien consiguió un trabajo para Else en la editorial Grieg. No era un puesto de prestigio, era sobre todo trabajo rutinario y tareas de secretaría, pero Else era una rápida y eficaz mecanógrafa y recibió cada vez más responsabilidades. Pasaron mucho tiempo juntas durante aquel otoño. Cuando Else volvió a casa por Navidades, se llevó una larga carta de Vera, escrita a mano, para sus padres. Else nunca se enteró de lo que ponía, pero un día, en la semana entre la Navidad y el Año Nuevo, fue con su padre a Å.

—Mi padre me llevó a Å, donde Vera había crecido en la pobreza, y me dijo que esperaba que Noruega fuera ahora un mejor país, que ofreciera mejores oportunidades a la juventud que cuando Vera era joven. Era tan brillante, me confesó, hasta entonces no había conocido a una niña con dones tan únicos. Pero también estaba herida, continuó diciendo, por la enfermedad de su madre y por el padre al que nunca conoció.

—¿Su padre le dijo algo más? —preguntó Sasha y tuvo que inspirar hondo para hablar con calma.

—Todo el mundo admiraba a Vera, dijo mi padre, porque era tan lista y fascinante. Pero precisamente por eso hay que tener cuidado con ella. Cuando Vera cuenta la verdad creemos que miente, dijo mi padre, y cuando miente, creemos que dice la verdad. Cómo puedes saber esto, le pregunté. Porque Vera vivió con nosotros durante la guerra, tras el naufragio, me contestó.

Sasha se levantó y se acercó a la ventana. No dudó ni por un momento de lo que decía Else, y por eso le dolía tanto. Porque aquí, en Yttersia, con el interminable mar al otro lado de la ventana, tomaba forma otra historia, algo totalmente diferente de lo que su padre le había contado y de lo que ella había transmitido obedientemente.

Volvió a la mesa.

—Y entonces llegó la policía para registrar la editorial.

Else asintió con la cabeza.

—Johan Grieg había estado nervioso los días anteriores —dijo—. Creo que entendía que algo estaba a punto de pasar. Pero esa misma mañana me apartó y me dijo, toma, aquí tienes el manuscrito de Vera. Eres la mejor secretaria y la más rápida que tengo, transcribe esto, lo más rápido que puedas, dijo. Al mismo tiempo, me dio un ejemplar hueco de *El conde de Montecristo*, y dijo que su padre lo había usado para llevar documentos secretos durante la guerra. Y lo transcribí a una velocidad furiosa. Un par de horas más tarde cuando los policías irrumpieron, Grieg les entregó el manuscrito original, mientras yo metí la reciente transcripción en el libro hueco. Salí sin que me lo quitasen.

«*El conde de Montecristo*», pensó Sasha. Tres generaciones habían usado ese libro hueco para transportar información.

—Grieg dijo que fue él quien sacó el manuscrito.

—Tengo que decir una cosa fea sobre Johan Grieg, para quien tuve la fortuna de trabajar —contestó con cortesía—, pero lo que te ha dicho no es verdad, tal cual.

—Por Dios —se le escapó a Sasha.

Else esbozó una sonrisa cálida.

—Si he aprendido algo de la experiencia de trabajar para muchos hombres importantes, es que les gusta contar historias en las que ellos mismos son los protagonistas. Sea como fuera, tanto Vera como yo éramos bastante paranoicas con respecto a lo que había sucedido, y teníamos miedo de que la policía secreta fuera a por nosotras. ¿Dónde ocultaríamos el manuscrito? A Vera se le ocurrió que podíamos dejarlo en la notaría como un testamento; además, era un testamento. Una solución genial. Nadie iba a poder sacarlo de allí, por ley, incluso la misma policía tendría problemas si quisiera sacarlo. Y si algo le pasara a Vera, si alguien llegase a matarla, su testamento, en forma de *El cementerio del mar*, sería accesible.

Sasha pensó en la segunda parte, que Johnny Berg le había enseñado cuando ella lo rechazó.

—¿Así que todo el manuscrito estaba en la notaría?

Por primera vez, Else vaciló.

—No —dijo—. El último capítulo, no. Era el capítulo decisivo. Me lo envió a mí.

—Espere un poco —protestó Sasha—. Esto suena complicado. ¿Por qué iba a dejar el manuscrito en la notaría y después enviarle a usted el último capítulo?

—En realidad no es nada complicado —dijo Else tranquilamente—. Ha leído el manuscrito, ¿verdad? Va sobre la colaboración de Thor Falck con los alemanes y las consecuencias que tuvo aquello tras la guerra. Fue eso lo que Olav quería parar obsesivamente. Pero nunca se enteró del auténtico secreto.

—Con todo mi respeto —dijo Sasha—, usted fue una persona periférica en la vida de mi abuela. ¿Por qué iba a compartir algo que no contaba a nadie más justo con usted?

—Porque yo era la única que sabía lo que había ocurrido —contestó Else—. Simplemente era tan joven que no lo entendí.

Sasha no sabía qué pensar.

—Muéstreme lo que ponía —le ordenó.

Ahora Else sonrió.

—Vi que usted y Ruth Mendelsohn se dirigieron a la cabaña de escritura de Vera tras el entierro. Bueno, nunca nos hemos llevado bien Ruth y yo. Al ver que salieron de la cabaña, yo misma me acerqué y dejé el epílogo...

—... en la edición hueca de Monte Cristo —completó Sasha, llevándose la mano a la frente.

—Vera sabía que cualquiera que consiguiera encontrar el escondrijo, tendría que saber lo que había sucedido en 1970. Si no, solo sería un libro entre miles de otros. Pero si alguien sabía a qué fue sometida en aquella ocasión, ese era el lugar donde había que buscar. No quiero decir nada más ahora. Podemos hablar cuando lo lea.

Sasha salió de la casa. El viento soplaba con fuerza, las rocas estaban resbaladizas. No podía mantener a Johnny al margen. Con manos frías le escribió un mensaje.

> Johnny, tienes que contestar, estoy en Lofoten y sé que falta un capítulo, y sé dónde está. ¿Vuelves conmigo?

En realidad, había dejado de esperar una respuesta, pero justo después sintió una vibración en el bolsillo. J. B. Era la primera vez que tenía noticias de él desde aquella noche. Cogió el móvil con manos torpes; estaba lloviendo y las gotas salpicaban la pantalla, tuvo que secarla con la manga de la mano antes de que consiguiera desbloquearla.

> Ven al faro de Landegode fyr. Voy a bajar al naufragio enseguida, tal y como te prometí. Te veré allí.

Se quedó de pie, tratando de encontrar mensajes y sentidos ocultos en el texto, pero no había nada que leer entre líneas. Bueno, quería que fuera. E iba a bucear. Donde el faro de Landegode. Estaba a punto de escribir que el buceo podía esperar, pero sabía que no tenía sentido hacerlo.

En lugar de eso, volvió a entrar.

—Tengo que ir a Landegode —dijo—. Un amigo va a hacer una sumersión hasta el Prinsesse Ragnhild para ver si el hurtigruten reventó por una mina o desde el interior.

—Eso es una cosa —dijo Else—, pero hay otra cosa que no se menciona en el manuscrito, y tampoco es un asunto baladí. Se trata de quién era Wilhelm en realidad.

—¿Cómo?

Else salió de la habitación y volvió con un cilindro de cartón blanco. Lo abrió, colocó los planos sobre la mesa y los señaló.

—¿Ve esto? «Sala de fumar», «Salón de música», «1.ª clase»... Esta es la cubierta de paseo, en la proa. En medio están las escaleras doradas, a la derecha atisbamos la sala de fumar con vistas a la proa. Allí está el salón de música. Y un poco a la derecha con respecto a las escaleras está la suite del armador.

Else puso un dedo sobre el plano que estaba debajo del primero.

—Aquí hemos bajado un poco dentro de la nave y estamos en la «2.ª cubierta», debajo de la cubierta principal —continuó Else y señaló con el dedo—. ¿Ve los números arriba del todo en el plano?

Sasha entornó los ojos.

—Una secuencia de números: treinta y tres, treinta y uno, veintinueve, veintisiete.

—Son los números de los camarotes. Camarote 31. Fue allí donde Vera y Wilhelm pasaron la última noche.

Miró fijamente a Sasha, como si esta información fuera crítica. Sasha asintió con la cabeza y trató de ocultar que no tenía ni idea. Debía de ser una referencia a algo que se encontraba en la segunda parte del manuscrito, la que Johnny tenía.

—Recordará el momento en que Wilhelm se quita la insignia de la calavera, cuando están a punto de huir juntos.

La insignia de la calavera, la huida conjunta, era como oír a otra persona hablar del último episodio de una serie de televisión que no has visto.

—Claro —dijo.

—Dígale a este buceador que, si puede, debe mirar el conducto de ventilación del camarote 31. La insignia de la muerte se guardó en el estuche de cigarrillos. Y como bien sabe, la alpaca no se oxida con el agua.

—Me acordaré —dijo Sasha.

Sacó fotos de los planos de la nave y se las envió a Johnny.

Camarote 31, si es posible.

Esa misma noche, cuando estaba sobrevolando al atardecer el lugar del accidente en el avión que la llevaba a Bodø, desde donde iba a seguir en barco hasta Landegode, pensó en la locura que era aquello. Un pequeño estuche hecho de alpaca en el enorme mar. Pero eso pasaba con todo, con las personas que conocíamos, sí, el hecho de que existiésemos para empezar; que ella fuera Sasha Falck de una de las familias más acaudaladas en uno de los países más modernos del mundo, y no una sierva en la Rusia zarista o una prostituta de Babilonia, o una mujer de una comunidad de cazadores y recolectores que caminaba por los bosques hacía diez mil años. Si uno se ponía a pensar en ello, en realidad toda la existencia era tremendamente más casual que un estuche de alpaca escondido en la oscuridad a trescientos metros de profundidad en el mar debajo de ella.

42

Entró en la nave

Era la primera hora de la mañana. Johnny se enganchó a un cable de acero y lo levantaron por encima de la barandilla con una grúa.

El cable estaba unido al cuello del exotraje, como si fuera un ahorcado. Cuando estaba metido en él sobre el suelo, el traje parecía grande y amorfo. Las placas duras de aluminio tenían unas articulaciones para simular rodillas, codos y caderas, pero en tierra resultaba imposible moverse con el traje puesto. El dorso llevaba incorporadas botellas de oxígeno, y sobre uno de los hombros había una cámara montada para grabar la sumersión.

Incluso Grotle se comportaba como un niño, estaba muy ansioso por bajar. Con una mirada experimentada comprobó, ayudado por Rafaelsen, que el exterior del traje estuviera intacto, que las hélices funcionasen y que la radio estuviera correctamente montada. Después colocó la campana de buceo.

Sumergieron a Johnny en el agua lentamente. La temperatura dentro del traje estaba regulada, y había un silencio opresivo, como en una habitación insonorizada. Usó los pedales a sus pies para colocarse horizontalmente en el agua. El casco atravesó la superficie. En un lado pudo atisbar el casco del barco de apoyo, como una lejana ballena azul. Debajo de él, la negra profundidad. El cable se desenganchó, solo quedaba el cable de comunicación. Flotaba ingrávido en el agua. Desde el barco de apoyo, un buceador rompió la superficie y nadó hacia él tranquilamente. Era Grotle. Cruzaron miradas bajo el agua. Grotle comprobó que todo estaba bien. Al final puso un pulgar hacia arriba.

La silueta de Grotle, el traje de buceo negro y las largas aletas, que contrastaban con el azul profundo del mar, desaparecieron hacia el barco con los movimientos pausados del buceador.

Ahora estaba solo. Johnny giró la cabeza. Tenía buena visibilidad desde el interior de la campana de buceo. La sombra de un banco de peces destacó en la distancia, como un enjambre de abejas o una bandada de aves contra el cielo otoñal. Comenzó a moverse con cautela hacia el fondo. El azul de la superficie fue gradualmente sustituido por tonos más oscuros cuando dirigía la mirada hacia el abismo del mar. Trató de encontrar un rumbo tranquilo y aumentó la velocidad lentamente, ayudándose de las hélices. Miró el profundímetro: estaba a una profundidad de cien pies. Aquí fue donde el Prinsesse Ragnhild se había hundido, en un ángulo diagonal, como si bajase por una pista de esquí. Hacía setenta y cinco años. ¿Qué ocurrió con los pasajeros que no pudieron salir? Tuvieron que haber perdido el conocimiento en aguas tan profundas. O tal vez no, puede que algunos fueran atrapados en una burbuja de aire, quizá martilleasen desesperadamente las puertas hasta darse cuenta de que ya no quedaba esperanza alguna, hasta que los cristales de los portillos reventaron por la presión de las profundas aguas y ellos mismos se ahogaron.

La muerte tuvo que haber llegado como un alivio para la gente que estaba a bordo.

La muerte a menudo lo era. La idea de la muerte nunca lo había asustado, solo el momento que la precedía, cuando uno se cae desde una altura y ve cómo el suelo va acercándose, cuando la parrilla del camión aparece justo delante del parabrisas del coche, cuando el fogonazo de la explosión todavía no se ha convertido en un golpe supersónico que revienta los órganos internos del cuerpo. El momento en que te das cuenta de que todo se ha acabado.

En la oscuridad atisbó un objeto a la derecha. Flotaba plácidamente hacia él. Podría ser un minisubmarino, pero ¿por qué iba a toparse con uno de ellos justo aquí? Comenzó a respirar más rápido. Ahora vio que se trataba de un pez con una aleta como de tiburón. Todavía llegaba algo de luz desde la superficie, otorgando a la criatura de color gris negruzco un leve resplandor en el lomo.

El pez no podía estar a muchos metros de distancia, y ahora Johnny vio la boca abierta, del tamaño de la abertura de un barril, y la rejilla de las agallas. Era un tiburón peregrino, lo había visto en fotos. ¿Comía a gente? No, pero incluso con el traje atmosférico puesto casi podría desaparecer en la boca de este campeón sin que se diera cuenta.

—Estoy viendo un tiburón peregrino —susurró, como si el pez pudiera oír que hablaba en el interior del traje.

—Disfruta de la vista —dijo Grotle en su oído—. El tiburón peregrino no hace daño a nadie.

La boca abierta del tiburón pasó por delante de él. Johnny, que estaba ingrávido e inmóvil en el agua, sintió la onda provocada por el paso del escuálido. Por fin se atrevió a respirar otra vez, y el cristal se llenó de vaho.

Continuó hacia abajo. La luz ya no penetraba el agua, alrededor de él todo estaba oscuro como en una noche en los trópicos. Siguió moviéndose, descendiendo a doscientos, trescientos, cuatrocientos pies por debajo de la superficie. La ingravidez lograba que el descenso diera la impresión de que se trataba de un sueño, otra realidad paralela a la nuestra.

Debajo de él, Johnny atisbó unas luces débiles. ¿Estaba alucinando? Parpadeó dos veces. No, era real, las luces crecieron en intensidad, como cuando te aproximas en avión a una gran ciudad de noche. Un enjambre de ardora y plancton de color azul eléctrico se extendía como una manta sobre el fondo del mar, había peces con agallas cubiertas de rayas de color verde oscuro, medusas parecidas a cristal de un azul flúor, anguilas de un rojo claro, criaturas con patas transparentes como en una placa de rayos X, estrellas de mar color esmeralda del tamaño de un balón de fútbol, plantas con puntos luminosos en los extremos de las hojas como la pista de aterrizaje de un aeropuerto, peludos cangrejos yeti.

Se giró hacia un lado. Nevaba material orgánico luminiscente sobre él. Nunca había visto nada tan bello como esto.

Se quedó unos minutos en el fondo del mar.

—¿Va todo bien? —preguntó Grotle.

—Es todo tan hermoso —dijo Johnny—. Es como estar en otro universo... Como estar delante de las pantallas de publicidad de Times Square, pero un millón de veces más intenso.

—Estás a treinta metros del Prinsesse Ragnhild —informó Grotle—. A las diez a la izquierda.

Johnny comprobó que el cable seguía atado al cuello. Miró el GPS y avanzó por el fondo del mar. El Prinsesse Ragnhild tenía que estar aquí, pero él no lo veía. Había peces deslizándose alrededor del suelo, pero tras el encuentro con el tiburón peregrino parecían inofensivos, como los peces de un acuario. Se movió despacio sobre el lecho marino. Unos metros más adelante atisbó una sombra. ¿Podría ser otra formación rocosa? No, el objeto tenía líneas rectas, diseñadas por el hombre.

Era el casco. A la luz del foco que llevaba sobre la cabeza, parecía blanco. Ahora podía ver el castillo de proa y los imbornales, y la fila de portillos. La embarcación estaba inclinada hacia un lado, con el lado de babor contra el fondo y el caso del lado de estribor hacia arriba. Era una buena noticia, porque la explosión se había producido en el lado que estaba ahora visible.

—He localizado la nave —dijo a través de la radio.

—Bien —contestó Grotle—. Busca agujeros en el casco. Te seguimos.

Johnny cortó la comunicación.

Unos pececillos nadaban en torno al casco. El hurtigruten estaba medio enterrado en un banco de arena, como un naufragio en medio de un desierto yermo. Johnny comenzó en la parte de la proa, escrutando el casco con la luz. De momento estaba intacto. Continuó poco a poco hacia la popa. Y allí, a la izquierda en su campo de visión, descubrió una mancha oscura. Se acercó a ella. Era una depresión, un agujero. La abertura en el casco podía tener un metro o dos de diámetro. Tenía forma circular, pero el borde era irregular y rompía con el resto de la estructura de la nave.

Delante de él se hallaba la respuesta a lo que había ocurrido con el DS Prinsesse Ragnhild. Sus pulsaciones aumentaron, su corazón latió más deprisa, el vaho se extendió por el interior de la campana de buceo.

Se colocó en una posición lo más horizontal que pudo en el agua y dirigió el foco hacia la oscuridad. Aún no podía ver los detalles. El borde estaba reventado. Una estrella de mar roja estaba adherida al casco. Pero el borde se abría hacia fuera. Lo tocó con las pinzas. No había duda, si el acero alrededor del agujero en el casco se abría hacia fuera, eso significaba que la explosión se había producido en el interior. No se trataba de una mina; en tal caso, el borde de acero se habría doblado en sentido opuesto, hacia dentro.

La teoría de la mina británica era una mentira. Vera había dicho la verdad.

Se oyó la voz de Grotle en la radio:

—Parece que has llegado al lugar de la explosión. Es difícil concluir nada a través de la cámara. Grábalo desde todos los ángulos posibles.

—Vale.

—Cuando termines, subes directamente a la superficie.

Subió unos metros hacia un lado. El puente de mando estaba intacto, la estructura básica de la nave seguía igual. Continuó por delante de la timonera y la chimenea. ¿Había algún modo de entrar en el hurtigruten?

Johnny apagó la cámara, y un segundo más tarde se oyó un crepitar en la radio.

—Johnny —dijo Grotle—. La imagen ha desaparecido. ¿Nos oyes?

—Con claridad. Todo va bien.

—No me gusta esto —se oyó la voz de Grotle—. ¡Te queremos en la superficie ya!

—Solo voy a comprobar un par de cosas —dijo y apagó la radio.

Una corriente levantó a Johnny por encima de la borda de la proa, era como si volara. Flotó por encima de la base del mástil y siguió hacia el puente de mando. Había encontrado lo que buscaba para él. Ahora se trataba de acceder al camarote 31, por Sasha.

Entró en la nave.

Antes de bajar, Johnny había memorizado el plano de la nave. Parecía muy sencillo: en lo más alto, el puente de mando, luego la cubierta de paseo, la cubierta elevada, la cubierta principal y la cubierta baja. Delante, junto a los salones de la cubierta más alta, estaban las escaleras que Vera había descrito tantas veces en su manuscrito. Se dirigían a la cubierta del sollado. Pero una cosa era tener una visión general de unos planos a plena luz del día y otra identificar los lugares aquí abajo. Johnny nadó sobre la parte superior del naufragio. Bajo el haz de luz podía distinguir claramente el lugar donde el puente de mando terminaba y donde se encontraba la chimenea inclinada. Apuntó la luz hacia abajo y se acercó más.

Se colocó en vertical, ingrávido, en el pasillo que antaño debió de comunicar los salones de primera clase con las cubiertas inferiores. A la derecha había una puerta que conduciría a la sala de fumar y al salón de música. Allí había caminado Vera con su vestido de encaje. Resistió la tentación de mirar hacia dentro y en lugar de ello se acercó a las escaleras. El contorno de la barandilla fue fácil de apreciar. En las imágenes, el pasillo había estado decorado con espejos, latón y teca; ahora solo quedaba la estructura de la construcción de acero. Descendió por las escaleras, y en la entreplanta entre las cubiertas se paró para comprobar que no se había doblado el cable de comunicación. Siguió buceando lentamente. La habitación de abajo era idéntica. Aquí, la abertura llevaba al comedor de primera clase. Otra cubierta más y habría llegado.

Johnny retomó el mismo procedimiento, bajó por las escaleras, comprobó en la entreplanta que el equipo estaba intacto, y continuó. No quedaba mucho del Prinsesse Ragnhild. Todo el material orgánico se había consumido hacía tiempo, solo resistía el más fuerte. Los restos de un espejo colgaban de una pared. Johnny se cegó por el reflejo de la luz y pudo ver su propia cara a través del cristal del exotraje. «¿Qué estás haciendo aquí?». A 294 metros de profundidad, según el profundímetro. Recordó el plano de la nave.

Camarote 31, había escrito Vera. Justo al otro lado de la puerta abajo y a la derecha.

Había tan poco espacio que tuvo que colocarse de lado para poder entrar. Sintió cómo la espalda raspaba el marco cuando se apretujó hacia dentro. El pasillo se alargaba muchos metros hacia delante. ¿Se dirigía hacia la proa o había perdido el sentido de la orientación? Sintió cómo la claustrofobia arrojaba sus pegajosas redes sobre él —como la tapa de un ataúd que se cerraba con él dentro, y luego la tierra echada sobre la madera—. No, sí que se acordaba de dónde estaba. Tenía que volver por la puerta, subir por las escaleras, salir...

Hacía tiempo que las puertas del camarote habían desaparecido. Entró cautelosamente. Ya no era una habitación, las escotillas habían desaparecido. Iluminó la estancia con el foco. Delante de él en el casco, localizó un portillo redondo con una pantalla de acero, fijada en el techo con una cadenilla que terminaba en una placa que cubría el conducto de ventilación del techo. Estaba intacta. Iluminando la cadena, agarró el soporte superior con las pinzas y las giró hasta que el soporte cayó por el agua.

A la luz vio un objeto. «La alpaca puede permanecer cientos de años en el fondo del mar». Era el estuche de cigarrillos de Vera.

Johnny no se atrevió a abrirlo aquí abajo. Lo sacó con las pinzas. Ahora ya había tenido suficiente. «Sal ya». Comenzó a moverse, volviendo por el mismo camino por el que había venido. «Sal ya».

La siguiente cosa que sintió fue un fuerte golpe en la espalda. Quedó arrojado boca abajo, como si hubiese estado en una secadora. Un pez tuvo que haberle dado un golpe con su aleta caudal, y tuvo que haber sido un pez grande, porque el golpe había sido tan fuerte como la coz de un caballo. Gimió de dolor, pero el dolor era lo de menos.

La radio estaba muerta. Ahora el micrófono no transmitía nada. Con los brazos, Johnny palpó el resto del traje. Las funciones no respondían, ni las pinzas teledirigidas en los extremos de los brazos, el motor tampoco, la brújula GPS tampoco. El foco, nada. El sistema estaba estropeado.

Miró a la oscuridad. Aquí estaba, a 294 metros de profundidad, en una campana de buceo dentro de una nave. Era agradable estar en el interior del exotraje, lo cual no hacía sino empeorarlo todo. Síndrome de enclaustramiento, como lo que les había pasado a los soldados rusos dentro del submarino Kursk. Trató de pensar. ¿Podía reparar la conexión él solo? No, en la oscuridad resultaría imposible.

Tocó con las manos. Los tubos fosforescentes. Llevaba dos de ellos en el equipo y le dieron un atisbo de esperanza. A la débil luz de uno de ellos, Johnny se movió lentamente hacia las escaleras. Delante de él pudo ver algo. Tenían que ser los cables que se habían soltado del traje. Si los seguía, al menos tenía una guía para desplazarse. Comenzó a moverse hacia arriba. Sin las hélices tenía que nadar con las pinzas.

No sabía cuánto tiempo había transcurrido, pero al final salió de la nave. No le costó moverse en la ingravidez, pero sin la ayuda de las hélices, el ascenso fue lento. No dejó de avanzar. Ascendió lentamente y los restos del naufragio se convirtieron en una imagen lejana antes de desaparecer. Alrededor de él, todo estaba oscuro. ¿Estaba yendo hacia arriba? No lo sabía. «Sigue —pensó—. Sigue. Sube, sube». Un astronauta fuera de órbita, un submarino sin rumbo. Tenía calambres en los pies. Trató de descansar los brazos, manteniéndolos lo más cerca del cuerpo posible.

¿Había aumentado la claridad? Al principio pensó que era una ilusión. Trató de incrementar la velocidad. No, en realidad estaba amaneciendo, como en la hora del lobo, cuando llega la luz de forma imperceptible antes de la salida del sol. Ahora podía atisbar claramente los rayos que penetraban la parte superior del mar. La vista le infundió nuevas esperanzas. ¿Faltaban diez metros, veinte, treinta, cuarenta?

Cuando por fin rompió la superficie, no había ya ningún barco allí, pero a un par de centenares de metros hacia un lado podía ver unos peñascos afilados. Nadó hacia ellos. Y cuando logró llegar a una playa cubierta de algas y plantas acuáticas, y vio cómo las montañas de Landegode se asomaban sobre él, estaba tan exhausto que se desplomó.

43

La chapa de identificación

—Está dormido —dijo el jovial gigantón pelirrojo que fue a su encuentro en el faro—. Debe seguir durmiendo, hasta que se despierte por sí mismo.

El faro de Landegode estaba situado en un pequeño islote, justo al norte de la isla con los altos picos que daban al faro su nombre. La torre del faro era un obelisco con rayas blancas y rojas pintadas, que se situaba en un alto que dominaba los alrededores, rodeado de edificios blancos y cobertizos rojos que se reflejaban en la tranquila superficie.

El hombre señaló el edificio principal.

—Por cierto, hay algo para ti en la recepción.

Fue duro leer sobre la traición de Store-Thor, el destino de Betsy y la búsqueda desesperada en el barco antes de la explosión. Aun así, el encuentro entre Vera y Olav fue lo que le provocó escalofríos. El conflicto entre su padre y su abuela se había originado en una conversación sobre *El cementerio del mar* en 1970.

Sasha salió de la antigua vivienda del farero. En el otro lado del patio estaba el cobertizo y la sala de generadores, mientras que la vivienda de los empleados se hallaba a la izquierda según salía.

Sasha caminó sobre unas rocas y miró al horizonte. A lo lejos divisó la pared rocosa de Lofoten, y mucho más cerca se alzaban las cimas de Landegode.

Sonó el teléfono y se sobresaltó. «Papá». Pensó en la posibilidad de dejarlo sonar, pero al final contestó.

—¿Sasha? Soy yo.

Empezó a estresarse.

—He leído *El cementerio del mar.*

—Alexandra.

Su padre hablaba con una voz autoritaria.

—Sé lo que hizo Store-Thor. Sé lo que hizo la abuela. Sé lo que dijiste.

—Sasha, vamos punto por punto, por favor. Tienes que darte cuenta de una cosa decisiva. He ocultado esta información por una razón muy concreta. Mamá. Vera. Se ha puesto de moda esto de protegerse de uno mismo, pero lo cierto es que en esta ocasión está justificado.

—¿Lo has leído?

—No, la verdad es que no quiero ni tocar ese texto, aunque conozco la historia a grandes rasgos. Y sé lo que pasó con él. Grieg, como editor responsable, lo confiscó junto con los servicios de seguridad. Fue lo mejor para todas las partes implicadas.

Sasha suspiró, abatida. A veces podía ser tan jodidamente arrogante.

—Imponer la baja médica a personas que cuentan la verdad es una técnica dictatorial.

—Puede ser. Pero aquí estamos ante un caso en que la persona que realiza las afirmaciones estaba grave y manifiestamente enferma, según los psiquiatras más prominentes del país.

—¡Era tu madre, pero pasas la responsabilidad a unos putos psiquiatras!

—No. —La voz de Olav era perentoria y dura—. Estuve viendo lo mismo, toda la vida vi lo mismo. Por aquel entonces aún no habías nacido, Sasha. No sabes lo terrible que es cuando la persona asignada por la naturaleza para cuidar de ti, que tendría que ser una roca, no está a la altura de las circunstancias. Cuando piensas que, en cualquier momento, puedes recibir el peor mensaje posible de que tu madre, la única persona que te queda en este mundo, se ha quitado la vida. Desde que era pequeño, tenía este miedo metido en el cuerpo. De algún modo sentí alivio ese viernes, cuando me llamaste después de encontrar a mamá, Sasha. Porque sabía que, por terrible que fuera el mensaje, lo que había temido ya había pasado y no tenía por qué volver a sentir ese miedo.

Hubo unos segundos de silencio total.

—Vuelve a casa, Sasha.

—No —dijo—, estoy cansada de tus mentiras. Me quedo aquí.

—Entonces voy a verte. Cogeré el primer avión de la mañana.

En el sueño, las minas terrestres estallaban bajo el agua y apagaban las luces de neón del mar. El napalm arde bajo el agua, lo había leído una vez mientras estaba atrapado dentro de un acorazado, y al final, cuando pensaba que las bombas ya habían dejado de estallar, salió del vehículo y volvió al fiordo como un chico con esnórquel y máscara de buceo, agarrando las nécoras entre el caparazón y las largas pinzas para que no le pinchasen, y a su lado, en el fondo del mar, nadaba su hija.

Cuando despertó, Sasha estaba sentada en una silla junto a la cama.

—¿Qué hora es? —preguntó Johnny.

Todavía era de día. Confuso, se incorporó sobre el borde de la cama.

—¿Qué tal ahí abajo? —quiso saber Sasha.

—Fue mágico —dijo, como si estuviera aturdido—. Criaturas fosforescentes y plancton incandescente que llovía sobre mí. Vera decía la verdad.

—¿A qué te refieres? —preguntó Sasha.

—El lateral del barco reventó desde dentro. Tengo pruebas fotográficas. O por lo menos, tenía.

—Entiendo.

—He estado en el interior del barco —dijo—. En el camarote 31, o lo que quedaba de él.

—¿Qué has encontrado?

Estiró la mano hacia la mesilla de noche.

—Esto —dijo.

Sasha miró fijamente el rugoso exterior, lo tocó con la mano, pasó las puntas de los dedos sobre él.

—El estuche de cigarrillos de Vera, en el lugar donde dijo que pasaron la última noche juntos.

Las viejas banderas de la Sociedad Nordenfjeldske que estaban grabadas en la alpaca destacaban como contornos vagos.

—Y mira, dentro del estuche estaba esto.

El objeto ovalado se parecía a una moneda. Johnny lo puso sobre la mesa. Sasha se inclinó sobre él. La superficie, que una vez había tenido un color amarillo latón, había palidecido, pero aún era posible interpretar las letras inscritas. Se trataba de una chapa de identificación, una placa que detallaba la unidad militar y el grupo sanguíneo, que todos los soldados llevan alrededor del cuello.

—Por Dios —dijo y miró a Johnny—. Tiene que ser de él. Tiene que ser de Wilhelm. ¿Recuerdas que te hablé del proyecto de colaboración que tenemos con el Archivo Federal de Friburgo? Sirve precisamente para obtener este tipo de información. Ahora sí que vamos a dar con su identidad. Pero —continuó— eso no es lo más importante. Porque sé dónde está el último capítulo.

Se levantó y se tambaleó antes de encontrar el equilibrio.

—¿De dónde vienes ahora? —preguntó antes de volver a sentarse.

—Da lo mismo. Siento haberme enfadado contigo, Johnny.

Puso una mano sobre la suya. Al momento estaban abrazados, y así se quedaron hasta la mañana del día siguiente.

Entonces partieron hacia el sur.

PARTE V

Almas hundidas

TERCERA PARTE

El cementerio del mar

Epílogo

Déjame que te cuente qué pasó cuando se hundió el hurtigruten. Si nunca has visto cómo la proa de un barco se llena de agua y atraviesa la superficie como el filo de un cuchillo; si nunca has visto cómo los pasajeros se agarran a botalones y cables mientras la parte trasera se levanta hasta erigirse como una torre, o la silueta de una hélice que gira sobre el fondo del cielo; si nunca has oído los gemidos de la gente en las aguas revueltas; si nunca has sentido cómo la fuerza de la gravedad te arroja sobre la cubierta de teca, resbaladiza como las escamas de un pez, puedes vivir tu vida en paz. Debes estar contento de no haber tenido que elegir entre seguir en la nave hacia las profundidades de abajo, donde acabará chocando con el fondo, o saltar a las olas heladas mientras agarras a un bebé, tu propio hijo, en los brazos.

Los bebés pueden aguantar la respiración bajo el agua. Es un instinto.

Déjame hablar sobre un barco que se hunde. Comienza con una explosión, tan potente que la fuerza de los explosivos me deja sin aire y me comprime el pecho, con las costillas punzando el corazón. Una explosión en el lado de estribor de la proa, tan potente que los paneles de madera de los salones se revientan y las vigas de hierro quedan expuestas, tan violenta que los pasajeros aparecen esparcidos por todas partes, inconscientes. La onda expansiva es tan fuerte que levanta el barco de vapor, de doscientos cincuenta pies de eslora, de la superficie del mar, a la vez que la gravedad me empuja hacia abajo, y después el barco vuelve a amerizar sobre la revoltosa superficie y mi cuerpo vapuleado queda hacia arriba.

Estoy bajando por las escaleras cuando sucede. En medio del atronador ruido, los escalones desaparecen bajo mis pies, vuelo por encima del felpudo de la entreplanta, la barandilla de latón me golpea la cabeza.

Por un momento todo se vuelve negro. Luego me despierto. Me incorporo, desorientada por un momento. Los oídos me pitan. Un espeso humo entra bombeando por las escotillas en los paneles y llena las escaleras. Un hedor a cordita y humo me pica la nariz. Me pongo de rodillas. La cabeza me pesa como el plomo —como si el cráneo estuviera intacto, pero el cerebro hinchado dentro—, se me abre la boca. Toso y me llevo las manos a las sienes, la sangre me mancha las palmas de las manos. Levanto la mirada. En el mosaico del espejo quebrado veo mi cara astillada y retorcida.

Mientras me levanto para salir corriendo, el barco gira con fuerza hacia estribor. Me deslizo sobre el suelo y me agacho desvalida cuando mi cuerpo impacta contra la pared de la entreplanta. Oigo el ruido de botas golpeando los escalones. El casco brama, como un gigante herido. Veo botas negras pisoteando el suelo y mi pelo, botas con cordones incorporados, pisadas fuertes sobre el felpudo rojo, los pasos de la guerra. Los soldados no me prestan ninguna atención. También siento las suelas sobre mis dedos, pero no noto ningún dolor. Oigo gritos en alemán. El miedo es contagioso. De los pasillos salen pasajeros, dando tumbos y abriéndose paso a través del cuello de botella de las escaleras.

¡Hay que subir y subir, hasta los botes salvavidas de la cubierta de paseo! Mi hijo sigue desaparecido.

—¿Dónde está? —Me pongo de rodillas—. ¿Dónde está mi hijo?

Nadie me oye en la multitud, nadie contesta. El mundo se tambalea cuando me pongo en pie y echo a correr. Bajo por un pasillo, pasando por delante de tres soldados de la Wehrmacht, unos niñatos, y dos comerciantes ambulantes con traje y una abuela que aúlla pidiendo auxilio.

El agua entra rápidamente en el barco. Igual que la inundación de

Storofsen, las espumosas masas de agua lo arrastran todo a su paso, tablas, lámparas de mesa y bártulos a través de los pasillos.

Con cada paso que doy tengo que pisar el suelo con fuerza para no caerme.

Las escotillas entre la sala de máquinas y el pasillo están rotas en muchos puntos. El aire es espeso y caliente como en un incendio infernal.

Debe de estar en el camarote. Olav, mi niño, que era tan pequeño cuando nació, no pesaba más que 2,7 kilos. La semana pasada sonrió por primera vez. Olav, ¿dónde estás?

El ritmo de los pistones se ralentiza hasta que paran por completo.

DS Prinsesse Ragnhild está a punto de hundirse y no sé dónde está mi hijo.

El día después del naufragio tomé el transbordador por el fiordo de Vestfjorden hasta mi antiguo pueblo. ¿Adónde iba a viajar si no? No me quedaba nada. Había perdido todo, todo estaba en el cementerio del mar. El cielo se había caído, el mar había anegado la tierra y extinguido casi cualquier vestigio de vida; yo flotaba en un pequeño resquicio entre los elementos, como una bolsa de aire en el pasillo de un barco que se hunde.

Las montañas de Moskenes se alzaban delante de mí y atracamos en la pequeña bahía donde estaba la iglesia. Todo era igual: las gaviotas gritaban, los pilotes de las cabañas de pesca entraban perfectamente en el agua, y olía a restos de pescado y sal marina. Pero todo era nuevo.

Seguí el camino alrededor de la bahía, pasé por delante de cabañas de botes y almacenes y algunos parroquianos con los ojos abiertos de par en par, que se apartaban al ver a la mujer con la mirada de loca, y llegué a Sørvågen. Unos minutos más tarde llamé a la puerta de un chalet de estilo suizo, que tenía una placa de latón con un nombre que conocía bien: SCHULTZ.

—¡Vera! —jadeó la maestra Schultz al abrir la puerta—. En el nombre de Dios, ¿qué ha pasado?

No pude contestar, pero ella era una señora con suficiente sabiduría para comprender la gravedad de la situación cuando entré en la casa y me derrumbé sobre la piel de reno, delante de la chimenea. Me dejó allí, me tapó con una manta. Una pequeña niña se escondía tras las faldas de su madre; la pequeña Else, solo tenía tres años. Me dormí hasta bien entrado el día siguiente.

El único momento de felicidad fue el que se produjo en el segundo que transcurrió entre que me desperté y la llegada del recuerdo nítido de lo que había pasado. Cuando miré el revoltoso mar y el cielo plomizo, el mismo mundo se había vuelto gris.

El doctor Schultz también había regresado, y me dio unos analgésicos. Por fin, los dolores remitieron y me dejé llevar de vuelta a un mundo en el que todo lo malo se deshacía, donde el barco no había naufragado, donde no estaba escapándome, donde no había guerra, donde mi madre seguía viva y mi padre no se había marchado.

Cada noche en estas primeras semanas, la pequeña Else entraba en la habitación de invitados. Estaba en el suelo, jugando con sus muñecas, y después de un tiempo comenzó a acariciarme el pelo.

En el otoño de 1940, el invierno tardó en llegar a Lofoten, y empecé a buscar alimentos en Sørvågen y las montañas del alrededor. Gjertrud tenía una huerta con cebollas y patatas y, junto con la carne de liebre y el pescado del fiordo, comíamos mejor que la mayoría de la población del país. Y tenía un apetito enorme. En las primeras semanas después del naufragio apenas había tomado nada sólido, pero ahora tomaba bollos para desayunar y cenaba pescado.

Fue uno de esos días que Gjertrud me miró y me dijo:

—Comes como una lima, Vera.

—Tengo que recuperarme.

—¿Estás segura de que no estás embarazada?

—¿Embarazada? —contesté—. ¿Estás loca?

Pero el apetito duró, y poco después lo acompañaron unas náuseas matutinas, unos pechos hinchados y un cansancio que no remitía. A lo largo del invierno de 1941 se me comenzó a hinchar también la barriga. No había duda.

Una noche del mes de julio del verano de 1941, cuando las aguas del fiordo centelleaban y el sol brillaba en el cielo sobre Yttersia, estaba con unas dolorosas contracciones en mi cama, atendida por el doctor Schultz y una comadrona que había sido convocada para la ocasión, mientras que Gjertrud y la pequeña Else me agarraban las manos. Di a luz a un hermoso niño, y lo llamé Olav. No había otra posibilidad.

Unos días más tarde me encaminé a la iglesia para bautizar al niño y empadronarlo, pero me paré antes de entrar. En vez de eso, volví a casa de los Schultz. Un poco más tarde, me llegó por correo desde Bergen el registro de nacimiento de Olav, con fecha de julio de 1940. Me ocupé de cuidar de Olav y Else.

Nos mantuvimos apartados del mundo, en una casa aislada que Schultz ocupaba justo al lado de la tremenda montaña de Bunessanda. Estábamos sanos, fuertes y llenos de vitalidad, sin rastro de la anemia que afligía a la gente del sur del país. Olav creció rápidamente. Con seis meses gateaba, y dio sus primeros pasos entre la fachada de la casa y un pequeño cobertizo sobre postes.

Había estado a bordo de una nave que se había hundido, y con ella todo mi mundo, pero nunca conté nada a nadie sobre ello. Por aquel entonces no se procesaba este tipo de cosas; no había que hablar de ellas, era mejor callar. Eso también tenía sus ventajas. La vida seguía. Tras el invierno llegó la primavera y el verano, que ese año llegó un viernes, tal y como se solía decir en broma en el norte, antes de la llegada del otoño con sus marejadas, su nieve y su oscuridad. Así transcurrieron los años durante la guerra.

Un día a finales del invierno de 1944, Else entró en mi habitación. Iba a empezar el colegio al año siguiente, pero ya había aprendido a leer. Olav dormía al lado. La niña llevaba un camisón y tenía una expresión seria e inteligente en su cara infantil. Y llevaba una hoja en la mano. Por un momento me quedé helada y cogí aire.

Era el certificado de nacimiento.

El certificado de nacimiento.

—¿Por qué lo has cogido? —dije con rabia contenida, arrebatándole el folio—. ¡Es un documento de mayores!

—Pone que Olav nació en Bergen en 1940 —dijo—, pero esto no

es Bergen, es Sørvågen. Y yo estaba aquí la noche que nació, recuerdo cómo gritaste.

—Else... —empecé.

—¡Mamá! —gritó—. La tía Vera dice que Olav nació...

La agarré con fuerza, con el corazón latiendo como diez caballos desbocados. Al final se calmó. Le acaricié el pelo largo. Susurré que todo iría bien.

—En una guerra —le dije—, hay cosas que tienen que ser secretas. Tú tienes secretos con tus amigas, ¿verdad? Y sabes que lo más importante es mantenerlos.

Asintió con la cabeza con una mirada reflexiva y seria.

—Esta es una de esas cosas. ¿Sabes lo que hacen los alemanes cuando se enteran de secretos? Queman casas. Se llevan a tu madre, la pierdes tú y nosotros también. Por eso, nadie debe enterarse de este secreto. ¿Lo entiendes? Ni ahora, ni más tarde.

Partí al día siguiente. Tenía ganas de salir corriendo. Si me quedaba, otros podrían enterarse, bien encontrando las pruebas por su cuenta, bien exigiéndome la verdad. Si por el contrario me marchaba, y Else contaba mi secreto, la madre lo más probable es que descartara la historia como la típica fantasía de una niña. Los recuerdos se borrarían lentamente, como letras en la arena, antes de que ella misma comenzara a dudar de que hubieran existido. Así fue como pensé.

Estaba junto a la barandilla con Olav a mi lado. Ya era lo suficientemente alto como para asomar la cabeza por encima de la borda cuando estiraba el cuello. Un pesquero nos estaba llevando al otro lado del fiordo de Vestfjorden. Los picos de Moskenes se empequeñecieron en el horizonte. Nunca volvería a ese lugar.

Bajo el pretexto de buscar trabajo en el comedor de la mina de Sulitjelma, pasé los puestos de control alemanes en el tren que me llevaba hasta allí. Y un día, dos esquiadores nos ayudaron a subir desde Jakobsbakken en las afueras de Sulitjelma.

La mañana era fresca y clara, con cinco o diez grados bajo cero; buenas condiciones para esquiar. En las primeras cuestas, los dos esquiadores de la resistencia nos ayudaron con el trineo en el que estaba Olav. Una vez llegados a la planicie de arriba se despidieron.

Yo continué hacia el este, a lo largo de extensos macizos y aguas congeladas, subiendo por repechos empinados y bajando por cuestas peligrosas. Esquiaba para salvar la vida, y no solo la mía, sino también la de Olav. El tiempo cambió con rapidez, las temperaturas subieron y los esquís se hundían en la cada vez más blanda nieve. Juré, pero mi hijo dormía placenteramente en el trineo, ajeno a la situación. Si el agotamiento me obligase a sentarme, no volvería a levantarme. Así que no paré. Nevaba. No se me daba bien esquiar, y la nieve a cero grados era lo peor, no solo porque los esquís se hundiesen, también porque me mojaba, y eso era peor que el frío siberiano. Soplaba el viento, pero no dejé de avanzar y, después de un buen rato, el paisaje comenzó a inclinarse hacia abajo, la superficie de la nieve se resquebrajaba y se abría en traicioneras corrientes de agua, y la hierba, que había sido aplastada durante todo el invierno como un pelo repeinado con pomada, se asomaba. Hacía tiempo que había terminado con las provisiones, y al final me tomé la papilla que era para Olav. Sin ella, nunca habría llegado.

Un par de días más tarde, llegué a una estación fronteriza en el norte de Suecia. Me llevaron a un doctor sueco. Nos escrutó con curiosidad y después, cuando miró el certificado de nacimiento de Olav, dijo que el niño era demasiado pequeño para su edad. Le contesté que la alimentación en Noruega era deficiente. Él objetó que su capacidad de hablar estaba poco desarrollada para un niño de cuatro años. Contesté que cada niño tiene su propio ritmo de desarrollo.

Así que el sueco puso el sello oficial en nuestros papeles. Olav Falck, nacido el 27 de julio de 1940.

Ahora era oficial: Olav había vuelto a nacer. Pero ¿cuál es la verdad? Es el 23 de octubre de 1940, la explosión ha reventado el barco en el lado de estribor y no lo encuentro. Ahora martilleo la puerta del camarote número 11, golpeo y doy cabezazos contra la madera, los nudillos se me manchan de sangre, oigo el llanto de Olav en el otro lado. Pero la puerta no se abre. Un hombre fornido trata de ayudarme, pero enseguida sale corriendo. La puerta no cede. Desesperada, doy media vuelta y subo a la cubierta de paseo. Están bajando los botes salvavidas al agua. En la cubierta veo a Wilhelm. El ángulo del barco es grotesco, me agarro a un cabo mientras el espejo de popa se levanta hacia el cielo bajo. Volvemos corriendo al camarote, las escaleras se han convertido en una cascada, el pasillo está prácticamente anegado, solo nuestras cabezas están por encima del agua, pero Wilhelm realiza un último intento de abrir la puerta con el hombro, un intento inútil, porque una potente corriente se lo lleva por el pasillo, hasta el fondo del mar.

Trato de agarrarlo desesperadamente, pero otra ola me arroja en sentido contrario, alejándome de él, alejándome de ti, Olav, llevándome por pasillos y escaleras. Todo se vuelve negro y azul, pero luego atisbo una leve luz, rompo la superficie y el buque de carga MK Batnfjord me rescata del mar.

Y durante setenta y cinco años he intentado mantenerte vivo.

44

Firma de testigos

Sasha dejó el epílogo junto a la edición abierta de *El conde de Montecristo*, sobre la antigua mesa de la cocina de Vera. La luz atravesaba las ventanas, caía sobre los suelos de madera que se hundían ligeramente cuando uno caminaba sobre ellos, y sobre los lomos de los libros de las estanterías.

Salió. El día era caluroso, el fiordo estaba tranquilo, un motor fueraborda rompía la quietud. Sasha bajó las escaleras y siguió por el camino que después de unos pocos pasos llevaba al precipicio. Se quedó allí, asomándose por encima del borde del acantilado. Abajo veía el arrecife y la bahía de aguas poco profundas, algunas medusas rojas flotaban en la superficie. Solía sentir la altura en la tripa, pero ahora no notaba nada en absoluto.

¿Cuál era el significado de este epílogo en realidad? Que Olav falleció en el naufragio y volvió a nacer en Moskenes en el verano de 1941. Resultaba tremendamente chocante, dio la vuelta a la historia que su padre siempre se había contado sobre sí mismo, el nadador de aguas heladas, el hombre que tuvo que luchar por sobrevivir casi desde el momento en que nació. La verdad lo hundiría, ella lo conocía bastante bien como para saberlo, ¿y acaso ella misma no había dicho que la mentira en sí era peor que su contenido? Sí, lo había dicho. Pero aparte de eso, ¿significaba algo? Su padre era hijo de un alemán, aunque fuera un alemán de un calibre insólito. ¿Y qué?, pensó Sasha, quien de repente sintió un gran alivio, había gente suficiente que en edad adulta se enteraba de que su atento padre en realidad no era su progenitor. Esto era quizá peor, sí, pero no era algo insoportable.

No iba a contar nada a nadie sobre esto. Ni a sus hermanos ni a Olav. Enseguida empezaría a llamar. ¿Qué diferencia había entre haber nacido hace setenta y cinco o setenta y cuatro años? Iba a arruinar su vejez por algo que no interesaba a nadie más que a él, y que en realidad no tenía ninguna relevancia. No, no iba a decir nada, y cuando Sasha decidía callarse, no abría la boca. La verdad, diría la gente, ella misma había predicado sobre ella; pero era algo secundario, ahora lo comprendía.

Pero Vera le dolía. Entendía su dolor, porque lo que describía era el mayor miedo de todos los padres, y tuvo que haber sido terrible no solo el trauma por lo que había sucedido, sino también por la mentira, que no había hecho más que crecer hasta que se le escapó de las manos. Era justo este tipo de cosas lo que provocaba que la gente se hundiese, que acabara en hospitales psiquiátricos, que se quitara la vida.

Johnny se había mantenido al margen, discretamente. Ahora se puso a su lado.

—¿Cómo te encuentras?

—Mejor de lo que me había esperado, creo.

—Dime entonces si tienes fuerzas para comprobar el número de la chapa de identificación.

La chapa militar.

Se había olvidado por completo de ella tras la lectura de la historia que acababan de leer. ¿Quién era Wilhelm? Al mismo tiempo, Sasha se estremeció. ¿Quién era...?

—Johnny, hemos viajado juntos en esta historia. Tenemos que llegar al final de ella juntos también, por supuesto.

Atravesaron el bosque rápidamente, cruzaron el patio y subieron por la cuesta poblada de hierba hasta llegar al edificio principal, donde Sasha abrió la puerta lateral. La biblioteca estaba abierta. Asintió rápidamente con la cabeza hacia la recepcionista, entró en el despacho y se metió el archivo de búsqueda de soldados alemanes en Noruega. Johnny estaba detrás de ella. Introdujo el número de la chapa militar de la Kriegsmarine en la base de datos de los soldados alemanes en Noruega durante la guerra.

Una coincidencia.

La descripción era breve:

Hans Otto Brandt: n. 12/05/1916, sirvió en la Kriegsmarine, Hafenkommando, Abteilung Bergen, presuntamente fallecido en el naufragio del DS Prinsesse Ragnhild 23/10/1940. Sus restos nunca fueron encontrados.

—Es Wilhelm —dijo a Johnny—. Ese es su auténtico nombre.

Pero faltaba algo. Como administradora de la página, Sasha podía comprobar quién había consultado esta entrada. Fue así como Sasha despidió al becario Tollefsen aquella vez. Pinchó en el historial junto al nombre de Brandt.

Allí figuraba un nombre: Siri Jacqueline Greve, quien había entrado el día después de la muerte de Vera.

Ahora comenzaba a ver lo que había pasado. Sin cerrar la puerta tras de sí, salió del despacho, subió las escaleras de la torre de la roseta, atravesó el salón y el vestíbulo hasta llegar al despacho de la abogada en el ala opuesta del edificio.

Sasha se paró, inspiró hondo, y llamó a la puerta.

—¿Tienes dos minutos? —dijo Alexandra, con una voz que, por extraño que pudiera parecer, sonaba muy tranquila.

—Entra —dijo Siri.

Siri miró el reloj. Johnny se apoyó en el marco de la puerta.

—He estado en el norte de Noruega —comenzó Sasha— y he leído el manuscrito de Vera. —Siri asintió con la cabeza. O disimulaba muy bien, o era simplemente inocente—. He dado con la respuesta a muchas preguntas que me había planteado: por qué la abuela estaba tan mal y por qué era tan peligroso para papá que esto saliera a la luz.

Sasha sacó una caja de cigarrillos y encendió uno. Siri la miró con irritación.

—Pero todavía no sabía dónde estaba el testamento, ni si existía siquiera. Hasta que Johnny —continuó, señalando hacia atrás—, encontró la chapa de identificación en los restos del naufragio.

Greve la miró con una expresión confusa en la cara.

—Entonces fue sencillo —dijo Sasha—. No hizo falta más que introducir el número en el motor de búsqueda y enseguida salió el nombre del viejo novio de Vera de *El cementerio del mar*. Pero eso ya lo sabes. Había cuatrocientos mil alemanes en Noruega durante la ocupación. De todos ellos, elegiste a un tal Brandt de la Kriegsmarine, Departamento de Bergen.

Siri Greve sonrió con labios tensos.

—Bien, ¿y qué?

—Esa era la respuesta a la pregunta que me había hecho desde que Vera se quitó la vida y el testamento desapareció. ¿Quién firmó como testigo? Hacían falta dos personas. Naturalmente, una de ellas fue Grieg, quien recibió el manuscrito para publicarlo, pero ¿quién era la otra? Me hacía esa pregunta mientras estaba buscando el manuscrito y el testamento quedó relegado a la periferia. Pero fue la abogada de la familia, que maneja los documentos jurídicos de nuestra casa desde hace tres generaciones, que anda con pies de plomo, que apuesta por muchos caballos diferentes y conoce todos los secretos de Rederhaugen. Nos has mentido todo este tiempo, Siri. Has tenido en tu poder el testamento desde que lo firmó Vera el día que saltó.

—Sí, lo tengo —dijo Greve tranquilamente.

Sasha señaló la puerta del armario donde la abogada le había enseñado los papeles relacionados con la incapacitación la última vez que vino.

—¿Me permites explicar por qué lo he mantenido oculto?

—Escucha, Siri. Hoy me he enterado de que la persona que mi padre cree que es murió en el naufragio de 1940, y que mi abuela lo ha mantenido en secreto durante setenta y cinco años. Creo que seré capaz de hacer frente a esta verdad también.

—No estoy tan segura de eso.

Estaba tan tranquila que, por primera vez durante la conversación, Sasha comenzó a vacilar. Pero había ido tan lejos que ya no había vuelta atrás. Alexandra hizo un nuevo gesto de cabeza hacia el armario.

—Comparto todos los secretos empresariales con Olav —dijo Siri—, pero no había manera de contarle esto. Además, Vera me dejó claro que tenía que esperar hasta que hubieras leído su manuscrito. Era su forma de explicarse. Por tanto, quedas advertida, por última vez.

Abrió el armario y volvió con un documento, que puso delante de sí y leyó en voz alta.

TESTAMENTO

Testador:
Vera Margrethe Lind 20032034284
«El Precipicio», Rederhaugen, 20/03/2015
[FIRMA]

La familia Falck siempre ha seguido el principio de la «línea descendiente directa» en cuestiones de herencias de las propiedades de la familia y del control sobre sus empresas/fundaciones.

La verdad es que Olav Falck es el hijo del soldado alemán Hans Otto Brandt, presuntamente fallecido en el naufragio del DS Prinsesse Ragnhild 23/10/1940. Por este motivo, ni Olav ni sus descendientes tienen derecho legítimo a heredar.

La persona de mayor edad en línea descendiente directa de Thor Falck es Hans Falck, quien será el heredero legítimo tras mi muerte. Tanto Rederhaugen como el resto de las propiedades de la familia serán transferidas a él.

En cuanto al grupo SAGA, refiero al testamento de Thor Falck, que estipula claramente que todos los bienes fundados con su capital —tanto empresas y bienes inmobiliarios como bienes muebles— serán administrados por la persona en línea descendiente directa, es decir, Hans Falck.

La propiedad intelectual de mis libros, y posibles futuros ingresos derivados de los mismos, pasarán sin excepción a mi nieta Alexandra Falck.

Firma de testigos: 2 testigos mayores de edad, quienes confirman no ser destinatarios del testamento que se firma.

JOHAN GRIEG
[FIRMA]
SIRI JACQUELINE GREVE
[FIRMA]

45

Se trata de una situación de emergencia

Una vez, cuando Sasha tenía ocho años, se le quedó atrapado el pelo en el desagüe de un jacuzzi. Había buceado bajo el agua cuando, de repente, sintió una fuerza inexplicable que le tiraba de las raíces del pelo y la arrastraba hacia el fondo de la bañera, de un metro de profundidad. Sus esfuerzos por zafarse fueron inútiles; estaba atrapada, se quedó sin aire, la nariz y la boca se le llenaron de agua, antes de que una persona la arrancara de la bañera.

Fue Olav.

Cuando leyó el testamento en el despacho de Greve, esta sensación volvió a ella. No solo el pánico de estar atrapada, sino el recuerdo de cuando ella y su padre estaban en el borde de la bañera, abrazados después. Los sollozos los habían sacudido a los dos. Sasha todavía recordaba cómo hundió la cara en la camisa empapada y transparente.

—Todo está bien, mi pequeño tesoro —susurró—. Todo está bien.

Ahora echaba en falta a su padre. La habitación estaba sumida en silencio y desde fuera venía el susurro de un cortasetos. Pero Olav ya no podía consolarla.

No sabía cuánto tiempo se quedó así, pero parecía una eternidad. Se levantó y se acercó a la ventana. Rederhaugen se extendía ante sus ojos, magnífico como siempre en primavera, cuando el césped recuperaba el verdor incandescente, el fiordo aparecía centelleante y plateado, abrazando las rocas y los acantilados junto al cobertizo de botes. Todo esto había sido suyo, y todo esto se lo había quitado Vera de un plumazo. «La verdad es que...». ¿Era verdad o era venganza, o ambas cosas? Sí, tuvo que haber sido lo tercero. Era la voz de alguien que se había quedado sin voz. Las motivaciones, en cualquier caso, eran secundarias. Porque el hecho era que la abuela los había desheredado.

No podía pasar. Cuando era joven, Sasha había tenido miedo a morir, de cáncer o en un accidente, pero cuando ella misma tuvo hijos, la angustia desapareció; se proyectó a sus hijas. Pero el miedo a perder todo lo que era de ellos nunca desapareció.

Decían que se parecía a su abuela, pero era la hija de Olav.

En el mismo momento, Alexandra supo qué era lo que tenía que hacer. Sí, de hecho, era la culminación de todo cuanto su padre y su abuela le habían enseñado. La realidad no era algo que uno documentaba, la historia era la que uno mismo escribía.

—Siri, Johnny; venid —dijo con una vez decidida.

Dieron unos pasos vacilantes hacia ella. Sobre la mesa delante de ellos estaba el testamento.

Sasha lo levantó.

—¿Qué pensáis sobre esto?

—Vera escribió sobre la pérdida de un hijo —dijo Johnny—. Un hijo vale más que un millón de propiedades o grupos empresariales por un valor de billones. No olvides eso.

Sasha no contestó, sino que miró a la abogada.

—¿Siri?

—Puede dar lugar a un proceso legal prolongado.

—No —dijo Sasha y los miró de uno en uno—. Este testamento nunca se hará público. Necesito que me garanticéis que nunca se mencionará. Lo que ahora va a suceder, nunca habrá pasado. Vuestro silencio será recompensado, naturalmente. Y si alguna vez habláis de esto, utilizaré todos los recursos que estén a mi alcance para deteneros. ¿Queda claro?

Greve asintió con la cabeza.

—No —dijo Johnny—. No puedo aceptar eso.

—A ti en realidad no te importa el testamento —dijo Sasha—. Te importa el planteamiento de Hans. Quieres vengarte de papá después de lo que pasó en Kurdistán; te ofreceré esta posibilidad, pero con una condición: que te olvides del testamento.

Johnny la miró con sus ojos verdes y negó con la cabeza.

—Eso rompe con todas mis convicciones más profundas. No puedo. Hablábamos de encontrar la verdad.

Sasha levantó el papel, y antes de que nadie pudiera reaccionar, le había prendido fuego con un mechero. Las llamas envolvieron el testamento, primero como manchas teñidas de hollín, antes de consumir el papel. Las cenizas cayeron al suelo del despacho de Greve.

—Eres como tu padre —dijo Johnny con una voz fría—. Crees que puedes quemar documentos que cuentan la verdad sobre quiénes sois. Funciona por un tiempo, pero tarde o temprano todo se irá al infierno. No lo olvides.

Sasha salió del despacho sin contestar, y no paró hasta que llegó al patio de fuera. Había entrado en modo de supervivencia y marcó un número, el 112.

—Soy Sasha Falck, llamo desde Rederhaugen. Se trata de una emergencia.

—Dígame.

—Hay una persona aquí, Johnny Berg; John Omar Berg. Antes era un agente especial, y desde hace poco está bajo sospecha de actividades como combatiente extranjero terrorista en Siria e Irak. Está aquí.

—¿Se encuentra usted en un lugar seguro?

—Está en la casa. Es un hombre peligroso. Vengan rápido.

—Entendido —dijo la voz—. Quédese donde está.

Poco después se oyó el ruido de sirenas.

46

Espacio aéreo de Afganistán

Sverre se despertó cuando el avión entró en el espacio aéreo de Afganistán. Vio otra vez el paisaje compuesto de campos de cultivo marrones, quemados por el sol, el desierto y las montañas coronadas de nieve en la distancia. Los marines barbudos en los asientos a su alrededor dormían profundamente y apenas movieron una ceja cuando sobrevolaron el valle de Panshir y las ruedas golpearon la pista de aterrizaje de Kabul.

Se puso el casco y el chaleco antibalas, y cargó con el petate, que pesaba como un muerto, hasta la terminal del edificio militar. Los marines lo trataban muy bien. Quizá con cierta dosis de escepticismo, pero eso era normal. Haciendo su trabajo, se ganaría el respeto de ellos con el tiempo.

Ya en el aeropuerto notó el pesado aire de Kabul, saturado de queroseno y carne asada sobre carbón.

Viajaron en columna hasta el campamento. En la superficie, poco había cambiado desde la última vez. El paisaje urbano pasaba revista: alambre de púas, puestos de control, edificios bajos, torres de pisos con arquitectura de Europa del Este, grupos de hombres que llevaban *salwar kameez*, mujeres cubiertas de pies a cabeza con una fila de hijos por detrás.

El camino al campamento atravesaba varios perímetros de seguridad zigzagueando entre bandas de pinchos, bloques de cemento, vehículos acorazados y sacos de arena. Sverre llevó sus pertrechos personales a una tienda anexa con aire acondicionado. En la cantina comió solo, pero ni siquiera eso podía afectar su buen humor.

Después hubo una reunión en la sala de operaciones.

—Bienvenidos de nuevo —dijo un capitán de corbeta que parecía ser el oficial al mando de la operación—. La misión comienza en serio ya esta noche.

Explicó los detalles de la operación nocturna. Junto con la policía afgana de operaciones especiales, asaltarían a un fabricante de bombas. Era una operación peligrosa, la situación de seguridad de la ciudad era tensa, como siempre. Los marines asentían con la cabeza, medio dormidos; para ellos era evidentemente algo rutinario, pero Sverre sentía la tensión en todo el cuerpo. Esta era su oportunidad de demostrar quién era y qué era capaz de hacer.

El capitán de corbeta dio una palmada.

—Bien, preparémonos. Y después lo vamos a dar todo.

Se oyó el estruendo de las sillas cuando toda la tropa se levantó al mismo tiempo.

Sverre estaba saliendo junto con los otros cuando oyó una voz tras de sí.

—Falck —dijo el capitán de corbeta, y Sverre se paró—. No vendrás con nosotros, te quedas aquí.

—¿Por qué?

El hombre, un tipo bajo y fornido de su misma edad con una cara redonda y barbuda, suspiró con irritación.

—Yo estoy al mando de las misiones aquí. Si tu padre quiere enviarte al extranjero para edificar tu carácter, es asunto suyo.

Las palabras fueron como un golpe en los riñones.

—Pero...

—No hay peros. Es mi responsabilidad llevar a cabo las misiones de la mejor manera posible. Tú te harás cargo del mantenimiento y cuidado de las armas de la sección. ¿Entendido?

Sverre se quedó sin habla.

—Bien, dentro de tres horas te presentas aquí otra vez.

Sverre se dio media vuelta y echó a andar entre los contenedores del cuartel.

—Por cierto —dijo el capitán de corbeta detrás de él—. Un abogado nos llamó para hablar contigo. Rana no sé qué, Jan Rana. Ha dicho que podía hablar por FaceTime. ¿Le digo que no estás disponible?

—No —contestó Sverre tras un momento de reflexión—. Dígale que estaré encantado de hablar con él.

Sasha se mostró como una madre y esposa atenta a lo largo de las siguientes semanas. Tuvo la casa impecable, cada día preparaba la cena concienzudamente, se ponía al día de todas las actividades extraescolares de sus hijas, y un fin de semana de un sol espléndido, por fin ella y Mads pudieron hacer la ruta desde Finse por los campos nevados de Hardanger.

Sin embargo, una noche dejó a su familia y bajó por el paseo bordeado de árboles hasta el edificio principal. Era una calurosa noche de mayo justo antes de la fiesta nacional. Sasha no había hablado con su padre desde lo que pasó, pero hoy habían acordado cenar juntos en la sala de la chimenea de la segunda planta.

Olav ya estaba allí cuando Sasha llegó. La muerte de su madre le había hecho envejecer, tenía una postura un poco más encorvada y la cara más pálida.

—Alexandra —dijo y le dio un abrazo—. Tienes buen aspecto. ¿Has pedido a Andrea que prepare la comida?

Sasha había dado órdenes estrictas a su hermana de que preparase la comida con mucha antelación, lo que menos le apetecía era tener a la hermana pequeña danzando alrededor de la mesa durante la conversación.

Fue a buscar una fuente con sushi y sashimi del frigorífico de abajo, y cuando subió dijo:

—¿Has tenido noticias de Sverre últimamente? A mí me dijo que están realizando misiones largas sin posibilidad de mantener el contacto.

—No, hace mucho que no sé nada —dijo Olav—. Creo que

está enfadado conmigo. Pero la falta de noticias son buenas noticias. Por cierto, ¿ya estás preparada para el SAGA Arctic Challenge? ¿Vas a hablar sobre mamá?

—Sí, la verdad es que quería comentar contigo, precisamente —dijo Sasha entre un bocado y otro de pescado.

—Yo voy a hablar sobre papá y los inicios de la resistencia a lo largo de la costa en 1940 —dijo Olav.

Sasha lo escrutó largo rato, ladeando la cabeza. Al final dijo:

—No vas a hablar sobre eso.

—Anda, ¿en serio? —contestó su padre, quien parecía casi divertido por el duro tono de Sasha—. Pensaba que valorábamos la libertad de expresión y la sinceridad en la familia.

Sasha lo observó pensativa.

—Leí el manuscrito de la abuela. Espera un poco, déjame continuar. Vera tenía razón: el barco no lo hundió una mina. Hay pruebas fotográficas de ello, captadas con una cámara montada en el exotraje de Rafaelsen. En cuanto a las afirmaciones del colaboracionismo de Store-Thor con los alemanes, ciertamente la correspondencia ha sido eliminada del archivo DHS de Bergen, pero en *El cementerio del mar*, la abuela habla de un encuentro aquí en Rederhaugen, mientras ultimaba el manuscrito en 1970. Un encuentro que arroja una luz sobre por qué los siguientes cuarenta y cinco años fueron difíciles. Un encuentro contigo.

Olav no dijo nada.

—Evidentemente —continuó Sasha—, puedes matar al mensajero. Puedes acusar a tu madre muerta de mentir, o a mí de conspirar contra tu persona.

Ahora Sasha sonreía.

—Pero no lo vas a hacer. En el fondo, papá, te das cuenta de que los tiempos han cambiado. SAGA conservará todo lo que se nos da bien, pero al mismo tiempo necesitamos ser francos. Mi propuesta, por tanto, es que des un paso atrás. Yo te sucedo como CEO del grupo SAGA y como presidenta del consejo de la fundación. No hay mejor ocasión para anunciar el cambio de la presidencia que el SAGA Arctic Challenge.

El último sol de la luminosa tarde caía sobre un lado de la

cara de su padre. Durante un largo rato se mantuvo en silencio, y después apareció una sonrisa apenas perceptible en la comisura de los labios.

—¿Me estás despidiendo, Alexandra?

Le sonreía, y Sasha le devolvió la sonrisa.

—Eso parece, papá.

—En tal caso —dijo Olav tranquilamente—, debes avisar de que llegarás tarde a casa. Tenemos mucho de qué hablar.

47

He cometido muchos errores

La celda era de un tipo muy distinto comparada con la de la última vez, pero en los primeros días Johnny Berg estaba más bajo de moral de lo que recordaba haber estado nunca. Apenas dormía por las noches, y de día no comía nada. Intentó que se materializase la imagen de su hija en la cabeza, pero su cara se disolvía, como una fotografía consumida por las llamas.

El encuentro en la cárcel fue una formalidad. Estaba acusado de profanación de lugar sagrado, en concreto de un cementerio submarino, penado por la ley de patrimonio cultural, párrafo catorce, y —lo que era más grave— por allanamiento de morada infringiendo el artículo ciento ochenta y cuatro del código penal, y la ley de protección de la seguridad ciudadana. El haber sido previamente sospechoso de ser combatiente extranjero terrorista era un factor agravante, y el juzgado no vio otra posibilidad que ingresarlo en prisión preventiva.

Pero sobre todo se sintió traicionado por Sasha. Pudo haber colaborado con él, flirteado con él, pudo haberse abierto de piernas para él y haberlo abrazado después, pero a la postre, eligió bando. Eligió la familia, eligió la versión oficial. SAGA escribía la versión oficial. No porque fuera malvada, ella tenía sus razones, el poder para ella estaba justificado. El poder siempre la había tratado bien. Nunca la habían parado en las aduanas, ni la habían considerado yihadista. Ella nunca había sido una extranjera.

O si no, era algo que no podía entender. Se había sentido así en el despacho de Greve, al percatarse de que a Sasha la empujaban fuerzas que para él resultaban tan extrañas, incomprensibles y potentes como un asesinato de honor. La familia y las raíces suscitaban estos efectos en él. Desde la distancia se dio cuenta de que había fuerzas tremendas operando, pero como él jamás había tenido una familia propia, no era capaz de comprenderlo.

Johnny estaba en la cama. Alguien hizo ruido en la puerta.

—Bien, Berg, ¿qué tal estamos hoy? —preguntó el policía con voz severa, poniendo las manos de leñador sobre las caderas.

No contestó.

—No, nada —suspiró el agente—. Solo he venido para decirte que tienes una visita.

Cuando llegó a la sala de visitas diez minutos más tarde, el abogado Jan I. Rana estaba allí, junto con H. K.

—Johnny —dijo el viejo y le dio un abrazo—. Te traigo recuerdos de Hans, que agradece tus esfuerzos. No tiene claro si quiere seguir adelante con el libro, pero te pagará, en cualquier caso.

Johnny no dijo nada.

—Siento no haber ido a la reunión en la cárcel —dijo Rana—. El asunto es que mi padre se fue al otro barrio. No, no te preocupes, llevaba muchos años enfermo. El caso es que él había vuelto al Punyab. Una exportación legal.

Sonrió para sí.

—Tuve que ir a arreglar unas cosas cuando falleció. Y coincidió justo con esa reunión. Pero no agaches la cabeza, Johnny, porque esa reunión fue un puto escándalo. La defensa que te pusieron no fue como la de O. J. Simpson, precisamente. Ahora me vas a escuchar.

—Me engañaste —dijo Johnny, con una mirada dura a H. K.—. Me diste documentos de 1970 y pusiste todo en marcha para trincarme.

—No —dijo H. K.—, al contrario.

—¡Un caso ilustrativo! —exclamó Jan I. Rana—. Porque, aunque un abogado de tres al cuarto no lo sepa, resulta que uno que denuncia circunstancias criticables en el mundo del servicio secreto tiene derecho a que la ley lo proteja; el Tribunal Supremo lo enfatiza especialmente. Sobre todo, cuando las condiciones denunciadas se remontan cincuenta años atrás en el tiempo, y de ningún modo suponen una amenaza para la seguridad del reino. ¿Y la profanación del cementerio? ¡Una broma!

Johnny negó con la cabeza.

—Se acabó. Asumo el castigo y vuelvo a empezar.

—Muy bien —dijo H. K.—, en eso sí que estamos de acuerdo. ¿Rana?

El abogado sacó una tableta del bolso y la puso sobre la mesa delante de ellos.

—Puesto que el uso de internet no está permitido aquí —dijo Rana—, me he traído un vídeo que deberías ver.

Metió una tarjeta en el lateral de la tableta, introdujo el código en la pantalla y pinchó en un archivo.

La imagen provenía de una tienda verde del tipo que se usa en Afganistán. Allí estaba Sverre Falck, con un uniforme de trabajo con camuflaje del desierto y una chapa de identificación colgando alrededor del cuello.

Johnny oyó una voz.

—¿Sverre Falck? Soy Jan I. Rana, ¿me oyes?

—Perfectamente.

—Muy bien. El motivo de esta conversación no es tratar un asunto que sirva de pruebas ante un tribunal. Es una conversación que sirve para preparar una declaración de testigo que pueda apoyar la causa de mi cliente más adelante. ¿Entiendes?

—Queda claro.

—¿Dónde estabas el 6 de septiembre de 2014?

—Entonces estaba en Erbil, la capital de la parte autónoma kurda en el norte de Irak.

—Hace más de un año, ¿cómo puedes estar tan seguro?

—Siempre he controlado las fechas. Y fue mi primera visita a

Kurdistán. Así que estoy seguro, y puedo confirmarlo con billetes de avión y movimientos de mi tarjeta de crédito.

—¿Qué hacías allí?

—Iba a transferir una suma de dinero a una entidad kurda del frente y a reunirme con mi persona de contacto. Se trataba de una cantidad importante en dólares; veinte mil, si no recuerdo mal. La mitad por adelantado y la otra mitad una vez concluida la misión.

—Espera un momento, quiero aclarar varias cosas. ¿Quién era tu persona de contacto allí?

—Se llama Miraz Barzani, pero se le conoce mejor como Mike o NorwegianSNIPER. Nos conocemos de la unidad de francotiradores. Me puse en contacto con él a través de una cuenta falsa de Instagram.

—¿De qué clase de misión se trataba?

—Nunca me lo dijeron. Tenía un sobre cerrado que debía entregar a Mike, pero parecía evidente que se trataba de apoyar a los kurdos contra el Dáesh.

—¿Quién te dio el dinero y el sobre antes de que viajaras?

—Bien, su nombre es Martens Magnus, pero la gente lo llama M. M.

—¿Y por qué este M. M. iba a darte algo así?

—Porque M. M. es un amigo de la familia, es decir, de mi padre.

—¿Y estarías dispuesto a declarar esto bajo juramento si fuera preciso?

—Lo estoy. —Sverre Falck desvió la mirada ligeramente—. Sin duda.

Rana paró el vídeo y se giró hacia Johnny.

—Sverre Falck está dispuesto a testificar contra su padre. Tenemos un caso contra él. Pero si vamos a seguir adelante, tienes que contarnos qué fue lo que hiciste en Kurdistán en aquella misión.

Johnny se tapó la cara con las manos, se giró hacia atrás y cerró los ojos.

—Voy a ser breve, podemos hablar de los detalles más adelante —dijo—. De quién era el objetivo, el yihadista noruego Abu

Fellah, que había amenazado a Noruega y estaba vinculado a la sección del EI de «Operaciones en el extranjero». Estaba en una aldea no muy lejos de la línea del frente en el norte de Irak. Estudiamos mapas e imágenes de satélite y nos pusimos en contacto con el soldado americano de las fuerzas especiales, voluntario en la milicia asiria, que también iba a participar.

»El viaje a Kurdistán fue bien —continuó Johnny—. Aterricé, recogí el dinero en el banco, me reuní con el americano y me pasaron el arma que tenía que usar. En resumidas cuentas, una noche atravesamos la línea del frente. Tiene una anchura de entre quinientos metros y un kilómetro, y está poblada de hierba alta. Sabíamos dónde estaban los guardias y pasamos por delante de ellos con facilidad. Fellah vivía en un edificio de ladrillo de dos plantas, con una puerta de hierro, una garita de vigilancia en un lado, donde había un viejo iraquí. Mientras el americano lo ataba, yo entré en la casa. Había un perro y tuve que gastar una bala en él. Subí las escaleras. Fellah tuvo que haberse despertado tras el disparo a pesar del amortiguador, porque cuando abrí la puerta, ya estaba cargando contra mí. Efectué dos disparos, uno le dio en el pecho y otro en la frente. Su mujer gritó como una loca y yo abandoné la casa. Y allí...

Johnny hizo una pausa y bajó la mirada.

—Allí había dos niños, un chico y una chica, cogidos de la mano bajo la luz de la luna. Supongo que ellos también se habían despertado por los ruidos. Estaban allí, sin más, totalmente petrificados, como dos zombis. Pasé corriendo por delante de ellos, bajé las escaleras y salí, y ahí me esperaba el americano. Dejamos la aldea, pero la gente ya estaba despierta, y cuando llegamos a tierra de nadie, nos tirotearon. Conseguí escaparme, pero me detuvieron, como ya se sabe, no el EI, sino los kurdos, que pensaban que era un yihadista.

Así terminó el relato de Johnny.

—Solo por aclarar todo completamente —dijo Jan I. Rana. ¿Lo que nos acabas de contar era lo que Magnus te había ordenado que hicieras?

—Sí —dijo Johnny—. Teníamos que eliminar a Abu Fellah

antes de que pudiera hacer daño a Noruega. Esas fueron las palabras que utilizó.

—Has estado obligado a preservar la estricta confidencialidad que el Ejército impone en las operaciones en las que has tomado parte —siguió Rana, con voz de inquisidor—. ¿Estás preparado para romper esa confidencialidad y hablar abiertamente de esto delante de un tribunal?

—Para mí, esto no va de infringir la confidencialidad —dijo Johnny—. Se trata de reconocer un crimen. No creo que Magnus, o quienquiera que representase, actuase de parte del Ejército en absoluto, y si lo hiciera, no es un país para el que yo quiera trabajar.

Johnny miró a H. K.

—Es como solía decir mi mentor. Lo que yo defiendo no es el país en sí, defiendo la Constitución. Y no merece la pena defender a aquellos que quiebran la Constitución bajo el pretexto de proteger al país.

—Excelente, realmente brillante —dijo Jan I. Rana, satisfecho—. Tengo ganas de ver la segunda parte.

Johnny miró a su alrededor en aquella sala de visitas, y después clavó la mirada en H. K., que estaba callado y moviéndose incómodo sobre la silla.

—Prometiste que me ibas a ayudar —dijo Johnny—. Ya casi no recuerdo la cara de mi hija.

—Ah, sí, en efecto.

Se levantó y se acercó a la puerta. Rebecca entró en la sala, saludó secamente. De la mano llevaba a una niña pequeña. Ingrid se había convertido en una niña de seis años de patas largas, y tenía trenzas que colgaban rígidas sobre cada hombro. Johnny dio un paso hacia ella y la levantó, sintiendo su olor, antes de dejarla sobre el suelo.

—Mamá dice que acabas en la cárcel si haces algo malo —dijo y lo miró con curiosidad.

—Es cierto —dijo Johnny.

—¿Has hecho algo malo?

—He hecho muchas cosas malas.

Epílogo

La suite del armador

El hurtigruten era una nave híbrida, tan moderna que aún no la habían estrenado en una ruta ordinaria. La suite de explorador de la proa, bajo el puente de mando, estaba amueblada con un estilo escandinavo minimalista, con una paleta de colores delicados y frescos grises, beis y marrón, un sofá de tres plazas de lana tras un tresillo, y ventanas panorámicas inclinadas hacia la proa.

Sasha estaba delante del espejo en el espacioso baño.

—¿Qué te parece, Mads?

—El verde no es tu color, Sasha. —Ella dejó la chaqueta sobre una silla—. Ponte mejor algo de tweed —continuó su esposo—, es atemporal y elegante. Son tus palabras las que deben brillar, no la chaqueta.

Mads se colocó juguetón detrás de ella, la agarró de la cintura y le besó el cuello. Sasha cerró los ojos con una sonrisa satisfecha.

—Sabes que me preocupabas, o me preocupaba por nosotros. Después de la muerte de Vera estaba realmente preocupado. Por primera vez.

Cruzaron miradas en el espejo.

—Nunca fue algo tuyo, Mads. Esto iba de mí. —Mads le besó el pelo—. Necesito estar sola diez minutos, Mads. Ya sabes, hoy es un día importante.

Fue Olav quien le había dicho que esta vez Sasha y la familia tenían que ocupar la «suite del armador». Le había guiñado un ojo al decirlo, una broma interna del patriarca de una familia que provenía precisamente de armadores, pero la ligereza que le había dominado en las últimas semanas había desaparecido por completo. De repente, estaba de vuelta en 1940, no, estaba de vuelta en las semanas posteriores a la muerte de Vera, cuando todo estaba en juego, antes de que el mundo volviera a recuperar el equilibrio. Un nuevo equilibrio.

Llamaron a la puerta. Sasha abrió. Fuera estaban su padre y Greve.

—Siri, ¿nos das un par de minutos a papá y a mí?

La abogada asintió con cortesía y desapareció. Naturalmente, había guardado un silencio sepulcral tras aquel día en su despacho. Olav dio un paso al interior de la suite. El pelo color paja con canas alrededor de las orejas, los ojos hundidos e intensos, las orejas que parecían sobresalir mucho cuando se cortaba demasiado el pelo, la boca rodeada de arrugas curvas que descendían desde las alas nasales. Pero no iba vestido de un modo tan formal como de costumbre; una camisa de lino desabotonada en el cuello, vaqueros y mocasines. Se dirigió al minibar y sacó un botellín de cerveza.

—¿No te apetece una?

—¿Desde cuándo bebes antes de la hora de comer?

Olav esbozó una ancha sonrisa.

—Soy un pensionista, Alexandra. Ya he rejuvenecido diez años. —Olav se tomó un gran sorbo de la cerveza—. Tendría que haberme retirado hace mucho tiempo, es la mejor decisión que he tomado. Olvidarme de las frases de cortesía vacías con grandezas internacionales que no saben en qué continente se encuentran. Paso ya de las intrigas, de miembros enfadados del consejo de administración, de los líos con los constructores, empresarios, o nobeles malhumorados.

—Gracias por los ánimos —dijo Sasha.

—Ya te lo he dicho, esta conferencia es importante. Tenemos que deshacernos de los fantasmas de aquel hurtigruten.

Era un día hermoso a mediados de junio. Una ola de calor siberiano había llegado del este hasta el norte de Noruega; el sol brillaba de día y de noche; unas embarcaciones pequeñas rodeaban la nave, curioseando; en el cielo planeaban las águilas marinas con los vientos; en el horizonte Olav atisbaba el contorno de la pared rocosa de Lofoten, envuelta en calima. El hurtigruten había zarpado del puerto de Bodø esa misma mañana. SAGA Arctic Challenge abordaba en esta ocasión temas de geopolítica, cambio climático y otros asuntos perentorios de la actualidad del casquete nórdico, y tenía lugar en la embarcación. Duraba dos días y la ruta transcurría por Lofoten y Vesterålen antes de concluir en Tromsø.

La nave redujo la velocidad. Se oyeron tres golpes de bocina. Olav se acercó a la borda y arrojó una corona de flores al mar.

—Con este gesto queremos rendir homenaje a los sacrificios realizados por nuestra familia, y al cementerio submarino del Prinsesse Ragnhild. Que la paz esté con todos aquellos que perecieron en el mar —declaró.

—Queridos amigos, tengo algunas noticias.

Como siempre que hablaba, le costó un poco encontrar las palabras tras abrir la boca, como si necesitase unos segundos para dar con el número de la suerte.

—Como algunos de vosotros sabéis, este sitio está muy cargado de simbolismo para nuestra familia. Aquí falleció mi padre entre las olas en 1940, un accidente que separó a nuestra familia. Por esta razón es también un lugar fantástico para comunicar que a partir de hoy comienza un nuevo capítulo en la historia de SAGA. Porque me alegro de poder decir que me retiro, y es un honor ceder la palabra a la nueva CEO y presidenta del consejo de administración, Alexandra Falck.

Cuando Sasha subió al podio recibió un aluvión de flases y aplausos efusivos, y sintió cómo la adrenalina le atravesaba el cuerpo. Tomó la palabra.

—Mi mantra como directora de SAGA es «¿Quiénes somos? ¿Quiénes somos como individuos y como pueblo?». Del mismo modo que hay pocos lugares que representan la identidad noruega con tanta claridad como la costa y las hermosas islas de Lofoten y Vesterålen, no hay ningún otro lugar que haya marcado más a mi familia como esta parte de la costa. Es un cementerio del mar. Fue aquí donde mi abuelo Thor Falck desapareció en las profundidades durante el naufragio, fue aquí donde el heroico capitán Knut Indergård y su tripulación salvaron a cientos de personas congeladas del mar, una de las acciones más heroicas que hubo durante la guerra. Una de las personas a la que rescató fue a mi padre, Olav.

—Tú —dijo Sasha, señalando a Olav—, vuelve al podio.

Trató de protestar con unos gestos disuasorios vacilantes y poco convincentes, pero el público silbaba y pisoteaba el suelo, y al final subió otra vez en medio de unos aplausos ensordecedores, saludando con la mano.

—Afortunadamente sobreviviste al naufragio —dijo Sasha con tono serio, mirando a su padre—. Desde que fundaste SAGA, has contado la historia de nuestro país. Y lo has hecho para proteger los valores que nos importan contra fuerzas exteriores, por la libertad y la democracia. Ya sabemos que es difícil predecir el futuro, pero puedo prometerte esto, querido Olav, que seguiré desarrollando el trabajo que iniciaste. Lucharemos contra los enemigos de la democracia y la libertad con todos los medios que estén a nuestro alcance, porque son valores que están por encima de todo lo demás. Si perdemos nuestra libertad, perdemos todo lo demás. Voy a dedicar mi vida a seguir la lucha por aquello en lo que crees.

Le pareció ver una lágrima en el rabillo del ojo de Olav.

—No sé qué puedo dar a un hombre que lo tiene todo y que ha vivido de todo —continuó—. Pero creo que he encontrado algo. Aquí tienes una edición encuadernada en piel del manuscrito de tu madre, ¡El cementerio del mar!

La sala estalló en aplausos y fogonazos de flases cuando entregó la edición con la cubierta de piel. No contenía ningún epílogo.

Tras el discurso de Sasha, hubo una recepción en la cubierta de paseo. Hans Falck se abrió paso entre los famosos que tomaban champán y cotilleaban. No había gente más hipócrita que aquella que viajaba por el mundo en primera clase pronunciando discursos a cambio de honorarios millonarios, mientras moralizaban sobre cómo los coches diésel de otros y las hamburguesas que tomaban en sus barbacoas arruinaban el planeta. Dondequiera que fuese, se topaba con gente así. Jeffrey Sachs, Tom Friedman, Sheryl Sandberg, Steven Pinker... Todo el planteamiento olía muy mal. Él mismo lo había sentido cuando pronunciaba sus propios discursos sobre las heroicas mujeres kurdas que luchaban contra el EI. Esto no era la realidad, no la realidad tal cual, sino la realidad que alguien deseaba que fuera.

Habían cruzado el fiordo y entrado en el angosto estrecho de Raftsundet en Lofoten. Hans se inclinó sobre la borda. La nave viró lentamente hacia babor. Las dignidades habían salido a cubierta; el paisaje era dramático, las paredes montañosas se precipitaban directamente a las aguas del fiordo.

Una mujer elegante y atlética, de unos cuarenta años, se inclinó sobre la borda a su lado.

—Siri Greve, qué alegría verte —exclamó Hans.

—¿Tienes un momento?

—Las personas van y vienen, pero tú sigues ahí. La perseverancia de la familia Greve siempre me ha impresionado.

—Debes escucharme bien —dijo Greve. Al parecer, no le interesaba charlar sobre temas triviales.

—¿Por qué?

—Por esto —dijo y sacó discretamente un sobre del bolsillo de la americana—. Fui testigo del testamento de Vera Lind. El otro testigo, el editor Johan Grieg, falleció hace pocos meses. Yo misma presencié cómo Sasha Falck lo quemó, y ya no puedo hacerme cargo de lo que anda haciendo la familia Falck. Sasha ha demostrado ser todavía más implacable que su padre. Esta es la copia del testamento.

Delante de ellos estaba la boca del fiordo Trollfjorden, con montañas que se asomaban en ambos lados en forma de V y, al fondo, unos picos alpinos cubiertos de nieve. El casco partía la superficie del agua, el sol de medianoche brillaba sobre las cimas.

Hans se giró y bajó por los pasillos, volviendo a su camarote.

Cuando entró, echó la americana sobre la cama. Intuitivamente sabía que esto iba a cambiar el rumbo de su vida, como aquella vez con Vera en Hordnes en el invierno de 1970, o la terrible noche de septiembre en Beirut en 1982. Sí, esa misma noche. Hans abrió el teléfono y buscó una foto, era una foto antigua que había guardado y escaneado; era la única que tenía de los dos. Él estaba asomado sobre una cuna con barrotes. En la cama estaba Mouna Khouri, con la sonrisa débil y feliz que suelen tener las mujeres que acaban de parir. Y en sus brazos había un niño recién nacido con ojos verdes. Era el primer hijo de Hans. Se llamará Yahya, había susurrado la madre. Es la versión árabe de san Juan Bautista, o John, que era su nombre en inglés.

Agradecimientos

Esto es una novela, pero muchas personas merecen mis agradecimientos por haberme ayudado a llegar a la verdad. Fue el periodista Christian Lyder Marstrander quien, por casualidad, me puso tras la pista del destino del DS Prinsesse Ragnhild. Su serie *Naufragios noruegos*, transmitida en NRK Radio en el otoño de 2017, contiene un episodio acerca de este naufragio y está disponible como pódcast en la página web de NRK.

Durante el trabajo de investigación del naufragio, Rune Thomas Ege, jefe de comunicación de Hurtigruten, me puso en contacto con Lina Vibe del Museo del Hurtigruten de Stokmarknes. Sten Magne Engen me lo enseñó todo de forma privada y encontró los viejos planos y las rutas del Prinsesse Ragnhild. Sin estos planos, el trabajo de reconstrucción de los últimos días de octubre antes del naufragio habría sido mucho más difícil. Espero que me perdonen por haber dejado que el barco iniciase su último viaje en Bergen, en lugar de Trondheim, que era el lugar concreto desde donde realmente zarpó. Aun así, he procurado seguir los horarios del hurtigruten de octubre de 1940.

Quiero agradecer la decisiva ayuda de Jørgen Strand de la Asociación de Historia Naval Noruega Nordmøre, quien encontró el antiguo testimonio del capitán Knut Indergård y me dejó usarlo. La mejor fuente escrita introductoria para el naufragio se halla en el compendio *Una colección de textos acerca del naufragio del Prinsesse Ragnhild el 23 de octubre, 1940* (Åge Johansen, ed.), que se encuentra en la Biblioteca Nacional y contiene, entre otras cosas, la declaración jurada de la Audiencia Provincial de Salten.

Fue el historiador de las religiones Terje Emberland, del centro HL, quien me recomendó mirar más de cerca el asunto de los miembros que formaban parte de la resistencia dentro de las Fuerzas Armadas alemanas durante la guerra. También hablé del asunto con el historiador Bjørn Tore Rosendahl de la Fundación Arkivet de Kristiansand, donde los dos alemanes estuvieron prisioneros antes de su ejecución. Sería exagerado decir que llegué al fondo de esta cuestión. Al igual que en esta novela, puede haber más materia oculta para futuras investigaciones académicas allí.

Para respuestas más generales sobre el hurtigruten y el tráfico marítimo durante la guerra, quiero agradecer la ayuda de Per Kristian Sebak del Museo Naval de Bergen, del escritor Asgeir Ueland y sobre todo de Pål Espolin Johnsen; es un escritor con muchas horas a bordo del hurtigruten, quien escribió el clásico *Hurtigruta* (Cappelen, 1978), y ha contestado con paciencia a mis preguntas sobre naves y cultura costera. También me he apoyado mucho en Dag Bakka jr., *Una ruta vital y de aventuras: la historia del hurtigruten* (Bedoni, 2017); *Con tormenta y mar en calma en todos los océanos: Nordenfjeldske, 125 años* (F. Beyer, 1982) de Leif B. Lillegård, y *Hurtigruta: un viaje literario* de Øystein Rottem (Press, 2002). El último es uno de los pocos escritores noruegos que han intentado otorgar a la cultura costera el lugar que, desde mi punto de vista, se merece en la historia de la literatura.

En referencia a la costa, naturalmente me he dejado inspirar mucho por *El libro del mar, o el arte de atrapar a un tiburón gigante desde una lancha neumática en un mar grande a través de las cuatro estaciones*, de Morten A. Strøksnes (Oktober, 2015). Antes y durante mis viajes por Lofoten hablé con William Hakvaag, del Museo del Memorial de la Guerra de Lofoten en Svolvær, y con el historiador Gro Røde, quien escribió *På et berg eg kalla mett* (Orkana, 1994), un libro tremendamente fuerte y fascinante sobre la emigración de las granjas de Yttersia en Lofoten.

En el relato que transcurre en el presente, me he basado menos en investigaciones exhaustivas. Agradezco la ayuda de Mohamed Usman Rana, Matias L'Abée-Lund, Adele Matheson Mestad, Inger Zadig, Kim Heger y Lasse Gallefoss, quienes me contestaron a preguntas sobre asuntos grandes y pequeños. El director Guri Hjeltnes, del centro HL, me preparó una visita guiada privada a la Villa Grande, una propiedad que podría parecerse a Rederhaugen en algunos aspectos.

No podría haber escrito las partes de Kurdistán sin haber viajado por ese lugar. Agradezco cálidamente la ayuda de Mike Peshmerganor (pseudónimo). Hace unos años corregí su libro *Mi lucha contra el califato* (Kagge, 2017). Mike ha leído las partes que transcurren allí, y tuvo la amabilidad de dejar que utilizara una versión ficcional de sí mismo en las intrigas que he ido dibujando. Mis amigos en las fuerzas especiales y los servicios de inteligencia permanecerán anónimos.

Gracias a la editorial Aschehoug, a mis editores Nora Campbell y Marius Fossøy Mohaugen por sus decisivas críticas, enormes esfuerzos y su fe ciega en este proyecto cuando yo mismo estaba a punto de abandonarlo. Benedicte Treider, Trygve Åslund y Sarah Natasha Melbye también han leído el texto y han aportado comentarios importantes. Anne-Laure Albessard tal vez no lea noruego, pero entiende intuitivamente cómo hay que armar una historia. Un escritor es afortunado cuando puede contar con un interlocutor como el guionista Petter Skavlan, que, casi sin pensarlo, puede usar su experiencia para solventar incoherencias argumentales. Muchas de las ideas en este libro se deben a su creatividad. También le debo mucho a mi colega escritora Ruth Lillegraven. He editado sus novelas policiacas. Aquí la situación ha sido la inversa, y sin sus lecturas, su sensibilidad lingüística y su consideración esto habría sido tremendamente difícil.

En última instancia, soy el único responsable del contenido.

ASLAK NORE
Marsella, agosto de 2021

«Para viajar lejos no hay mejor nave que un libro».

EMILY DICKINSON

Gracias por tu lectura de este libro.

En **penguinlibros.club** encontrarás las mejores
recomendaciones de lectura.

Únete a nuestra comunidad y viaja con nosotros.

penguinlibros.club

 penguinlibros